LE PARFUM
DE LA PASSION

Jennifer Blake

LE PARFUM
DE LA PASSION

traduit de l'américain
par Catherine Ego

UNE ÉDITION SPÉCIALE DES ÉDITIONS SIGNA INC.
EN ACCORD AVEC LES ÉDITIONS FLAMMARION

Titre original : Wildest dreams

© 1992 by Patricia Maxwell
A Fawcett Columbine Book
Published by Ballantine Books

© 1994, les éditions Flammarion ltée
pour la traduction française

ISBN   2-89077-103-2
ISBN 2-89149-486-5
Dépôt légal : février 1994

Photographie de couverture : La Banque d'Images
Imprimé aux États-Unis, 1994

À Loretta Theriot,
Qui rêve de parfums,
Et qui les crée.

REMERCIEMENTS

Je tiens tout particulièrement à remercier Loretta Theriot, parfumeuse de Creole, en Louisiane, qui m'a si généreusement donné accès à son immense bibliothèque sur les parfums. Je la remercie aussi de m'avoir raconté l'histoire du flacon centenaire retrouvé dans la demeure d'une vieille plantation louisianaise, son parfum encore intact. Et surtout, je remercie Loretta de m'avoir appelée un matin de très bonne heure pour me dire : « Devine? J'ai rêvé que tu écrivais un livre sur un parfum très spécial... »

Je tiens également à remercier Alessandra Lassabe, anciennement de la *Bourbon French Perfume Company,* de la Nouvelle-Orléans, de m'avoir raconté l'aventure de sa famille et des parfums, et notamment l'histoire de sa grand-mère, que la mort a emportée avant qu'elle n'ait transmis à qui que ce soit la formule d'une essence de grand prix. Ce livre ne raconte pas l'histoire de la famille d'Alessandra ; cependant, la boutique *Bourbon French Parfum,* de la rue St. Ann, dans le quartier français, m'a largement inspirée pour l'écrire.

Les références au langage des fleurs au temps de Victoria proviennent essentiellement des pages délicieusement parfumées de *Penhaligon's Scented Treasury of Verse and Prose, The Language of Flowers,* édité par Sheila Pickles. Mon livre n'aurait pas été ce qu'il est sans l'apport de cet ouvrage remarquable.

Mes remerciements vont aussi aux employés de la bibliothèque du comté Jackson de Jonesboro, en Louisiane, pour les recherches entreprises pour moi sur le parfum et sa fabrication, pour leur collaboration et leurs réponses toujours amicales à mes appels de détresse.

Mille mercis également à Sue Anderson de m'avoir remis en mémoire les paysages, les fleurs, les distances et autres détails d'un voyage très particulier entrepris en Europe un certain printemps ; merci aussi pour les vingt années de rêves, et tous les autres périples.

Merci enfin à mes deux grandes collaboratrices, Delinda Corbin et Katharine Faucheux, qui sont aussi mes filles, pour leur magnifique travail de recherche et d'édition, et pour le soutien qu'elles m'ont constamment manifesté durant la préparation de ce livre.

1

La parfumerie reposait dans la pénombre et dans le calme. La seule lumière qui l'éclairait, très faiblement, lui venait des lampadaires de la rue, au travers de la vitrine, et d'un chandelier de cristal de Venise qui continuait de brûler au fond du magasin. Les recoins et l'arrière des comptoirs de verre miroitants étaient plongés dans une obscurité totale, qui tenait secret l'accès à l'atelier, situé à l'arrière du magasin.

Joletta Caresse n'entreprit rien pour faire jaillir la lumière. D'un geste soigneux et cependant preste, elle referma derrière elle l'immense porte d'entrée. Elle retira de la serrure la clef en laiton d'allure désuète, puis elle se tint immobile et tendit l'oreille.

Des pas résonnaient dans la rue. Ils claquèrent sur le trottoir d'abord, puis ils s'engouffrèrent sous la galerie qui courait le long de l'immeuble. S'approchant de la porte, ils ralentirent. Brusquement, ils s'arrêtèrent.

Joletta jeta un coup d'œil inquiet au travers de la vitre ondulante, très ancienne, de la porte du magasin. Derrière le ruban noir noué autour de la couronne mortuaire, elle crut discerner la forme d'un homme qui se tenait dans l'ombre de la galerie.

Son cœur battit plus vite, cognant à tout rompre dans sa

poitrine. Malgré la pénombre de la boutique, elle avait le sentiment d'être exposée à la vue de tous, exposée à toutes les menaces. Elle eut envie de s'enfuir au plus vite et de se cacher, mais ses pieds semblaient collés au sol. Elle serra la clef si fort dans sa main, qu'elle la sentit s'imprimer dans sa paume.

Dehors, l'homme ne bougeait toujours pas. Il ne faisait rien pour mieux se dissimuler : il semblait au contraire la regarder droit dans les yeux, d'un air terriblement déterminé. Quelque chose dans ses épaules indiquait une puissance parfaitement maîtrisée, et des sens très en alerte.

Joletta ne savait pas depuis combien de temps il la suivait. Elle ne l'avait remarqué qu'au coin de la rue, juste avant d'arriver à la parfumerie. Elle s'était alors demandé si l'homme ne marchait pas tout simplement dans la même direction qu'elle. Il n'avait rien fait pour réduire la distance entre eux. Mais sa façon de marcher exactement au même rythme qu'elle l'avait soudainement inquiétée. Toute sa vie, elle avait entendu dire que le Quartier français de la Nouvelle-Orléans présentait certains dangers la nuit venue, mais c'était la première fois qu'une telle mésaventure lui arrivait.

À force de scruter l'obscurité sous la galerie, Joletta sentit ses yeux brûler. Elle les ferma quelques instants pour soulager la douleur. Quand elle les rouvrit, la galerie était déserte. L'homme avait disparu.

Elle appuya son front contre la vitre de la porte en étouffant une imprécation. Elle ne savait pas exactement ce qu'elle avait craint, mais elle était si soulagée qu'elle se mit à trembler. Cependant, ce jeu du chat et de la souris que l'homme avait joué avec elle, et malgré elle, lui avait mis les nerfs à vif, et elle sentit monter sa colère.

Mais après tout, peut-être se faisait-elle des idées ! Les événements s'étaient tant bousculés dans sa vie ces derniers jours, qu'il était bien compréhensible qu'elle fût un peu nerveuse.

Et pourtant, si tout cela n'était pas un rêve ? Si un homme l'avait effectivement suivie, et s'il s'était tenu dans l'ombre après qu'elle fut entrée dans la boutique ?

Joletta prit une profonde inspiration pour recouvrer son calme. Dans la pénombre, un parfum planait, omniprésent, l'enlaçant comme une présence familière et protectrice. Joletta se tourna lentement, le souffle coupé par l'émotion et la déchirure.

Mimi. C'était bien le parfum de Mimi, la signature inimitable d'Anna Perrin, la grand-mère de Joletta. D'aussi loin que Joletta se souvienne, cet admirable bouquet de senteurs avait toujours imprégné les vêtements de la vieille dame, la soie blanche de sa peau et les vagues grisées de ses cheveux. Il faisait partie d'elle, comme la chaleur de son sourire et le surnom de Mimi, que Joletta lui avait donné quand elle était enfant. Le parfum avait aussi pris possession de l'appartement de Mimi, au premier étage, cet appartement qu'avaient occupé successivement les quatre générations de femmes Fossier, les propriétaires de la parfumerie. Au fil des ans, le parfum avait imprégné les fibres des tentures et des tapis, les tiroirs secrets et les fissures des meubles anciens, et même le plâtre des murs et le bois des planchers. Mimi adorait cette aura qui ne la quittait jamais. Elle ressentait beaucoup de bonheur, disait-elle, à vivre ainsi parmi les âmes des fleurs.

Il y avait eu des milliers de fleurs à l'enterrement de Mimi, des milliers de fleurs offertes par ses amis et associés, mais aussi, par d'innombrables organismes charitables dont elle avait été membre. Mimi avait passé toute sa vie dans le Vieux Carré ; ainsi les descendants des créoles français appelaient-ils le Quartier français de la Nouvelle-Orléans.

Pendant l'office, célébré en la cathédrale Saint-Louis, le parfum des fleurs se mêla à l'odeur du sacré, et tandis qu'on couchait Mimi dans le caveau de famille des Fossier, il flotta dans l'air chaud et humide qui caressait la mousse des chênes du cimetière. Tout le monde savait que Mimi adorait les fleurs et ces dernières, comme la parfumerie, constituaient une tradition pour les femmes Fossier.

Joletta agita rapidement la tête, comme pour chasser le

13

souvenir de l'enterrement. Puis, se redressant, elle avança dans le magasin.

Ses mouvements étaient assurés. Elle connaissait si bien la boutique qu'elle aurait pu s'y mouvoir à l'aise, dans l'obscurité la plus totale. Elle se souvenait parfaitement de la couleur bleu pervenche des murs. Un jour de pluie, au cours de l'une des courses effrénées qu'elle entreprenait parfois avec son cousin Timothy et sa cousine Nathalie, elle avait même renversé la charrette de fleuriste parisienne, encombrée de toutes sortes de paniers enrubannés, de savons et de fleurs séchées. Depuis l'âge de douze ans, il lui incombait la tâche d'épousseter les vieilles armoires aux étagères recouvertes de dentelle, sur lesquelles s'amoncelaient des flacons de parfum de toutes tailles, de toutes formes et de toutes couleurs. C'est le jour de ses treize ans que Joletta avait reçu sa première leçon de parfumerie ; elle avait alors eu le privilège d'utiliser les essences enfermées dans des petites bouteilles de verre brun, bien rangées sur la charrette de fleuriste et soigneusement fermées par de petits bouchons. La première fois qu'elle avait porté des hauts talons, elle avait trébuché sur le tapis d'Aubusson élimé qui décorait la boutique, et elle s'était tordu la cheville. Enfin, c'est en s'écroulant sur le canapé de bois de rose recouvert de soie rayée crème que sa douleur avait éclaté, lorsque ses quatre années de fiançailles avaient volé en éclats.

Cette boutique était pleine de souvenirs, bons et moins bons. Toute la vie de Joletta s'y résumait, depuis le jour où elle était venue vivre avec Mimi, à la mort de ses parents. Leur voiture avait quitté la route en pleine tempête, et ils s'étaient noyés dans le canal. Elle pensait parfois que c'était cela qui l'avait incitée à partir, après qu'elle eut terminé ses études. Le parfum semblait hanter chaque instant de sa vie, et elle avait décidé de rompre avec lui.

Elle avait désiré l'indépendance et la vie privée, elle avait eu besoin de quitter ces regards trop lourds qui pesaient, avec indulgence, avec amour, sur le moindre de ses gestes, la moindre de ses pensées, la moindre de ses humeurs. Elle avait voulu prouver qu'elle n'avait besoin de personne, ni de Mimi, ni des vieilles femmes qui travaillaient dans la boutique, et qui étaient en quelque sorte ses mères adoptives. Elle avait voulu prouver, surtout, qu'elle pouvait vivre sans son ex-fiancé. C'est pourquoi elle avait déménagé, six mois plus tôt, pour aller habiter près de son lieu de travail. Elle était historienne dans une bibliothèque de recherche, loin, très loin du Vieux Carré.

Joletta se dirigea vers le fond du magasin et entra dans la salle de préparation couverte d'étagères, du sol jusqu'au plafond. Le parfum devenait plus présent à mesure qu'elle avançait dans la pièce, émanant des centaines de carafes qui miroitaient le long des murs. Au centre se trouvait une table de travail ; sous le plateau, de profondes étagères portaient de grands cahiers : les plus anciens étaient reliés en cuir, les plus récents étaient simplement recouverts de plastique. Ils contenaient des centaines de formules. Quelques-unes livraient le secret des parfums vendus au grand public, mais la plupart cachaient la nature des mélanges conçus spécialement pour les clients les plus fortunés. Plusieurs de ces formules étaient récentes, mais certaines dataient de cent quarante ans, et leur long chapelet égrenait les parfums favoris de femmes mortes depuis bien longtemps. Chaque mélange était noté sous la forme d'un système compliqué de chiffres et de symboles que Violette Fossier, l'arrière-arrière-arrière-arrière-grand-mère de Joletta, avait inventé. C'était elle qui avait fondé les Parfums Royal Fossier, juste après la Guerre de Sécession.

Joletta ne put réprimer un froncement de sourcils quand son regard parcourut les étagères sur lesquelles reposaient les grands cahiers. Quel capharnaüm ! Les cahiers les plus anciens et les plus récents étaient sens dessus dessous, empilés au petit bonheur, les pages pliées et froissées.

La responsable de ce désordre était la tante de Joletta, Estelle Clements, la fille aînée de Mimi et la sœur de la mère de Joletta. Elle était passée dans la boutique avec sa fille Nathalie pour prendre la formule du Jardin de Cour, le premier parfum que la boutique avait fabriqué, et qui représentait plus de la moitié de ses ventes annuelles.

Dans la famille, la légende disait que le Jardin de Cour avait été, quoique sous un nom différent, le parfum préféré de l'impératrice Eugénie, au Second Empire. Eugénie l'avait obtenu d'une ancienne suivante de l'impératrice Joséphine : la vieille femme l'avait subtilisé dans les effets de sa maîtresse, après sa mort. Quant à Joséphine, elle l'avait reçu de Napoléon Bonaparte lui-même, qui passait pour un fin connaisseur de parfums. Napoléon en aurait découvert la fragrance lors de sa campagne d'Egypte, et il le chérissait d'autant plus que, toujours selon la légende, c'est avec ce parfum que Cléopâtre aurait envoûté Marc-Antoine. Elle-même l'aurait reçu des déserts de l'Extrême-Orient, où des prêtresses l'auraient utilisé pour vénérer la Déesse de la Lune.

Les femmes Fossier avaient toujours soigneusement protégé cette formule des regards indiscrets. Seules les propriétaires de la boutique en connaissaient les ingrédients exacts, et elles se la transmettaient de mère en fille, au fil des générations. Mimi avait été la dernière de la dynastie à la connaître.

Tous avaient souvent vu Mimi préparer le fameux mélange, et tous connaissaient la plupart des essences qui entraient dans sa composition. Mais Jardin de Cour était un mélange subtil et compliqué, et il fallait plus d'une heure pour en mesurer avec exactitude les composantes, et pour obtenir enfin la fragrance voulue. Un seul instant d'inattention, une gouttelette en trop d'une essence de fleur ou d'un autre végétal, et le mélange était gâché. Certes ! le mélange obtenu pouvait être agréable, et même vendu à un prix moins élevé, mais ce n'était pas Jardin de Cour.

Entre sa chute dans l'escalier et le moment où son cœur avait cessé de battre, Mimi avait désespérément tenté de leur transmettre la formule de Jardin de Cour. Mais c'était impossible. L'attaque avait paralysé tout le côté gauche, y compris les muscles du visage, et l'élocution en était si affectée que personne ne pouvait saisir ce qu'elle disait. La formule trop complexe, exigeait une précision bien trop grande pour que

Mimi puisse la transmettre.

Tour à tour, ils avaient essayé de comprendre : Estelle, Nathalie, Timothy, et même Joletta. Tous avaient abandonné. Puis, vers la fin, Joletta avait cru entendre un simple mot, deux syllabes incertaines : *Journal*. C'est ce que Mimi semblait dire.

Joletta l'avait répété aux autres ajoutant qu'à sa connaissance, Mimi n'avait jamais tenu de journal. Nathalie et tante Estelle s'étaient ruées hors de l'hôpital, incapables de patienter jusqu'à la mort prochaine de Mimi, annoncée par les médecins.

Timothy était resté avec Joletta. Assis, les mains entre les genoux, il faisait sans cesse craquer ses jointures, et écartait de ses yeux ses longs cheveux blonds, tout en parlant de façon totalement décousue. Timothy était agile et athlétique, et il aurait sans doute été beau s'il avait eu un peu plus de caractère. Mais il semblait avoir abdiqué toute agressivité au profit de sa mère et de sa sœur. Il avait un an de moins que Joletta, mais il paraissait bien plus jeune, étant resté sous l'emprise totale de sa mère. Timothy était jovial cependant, et ses yeux couleur noisette pétillaient d'humour. Il essaya bien de distraire Joletta pendant leur veille à l'hôpital, mais il réalisa vite que c'était peine perdue. Il se rendit alors à la cafétéria pour y trouver un souper chaud.

Joletta était restée seule avec sa grand-mère. Le soir tombait, amenant le calme dans les couloirs du service des soins intensifs et dans les chambres de l'hôpital. C'est à ce moment qu'elle sentit le pouls de Mimi s'affaiblir, qu'elle entendit sa respiration ralentir, s'arrêter, repartir, puis s'arrêter de nouveau, pour toujours. Joletta était demeurée longtemps seule dans l'alcôve fermée par des rideaux, tenant entre ses doigts les mains désormais inertes de sa grand-mère, ces mains aux jointures noueuses et à la fine peau blanche marquée de taches de vieillesse, ces mains qui avaient cuisiné les gâteaux, nettoyé et poli, et souvent apaisé ses blessures d'enfant. Joletta avait doucement lissé la mèche de cheveux gris qui tombait sur la tempe de Mimi, et ces cheveux lui avaient semblé encore

17

vivants. Des larmes avaient alors commencé à sourdre, et à rouler sur ses joues.

Tante Estelle s'était violemment emportée dans le couloir de l'hôpital quand, à son retour, elle avait appris la mort de Mimi. Elle avait prétendu que Joletta l'avait éloignée à dessein, pour être seule auprès de Mimi quand celle-ci prononcerait ses derniers mots.

Joletta avait ressenti tant de colère face à tout ce tapage qu'elle n'avait rien pu dire pour se défendre devant ces allégations pernicieuses et il lui avait fallu beaucoup de temps pour pardonner à sa tante les accusations portées contre elle.

Même aujourd'hui, Joletta n'aimait pas se remémorer cet épisode. Elle passa devant la table aux grands cahiers et poursuivit sa progression vers la porte située au fond de la salle des préparations. Elle tendit la main vers la barre d'acier qui bloquait l'accès à la cour arrière, mais hésita en repensant à l'homme aperçu sur le trottoir. La cour était entourée de murs. Cependant il y avait deux accès possibles : l'un par la grille qui donnait sur la rue, l'autre par la barrière séparant la cour de la parfumerie de celle du bâtiment mitoyen et fermée par une petite porte à claire-voie.

Joletta souleva la barre et sortit. Depuis des années, personne n'avait ouvert la grille ni la barrière. Mimi préférait que les visiteurs passent par la boutique, ce qui lui permettait de surveiller les allées et venues. À présent, la grille et la barrière étaient probablement bloquées par la rouille, mais un familier des lieux pouvait très facilement se faufiler dans la cour.

Joletta passa sous les arcades qui longeaient l'arrière de la boutique, puis elle se dirigea vers l'escalier qui menait aux balcons arrière des chambres du premier étage, caressant au passage la rampe d'acajou. Ensuite, regardant la cour du haut de l'escalier, elle eut une pensée pour Violette Fossier, la fondatrice de la parfumerie.

Violette avait transformé en boutique le rez-de-chaussée de l'hôtel particulier que son mari avait fait construire à l'occasion de leur mariage. Bâtie dans l'une des rues les plus célèbres du Quartier français, la demeure avait été conçue par James Gallier, l'architecte préféré des planteurs louisianais, qui se trouvait alors au sommet de sa carrière. Les chambres étaient claires et spacieuses, ornées de fines moulures sculptées. L'ameublement, les dessus de cheminée en marbre, les tableaux, les sculptures, les miroirs et les draperies à pompons de soie, l'argenterie, le cristal et les bibelots de faïence, tout cela provenait d'un grand voyage en Europe effectué par Violette et Gilbert Fossier au cours de leur lune de miel. C'est lors de ce périple de deux ans que Violette Fossier se prit d'une véritable passion pour les parfums. C'est aussi lors de ce voyage qu'elle découvrit la formule du parfum qu'elle avait appelé le Jardin de Cour.

Comme Mimi aimait à le rappeler aux clients, c'est la cour arrière de la boutique qui avait inspiré le nom de la fragrance. Contrairement à la maison conçue, construite et meublée sous la houlette de Gilbert Fossier, la cour était l'œuvre de Violette. Pour Joletta, cette cour avait toujours été l'endroit le plus serein et le plus agréable de la Nouvelle-Orléans. Les hauts murs de plâtre crème et les arches romaines qui couraient sous les balcons, le long du rez-de-chaussée, s'harmonisaient à merveille avec les parterres géométriques de fleurs et de plantes, bordés de buis à la mode française. Ces parterres, les allées qui rayonnaient à partir de la fontaine centrale, ainsi que la tonnelle où couraient des vignes, tout rappelait l'Europe. Des roses et des glycines grimpant le long des murs jusqu'aux jasmins aux quatre coins de la cour, en passant par les pétunias, les nicotianas et les lys dans les parterres, toutes ces fleurs et ces plantes que Violette avait choisies de nombreuses années auparavant exhalaient un parfum merveilleux. L'éclairage au gaz projetait des ombres par-delà la fontaine, et laissait dans l'ombre, ici et là, des coins secrets ouverts aux plaisirs. Ainsi parfumée et éclairée, la cour respirait la sensualité et la séduction.

Joletta s'était toujours posé beaucoup de questions sur Violette : quelle allure avait-elle ? qu'avait-elle pensé quand elle avait conçu cette cour, et pourquoi avait-elle ouvert une boutique au milieu de ce havre de paix parfumé? En tant qu'historienne, Joletta s'intéressait tout particulièrement à l'ère victorienne, à l'austérité de ses mœurs et à la rigidité de ses conventions. L'entreprise de Violette avait dû paraître bien étrange aux gens de ce temps, surtout aux aristocrates créoles d'ascendance française ou espagnole, qui formaient la haute société du Vieux Carré, et pour lesquels le commerce constituait une activité dégradante pour les hommes, et plus encore pour les femmes.

Joletta avait interrogé Mimi à ce sujet à plusieurs reprises. Chaque fois, sa grand-mère lui promettait de lui raconter toute l'histoire de Violette quand l'heure serait venue, mais cette heure n'avait jamais sonné et, de même que la formule de Jardin de Cour ne fut jamais révélée, Mimi ne raconta jamais à Joletta l'histoire fascinante de Violette Fossier.

Des ombres se profilaient au fond de la cour. Malgré le clapotis de la fontaine, Joletta entendit une sorte de murmure, comme si des branches soulevées par le vent de la nuit griffaient le vieux mur de briques ou comme si les fantômes de deux amants se murmuraient des promesses près des massifs de fleurs.

Cette obscurité était vraiment sinistre, et Joletta regretta de n'avoir pas attendu le matin pour entreprendre son expédition. Même en plein jour, la boutique fermée pour les funérailles était triste, et elle le resterait encore pendant plusieurs jours. La sonnette ne résonnait plus à la porte, la salle des préparations ne bruissait plus du va-et-vient empressé des employés, et la bonne odeur d'oignons, de céleri et d'ail cuits au roux ne descendait plus par l'escalier qui menait à la cuisine. On n'entendrait plus jamais le rire ni les exclamations cordiales de Mimi. C'était une époque révolue à jamais.

Joletta hésitait à pénétrer dans les grandes chambres vides du premier étage, comme si elle allait commettre une indiscrétion. Mais qu'est-ce que cela pouvait bien faire, après tout? Les autres étaient déjà venus, et avaient scruté sans vergogne les cahiers et les papiers de Mimi, avaient fouillé dans toutes ses armoires et tous ses tiroirs. Le mal était donc déjà fait, et les recherches de Joletta ne constituaient guère qu'une intrusion de plus sur une liste déjà longue. Joletta traversa la galerie du premier étage et s'approcha de l'étroite porte qui donnait accès à la maison. Elle introduisit sa clef dans la serrure et entra.

Elle alluma la lumière dans le vestibule bien qu'elle n'en eût pas besoin pour s'orienter entre les meubles de bois de rose ornés de dorure, et parmi le marbre et le chrysocale. Elle contourna une table carrée qui portait un chandelier de Baccarat, puis elle entra dans la chambre à coucher.

On aurait dit un musée : le lit et la coiffeuse à volutes de style Louis XIV côtoyaient des draperies de satin vieux rose aux tons passés qui masquaient des rideaux de dentelle jaunie. Comme dans le vestibule, la cheminée était de marbre de Carrare, et elle était protégée par une grille de fonte ornementée. Une haute commode de bois doré et sculpté s'adossait contre le mur. Dans sa partie inférieure, elle comptait plusieurs tiroirs de différentes tailles ; dans sa partie supérieure, elle comportait une multitude de petits compartiments qui se cachaient derrière des portes doubles, peintes dans le style de Boucher : la scène représentait des bergères et des bergers amoureux, entourés de chérubins.

Cette commode était le coffre à souvenirs de Mimi. Elle y rangeait soigneusement tous les objets auxquels elle tenait le plus : un coquillage ramassé lors de son premier voyage à Biloxi, alors qu'elle n'était encore qu'une enfant ; les éventails, les miroirs à cadre d'argent et autres cadeaux offerts par ses soupirants qui l'invitaient à danser pour le Mardi Gras ; les boutons de verre rouge de la robe qu'elle portait le soir où son mari lui avait déclaré son amour ; un œillet sec et presque tombé en poussière provenant de la couronne funéraire de son mari ; et bien d'autres trésors ! C'est là que Joletta trouverait ce qu'elle cherchait, elle en était convaincue.

Elle le trouva dans le troisième compartiment, bien caché derrière la robe de baptême d'un bébé. Il était attaché par un ruban noir effiloché à une miniature encadrée d'argent massif.

Ce que Mimi avait appelé le « journal » était en fait un petit livre en forme de boîte, recouvert de velours bordeaux, et aux coins de laiton. C'était un véritable carnet de voyage victorien. Il était couvert d'une fine écriture, de croquis de fleurs délicates, et même de petites silhouettes et de paysages. Joletta l'avait déjà vu une fois, très longtemps auparavant. Elle tenait pensivement le paquet dans la main, regardant la miniature qui se trouvait sur le dessus.

Les couleurs en étaient douces et délicates, et cependant aussi claires qu'au premier jour, quand le tableau naquit du pinceau de l'artiste. La miniature représentait une femme en buste. Elle semblait sur le point de sourire, et le regard de ses grands yeux bruns était à la fois modeste et curieux, circonspect et fragile. Elle avait les sourcils délicatement arqués, les cils longs et fournis. Elle avait le nez légèrement retroussé et la bouche bien dessinée, d'un ton corail naturel. Ses cheveux châtain clair étaient tirés en un chignon bas, dont quelques mèches s'échappaient en frisons sur les tempes et près des pommettes. Elle portait des boucles d'oreilles de grenats et de perles, et une broche assortie décorait son col de dentelle. Elle n'était pas belle au sens commun du terme, mais il se dégageait d'elle quelque chose de si intrigant qu'il était bien difficile d'en détacher son regard. L'artiste avait peint son modèle avec soin et précision, et il émanait de cette miniature tant de vie, que la femme semblait sur le point de sourire, de tourner la tête, et de répondre à une question dont l'écho se serait évanoui depuis longtemps.

Violette Fossier.

Joletta se rappela le jour où elle avait vu la miniature pour la première fois, ainsi que le journal qui y était attaché par un ruban. Mimi était au lit et soignait un rhume. Joletta, âgée de treize ou quatorze ans à l'époque, s'efforçait de prendre soin d'elle. Mimi ne tolérait pas l'oisiveté et ne voulait ni lire ni dormir. Aussi demanda-t-elle à Joletta d'aller chercher sa bobine de dentelle dans la commode. Tandis que Joletta, cherchant la dentelle, sortait un à un les trésors enfouis dans les tiroirs, Mimi lui avait raconté l'histoire de chacun d'eux. C'est alors que Joletta avait trouvé le journal.

— S'il te plaît, apporte-moi cela, ma chérie, avait demandé Mimi.

Le carnet aux coins de laiton pesait lourd dans la main de Joletta. Le fermoir et la clef qui y était attachée par un ruban noir tintèrent doucement quand elle marcha vers le lit de sa grand-mère. Mimi prit le journal et passa doucement ses doigts sur le velours usé. Comme Joletta lui demandait ce qu'il y avait à l'intérieur, elle ouvrit soigneusement le fermoir et souleva la couverture pour lui montrer les pages jaunies, couvertes d'une belle écriture et de croquis délicats, et parsemées çà et là de petites taches d'encre.

— Ce carnet appartenait à ton arrière-arrière-arrière-arrière-grand-mère. Elle l'a tenu dans ses mains, y a écrit chaque jour et consigné ses réflexions et ses impressions pendant son voyage en Europe. Il suffirait de lire ces pages pour savoir exactement qui elle était. Quel dommage que plus personne ne tienne de journal, à présent!

Séduite par la fine écriture et par la légère odeur de moisi qui émanait des feuilles, Joletta avait entrepris de lire la première page.

— Non, non, avait dit sa grand-mère en refermant le carnet d'un coup sec. Cela n'est pas pour toi, ma chérie.

— Mais pourquoi, Mimi?

— Parce que tu es trop jeune encore. Un jour, peut-être, quand tu seras plus grande.

— Mais je suis déjà grande! Je suis presque une adulte, maintenant. Je ne suis plus une enfant, tout de même! s'était exclamée Joletta d'un ton révolté.

Mimi l'avait regardée avec un sourire.

— Déjà? Peut-être. Mais il y a encore des tas de choses que tu ne sais pas, et que tu n'as pas à savoir avant d'être en âge de les comprendre.

Joletta n'avait pu s'empêcher de faire la moue.

— Et quand est-ce que je serai assez grande pour les comprendre?

Mimi avait soupiré.

— Je ne sais pas. Certaines personnes ne comprennent jamais rien, tu sais. On dirait qu'elles ne grandissent jamais. Mais range ce carnet sans plus tarder, et reviens vite près de moi. Je vais te raconter quelque chose.

Joletta avait obéi, quoiqu'à contrecœur. À l'invitation de sa grand-mère, elle avait grimpé sur son lit pour se retrouver près d'elle. Mimi lui avait pris le menton de sa main douce que le temps n'avait pas épargnée.

— C'est en souvenir de ton arrière-arrière-arrière-arrière-grand-mère Violette que tu t'appelles Joletta, le savais-tu? Joletta est une forme latine de Violette, et tu lui ressembles tellement... Tes yeux ne sont pas aussi bruns que les siens; ils tirent plus sur le noisette. Et tes cheveux sont légèrement plus pâles. C'est le soleil, j'imagine. Violette ne sortait probablement jamais sans chapeau et sans ombrelle. Mais la forme de ton visage, tes sourcils, et ton nez sont les mêmes. Le nez... l'odorat... le premier des sens, pour un parfumeur.

— Est-ce que je lui ressemble tant que ça? Vraiment?

Joletta rayonnait de joie, à présent. Mimi confirma d'un hochement de tête.

— Oui, c'est frappant. Un jour, tu lui ressembleras trait pour trait.

— Elle est tellement belle...

— Mais tu es déjà très belle, ma chérie!

Mimi avait ajouté, d'un léger ton de réprimande :

— Ne te l'ai-je pas souvent dit?

— Oui, mais tu le dirais même si j'étais laide.

Joletta n'avait jamais douté de l'amour de sa grand-mère, c'était d'elle-même qu'elle doutait.

Mimi lui avait passé doucement la main sur les cheveux.

— Ne t'inquiète pas, ma chérie. Un jour, tu t'apercevras, toi aussi, que tu es très belle. Et tu as le caractère de Violette, je pense. Tu es généralement très calme, mais tu as au fond de toi des rêves immenses, et tu finiras par les réaliser. On peut te convaincre avec de bonnes raisons, mais personne ne peut t'obliger à agir contre ton gré. Tu donneras et donneras encore, jusqu'à la goutte d'eau qui fera déborder le vase et là, tu te battras pour obtenir ton dû, sans craindre les conséquences, et sans aucune pitié pour tes adversaires. Quelquefois, j'ai peur pour toi, ma petite. Tu exiges beaucoup pour être pleinement heureuse, et si tu ne te protèges pas, tu pourras avoir très mal.

Aujourd'hui, Joletta regardait de nouveau la miniature, en essayant de se rappeler tout ce que sa grand-mère lui avait dit ce jour-là. Elle avait oublié certains détails, mais ceux qui lui revenaient l'incitaient à regarder le portrait de Violette Fossier plus attentivement encore.

En y repensant, à présent, elle se demandait également si c'étaient les seules raisons pour lesquelles Mimi avait refusé de lui laisser lire le journal. Ces pages ne recelaient-elles pas des révélations vaguement honteuses, un noir secret de famille que Mimi aurait voulu épargner à son innocence d'alors ? Elle était comme cela, Mimi. Éduquée au couvent et encore vierge à son mariage, elle s'imaginait que ses petites filles vivaient aussi dans la plus grande innocence. C'était bien gentil de sa part, mais la réalité était évidemment tout autre.

Ressemblait-elle vraiment à Violette Fossier ? Joletta inclina la tête et considéra de nouveau la miniature. Elle avait à peu près le même âge que Violette sur le portrait et il existait sans doute une certaine parenté physique entre les deux femmes, mais la différence de coiffure, de tenue vestimentaire et d'expression du visage rendait la ressemblance plutôt vague ou alors très superficielle. Un peu désabusée, Joletta pensa qu'elle était loin d'être aussi fascinante que la femme du portrait. Elle était une femme indépendante ; elle exerçait un métier qu'elle aimait, possédait un appartement, et n'avait pas de compagnon de vie attitré. Le seul vrai point commun avec Violette, c'était son nez.

Joletta resta debout un long moment, respirant doucement

les odeurs de la pièce. Oui, elle avait sans aucun doute le nez d'un grand parfumeur.

Elle avait toujours su distinguer avec précision les odeurs qui l'entouraient, persuadée pendant longtemps que tout le monde les percevait aussi aisément qu'elle, les notait, les classifiait, et tournait parfois la tête pour les suivre, comme elle le faisait. Elle savait maintenant qu'il n'en était rien. Certaines personnes reconnaissent presque toutes les senteurs qui les entourent. D'autres n'en perçoivent que la moitié ; d'autres encore ne paraissent sensibles qu'aux parfums les plus capiteux et aux odeurs les plus nauséabondes.

Dans cette pièce se mêlaient les odeurs de la poussière et celle des braises depuis longtemps refroidies, l'odeur de la cire à meubles et à planchers, et celles de la soie, du cuir, de la laine et du coton anciens qui s'exhalaient du coffre aux souvenirs. Mais par-dessus les effluves d'un autre temps planaient les parfums qui montaient de la boutique du rez-de-chaussée, et qui hantaient l'air humide de la chambre.

Le plus fort était celui de la rose, le plus ancien parfum du monde, et aussi le plus aimé, le premier que Mimi fut autorisée à mesurer, il y avait de cela bien des années. Mimi avait tenu les mains de sa petite-fille au-dessus du décanteur, et avait essuyé les petites éclaboussures de parfum à l'aide d'un mouchoir fin, pour ensuite l'enfouir dans la poche de Joletta. « Cela porte bonheur, avait-elle dit en l'embrassant. Et puis, cela attire l'amour. »

Des odeurs de lavande, de muguet et de cannelle s'exhalaient des coupes de fleurs, de feuilles et d'écorces séchées qui embaumaient la boutique, et que l'on rafraîchissait chaque matin de plantes nouvelles. La mère de Joletta parfumait souvent sa maison de ce mélange, et ce parfum, évanescent et un peu désuet, était maintenant indissolublement lié, dans l'esprit de Joletta, au souvenir de sa mère.

Un mélange de fruits et de racines d'iris évoqua brusquement tante Estelle à sa mémoire. La vieille femme avait une fâcheuse tendance à s'asperger, de la tête aux pieds, du dernier parfum à la mode. Depuis quelques jours, elle baignait ainsi dans celui d'un créateur quelconque, qui rappelait furieusement le jus de raisin artificiel.

Au collège, la chambre de Joletta sentait un mélange d'oranges et d'autres agrumes. Leur fraîcheur camouflait à merveille l'odeur de la peinture défraîchie et celle des chaussures de sport. C'était un parfum vif et moderne, qui n'était pourtant pas sans évoquer les fleurs d'oranger traditionnelles des bouquets de mariées. Joletta avait cessé de l'aimer quand ses fiançailles avaient été brusquement rompues.

Une légère odeur de musc lui rappela ce jour d'hiver où elle et sa cousine Nathalie avaient laissé tomber une pleine bouteille de cette essence sur le dallage de la salle des préparations. Nathalie avait dit que c'était Joletta qui l'avait cassée. Ce qui était vrai, mais Nathalie avait oublié de préciser qu'elle avait poussé Joletta contre l'étagère. Joletta avait dû nettoyer le sol des débris de verre et de l'essence de musc répandue. L'odeur, si désagréable en concentration trop forte, lui avait collé à la peau pendant plusieurs jours, et lui avait semblé incrustée à jamais dans son champ olfactif. Mais le pire, c'est qu'il avait fallu à Mimi plusieurs mois pour se résoudre à laisser Joletta s'aventurer de nouveau dans la salle des préparations.

Joletta avait bien essayé d'expliquer ce qui s'était vraiment passé : Nathalie ne la laissait pas placer un mot, elle éclatait en sanglots et se mettait à crier dès que les soupçons se tournaient sur elle. Joletta avait finalement renoncé à s'expliquer. Après tout, elle avait l'habitude de porter le blâme des méfaits que sa cousine commettait. Elle admirait les manières carrées de celle-ci, sa façon effrontée de porter des vêtements voyants et des bijoux très chers, et la détermination dont elle faisait preuve pour obtenir ce qu'elle désirait. Joletta avait un style bien à elle. Elle ne possédait que quelques vêtements, mais ils étaient de bonne qualité. Elle les choisissait dans des tons neutres, ce qui lui permettait de les agencer de mille et une façons. Elle les rehaussait généralement d'accessoires de couleurs vives et de quelques bijoux anciens. Cependant, le style flamboyant de Nathalie lui donnait parfois le sentiment d'être fade et ennuyeuse.

Un parfum de clou de girofle lui fit penser à Timothy, car l'eau de toilette qu'il portait en était saturée. Timothy avait une prédilection pour les fragrances fortes, même si Joletta pensait que des mélanges simples et légers lui auraient mieux convenu. Il passait ses étés dans les piscines de grands clubs privés, et il affectionnait les sports dangereux, comme le delta-plane ou la descente de rapides en canot. La longue pratique de ces activités lui conférait un certain charme aristocrate. Timothy était l'unique petit-fils de Mimi, le seul garçon qui soit né dans la famille, depuis deux générations. Il avait donc été terriblement gâté, mais ces attentions ne semblaient pas lui avoir trop tourné la tête.

Des douzaines d'autres odeurs se mélangeaient dans la pièce. À part celle de la rose, la plus présente était celle du vétiver. Cette senteur verte et boisée, qui n'était pas sans rappeler l'eucalyptus, entrait dans la composition de nombreux parfums. Originaire de l'Inde, le vétiver avait été importé à la Nouvelle-Orléans au cours de la période coloniale française. Depuis très longtemps, il supplantait la lavande dans toutes les régions du monde où cette plante anglaise ne pouvait être acclimatée. Maintenant, il était très facile d'obtenir de la lavande, mais les habitants de la Nouvelle-Orléans choisissaient encore le vétiver.

Oui, Joletta avait un vrai nez de parfumeur. Mais qu'en ferait-elle?

Elle déposa sur le lit tous les objets qu'elle avait pris dans l'armoire, et détacha le ruban qui fermait le journal. Elle l'ouvrit, et feuilleta rapidement les pages jaunies couvertes de l'écriture fine et des petits croquis. Elle regarda plus attentivement les premières et les dernières pages, mais rien n'indiquait que le carnet recelât une quelconque formule, car il ne contenait aucune indication de mesure.

Joletta poussa un grand soupir de déception. Elle aurait

bien dû se douter que cela ne serait pas si facile. Elle devrait examiner le journal page par page, en prenant bien garde de ne pas abîmer le papier fragile.

Elle voulait prendre tout le temps nécessaire pour entreprendre cette tâche délicate, et il était trop tard à présent. Il était préférable d'emporter le journal, et d'en réaliser une photocopie pour ne pas endommager l'original. Ensuite, elle pourrait en décrypter chaque ligne, une à une. Naturellement, il était possible qu'elle ait mal interprété les paroles de Mimi. En y pensant bien, ses chances de réussite apparaissaient d'ailleurs bien minces.

Joletta rangea le journal dans son sac à dos, puis elle sortit de la maison en éteignant les lumières.

Un vent de printemps faisait voler des bouts de papier dans la rue. La brise venait du Lac Pontchartrain, et sa fraîcheur annonçait la pluie. Joletta assura son sac sur ses épaules, enfonça ses deux mains dans ses poches et se mit à marcher en direction du stationnement où sa voiture était garée.

Les rues de la Nouvelle-Orléans étaient presque désertes à cette heure. Il est vrai qu'il était déjà tard. Sur le trottoir d'en face, deux amoureux marchaient enlacés. Les claquements des sabots d'un cheval témoignèrent du passage d'une calèche pour touristes dans une rue voisine. Joletta croisa un groupe de jeunes gens qui sifflèrent à son passage, ivres d'alcool et de liberté. Au loin, une trompette jazz se lamentait.

La Nouvelle-Orléans s'enfonçait doucement dans la nuit. Joletta était restée dans la boutique plus longtemps que prévu. Le silence se fit autour d'elle à mesure qu'elle s'éloignait des grandes artères. Seul le son de ses pas sur les pavés inégaux résonnait à ses oreilles.

Elle crut tout d'abord que c'était l'écho. Mais d'autres pas se révélèrent peu à peu plus pesants que les siens, et Joletta espéra très vivement que l'autre promeneur nocturne bifurquerait bientôt dans une rue adjacente, ou entrerait dans un bâtiment, ou qu'elle le sèmerait en accélérant le pas.

Mais les pas la suivaient toujours, déterminés, si parfaitement synchronisés avec les siens que le doute ne fut plus possible.

Joletta avait presque oublié l'homme qui la suivait avant qu'elle n'entrât dans la boutique. Il avait si vite disparu ! Et elle avait cherché à tout prix à se convaincre qu'il ne l'avait pas vraiment suivie, qu'il s'agissait plutôt d'un malencontreux hasard.

De toute évidence, ce n'était pas le cas.

Sa gorge était sèche à présent, et elle marchait si vite qu'elle en eut un point de côté. Elle pensait aux milliers de choses qu'elle aurait pu décider pour éviter cette situation : appeler la police, ou passer la nuit chez Mimi... Il était bien tard pour y penser.

De deux choses, l'une : ou l'homme désirait son argent, ou c'était un cinglé qui prenait plaisir à terroriser les femmes. Elle pouvait certes laisser tomber son sac par terre, et se sauver en espérant ainsi le satisfaire. Mais d'un autre côté, si elle gardait son sac à l'épaule, le poids du journal qui s'y trouvait constituerait une arme redoutable en cas d'attaque.

Sans ralentir le pas, elle tourna brusquement la tête. Les autres pas s'arrêtèrent net, et elle vit un homme se cacher dans l'ombre de l'un des balcons qui surplombaient la rue. Elle ne put cependant distinguer ni son visage ni ses vêtements. Il semblait de la même taille que l'homme qui l'avait suivie précédemment, mais elle n'en était pas sûre.

Elle regarda de nouveau droit devant elle, et marcha plus vite. Les pas derrière elle reprirent. Ils paraissaient courir tout le long des bâtiments ; leur son s'assourdissait puis reprenait à un rythme irrégulier. Ou peut-être n'était-ce que le battement de son sang à ses tempes ?

Tout ce qu'elle avait lu sur l'autodéfense des femmes, toutes les bonnes résolutions prises pour suivre des cours ou pour s'acheter une arme de poche, tout cela lui revint brusquement en mémoire. Encore une fois, bien inutilement : ses bonnes intentions étaient restées lettre morte.

Quand elle arriverait dans le stationnement situé à deux

coins de rue, il ferait probablement très noir, et le gardien serait soit endormi, soit reparti chez lui. Si jamais elle y parvenait...

Elle baissa la tête et accéléra encore le pas. Derrière elle, les pas accélérèrent aussi.

— Chérie ! Te voici enfin !

Une voix chaleureuse d'homme se fit entendre tout près d'elle. Elle leva la tête, stupéfaite, et aperçut des cheveux sombres et un regard profond, attentif. La fraîcheur de la nuit se chargea d'une bonne odeur de lin amidonné et de bois de santal : une excellente lotion après-rasage. Joletta sentit ensuite les bras d'un homme se refermer sur elle.

— Il y a un homme qui vous suit, madame, et il semble tenir un couteau dans la main.

La voix était devenue pressante.

— J'aimerais bien jouer au héros et lui casser la figure, poursuivit l'homme, mais je ne suis pas sûr qu'il soit seul. Laissez-vous aller, tout ira bien.

Joletta était trop nerveuse pour bien comprendre ce que l'individu lui chuchotait à l'oreille. Elle sentait seulement que quelque chose d'incroyable, et de probablement calamiteux, allait bientôt s'abattre sur elle. Elle en avait déjà la chair de poule. Elle prit une grande inspiration pour hurler.

L'homme resserra son étreinte autour d'elle, et ses lèvres se posèrent fermement sur les siennes.

2

Le baiser de l'inconnu était brûlant, et cependant plein de douceur. Joletta, incapable d'échapper à la pression de ces lèvres contre les siennes, sentit son sang battre plus fort à ses tempes, et une vague de désir la submergea. Elle secoua pourtant la tête en signe de refus, tandis qu'un râle de protestation s'étranglait dans sa gorge.

Quelques instants plus tard, l'homme releva la tête, sans pour autant relâcher son étreinte. Joletta croisa son regard, et s'aperçut, à la lumière du lampadaire, qu'il avait les yeux bleu foncé. Il avait l'air suspendu dans le temps, et un léger sourire moqueur flottait sur ses lèvres.

Il y avait longtemps que Joletta n'avait pas embrassé un homme. Trop longtemps, peut-être. Elle se sentit trembler, et l'émotion lui noua la gorge. Décontenancée par la tournure que prenaient les événements, elle resta immobile un long moment, les mains toujours sur la poitrine de l'inconnu, qu'elle sentait musclée sous l'étoffe du manteau.

L'homme prit une profonde inspiration, puis desserra ses bras autour de Joletta. Il s'écarta d'elle comme à regret.

— Excusez-moi, madame, dit-il secoué par un grand rire en cascades. Je me suis dit... J'ai pensé que ce serait plus convaincant de cette façon. Au moins, il est parti.

Joletta jeta un coup d'œil rapide derrière elle. L'homme qui l'avait suivie semblait s'être évanoui dans la nuit.

— Oui, répondit-elle avec une certaine difficulté. Mais il me semble qu'il n'était pas indispensable de...

— Il faut bien que l'héroïsme soit récompensé en ce bas monde, madame.

Joletta lui lança un regard sombre. Le style un peu ampoulé et l'intonation traînante de l'homme lui semblèrent d'abord exagérés, peut-être même affectés. Dans la pénombre de la ville, les cheveux de l'homme lui parurent sombres et brillants, ondulés et fournis. Il avait les traits bien dessinés et réguliers, le nez droit, et la mâchoire carrée. Deux rides d'expression encadraient sa bouche et témoignaient que l'homme souriait souvent. Ses yeux brillaient d'une intelligence vive. Sous le manteau de drap bleu marine d'une coupe élégante, il avait les épaules larges, sans être massives. L'inconnu était plus grand que la moyenne, et ses manières étaient fermes sans être autoritaires.

— S'il faut une récompense, ce n'est plus de l'héroïsme, répondit Joletta au bout de quelques instants de silence.

— Alors, disons que c'est de la galanterie. Mais plus personne n'apprécie la galanterie, de nos jours. Idéalement, il faudrait la pratiquer pour le seul amour de l'art. Mais je préfère saisir les bonnes occasions quand elles se présentent.

L'accent de l'homme l'intrigua.

— D'où êtes-vous? lui demanda-t-elle.

— À l'origine, de la Virginie. Est-ce que ça change quelque chose?

— Non, rien du tout.

Joletta se mit à chercher ses clefs de voiture dans son sac.

— Où allez-vous? demanda l'homme d'un ton un peu étrange. Je vous préviens, je ne vous laisserai pas partir toute seule dans la nuit noire.

La proposition était claire, mais Joletta n'avait nullement l'intention d'y donner suite. Déjà elle n'accordait que rarement sa confiance aux hommes rencontrés en plein jour : elle n'allait tout de même pas se laisser séduire par un inconnu qui l'avait embrassée en pleine nuit dans le Quartier français! Elle le regarda droit dans les yeux en sortant son trousseau de clefs de son sac.

— Je vous remercie infiniment, mais je ne pense pas que la galanterie doive aller jusque là.

— La vieille nounou qui m'a enseigné les bonnes manières serait sûrement d'un tout autre avis, répondit l'inconnu avec aplomb.

— Eh bien, vous direz à votre nounou que les temps ont changé. Je ne vous ai jamais vu de ma vie, et comment savoir si vous n'êtes pas de mèche avec le type au couteau?

— Sage précaution. Cependant, vous remarquerez qu'il ne vous est encore rien arrivé de particulièrement fâcheux. Enfin, j'espère... Allez, soyez raisonnable : laissez-moi vous raccompagner jusqu'à votre voiture.

— C'est gentil de votre part, mais je suis parfaitement capable de me débrouiller seule à présent.

Joletta contourna l'inconnu et se dirigea vers le stationnement.

— Bien sûr que vous en êtes capable, répondit-il en se retournant pour marcher à son côté. Mais qui vous y oblige?

Joletta lui jeta un regard rapide.

— Ce n'est pas la peine de me raccompagner, je vous assure.

— Je crois plutôt que cela en vaut très largement la peine.

Devant eux, le stationnement était comme un petit carré faiblement éclairé, cerné par les hauts murs des maisons et des cours. À vrai dire, Joletta appréciait la présence de cet homme; pourquoi aurait-elle prétendu le contraire? De toute façon, comme il semblait ne pas vouloir la lâcher d'une semelle, il valait mieux garder le silence, pour bien lui signifier qu'elle n'acceptait sa présence qu'à contrecœur.

Mais très vite, les bonnes manières que Mimi lui avait inculquées refirent surface. Il lui apparut soudain extrêmement grossier de s'enfermer ainsi dans le silence. Elle observa du coin de l'œil l'homme qui marchait près d'elle, son costume sombre et la cravate rayée assortie. Il avait l'air d'un cadre soudainement libre au terme d'une journée d'intenses négociations.

— Êtes-vous à la Nouvelle-Orléans pour affaires ? demanda-t-elle.

—.Oui, en quelque sorte. J'y passe de temps à autre.

— Un congrès, peut-être ?

La Nouvelle-Orléans était réputée pour l'excellence de l'accueil qu'elle réservait aux congressistes.

— Pas cette fois-ci, répondit l'homme.

Il semblait peu désireux d'élaborer sur le sujet, et Joletta préféra ne pas insister. Qu'est-ce que cela pouvait bien lui faire, après tout, qu'il soit venu pour affaires ou pour autre chose ? Elle ne reverrait jamais cet homme. Pourquoi, alors, était-elle si déçue de ses réponses laconiques ? Elle ressentit un frisson intérieur la parcourir. Vraiment, avait-elle besoin de cette réaction ridicule en cet instant ?

— Inutile de courir comme cela, déclara subitement l'homme. Je ne vais pas vous attaquer, vous savez !

— Je ne cours pas, rétorqua Joletta en ralentissant le pas.

— Ah, non ? Je croyais.

L'homme avait répondu d'un ton clairement ironique. Joletta s'arrêta et le regarda bien en face.

— Cela suffit, maintenant. Je vous remercie d'être venu à mon secours et de m'avoir sortie de ce mauvais pas. Je ne vous reproche même pas de m'avoir embrassée...

— Ah non ?

— Non... Enfin, quoi qu'il en soit, ma voiture est à deux pas, et je peux très bien m'y rendre seule.

L'homme la dévisagea quelques instants.

— Eh bien, allez-y donc ! Et si le type au couteau est encore là, n'attendant qu'un moment d'inattention de votre garde du corps ?

— Il est parti, répondit Joletta d'une voix apparemment

assurée.

Cependant, elle ne put s'empêcher de jeter un rapide coup d'œil derrière elle.

— Très bien. Ma voiture est là aussi, de toute façon. C'est le seul stationnement un tant soit peu convenable dans le quartier. Je vous reconduis chez vous. Je veux m'assurer que vous arriverez à bon port.

Joletta secoua la tête en signe d'incrédulité.

— Vous êtes fou, ma parole. Je ne connais même pas votre nom...

— Tyrone Kingsley Stuart Adamson, quatrième du nom, pour vous servir. Cela dit, vous pouvez m'appeler Rone. Et moi, comment dois-je vous appeler, à part « madame » et « chérie »?

— D'aucune manière! Écoutez...

— Non. C'est vous qui allez m'écouter.

La voix de l'homme s'était raffermie.

— Il n'est pas question que je vous laisse partir seule au beau milieu de la nuit, poursuivit-il. Si vous ne voulez pas que je vous reconduise, très bien. Mais au moins permettez-moi de vous suivre dans ma voiture. D'ailleurs, je ne vous demande même pas votre avis. Je vous suis dans ma voiture, un point c'est tout.

Elle le regarda en silence pendant un long moment et constata qu'il était bien déterminé à mettre son projet à exécution.

— Pourquoi faites-vous cela?

— Parce que j'ai ça dans le sang. C'est une bonne habitude qu'une domestique noire m'a inculquée à coups de baguette sur les doigts et sur les reins. Que voulez-vous? Elle tenait à ce genre de détail. Je vous préviens : j'ouvre aussi les portes aux dames, et je leur cède ma place dans le train. Je vous le dis, j'ai ça dans le sang.

Quelle réponse! Mais pourquoi Joletta en aurait-elle douté? Après tout, Mimi aussi était très attachée aux bonnes manières. Joletta reprit sa marche, et ne protesta pas quand l'homme entreprit de la suivre de nouveau.

Lorsqu'ils parvinrent à sa Mustang, Rone lui prit les clefs des mains et se pencha vers le siège arrière pour voir si personne ne s'y dissimulait, puis il l'invita d'un geste à entrer dans la voiture.

Joletta tint à faire montre de courtoisie, elle aussi. Elle lui tendit élégamment la main.

— Merci de votre aide, dit-elle. Je vous en suis très reconnaissante.

— Tout de même ? Comme vous êtes bonne pour moi ! répondit Rone en souriant.

— Sincèrement, je...

— C'est moi qui vous remercie.

Joletta préféra ne pas lui demander d'explication sur ce point.

— Eh bien, bonne nuit ! répondit-elle en retirant sa main.

Il fit un pas en arrière pour lui permettre de monter dans la voiture, puis il se dirigea vers une Buick gris argent dont la plaque d'immatriculation indiquait qu'il s'agissait d'une automobile louée.

Joletta démarra. Les phares dans son rétroviseur la gênaient un peu ; elle pensa que Rone devait observer la façon dont elle manœuvrait dans les rues étroites du Quartier français. Enfin, elle prit la route du lac. Ce qui la dérangeait surtout, pensa-t-elle, c'était de montrer à un parfait inconnu l'endroit où elle habitait.

Elle n'aurait pas dû s'inquiéter. Dès qu'elle eut garé sa voiture dans son entrée, Rone la dépassa, lui fit un bref appel de phares en signe de salut, et poursuivit son chemin sans s'arrêter. C'était exactement ce que Joletta espérait. C'était du moins ce qu'elle se dit.

Elle ne put cependant s'empêcher de tourner la tête pour regarder les phares rouges de la Buick s'éloigner dans la nuit. Elle relâcha ses mains sur le volant, et soupira. Elle se sentait un peu fiévreuse.

Voilà six mois qu'elle n'avait pas permis à un homme de

s'approcher d'elle ainsi. Six mois depuis que Charles, son ex-fiancé, lui avait donné le baiser d'adieu.

Ils se connaissaient depuis si longtemps ! Blond, trapu, Charles avait été tout à la fois un amoureux, un ami et un frère pour elle, le seul garçon qu'elle eût fréquenté au cours de ses études secondaires. C'est tout naturellement qu'ils s'étaient rapprochés. Leur relation avait commencé par un chaste baiser à la fin d'une soirée, et elle avait atteint son point culminant deux ans plus tard, quand ils s'étaient fiancés sur un sac de couchage, près du fleuve Mississippi. À leur entrée à l'université, Charles avait désiré qu'ils emménagent ensemble, mais Joletta avait refusé. Mimi n'aurait pas compris. Cependant, ils étaient presque toujours ensemble. Ensemble ils avaient consulté un médecin pour choisir leur méthode de contraception, ensemble ils avaient imaginé leur future famille et leur future maison, et ensemble ils avaient prévu leurs noces dans les moindres détails. Ensemble, toujours ensemble. Joletta avait acheté sa robe de soie champagne brodée de perles. Il avait été convenu que les garçons d'honneur seraient vêtus de bleu, pour rappeler la couleur des vitraux de la petite église victorienne où la cérémonie devait être célébrée.

Étrangement, sans doute, la date du mariage n'avait jamais été fixée. Quand Charles eut terminé ses études à l'université, ses parents avaient tenu à ce qu'il les accompagne lors de leur safari en Afrique. Lorsqu'ensuite le grand-père de Charles était mort des suites d'une longue maladie, le jeune homme avait expliqué à Joletta qu'il serait bien égoïste en de telles circonstances de ne penser qu'à leur propre bonheur. Il avait alors proposé à Joletta que tous deux commencent à économiser pour s'acheter une maison, et peut-être aussi, pour s'offrir un petit voyage de noces dans les Antilles. Pourquoi se presser, après tout ? N'avaient-ils pas toute la vie devant eux?

Joletta s'était peu à peu sentie comme en suspens dans sa propre vie. Cependant, devant les arguments de Charles, convaincants et tellement pragmatiques, elle avait sagement décidé d'aller vivre chez Mimi, et d'épargner patiemment.

Mais Charles avait soudainement englouti ses propres économies dans l'achat d'une voiture neuve, une décapotable bleu vif.

Il était venu l'exhiber fièrement devant la parfumerie. Stupéfaite, Joletta avait fait le tour de la voiture à pas lents. Elle avait senti le sol se dérober sous elle.

— Tu n'as pas vraiment envie qu'on se marie, n'est-ce pas, Charles?

— Qu'est-ce que tu racontes, avait répondu son fiancé d'un ton légèrement agressif.

— Y a-t-il quelqu'un d'autre dans ta vie? Si c'est cela, n'en faisons pas un drame. Dis-le, c'est tout.

— Non, non. Il n'y a personne d'autre que toi dans ma vie, je te le jure. Mais qu'est-ce que tu racontes?

— Je me demande seulement pourquoi tu as dépensé tant d'argent pour acheter une décapotable neuve. Je pensais que ces économies devaient servir à acquérir notre maison.

Charles n'avait pu réprimer un froncement de sourcils impatient.

— C'est mon argent, non? J'ai travaillé durement pour le gagner, je l'utilise comme je l'entends.

— Oui, mais nous avions projeté...

— Je sais ce que nous avions projeté, Joletta. Mais, pour l'amour du Ciel, nous allons être mariés pour le restant de nos jours, et je n'ai jamais eu une minute à moi pour respirer!

— Tu veux dire... Tu veux dire que tu voudrais fréquenter d'autres femmes?

Charles n'avait jamais pu s'empêcher de se retourner sur le passage des femmes qu'il trouvait jolies, même quand il marchait au bras de Joletta. Cela, elle le savait depuis toujours. Mais elle avait pensé qu'il perdrait bientôt cette désagréable habitude, dès qu'il aurait acquis plus de maturité.

— Et pourquoi pas? avait-il répondu. Cela te ferait peut-être du bien, à toi aussi, de fréquenter d'autres hommes. Qui sait? Peut-être même changerais-tu d'avis. Après tout, je ne t'ai jamais sentie très amoureuse de moi! On ne peut pas dire que je te fasse terriblement vibrer !

— Je ne m'en suis jamais plainte, avait répondu Joletta d'une voix faible.

— Qui sait si tu n'aurais pas dû. Cela nous aurait peut-être aidés, avait dit Charles d'une voix étranglée.

— Je ne savais pas que tu pensais ainsi.

— Maintenant, tu le sais.

Joletta avait senti une boule monter dans sa gorge, et elle avait pris une grande inspiration pour ajouter :

— Bien. Je ne crois pas que tu tiennes vraiment à moi, et je n'ai pas envie de me marier avec quelqu'un pour qui je compte si peu.

Elle avait fait glisser de son doigt la bague qu'il lui avait offerte, puis elle avait pris la main de Charles, y avait déposé la bague, et l'avait refermée avec force.

— Tiens, reprends ta bague. Et va-t-en.

Il était resté un certain temps figé sur place, les yeux rivés sur l'anneau, visiblement décontenancé. Puis, il avait brusquement tourné les talons, et il était remonté dans sa voiture en démarrant si brusquement que sa décapotable neuve avait laissé des traces de pneus sur l'asphalte.

Joletta avait vécu la rupture de ses fiançailles comme un véritable deuil. Elle avait eu le sentiment que sa vie venait de voler en éclats, tellement le mariage projeté avec Charles faisait déjà partie d'elle. Et surtout, ce que Charles lui avait dit le jour de leur rupture continuait de la hanter, et la rendait plus vulnérable encore.

Mimi l'avait beaucoup aidée. Mimi… et aussi le temps qui passe. Cependant, ni l'une ni l'autre n'avaient réussi à la convaincre que tous les hommes n'étaient pas comme Charles. La plupart de ceux que Joletta avait rencontrés par la suite étaient semblables à lui, toujours prêts à sortir avec elle, toujours prêts à coucher avec elle, comme s'il s'agissait d'un examen de passage, comme pour vérifier si leur relation valait la peine d'être poursuivie, ou même seulement entreprise. Joletta ne voulait pas de ce genre de test, et elle restait convaincue qu'un avenir ne se bâtit ni ne se décide en une nuit. Souvent déçue dès la première soirée, elle avait rarement revu les hommes qui l'avaient intéressée au premier abord. Elle avait fini par ne plus rencontrer personne.

Mimi lui avait dit qu'elle était en train de s'enterrer vivante dans sa bibliothèque. Peut-être... Mais Joletta préférait vivre dans le passé : c'était tellement plus rassurant.

Rone fit clignoter longuement ses feux de signalisation en guise d'adieu à Joletta. Il poursuivit sa route sur quelques centaines de mètres, puis il tourna à gauche pour se garer devant une épicerie ouverte jour et nuit. Il jeta un rapide coup d'œil à sa montre, et descendit de sa voiture. Il y revint quelques minutes plus tard, un grand gobelet de café à la main. Il redémarra et reprit son chemin en sens inverse.

Il se gara devant le complexe résidentiel où vivait Joletta, puis il arrêta le moteur et éteignit les feux. Le complexe relativement neuf, se composait de plusieurs bâtiments, répartis autour d'une piscine et comprenant chacun deux à quatre appartements. De sa voiture, Rone regardait les fenêtres de l'appartement qu'il avait repéré plus tôt. Les stores étaient tirés, mais il apercevait de temps à autre une ombre qui se mouvait dans ce qui semblait être la chambre à coucher.

Il ôta le couvercle de plastique de son gobelet de café. Il en prit une gorgée et ne put réprimer une grimace de dégoût : ce café était décidément trop amer. Il avait dû mariner dans la cafetière pendant plusieurs heures. Mais il fallait que Rone reste éveillé, pour les besoins de la cause, et cette mixture infâme ferait très bien l'affaire. Rone se cala le plus confortablement possible dans son siège, et regarda de nouveau les fenêtres de Joletta, toujours éclairées.

Il ne put s'empêcher de sourire en repensant au fameux baiser du stationnement : cela avait été plus fort que lui. C'était un geste idiot, pourtant. Mais si agréable... Il avait risqué de se faire gifler, mais le jeu en valait bien la chandelle.

Sa première nuit de travail, et déjà il se montrait à visage découvert. Était-ce bon ou mauvais ? Il ne savait trop ce qu'il devait en penser. Une chose était certaine : il n'avait pas eu le choix. Il ne pouvait quand même pas permettre que Joletta soit menacée par le cinglé au couteau. L'espace de quelques secondes, Rone avait craint d'arriver trop tard. La prochaine fois, il serait plus attentif.

La prochaine fois ! Dieu du ciel ! Jusqu'où cette histoire le mènerait-elle ?

Il s'interrogea sur sa mission. Tout cela lui avait paru d'abord terriblement mélodramatique, et même paranoïaque. Apparemment, il n'en était rien.

Rone se sentit brusquement très amateur. Elle avait failli le démasquer devant la parfumerie. Il pensait que la boutique se trouvait à quelques maisons de là, et il ne s'attendait pas à ce que Joletta fasse preuve de tant de prudence. Vraiment, il n'était pas très fier de lui.

Il ne s'attendait pas non plus à rencontrer un autre chasseur sur les traces de la bibliothécaire. Il avait voulu éviter que Joletta se sente suivie, et c'est pour cela qu'il avait préféré l'attendre près du stationnement. Une grave erreur de sa part. Et le cinglé au couteau ? D'où sortait-il ? Et puis, était-il vraiment armé ? Rone avait vu un éclair briller dans sa main, et cela lui avait semblé le prétexte rêvé pour aborder Joletta.

Mais de là à l'embrasser ? Quel manque de professionnalisme ! Autre erreur grossière. Il avait très nettement abusé de la situation. Il aurait dû regretter son geste. Mais il ne regrettait rien du tout...

Joletta Caresse était vraiment très séduisante. Ce n'était pas une beauté fatale, non. Mais il émanait d'elle une douceur d'un autre temps, délicieusement surannée. À cette douceur semblaient se mêler beaucoup de fierté, et une vivacité d'esprit extrêmement rare, très attirante. La jeune femme paraissait fragile, mais elle semblait en même temps n'avoir peur de rien, et de toute évidence elle possédait une force intérieure peu commune. Et puis, elle sentait incroyablement bon ! Ses cheveux exhalaient un parfum de rose. Elle était douce comme de la soie quand il l'avait prise dans ses bras, tout en étant ferme et ronde aux bons endroits. Rone sentit son ventre se crisper en repensant à leur étreinte. Sa taille, ses formes, son contact et son parfum, tout l'enchantait. Si elle le voulait, Joletta pourrait devenir son idéal féminin, et l'objet de tous ses désirs.

Il devait être fou.

Quelle situation risible !

Coincé dans une voiture de location, Rone délirait comme un adolescent énamouré en surveillant les fenêtres de l'appartement d'une femme qui était peut-être celle qu'il avait recherchée toute sa vie. Pour couronner le tout, il allait passer la nuit à siroter du très mauvais café.

À tout instant, elle risquait de le démasquer. Elle se mettrait alors à le mépriser, peut-être même à le haïr.

Cela ne faisait pas l'ombre d'un doute.

3

L'avocat qui gérait les affaires de Mimi depuis une vingtaine d'années était un charmeur aux cheveux grisonnants, auquel on ne cessait d'offrir des charges politiques, et qui ne cessait de les refuser. S'efforçant de donner à l'ouverture du testament de Mimi le caractère le moins désagréable possible d'une rencontre familiale, il avait réuni les héritiers dans la salle de conférences lambrissée, et leur avait même offert du café. De l'autre côté de l'immense table, face à Joletta, se trouvait tante Estelle, flanquée de part et d'autre de Nathalie et de Timothy, qui étaient probablement censés lui apporter leur soutien. Tante Estelle avait demandé à l'avocat de procéder au plus vite aux formalités d'usage et à l'ouverture du testament, ce qu'il avait fait.

Jusqu'à présent, les derniers vœux de Mimi n'avaient surpris personne. L'essentiel de ses biens immeubles, c'est-à-dire la vieille maison du Quartier français, la parfumerie, et divers dépôts d'une valeur assez modeste, avaient été répartis conformément aux lois sur l'héritage en vigueur en Louisiane : la moitié de ces biens allait à Estelle Clements, la fille aînée de Mimi, et l'autre moitié revenait à Joletta, enfant unique et seule héritière de Margaret, la fille cadette de la défunte. Tante Estelle pinça les lèvres en signe d'irritation, mais elle se retint de dire quoi que ce soit, et se contenta de fixer les mains de l'avocat qui tournaient une à une les pages du testament.

L'avocat regarda les héritiers présents à tour de rôle, avec un sourire sinistre.

— Nous en venons maintenant aux objets personnels, dit-il.

Il entreprit de lire la litanie des legs que Mimi avait souhaité laisser aux siens : à Estelle, l'argenterie de famille qu'elle avait toujours convoitée ; à Nathalie, quelques bijoux de grande allure, mais sans véritable valeur marchande ; à Timothy, la montre à gousset d'argent et le nécessaire de rasage en ivoire qui avaient appartenu à son grand-père et à son arrière-grand-père.

L'avocat s'éclaircit la gorge et poursuivit d'une voix ferme.

— Les dernières dispositions du document testamentaire sont les suivantes : « À ma petite-fille chérie, Joletta Marie Caresse, je lègue ce meuble connu de tous sous le nom de "coffre aux souvenirs", avec tout ce qu'il contient. Entre autre, il renferme le journal aux coins de laiton que Violette Marie Fossier, née Villère, a tenu en 1854 et 1855. Je souhaite réserver ce journal à la seule propriété et au seul usage de Joletta Marie Caresse, à qui je cède le plein droit d'en disposer comme elle l'entendra. »

L'avocat déposa le testament de Mimi devant lui et croisa ses mains dessus. Puis il demanda d'un ton officiel :

— Avez-vous des questions ?

Tante Estelle prit une profonde inspiration qui siffla entre ses dents, puis elle pencha le torse vers l'avant.

— Vous voulez dire que ce journal est resté dans l'armoire de ma mère pendant tout ce temps ? demanda-t-elle d'une voix suraiguë.

— Je le suppose, répondit l'avocat.

La vieille femme se tourna d'un bloc vers Joletta.

— Et toi, tu le savais, n'est-ce pas ? n'est-ce pas ? tu le savais depuis le début ?

Joletta se sentit rougir.

— Non, pas depuis le début. Je ne l'ai deviné que plus tard, répondit-elle d'une voix cependant assez calme.

— C'est scandaleux! s'exclama tante Estelle en se tournant derechef vers l'avocat. Ce journal est la pièce la plus précieuse de l'héritage de ma mère. Il est impossible qu'elle ait voulu nous en priver, moi et mes enfants!

— Le testament est parfaitement conforme aux dernières volontés de ma cliente, répondit sèchement l'avocat.

— Elle ne devait plus avoir toute sa tête quand elle l'a fait rédiger! rétorqua Estelle. Il faut l'annuler immédiatement!

— Naturellement, vous pouvez toujours en contester la validité devant les tribunaux, madame Clements, rétorqua le magistrat d'un ton tranchant. Cependant, je préfère vous avertir que vos chances de succès sont bien minces, ma cliente semblant parfaitement consciente de ce qu'elle faisait quand elle a énoncé les dispositions consignées dans ce document. Par ailleurs, la procédure de rédaction et d'ouverture du testament ne comporte aucune erreur qui puisse en justifier l'annulation. Je ne connais guère la valeur de ce journal, et je n'ai même jamais vu l'objet en question. Mais je suppose qu'il s'agit d'une valeur essentiellement sentimentale?

— Je me demande comment vous avez pu gérer correctement les affaires de ma mère, si vous ignorez l'importance de ce document, répliqua tante Estelle. Mais peu importe. Je ne pense pas qu'il livre de façon précise la formule des parfums. Existe-t-il un empêchement à ce que l'héritage soit vendu?

— Non, à condition que toutes les parties en conviennent, expliqua l'avocat. Comme les biens immeubles reviennent à parts égales, à Joletta et à vous, il suffirait que vous signiez conjointement le contrat de vente, et les produits de la vente vous reviendraient à parts égales.

— Je comprends, répondit tante Estelle avec un hochement de tête.

Joletta tourna lentement la tête vers sa tante.

— Moi, je ne suis pas sûre de bien comprendre, tante

Estelle, dit-elle. Tu n'as quand même pas l'intention de vendre la boutique ?

— Et pourquoi pas ? Mais je ne parlais pour l'instant que des formules, en particulier celle du Jardin de Cour.

— Mais Mimi n'aurait jamais voulu ! Elle y tenait tellement !

— Ce n'est tout de même pas à toi de me dire ce que ma mère aurait voulu, Joletta.

— Sans les formules des parfums, la boutique ne vaut plus rien. La boutique est l'héritage des femmes de la famille, et elle fait partie intégrante de l'histoire de la Nouvelle-Orléans. Tu ne peux quand même pas faire une croix là-dessus !

Joletta vit Nathalie adresser à son frère une moue méprisante qui lui était destinée. Timothy approuva d'un hochement de tête, mais il lança cependant un regard plein de sympathie à Joletta.

Estelle Clements gratifia son fils d'un regard sévère, puis elle se tourna de nouveau vers sa nièce.

— Je n'ai nullement l'intention de faire une croix sur quoi que ce soit, comme tu dis, répondit-elle d'un ton cinglant. J'ai l'intention de vendre l'héritage à un prix très fort. D'ailleurs, tu n'as pas à t'en mêler. Tu n'auras qu'à empocher la moitié de l'argent quand tout sera réglé.

— Tu ne ferais tout de même pas une chose pareille !

Joletta était visiblement atterrée. Estelle respirait bruyamment, et les chaînes d'or qui ornaient sa poitrine se soulevaient au rythme de sa respiration.

— Pendant que nous y sommes, Joletta... Je te rappelle que tu as vécu aux crochets de ma mère pendant très longtemps et, tandis qu'elle déclinait, tu en as profité pour t'insinuer dans ses bonnes grâces. Tu t'imagines peut-être que tu vas réussir à nous écarter de ton chemin, moi et mes enfants, et que tu pourras ainsi reprendre la boutique à ton compte. Eh bien, tu te trompes, ma petite. Dès que nous aurons mis la main sur la formule, elle sera vendue au plus offrant, et tu n'auras rien à dire !

Les paroles de sa tante la heurtaient tellement que Joletta ne sut quoi répondre. Elle ne s'était jamais douté que sa tante pût la considérer comme une profiteuse, et avoir si peu d'estime pour elle.

Timothy rompit finalement le silence qui s'était abattu sur la salle de conférences.

« Je crois que tes mots dépassent ta pensée, maman », dit-il en repliant ses longues jambes, et en se passant la main dans les cheveux d'un geste nerveux. « Je ne crois pas que Joletta ait l'intention de nous voler quoi que ce soit. »

— Si ton avis m'intéresse, Timothy, répliqua sa mère, je te le demanderai. D'ici là, je te rappelle que tu es mon fils, et que je compte sur toi pour m'appuyer, non pour me causer du tort.

— Mais je disais simplement...

— Cela suffit, Timothy. Si tu n'as rien à dire qui puisse ramener Joletta à la raison, tu ferais mieux de te taire.

Timothy rosit légèrement, et adressa un regard contrit à sa cousine.

Joletta le réconforta d'un petit sourire. Elle s'était toujours sentie plus proche de Timothy que de Nathalie. Ils avaient à peu près le même âge, et tous deux partageaient une certaine timidité. Timothy s'était montré très courageux de braver ainsi la colère de sa mère. Quand il était enfant, avant le divorce de ses parents, son père l'envoyait souvent dans des camps de vacances pour garçons, pour qu'il y fasse des expéditions au grand air et se durcisse un peu. Timothy en revenait chaque fois bien bronzé et en pleine forme, mais aucune de ces activités viriles n'avait pu venir à bout de sa dépendance envers sa mère.

Cependant, son intervention avait permis à Joletta de reprendre ses esprits.

— J'estime que nous avons tous besoin de temps pour penser à tout cela, dit-elle de la voix la plus calme possible.

— Il n'y a rien à penser, répliqua sa tante d'un ton sec. Il se trouve que je connais quelques personnes très influentes dans le domaine des cosmétiques. Même Lara Camors s'intéresse au Jardin de Cour. Elle est disposée à mettre toute son équipe de promotion à pied d'œuvre dès qu'elle sera en possession de la formule. Elle a l'intention de lancer une gigantesque campagne promotionnelle sur Napoléon, Joséphine, Cléopâtre et tout le reste. Jardin de Cour deviendra le parfum des femmes qui ont du caractère, et veulent se faire une place au soleil : le parfum qui donne le pouvoir aux femmes d'aujourd'hui.

— Vous avez déjà discuté de promotion ? demanda Joletta d'une voix consternée.

— Tu parles comme si j'avais attendu avec impatience la mort de ma mère. Pas du tout. L'occasion de conclure certaines affaires avec Lara s'est présentée à moi il y a quelque temps déjà. Cette femme a lancé son entreprise avec un seul produit, un lait nettoyant pour la peau; elle se trouve maintenant à la tête d'un empire de la cosmétique, un conglomérat de plus d'un milliard de dollars. Tu imagines bien ce qu'elle peut accomplir avec un parfum comme Jardin de Cour... Ce sera un succès éclatant. Naturellement, ce n'était pas la peine d'en parler du vivant de Mimi.

— Mais... ça ne te ferait rien de fermer la boutique, de mettre un terme à tout cela ?

— La boutique ! Je n'ai aucun attachement sentimental à la boutique, si tu veux savoir, et je n'ai certainement pas l'intention de passer le restant de mes jours à verser des essences dans des fioles et des flacons. Lara Camors serait prête à payer au moins deux millions de dollars en échange de la formule du Jardin de Cour et des droits d'exploitation du nom Parfums Royal Fossier. Tu ne penses tout de même pas que je vais laisser une telle occasion m'échapper !

Joletta s'était toujours demandé pourquoi Mimi ne confiait pas la formule de ses parfums à sa fille aînée : visiblement, elle avait eu raison de s'en méfier.

Estelle avait quitté la Nouvelle-Orléans au début de la vingtaine pour aller travailler à Houston. Elle ne demeurait qu'à quelques heures de route de la Nouvelle-Orléans, mais pour une dame de l'âge de Mimi, tellement attachée à sa ville d'origine, Houston aurait pu tout aussi bien se trouver sur la face cachée de la Lune. Peu après son emménagement à Houston, Estelle avait épousé un Texan trop grand, trop florissant, trop fort en gueule, trop riche, et trop sûr de lui au goût de Mimi. La grand-mère de Joletta ne s'était jamais bien entendue avec Errol Clements, et elle n'avait pardonné à sa fille ce mariage ridicule que lorsqu'Estelle avait divorcé, Nathalie et Timothy étant encore enfants.

Cependant, Estelle n'était pas rentrée au bercail après son divorce. Elle préférait partager son temps entre Houston et les côtes Est et Ouest. Elle était devenue très extravagante, s'entichant à chaque saison d'un couturier différent. Elle était devenue esclave de la mode, disait Mimi. Le style français de bon goût, inculqué par sa mère durant son enfance s'était bel et bien évanoui, ne laissant à Estelle que l'ivresse d'une allure sottement excentrique.

Et comme pour ajouter à l'insulte, la fille aînée de Mimi n'avait nullement hérité du nez de parfumeur de ses aïeules. Elle faisait même preuve d'un mauvais goût effarant dans le choix de ses parfums.

Tous, ses cousins, sa tante, et même l'avocat qui surveillait la scène d'un air impatient, et qui, visiblement, n'en était pas à sa première ni à sa dernière dispute de famille autour d'un testament, tous attendaient que Joletta ajoute quelque chose.

Blonde et élancée, Nathalie arborait en permanence la moue boudeuse des mannequins en vogue. À cet instant, elle semblait légèrement désemparée, quoiqu'elle suivît de près l'évolution de la situation. D'ailleurs Joletta se demandait bien pourquoi elle s'y intéressait tant. La vie de sa cousine se résumait aux soirées mondaines et aux apparitions brillantes qu'elle faisait régulièrement dans les discothèques chics des Antilles et de la Côte d'Azur française. À deux reprises, elle avait fait un riche mariage, et un divorce plus lucratif encore. Elle ne manquait certes pas d'argent, et son tailleur de cuir soyeux, son sac griffé d'un grand maroquinier et ses chaussures de marque en témoignaient. Joletta observa attentivement le maquillage soigné de Nathalie, et les petites rides qui commençaient de se former autour de ses yeux, conséquences inévitables des expositions prolongées au soleil, mais indispensables au maintien d'un hâle constant. Rien, dans le visage de Nathalie, n'exprimait un intérêt sincère pour les affaires de la famille. Cependant il restait à Joletta une très mince chance qu'elle décida de tenter.

— Et toi, Nathalie? Aimerais-tu t'occuper de la boutique?

— Tu plaisantes? rétorqua sa cousine de son accent mi-new-yorkais, mi-texan. Je n'ai déjà pas une minute à moi!

— Tu ne travailles pas, pourtant. Du moins pas à ma connaissance. Cela pourrait même t'amuser de diriger une si belle boutique.

— Tu me vois en train de vendre des eaux de Cologne à des touristes en sandales de plastique? Non, merci. Et tant qu'à m'amuser, comme tu dis, je préfère me consacrer à des activités plus constructives. Par exemple, m'occuper de l'homme que j'ai rencontré la semaine dernière : beau comme un Dieu, des manières de galant homme... Et de l'argent, bien sûr, beaucoup d'argent. C'est exactement le genre de « carrière » qui me convient.

— En outre, ajouta abruptement tante Estelle, Nathalie ne connaît rien à la parfumerie. Mimi n'a jamais cru bon de l'initier lors de ses visites.

Joletta regarda sa tante un long moment.

— Mais moi, je connais bien la parfumerie, dit-elle d'un ton posé.

— Et alors?

— Et alors, je pourrais très bien reprendre moi-même la boutique, voilà.

Un éclair d'incrédulité, puis de fourberie passa dans le regard d'Estelle.

— Certainement. Mais à quoi te servirait la boutique sans le Jardin de Cour?

— Tu oublies un petit détail, ma tante. Si le journal de Violette m'appartient et si la formule s'y trouve, alors le Jardin de Cour m'appartient aussi.

— Tu oublies, toi aussi, un petit détail, ma chère. C'est qu'il existe bien d'autres moyens pour découvrir la formule d'un parfum !

— L'analyse chimique? demanda Joletta avec un hochement de tête. Tu sais ce que Mimi en pensait...

Une technique sans corps ni âme, disait Mimi. Comme la plupart des vrais parfumeurs, Mimi n'éprouvait que du mépris pour une technique servant surtout à élaborer de pâles imitations des parfums les plus réputés. Aucune machine, disait Mimi, ne pourra jamais capter les nuances les plus délicates d'un grand parfum, ni déterminer les quantités infinitésimales des huiles rares qui lui donnent toute sa subtilité, toute sa personnalité, et toute son âme.

— S'il le faut, nous nous en contenterons, rétorqua Estelle.

Joletta la regarda bien en face.

— Je ne pense pas. Sans le journal, tu ne peux strictement rien faire.

Tante Estelle ne répondit pas, mais son visage prit une couleur violacée des plus alarmantes. Nathalie lui jeta un rapide coup d'œil, puis se tourna vers Joletta.

— Qu'est-ce que tu veux dire? demanda-t-elle d'un ton sec.

— Je veux dire que les Cosmétiques Camors ne s'intéressent pas seulement à la formule. S'ils veulent produire le Jardin de Cour, ils exigeront aussi d'obtenir le journal, ainsi que la formule originale. En admettant qu'une analyse chimique puisse donner une formule assez proche de l'original, le Jardin de Cour n'a aucune valeur sans l'âme et le temps qui l'ont forgé. De plus, les autorités sont très tatillonnes sur les cas de publicité mensongère, ces temps-ci. En définitive, ce que je veux dire, c'est que les Cosmétiques Camors ont absolument besoin du journal pour produire et vendre le Jardin de Cour.

Tante Estelle éclata d'un rire sinistre.

— Bravo, ma petite ! Mais vois-tu, quelque chose ne va pas, dans ton magnifique raisonnement : à mon avis, tu n'as pas découvert la formule. Sinon, tu ne mépriserais pas les sommes en jeu comme tu le fais !

Joletta ne répondit rien : sa tante avait touché juste. Cependant, elle ne voulait pas l'admettre.

— D'autre part, ajouta sa tante, si tu veux reprendre la boutique et faire tourner l'atelier, tu devras racheter ma part. Or, tu n'as pas un sou en poche et, crois-moi, aucune banque ne sera assez folle pour prêter de l'argent à quelqu'un de ton âge, ne possédant ni expérience professionnelle, ni garantie, ni caution d'aucune sorte. Tu comprendras rapidement que ce projet est ridicule, ma petite, et tu viendras me supplier de t'aider à vendre au plus vite !

— Je trouverai bien un moyen d'acquérir la boutique.

Ces mots continuèrent longtemps de hanter Joletta, bien après qu'elle eût quitté le bureau de l'avocat. Elle ne savait ce qui les avait motivés, car elle ne possédait que de maigres économies en banque : l'argent mis de côté du temps de ses fiançailles pour acheter une maison. Même en y ajoutant la part d'héritage légué par Mimi, cela restait très insuffisant.

En outre, Joletta n'avait jamais envisagé de suivre les traces de sa grand-mère en reprenant les Parfums Royal Fossier. D'une certaine façon, elle avait toujours pensé que sa tante agirait, qu'elle engagerait peut-être un gérant, le moment venu.

Mais telle n'était visiblement pas l'intention de tante Estelle, et Joletta venait d'en avoir la preuve éclatante. Il fallait donc qu'elle agisse elle-même. Mais le voulait-elle vraiment ?

Il y avait si peu de temps qu'elle se prenait vraiment en charge, si peu de temps qu'elle tentait de provoquer les événements plutôt que de les subir, si peu de temps qu'elle ne permettait plus aux gens d'entrer et sortir de sa vie sans demander son avis, de faire d'elle ce que bon leur semblait. Souhaitait-elle réellement reprendre la boutique, ou bien les circonstances l'y obligeaient-elles?

Joletta l'ignorait. De toute façon, avait-elle vraiment le choix?

Le lendemain matin, elle fut convoquée chez Mimi. Les trois femmes qui travaillaient dans la parfumerie, et tenaient la boutique depuis la mort de Mimi, l'attendaient impatiemment. Toutes trois étaient visiblement bouleversées, et deux d'entre elles pleuraient. La boutique et l'appartement de Mimi, au premier étage, avaient été saccagés pendant la nuit. Les vitrines avaient été fracassées, les précieuses essences répandues, et des pages arrachées dans les grands cahiers de formules. En haut, les meubles anciens avaient été retournés sens dessus dessous, les tentures lacérées, et le contenu des tiroirs et des armoires gisait en tas informes au milieu des pièces. Le saccage semblait délibéré, comme s'il était le fruit d'une explosion de rage trop longtemps contenue. L'explication, elle aussi, paraissait claire. Quelqu'un avait dû chercher la formule, mais sans succès.

Et qui pouvait être ce « quelqu'un », sinon la tante de Joletta?

Bien sûr, elle n'avait pas dû agir elle-même. Elle avait sans doute embauché un spécialiste pour fouiller la boutique dans la nuit, l'un de ces experts en cambriolage sachant d'instinct et d'expérience où les gens cachent leurs biens les plus précieux, et dont les meubles et les tentures qui ont vécu n'inspirent aucun sentiment ni aucun respect. Dire que tante Estelle avait osé lâcher l'une de ces brutes dans l'appartement délicatement décoré de sa propre mère défunte! C'était révoltant.

Joletta se tenait debout au milieu de ce qui ressemblait maintenant à un champ de bataille. Elle baissa les yeux et vit à ses pieds la miniature qui représentait Violette Fossier. Elle s'agenouilla doucement pour la ramasser. Le cadre était tordu, la toile de soutien s'était décollée, et la peinture craquelée partait par petits lambeaux. Joletta regarda la femme du portrait dans les yeux, et il lui sembla y lire comme une douce réprimande, mais aussi un défi.

Elle sentit soudain la colère monter et supplanter la

55

tristesse, comme si cet acte sauvage, ce vandalisme avaient blessé une femme de chair et de sang. Elle se sentait très proche de Violette depuis qu'elle avait lu son journal. Elle avait dévoré en quelques heures toutes les pages couvertes de sa fine écriture, et cette chronique détaillée des désirs et des déceptions, des amours et des déchirures, lui avait paru trop brève. Elle aurait voulu tout savoir sur Violette et son fabuleux voyage en Europe.

Tandis qu'elle demeurait plantée au milieu du saccage, la miniature à la main, une idée commença lentement à germer dans sa tête.

C'est en Europe que Violette avait découvert le parfum qu'elle avait baptisé le Jardin de Cour. Son journal indiquait très précisément comment elle était entrée en possession de sa composition, et comment elle avait commencé à le produire. Et si Joletta refaisait le voyage de Violette? Peut-être saurait-elle alors résoudre les énigmes du journal, et déchiffrer la formule qui sans doute y était dissimulée? Peut-être la formule magique, cet arrangement délicat de noms de fleurs et de dosages, finirait-elle par se révéler à elle, graduellement, au fil de ses pérégrinations?

Violette avait relaté son voyage dans ses moindres détails. Elle avait consigné les distances exactes parcourues chaque jour, ainsi que le temps écoulé pour passer d'une étape à la suivante, la taille des immeubles, des ponts et des montagnes, la longueur des fleuves et des rivières. Elle avait noté les dimensions des bateaux, des calèches, des chambres, des meubles, le nombre et la description des peintures et des statues admirées dans les maisons anciennes et dans les églises visitées. Il semblait aussi qu'elle ait inscrit dans son journal le nom de toutes les fleurs observées dans les cinq pays visités pendant son voyage ; dans la plupart des cas, elle en avait même réalisé des esquisses.

Joletta n'avait toujours pas réussi à déterminer si Violette était simplement une amoureuse du récit minutieux, ou si elle avait craint que les détails de son voyage ne s'évadent de sa mémoire au fil des ans, ou bien encore si cet amoncellement de données pointues avait un sens caché. Une chose était sûre : toute formule de parfum se compose de noms de fleurs, de fruits et autres écorces, mais également de chiffres. En outre, la plupart des parfumeurs désignent aussi par des chiffres les essences et les mélanges de leur propre cru utilisés dans leurs parfums : leurs formules s'expriment alors sous forme de pourcentages ou de proportions.

Depuis qu'elle avait entamé la lecture du journal de son aïeule, et que Violette lui avait dit, au travers des pages jaunies, sa joie de quitter la routine quotidienne pour découvrir de nouveaux lieux et d'incroyables merveilles, Joletta était prise d'une folle envie de voyager, de partir, de s'envoler. Les mots de son arrière-arrière-arrière-arrière-grand-mère avaient fait vibrer en elle une corde sensible. À mesure que la douleur provoquée par la mort de Mimi s'inscrivait plus profondément en elle, le besoin de fuir le lieu de tant de souvenirs devenait plus pressant. Par ailleurs, tout ce qui l'entourait, son travail, son appartement, la suite ininterrompue et monotone des jours semblables, tout cela commençait à lui peser terriblement. Et puis, après tout, n'avait-elle pas été privée du voyage de noces tant attendu ?

Sans compter que c'était le printemps. Violette était partie pendant deux ans, mais les événements qu'elle rapportait dans son journal semblaient s'être tous produits en l'espace d'une année, du printemps 1854 au printemps de l'année suivante. Si Joletta se décidait rapidement, elle arriverait en Europe en cette saison bénie des Dieux, et elle assisterait peut-être à l'éclosion des fleurs et des bourgeons qui avaient tant ému Violette plus d'un siècle auparavant; elle verrait verdir les même coteaux, et ondoyer les mêmes récoltes.

Joletta s'aperçut soudain que sa main tremblait. Ce n'était plus la colère qui la faisait vibrer : c'était la délicieuse peur, la grande excitation du départ.

Elle ne laisserait pas sa tante avoir le dessus. Pas question! Elle décrypterait la formule, quoi qu'il lui en coûte. Et une fois qu'elle l'aurait en sa possession avec le journal, elle pourrait faire ce que bon lui semblerait du parfum tant convoité.

Elle irait en Europe, c'était décidé. Elle irait pour Mimi, pour se montrer digne de la confiance qu'elle lui avait témoignée en lui révélant l'existence du journal. Elle irait pour échapper aux manigances de sa tante, au moins pendant un certain temps. Mais surtout, elle irait pour elle-même. En quelque sorte, elle allait entreprendre une quête initiatique, une remontée dans le temps, jusqu'aux sources. Et si rien n'en sortait, elle aurait au moins eu le plaisir de faire un beau et grand périple touristique.

Il pleuvait quand l'avion atterrit à Londres. De fines gouttelettes s'égrenaient le long des hublots, et venaient grossir les flaques qui miroitaient sur l'asphalte des pistes. Dans l'aéroport d'Heathrow, l'air frais et humide était gorgé d'odeurs de laine mouillée, de biscuits à thé juste sortis du four, et d'une pointe de safran, le tout baignant dans l'inévitable puanteur du carburant. Joletta prit une grande inspiration et sourit.

L'Angleterre! Elle était en Angleterre! Elle sentait la joie monter en elle comme la sève au printemps. C'était la première fois que le vide causé par la mort de Mimi lui semblait moins grand, et elle en ressentit une légère ivresse. Jusqu'à cet instant, elle n'avait entrepris ce voyage que par devoir, avec un but bien précis en tête. Elle avait passé ces derniers jours dans la frénésie des préparatifs, démissionnant de son travail, entassant ses vêtements dans des valises, et réglant les mille et un petits problèmes qui se posent toujours lorsqu'on part pendant plusieurs semaines. La nuit précédant son départ, elle avait eu tant à faire et tant à préparer qu'elle n'avait pas fermé l'œil. Dès qu'elle avait été installée dans l'avion, elle s'était effondrée de sommeil. Ce n'est qu'à l'atterrissage qu'elle avait réalisé qu'elle était partie pour de vrai, qu'elle avait réellement quitté la Nouvelle-Orléans, et qu'elle se trouvait maintenant très loin de chez elle.

Elle avait demandé à son agent de voyages de lui préparer un itinéraire et de tout régler en conséquence. Elle aurait aimé partir à l'aventure, mais n'ayant jamais vraiment voyagé de sa vie, elle préférait confier l'organisation de son périple à un spécialiste, afin de se consacrer plus pleinement à la mission qui la conduisait en Europe. L'agence lui avait finalement proposé un itinéraire très semblable à celui qu'avaient suivi Violette Fossier et son mari Gilbert plus d'un siècle auparavant. Joletta se rendrait d'abord en Angleterre, puis elle descendrait vers la France, la Suisse, et à la toute fin, vers l'Italie. Mais si Violette et Gilbert s'étaient enivrés pendant deux ans de tous ces lieux, Joletta ne pouvait se permettre d'y passer tant de temps.

Elle distingua avec soulagement l'uniforme rouge du guide de son groupe. Elle rejoignit quelques autres touristes américains, et les suivit vers les douanes et le contrôle des passeports.

Les files d'attente étaient interminables. Joletta déposa son sac de cabine à ses pieds et prit son passeport dans son sac à main. Quand elle releva la tête, elle entendit une rumeur qui s'amplifia peu à peu autour d'elle. Elle vit passer non loin de là un groupe assez important de ressortissants africains, qu'escortaient des gardes en uniformes. Les hommes affichaient un air solennel, tandis que les femmes impressionnaient par leurs turbans colorés et leurs longues robes drapées. Un murmure courut dans les files d'attente, selon lequel les gens escortés seraient les réfugiés d'un coup d'État, un de plus, qui venait juste de se produire en Afrique.

Joletta entendit des pas rapides s'approcher d'elle. Elle tourna la tête et aperçut un jeune homme mince qui portait des jeans, et dont les cheveux étaient retenus en une queue de cheval. Il passa rapidement devant elle, se pencha sans s'arrêter, et se sauva avec le sac de cabine qu'elle avait déposé à ses pieds.

Joletta poussa un cri et s'élança sur les traces du jeune homme. Elle réussit finalement à saisir la bandoulière de son sac, et tira violemment.

Le jeune homme s'arrêta brusquement et se retourna. Son visage se tordit en un rictus de désespoir méchant, et il asséna un violent coup de poing à Joletta. Mais voyant venir le coup, elle se baissa prestement pour l'éviter. Néanmoins, le poing frôla le côté de la tête. Elle le sentit glisser contre son oreille, accrochant son anneau d'or au passage. Elle recula d'un bond, et le jeune homme lui arracha définitivement son sac.

Des bras puissants s'enroulèrent alors autour de Joletta, par derrière, et en face d'elle elle vit l'individu écarquiller les yeux, visiblement stupéfait. Il fit un saut en arrière et se sauva. Se frayant brutalement un chemin parmi les réfugiés qui attendaient, le voleur disparut rapidement.

— Arrêtez-le! cria Joletta, repoussant les bras qui l'immobilisaient toujours. Il a volé mon sac!

Mais l'homme qui se tenait derrière elle ne desserra pas son étreinte.

— Laissez tomber, madame, dit-il d'une voix posée. Quoi qu'il y ait dans votre sac, cela ne vaut pas que vous risquiez votre vie pour le récupérer.

Joletta cessa illico de se débattre. Bois de santal. Un parfum frais, clair, et cependant si discret qu'il donnait envie de s'approcher pour mieux le respirer. Elle avait déjà compris. Se raidissant, elle se tourna lentement, tandis que la voix de l'homme résonnait encore à ses oreilles.

— Ce n'est pas possible! murmura-t-elle quand elle vit enfin le visage de l'homme.

« Très possible, madame », répondit Tyrone Kingsley Stuart Adamson, quatrième du nom, d'un ton ironique, mais le sourire aux lèvres. « Moi-même, je n'y ai pas cru quand je vous ai vue embarquer pour l'Angleterre. Mais le plus incroyable, c'est que j'aie dû aussi rapidement venir à votre rescousse. Je suis décidément le chevalier servant idéal, vous ne trouvez pas? Comment allez-vous? »

— Je vais très bien, je vous remercie, répondit Joletta sans réfléchir, figée par la surprise.

— Navré de n'avoir pu récupérer votre sac.

Elle eut un haussement d'épaules.

— Tant pis. Il ne contenait rien d'important. À part ma brosse à dents préférée.

Elle s'efforçait de prendre l'incident à la légère, mais Rone n'était pas dupe.

— Au moins, vous avez pu sauver votre passeport, c'est l'essentiel. Passons les douanes, puis je vous accompagnerai à votre hôtel.

Joletta lui indiqua le nom de l'hôtel où elle descendait, en soulignant que l'agence de voyages avait prévu le transport depuis l'aéroport. Rone balaya le tout d'un revers de la main, mentionnant que l'autobus serait déjà loin quand elle aurait rapporté le vol à la police.

Il n'avait pas tort. Quand Joletta eut fourni toutes les explications qu'on lui demandait, et décrit minutieusement le contenu de son sac, elle regretta presque de s'être adressée à la police de l'aéroport. L'objet volé ne contenait rien de bien important, de toute façon. Elle y avait d'abord mis les photocopies du journal, mais finalement elle avait décidé de les garder plus près d'elle, dans son sac à main. Quant à l'original, elle l'avait laissé à la Nouvelle-Orléans, dans une cachette qu'elle espérait introuvable.

La pluie avait cessé quand Rone et Joletta arrivèrent enfin en ville, et le soleil brillait. Joletta accepta sans difficulté le repas que Rone lui proposait : elle aurait été bien ridicule de faire des cérémonies envers un homme qui venait de l'entendre décrire avec précision la chemise de nuit et les sous-vêtements qu'elle avait rangés dans son sac de cabine... En outre, il s'était montré si serviable et si aimable qu'elle pouvait difficilement décliner l'invitation lancée avec tant d'élégance.

Ils déposèrent les bagages de Joletta à l'hôtel, emportèrent la clef de sa chambre, puis se rendirent au centre-ville. Ils entrèrent dans un petit restaurant aux fenêtres de vitrail, et aux murs lambrissés. Assis sur des banquettes de cuir vert adossées à un mur tapissé de papier peint fleuri de style victorien, ils commandèrent avec appétit du bacon et des œufs brouillés, avec des saucisses, des champignons, des tomates, ainsi qu'une pizza au fromage de chèvre, qui leur sembla des plus exotique.

— Alors? demanda Rone dès que le serveur eut pris leur commande. Êtes-vous plus malchanceuse que la moyenne, ou avez-vous de gros ennuis?

C'était précisément la question que Joletta se posait depuis l'incident de l'aéroport. Elle avait alors pensé que sa tante avait peut-être mis un homme de main à ses trousses à la Nouvelle-Orléans, ainsi qu'en Angleterre. Mais elle préféra écarter cette effrayante éventualité.

— Je dois être plus malchanceuse que la moyenne, dit-elle avec un sourire forcé. Je me sens tellement... tellement touriste, après ce qui vient de se passer!

Rone la regarda attentivement pendant un long moment, fixant sur elle son regard incroyablement bleu.

— En effet, ce sont des choses qui arrivent, dit-il enfin. Mais si jamais vous avez des ennuis, j'espère que vous me permettrez de vous aider?

— Vous aimez jouer les Robin des Bois?

— Je ne plaisante pas, vous savez.

Autrefois, elle avait nourri le rêve qu'un prince charmant surviendrait dans sa vie pour la protéger des méchants. Elle se surprit à penser que l'homme assis en face d'elle serait un prince charmant très convenable. Il était chaleureux et attentif, et se révélait plus beau qu'il ne lui était apparu lors de leur première rencontre. Les rides d'expression qui sculptaient son visage quand il souriait avaient plus de charme encore, et ses cheveux étaient plus fournis, et d'une couleur plus riche. Il portait un costume d'excellente coupe, probablement très cher, ainsi qu'une chemise de soie blanche. Néanmoins, il restait pour elle un parfait inconnu, un homme qui devait, comme tout le monde, avoir son lot de problèmes. Et la mésaventure vécue avec Charles l'avait guérie de ses rêvasseries ridicules de jeune fille en fleur.

— Je vous remercie, dit-elle avec un hochement de tête.

Mais je suis simplement en vacances ici. Tout va bien, je vous assure.

— Je l'espère, répondit-il avec un sourire taquin. Et puis, non, je ne l'espère pas, après tout : finalement, vos ennuis me donnent à chaque fois l'occasion de jouer les héros... et de passer de très agréables moments.

— Eh bien, espérons que vous serez encore là si j'ai d'autres désagréments. Mais ce sera pur hasard, parce que je n'entends rien faire de particulier pour demeurer en votre compagnie.

Elle asséna un petit coup de ses doigts serrés sur la table, comme pour donner plus de poids à ses propos. Rone redevint sérieux. Brusquement, il se pencha vers elle et souleva ses cheveux.

— Vous êtes en train de perdre votre boucle d'oreille, constata-t-il.

Elle porta la main à son anneau d'or, et fronça les sourcils en s'apercevant que le lobe de son oreille était douloureux.

— L'homme de l'aéroport a dû l'accrocher au passage, expliqua-t-elle. Heureusement qu'elle n'est pas tombée.

— Je vais la refermer, répondit Rone.

Sans même lui laisser le temps d'approuver, il s'inclina plus encore vers elle, et referma délicatement l'anneau.

Il était si proche à présent que Joletta distinguait ses cils, longs et épais, ainsi que la barbe qui commençait à poindre sous sa peau. Elle se sentait terriblement vulnérable. Le geste qu'accomplissait cet homme était, d'une certaine façon, extrêmement intime. La plupart des hommes qu'elle connaissait n'auraient jamais proposé de rattacher sa boucle d'oreille. Et quand bien même ils l'auraient fait, ils auraient probablement blessé l'oreille en cours d'opération.

Joletta ne put réprimer un petit frisson quand elle sentit les doigts de Rone effleurer sa joue. Elle se rappela le baiser qu'ils s'étaient donné le soir de leur première rencontre. Elle se demanda s'il était aussi délicat et aussi habile de ses mains en toutes occasions, et cette pensée fugitive la fit rougir.

— Vous ne m'avez toujours pas dit la raison de votre présence en Angleterre, articula-t-elle à grand peine, en tâchant de retrouver sa contenance.

— Si je vous dis que je vous ai suivie, me croirez-vous? répondit-il en la regardant bien en face.

— Non.

— C'est bien ce que je pensais.

Il soupira et regarda presque avec insistance les joues encore rouges de Joletta.

— Alors, disons que je suis ici pour affaires, et aussi pour le plaisir, ajouta-t-il enfin. J'ai décidé de mélanger un peu de l'un... et beaucoup de l'autre.

— Et que faites-vous, exactement?

Joletta s'appuya d'un coude sur la table.

— Certains disent que je ne fais rien du tout, mais que je le fais très bien.

— Play-boy professionnel?

— Pas précisément.

— Vous m'aviez dit que vous étiez à la Nouvelle-Orléans pour affaires.

— C'est vrai, c'est en effet ce que je vous avais dit.

— Je me souviens de cette soirée-là comme si c'était hier, répondit-elle d'un ton brusque. C'est-à-dire... ce n'est pas tous les jours que je me fais attaquer dans un stationnement.

— J'ai cru, un bref instant, que ce n'était pas l'agression qui avait rendu cette soirée si mémorable...

Elle lui lança un regard faussement étonné, mais la rougeur de son visage la trahit instantanément.

— Vous ne voyez pas de quoi je parle? ajouta Rone, s'accoudant à son tour à la table, un sourire dans les yeux.

L'arrivée du serveur mit un terme à cette situation embarrassante. Rone se recula pour laisser le serveur placer son assiette devant lui. Cependant, Joletta sentait toujours son regard posé sur elle. Quand le serveur se fut éclipsé, elle était prête à l'interrogatoire. Elle saisit sa fourchette et attaqua prestement un champignon.

— Vous alliez me parler de votre travail... dit-elle.

— Ah oui ? Peut-être. Alors, disons que je suis un spécialiste de l'illusion.

— Magicien ?

— Pas tout à fait. Je suis spécialiste de l'illusion filmée.

— Alors, vous êtes cinéaste.

— Pas tout à fait non plus, répondit-il avec une petite moue. Je produis des films publicitaires, c'est tout.

Devait-elle le croire ? Rone avait quelque chose de sarcastique dans la voix, mais il pouvait tout aussi bien se moquer de lui-même. Quoi qu'il en soit, il prenait visiblement beaucoup de plaisir à la taquiner.

— Êtes-vous vraiment un producteur de films publicitaires ? demanda-t-elle d'une voix posée, les yeux plantés dans ceux de son interlocuteur.

— Mais c'est un métier très honorable !

— Sans doute. Mais je vous imaginais plutôt cadre supérieur dans une très grande entreprise.

— Non, c'est très ennuyeux, et terriblement limité. Je préfère l'indépendance. Rappelez-moi donc l'itinéraire que vous avez indiqué à la police. En fait, j'y pense, j'aurais moi-même besoin de visiter certaines de ces villes. Je pourrais ainsi repérer des lieux de tournage un peu partout en Europe.

— Au lieu d'en repérer seulement en Angleterre, vous voulez dire ?

— Non, répondit Rone avec un sourire amusé. Au lieu de rien du tout. Mon travail ici ne me prendra guère de temps. Mais, puisque je suis en Europe et que vous y êtes aussi, nous pourrions peut-être unir nos forces pour conjurer le mauvais sort qui semble s'acharner sur vous depuis un certain temps. Qu'en pensez-vous ?

Elle le regarda d'un air interdit, la fourchette en l'air. Cette décision brusque de Rone, pour le moins imprévisible, ne correspondait guère à l'image de force et de stabilité qui émanait de lui.

— Ne m'examinez pas comme cela, ajouta-t-il. Vous ne

faites jamais rien d'impulsif?

— J'ai accepté de vous suivre dans ce restaurant, répondit Joletta. C'est... C'est à peu près le geste le plus impulsif de ma vie.

Elle s'était efforcée de parler d'un ton léger, mais sa voix trahissait son trouble.

— Et vous ne m'avez suivi qu'à votre corps défendant, n'est-ce pas?

— Eh bien... oui. C'est bien normal, non? Je ne vous connais même pas.

— Au moins, je connais votre nom, maintenant. Même si j'ai dû le lire sur l'étiquette de vos bagages.

— Le nom! Ça n'a aucune importance.

— Vous croyez, chère madame?

— Ne m'appelez pas « chère madame », tout de même. Je vous autorise à m'appeler Joletta, cela ne me dérange pas du tout. C'est seulement que...

— Je vois, déclara Rone avec un vigoureux mouvement de tête. C'est seulement parce que vous êtes une femme très conformiste, et vous n'y pouvez rien. C'est comme cela! Alors, oubliez tout ce que j'ai dit.

— Vous ne vous attendiez quand même pas à ce que je vous accorde le droit de me traiter avec familiarité dès la deuxième rencontre?

Joletta savait qu'elle aurait dû abandonner tout de suite cette conversation en terrain glissant. Mais la réaction de Rone lui laissait à penser qu'elle s'était peut-être montrée trop rude envers lui.

— « Tant qu'il y a de la vie, il y a de l'espoir! », comme on dit, répondit Rone. Cependant, je précise, pour ma défense, que je ne vous ai aucunement proposé de partager la même chambre, et encore moins le même lit.

Joletta sentit les muscles de son ventre se crisper en un réflexe incontrôlé.

— Ce n'est pas ce que je pensais non plus, articula-t-elle.

— Alors, très bien, répliqua Rone. Je suis ravi que nous

ayons tiré cela au clair.

Sa voix n'était-elle pas trop affable? Joletta eut le vague sentiment qu'il se moquait d'elle en son for intérieur.

— Vous n'avez pas l'air d'un homme qui aime les voyages organisés, dit-elle, tentant de ramener la conversation en terrain plus sûr.

— Vous seriez surprise de savoir ce que j'aime vraiment, dit-il.

Son sourire s'élargit quand il la vit lever rapidement les yeux au ciel. Son silence et son regard la mettaient au défi de répondre à cette phrase énigmatique. Elle choisit de la relever, mais sans l'aborder de front.

— Vraiment? dit-elle. Après tout, c'est vrai. Cela vous plairait-il de visiter la ville en autobus à impériale, et de finir l'après-midi par une visite de la Tour de Londres?

— Certainement, répondit-il, rien ne vaut les visites guidées pour bien découvrir la Tour de Londres. Cela permet d'éviter toutes les files d'attente, et d'entrer comme des rois dans la Tour, tandis que les autres touristes continuent de piétiner dehors.

— En effet, confia-t-elle d'un ton chaleureux. J'avais l'intention de commencer par un petit tour à pied de Hyde Park pour me dégourdir les jambes. Après un long voyage en avion, c'est indispensable.

Rone la regarda d'un air éberlué, et repoussa son assiette.

— Tout cela en une seule journée?

— Oui, et de plus, je veux aller en métro jusqu'au parc, simplement pour voir si je m'habituerais au réseau de Londres. Aucun taxi, seulement le métro.

— Seulement le métro, répéta-t-il d'une voix blanche.

— Naturellement, cela ne me laisse guère de temps pour flâner, ajouta-t-elle en s'efforçant de réprimer le sourire qu'elle sentait lui monter aux lèvres. Et si finalement vous préférez ne pas m'accompagner, je comprendrais très bien, vous savez.

— Pas question, rétorqua-t-il d'un ton assuré. Allez, allez, dépêchez-vous de finir de manger, sinon nous n'arriverons jamais à temps.

Elle avait cru qu'il abandonnerait la partie. Maintenant, son stratagème raté l'obligeait à rester en compagnie de cet homme. Mais était-ce vraiment si pénible, après tout ? Ils ne fréquenteraient que des endroits publics, de toute façon, et rien de fâcheux ne pouvait se produire.

Cependant, Rone se révélait l'obstacle le plus difficile pour la suite de ses plans.

Il fit de son mieux pour la distraire, proposant des balades en bateau sur le lac du parc, et des pique-niques avec thé et sandwiches au concombre sous les marronniers en fleur. Il pointa du doigt l'étrange tableau que formaient des employés de bureau anglais mollement étendus sur l'herbe verte, le teint très pâle sous leurs cheveux gris, mais qui rougissaient lentement comme des écrevisses sous le chaud soleil de cet après-midi londonien. Il traîna en chemin pour écouter les prêcheurs de l'Apocalypse et les anarchistes qui haranguaient la foule à Speaker's Corner, et il insista pour prendre une demi-douzaine de photos de Joletta, debout près d'une petite maison au toit de chaume, autour de laquelle poussaient des myriades de campanules.

Dans la Tour, comme ils défilaient à pas de tortue devant les vitrines pour admirer les Joyaux de la Couronne, il se pencha vers elle et lui proposa de voler les bijoux et de partir avec le magot. Comme ils étaient restés derrière les autres touristes pour regarder les corbeaux, dont la légende dit que la Tour de Londres et l'Angleterre tout entière s'effondreraient s'ils venaient à quitter leurs nids, Rone s'apitoya longuement sur les malheureux volatiles. Ils étaient, disait-il, des prisonniers des temps modernes victimes d'un supplice cruel et inusité. Sachant que les corbeaux s'accouplent en vol, affirmait-il, le fait de couper les plumes de leurs ailes pour les empêcher de s'envoler les condamnait inéluctablement à la chasteté.

Joletta se moqua de lui et ne lui prêta pas toujours grande attention, empêtrée qu'elle était entre son sac, son appareil-photo et son carnet de notes, et préoccupée de fixer sur pellicule ou sur papier tout ce qu'elle voyait. Elle notait scrupuleusement les distances et les heures, et tout ce qui pouvait se convertir en chiffres, de la longueur des rues et des avenues au nombre des tourelles de la Tour de Londres. Il lui fallut un certain temps pour s'apercevoir que Rone, malgré ses facéties, l'aidait grandement dans cette tâche. Il portait son appareil-photo quand elle ne l'utilisait pas, et il prenait son carnet de notes dès qu'elle voulait photographier quelque chose. De temps à autre, il la soulageait même de son sac, et il finit par le porter en permanence à l'épaule. Elle lui en fut reconnaissante, jusqu'à ce qu'elle se rende compte qu'il profitait de ce qu'elle lui confiait son carnet pour lire furtivement ce qu'elle y inscrivait.

Quand elle reprit son sac, à la sortie de la Tour, elle lui lança un long regard appuyé. Il le soutint un certain temps, puis haussa les sourcils en signe d'étonnement.

— Oui, madame? demanda-t-il.

— Rien, répondit-elle après une pause, affichant un visage souriant.

Il est gentil parce qu'il a la courtoisie « dans le sang », comme il dit, pensa-t-elle. Somme toute, il était bien naturel qu'il soit tenté de jeter un coup d'œil à ses notes quand elle lui tendait son carnet. Simple curiosité humaine.

Qu'est-ce que cela pouvait être d'autre, de toute façon?

En fin de journée, ils s'attablèrent dans un petit restaurant de l'ouest de la ville devant un steak et une tourte aux rognons, accompagnés d'une bouteille de Cabernet Sauvignon. Ils réussirent à provoquer une controverse entre deux serveurs, un aide-serveur et le cuisinier lui-même, en demandant à chacun s'il y avait bien du foie dans la tourte, ou si c'étaient seulement les rognons qui avaient le goût du foie. Comme la discussion s'éternisait, Joletta finit par se désintéresser du sujet, d'autant plus qu'elle commençait à éprouver une très grande fatigue.

Quand ils arrivèrent devant son hôtel, Rone insista pour la raccompagner jusqu'à sa chambre. Joletta sentit son estomac se nouer à mesure qu'ils approchaient de la porte. La journée avait été si belle ! Allait-il tout gâcher en lui demandant de passer la nuit avec elle ?

Mais les inquiétudes de Joletta étaient vaines, Rone se contentant d'ouvrir la porte et de jeter un rapide coup d'œil dans la chambre. Puis il se retourna vers elle et lui tendit sa clef. Elle avança la main pour la prendre, mais il referma ses doigts sur la clef, plongeant dans les yeux de Joletta son regard bleu, et terriblement sérieux, à présent. Elle le vit serrer les lèvres l'espace de quelques secondes, puis il secoua rapidement la tête et déposa la clef dans sa main. Il lui promit de l'appeler le lendemain, lui souhaita bonne nuit et s'en alla.

Joletta resta figée sur place, tandis qu'il refermait la porte derrière lui. Il n'avait même pas essayé de l'embrasser. Un moment, elle avait cru qu'il allait... mais non. C'était plutôt surprenant. Rone est donc un homme surprenant, pensa-t-elle.

Faisant danser la clef au bout de ses doigts, elle se demanda si elle était soulagée ou déçue qu'il n'eût rien tenté. Elle s'endormit avant d'avoir trouvé la réponse.

4

4 mai 1854

Aujourd'hui, je suis allée acheter du linge de cuisine en lin, semblable à celui que ma cousine Lilith avait acheté au grand magasin Fortnum & Mason, lors de son dernier voyage. Quel achat trivial ! Mais c'est la première dépense que Gilbert m'accorde depuis le début de notre périple. Avant de quitter l'hôtel pour aller rencontrer l'ébéniste, il m'a suggéré de choisir un motif à rayure grise, très ennuyeux. J'ai commandé douze douzaines de torchons à carreaux d'un bleu très vif, et j'espère bien qu'ils ne lui plairont pas.

Quand je suis sortie du magasin, il pleuvait.

Comme ces mots sont simples ! Cependant, cette pluie était si... échevelée et... comment dirais-je ?... si émoustillante. « Émoustillante », c'est bien là le mot qui convient. Cependant, je crains qu'il ne convienne guère à une jeune femme mariée de vingt-six ans, aussi collet monté que moi.

Violette s'était longuement promenée dans les rayons d'alimentation du magasin Fortnum & Mason, s'arrêtant ici et là pour regarder de plus près un panier à pique-nique, des gousses de vanille ou des boîtes de thé. Mais elle avait décliné toutes les propositions d'aide des vendeuses. Elle aurait aimé

71

acheter quelques petites choses, du vin et du fromage, peut-être, ou une tarte, ou encore un pot de biscuits qu'elle aurait rapporté à l'hôtel où Gilbert et elle étaient descendus. Mais elle savait que son mari désapprouverait. Gilbert était très attaché aux apparences, et il serait mortifié à l'idée que le personnel de l'hôtel puisse les soupçonner de vouloir économiser en mangeant dans leur chambre, au lieu d'aller au restaurant. Ils logeaient à l'Hôtel Brown, fondé quelques années plus tôt par le valet de chambre de Lord Byron, ce qui était censé conférer à l'établissement un cachet supplémentaire. Violette trouvait seulement que l'hôtel était vieillot et mal aéré.

Au début, elle s'était sentie un peu excentrique de sortir sans sa domestique. Hermine, la vieille femme noire qui la suivait partout dès qu'elle quittait la Nouvelle-Orléans, avait attrapé froid dans ce climat anglais. La plupart des femmes que Violette rencontrait lors de ses promenades marchaient deux par deux, ou étaient escortées par des hommes ; mais elle croisait aussi des femmes d'allure respectable qui déambulaient seules dans les rues de Londres. Elles étaient suffisamment nombreuses pour que Violette ne craignît pas de se conduire de façon grossière en se promenant sans chaperon. Elle avait d'ailleurs découvert que les errances solitaires avaient du bon. D'abord, elle marchait plus vite seule qu'accompagnée. Elle pouvait entrer dans tous les magasins qu'elle voulait voir sans qu'Hermine soupire dans son dos, marmonnant des commentaires désobligeants, et Violette appréciait follement cette liberté inattendue.

À la sortie d'un de ces magasins, elle s'engagea dans une rue inconnue sans but particulier, jouissant simplement de l'air du temps. Elle s'arrêta devant une vitrine remplie de souvenirs de la Grande Exposition tenue trois ans plus tôt, à l'initiative du Prince Albert. D'adorables petites boîtes de verre représentaient le Palais de Cristal, et un sulky de laiton, au trot, rappelait celui que les États-Unis avaient présenté lors de l'exposition. Violette entra dans une librairie pour le simple plaisir d'y flâner, et elle faillit se laisser tenter par un recueil de poèmes de William Blake, merveilleusement illustré et relié à la main. Elle ressortit finalement de la boutique sans rien acheter. Elle marcha quelque temps, puis le ciel s'assombrit et le tonnerre se mit à gronder.

Son ombrelle convenait merveilleusement bien au soleil de Louisiane, mais elle n'était guère adaptée aux pluies anglaises. La soie frangée en était très fine, et ne protégeait même pas toute la robe à crinoline de Violette. Celle-ci chercha des yeux un fiacre libre, mais tous étaient déjà occupés : connaissant leur climat capricieux, les Londoniens avaient réagi plus vite qu'elle aux premiers grondements de l'orage.

Un vent frais s'éleva dans les rues de Londres. Il fit onduler les jupes de soie verte de Violette, et fit voler le grand châle écossais dont elle s'était enveloppée. Les rubans écossais assortis de son petit chapeau de velours jade voltigeaient à présent autour de ses boucles soignées. À la recherche d'un abri, Violette tourna prestement les talons et vit, de l'autre côté de la rue, des arches de marbre qui menaient à un petit parc. De grands marronniers en fleur abritaient des massifs de rhododendrons et des parterres très fournis. Au centre du parc, un kiosque à musique en fer forgé s'élevait, encadré de ginkgos dont les troncs formaient presque des arabesques.

Quand les premières gouttes de pluie tombèrent, Violette ouvrit son ombrelle, souleva ses jupes et traversa la rue à petits pas pressés, puis elle se mit à courir vers le trottoir, tenant son ombrelle devant son visage pour se protéger du vent et de la poussière de charbon qu'il charriait ainsi que des fétus de paille provenant des sacs de nourriture des chevaux.

C'est alors qu'elle entendit le martèlement précipité de sabots sur le pavé, puis le hennissement affolé d'un cheval, et le grincement sinistre du frein à main que l'on serre dans les cas d'urgence. Abaissant son ombrelle, elle vit un fiacre à quelques centimètres d'elle. Le conducteur de la voiture tira sur les rênes de toutes ses forces, et le puissant cheval gris qu'il conduisait s'arrêta net, presque au-dessus de Violette.

Au même moment, un bras d'acier se referma autour de

sa taille. Complètement décontenancée, Violette se sentit à demi portée et à demi tirée sur le trottoir. Les roues d'acier du fiacre passèrent tout près d'elle, et le souffle produit lui fouetta le visage. Le conducteur proféra quelques imprécations emportées par le vent, accompagnées des cris des passagers du fiacre, malmenés par l'incident.

Écrasée par le bras qui l'enserrait autant que par les baleines de son corset, Violette avait le souffle coupé. Toute tremblante et haletante, elle posa les yeux sur le foulard de l'homme qui l'étreignait toujours. L'insigne gravé sur l'épingle d'or qui tenait le foulard attaché, et le délicat motif de fougères qui ornait la veste de l'homme, se mirent à danser devant ses yeux. Elle sentit que le blason et les fougères se gravaient dans sa mémoire pour toujours. Quand elle fut certaine de ne pas s'évanouir, elle osa enfin lever les yeux vers l'homme.

Elle ne vit d'abord que ses yeux, clairs et chaleureux en dépit de leur couleur bleu gris. Les commissures des paupières s'abaissaient légèrement, ombrées par des sourcils très droits et de longs cils qui leur donnaient un air mystérieux. Les pommettes étaient hautes comme celles des Slaves, et le nez avait quelque chose de romain. La mâchoire était bien dessinée, et la bouche forte ; cependant, ses courbes et son apparente douceur la rendaient attirante. L'homme avait perdu son chapeau dans l'incident, et la pluie et le vent ébouriffaient ses cheveux brun roux, très fournis.

Violette s'aperçut soudain que son cœur battait très fort sous ses mains, qui se trouvaient emprisonnées entre son buste et celui de l'homme. Elle baissa les yeux.

L'homme la lâcha brusquement.

— Excusez-moi, madame, dit-il en reculant d'un pas.

Il inclina la tête en guise de salut, les bras collés le long du corps.

Comme elle l'avait pressenti, Violette constata que l'homme avait un accent, si léger fût-il.

— Je vous en prie, répondit-elle d'une voix douce. Au contraire, vous m'avez sauvé la vie, et je vous en remercie.

— Je vous en prie, c'était bien naturel.

L'homme regarda autour de lui, et ses yeux se posèrent sur son chapeau, qui gisait dans la rue, trempé par la pluie et écrasé par les roues du fiacre. À côté du chapeau se trouvait l'ombrelle de Violette, le manche cassé et la soie percée par les baleines tordues. La pluie s'intensifia autour d'eux.

— Je crains fort que votre ombrelle et mon chapeau ne soient inutilisables à présent. Voulez-vous quand même que je récupère votre ombrelle?

— Non, je vous remercie, murmura-t-elle.

— Comme vous voudrez, répondit-il. Mais allons nous mettre à l'abri.

Il prit son bras et l'attira vers le kiosque à musique. Elle le suivit à petits pas, soulevant ses encombrantes jupes pour avancer plus rapidement. Ils semblaient voler par-dessus l'herbe mouillée. Ils gravirent les marches qui menaient au kiosque pour aller s'abriter de la pluie qui crépitait sur le toit d'ardoise. Les jupes de Violette voletèrent tant qu'elle ne se fut pas immobilisée.

L'orage avait assombri le parc, déjà très ombragé par ses hauts arbres. La pluie grondait comme un torrent sur les feuilles nouvelles du printemps et sur l'herbe, claquant contre les ardoises du toit, éclaboussant les marches du kiosque.

Violette observait ce déluge et soudain, elle frissonna et se frotta les bras pour les réchauffer. Elle se prit à penser que ce tremblement lui venait de l'intérieur, ses bras étant couverts par les manches longues de sa veste de velours vert. Le tissu semblait brodé de perles de pluie, et Violette ôta ses gants pour éliminer les gouttelettes en toute hâte. L'eau pouvait gâcher le velours si elle n'y prenait garde, et elle n'avait porté cet ensemble que deux fois. Gilbert ne serait pas content.

L'homme à côté d'elle parla à voix basse.

— Excusez ma hardiesse, madame, mais comme il n'y a personne pour nous présenter, me permettez-vous de le faire moi-même? dit-il en inclinant la tête. Alain Massari, madame, pour vous servir.

— Enchantée, répondit-elle en lui tendant sa main gantée. Mais vous n'êtes pas anglais, je pense. Français, peut-être, ou italien?

Les yeux de l'homme pétillèrent d'amusement.

— Ma mère était italienne et française; mon père disait n'appartenir à aucun pays en particulier, mais il en appréciait plusieurs, l'Angleterre surtout. J'ai donc pour ainsi dire, plusieurs nationalités, mais je préfère me définir simplement comme européen.

Était-ce une façon élégante de déclarer qu'il ne pouvait utiliser le nom de son père, et qu'il portait par conséquent celui de sa mère? Violette ne voulait pas risquer de le mettre mal à l'aise en le lui demandant. Quelle importance, de toute façon? Dès que la pluie aurait cessé, ils se quitteraient pour ne plus se revoir. Toutes ces pensées traversèrent rapidement l'esprit de Violette, puis elle se rendit brusquement compte qu'ils ne parlaient plus anglais.

— Mais vous parlez très bien le français, monsieur.

— J'ai l'impression que vous préférez cette langue. Est-ce que je me trompe?

Violette confirma cette impression, et lui fit part de ses origines louisianaises françaises.

— Parlez-vous également l'italien? ajouta-t-elle.

— Oui, j'ai un certain talent pour les langues étrangères, dit l'homme d'un ton badin.

Soudain, il fronça les sourcils et regarda fixement la joue de Violette.

— Me permettez-vous? demanda-t-il en sortant un petit mouchoir de sa manche.

Du bout des doigts, il tourna son visage pour mieux la voir dans cette pénombre; puis, à l'aide de sa pochette, il essuya les petites gouttes d'eau qui s'étaient accrochées à son front, à ses joues, et même au bout de ses cils.

Violette était bien consciente qu'elle aurait dû se reculer pour éviter le contact de l'inconnu, ou du moins, qu'elle aurait dû protester. Cependant, elle n'en fit rien. Elle constata que les mains de l'homme étaient belles et bien entretenues, mais qu'elles portaient aussi les marques de rides profondes et de callosités sur les doigts et au creux des paumes : des mains accoutumées à manier l'épée. Cette découverte l'étonna. Elle examina le visage de l'homme, toujours très attentif à ce qu'il faisait, et nota qu'il avait les traits bien dessinés et puissants.

Il accepta sans mot dire qu'elle le dévisage. Soudain, il la regarda droit dans les yeux.

Rétrospectivement, ce qui se passa par la suite parut tout à fait incroyable, et pourtant inévitable.

L'homme laissa tomber son mouchoir par terre. Il glissa le long des jupes de Violette, et atterrit sur le sol comme un flocon. L'homme murmura une phrase courte, qui était peut-être une prière, ou un juron étouffé par lequel il se reprochait sa maladresse. Violette n'aurait su dire non plus dans quelle langue l'inconnu s'était exprimé, tant son cœur battait la chamade. Avec une infinie douceur, l'homme s'inclina vers elle et déposa ses lèvres sur les siennes.

Le baiser était tellement doux, tellement respectueux, qu'il alla droit au cœur de Violette. Elle sentit des larmes lui monter aux yeux, elle en goûta le sel, et ses lèvres se mirent à trembler sous celles de l'inconnu, tandis que son sang bouillonnait dans ses veines et pétillait comme du champagne. Elle se sentait glorifiée, magnifiée par ce baiser, et ce qu'elle était et avait été jusqu'alors n'avait soudainement plus aucune importance. C'est comme si elle découvrait une partie d'elle-même totalement insoupçonnée, et qui lui avait toujours manqué. Toutes les pièces du casse-tête s'imbriquaient, et ne se désuniraient plus jamais. Seul l'instant présent comptait, avec tout ce qu'il avait à lui offrir.

L'homme releva la tête, fixant des yeux les lèvres roses et frémissantes de Violette. Lentement, comme s'il pratiquait un exercice périlleux, il recula jusqu'à l'un des montants du kiosque à musique. Puis il se retourna, agrippant si fort le montant de fer que ses jointures pâlirent, et la structure de métal craqua quelque part au-dessus d'eux.

— Pardonnez-moi, dit-il d'une voix blanche. J'ai vraiment... mais c'était parfaitement respectueux, je vous le jure.

— Ne jurez pas, je vous en prie, répondit Violette, d'une voix si basse qu'il ne l'aurait certainement pas entendue s'il n'avait tendu l'oreille. Je vous en prie, je suis aussi fautive que vous.

Il eut un hochement de tête.

— Vous allez croire que je ne suis qu'un séducteur de bas étage, ayant voulu abuser de la situation. Ce n'est pas du tout le cas, je vous assure. Enfin, si ; j'ai abusé de la situation, mais ce n'était pas délibéré de ma part.

— Je... Je comprends.

Elle regarda les épaules larges de l'homme qui lui tournait toujours le dos, puis elle baissa de nouveau les yeux sur ses mains serrées.

— Vraiment? demanda-t-il en se retournant vers elle.

Les lèvres de Violette tremblaient, et souriaient presque à présent.

— Si cela avait été délibéré de votre part, vous... vous vous y seriez pris avec plus d'habileté, je pense.

— Je le crois aussi, répondit l'homme d'une voix soulagée.

Il avait retrouvé son sourire.

Ils s'observèrent un long moment, puis Violette se détourna pour contempler le parc.

— Je suis mariée, dit-elle.

— Je sais, répondit-il après un bref silence. J'ai remarqué votre bague.

Violette dirigea son regard vers ses mains, où brillait l'anneau nuptial traditionnel de la famille de Gilbert : un rubis encerclé de diamants, et monté sur anneau d'or. Violette serra le poing et replia son bras pour ne plus voir la bague. À cet instant, une vague de chaleur la submergea, et elle se demanda si elle n'était pas allée trop loin en révélant à cet homme qu'elle était mariée. Comme si cela pouvait intéresser un inconnu, et qui certainement allait le demeurer !

— À quel hôtel êtes-vous descendue ? reprit-il.

— Oh ! Un hôtel, dit-elle simplement, sans en préciser le nom. Nous ne restons ici que quelques jours. Nous poursuivrons bientôt notre visite de l'Angleterre, puis nous traverserons la Manche pour nous rendre en France.

— Paris, bien sûr.

Elle acquiesça d'un hochement de tête.

La pluie s'était calmée, et son murmure semblait les apaiser tous deux. Violette, les yeux toujours baissés, lança quelques regards furtifs à l'homme. Mais celui-ci semblait plongé dans ses pensées, et soucieux. Elle avala sa salive, puis soupira.

— Mon mari va m'attendre à l'hôtel, dit-elle. Il faut que je parte dès que possible.

— Je hélerai un fiacre pour vous dès que la pluie aura cessé.

— Cela serait très gentil de votre part.

— Nécessaire, seulement. Pas gentil : je préférerais ne pas avoir à le faire.

Sa voix résonnait étrangement, comme suspendue au-dessus d'un grand vide. Cependant, il se tint encore longtemps immobile, et Violette aussi. Ils se regardèrent longuement, les yeux grands ouverts, et le visage tendu.

La pluie avait presque cessé. Les nuages commençaient à s'éparpiller et le ciel s'éclaircissait. La lumière dans le parc semblait presque verte, comme si l'atmosphère qui la filtrait était faite de poudre d'émeraude. Au loin, un oiseau poussa un cri, comme une supplication interminable, à laquelle aucun autre cri ne répondit.

Peu après, l'homme aida Violette à monter dans le fiacre qu'il avait hélé pour elle. Elle lui donna l'adresse de son hôtel pour qu'il puisse l'indiquer au conducteur du fiacre. Puis, il recula et la salua très correctement, très respectueusement. Cependant, le dernier regard qu'il lui lança était plein de regret. Violette inclina la tête en signe d'adieu, et quand le fiacre démarra, elle agita sa main gantée dans sa direction.

Parvenue à une certaine distance, elle se retourna et vit l'homme, toujours immobile, qui la suivait des yeux !

Gilbert n'était pas rentré quand Violette arriva à l'hôtel, et elle se réjouit de ce délai de grâce accordé par le destin qui lui permit de se débarrasser de ses vêtements détrempés, et de les envoyer à sécher et à brosser, dans l'espoir qu'ils ne seraient pas trop abîmés par la pluie. Elle sonna ensuite pour demander du thé. Elle en avait grand besoin pour venir à bout du frisson intérieur qui la secouait encore ; elle reprit contenance en le buvant à petites gorgées.

Quand son mari rentra, elle était assise dans la chambre, devant un petit feu de foyer, enveloppée dans sa robe de chambre de laine bleue. Elle déposa sa propre tasse de thé pour en verser une à Gilbert. Il s'approcha d'elle pour l'embrasser sur le front, puis il se mit dos au feu et prit la tasse qu'elle lui offrait. Il sentait le lin renfermé et la fumée de cigare, une odeur que Violette détestait, et Gilbert le savait. Elle sentit sa main frémir quand elle lui tendit sa tasse. Celle-ci tremblota sur la soucoupe.

— Et l'ébéniste ? demanda-t-elle hâtivement, pour chasser le tremblement qui s'était emparé d'elle, et qui la trahissait.

— Pas grand-chose, répondit Gilbert. La plupart des commodes et des buffets fabriqués en Angleterre de nos jours sont conçus pour des pièces de petites dimensions, comme celle-ci. Je n'arrive pas à les convaincre de créer des meubles plus imposants, qui conviendraient mieux aux plafonds hauts et aux chambres vastes que nous connaissons en Louisiane. Au lieu de concevoir de grands espaces aérés comme ceux qui nous permettent de faire face à la chaleur louisianaise, ils sont obsédés par la réclusion et l'enfermement qui les aident à lutter contre le froid.

— J'aurais cru qu'avec l'intérêt suscité par l'Inde en ce moment, avec son climat si chaud...

— Ah ! Les Anglais... Au lieu de s'habituer au climat indien, ils s'imaginent que l'Inde va adopter leurs coutumes et leurs meubles.

— Pourtant, la mode est aux paravents et aux tissus d'Orient, sans parler de la fine porcelaine et des tables de marqueterie.

— C'est de la décoration, pas de l'ameublement. Je vais peut-être chercher du côté des antiquités susceptibles de provenir des grands manoirs de la campagne anglaise. Ils seraient certainement mieux adaptés à notre mode de vie...

— Excellente idée, murmura Violette, sachant que c'était la seule réponse que son mari attendait d'elle.

Il but une gorgée de thé et poursuivit.

— Mais tous comptes faits, peut-être vaudrait-il mieux abandonner nos recherches en Angleterre, et partir immédiatement en France. Avec cette guerre et les approvisionnements expédiés chaque jour aux troupes stationnées en Turquie et en Mer Noire, il règne une confusion et une congestion terribles dans les ports anglais ces temps-ci. Nous aurons peut-être du mal à faire expédier nos meubles chez nous. Et si l'on en croit les rumeurs, la situation devrait empirer de semaine en semaine.

Violette savait que son mari ne détestait pas se trouver en Europe en cette époque de guerre de Crimée. Il s'intéressait vivement à la fureur qui agitait la Grande-Bretagne, la France, l'Autriche et la Prusse, liguées contre le tsar Nicolas Ier de Russie. Celui-ci essayait de prendre le contrôle de la Turquie, considérée comme le pays le plus fragile d'Europe. Chaque matin, sans exception, Gilbert se procurait le journal pour y lire les plus récents comptes rendus télégraphiques de la guerre. Aux dernières nouvelles, les troupes anglaises et françaises avaient débarqué dans le port de Varna, sur la Mer Noire, pour protéger Constantinople d'une éventuelle attaque russe.

— Penses-tu qu'ils vont vraiment se battre?

— Les Anglais semblent d'humeur très belliqueuse ces temps-ci. Aberdeen et les membres de son cabinet pourraient bien être contraints d'ordonner l'invasion de la Crimée pour satisfaire l'opinion publique, à défaut de motifs plus stratégiques.

— Une attaque de la base navale russe de Sébastopole?

— Exactement, répondit Gilbert d'un ton sec.

Cela l'agaçait prodigieusement de voir Violette faire preuve d'une bonne connaissance de sujets qu'il considérait comme virils, et réservés aux hommes.

— Comme l'Angleterre et la France sont alliées, poursuivit Violette, ne rencontrerions-nous pas les mêmes difficultés pour faire expédier nos meubles d'un port français?

— Non, car Napoléon III ne tient pas autant que les Anglais à éloigner les Russes de la Turquie. Par conséquent, les préparatifs militaires sont bien moins avancés en France qu'ici. Nous ne devrions pas avoir de problèmes en France, à condition de ne pas trop nous attarder.

— Naturellement, je n'ai aucune objection à ce que nous partions, répondit Violette. Mais nous souhaitions tellement voir Bath et Brighton, et les lacs, et aussi l'Écosse, et le Pays de Galles.

— Nous pourrons revenir plus tard, peut-être, quand les troupes prendront leurs quartiers d'hiver et que les hostilités connaîtront une accalmie. Quant à Bath, nous pouvons faire un petit détour pour y passer. Il est primordial que tu y prennes les eaux, et le risque encouru pour nous y rendre vaut largement les bienfaits que tu en retireras.

— Bien sûr, répondit Violette d'une voix étranglée.

— Qu'as-tu, ma chère? demanda Gilbert. À propos, as-tu acheté le linge de cuisine?

Elle lui parla de ses achats, lui raconta l'incident survenu, et lui décrivit le kiosque où elle avait trouvé refuge. Elle ne dit pas un mot, cependant, de l'homme qui l'y avait accompagnée. Gilbert était un homme sensible, qui comprenait parfois bien plus qu'il n'y paraissait. Mais il pouvait aussi se révéler extrêmement jaloux, et Violette préférait ne pas lui dire ce qui s'était passé dans le parc.

Elle l'observa, tandis qu'il se tenait debout devant elle. Au terme de sept années de mariage, elle avait le sentiment de ne le connaître encore que très peu. Il lui semblait très lointain, et elle ne s'était jamais vraiment confiée à lui.

Pour Violette, cette distance s'expliquait, au moins en partie, par leur différence d'âge : Gilbert avait environ vingt ans de plus qu'elle. Elle pensait quelquefois qu'il devait la considérer comme une enfant, une enfant qu'il faut guider et diriger en toutes circonstances, et protéger des influences extérieures.

Gilbert Fossier était un homme riche, qui possédait de nombreuses plantations de sucre et de coton, ainsi que des entrepôts, des bateaux à vapeur, et d'importants terrains dans le Vieux Carré de la Nouvelle-Orléans. Il s'était marié une première fois quand il était jeune, mais sa femme avait succombé à la fièvre jaune lors d'une épidémie. Il avait alors consacré toute son énergie à bâtir sa fortune, jusqu'au jour où il avait rencontré Violette, lors de sa première sortie de jeune fille, à l'opéra. Le soir même, il avait demandé à son père la permission de lui faire la cour.

Violette ne s'y était pas opposée. Bien qu'elle n'eût que dix-sept ans à l'époque, elle se révélait déjà une jeune femme posée et sérieuse. Avec ses cheveux noirs de jais légèrement argentés aux tempes, Gilbert lui avait paru très distingué. Elle avait été flattée qu'un homme aussi puissant et aussi riche s'intéresse à elle, car on lui avait inculqué durant son enfance l'importance du pouvoir et de l'argent. Contrairement aux jeunes gens de l'âge de Violette, qui se montraient par trop fougueux, passionnés et emportés au-delà de toute bienséance, Gilbert avait fait preuve de tact, de gentillesse et de réserve. C'était avec beaucoup de plaisir que Violette avait accepté le bracelet de fiançailles qu'il lui avait offert.

Puis leur nuit de noces venue, Gilbert s'était révélé moins réservé qu'elle ne l'avait d'abord cru. La voyant dans sa chemise de nuit pour la première fois, il s'était mis à trembler de façon inquiétante. Il la désirait tant, et il avait si peur, semble-t-il, qu'elle lui échappe, qu'il l'avait poussée sans ménagement sur le lit et l'avait prise avec une hâte maladroite et douloureuse.

Ses rapports intimes avec son mari devaient devenir

moins déplaisants avec le temps, c'est du moins ce que sa mère lui avait dit. Mais il n'en avait rien été. Les quelques rares fois où son corps avait semblé répondre aux emportements de son mari, ses gestes timides amorcés avaient jeté Gilbert dans une telle frénésie que leur étreinte s'était dénouée bien avant que Violette n'eût commencé à y prendre véritablement plaisir. Son mari avait conscience de tout cela et le déplorait, pensait-elle, mais il se montrait incapable d'améliorer les choses. À la longue, Violette n'avait plus souhaité éprouver quelque émotion que ce fût dans les bras de son mari. Elle endurait stoïquement leurs brèves relations intimes, et se réjouissait chaque fois que son mari rejoignait son propre lit pour la laisser dormir seule.

Cependant, elle n'avait jamais douté de l'amour que Gilbert éprouvait pour elle. Il lui vouait même une adoration sans bornes, immensément possessive. Quand il venait de lui présenter un homme et la voyait sourire, il enrageait pendant des heures, et il se jetait à ses pieds pour qu'elle le rassure si jamais un homme la regardait avec une quelconque insistance.

Il était gentil et généreux, mais il pouvait aussi se montrer excessivement autoritaire. Il savait beaucoup de choses, mais ne supportait pas qu'on le contredise ou qu'on doute de ses connaissances. La belle assurance dont il faisait toujours preuve pouvait se muer en obstination dès que son autorité était remise en cause. Il avait grossi depuis leur mariage, sa taille s'était empâtée. Ses cheveux étaient devenus plus gris, et clairsemés sur le dessus. Ses yeux marron, tachetés de vert, s'étaient enfoncés plus profond sous les paupières alourdies, et leur regard était plus cynique qu'autrefois.

Il observait Violette à présent, d'une manière intense qui trahissait peut-être la suspicion. Elle sentit son cœur battre plus fort, et chercha refuge dans sa tasse de thé, en la fixant obstinément.

Cependant, elle avait mal interprété le regard de son mari.

Il se pencha vers elle et lui enleva la tasse et la soucoupe des mains. Il les déposa sur le dessus de la cheminée, puis il l'attira à lui.

— Quelle surprise de te trouver dans ta robe de chambre au beau milieu de l'après-midi, ma chère, dit-il. J'ai d'abord cru que tu étais malade, mais je suis ravi de constater qu'il n'en est rien.

Violette sursauta quand il commença à lui caresser la poitrine au travers de sa robe de chambre.

— Mais, Gilbert, dit-elle précipitamment. Hermine peut quitter son lit et reprendre le travail à tout instant.

— Elle n'entrera pas sans notre permission.

— Mais que pensera-t-elle si elle se heurte à la porte fermée?

— Quelle importance? En outre, elle n'ignore pas que l'un des objectifs de notre voyage en Europe est de nous ménager des moments d'intimité pour essayer de concevoir un enfant.

C'était indéniable. Du reste, Hermine aimait les jeux de la chair, et elle approuverait sans nul doute la décision de Gilbert. Elle trouvait sa maîtresse trop froide, et estimait que c'était pour cette raison qu'elle n'était pas encore mère.

Elle attendait avec impatience que sa maîtresse ait enfin un enfant; cela ajouterait à ses responsabilités et à son statut. En tant que femme de chambre attitrée de l'épouse du maître, elle occupait d'ores et déjà une position enviable dans la maison. Mais la venue au monde d'un héritier Fossier la rendrait plus indispensable encore. Après tant d'années infertiles, les espoirs d'Hermine commençaient à faiblir. Cependant, le départ de ses maîtres pour l'Europe les avait ravivés. Elle était convaincue qu'à l'occasion d'une visite aux eaux de Bath ou à Wiesbaden, en Allemagne, le destin exaucerait ses vœux, et que sa maîtresse concevrait enfin. En dernier recours, il resterait toujours Lourdes. Hermine avait une foi inébranlable dans les vertus des eaux et des lieux saints, surtout si Gilbert y mettait du sien. Cette intervention, avait-elle un jour précisé à Violette le plus sérieusement du monde, s'avérait naturellement essentielle à la conception d'un héritier.

Violette elle-même désirait ardemment un enfant. Elle

souhaitait avoir enfin quelqu'un à aimer, un petit être doux et chaud qui l'aimerait en retour, sans conditions. La venue d'un enfant donnerait un sens à ses journées vides, et lui permettrait peut-être d'échapper aux visites de son mari dans sa chambre.

Gilbert entraîna Violette loin du feu, jusqu'au lit massif de bois de rose au baldaquin de soie bronze. Il dénoua sa robe de chambre et la lui enleva doucement, ne lui laissant que ses sous-vêtements. Comme elle s'asseyait sur le lit, il se défit de sa veste, de ses pantalons et de ses demi-bottes, dénoua le foulard qui lui enserrait la gorge, et apparut en caleçon, gilet et chemise. D'un bond, il fut sur le lit près d'elle.

Soumise à sa volonté, Violette s'allongea tandis qu'il défaisait les petits boutons de sa camisole. Elle sentit les lèvres chaudes de son mari courir sur sa poitrine, l'embrassant avec insistance, et la mordillant à lui faire mal. Elle protesta timidement, ce à quoi il se contenta de répondre en faisant glisser sa culotte le long de ses hanches.

Bientôt, il fut sur elle, son membre viril sorti par la fente de son caleçon, et il lui ouvrit les jambes sans ménagement. Elle modifia sa position pour faciliter les choses à Gilbert, et pour s'épargner une trop grande souffrance. Les mouvements précipités et désordonnés de son mari firent grincer le bois du lit et délièrent les embrasses des rideaux du baldaquin, qui se mirent à danser autour d'eux. Puis, très vite, il plaqua sa bouche sur la sienne et la pénétra au plus profond d'un fort mouvement des hanches.

Le souffle coupé, Violette resta immobile, incapable de faire un geste. Désespérée et prisonnière, elle vit soudain le visage d'Alain Massari se dessiner devant ses yeux. Les larmes lui montèrent aux yeux, surgissant d'un puits de tristesse dont elle avait toujours ignoré l'existence. Les larmes gonflèrent ses paupières tandis qu'elle criait en silence le nom d'Alain. Violette entendit ce nom résonner dans sa tête, puis toutes ses larmes coulèrent le long de ses joues, et jusque dans ses cheveux.

Le lendemain matin, la femme de chambre de l'hôtel déposa devant leur porte le plateau du petit déjeuner, sur lequel avait été déposé une branche de lilas. Hermine apporta le plateau à Violette, qui était toujours au lit, puis elle ouvrit grand les rideaux.

Gilbert, qui aimait à se lever tôt, était déjà sorti pour se procurer le journal et faire sa petite promenade matinale. Il prendrait son petit déjeuner à l'extérieur, car il s'était entiché de la coutume anglaise voulant que celui-ci soit un véritable repas complet dès le matin; or, leur hôtel n'offrait que des petits déjeuners classiques.

Violette s'assit dans son lit et regarda les petits pains chauds, le beurre et le café qui composaient son menu. Elle aurait préféré du café au lait, mais ce mélange semblait complètement inconnu des Londoniens, et chaque matin, elle se contentait de verser de la crème dans le café pâle qui lui était servi.

Ce faisant, son attention fut attirée par la branche de lilas déposée sur le plateau. Elle posa sa petite cuillère et prit le lilas dans sa main. D'une belle couleur lavande pâle, il était encore humide de la rosée du matin. Le parfum émanant des centaines de minuscules fleurs qui formaient des grappes était doux et frais, comme la première odeur du printemps quand l'hiver recule enfin. Violette porta la branche de lilas à son visage, et s'emplit les poumons de son arôme délicat. Elle esquissa un doux sourire de plaisir.

C'est alors qu'elle vit le message attaché à la branche.

Gilbert n'était pas sentimental. Légèrement embarrassée, Violette saisit vivement la petite feuille de papier, la garda un long moment entre ses doigts, puis brisa le minuscule sceau, presque indéchiffrable, qui la tenait fermée.

La missive n'était pas de Gilbert.

Elle ne portait ni signature ni message personnel, seulement quelques rimes écrites en lettres script et tracées d'une main ferme, à l'encre noire.

Les fleurs expriment l'amour à la perfection
Aucun mot n'a l'éloquence de leurs bourgeons.
Dites-moi, jeune fille sage,

Quel est le plus agréable à vos yeux ?
Le lilas au parfum capiteux
Ou bien le message ?

Violette fouilla le plateau du regard, à la recherche du sceau qu'elle avait brisé. Ramassant soigneusement tous les morceaux, elle le reconstitua comme un casse-tête, et vit un phénix couronné de lauriers : c'était aussi le motif qui ornait l'épingle du foulard d'Alain Massari.

Violette prit une profonde inspiration et expira lentement, puis elle se mordilla la lèvre inférieure. Il s'était rappelé le nom de son hôtel, et avait obtenu le numéro de la chambre qu'elle partageait avec Gilbert. Il devait être présent, devant l'hôtel, quelques minutes plus tôt, tentant de convaincre la femme de chambre de laisser sa branche de lilas sur le plateau.

Le message était limpide.

Dans le langage des fleurs si cher à Shakespeare et, plus récemment, aux Romantiques, la branche de lilas symbolisait le premier frisson d'amour.

5

Quatre jours plus tard, Violette quittait sa chambre à la suite des chasseurs qui descendaient ses malles et ses boîtes dans le vestibule de l'hôtel. Gilbert lui avait demandé d'attendre à l'intérieur, tandis qu'il superviserait le chargement de leurs bagages dans la voiture qui les emporterait à la station de chemin de fer, et qu'il appellerait un fiacre pour leur propre trajet.

— Tu es bien sûre que nous n'avons rien oublié, Hermine? demanda Violette.

— Oui, madame. J'ai tout vérifié.

— As-tu emporté la robe de chambre que j'avais accrochée dans la salle de bains?

— Oui, madame. Et j'ai pris aussi la mallette où vous rangez vos parfums, vos lotions et vos pommades, ainsi que votre écrin à bijoux. Ne vous inquiétez pas, madame, nous n'avons rien oublié.

La femme de chambre avait parlé d'une voix basse et fatiguée. Violette en éprouva un léger remords. Hermine n'était plus aussi malade qu'elle l'avait été à son arrivée. Cependant, elle toussait encore, et Violette regretta de l'avoir un peu bousculée. Elle n'était pas si nerveuse d'habitude, même en voyage.

Elle n'était plus la même depuis quelques jours. Ses règles étaient arrivées inopinément, et elle avait été déçue de constater qu'une fois encore, ses rapports avec Gilbert n'avaient pas porté fruit. De plus, celui-ci avait refusé de retarder leur départ du fait de son indisposition, alléguant que les billets étaient déjà achetés, et qu'il n'était pas plus fatigant de voyager en train plutôt que de rester assise dans une chambre d'hôtel. Il semblait inconscient des désagréments que son état pouvait lui causer, et de la contrariété qu'elle éprouverait sans doute à fréquenter les toilettes, probablement toujours occupées, dans un train bondé.

Mais surtout, Violette ne voulait pas quitter Londres. Aux questions de son mari, force lui avait été de répondre qu'elle avait admiré les principaux monuments et les expositions historiques de la capitale anglaise, et avait visité les principaux musées et galeries d'art. Elle avait dû reconnaître aussi qu'elle avait bu du thé à satiété, et même au-delà. Elle n'avait donc pu fournir à Gilbert aucune raison valable qui pût réprouver la date de leur départ.

Cependant, elle savait très bien pourquoi elle voulait rester. Mais Gilbert n'aurait certainement pas prisé un tel aveu. Elle-même, d'ailleurs, ne s'avouait pas sans rougir la véritable cause de sa réticence à s'éloigner. Pour une femme respectable et mariée, aucune bonne raison ne justifiait le désir de demeurer dans une ville inconnue, dans le seul espoir d'y revoir un homme croisé une seule fois, par un jour de pluie.

Mais Violette ne pouvait réfréner son envie de rester. Elle se reprochait de penser sans cesse aux quelques moments idylliques passés sous le kiosque à musique, et elle s'était promis, une bonne douzaine de fois, de les oublier. Elle s'était dit et répété qu'elle se conduisait comme une vraie gamine, que certainement Alain Massari ne pensait déjà plus au baiser échangé sous la pluie, tout cela n'ayant été pour lui que la façon la moins désagréable d'attendre la fin de l'orage. Elle s'était efforcée de se montrer aimable et dévouée envers son mari, et s'était même rappelé quelques instants de bonheur survenus durant les longues années de leur mariage.

Cependant, les mots qu'Alain et elle avaient échangés sous le kiosque à musique lui revenaient constamment en tête. Elle revoyait l'expression de son visage quand il l'avait embrassée, et la tristesse de son regard au moment de leur séparation.

Elle avait gardé précieusement la branche de lilas qu'il lui avait fait parvenir, bien qu'elle fût complètement fanée à présent, et que son parfum se fût évanoui. Le lilas se trouvait dans la valise que portait Hermine, pressé contre la page du journal où elle avait inscrit tout ce qu'elle se rappelait du langage des fleurs. Elle avait aussi conservé le bouquet de pensées qui ce matin-là, ornait son plateau de petit déjeuner, et elle l'avait attaché au revers de sa cape de voyage.

Les pensées... « Je ne t'oublie pas », disaient-elles.

À l'autre bout du vestibule, derrière les fauteuils ronds de style ottoman et les palmiers en pot qui formaient un cortège, faisant dos à Violette se tenait un homme qui parlait à un domestique en livrée. De sa main gantée, il tenait son chapeau de castor fin, couleur noisette. Son manteau de poil de chameau était coupé selon la mode mise au goût du jour par Albert, prince consort et époux de Victoria. Le vêtement tombait à la perfection sur les épaules carrées de l'homme, et son col et ses revers de velours brun profond ajoutaient encore une note d'élégance. Tout en parlant, l'homme avait légèrement tourné la tête vers Violette, un léger sourire aux lèvres.

Alain.

Violette sentit un frisson lui parcourir la peau. Il ne lui avait lancé qu'un bref regard, par-delà le vestibule bondé de l'hôtel. Cependant, elle eut l'impression que c'était le regard le plus intime qu'on lui eût jamais adressé. Il lui révélait qu'Alain l'avait cherchée, qu'il connaissait sa présence depuis le moment où il était entré dans l'hôtel, et qu'il avait pris plaisir à la regarder de loin.

Elle se sentit rougir des pieds à la tête et ne put réprimer un sourire, pas plus qu'elle ne put empêcher son cœur de battre la chamade. La joie s'élevait en elle comme un chant dans ses veines, et elle dut baisser les yeux pour ne pas laisser paraître son trouble.

Mon Dieu! Il ne fallait pas, il ne fallait surtout pas. C'était très mal. Rien que d'y penser, c'était déjà très mal.

Mais c'était si délicieux, comme si ses sens s'éveillaient au plaisir après un long sommeil sans rêves.

Elle ressentit le besoin pressant d'aller parler à Alain Massari. Après tout, il n'y avait aucune faute à lui dire au revoir. Leurs vies s'étaient croisées un bref instant, et elles allaient se séparer pour toujours dans quelques minutes. Un jour, elle se rappellerait cet épisode et en sourirait, s'attendrirait sur l'innocence de son escapade londonienne.

— Reste ici un moment, Hermine, dit-elle. Je vais voir ce que fait Gilbert.

Elle traversa la pièce d'un pas vif, sa jupe murmurant contre les tapis, et retombant autour d'elle en plis gracieux. Elle toucha du bout des doigts les pensées qu'elle avait disposées dans un minuscule flacon contenant quelques gouttes d'eau, avant de l'attacher à son revers. Arrivant à proximité du groupe d'hommes où se tenait Alain, elle appuya très fort sur le petit flacon, et en fit sortir le bouquet.

Elle s'arrêta net, poussant un petit cri de surprise feinte en voyant les pensées par terre. Vite, elle se pencha comme pour les ramasser.

Mais Alain fut plus rapide qu'elle. Il ramassa les fleurs et les lui tendit d'un geste impeccable.

— Merci, dit-elle à voix très basse. J'espérais que vous...

— Je sais, et j'admire votre adresse.

Il la regarda, les yeux rieurs.

— J'étais justement en train de réfléchir à la meilleure façon de vous aborder, ajouta-t-il.

Il eut un sourire discret et ému, et Violette comprit son trouble.

— Je voulais vous dire au revoir, expliqua-t-elle. Nous partons pour Bath aujourd'hui. Nous y séjournerons une quinzaine de jours. Puis, nous irons directement à Paris.

— Déjà?

— Oui, les préparatifs de la guerre...

— Je vois. J'ai repensé à votre voyage à Paris. Votre mari a-t-il déjà songé à faire exécuter votre portrait?

— Mon portrait?

— Oui, quel meilleur endroit que Paris pour faire peindre son portrait? Je vous recommande très chaleureusement Delacroix. C'est un portraitiste très doué, et j'ai l'honneur de le compter parmi mes amis les plus chers.

— Delacroix? Mais il est surtout connu pour ses tableaux guerriers et... et ses odalisques de harem.

Violette n'avait pu éviter qu'un soupçon de reproche ternît sa voix.

— C'est exact. Mais il fait aussi d'excellents portraits quand il le veut. C'est le fils naturel de Talleyrand, vous savez, alors toutes les commandes officielles lui sont confiées. Cela lui permet de choisir. Il est vrai qu'il répugne à peindre les dames de la haute société, qu'il trouve souvent ternes. Vous devrez peut-être aller le rencontrer à son studio pour le convaincre de faire votre portrait. Mais dès qu'il vous aura vue, il acceptera, j'en suis sûr.

— Vous m'inquiétez, répondit Violette d'une voix mal assurée.

— Ce n'était nullement mon intention, répondit-il calmement. Ce ne sera jamais mon intention.

Elle prit une profonde inspiration, pour relâcher la tension qui lui oppressait la poitrine.

— Si nos chemins ne devaient plus se croiser, dit-elle, je vous souhaite bonne chance pour l'avenir.

Alain garda le silence quelques instants.

— Bonne chance? demanda-t-il d'un ton rêveur. Adieu? Je ne pense pas, ma chère.

Il saisit sa main et l'effleura des lèvres. Quand il se redressa, ses yeux étaient pleins de promesses. Il abandonna la main et se tourna vers le bureau de l'accueil, au moment précis où Gilbert entrait dans le vestibule. Tandis que celui-ci arrivait près de Violette, Alain semblait déjà engagé dans une conversation amicale et animée avec le réceptionniste.

— Qui est cet homme qui te parlait? demanda Gilbert en jetant un bref coup d'œil à Alain Massari.

— Personne, répondit Violette en détournant le regard pour rattacher son bouquet de pensées. Mon bouquet est tombé, et il a eu la gentillesse de le ramasser.

Gilbert examina d'un air dédaigneux la mise élégante d'Alain, mais ne souffla mot. Il fit un signe pour appeler Hermine, puis il prit le bras de Violette et l'entraîna au dehors.

Juste avant de franchir la porte, Violette lança un regard derrière elle, au mépris de toute prudence.

Alain l'observait. Il porta sa main à son cœur et s'inclina en un mouvement gracieux. Son visage exprimait la nostalgie et le doute. Mais nulle résignation.

« Je suis vraiment un imbécile », pensa Alain Massari. C'était criminel de sa part, pensait-il, de s'évertuer à faire la connaissance de la belle Américaine. Il méritait d'être pendu pour cette sottise, et plus encore pour son impudence. Mais elle était si belle, si charmante, et elle s'était révélée si douce dans ses bras. Comment aurait-il pu s'empêcher de l'aimer?

Il la protégerait, à tout prix. Mais pourquoi fallait-il qu'il se montre si raisonnable? Il aurait aimé partir avec elle, pour Venise peut-être. Là, dans un palais contre les pierres duquel battrait doucement l'eau éclairée par la lune, près d'une fenêtre ouverte sur les canaux, il...

Non. C'était impossible.

Si cela n'avait été que du mari, il aurait peut-être osé.

Mais il y avait davantage. Il ne voulait pas de ces autres complications, de ces autres dangers. Ces cinglés qui essayaient de le convaincre resteraient sourds à ses arguments. Ils l'avaient enrôlé de force, bien malgré lui. Ou peut-être était-ce son père qui l'avait engagé dans cette sombre histoire, il y avait de cela très longtemps.

Il se sortirait de cette sale affaire. Mais qui pouvait dire ce que l'avenir lui réservait? Cela dépendrait de ce qui se passerait à Paris. Et cela dépendrait aussi de la volonté et, peut-être, du courage de Violette. Ce nom magnifique lui seyait à ravir! Sa belle et timide petite dame fleurie. La modestie incarnée, voilà ce qu'elle était, sa Violette. Elle aurait pourtant eu toutes les raisons du monde de se montrer orgueilleuse.

Bath parut bien terne à Violette, mais il faut dire que la pluie n'avait pas cessé depuis leur arrivée, lui interdisant les promenades en ville qu'elle s'était promises. Chaque matin, dans sa chambre, elle buvait consciencieusement ses trois verres d'eau chaude, au goût minéral. Gilbert s'attardait auprès d'elle pendant ce temps, veillant à ce qu'elle n'en perde pas une seule goutte. Elle avait trempé ses doigts dans le Bain du Roy, vu la tête de la déesse Minerve, et les tombes de certains que l'eau n'avait pas guéris. Elle avait admiré l'abbaye et sa jolie voûte en éventail, ainsi que les ruines d'un aqueduc romain. Elle avait flâné devant Royal Crescent et avait jeté un coup d'œil aux maisons des anciens notables de la ville, notamment celle qu'avait habitée Louis Napoléon pendant son exil, Louis Napoléon devenu, depuis, Napoléon III. Mais rien n'intéressait Violette très longtemps.

Tout l'irritait, de cette humidité froide qui la faisait frissonner à la nourriture fade qu'on lui servait, en passant par la voix ronronnante de son mari quand il lui lisait à haute voix les explications du guide touristique. En fait, rien ne lui plaisait chez Gilbert. Elle détestait cette façon qu'il avait de se coiffer, cette pommade dont il s'enduisait les cheveux pour les aplatir sur son crâne; le bruit qu'il faisait en sirotant son café l'embarrassait au plus haut point, sans compter cette espèce de rite méthodique et trivial auquel il se livrait religieusement chaque soir avant d'aller se coucher.

Les raisons de l'exaspération de Violette n'étaient que trop claires. Du moins l'eussent-elles été, si Violette s'était résolue à les admettre. Mais elle s'y refusait. Une fois mariées, les jeunes filles de bonne famille ne devaient plus regarder les autres hommes, ni penser à eux, ni rêver d'eux. Les femmes de son rang devaient se dévouer entièrement à leur foyer, à leurs enfants et à leurs familles. Et si jamais elles ressentaient un vide dans leurs vies, les pratiques religieuses s'offraient à elles pour trouver le refuge et la consolation. Violette connaissait ce code de conduite par cœur, car on le lui avait inculqué et répété dès sa plus tendre enfance. Il était impensable qu'elle pût jamais l'enfreindre.

Cependant, la ronde interminable des jours la rendait folle. Quant aux nuits, elles la menaient chaque fois au seuil de la révolte.

Lorsque le flux menstruel de Violette s'acheva, Gilbert sembla résolu à vérifier l'efficacité tant vantée des eaux de Bath. Il vint donc se coller à elle tous les soirs. Qui plus est, il passait maintenant toute la nuit à ses côtés, la réveillant aussi souvent qu'il le pouvait. Violette avait le corps endolori par ces assauts répétés, et son âme elle-même en souffrait. À force de veiller toutes les nuits, réfléchissant à toutes sortes de choses, et attendant craintivement le prochain assaut de son mari, des cernes sombres avaient commencé à se dessiner sous ses yeux. Elle priait souvent pour que ces efforts finissent par épuiser son mari, ou pour qu'il ait soudain la délicatesse de comprendre ses réticences et de l'épargner. Elle aurait voulu concevoir très vite, afin de pouvoir s'abriter derrière sa grossesse pour éviter ses visites.

Mais ses prières ne furent pas exaucées.

Une nuit, elle découvrit un remède plus efficace.

Gilbert avait refermé ses mains sur ses seins. Et tandis qu'elle sentait sa peau sur la sienne, le visage d'Alain se mit à flotter dans son esprit. Elle se demanda ce que l'étreinte serait si c'était lui qui se trouvait près d'elle. Elle se demanda aussi comment il poserait ses mains sur elle, s'il lui murmurerait des mots doux à l'oreille, et ce qu'il lui dirait. Quand Gilbert se hissa sur elle, elle s'imagina que c'était Alain qui lui tenait les hanches et que c'étaient sa force et sa chaleur qu'elle accueillait en elle.

Elle s'embrasa de plaisir en un instant, et se mit, d'instinct, à bouger au rythme de l'amant. Elle continua ainsi d'onduler plusieurs secondes après que Gilbert eût cessé, recherchant un plaisir encore plus grand qu'elle savait presque à sa portée, et qu'elle espérait connaître bientôt.

Gilbert se détacha d'elle brutalement, et se tint immobile sur le matelas. Puis, il se détourna d'elle et sortit du lit. Ses pas s'éloignèrent, comme battant en retraite, et il referma sur lui la porte de sa propre chambre.

Violette demeura seule dans l'obscurité, les yeux grands ouverts, attendant que sa respiration se calme, et que la culpabilité vienne empoisonner son plaisir. Mais elle ne vint pas. Lentement, Violette se mit à sourire. Puis vinrent les larmes, qui montaient du gouffre de tristesse enfoui au plus profond d'elle-même, et qu'elle ne pouvait plus ignorer désormais.

Le matin, rien n'y paraissait plus. Elle était très pâle, mais son port de tête semblait avoir encore gagné en dignité. Son regard aussi avait acquis une fermeté nouvelle. Elle s'attabla avec Gilbert, qui donnait l'impression de présider une réunion de petits pains froids et de café tiède. Elle chercha un moyen d'aborder le sujet, mais Gilbert ne lui facilita pas la tâche, ne soufflant pas un mot de ce qui s'était passé la veille. Il se montrait très étrangement calme, et même mal à l'aise. Finalement, constatant qu'il était sur le point de terminer son repas, Violette se résolut à parler.

— J'ai pensé à Paris, ce matin, dit-elle. Tu sais, j'ai très envie d'y aller, maintenant.

— Il y a quelques jours, tu voulais rester en Angleterre.

Violette répondit par un petit rire.

— C'est vrai. Quelle inconstance ! Mais je crois maintenant que ce sont des meubles français qui nous conviendraient. Si tu peux en dénicher, bien sûr. Et si nous partions dès aujourd'hui ?

— Ce n'est pas possible.

Gilbert l'examina très attentivement, puis il regarda ailleurs. Il tira un long cigare noir de sa poche et le fit tourner entre ses doigts, sans l'allumer.

— Demain, peut-être? reprit Violette. Tout le monde, à la Nouvelle-Orléans, ne parle que de Paris et de ses merveilles. Tout le monde y est allé, sauf moi, et je suis lasse d'entendre deviser sur les magasins, les théâtres, et les gaietés de la cour de Napoléon et d'Eugénie. Je veux les voir de mes propres yeux! J'aimerais tant déambuler Rue de Rivoli, ou au Jardin des Tuileries! Et puis, je voudrais faire réaliser mon portrait.

— Tu aurais dû me le dire plus tôt. J'aurais fait prendre une photographie de toi quand nous étions à Londres. Il paraît que ce nouveau procédé est véritablement révolutionnaire.

— Mais les photographies ne sont pas en couleurs! Et puis, elles sont si minuscules, et si austères! Je préférerais de beaucoup un portrait.

— Cela nous prendrait trop de temps, répondit Gilbert d'une voix forte. Il vaudrait mieux que tu le fasses faire à la Nouvelle-Orléans. Il y a là quantité de peintres qui seraient ravis de le faire.

— Des barbouilleurs de croûtes, affirma Violette, sans qu'elle fût vraiment sûre du jugement qu'elle avançait. Gilbert, tu ne voudrais quand même pas accrocher une toile insignifiante dans le magnifique salon que tu es en train de meubler?

Gilbert se mordilla les lèvres puis, rajustant sa robe de chambre de brocart gris sur sa poitrine, il se leva.

— Il y a un vent froid qui vient de la fenêtre, dit-il simplement. Je vais tomber malade, si cela continue.

— C'est probable, répondit Violette en toute candeur. Le climat anglais est très malsain, c'est bien connu. Mais, au sujet du portrait, j'ai entendu dire que Delacroix était le meilleur peintre de Paris. Cependant, j'imagine que ce n'est même pas la peine de nous adresser à lui. Il paraît qu'il trie ses clients sur le volet.

— Il acceptera dès qu'il saura que j'ai les moyens de payer, rétorqua Gilbert d'un ton sec, et vaguement méprisant.

Violette eut une hésitation, se reprochant presque sa sournoiserie. Elle savait toutefois qu'elle pourrait aisément convaincre son mari, si seulement elle trouvait les mots appropriés.

— Mais le prix d'un portrait doit être exorbitant, dit-elle en baissant les yeux.

— Les meilleurs artistes sont toujours très exigeants.

— Et peut-être ne logera-t-il plus à Paris quand nous y arriverons. J'ai ouï dire qu'il voyageait beaucoup, et qu'il aimait découvrir des paysages nouveaux pour s'en inspirer dans ses toiles.

Gilbert fronça les sourcils, visiblement abîmé dans ses pensées.

— Tu as peut-être raison, dit-il enfin. Nous gagnerions possiblement à partir dès aujourd'hui.

Gardant les yeux baissés, Violette prit la cafetière d'un geste gracieux et se versa les dernières gouttes de café.

— Naturellement, nous ferons comme tu voudras, répondit-elle d'une voix douce.

Gilbert rapprocha sa chaise de la sienne, et lui prit la main.

— Nous serons bien, à Paris. J'y suis allé quand j'étais jeune, et j'ai beaucoup aimé cette ville. Je suis sûr que tu t'y plairas aussi. Quant au portrait, j'aimerais en posséder un de toi maintenant, exactement comme tu es là.

Il était bien rare que Gilbert fît des compliments, et Violette, malgré tout, s'en trouva touchée. Elle déplorait sa tiédeur envers son mari, et regrettait de ne pouvoir lui témoigner plus d'affection. Mais elle se sentait si éloignée de lui ! Elle avait changé, ces derniers temps, beaucoup changé. Ce que Gilbert pensait d'elle lui importait peu, à présent. Elle avait appris en effet à le mener à sa guise, et à échapper ainsi à sa domination. Elle venait enfin d'acquérir une toute petite liberté.

6

Rone suivait Joletta à distance respectueuse, s'efforçant de ne pas la perdre de vue dans le dédale souterrain du musée de Bath. Il pensa brusquement qu'il venait peut-être de découvrir sa vocation : il aimait suivre les femmes. Cette femme-là, du moins. Il prenait plaisir à observer sa démarche rythmée et sportive, les reflets de ses cheveux dans la semi-pénombre, et la ligne pure de son profil quand elle regardait la tête de Minerve exposée dans la vitrine.

Joletta n'était pas une touriste ordinaire, pas l'une de celles qui contemplent distraitement les expositions et les centres historiques, et marchent d'un pas rapide vers les boutiques et les restaurants. Joletta examinait attentivement les vitrines d'exposition. Elle lisait toutes les explications et prenait studieusement des notes dans son carnet qu'elle rangeait ensuite dans son immense sac à bandoulière. De temps à autre, elle fermait les yeux quelques instants, comme si elle écoutait le clapotis ou le grondement des eaux qui passaient sous Bath, et traversaient la ville depuis des siècles. L'expression de plaisir fasciné qui illuminait alors son visage émouvait Rone au plus haut point. Il se demanda s'il pourrait un jour recréer ce visage éclairé dans un cadre plus intime, illuminant Joletta du bout de ses doigts.

Il l'avait presque étreinte, la veille au soir, se faisant violence pour ne pas la toucher, pour quitter sa chambre et retourner sagement dans la sienne. Il n'avait pas le droit de franchir le pas.

Et quand bien même il l'aurait eu, il aurait été bien stupide de sa part de céder à la tentation. Il devait absolument résister aux impulsions de ce genre, aussi impératives soient-elles, car elles pouvaient endormir sa méfiance. Or, la prudence était de rigueur s'il voulait mener son travail à bien.

Quand ils furent près du bassin souterrain surnommé la fontaine de Minerve, Rone vit Joletta sortir une pièce de sa poche et la jeter dans l'eau, à l'instar de milliers d'autres qui avaient fréquenté les lieux avant elle, et jusqu'aux Romains.

Rone avança sans bruit jusqu'à Joletta.

— Avez-vous fait un vœu? demanda-t-il.

Elle tourna la tête et le fixa d'un air étonné.

— Bien sûr, répondit-elle en souriant.

— Avez-vous demandé une faveur à Minerve?

— Oui, n'est-ce pas l'endroit idéal pour cela? Ces lieux sont très païens, vous ne pensez pas?

Le regard de Joletta avait quelque chose de provocant.

— En effet, je ne serais pas autrement surpris de voir un Romain nous taper sur l'épaule, répondit Rone.

— Moi non plus, répondit Joletta. Que faisiez-vous là-bas?

— Je vous observais.

S'il avait réfléchi, jamais il n'aurait dit cela. Mais sa réponse possédait la franchise de la spontanéité. Joletta lui lança un regard interrogateur, puis elle décida de traiter la réponse de Rone à la blague.

— Vous ne vous intéressez donc ni à l'histoire, ni à la culture, ni à la mythologie? demanda-t-elle.

— Je vous trouve mille fois plus intéressante que tout cela, répondit Rone avec chaleur. Et puis, je me demandais ce que vous portiez comme parfum : c'est Fleur de Thé, n'est-ce pas?

Joletta se retourna complètement, et lui fit face. Elle était très attentive à présent.

— Comment le savez-vous?

— J'ai l'odorat très subtil, rétorqua Rone.

Il réalisa qu'il aurait mieux fait de se taire.

— Vous devez avoir senti des milliers d'odeurs dans votre vie, pour avoir un aussi bon flair. Vous me surprenez.

— À vrai dire, je l'ai découvert presque par hasard, répondit Rone en détournant la tête. J'avais une grand-tante qui aimait les parfums surannés. Ma mère lui offrait toujours Fleur de Thé à Noël.

— Êtes-vous en train de me dire que je porte un parfum suranné?

— Oh! Non. Non, pas du tout.

— Ah... Je croyais. Vous savez, les hommes n'ont pas un odorat aussi développé que les femmes, en général. Alors, quand j'en rencontre un qui est expert en parfums, je ne l'oublie pas rapidement.

— Au moins, mon nez vous intéresse. C'est un bon début.

Rone marqua une très courte pause.

— Alors, vous suivez toujours votre groupe de touristes? ajouta-t-il très vite, comme pour ne pas laisser à Joletta le temps de rétorquer quelque chose de déplaisant.

— Plus ou moins. Je suis venue en bus avec le groupe, mais nous avons quartier libre jusqu'au début de l'après-midi. Vous êtes venu seul?

— Non, avec ma voiture. Enfin, la voiture que j'ai louée. Voulez-vous pique-niquer avec moi, ce midi? J'irais chercher tout ce qu'il faut... pour me faire pardonner ce que j'ai dit de Fleur de Thé.

Il lui adressa un sourire timide de petit garçon grondé.

— D'accord! Quoi de mieux qu'un bon pique-nique quand il fait beau?

Une réponse particulièrement spirituelle vint à l'esprit de Rone, mais il préféra s'abstenir. Il ne fallait quand même pas exagérer...

Une heure plus tard, Joletta était allongée sur l'herbe verte, le visage offert au soleil. Ses pensées allaient et venaient du présent au passé, de Rone étendu près d'elle, à Violette, son aïeule, qui était passée par ici tant d'années auparavant.

Quel dommage que Violette n'ait pas eu beau temps à Bath! Elle aurait sans doute mieux apprécié la ville. Mais peut-être pas, après tout. Souvent les gens qui nous entourent font toute la différence, bien plus que le temps.

Rone se révélait un compagnon très agréable. Il acceptait avec enthousiasme de visiter tout ce qu'il y avait à visiter dans la ville. De plus, il faisait beaucoup rire Joletta. Par exemple, il s'étonnait souvent de ce qu'un peuple ait pu laisser tomber en désuétude les baignoires auto-nettoyantes et le chauffage à la vapeur des Romains. « Drôles de gens », concluait-il en bougonnant pour amuser Joletta. Il était surpris aussi que « ces gens » aient pu permettre à un spéculateur foncier et ex-joueur professionnel comme Beau Nash de devenir l'apôtre du bon goût dans leur ville, leur dictant quoi faire et ne pas faire, et comment se distraire.

Rone avait choisi le menu de leur pique-nique : des petits pains au fromage, des tourtes à la viande et des abricots qui, avait-il décrété, seraient meilleurs avec une flûte de champagne Veuve Clicquot. Il avait promis à Joletta, si jamais son pique-nique improvisé ne lui plaisait pas, d'organiser un repas de cinq services près de la fontaine de Minerve. Mais le pique-nique lui avait beaucoup plu. Les petits pains étaient légers et croustillants, et les tourtes à la viande, succulentes. Quant aux abricots, ils se mariaient effectivement à merveille avec le nectar de la Veuve Clicquot. Joletta aimait tout, même l'endroit que Rone avait élu pour leur pique-nique, une bande de gazon incroyablement vert qu'ils partageaient avec quelques moutons paisibles, blancs et floconneux comme les nuages dans le ciel.

Joletta se demanda pourquoi elle s'étonnait tant d'apprécier la compagnie de Rone. Après tout, ne s'était-il pas présenté à elle comme un play-boy, ou presque? Et le « métier » des play-boys ne consistait-il pas, précisément, à divertir les femmes? C'est du moins ce que Joletta supposait, puisqu'elle n'avait jamais rencontré de play-boy auparavant.

Cependant, il lui semblait bizarre que Rone pût abandonner ainsi ses propres obligations professionnelles pour l'accompagner dans ses excursions. Cela ne lui ressemblait guère, lui qui n'était ni frivole ni inconséquent. Il avait parlé de son travail comme si celui-ci n'avait pour lui aucune importance, et cela non plus n'était pas facile à croire. Non que Joletta le prît pour le chef d'une grande entreprise; mais elle se demandait sans cesse ce qu'il faisait exactement dans la vie. La situation de Rone lui paraissait extrêmement floue. Cependant, pourquoi s'en serait-elle inquiétée? Elle connaissait si peu les hommes et leurs carrières...

Violette non plus n'avait pas su grand-chose des activités professionnelles d'Alain Massari. À l'époque, les femmes ne demandaient pas ouvertement aux hommes le métier qu'ils exerçaient, du moins pas lors de leurs premières rencontres. Les hommes bien nés, d'ailleurs, ne travaillaient pas. Ils entretenaient soigneusement leur réputation de richesse et d'oisiveté. En outre, la position sociale des gens se lisait généralement dans leur tenue et dans leurs habitudes, et il n'était nul besoin de poser des questions indiscrètes pour deviner à quelle catégorie ils appartenaient. Joletta pensa à cette époque, il ne devait pas toujours être facile, de savoir exactement à qui l'on avait affaire.

Rone était si calme, allongé près d'elle, qu'elle crut un instant qu'il s'était endormi. Elle tourna la tête pour le regarder, s'autorisant à détailler la ligne forte de sa mâchoire, les courbes bien dessinées de sa bouche, et le trait nerveux de ses sourcils. C'était un très bel homme. Plus attirant même, dans cette pleine lumière, que l'imagination ne l'aurait permis.

Lui qui était toujours sur ses gardes, il semblait complètement détendu à présent. Les rides encadrant sa bouche et son visage avaient presque disparu. Il s'était rasé de si près qu'il s'était fait une légère estafilade au menton. Ses mains, élégantes, étaient croisées sur sa poitrine. Joletta remarqua ses ongles courts, soigneusement taillés et impeccablement propres.

À son poignet brillait une montre Juvenia d'or fin, ornée d'un visage sévère. Ses cheveux étaient bien coupés autour des oreilles et au-dessus du col de sa chemise de drap délicat gris clair.

Sa tenue vestimentaire et le soin qu'il prenait de sa personne reflétaient son goût de classicisme. Mais, contre toute attente, celui-ci se révélait attirant. Par ailleurs, pensa Joletta, la mise de Rone témoignait d'une aisance financière certaine, et d'un grand raffinement.

Le jeune homme ouvrit brusquement les yeux et les plongea dans ceux de Joletta, qui sursauta. Visiblement, il n'était pas aussi détendu qu'elle l'avait d'abord cru.

La prudence durcissait le regard de Rone. Cependant, ses yeux s'éclairèrent dès qu'il reconnut Joletta.

— Est-ce que j'ai ronflé ? demanda-t-il.

— Non. Je vous enviais : je ne me suis pas encore remise du décalage horaire.

— Faites comme moi. Je vous offre mon épaule comme oreiller.

— Non, merci. J'ai trop à voir et à faire.

Joletta tenta d'adoucir son refus en l'accompagnant d'un sourire. Pourtant, en son for intérieur, elle déplorait de ne pouvoir donner suite à la proposition de Rone. Elle chercha alentour son guide touristique, et le trouva enseveli sous une pile de brochures, avec son carnet et son crayon.

— À quoi vous servent toutes ces notes ? demanda brusquement Rone. Vous m'avez dit que vous travailliez dans une bibliothèque ; effectuez-vous une recherche sur les monuments anglais ?

— Non, j'aime noter les détails, c'est tout. Et puis, on ne sait jamais, cela peut toujours servir.

Joletta avait menti sans peine, car plusieurs participants de son voyage organisé lui avaient déjà posé la même question.

— Et puisque je me permets de vous interroger, poursuivit Rone, pourquoi voyagez-vous seule ? Il doit bien y avoir un homme dans votre vie.

Joletta feuilleta son guide touristique quelques instants avant de répondre.

— Pas vraiment, finit-elle par avouer.

— Non ?

— Non.

Rone marqua une pause, comme s'il s'efforçait de percer le mystère.

— Avez-vous quelque chose contre les hommes ? demanda-t-il enfin.

— Pourquoi désirez-vous savoir cela ? répliqua Joletta d'un ton surpris.

— La plupart des femmes belles comme vous sont déjà mariées à l'âge que vous avez.

— J'ai été fiancée, répondit Joletta d'un air qui se voulait léger. Mais nous avons rompu.

— Fiancée avec un imbécile, n'est-ce pas ? Et ce type vous a tellement déçue, vous vous êtes tellement trompée sur son compte que vous n'avez plus aucune confiance en votre instinct et en votre jugement. Est-ce que je me trompe ?

Joletta réfléchit un moment avant de se prononcer.

— Je ne sais pas.

— C'est la seule explication, ma chère.

— Et s'il était mort dans un accident, rétorqua Joletta d'une voix agacée, ou s'il s'était finalement révélé homosexuel ?

— Mais ce n'est pas le cas, n'est-ce pas ? Que s'est-il passé ?

— Nous nous connaissions depuis six ans, et nous étions fiancés depuis le début, ou presque. Il disait que nous devions mettre de l'argent de côté pour notre avenir. Et un beau jour, il est arrivé chez moi avec une décapotable flambant neuve qu'il venait d'acheter.

— Comme ça ? d'un coup ? demanda Rone avec un froncement de sourcils.

— À peu près.

Rone qualifia l'ex-fiancé d'un mot qui n'avait rien de flatteur ni d'angélique.

— Tout à fait, confirma Joletta.

— Mais ce n'est pas parce que vous êtes tombée sur un crétin que tous les hommes lui ressemblent, quand même.

— Je le sais très bien, rétorqua Joletta d'un ton sec.

— Mais d'en être consciente n'enlève pas la peine, n'est-ce pas?... Voulez-vous que je vous raconte mon histoire triste, à moi?

Joletta répondit d'un haussement d'épaules. Pourquoi avait-elle parlé de Charles? Elle n'en soufflait jamais mot.

Rone s'assit et prit la bouteille de champagne. Il en versa le reste à parts égales dans le verre de Joletta et dans le sien.

— Ma femme, commença-t-il après avoir bu une gorgée, m'a quitté au bout de trois ans. Nous n'avons même pas résisté six ans, vous voyez. Brusquement, elle est tombée amoureuse de son professeur de plongée sous-marine quand elle est allée à Bora-Bora. Elle s'est mise à écouter le chant des baleines, à envoyer des cotisations à Greenpeace, et à vénérer les océans. Elle est revenue pour me déclarer que j'étais ennuyeux et que je menais une vie décadente, puis elle est repartie vivre avec son grand bronzé dans une hutte d'herbes sèches sur pilotis.

— Ce n'est pas vrai, dit Joletta, surveillant la naissance d'un sourire sur le visage de Rone.

— C'est parfaitement vrai, je vous assure. Parole d'honneur.

Rone leva la main droite comme pour prêter serment devant un tribunal.

— Je ne vous crois pas.

— Je vous jure. Elle m'a même envoyé une photo de sa hutte. Il y avait un gros crabe de la taille d'un petit chien environ, qui vivait à l'arrière sous les escaliers. Chaque jour, ils sortaient de chez eux à la nage, par la porte d'en avant, et ils attrapaient des petits poissons pour nourrir le crabe.

Joletta gardait les yeux rivés sur son verre.

— Vous en parlez comme si cela ne vous avait pas

touché.

— Au début, j'ai souffert, bien sûr. Mais c'est terminé. Nous savions tous les deux que nous n'étions pas faits l'un pour l'autre. Quand deux personnes ne sont pas bien ensemble, il vaut mieux qu'elles le comprennent au bout de trois ans plutôt que trente ans plus tard, non ?

— Oui, sûrement, répondit lentement Joletta.

— Dites-moi tout, à présent. Est-ce que votre ex-fiancé vous manque ?

— Pas vraiment. Plus maintenant.

Joletta but sa dernière gorgée de champagne.

— Quant au sexe, ça ne devait pas être extraordinaire non plus, fit Rone. Ce type était sûrement beaucoup trop concentré sur sa petite personne pour bien faire l'amour.

Joletta le regarda du coin de l'œil, en silence. Rone avait raison, et bien plus qu'il ne l'imaginait.

— Alors, oubliez-le, ajouta-t-il. Il n'a dans votre vie que l'importance que vous lui accordez.

— Je fais de mon mieux, lança Joletta sèchement.

Ils restèrent immobiles et silencieux quelques instants, tandis que l'herbe autour d'eux ondulait dans le vent, et que le soleil printanier qui brillait sur Londres ce jour-là réchauffait leurs visages. Joletta laissa son esprit voguer, et songer aux amours mortes et aux fins de relation. Brusquement, elle songea aussi aux épingles de cravate que les hommes d'aujourd'hui ne portent plus.

— Rone ? demanda-t-elle soudain.

Rone mit plusieurs secondes à réagir, visiblement absorbé dans ses propres pensées. Joletta fronça légèrement les sourcils avant de poursuivre.

— Avez-vous déjà entendu parler de la Légion étrangère ?

— La quoi ?

— La Légion étrangère française.

— Ah, oui ! La franche camaraderie virile, les forts dans le désert qu'on défend jusqu'au dernier homme, et tout le tralala ?

— À quand remonte-t-elle?

— Au moins au milieu du siècle dernier, je pense. Enfin, d'après les films que j'ai vus. Mais je ne saurais le dire plus précisément.

Joletta répondit d'un lent hochement de tête, perdue, elle aussi, dans ses réflexions. Rone déposa son verre vide à côté de lui.

— Voulez-vous que je m'informe pour vous?

— Non, non, poursuivit Joletta avec un sourire. Ce n'est pas très important. C'est juste que... Je repensais à un livre que j'ai lu, et aussi à une bague que j'ai remarquée dans un magasin d'antiquités, un jour. Elle portait une sorte de blason. On m'a dit que c'était l'emblème de la Légion, un phénix : vous savez, l'oiseau qui renaît de ses cendres. Mais je n'arrive pas à me rappeler s'il était entouré d'une couronne de lauriers, ou de quelque chose comme ça.

— Vous voulez dire des lauriers comme ceux que portaient les Romains?

— Oui, j'imagine.

— Je comprendrais à la rigueur l'image du phénix, à cause de la seconde vie des hommes perdus. Mais pour les lauriers, je ne vois vraiment pas...

— Ça ne fait rien. Aucune importance.

Rone la dévisageait d'un air surpris et amusé. Elle sentait presque physiquement son regard lui caresser les cheveux, les lèvres et le corps, puis se poser de nouveau, et plus longuement, sur sa bouche. La tension monta entre eux, et les contraignit à l'immobilité. Joletta avait le sentiment qu'il lui suffirait de respirer un peu fort, de bouger d'un centimètre, ou encore de se pencher vers Rone une fraction de seconde seulement, pour qu'elle se retrouve immédiatement dans ses bras.

Elle ignorait, cependant, si cette tension et cette envie émanaient de lui ou d'elle, et si elle redoutait ou souhaitait un tel contact avec Rone.

Près d'eux, un mouton leva la tête et bêla.

Joletta frissonna légèrement. Elle sentit son cœur battre

plus fort, et elle détourna la tête. Puis, elle jeta un coup d'œil à sa montre.

Rone avait suivi chacun de ses gestes.

— Déjà l'heure de reprendre du service avec le groupe? demanda-t-il.

— J'en ai bien peur, répondit-elle à voix basse.

Joletta pensa que Rone lui offrirait peut-être de la reconduire en voiture à Londres, et elle cherchait déjà une bonne excuse pour refuser. Mais elle n'eut pas à s'en préoccuper. Rone la raccompagna jusqu'au parc où était garé l'autobus du groupe. Les autres touristes regagnaient déjà leurs places, et s'apprêtaient à repartir. Vaguement distrait, Rone murmura avoir « un coup de fil à passer », puis il dit à Joletta qu'il la reverrait le lendemain. Enfin, il tourna les talons et s'éloigna.

Joletta s'en trouva à la fois soulagée et irritée, et sa propre incohérence à cet égard l'agaça plus encore. Elle finit par remonter dans l'autobus. Elle avait prévu profiter du trajet pour mettre ses notes à jour, mais elle passa finalement la plus grande partie du voyage à regarder par la fenêtre, fixant les grands champs jaunes de colza en fleur et les carrés de terre fraîchement retournée, les haies et les manoirs anglais.

Plus tard dans la soirée, alors qu'elle s'habillait pour sortir et entreprendre la tournée des pubs avec le groupe, le téléphone sonna.

— Ici votre service d'information 24 heures sur 24, annonça Rone d'une voix enjouée. La Légion étrangère française a été fondée par le roi Louis-Philippe en 1831. Les recrues sont des volontaires étrangers, qui s'engagent pour cinq ans. À la fin de leur service, ils deviennent citoyens français. Leur nom et leur passé sont oubliés à jamais, protégés par le secret. La Légion étrangère était à l'époque, et elle l'est toujours, une armée de mercenaires prêtant allégeance, non à la France, mais à la Légion elle-même. Des questions?

— Le blason?

— Un phénix seulement, pas de lauriers. Satisfaite?

— Éblouie.

— Alors, je vous verrai demain. Ce sera ma récompense.

Il raccrocha sans lui laisser le temps de répondre.

Le lendemain, Joletta ne se réveilla pas à l'heure prévue. Ce n'était pas seulement sa tournée des pubs qui l'avait fatiguée, ni les bières, ni même sa promenade dans les quartiers ouest de Londres sous la tutelle d'un guide à la Dickens et au nez plus rouge qu'une fraise bien mûre. Quand elle était rentrée très tard la veille, Joletta ne s'était pas endormie tout de suite. Elle avait beaucoup pensé à Rone, et à toutes les coïncidences survenues : au fait qu'il avait voyagé dans le même avion qu'elle, par exemple, et à son acharnement à la suivre partout.

Ce sont des choses qui se produisent, bien sûr : rencontres fortuites, attirances irrésistibles. Cependant, l'insistance de Rone à rester près d'elle perturbait Joletta. C'était très flatteur, certes. Mais elle ne se figurait pas qu'un homme comme lui pût s'amouracher d'elle au point de l'escorter dans toutes les visites et excursions touristiques qu'elle entreprenait.

Elle n'aurait pas dû se presser, ce matin-là. Quand elle arriva dans le vestibule de l'hôtel, le ventre vide, n'ayant pas eu le temps de prendre son petit déjeuner, Rone n'y était pas. Elle l'attendit longtemps, jusqu'à ce que l'autobus qui devait emmener le groupe à l'abbaye de Westminster fût prêt à démarrer. Rone n'étant toujours pas venu, Joletta secoua la tête avec un sourire un peu crispé, et elle monta dans l'autobus.

Il lui manqua. Elle regretta de ne pas avoir auprès d'elle cet homme qui l'aurait fait rire, et avec lequel elle aurait pu échanger des plaisanteries irrévérencieuses, des émerveillements et des encouragements contre la fatigue. L'après-midi, tandis qu'elle admirait seule les splendeurs de terre cuite de chez Harrod's, Joletta se rendit compte que les balades sous les hauts plafonds et parmi les sculptures de marbre n'avaient plus le même charme sans lui. Elle prit le thé sur la terrasse, située au quatrième étage du grand magasin. Cela lui fit du bien. Les bonbons, les gâteaux, les fromages et les pains qu'elle avait admirés aux étages inférieurs lui avaient creusé l'appétit.

Cependant, elle regretta que Rone ne fût pas là pour lui expliquer comment verser son thé à la mangue sans faire claquer la passoire d'argent contre la théière. Et finalement, cela devint plus une corvée qu'un plaisir de décrypter le réseau des bus de Londres pour rentrer à son hôtel.

Rone ne vint pas non plus le jour suivant.

Joletta se résolut à ne plus penser à lui. Cependant, elle aurait aimé avoir auprès d'elle quelqu'un avec qui elle aurait pu partager ses joies et ses découvertes, surtout dans les jardins fleuris. Quelqu'un aussi qui l'aurait écoutée se plaindre du temps qui filait trop vite, et qui aurait déploré avec elle de ne passer que quelques jours là où Violette était restée plusieurs semaines. Joletta aurait eu besoin d'une présence à ses côtés pour apprécier pleinement les rhododendrons, les azalées et les lilas qui se trouvaient alors à l'apogée de leur floraison. Elle aurait eu besoin aussi d'une présence pour mieux comprendre la raison de sa longue immobilité devant de grands parterres de pensées aux couleurs vives qui frissonnaient dans la brise.

Elle voulait parler du journal à Rone.

À Bath, elle avait failli lui parler d'Alain Massari et du blason au phénix, mais sa discrétion naturelle l'avait retenue. Elle savait que cette impulsion était idiote, aussi. Cependant, elle était convaincue que Rone se montrerait compréhensif, et pourrait sûrement l'aider à percer les secrets du journal. Du moins pourrait-il lui donner un avis objectif, qui s'avérerait probablement d'un précieux secours.

Elle se demanda ce que Rone penserait du langage des fleurs qu'Alain Massari avait utilisé pour séduire son aïeule. Le trouverait-il romantique et charmant, ou bêtement sentimental ?

Le langage des fleurs était sentimental, c'était indéniable. Et puis après ? Il semblait à Joletta qu'à l'époque victorienne, en l'occurrence celle de Violette, les gens vivaient plus en harmonie avec leurs sentiments. D'après elle, cela devait les rendre, d'une certaine façon, plus libres que ses contemporains. Aujourd'hui, personne ne prenait le temps de manifester délicatement ses émois, ni son amitié ou son amour naissant.

Nul ne risquait plus sa vie pour un amour, et nul ne se languissait plus d'une amante ou d'un amant perdu. Le sentiment était passé de mode, relégué aux oubliettes comme un vieil objet usé, et vaguement ridicule. Il était réprimé, comme la sexualité l'avait été à l'époque de Victoria. Pour Joletta, la situation actuelle se présentait exactement à l'inverse de celle qui avait existé quelques générations plus tôt : de nos jours, l'amour s'exprimait uniquement sous forme de relations sexuelles, avec respirations lourdes, gestes brutaux et étreintes furtives à l'appui. C'était vraiment désolant.

D'une certaine façon, et aussi étonnant que cela puisse paraître, Joletta enviait son aïeule. Violette était venue en Europe pour s'y amuser et y concevoir un enfant, et elle y avait finalement vécu une magnifique aventure. Mais les choses ne s'étaient point déroulées ainsi pour Joletta et son chevalier servant. Elle se demanda d'ailleurs si elle n'en était pas responsable. Peut-être aurait-elle dû se montrer plus ouverte, plus réceptive ? Peut-être aurait-elle dû céder à la tentation de l'étreinte ?

Cela n'avait guère d'importance, en définitive. Elle n'allait tout de même pas se lamenter indéfiniment sur le déclin de l'amour dans la société. Elle traverserait la Manche demain pour se rendre en France, et elle n'avait vraiment pas besoin d'un homme à ses côtés qui lui compliquerait l'existence. Non, la présence de Rone ne lui était vraiment pas nécessaire pour vivre sa vie.

Suivant les allées de Regent's Park, Joletta se surprit à se retourner fréquemment, et à observer de près les visages des gens qu'elle croisait. Elle crut d'abord qu'elle espérait, presque inconsciemment, voir surgir Rone au détour de son chemin. Elle commença alors à se sentir mal à l'aise, comme si elle portait des vêtements trop voyants, ou comme si quelqu'un l'espionnait.

À présent, elle ne prenait plus aucun plaisir à se promener dans le parc. Elle rangea son carnet, dans lequel elle avait décrit les rosiers grimpants, les clématites, les glycines, et quantités d'autres fleurs un peu désuètes mentionnées dans le journal de Violette. Joletta prit encore quelques photographies des parterres, mais le cœur n'y était plus. Un groupe imposant d'enfants portant l'uniforme de leur école la dépassa, et elle le suivit jusqu'aux grilles du parc. Enfin, elle se dirigea vers le métro qui la ramènerait à son hôtel.

Un message l'attendait à la réception, un message de Rone. Elle le lut dans l'ascenseur, puis le relut plus attentivement quand elle eut refermé la porte de sa chambre derrière elle.

Il n'y avait rien de sentimental ni de romantique dans ce billet bref. Le style en était plutôt sec, légèrement humoristique, mais surtout informatif. Rone s'excusait de ne pas s'être présenté au rendez-vous « comme il l'en avait menacée »; un problème d'ordre professionnel était survenu, qui n'était d'ailleurs toujours pas résolu. Il avait tenté de rejoindre Joletta à plusieurs reprises, mais chaque fois sans résultat. Il lui souhaitait une bonne traversée de la Manche, et lui affirmait qu'ils se reverraient à Paris.

Il ne s'agissait pas exactement d'un baiser gracieux sur la main avec promesse de rendez-vous. Joletta se trouva assaillie par des émotions contradictoires, allant de la joie à l'irritation, en passant par la confusion la plus totale. Elle exigeait trop, sans doute, finit-elle par conclure. Le problème était de savoir si elle voulait la compagnie de Rone ou bien d'un autre homme.

Elle avait déjeuné tard ce midi-là, et son corps n'était pas encore tout à fait adapté à l'heure londonienne. La veille, Joletta avait acheté quelques fruits, du fromage et du pain chez Harrod's. Elle décida de prendre un bon bain, de lire un peu, de grignoter ses fruits et son fromage, puis d'aller se coucher.

Ce n'est qu'en ouvrant le tiroir pour en sortir sa chemise de nuit qu'elle se rendit compte que sa chambre avait été fouillée. Ses sous-vêtements n'étaient peut-être que de nylon et de satin synthétique, mais elle les pliait toujours avec grand soin, et elle détestait les voir s'entasser pêle-mêle au fond d'un tiroir. Les livres et les brochures accumulés depuis quelques jours étaient empilés n'importe comment, et les vêtements laissés dans sa valise n'étaient plus rangés dans le même ordre. Le chandail qu'elle prévoyait porter en Suisse se retrouvait maintenant sur le dessus de la pile.

Peut-être une femme de chambre de l'hôtel avait-elle voulu découvrir ce que la touriste américaine enfermait dans ses bagages ? Mais Joletta savait que les employés de ces établissements sont généralement honnêtes, et n'ont pas l'habitude de fouiller dans les tiroirs des gens. Peut-être était-ce un voleur qui cherchait de l'argent comptant ou un passeport à revendre? Avant son départ, quelqu'un lui avait fait remarquer que les passeports des États-Unis se revendaient au marché noir plusieurs milliers de dollars. Si l'intention du voleur était de dérober de l'argent ou un passeport, il avait dû être déçu. Ce qu'elle possédait de précieux, Joletta le gardait sur elle en permanence, soit dans son sac à main, soit dans la pochette de sécurité qu'elle portait sous ses vêtements.

Y compris le journal.

Joletta se refusait à croire que celui-ci pût être la cause de cette fouille indélicate. Elle ne voulait pas être contrainte de se tenir constamment sur ses gardes durant son voyage. Au moment précis où elle commençait à se sentir en sécurité, à prendre du recul par rapport à ses problèmes ! En ce même instant où elle parvenait à croire peu à peu que le vol à la tire de l'aéroport n'avait été qu'une coïncidence, et ne présentait aucun rapport avec les événements survenus à la Nouvelle-Orléans… Ces belles explications ne tenaient plus, à présent, et la vérité était bien difficile à accepter.

Un autre élément surtout reliait la Nouvelle-Orléans et Londres, un élément qu'elle ne pouvait plus désormais considérer comme une coïncidence, et au sujet duquel elle s'interrogeait depuis son arrivée.

C'était Rone.

7

Joletta pensa que jamais elle n'oublierait les coquelicots. D'un rouge très vif, ils formaient un trait d'union de gaieté entre le vert printemps de l'herbe et le bleu doux du ciel de France. Mais surtout, leur nouveau guide, qui s'était joint au groupe à Calais, leur lisait de sa voix chaude un très beau poème sur les Flandres, alors même qu'ils traversaient cette région.

Violette évoquait les coquelicots dans son journal. Leur couleur ainsi que leur robustesse, qui contrastait singulièrement avec leur apparente fragilité, l'avaient séduite. Joletta aimait à penser qu'elle admirait en ce moment des paysages que son aïeule avait, elle aussi, admirés. Naturellement, c'était là tout l'objet de son périple. Elle s'étonnait cependant que les repères et les plantes eussent si peu changé en tant d'années.

Depuis Bath, Joletta avait rêvé, à plusieurs reprises, de Violette et d'Alain; des rêves perturbés et troublants, dont elle oubliait le détail à son réveil. Elle éprouvait vaguement l'impression d'être elle-même Violette. Son subconscient lui envoyait de drôles de messages. Joletta aurait voulu se rappeler ses rêves plus précisément : ils l'auraient sûrement aidée à comprendre les mystérieux avertissements de son inconscient.

Dans son groupe, rares étaient les touristes qui, comme

117

elle, voyageaient seuls. La plupart étaient soit des couples retraités fuyant pour quelque temps leurs enfants et leurs petits-enfants pour le plaisir de se retrouver enfin seuls, soit des jeunes mariés dans leur lune de miel, soit des veufs et des veuves se déplaçant deux par deux. Le groupe ne comptait que deux hommes célibataires, tous deux dans la cinquantaine. L'un, professeur de psychologie, grand et mince, avait toujours le nez plongé dans son guide. L'autre, plus trapu et presque chauve, était chroniqueur de tourisme, et semblait ressentir une extrême satisfaction à raconter des blagues d'un goût douteux. Joletta avait su l'éviter jusque-là, prétextant une fatigue immense, mais elle se demandait combien de temps encore cette paix relative durerait.

Leur guide parlait couramment le français, l'espagnol, l'italien et l'allemand. Agréable et cultivé, il se montrait toutefois assez autoritaire dans sa façon d'indiquer la durée des pauses et les modalités de règlement des excursions. Mais il s'acquittait bien de son travail, consistant essentiellement à veiller à ce que le groupe se trouve aux endroits prévus aux heures indiquées, et à ce que chacun soit satisfait de son sort.

Tous les marronniers étaient en fleur quand ils arrivèrent à Paris. Traçant des droites impeccables le long des avenues, ils feignaient de surveiller la circulation automobile du haut de leurs branches circonspectes. Le groupe traversa la Seine pour aller sur la rive gauche. Le fleuve paraissait un long ruban iri-descent, ocre, vert et bleu, qui serpentait sous les ponts. Des immeubles que Joletta n'avait vus qu'en photographie se miraient à présent dans l'eau de la Seine.

Leur hôtel n'était ni grand ni luxueux. Cependant, il se révéla confortable et pittoresque. Le vestibule apparaissait minuscule, et un escalier de marbre blanc s'élançait à côté d'un ascenseur de taille plus que restreinte. La chambre de Joletta donnait sur l'avenue et comportait deux lits jumeaux. Sous le couvre-lit, un oreiller était posé sur un traversin très dur. Derrière des rideaux de dentelle blanche, les fenêtres s'ou-vraient sur un minuscule balcon de fer forgé. Des carreaux de céramique blanche recouvraient les murs de la salle de bains tandis que la baignoire, le lavabo et le bidet étaient de céramique jaune. Certains membres du groupe se plaignirent de leurs chambres. Joletta s'avouait ravie.

Il restait sûrement des Fossier à Paris. Si elle avait été vivante, Mimi aurait connu leurs noms, leur aurait écrit des lettres, et aurait insisté auprès de Joletta pour qu'elle les leur remette en mains propres. Joletta fut soulagée de ne pas avoir à s'acquitter d'une telle corvée, n'ayant guère de temps pour cela. Elle avait lu et entendu tant de merveilles sur Paris qu'elle se sentait impatiente, à présent qu'elle s'y trouvait, d'admirer la ville de ses propres yeux, et de s'y promener à sa guise. Elle voulait profiter de Paris au maximum pendant son séjour, quitte à y revenir plus tard pour découvrir ce qu'elle aurait manqué.

Le matin du troisième jour, elle sortit de son hôtel et se dirigea vers la Seine, passant à pas lents devant les cafés, les banques et les magasins de meubles. Elle regarda plus attentivement les vitrines des antiquaires et les étals des fleuristes.

Traversant le fleuve, elle atteignit la rive droite et marcha en direction du Louvre. Le soleil était agréable sur sa peau, et l'air était gorgé de l'odeur de chlorophylle émanant toujours des plantes au printemps, des remugles froids de la Seine, communs à tous les cours d'eau urbains, et du parfum gourmand du pain fraîchement sorti du four. Les voitures exhalaient leur puanteur d'essence, mais Joletta avait le sens de l'odorat suffisamment éduqué pour en faire abstraction à sa guise.

Insensiblement, elle sentit son âme s'alléger. Elle n'avait rien à faire aujourd'hui, hormis prendre soin d'elle-même et s'offrir du bon temps. Elle avait visité tout ce que les touristes ordinaires visitent quand ils arrivent à Paris. Maintenant, elle voulait apprécier de plus près les endroits que Violette mentionnait dans son journal. Elle irait au Jardin du Luxembourg, naturellement, puisque Violette en parlait abondamment. Mais rien ne pressait. Pour le moment, Joletta voulait simplement respirer l'air de la ville, goûter aux mille et une gourmandises qu'offraient les marchands ambulants, regarder les artistes travailler sur les quais de la Seine, et déambuler sur les ponts. Elle voulait sentir la ville, s'en imprégner, l'accueillir en elle.

Il était déjà tard dans l'après-midi quand elle émergea de la station de métro située en face de son hôtel. Joletta attendait patiemment que le feu des piétons passe au vert, quand elle vit un homme et une femme qui sortaient de son hôtel en discutant.

Nathalie.

Joletta sentit sa vue se troubler, et elle se mit à marcher à pas rapides, sans s'arrêter. Se dissimulant parmi les autres piétons, et avançant au même rythme qu'eux, elle bifurqua dans la rue voisine. Et bien qu'elle fût hors de vue de sa cousine, à présent, elle continua de cheminer à vive allure.

Soudain oppressée, elle crut qu'elle allait se trouver mal. Ses pas nerveux et déterminés lui résonnaient aux oreilles. Que faisait sa cousine à Paris? Elle risquait de compromettre les plans de Joletta, mais aussi d'entraver sa liberté de mouvements.

C'était forcément tante Estelle qui avait demandé à Nathalie de la suivre. Sans doute avait-elle manigancé quelque chose pour retrouver sa trace. Peut-être avait-elle même engagé un détective privé pour ce faire. Aussi invraisemblable que cela puisse paraître, tante Estelle était parfaitement capable de ce genre de complot.

Quelle situation ridicule! Tante Estelle et Nathalie s'imaginaient certainement qu'elle savait où trouver la formule, et ce qu'elle ferait une fois qu'elle l'aurait en main. Et à quoi servirait-il de leur dire la vérité? Elles ne la croiraient jamais. Sa cousine et sa tante voulaient jouer à cache-cache avec elle? Très bien! Mais elle ne se laisserait pas faire. Nathalie entretenait de cruelles illusions si elle s'imaginait la retrouver aussi facilement.

— Arrêtez! Vous avez déjà dépassé votre hôtel!

Une voix chaude et riante: c'était Rone.

Joletta allongea le pas, mais une main s'était déjà refermée sur son bras. Elle fit face brusquement en se dégageant.

120

Ses mains s'abattirent sur la poitrine de Rone, dont elle perçut les muscles solides sous le polo jaune. Elle recula d'un bond, comme électrisée.

Elle ressentit tout à la fois du soulagement, de la méfiance, et un certain plaisir à revoir Rone après une si longue absence. Elle regarda rapidement derrière lui, mais Nathalie n'était pas en vue.

— Que faites-vous ici? demanda-t-elle sèchement.

— N'avions-nous pas rendez-vous? Vous n'avez pas reçu mon message?

— Si, mais je ne m'attendais pas...

Joletta s'arrêta net. Elle venait de se rendre compte que, si tante Estelle avait découvert son adresse de Paris, elle avait pu tout aussi bien découvrir celle de Londres. Et puisqu'elle avait osé envoyer quelqu'un fouiller la boutique, elle avait pu tout aussi bien mandater un homme de main pour qu'il fouille sa chambre d'hôtel.

— Vous manquez de confiance, déclara Rone en s'écartant d'elle. Vous manquez de confiance en vous, et en moi.

Joletta rougit. Elle comprenait clairement le sous-entendu de Rone, et se rappelait tout aussi clairement le mal qu'elle avait pensé de lui ces derniers jours. Incapable de supporter son regard bleu intense, elle détourna la tête. Comment avait-elle osé douter de lui et l'accuser intérieurement de tant de bassesse et de sournoiserie? Et quels motifs aurait-il eus de farfouiller dans sa chambre, lui qui ignorait tout d'elle, ou presque.

— Est-ce que vous allez bien? ajouta Rone. Il ne vous est pas arrivé d'autres mésaventures, j'espère?

Ce n'était pas la peine de l'aviser de la fouille. Pourquoi aurait-elle fait porter à Rone le poids de ses soucis? De plus, si elle lui en parlait, il devinerait qu'elle l'avait soupçonné, et que pour cette raison elle avait essayé de le fuir quelques minutes auparavant.

— Non, pas de nouvelles mésaventures, répondit-elle d'un ton volontairement léger. Je fais très attention, vous savez.

— Au point de dépasser votre hôtel sans vous en rendre compte?

Il la fixait d'un regard amusé, qui la déconcerta. Mais elle devait trouver très vite une réponse plausible.

— Je n'ai pas dépassé mon hôtel, dit-elle. J'allais faire une course un peu plus loin.

— Où ça?

— Dans une petite pâtisserie située à quelques rues d'ici. J'avais l'intention de m'offrir un éclair au chocolat.

— J'en prendrais bien un, moi aussi. Je peux?

À sa voix, Joletta comprit qu'il ne lui demandait pas seulement l'autorisation de l'accompagner à la pâtisserie. Rone voulait vérifier plus précisément si elle était heureuse de le revoir, et si elle accepterait encore sa compagnie dans ses expéditions touristiques.

— Pourquoi pas? répondit-elle.

— J'ai eu peur!

D'un mouvement de tête, il lui indiqua qu'il était prêt à prendre la direction de la pâtisserie. Joletta lorgna encore derrière lui pour s'assurer que personne ne les suivait, puis ils se mirent en marche.

— Peur de quoi? demanda-t-elle.

— De plusieurs choses, déclara Rone d'un ton plus sérieux. Je vous ai fait faux bond à Londres, et je vous ai laissée trois jours entiers toute seule à Paris. C'est grave, non? Et puis, j'ai pu vous donner l'impression de croire que vous seriez forcément ravie de me revoir : je ne me suis même pas enquis de votre désir de me rencontrer à Paris.

— Vous allez où bon vous semble, et moi aussi.

— Vous êtes dure avec moi, répondit-il, mais je l'ai bien mérité.

Joletta le regarda bien en face.

— Je ne disais pas cela pour être méchante, dit-elle.

— Eh bien! Si c'est ce que vous dites quand vous voulez être gentille, j'espère que vous ne serez jamais méchante avec moi!

— Oh! Je vous en prie.

Joletta avait beaucoup de mal à garder son sérieux.

— Si nous mangions ensemble ce soir, pour fêter nos retrouvailles?

— D'accord, lança-t-elle, délibérément laconique.

— Très bien, rétorqua-t-il. Je vous expliquerai qu'au lieu d'être ici plus tôt, j'ai choisi de régler au plus vite mes soucis professionnels afin de pouvoir passer plusieurs semaines d'affilée avec vous. Si vous le voulez, bien sûr. Moi, en tout cas, j'aimerais beaucoup.

Joletta fit encore quelques pas avant de répondre.

— Vous n'avez rien à m'expliquer. J'ai éprouvé beaucoup de plaisir à me promener avec vous en Angleterre, mais j'ai beaucoup de choses à voir et à faire ici, et...

— Trop tard, dit-il d'un ton satisfait. J'ai déjà réservé ma place dans le voyage.

Joletta le fixa stupéfaite.

— Pardon?

— J'ai réservé une place dans votre voyage organisé : le même trajet, le même bus, les mêmes hôtels, les mêmes musées, tout identique!

— Vous ne trouvez pas que vous allez un peu loin?

Rone la regarda en souriant d'un air heureux.

— Jusqu'au bout du monde! répondit-il.

Joletta pensa avec griserie qu'il faisait tout cela pour être avec elle, simplement pour être avec elle.

— Naturellement, je peux tout annuler, poursuivit Rone après une courte pause. Vous n'avez qu'un mot à dire : je loue une voiture, et je nous concocte une virée du tonnerre.

— Comment ça, « une virée du tonnerre »?

— Cathédrales, musées, restaurants, auberges, vous verrez tout, vous irez partout. Et vous pourrez même repartir de Rome, si vous le voulez. Ce sera comme vous désirez!

— Comment savez-vous que je repars de Rome?

Joletta s'empressait de poser des questions techniques : elle évitait ainsi d'envisager la possibilité de ne pas s'en

123

retourner, pour demeurer près de lui.

— Facile, j'ai vu le nom de votre agence de voyages sur les étiquettes de vos bagages. C'est d'ailleurs comme cela que j'ai découvert votre nom, je vous le rappelle. J'ai communiqué avec votre agence, et j'ai mentionné mon intention d'effectuer le même voyage que vous, dans les mêmes conditions. Et voilà.

— Quel homme plein de ressources vous êtes !

— N'est-ce pas ? Mais vous n'avez toujours pas répondu à ma question. Préféreriez-vous louer une voiture et établir votre propre itinéraire ? Naturellement, nos règles du jeu continueraient de s'appliquer.

— Comme : réserver des chambres séparées ?

— Par exemple.

Les yeux de Rone brillaient de façon provocante.

Sa proposition était certes tentante, d'autant plus que Joletta commençait à se lasser des règlements du groupe et des compromis inhérents à ces circuits organisés. L'invitation de Rone était décidément très attrayante.

— Non, je vous remercie, mais je n'ai pas les moyens, dit-elle à son grand regret, cependant.

— Je les ai pour deux, répondit Rone.

Il avait parlé calmement sans exercer aucune sorte de pression sur Joletta.

— Non merci, objecta-t-elle d'une voix plus ferme. Je préfère payer mon voyage moi-même.

— Une femme libérée ?

Joletta ne répliqua pas tout de suite, s'interrogeant sur les vraies raisons de son refus.

— Non, ce n'est pas cela, dit-elle finalement.

— Vous n'acceptez pas non plus les rivières de diamants, je suppose ?

— Non plus, répondit Joletta en riant.

Rone la regardait en souriant. Visiblement, il n'avait pas tout à fait renoncé à son projet.

Ils achetèrent des éclairs au chocolat gorgés de crème, puis ils marchèrent au hasard des rues jusqu'à ce qu'ils trouvent un café avec terrasse. Ils s'assirent dans la lumière déclinante de cette fin d'après-midi, et dégustèrent leurs éclairs au chocolat en buvant à petites gorgées les deux cafés incroyablement amers que le serveur leur avait apportés. Leur table minuscule semblait danser sur les dalles disjointes du trottoir, et une légère brise faisait frissonner les feuilles d'un platane tout proche. De temps à autre, un moineau venait sautiller à leurs pieds pour picorer des miettes. La circulation automobile s'intensifiait sur le boulevard : les Parisiens commençaient à rentrer du travail. Ici et là, un coup de klaxon excédé ponctuait le grondement ininterrompu des voitures. En chemise blanche, pantalons noirs et tablier jusqu'aux genoux, le serveur nettoyait les tables et empilait les chaises dans le café.

— Je ne pense pas que nous ayons beaucoup contribué à améliorer l'image de marque des Américains dans l'esprit de ce garçon, déclara soudainement Joletta.

— Parce que nous avons mangé nos éclairs ici? Ne vous inquiétez pas. Il a l'air méchant comme ça, mais ça ne veut rien dire. Il n'a même pas remarqué nos éclairs.

— Vous croyez?

— J'en suis sûr. En Europe, personne ne s'occupe de ce que font les autres, tant qu'ils ne dérangent pas trop. À une terrasse parisienne ou dans les rues bondées de Rome, on peut agir absolument comme on veut, à condition de le faire avec panache, d'un air dégagé, et en regardant droit devant soi.

— Qu'est-ce que vous racontez là?

— Essayez, vous verrez : vous passerez pour une vraie Européenne.

Rone observa Joletta, et constata qu'elle se tenait sur ses gardes. Elle fixait avec attention une femme blonde, visiblement américaine, qui marchait sur le trottoir dans leur direction. La femme arriva à leur hauteur, et continua son chemin sans même leur accorder un regard. Joletta se détendit.

Rone se demanda si elle avait vu Nathalie à l'hôtel. Sans doute, conclut-il. Ce n'étaient pas seulement les éclairs au chocolat qui l'avaient incitée à dépasser son hôtel et à s'en éloigner d'un bon pas. Cela lui ressemblait bien, de ne rien dire : après tout, elle le considérait encore comme un parfait inconnu.

Il se rendait compte peu à peu que sous le calme apparent de cette femme couvait un véritable tumulte. Joletta était une femme très réservée, presque trop. Cependant, elle n'était pas timide : les femmes timides ne se promènent pas en pleine nuit à la Nouvelle-Orléans, et n'entreprennent pas des voyages solitaires en Europe. Mais elle se montrait extrêmement prudente, et elle réprimait souvent ses impulsions. De crainte de souffrir, sans doute. Rone aurait tout donné pour être présent quand Joletta sortirait enfin de sa coquille.

Les dernières lueurs du jour se reflétaient dans ses cheveux, et faisaient ressortir la transparence de son teint. Elle rayonnait. Un petit morceau de chocolat s'était attaché à sa lèvre inférieure, et Rone eut soudainement envie de l'enlever d'un baiser. Cette envie était si forte qu'il dut se faire violence pour rester assis à sa place et dominer son impulsion. Enfin, il se cala au fond de sa chaise, les doigts crispés sur sa tasse de café.

Il se demandait s'il avait bien fait de se joindre au même voyage organisé qu'elle. Certes, son travail allait en être grandement facilité. Mais cela ne lui rendrait pas la vie plus facile, loin de là. Allait-il pouvoir le supporter ? Les principes se révélaient parfois bien difficiles à appliquer, si tant est que l'on pût parler de principes dans son cas.

Il aurait aimé que tout soit aussi simple qu'il l'affirmait à Joletta. Il aurait tout sacrifié pour effectuer le tour de l'Europe avec elle, sans soucis ni contraintes hormis celles qu'imposent la décence et la bienséance, bien sûr. Et encore...

Il sentait encore sur sa poitrine la chaleur que les mains de Joletta avaient imprimée sur sa peau en cherchant à le repousser. Il s'imagina ce que ce contact aurait pu être si c'était par amour que Joletta avait appuyé ses mains sur lui. Par amour, ou par désir...

Il sentait son parfum particulier lui monter aux narines, mêlant délicieusement son odeur de femme et son parfum Fleur de Thé. La plupart des femmes sentent la vanille, mais pas Joletta. Rone en vint à se figurer que c'était peut-être cela qui le fascinait tant chez elle, qui lui insufflait cette envie presque irrépressible de s'approcher d'elle pour décrypter sa mystérieuse senteur. Elle évoquait celle d'une orchidée de la jungle qui aurait produit une gousse de vanille, mêlée à celle d'une poire longuement mûrie au soleil. Ou peut-être évoquait-elle l'odeur d'une prune rouge bien mûre et d'un jasmin qui aurait fleuri dans la nuit.

Quoi qu'il en soit, ce parfum le rendait fou.

Il devait absolument penser à autre chose, il le fallait. Il s'attachait trop à cette femme. Et il commençait à redouter la fin de son aventure européenne.

Ils reprirent le chemin de l'hôtel tandis que la nuit tombait. Les trottoirs étaient encombrés de toutes sortes de gens, des vendeuses et des serveuses en ponchos et en écharpes, des hommes d'affaires en manteaux qui portaient sous le bras les journaux du jour, et des vieilles femmes traînant de lourds filets à provisions, d'où dépassait invariablement une baguette de pain bien cuite. La circulation automobile s'était intensifiée aussi, et les conducteurs se montraient plus impatients et moins respectueux du code de la route, à mesure que l'heure avançait. Des motards se faufilaient allègrement entre les voitures presque immobilisées, insouciants du danger.

Joletta et Rone marchaient côte à côte à pas lents, indifférents aux piétons plus pressés qui les bousculaient pour les dépasser. Ils parlaient de l'excursion à Versailles prévue pour le lendemain. Joletta s'y était déjà inscrite : elle n'aurait voulu manquer Versailles pour rien au monde. À son avis, il devait rester de la place, et Rone pourrait certainement participer à l'excursion, s'il le souhaitait.

Parvenus à un carrefour, ils entendirent la sirène stridente d'une voiture de police à leur droite. Le flot des véhicules ralentit, puis s'arrêta tout à fait. Les piétons s'assemblèrent à un coin de rue, se tordant le cou pour mieux voir.

Rone, en raison de sa grande taille, vit tout de suite ce qui se passait.

— Ce sont trois camionnettes de police bleu sombre qui arrivent, expliqua-t-il simplement.

Celles-ci étaient escortées de part et d'autre par des policiers à motos. Le convoi se fraya un chemin parmi les voitures immobilisées, empiétant sur le trottoir quand la voie se trouvait obstruée. À mesure que les camionnettes approchaient, leurs sirènes se faisaient de plus en plus assourdissantes.

Il s'agissait apparemment d'un déplacement de routine pour la police, mais il aurait pu tout aussi bien s'agir d'une contre-offensive à une attaque terroriste : à Paris, tout était possible. Depuis son arrivée, Joletta avait été réveillée deux fois déjà par le vacarme d'une course poursuite.

— Ces bruits me rappellent toujours les bruits de bottes de la Gestapo dans le film tiré du *Journal d'Anne Frank*, dit Joletta.

— Mais l'action ne se passait pas à Paris, répondit Rone d'une voix égale.

— Je le sais bien, rétorqua Joletta.

Rone n'ajouta rien, visiblement très occupé à détailler le visage des gens qui les entouraient.

La dernière camionnette s'éloigna enfin. Dans l'agitation qui s'ensuivit, la foule sépara Joletta de Rone. Elle ne fit rien pour s'en rapprocher, tant la froideur qu'il venait de manifester l'avait surprise et irritée. En outre, le feu pour les piétons clignotait déjà, indiquant qu'elle devait se hâter si elle voulait traverser la rue en toute sécurité.

Les moteurs grondaient et les pneus grinçaient. On aurait dit une course juste avant le départ, quand les coureurs font rugir leurs moteurs en attendant de s'élancer sur la piste. Enfin, les voitures démarrèrent en trombe, formant un flot rapide aussi infranchissable qu'un torrent.

Puis les freins crissèrent et les moteurs ralentirent, arrêtés de nouveau par le feu rouge. Joletta, suivant l'exemple des Parisiens autour d'elle, entreprit de traverser l'autre rue.

Soudain, le vacarme d'un moteur en pleine accélération s'éleva par-dessus le ronronnement des autres. Des femmes crièrent, des hommes s'exclamèrent. Joletta tourna la tête, et vit une voiture de sport rouge, de forte cylindrée, qui fonçait droit sur elle.

Elle était traquée de tous côtés. Dans la rue, cette voiture avançait vers elle d'un air menaçant. Sur le trottoir, un mur humain l'empêchait d'avancer. Elle sentit sa gorge se nouer, et son cœur battre plus vite.

Soudain, elle aperçut une brèche dans la foule, et s'y précipita.

Ses gestes lui paraissaient inexplicablement lents, comme dans un rêve. Elle voulut se jeter sur le trottoir, mais elle était comme clouée au sol. Brusquement, elle décolla de l'asphalte, elle s'envola et traça un gracieux arc de cercle dans l'air. Elle retomba ensuite sur le trottoir, et n'eut que le temps de lancer ses mains devant elle pour amortir le choc.

Mais quelque chose lui heurta la hanche avant qu'elle ne tombe, et la douleur lui coupa le souffle. Elle se sentit tourbillonner, et sa tête heurta un objet dur.

Puis elle s'évanouit.

8

Le 28 mai 1854

Paris est une ville laide et ennuyeuse. Je m'ennuie terriblement à écouter les anciennes connaissances de Gilbert exalter la beauté et l'aristocratique gloire des Bourbons déchus, et déplorer les atrocités commises par Napoléon III depuis qu'il a repris le titre d'empereur porté avant lui par son oncle. Tous ces braves gens pérorent, et se complaisent dans un confort petit-bourgeois cruellement dépourvu de goût.

Gilbert s'est transformé en un véritable tyran domestique. Il prétend que je ne peux pas sortir sans Hermine, car il est connu à Paris, et que mes escapades solitaires risqueraient d'entacher son nom. Connu, lui ? Quelle prétention ! Ou peut-être n'est-ce qu'un prétexte pour m'empêcher de sortir sans lui ?

Une lumière couleur lavande baignait Paris. Elle jetait des reflets mauves sur les pavés et les bâtiments salis de fumée, et allumaient des améthystes dans les flaques d'eau de la cour d'écurie.

Violette se tenait à sa fenêtre ouverte, le front appuyé contre la vitre, et regardait un jeune homme qui tirait de l'eau d'une fontaine en contant fleurette à une soubrette qui se tenait elle aussi à une fenêtre, mais de l'autre côté de la cour. L'air était humide et frais, et à l'odeur de crottin de cheval et de pourriture se mêlaient parfois les effluves de la Seine, qui coulait non loin de là. On entendait des fiacres qui raclaient le pavé, et des loueurs de canots et des colporteurs qui criaient. Les bruits, cependant, étaient assourdis par la distance et les hauts murs. Une cloche d'église lança un appel discordant, puis se tut.

La pluie s'était arrêtée juste à temps pour que le soir terne se colore un peu des reflets du couchant. Gilbert était parti depuis plusieurs heures déjà, à la recherche, sans doute, du miroir rococo ou du fauteuil Louis XVI qui serait du meilleur effet dans leur salon louisianais. Il s'était entiché de ce genre de meuble, et racontait inlassablement leur petite histoire. « J'achète de l'histoire », disait-il. Cela semblait le rendre heureux et Violette, pour ne pas ternir sa joie, ne soufflait mot.

Elle avait lu presque toute la journée la lugubre *Dame aux camélias,* d'Alexandre Dumas fils, c'est-à-dire le fils de l'autre Alexandre Dumas, le débauché. Le livre était paru depuis longtemps mais, un an plus tôt, la production d'une pièce de théâtre du même titre l'avait remis au goût du jour. Et à Venise, la récente représentation de *La Traviata,* l'opéra de Giuseppe Verdi dont le livret s'en inspirait, avait également contribué à son regain de popularité. Ce livre racontait la triste histoire d'une courtisane qui renonce à l'amour d'un jeune homme riche et beau pour lui épargner le déshonneur. À la fin, la courtisane se meurt de consomption et de chagrin. Ce que Violette avait lu de cet ouvrage l'avait tant déprimée qu'elle avait préféré s'arrêter en chemin. *La Dame aux camélias* ferait un excellent opéra, elle en était bien convaincue, et il la ferait certainement beaucoup pleurer à l'Opéra français de la Nouvelle-Orléans, lors d'une prochaine saison. Pour l'instant, il ne parvenait qu'à l'impatienter. Violette n'était pas d'humeur à se répandre en larmes ni à faire le sacrifice d'elle-même.

Gilbert n'était toujours pas entré en contact avec Delacroix. Il le disait insaisissable, et trop important. Ne venait-il pas de terminer le Salon de la Paix de l'Hôtel de Ville de Paris, un an plus tôt? Gilbert trouvait Violette bien jolie, mais il doutait qu'un artiste de la renommée de Delacroix acceptât de faire son portrait. Sa chère épouse devrait donc renoncer à son projet, ou dénicher un autre peintre.

Violette refusa.

Qu'adviendrait-il d'elle et d'Alain si elle rompait le seul lien qui les rattachait encore l'un à l'autre? Les quelques mots échangés dans ce vestibule d'hôtel seraient-ils les derniers? Ne se reverraient-ils plus jamais?

Peut-être cela vaudrait-il mieux, après tout.

Peut-être cette douce fièvre qui lui faisait battre le sang aux tempes finirait-elle par s'estomper, puis disparaître. Un jour, elle oublierait peut-être le visage d'Alain, elle cesserait de se demander qui il était vraiment, et ce qu'il pensait d'elle.

Non.

Non, non et non. Jamais.

Gilbert était sorti dans la soirée. Il avait dîné avec des cousins à lui. Du moins était-ce ce qu'il avait prétendu. Mais il était rentré saoul, puant le mauvais vin, et un parfum plus vulgaire encore. Violette n'était pas dupe, elle avait très bien deviné ce qu'il avait fait de sa soirée. À l'occasion, les dames de la Nouvelle-Orléans parlaient en chuchotant du Théâtre des Variétés, où des femmes se produisaient à demi nues, et elles s'épouvantaient vertueusement de la conduite des demi-mondaines, des courtisanes et autres maîtresses d'hommes célèbres. La réputation de ces femmes n'était plus à faire, et elles passaient pour très divertissantes : tout homme visitant Paris se faisait un devoir et un plaisir de les fréquenter quelque temps.

Violette avait verrouillé sa porte, et elle feignait de dormir quand Gilbert rentra. Elle se cacha la tête sous l'oreiller pour ne pas l'entendre frapper à sa porte. Le lendemain matin, elle dirait qu'elle s'était enfermée parce qu'elle avait peur la nuit, toute seule dans cet hôtel. Gilbert se draperait dans un silence frustré et renfrogné.

Il avait été un temps où ces mutismes soudains inquiétaient Violette. Elle les prenait alors comme des remontrances, et s'efforçait, par des compromis, de ramener un semblant de bonne entente entre Gilbert et elle. Maintenant, elle appréciait la paix qu'ils lui apportaient.

Cette après-midi-là, elle portait une robe blanche rayée de rose et de vert, brodée de petits bouquets de roses et de feuillage entre les rayures. Hermine lui avait relevé les cheveux, puis les avait frisés : ils retombaient en boucles sur sa nuque, et deux frisettes riaient à ses tempes. Quelqu'un avait disposé un plat de bonbons près d'elle.

Personne n'était venu. Elle aurait accueilli avec joie n'importe quel visiteur, des parents de Gilbert, ses nouvelles relations d'affaires, n'importe qui.

L'orage avait éclaté deux heures plus tôt. Des éclairs avaient déchiré le ciel par-dessus les toits, et le tonnerre avait fait trembler les vitres. Puis la pluie cessant, les rues s'étaient mises à fumer.

Violette avait regardé avec ravissement les gouttes d'eau dégouliner le long des vitres, et s'était plu à suivre leurs parcours sinueux : désormais, la pluie lui rappellerait toujours un bon souvenir.

C'est alors qu'elle avait pris sa décision.

Elle s'était dirigée vers le secrétaire adossé au mur. Elle s'y était assise et avait saisi une feuille de papier épais. Puis, elle avait ôté le couvercle de l'encrier et pris sa plume d'or et de malachite. Elle l'avait observée un long moment.

Quelques minutes plus tard, tout était terminé. Violette tenait l'enveloppe de vélin par l'un de ses coins, comme si elle contenait de l'explosif. Elle sentit brusquement monter en elle l'envie de déchirer sa lettre, et de retomber dans sa sécurité apathique et maussade. Elle commettait une folie, une véritable folie. Plus que cela même, une trahison.

Jamais elle n'aurait cru en arriver là, souhaiter autre chose que le confort et la stabilité qu'elle avait obtenus en épousant Gilbert. Jamais elle n'aurait cru ressentir le besoin de voir un autre homme et même, d'y prendre plaisir. Tout n'allait pas pour le mieux entre son mari et elle. Mais son avenir était assuré, et Gilbert se montrait souvent généreux, s'inquiétait de son bien-être et la complimentait constamment quand ils étaient en public. Et si leurs moments intimes n'avaient rien de réjouissant, peut-être n'était-ce pas de la faute de Gilbert ; mais peut-être de sa faute à elle, qui apparaissait toujours si froide.

Mais comment pouvait-elle oublier le plaisir qui la submergeait à la seule pensée d'Alain Massari ? C'était impossible. Et si ce plaisir ne revenait jamais ? Il fallait saisir le bonheur avant qu'il ne passe. Elle serait discrète. Elle ne voulait pas faire de mal à Gilbert, ni commettre quelque acte qui pût menacer leur couple. Une petite aventure sans gravité, c'était tout ce qu'elle désirait. Quel mal pouvait-il y avoir à parler avec Alain, à chercher à le mieux connaître, à cueillir quelques souvenirs qui lui tiendraient chaud pendant les longues années creuses qui s'ouvraient devant elle ? C'était si peu demander.

La lettre de Violette resta deux jours sans réponse. Le troisième jour lui parvint une invitation à une réception chez Delacroix, un après-midi.

— Tu lui as écrit sans ma permission ? demanda Gilbert en agitant l'invitation devant elle.

Violette s'était attendue à une réaction emportée.

— Nous en avions tant discuté, toi et moi. Et je sais que tu es très occupé. J'y ai repensé, l'autre soir, quand tu étais sorti, et je me suis dit que sans une demande expresse, nous ne saurions jamais s'il accepterait. J'ai peut-être agi impulsivement, j'en conviens, mais vois le résultat.

Gilbert soupira et lui jeta un regard lourd sous ses sourcils grisonnants.

— Tu attaches vraiment de l'importance à ce portrait, n'est-ce pas ? demanda-t-il finalement.

— Oui, répondit-elle le plus sobrement qu'elle put.

Gilbert tenait l'invitation d'une main et la tapotait de l'autre. Les sourcils froncés, il réfléchit longuement. Finalement, comme Violette se demandait pendant combien de temps encore elle pourrait s'empêcher de lui énoncer toutes les raisons élaborées pour le convaincre, il se décida.

— C'est entendu, dit-il. Nous irons.

Le sherry et les olives se mariaient à merveille, chacun des deux adoucissant l'amertume de l'autre. La réception chez Delacroix était grandiose. Les boissons et les mets étaient délicieux, et remarquablement servis. Il y avait là de quoi satisfaire les palais les plus délicats.

C'était Alain qui lui avait fait goûter les olives avec le sherry. Les salons de la résidence étant bondés, il n'avait eu aucun mal à s'approcher de Violette et à lui parler. Tout le monde s'égosillait, piaillant d'art, de politique, de philosophie, et de mille autres choses. La plupart des convives gesticulaient comme des forcenés.

Alain désignait à Violette les gens connus qui allaient et venaient, vertueux ou libertins. Parmi eux, Alexandre Dumas père, le jovial mulâtre chenu, qui venait de publier ses mémoires en dix époustouflants volumes ; Théophile Gauthier, poète, romancier et critique littéraire ; plusieurs hauts fonctionnaires du gouvernement, et quelques actrices. Et il y avait aussi, bien sûr, de nombreux peintres : Daumier et Millet, Courbet et Corot, les rebelles, et quelques membres plus conventionnels de l'Académie.

Violette trouva Delacroix beau. Il savait s'entourer d'objets et de parures qui rehaussaient sa personnalité austère, et cependant exotique. Il portait ce jour-là par-dessus une chemise et des pantalons parfaitement ordinaires, une sorte de robe courte de brocard bleu sombre. Sa tête était enturbannée. Il aurait pu être ridicule ; il était somptueux, et visiblement complètement insouciant de ce que ses hôtes pouvaient penser de sa mise. Delacroix avait pris Gilbert par la main, et le présentait aux invités les plus intéressants. Gilbert semblait tout éberlué de l'honneur que lui faisait le maître.

La soirée avançait, et rien encore n'avait été dit au sujet

du portrait. Violette commençait à s'en inquiéter. Elle commençait aussi à se demander, en voyant avec quelle déférence les personnalités présentes s'adressaient au peintre, si Gilbert n'avait pas eu raison, et si elle n'avait pas été bien présomptueuse de penser que Delacroix pût accepter de faire son portrait.

Elle se tenait assise bien droite sur un divan de velours aux accoudoirs sculptés en forme de lyres, et aux coussins décorés de pompons. Elle observait Delacroix et Alain, et tous les autres, qui parlaient et parlaient à s'en étourdir. Ils échangeaient des points de vue, avançaient des mots et des phrases chocs, se lançaient des opinions et des convictions comme des coups de glaive, dans une sorte de perpétuel affrontement du langage et de l'esprit. Violette ne parvenait pas à déterminer s'ils croyaient vraiment ce qu'ils disaient, ou s'ils ne défendaient leurs idées que parce qu'elles étaient en vogue à ce moment-là, ou encore pour le seul plaisir de débattre.

Alain se tenait avec ces gens, et se retrouvait souvent au cœur des échanges les plus passionnés. Ses arguments étaient convaincants, et ses commentaires dénotaient une intelligence vive et un solide sens de l'humour. Il semblait connaître tout le monde, et paraissait connu de tous, en particulier des dames. Toutes le traitaient avec chaleur et amitié, mais aussi avec une déférence subtile, instinctive et rare.

Violette s'efforçait de ne pas regarder trop souvent dans sa direction. Il était si dynamique, si vivant, comparé aux autres hommes ! La chaleur de sa voix et le rire clair qui donnait l'impression d'illuminer constamment son regard étaient irrésistibles. Revêtu d'un habit sombre de coupe classique, éclairé par les chandeliers qui surplombaient sa tête bouclée, Alain rayonnait. Sa peau légèrement mate contrastait agréablement avec les teints trop pâles qui l'entouraient, et semblait ajouter encore à sa vitalité.

Une femme vint s'asseoir près de Violette dans un grand froufrou de soie parfumée au muguet. Violette lui adressa un sourire en guise de salutation. C'était Clotilde, l'une des actrices. En fait, c'était plutôt par politesse que chacun feignait de la prendre pour une véritable actrice. Sa robe était si décolletée qu'il lui suffisait d'incliner légèrement le buste pour que l'on découvre toute sa poitrine.

Elle examina Violette avec curiosité, puis se pencha vers elle.

— Ainsi, dit-elle, vous êtes la femme mystérieuse.

— Je ne pense pas, répondit Violette avec un hochement de tête surpris.

— Ah, mais si ! Même s'il se montre discret et se tient éloigné de vous, il n'en reste pas moins que notre Alain ne vous a pas quittée des yeux depuis le début de la réception. Nous nous doutions bien qu'il devait y avoir quelqu'un dans sa vie : il revient à Paris après une absence terriblement longue, et nous ne l'avons pas encore vu une seule fois au théâtre !

— Vous avez l'air de bien le connaître ?

— Naturellement. Tout le monde le connaît. Il est partout comme chez lui, dans n'importe quelle capitale du monde.

La femme parlait d'un ton affecté, et soulignait chacun de ses mots de grands gestes emphatiques.

— Vraiment ? demanda Violette.

— J'ai dit « les capitales », ma chère, pas « les lits ». Je vous assure, c'est un garçon sérieux. Car ce ne sont pas les occasions qui lui manquent, croyez-moi. Je voulais simplement dire qu'il a ses entrées partout : à Londres, à Genève, à Bruxelles, à Rome. Toutes les capitales d'Europe lui sont grandes ouvertes, pour ne pas dire toutes les cours d'Europe. Je ne sais pas exactement pourquoi... je suppose que son charme y est pour quelque chose. Il a un magnétisme fou, vous ne trouvez pas ?

— En effet, répondit froidement Violette.

— Oh ! Pardonnez-moi. Je ne devrais pas vous confier cela. Mais vous paraissez si grave que vous me donnez envie de débiter toutes sortes de folies. Dites-moi, accepterez-vous qu'il fasse votre portrait ?

— Monsieur Massari ?

— Mon Dieu! Il souhaitait vous en faire la surprise, et voilà que je lui ai gâché son effet. Il sera furieux contre moi! Vous ne lui révélerez rien, n'est-ce pas?

— Je ne pense pas avoir à lui rapporter quoi que ce soit de cette conversation, rétorqua Violette d'un ton de plus en plus sec.

— Comme vous êtes sage et réservée! Et bien plus douée que lui pour la discrétion! Alain est un excellent peintre, vous savez. Il compterait sans doute parmi les meilleurs, s'il disposait de plus de temps et de moins d'argent. Les amis et la richesse représentent les plus grands ennemis de l'art, voyez-vous : ils éteignent le feu sacré!

Qu'y avait-il à ajouter à cela? L'actrice n'attendait aucune réponse, du reste, car elle marqua une trop courte pause, et continua de pérorer.

— Mais vous lui permettrez de vous exposer son projet, n'est-ce pas? Vous seriez bien cruelle de ne pas lui prouver la joie de vous étonner. En outre, considérez l'avantage que vous auriez à vous laisser convaincre. Je suis sûre qu'il usera de toutes sortes de flatteries charmantes pour vous persuader.

— Vous croyez?

Violette était sur le point de hurler, tant son agacement grandissait.

— Ne vous renfrognez pas ainsi, ma chère, ou bien il croira que je profère des méchancetés. Mais peut-être le croit-il déjà, car le voilà qui vient. Quel dévouement! Je vous envie, madame.

L'actrice se leva, chuchota deux ou trois mots à l'oreille d'Alain, et lui effleura l'épaule du bout des doigts en s'éloignant. Alain s'assit près de Violette.

— Alors, qu'est-ce que notre amie Clotilde vous racontait? demanda-t-il.

Il était vrai qu'Alain l'avait regardée toute la soirée. Violette fut reconnaissante à l'actrice de le lui avoir fait remarquer, ce qui la disposa bien envers elle.

— Rien de bien important, répondit-elle, à l'exception

d'une chose : est-il exact que vous êtes un artiste?

Un éclair s'alluma dans les yeux d'Alain Massari.

— Je peins, répliqua-t-il simplement.

— Je ne devrais même pas le savoir. Je vous connais à peine, en définitive.

— Il ne tient qu'à vous de mieux m'apprécier, madame, rétorqua-t-il avec un léger sourire.

Il marqua une courte hésitation.

— J'aimerais beaucoup faire votre portrait, ajouta-t-il enfin. Delacroix est justement en train de me recommander à votre mari.

— Ainsi donc, vous aviez tout manigancé?

Il inclina la tête en signe d'assentiment.

— Êtes-vous déçue?

— J'imaginais, répondit-elle, être immortalisée par un grand artiste, si grand qu'il ne daigne peindre que lui-même et ses amis les plus chers.

— Il en sera ainsi, si c'est ce que vous désirez, riposta Alain en se levant d'un bond. Il suffit que je parle à Delacroix, et...

— Non! Je vous en prie, asseyez-vous.

Elle avait avancé la main pour le retenir, mais elle contint son geste au dernier moment.

Alain se rassit. Brusquement, il sourit et lui prit la main dans les siennes.

— Vous me taquinez déjà, dit-il. C'est prometteur.

— C'était stupide de ma part, je...

— Vous me faites suffisamment confiance, et vous me comprenez suffisamment pour me taquiner. J'en suis ravi. Cela signifie que vous avez pensé à moi. J'en suis surpris, je vous l'avoue, et immensément honoré.

Violette se sentit rougir jusqu'à la racine des cheveux.

— Pardonnez-moi, reprit Alain d'un ton plus grave. À présent, c'est moi qui plaisante, mais il est trop tôt encore. Je veux avancer pas à pas avec vous, avec le plus grand soin. Commençons par le portrait! Me laisserez-vous l'exécuter?

— Oui, répondit-elle d'une voix faible.

— Même si vous ignorez tout de mon talent?

Violette garda les yeux baissés sur sa main gantée, qu'il tenait toujours entre les siennes.

— Je suis sûre que vous êtes un grand peintre, affirmat-elle. Monsieur Delacroix ne recommanderait pas un artiste médiocre, ni même un artiste moyen.

Alain observait attentivement le rose de ses joues et l'ombre projetée par ses cils baissés. La lumière des chandeliers semblait rendre sa peau plus douce encore, et allumait des reflets chatoyants dans la soie de sa robe. Alain considéra longuement le petit bouquet de pensées jaunes et violettes épinglé à son corsage. Violette suivit son regard, et se demanda si elle n'avait pas fait preuve d'insistance en portant ce bouquet, qui rappelait de façon si flagrante leur dernière rencontre et la promesse voilée dont il l'avait gratifiée alors. Elle leva les yeux, et put à peine supporter le regard d'Alain. L'expression de son visage aviva d'abord ses craintes, puis son sourire les calma.

— J'essayerai de me montrer digne de la confiance et de la considération que vous me témoignez, dit-il.

Elle sourit et dégagea sa main des siennes. Elle ne pouvait nier son trouble : elle trouvait tant de charme à être aussi aisément comprise.

— Alain, mon ami! Je vois que tu as déjà fait la connaissance de madame Fossier!

Delacroix approchait à grands pas, escorté de Gilbert. Ce dernier se renfrogna quand il aperçut Alain et Violette si proches. Alain se leva courtoisement.

— Comme vous avez eu la gentillesse de me laisser entrevoir la possibilité d'un portrait, dit-il, j'ai pris la liberté de me présenter à madame. Quel visage magnifique! Sa peau est lumineuse et ses traits sont parfaits! Mais son caractère est subtil et sensible. Il ne me sera certainement pas facile d'en capturer toute la complexité sur ma toile.

— Je présumais bien que ce portrait t'intéresserait,

répondit Delacroix en souriant sous sa moustache touffue.

— Avons-nous été présentés, monsieur? demanda abruptement Gilbert, les sourcils toujours froncés.

— Je ne pense pas, répondit Alain avec un sourire affable. Vous venez d'Amérique, n'est-ce pas? J'ai toujours eu le désir d'aller visiter votre jeune pays, mais l'occasion ne s'est jamais présentée.

Un court silence tomba entre eux, que Delacroix combla par les présentations officielles. Poliment, Alain posa toutes sortes de questions sur la Louisiane et sur la durée de leur séjour. Le malaise se dissipa.

Plus tard, tandis qu'ils retournaient à leur hôtel, Gilbert rompit brusquement le silence qui se prolongeait entre Violette et lui.

— Ce Massari, est-ce qu'il te convient? demanda-t-il. Ne préférerais-tu pas que je cherche un autre peintre?

— Ce n'est pas la peine de te donner ce mal, répondit Violette. Puisque monsieur Delacroix le recommande, je suis sûre qu'il sera parfait.

Gilbert lui tapota la main et se renfonça dans le siège du fiacre.

— Comme tu voudras, ma chère, comme tu voudras, conclut-il.

L'espace de quelques secondes, Violette fut ébranlée par sa propre duplicité, et elle en ressentit une vive douleur dans la poitrine. Puis elle pensa qu'elle verrait Alain tout le temps que dureraient les séances de pose; elle évoqua toutes ces heures où ils pourraient discuter ensemble, et apprendre à mieux se connaître. Son remords s'estompa.

Gilbert et Alain avaient convenu que les séances de pose commenceraient deux jours plus tard. Le matin de la première séance, le jour se leva chaud et clair. D'anxiété et de nervosité, Violette n'avait guère dormi de la nuit. Allongée dans son lit, elle avait regardé le ciel pâlir derrière les rideaux.

Elle n'irait pas. Elle écrirait pour faire part d'une indisposition passagère et de l'impossibilité de se rendre au rendez-vous.

À la seule pensée qu'elle devrait rester là, immobile, tandis qu'Alain la dévisagerait, elle tremblait déjà de peur. Elle serait seule avec lui pendant de longs moments. Que lui dirait-elle? De quoi parleraient-ils pendant tout ce temps? Qu'attendait-il d'elle? Lui avait-elle laissé quelque raison de croire qu'il pourrait prendre des libertés avec elle? Que voulait-il?

Et elle, que voulait-elle? Elle tourna la tête sur son oreiller et se recouvrit le visage de son bras.

Comment aurait-elle pu admettre que son plus cher désir était de cotoyer Alain Massari le plus souvent et le plus longtemps possible? Comment aurait-elle pu savoir qu'elle y prendrait un réel plaisir? Elle n'entrevoyait que peurs et tristesses. Le portrait serait vite terminé. Et après?

Elle aurait voulu mieux se connaître, être plus ferme dans ses désirs. Elle enviait les femmes qui, à l'exemple de Clotilde, pouvaient se jeter à corps perdu dans une aventure, sans jamais s'interroger sur la moralité ou la sagesse de leurs actes. Violette aurait tellement aimé ne pas être assaillie de tels doutes, ne pas être forcée de mentir, et ne pas avoir à se demander laquelle, de la joie et de la douleur, finirait par l'emporter.

Comme elle aurait souhaité pouvoir se convaincre de son impuissance et de son incapacité à résister à un tel sentiment. Mais en était-il vraiment ainsi? Elle l'ignorait.

Si elle n'allait pas à cette séance de pose, elle ne reverrait peut-être jamais Alain.

C'est cette réflexion qui la fit se lever enfin. Elle passa la matinée à s'interroger sur la robe qu'elle porterait; puis, elle choisit les jupons, la collerette de dentelle et les bijoux les mieux assortis à sa robe. Ensuite, elle discuta longuement avec Hermine pour déterminer comment elle arrangerait ses cheveux. Enfin, elle s'habilla, et ce fut le moment de partir. Elle monta avec Hermine dans le fiacre. Ne voulant pas se trahir devant sa femme de chambre, elle se retint plusieurs fois de commander au cocher qu'il rebrousse chemin.

La maison d'Alain se trouvait sur l'Île de la Cité, qui avait l'air d'une grande péniche ancrée pour toujours au beau milieu de la Seine. L'île paraissait reposer dans l'ombre de Notre-Dame, dont les gargouilles et les murs sombres semblaient s'être estompés avec le temps.

Une femme rondelette aux yeux vifs, revêtue du costume des gouvernantes, introduisit Violette et Hermine et les fit monter à l'étage par un escalier en colimaçon. Elle traversa une antichambre meublée comme un salon, puis elle ouvrit une porte, annonça Violette, et recula d'un pas pour la laisser entrer.

La pièce était longue et étroite. Des fenêtres hautes s'ouvraient sur deux de ses murs, laissant pénétrer une lumière septentrionale claire et abondante. Le plafond, sculpté et doré entre les poutres, selon la mode en cours deux siècles auparavant, avait été noirci par les milliers de feux qui avaient brûlé dans la cheminée de pierre. L'ameublement de la pièce était lourd, presque médiéval, et se composait de quelques chaises, de plusieurs hauts candélabres, d'une grande table de réfectoire, et d'un divan presque aussi large qu'un lit, recouvert de châles de soie frangée aux motifs de jardins persans. Une estrade sur laquelle trônait un fauteuil de brocard bordeaux avait été dressée au milieu de la pièce. Un chevalet installé face à l'estrade, portait une toile vierge.

Alain examinait des croquis étalés sur la grande table quand la gouvernante les annonça. Aussitôt, il se retourna, et poussa une exclamation de joie. Il vint à la rencontre des deux femmes, et leur offrit des rafraîchissements, du thé, du vin et des gâteaux. Tandis que la gouvernante s'éloignait pour préparer le plateau, Alain entraîna Violette vers la table.

— Avant de commencer, dit-il, j'aimerais vous montrer quelque chose.

Tous les croquis représentaient Violette, tour à tour sombre et riante, prudente et confiante, les cils couverts de perles de pluie, puis séchés. On la voyait un bouquet de violettes ou une rose à la main. Il y avait là des études de sa

144

bouche, de son oreille, de son menton, de ses doigts lorsqu'elle tendait la main. Chacun des croquis était dessiné avec précision, soigneusement intitulé et daté.

— Voici les esquisses que j'ai cru bon de conserver, expliqua Alain.

Violette prit une profonde inspiration.

— Je ne m'attendais pas à ce que... mais je vois que vous m'avez menti : vous êtes un très grand artiste, monsieur Massari.

— Je n'ai fait ces dessins que par pur plaisir, et de mémoire. Je vous les montre aujourd'hui pour mieux vous convaincre que vous avez eu raison de placer votre confiance en moi.

La sincérité de sa voix bouleversa Violette et vibra longuement au fond d'elle, soulevant une bouffée de chaleur qui lui monta à la tête.

— Je n'en ai jamais douté, répondit-elle d'une voix faible.

— Vous êtes trop aimable. J'espère que vous ne regretterez pas de m'avoir confié votre portrait.

Le retour de la domestique les interrompit. Alain lui demanda de déposer le plateau en face de la cheminée. Puis, il se tourna vers Hermine et dit à Violette, d'un ton très détaché :

— Quand je peins un portrait, la présence d'une autre personne dans la pièce me trouble. Peut-être votre femme de chambre aimerait-elle descendre avec madame Maillard et lui tenir compagnie autour d'un verre de vin et de petits gâteaux ? Si jamais vous aviez besoin d'elle, elle serait à portée de voix.

Le regard de Violette croisa celui d'Alain. Il n'était pas tout à fait candide, certes, mais Violette n'y lut rien qui pût l'effrayer. Elle accéda à sa demande, puis le suivit vers la cheminée tandis que la gouvernante sortait avec Hermine. La porte se referma doucement derrière elles.

Le vin jaillit de la carafe, aussi rouge que le sang. Alain tendit à Violette un verre de cristal rehaussé d'or fin, et attendit qu'elle se fût assise pour s'installer sur une chaise, près d'elle.

Il prit une gorgée de vin, sans quitter Violette des yeux. Ses doigts se crispèrent dangereusement sur le pied du verre de cristal.

— J'ai peine à croire que vous soyez enfin là, dit-il.

— Moi aussi, répondit-elle avec un sourire hésitant.

Violette voulait boire un peu de vin pour se calmer, mais elle tremblait tant qu'elle craignit d'en renverser. Hésitant à regarder Alain dans les yeux, elle fixait le dessus de la cheminée où, dans un plat d'argent, s'empilaient d'épaisses enveloppes de vélin qui semblaient être des invitations.

Alain suivit son regard d'un œil amusé, puis il revint vers elle.

— J'aurais tant à vous dire, que je ne sais par où commencer. Je vous vois assise ici, et je n'ai qu'une envie : vous regarder, et vous regarder encore...

— Je vous en prie! protesta-t-elle d'une voix faible.

— Je ne voulais pas vous heurter, pardonnez-moi. C'est seulement que je n'avais jamais osé vous imaginer ici. Je vous y espérais, mais je préférais ne pas trop y croire. Et je pensais connaître tous les reflets de votre visage et de vos cheveux ; j'avais tort. Vous êtes encore plus belle que dans mon souvenir, encore plus insaisissable. Soudain, j'ai peur de vous peindre ; peur de ne pas suffisamment rendre hommage à votre vraie beauté.

Toute rougissante, Violette avait peine à respirer. Le vin dans son verre tremblait, et sa gorge était si serrée qu'elle ne pouvait dire un mot. Elle ne savait plus ce qu'elle avait espéré de cette rencontre, mais ce n'était certes pas une telle déclaration !

— Pardonnez-moi, reprit Alain.

Il déposa son verre, se leva et posa ses mains sur la cheminée, le dos tourné à Violette.

— Je ne voulais pas vous dire cela, ajouta-t-il. J'avais résolu de me montrer calme et courtois. Vous allez croire que je suis fou, et bien présomptueux.

Son trouble allégea celui de Violette.

— Non, murmura-t-elle d'une voix basse et frémissante. Mais je ne suis pas habituée à m'entendre dire de telles choses. Je ne sais que vous répondre.

Son regard coula par-dessus l'épaule de Violette, et il lui adressa un sourire aussi chaud qu'un baiser.

— Alors, ne répondez rien. Vous n'êtes pas responsable de mes sentiments, ni de mes paroles. Mais buvez votre vin. Nous ferions mieux de commencer la séance, avant que je ne dise une sottise que nous regretterions tous les deux.

Dans les séances qui suivirent, Alain se montra respectueux et courtois, et il fit souvent rire et sourire Violette. Ses compliments la faisaient rosir de plaisir et de confusion. Cependant, Alain restait si appliqué à son travail qu'elle ne pouvait s'offusquer de ces débordements.

Il la plaçait sur l'estrade chaque après-midi, arrangeait les plis de sa robe, et ajustait la position de sa tête, de ses mains et de ses épaules d'une main légère dont la chaleur s'imprimait sur la peau de Violette pour plusieurs heures. Il se trouvait alors si proche d'elle, qu'elle en avait presque le souffle coupé. Incapable de soutenir son regard sur elle, elle se demandait s'il voyait la dentelle de son corsage battre au rythme de son cœur. Devinait-il que ses yeux posés sur elle faisaient naître sa nervosité?

Pour la détendre, il lui parlait de toutes sortes de choses, rapportant les éclats qui agitaient parfois la petite colonie artistique parisienne, et les rumeurs de complots qui ébranlaient la cour de Napoléon III. Il lui racontait aussi les soupçons de fraude entourant les travaux de reconstruction de Paris, et les efforts héroïques que nécessitaient les préparatifs de la guerre de Crimée. Il s'épanchait sur les difficultés que traversait le couple impérial. L'empereur et l'impératrice n'étaient mariés que depuis un an et demi, mais la passion de l'empereur pour les jolies femmes pesait lourd sur le couple régnant.

Alain s'exprimait avec aisance et humour, et il manifestait tant de compassion pour les faiblesses et les égarements des gens que Violette attendait chaque jour avec impatience la poursuite de leur entretien. Les opinions d'Alain étaient souvent proches des siennes, aussi sœurs que peuvent l'être deux personnes qui, sans être semblables, vibrent à l'unisson. Ces rencontres de leurs esprits se révélaient jour après jour plus séduisantes.

Une fois, un mois environ après le début des séances, ils parlèrent de l'impératrice.

— J'ai vu l'impératrice au Bois de Boulogne, hier, déclara Violette. Elle est si belle, avec ses cheveux auburn et ses yeux bleu sombre ! Je ne comprends pas que l'empereur puisse s'intéresser à une autre femme.

— Il ne fait aucun doute qu'il l'aime, répondit Alain, toujours penché sur sa toile. Étant empereur de France, il aurait pu prétendre à un mariage bien plus riche que celui contracté avec la fille d'un comte espagnol et d'une Américaine. La rumeur veut que Napoléon ait souhaité faire d'Eugénie sa maîtresse, mais celle-ci aurait refusé. Et son refus a tant charmé l'empereur qu'il lui a demandé sa main. Ainsi pour les hommes de pouvoir, la conquête importe plus que la possession, et même plus que l'amour. Louis Napoléon a besoin de conquérir pour se prouver et prouver aux autres l'immense étendue de sa puissance.

— Cette quête effrénée du pouvoir, répondit Violette lentement, me semble être plutôt un signe de faiblesse.

Une ombre passa sur le visage d'Alain.

— Je suis bien d'accord. Le pouvoir peut se révéler une drogue aussi destructrice que l'absinthe.

Il regarda Violette d'un œil amusé.

— On raconte, reprit-il, qu'Eugénie ne s'avoue pas vaincue pour autant. Elle aurait soudoyé une ancienne suivante de Joséphine pour qu'elle lui livre la formule d'un parfum qui, dit-on, aurait rendu Napoléon Ier fidèle et constant.

Violette hocha la tête en souriant.

— Comment de telles rumeurs prennent-elles naissance ? demanda-t-elle.

— Oh ! Des domestiques auront manqué de discrétion,

sans doute. Car il va de soi que l'impératrice ne pouvait aller rencontrer elle-même cette vieille suivante.

— Sans doute. Mais comment peut-elle croire que ce fameux parfum saura lui redonner un mari fidèle ?

— Qui sait ? Il contient peut-être quelque essence exotique susceptible de rendre amoureux fous les hommes les plus volages. Selon la vieille suivante, Napoléon lui-même l'aurait rapporté d'Egypte. Les soldats de l'empereur l'auraient découvert dans une tombe anonyme, accompagné d'une tablette. Celle-ci affirmerait que ce parfum est source d'un grand pouvoir, car il contient des huiles utilisées dans les rituels secrets des reines-prêtresses d'Isis, qui régnèrent avant l'avènement des pharaons. Quant à la tombe anonyme, ce serait celle de Cléopâtre elle-même !

— Et cette fragrance a-t-elle répondu au dessein d'Eugénie ?

— Il est encore trop tôt pour le dire. Mais l'impératrice nourrit de grandes espérances.

Violette hocha la tête de nouveau.

— Je crois qu'elle se fait des illusions, dit-elle. Napoléon Ier ne passait pas précisément pour un modèle de fidélité.

— Cependant, il n'a aimé que Joséphine, répondit Alain après une pause. Pendant longtemps il n'a aimé qu'elle, et c'était une femme plus âgée que lui. Il lui a écrit des milliers de lettres enflammées. Il n'aurait sans doute jamais divorcé si elle avait pu lui donner un fils. Tout cela est bien étrange, n'est-ce pas ? Le plus étonnant, c'est qu'il n'a lui-même jamais porté ce parfum. La légende affirme qu'il mêlait du parfum à l'eau de son bain tous les jours. Il raffolait d'un certain mélange de bergamote, de citron et de romarin connu sous le nom d'eau de Hongrie, ou eau de Cologne.

— Peut-être trouvait-il le parfum de Cléopâtre trop doux et trop féminin pour le porter lui-même ?

Alain adressa un sourire à Violette.

— Peut-être. Il me semble pourtant que les essences utilisées dans les rituels doivent plutôt évoquer l'encens et les senteurs de bois, comme le cèdre et le santal. Je peux me tromper, cependant.

— Vous paraissez vous intéresser beaucoup aux parfums, constata Violette d'un ton étonné.

— J'ai un ami qui est parfumeur, rue de la Paix.

Alain prit une touche de peinture corail du bout de son pinceau, et la déposa délicatement sur la toile.

— C'est chez lui, je suppose, que vous avez entendu parler du parfum de Cléopâtre?

— Chez lui, oui. Mais ma mère portait ce parfum depuis très longtemps déjà.

— Vraiment? s'exclama Violette. Et comment se l'était-elle procuré?

— Mon père le lui avait offert. Et, comme Joséphine, il le tenait de Napoléon lui-même.

— Est-ce qu'il le connaissait bien?

Comme il était étrange qu'Alain parlât avec autant d'aisance d'un homme aussi légendaire! Pour Violette, Napoléon Bonaparte avait toujours été une sorte de héros mythique. C'est ainsi que la plupart de ses amis de la Nouvelle-Orléans le considéraient aussi, malgré l'ignominie de son ultime défaite. Pendant quelques années, il avait paru sur le point de rendre à la France sa gloire passée. Et aujourd'hui, Napoléon III semblait dans une situation identique.

Alain répondit affirmativement d'un hochement de tête, sans pourtant détacher son regard de sa toile.

— Il lui a offert le parfum et sa formule très compliquée en gage d'amitié. Mais c'était à l'époque de leur jeunesse. Cela remonte maintenant à environ cinquante ans.

— Votre père a-t-il combattu aux côtés de Napoléon?

— Il l'admirait beaucoup au début, répondit Alain avec un léger sourire. Il l'admirait même d'une façon extravagante et débridée. Cependant, il s'est opposé à lui vers la fin, comme beaucoup de gens, du reste.

Alain déposa son pinceau et sa palette, puis s'essuya les mains à un chiffon imbibé d'essence de térébenthine. Il se débarrassa de son chiffon et s'approcha de Violette avec grâce. Il s'assit sur l'estrade, à ses pieds, le coude posé sur le genou.

— Madame, commença-t-il.

Ses yeux, plus gris que bleus dans cette lumière, semblaient plus grands que d'habitude, et témoignaient d'une plus grande vulnérabilité. Ils émurent Violette au plus profond, et elle se sentit à la fois heureuse, triste, et pleine d'abandon.

— Je m'appelle Violette, dit-elle.

— Violette, répéta-t-il d'une voix fascinée.

Il prit une lente inspiration.

— Madame Violette, reprit-il, vous devez savoir que votre portrait est presque terminé.

— Je me doutais bien qu'il ne vous faudrait guère de temps.

— J'aurais pu le finir il y a une semaine déjà. Comme je pourrais l'achever aujourd'hui même.

C'était une véritable déclaration : Alain plaçait leur sort entre ses mains.

— Le pourriez-vous vraiment? demanda-t-elle d'une voix faible.

— Si vous le désirez.

Il avait parlé calmement. C'était à elle que la décision incombait. Si elle voulait qu'il termine le portrait au plus vite, alors il y mettrait la dernière touche aujourd'hui même, et les séances de pose prendraient fin.

— Nous ne sommes pas si pressés, je pense, dit-elle.

La joie éclata sur le visage d'Alain comme un cri. Il ne fit aucun geste, mais elle perçut la chaleur de son allégresse qui montait jusqu'à elle et l'enveloppait. Elle ne put, à son tour, réprimer un sourire.

— Madame Violette, demanda Alain, puisque notre travail est terminé pour cet après-midi, accepteriez-vous de faire une petite promenade avec moi? Vous marcherez à mon bras, nous respirerons le grand air, et nous nous assoirons pour prendre un verre de vin.

Oserait-elle? Et si quelqu'un les surprenait et allait tout

raconter à Gilbert?

Mais comment refuserait-elle, alors que tout son être tendait vers cet instant de plaisir et répondait avec un bonheur qu'elle avait peine à contenir à la passion brûlante d'Alain?

— Oui, je veux bien, répondit-elle.

9

Violette et Alain avaient quitté la maison par une porte latérale afin de ne pas être vus d'Hermine, qui discutait avec la gouvernante. Étant toutes deux de santé capricieuse, les deux femmes avaient beaucoup échangé sur leurs maladies, et elles étaient ainsi devenues de bonnes amies. Violette ignorait si Hermine parlerait de son escapade à Gilbert, si elle apprenait. La domestique avait été la nounou de Gilbert quand il était enfant, et elle lui était très attachée. Violette ne voulait pas lui imposer un secret si difficile à porter.

L'après-midi fut magique. Quittant l'Île de la Cité, Violette et Alain avaient longuement déambulé sur la rive droite de la Seine, parlant de choses et d'autres, et se taisant parfois pour mieux se regarder. Leurs pas n'avaient aucun but précis, et ils s'étaient éloignés de la maison sans y prendre garde. Seule leur proximité leur importait.

Violette avait posé sa main sur le bras d'Alain et, à sentir ses muscles fermes sous le manteau et la chemise, son cœur battait plus fort. Le frôlement de ses jupes contre ses pantalons lui parut également d'une intimité extrême, comme si les étoffes étaient investies de la sensibilité épidermique des personnes qui les portaient. Violette ressentait si fort la présence d'Alain à son côté, son maintien élégant et les regards aimables qu'il lui adressait, qu'elle en aurait presque défailli. En même temps, elle aurait voulu que cette promenade durât toujours.

Quand les ombres commencèrent à s'allonger sur les trottoirs, ils s'installèrent à la terrasse d'un café que bordait un parc, à l'ombre d'un platane. Les chaises et le pied de table en fonte étaient frais, et un frisson continuait d'agiter Violette, en dépit du café au lait et du vin qu'Alain avait commandés pour la réchauffer. Violette regarda autour d'elle et constata que toutes les tables étaient occupées par des couples d'amoureux. Tous avaient sur le visage ce même air de ne s'intéresser qu'à l'autre, au mépris du monde entier. Violette en fit la remarque à Alain.

— Regardez-y de plus près, répondit-il en souriant.

Violette s'aperçut alors que la plupart des femmes étaient bien plus jeunes que leur compagnon, à quelques exceptions près cependant, la femme apparaissant visiblement plus âgée et plus fortunée.

Violette détourna les yeux, au comble de l'embarras.

— Surprise ? fit Alain. J'espère que cela ne vous dérange pas trop ?

Il lui prit la main et lui caressa doucement les doigts de son pouce.

— Le badinage est de mise à Paris, expliqua-t-il.

— C'est ce que je vois, répondit Violette d'un ton pensif.

— Mais je ne doute pas que vous y soyez encline. D'ailleurs, je ne vous ai pas amenée ici pour vous en mettre l'idée en tête. Je voulais simplement éviter les cafés à la mode, où vous risqueriez d'être reconnue.

— Je ne vous soupçonnais pas de vouloir m'inciter au libertinage, répondit Violette en le regardant bien en face. Du reste, vous avez toute ma confiance.

— Je vous en prie, répondit Alain après une pause. Je ne la mérite pas. Mon désir le plus cher serait même de vous corrompre complètement, vous le savez bien.

— Mais je sais aussi que vous n'en ferez rien, rétorqua Violette avec un sourire.

— En êtes-vous si sûre?

Ils se regardèrent un long moment en silence.

— Vous avez raison, conclut Alain. Je n'en ferai rien...
du moins, pas sans votre permission.

Cette conversation allait décidément trop loin; Violette
aurait dû le lui faire remarquer, et mettre un terme à leurs rencontres. Cependant, elle en frissonnait de plaisir. Il la désirait!
Il la désirait! Et il n'essayait pas de lui forcer la main, ni
même de la persuader! Il ne lui demandait rien, ne lui récla-
mait rien. Tant d'autres hommes, à sa place, auraient exigé que
soit assouvi leur appétit viril. Comprenait-il à quel point la
déclaration qu'il venait de lui faire l'enivrait? Comprenait-il
combien il était grisant pour elle qu'il lui laisse la liberté de
mener leur relation à sa guise?

Leur relation! Quel étrange mot!

Que cherchait Violette?

Pourrait-elle longtemps se contenter de cette aventure pla-
tonique, quand son sang rugissait dans ses veines? Oserait-elle
aller plus loin? Qu'adviendrait-il de leur lien, si Violette cédait
au désir? Et si Alain avait d'elle une vision si romantique, la
moindre avance de sa part ne risquait-elle pas de le décevoir?

Comme c'était compliqué! La peur paralysait Violette.

Il y eut d'autres promenades, beaucoup d'autres. Les
séances de pose n'étaient plus qu'un prétexte pour se rencontrer.

Ils s'aventurèrent plus loin dans le cœur de Paris. Alain
connaissait les meilleurs couturiers, chapeliers et maroquiniers.
Il prenait plaisir à accompagner Violette lors de ces visites
dans les magasins. Il avait beaucoup de goût, et se montrait
très raffiné dans les agencements de couleurs et de motifs.
Cependant, il n'essayait jamais de lui imposer son point de
vue. Il l'incitait plutôt à prendre de l'assurance et à laisser libre
cours à son propre goût, qu'il jugeait excellent. Elle avait,
disait-il, un sens inné de la beauté, et une élégance naturelle
très rare. Il ne lui manquait que la confiance en elle.

Il essaya une seule fois de payer une parure qu'elle avait

choisie. Elle refusa si fermement qu'il ne s'y hasarda plus. Violette, à partir de ce jour, s'abstint généralement d'acheter vêtements, bijoux et autres colifichets en sa présence. Elle préférait les choisir avec lui, et retourner seule plus tard au magasin pour se les procurer. Elle comprenait qu'il était bien difficile pour un galant homme de la laisser régler ses achats sans offrir de payer pour elle.

Alain s'étonna souvent de ce que Gilbert la consultât si peu dans le choix de leurs meubles. Il s'expliquait mal que son mari l'exclût ainsi de ses visites aux magasins d'ameublement, et de ses discussions avec les ébénistes, rembourreurs et autres tapissiers. Cependant, il tirait avantage de cette indélicatesse, car elle lui permettait de passer plus de temps avec Violette, tout en épargnant à cette dernière le désagrément de courir boutiques et ateliers du matin au soir.

Un jour, ils se mirent en route après la pluie. L'eau dégoulinait encore des toits, et le ciel était toujours sombre. Mais le désir de se promener seuls les incita à sortir, insouciants du temps qu'il faisait. Alain repoussa du bout de sa canne quelques feuilles de platane, vertes encore, et qui s'étaient collées sur le pavé mouillé.

— La Comtesse de Fourier donne un bal dans quelques jours, dit-il. Aimeriez-vous y assister?

— J'aimerais beaucoup, répondit Violette, si Gilbert n'a pas d'autres plans. Ses soirées sont souvent très occupées, depuis quelque temps.

— Il s'agit d'un bal en l'honneur de l'amélioration récente des relations diplomatiques entre la France et la Belgique. Une réception très honorable, peut-être même un peu guindée. Je serais ravi de vous y accompagner, si jamais votre mari ne pouvait se dégager de ses occupations.

Violette secoua la tête et regarda Alain par-dessous le rebord de son chapeau de paille bleu pervenche.

— Je ne pense pas qu'il serait d'accord, dit-elle.

— Mais il n'est pas rare qu'une femme mariée se fasse escorter par un ami! Et nul ne songe à s'en offusquer, ni même à s'en étonner, tant que l'un et l'autre restent à la vue de tous. Peut-être auriez-vous avantage à expliquer à votre mari cette coutume parisienne.

Violette ne pouvait écarter du revers de la main la perspective tentante de passer une soirée avec Alain, même au milieu d'une société nombreuse.

— Très bien, dit-elle. Faites-nous parvenir des invitations. Nous verrons ce que Gilbert dira.

Alain resserra contre lui le bras qu'elle tenait, et posa sur elle un regard confiant : il ne doutait pas un instant qu'elle fût de taille à convaincre son mari.

L'air était humide, et alourdissait les jupes de Violette. Tandis que le jour déclinait, le ciel s'assombrit soudain.

Alain leva les yeux et fronça les sourcils.

— Nous devrions prendre le chemin du retour, dit-il.

Le tonnerre gronda comme en signe d'avertissement. Une brise légère virevolta autour d'eux et, à peine quelques secondes plus tard, la pluie tombait.

Il était trop tard pour retourner au studio d'Alain. Devant eux, l'auvent rayé bleu et blanc d'un café semblait leur tendre les bras. Ils accélérèrent le pas et, comme l'averse s'intensifiait, Violette lâcha le bras d'Alain, souleva légèrement ses jupes, et se mit à courir. Ils atteignirent le café juste au moment où un éclair éblouissant déchirait le ciel. Riant et hors d'haleine, ils se regardèrent.

Alain l'enlaça et la tint très serrée contre lui, tandis que la pluie tambourinait sur la toile tendue de l'auvent, et éclaboussait les trottoirs. Baissant la tête vers elle, Alain la regarda d'un air plein de douceur : « Vous vous rappelez ? » demanda-t-il.

Comment aurait-elle pu oublier ? Leur première rencontre ! Le parc sous l'orage, le kiosque à musique. Elle le regarda et lui sourit. Mais peu à peu, sa joie se transforma en crainte.

Cela devenait insupportable, ces rencontres furtives, ces instants volés pour être ensemble. Ils étaient si proches l'un de l'autre, et pourtant si éloignés ! Violette savait qu'elle ne pouvait demander à Alain d'endurer ce supplice très longtemps. Elle-même, combien de temps le supporterait-elle ? Elle dut détourner la tête pour ne plus voir la douleur qu'elle lisait dans les yeux d'Alain. Par-delà les rideaux que formait la pluie, elle aperçut les silhouettes de deux hommes qu'un marronnier protégeait mal de l'orage. Comme il pleuvait de plus en plus fort, ils sortirent de leur abri improvisé et cherchèrent refuge sous le porche d'une maison, un peu plus bas.

Violette tenta de mieux les discerner malgré la pluie. Elle les avait déjà remarqués : ils les suivaient, Alain et elle, depuis un bon moment. Ils n'avaient pas l'air de deux hommes de qualité prenant l'air, ni de marchands affairés. Qui pouvaient-ils bien être ? Leurs vêtements noirs, leur mise étrange et leur désœuvrement avaient quelque chose d'éminemment suspect.

— Ces hommes, chuchota Violette, je crois qu'ils nous suivent. Croyez-vous que ce soient des voleurs ?

— Je ne le pense pas.

Alain avait parlé d'un ton sinistre, bien qu'il eût à peine jeté un coup d'œil dans la direction des deux inconnus. Sa voix alarma Violette.

— Croyez-vous qu'ils nous veulent du mal ? demanda-t-elle.

— Qui sait ? Tout est possible.

— Mais nous sommes en plein jour ! Ils ne nous attaqueraient quand même pas !

— Ne vous inquiétez pas, répondit Alain en souriant. Ils nous suivent tout simplement parce qu'ils vous trouvent magnifiquement belle. Soyez-en sûre, si j'étais à leur place, j'agirais de la même façon !

Violette vit clairement qu'il cherchait à distraire son attention pour disperser ses craintes.

— Ou alors, ils vont tout simplement dans la même direction, répondit-elle.

C'était apparemment le cas. Quand la pluie cessa et qu'Alain et Violette repartirent vers le studio de peinture, les deux inconnus marchèrent encore quelque temps derrière eux, puis ils se perdirent dans le dédale des rues.

Ce fut Gilbert qui ouvrit l'invitation au bal de la Comtesse de Fourier : il exulta. Une comtesse! Pour rien au monde, il n'aurait voulu manquer un tel événement. Ses amis et parents seraient bien impressionnés! Gilbert s'étonnait, cependant, de ce qu'Alain Massari se trouvât sur la liste des invités de la comtesse. Il n'aurait jamais cru qu'un artiste de second rang pût compter parmi les amis ou connaissances d'une vraie comtesse.

Mais Gilbert ne se demanda pas un seul instant par quel hasard son propre nom figurait sur la liste...

Cette invitation l'enchantait tellement qu'il incita Violette à se commander une nouvelle robe de bal : l'une de ces jolies robes à volants bordés de dentelle, par exemple. Elles étaient tellement à la mode, et si seyantes! Rose vif, conseilla-t-il. Violette fit semblant de s'enthousiasmer, et promit de commander la robe le matin même. Elle n'avoua pas l'avoir déjà choisie, avec Alain, et n'avoir plus qu'à se rendre à l'essayage. Décidément elle était passée maîtresse dans l'art de la dissimulation.

Gilbert était déjà habillé pour sortir quand l'invitation était arrivée. Il remercia son valet et resta seul devant le miroir, ajusta son manteau sur ses épaules, et vérifia la longueur de poignet qui dépassait de ses manches. Puis il regarda longuement Violette. Elle était déjà prête pour la journée, et portait une robe de batiste rayée bleu et crème. Assise au secrétaire, elle consignait sa journée de la veille dans son journal.

— Ce peintre, dit Gilbert brusquement, il ne se permet rien d'inconvenant, n'est-ce pas?

Violette leva la tête et regarda son mari, visiblement surprise.

— Que veux-tu dire?

— Je le trouve bien présomptueux de s'être proposé de t'accompagner à ce bal.

— Il a toujours été parfaitement correct avec moi, je t'assure. Monsieur Massari est un parfait galant homme.

— Tu m'en vois rassuré. Cependant, je le serais encore plus s'il mettait enfin la dernière touche à ce portrait.

— Le travail ne progresse que bien lentement, j'en conviens. Mais peut-on bousculer un artiste?

Violette tenta, en vain, de sourire d'un air dégagé.

— Heureusement que je paie pour la toile, et non pas à l'heure. En outre, je crains que ces séances de pose ne t'ennuient terriblement. N'est-ce pas, ma chère?

Gilbert la regardait bien en face à présent. Violette sentit son cœur battre à tout rompre. Elle repensa aux deux individus qui les avaient suivis. Et si Gilbert les avait lancés à ses trousses?

— Peu importe! répondit-elle avec un léger haussement d'épaules. Mes journées sont désœuvrées, de toute façon.

— Cet homme est un vrai Casanova, tu sais, poursuivit Gilbert d'un ton pesant. Il s'est battu en duel plus d'une fois, au pistolet et à l'épée, et toujours pour des histoires de femmes. En tout cas, c'est ce qu'on m'a dit. Tu feras bien attention à ce qu'il ne te tourne pas la tête.

Violette avait toujours pressenti le grand succès d'Alain auprès des femmes. Mais il était mortifiant de se l'entendre confirmer ainsi. Il était aussi désespérant, pensa-t-elle, qu'elle s'inquiétât plus du passé d'Alain que des soupçons de son mari.

— Je suis en parfaite sécurité, tu peux me croire, répondit-elle.

— En es-tu bien sûre? Il me semble que ce jeune homme respecte bien peu les liens sacrés du mariage et les promesses de fidélité conjugale. Prends garde de ne pas tomber dans ses griffes!

— Vraiment, Gilbert...

— Excuse-moi, ma chère, mais tu as beaucoup changé depuis quelque temps. Tu t'habilles à la parisienne, et tes manières aussi sont différentes. N'exagère pas, tout de même.

Violette fixa sur lui un regard excédé.

— Et toi, Gilbert? Qu'en est-il de tes soirées au restaurant et au théâtre?

— Ce n'est pas du tout la même chose.

— Peut-être. Mais je m'étonne que tu m'adresses le plus petit reproche, alors que tu consacres tant de temps à de nombreuses, et visiblement très divertissantes sorties!

— Je ne suis plus jeune, Violette, je le sais fort bien. Revenir à Paris, après un si long exil, pour ainsi dire, m'est très difficile. Je me rends compte maintenant à quel point cette ville m'a manqué. Mais tout cela ne te concerne guère.

— Je n'ai rien à dire sur tes escapades, mais tu te permets de m'accuser?

Gilbert fronça les sourcils et dévisagea Violette d'un œil sombre.

— Auparavant, tu n'aurais jamais osé avancer une chose pareille, constata-t-il. Je n'aime pas cela, Violette. Je n'aime pas cela du tout!

— Un jour ou l'autre, nous changeons tous, rétorqua-t-elle.

— Malheureusement, oui. Mais je ne t'accuse pas, Violette. Je te mets en garde, voilà tout. Je n'ignore pas que les jeunes recherchent la compagnie des leurs; je sais aussi que je ne suis pas aussi beau ni aussi galant que certains jolis cœurs. Cependant, je suis et je reste ton mari. Et tu sais que je suis un homme jaloux, Violette.

Elle ne trouva rien à répondre à cette dernière affirmation : rien pour témoigner de son désaccord, ou pour rassurer son mari.

Le bal commença tard. C'est du moins ce que Violette pensa, mais l'heure tardive ne parut étonner personne. Elle et Gilbert furent parmi les premiers arrivés. Heureusement, quelques autres personnes étaient déjà présentes quand ils firent leur entrée dans la salle. Leur hôtesse habitait le Marais, un quartier ancien passé de mode. Datant du seizième siècle, la maison avait un air de grandeur romantique, auquel sa décrépitude ajoutait du charme.

Ils gravirent un escalier de marbre très large, qu'on eût dit spécialement construit pour les amples robes à crinoline. Des hommes en livrée, aussi figés que des statues de cire, les regardèrent monter les marches. Leur hôtesse les accueillit à la lumière d'un chandelier de cristal et de bronze. Gilbert et Violette remarquèrent que les quatre chandeliers de l'entrée étaient couverts de poussière. Ils pénétrèrent ensuite dans une pièce dont le parquet avait été usé par d'innombrables souliers.

Pendant une demi-heure environ, Violette et Gilbert se tinrent debout, tandis que l'orchestre égrenait de la musique de chambre. Des couples de tous âges et de tous styles erraient également dans la pièce, autant pour voir que pour être vus. D'autres allaient et venaient entre la salle de bal et la salle de cartes, jetant de temps à autre un coup d'œil furtif à la table dressée pour le souper, dans la salle à manger. Les conversations s'animaient, les sujets abordés étaient plus nombreux, et plusieurs invités titrés furent annoncés. Cela mis à part, le bal de la comtesse de Fourier ne différait pas vraiment de ceux donnés à la Nouvelle-Orléans. Gilbert le dit et le répéta à plusieurs reprises, visiblement satisfait. Violette était déçue.

La danse commença quand l'empereur fit son apparition. Violette, qui ignorait que Louis Napoléon fût invité à cette soirée, comprit alors que seul le protocole impérial avait retardé l'ouverture. Elle regarda l'empereur avec curiosité, tandis qu'il entraînait leur hôtesse sur le parquet de danse pour ouvrir le bal. Apparemment, il était venu seul. En tout cas, l'impératrice ne l'accompagnait pas.

— Bonsoir, madame Fossier.

Violette sursauta en reconnaissant la voix d'Alain près d'elle. Avec la musique, les pas des danseurs et les éclats de voix, elle ne l'avait pas entendu approcher. Une vague de plaisir l'inonda quand ses yeux se posèrent sur les siens. Elle faillit rougir encore en voyant Alain s'attarder sur le bouton de rose rouge maintenu par une dentelle à sa poitrine, juste dans l'échancrure de sa robe. Les roses, fleurs de l'amour, avaient été livrées l'après-midi même. Violette avait dit à Gilbert les avoir elle-même commandées, pour en épingler une à sa robe d'un beau rose profond, aux volants ornés d'une dentelle argentée. C'était faux, bien sûr. Comme il était faux qu'elle se fût elle-même offert les bouquets rapportés régulièrement à l'hôtel depuis quelques semaines.

— Eh bien? demanda Alain quand ils eurent échangé les salutations d'usage. Que pensez-vous de notre empereur?

Alain avait parlé d'un ton volontairement distant, qui fit sourire Violette. Cependant, elle vit Gilbert qui fronçait les sourcils, outré de ce que l'artiste se fût adressé d'abord à elle, et non à lui. Mais elle n'était pas d'humeur à s'effacer toute la soirée derrière son mari. Elle observa l'empereur qui dansait.

Dans la quarantaine, de taille moyenne, de grands yeux comme tous les Bonaparte, et les cheveux châtains légèrement clairsemés, l'empereur aurait sans doute eu beaucoup de charme, si son sourire n'avait pas été si froid. Il manquait aussi de naturel, comme si — obligé de surveiller chacun de ses mots et chacun de ses gestes — cette habitude avait fini par lui ôter toute spontanéité.

Violette se pencha légèrement vers Alain.

— Il a l'air un peu guindé.

— Guindé? Oh! non, je vous assure. C'est un trait de caractère des Bonaparte. C'est leur dignité impériale naturelle.

— Vraiment, répondit Violette avec un hochement de tête apparemment très convaincu. Et qui lui taille la barbe et lui frise les moustaches de si ridicule façon?

— Vous ne trouvez pas cela joli? La plupart des femmes apprécient pourtant beaucoup cette allure un peu démoniaque. Vous devez manquer de goût.

— Sans doute, admit Violette avec un faux soupir désolé.

— Vous remarquerez d'ailleurs que le style de l'empereur fait fureur parmi la gent masculine présente à ce bal.

— Quelle coïncidence extraordinaire! s'exclama Violette. Bien sûr, il ne peut s'agir que d'une coïncidence, n'est-ce pas, puisque les hommes, comme chacun sait, ne suivent jamais les modes établies par d'autres.

Gilbert se racla soudainement la gorge. Depuis un certain temps déjà, il oscillait d'un pied sur l'autre se tenant fermement les deux mains derrière le dos, ce qui était toujours, chez lui, le signe d'un grand trouble.

— Je pense qu'il serait plus sage de parler d'autre chose, dit-il.

Tout absorbée par sa conversation avec Alain, Violette l'avait presque oublié. La consternation se lut sur son visage quand elle entendit la voix de son mari. Alain, cependant, regardait Gilbert en souriant.

— Conseillez-vous la prudence, monsieur, ou recommandez-vous plutôt une preuve de plus grand respect envers l'empereur des Français ?

— Les deux, rétorqua Gilbert d'un ton sec. Je n'oublie pas que nous ne sommes pas chez nous, ici.

— Cela est vrai, convint Alain. Ni moi non plus, du reste. Cependant, quand un homme veut et obtient le pouvoir impérial, il doit aussi en accepter les inconvénients, dont quelques railleries. Même un empereur ne peut empêcher les gens de rire.

Ses yeux tombèrent sur une vieille dame portant un turban de dentelle argent orné de plumes d'autruche, et qui agitait les doigts vers lui pour attirer son attention. Alain considéra de nouveau Violette, et maintint son regard sur elle un moment, comme pour implorer son pardon.

— Voudriez-vous m'excuser, je vous prie ? demanda-t-il. Je dois aller parler à cette dame.

Violette pensa qu'il se retirait par égards pour elle, afin d'éviter que son mari ne lui fît une scène plus tard. Elle regarda la vieille dame et ses amies accueillir chaleureusement le jeune homme.

— Tu aurais pu te montrer plus aimable, dit-elle à voix basse à Gilbert.

— Tu l'as été pour deux.

— C'était uniquement pour compenser ton manque de conversation, rétorqua Violette.

La sécheresse de son ton l'étonna elle-même. Gilbert prit une profonde inspiration.

— Je ne pense pas, ma chère. Quoi qu'il en soit, j'estime n'avoir aucune raison de me montrer aimable envers un homme qui courtise mon épouse sous mes yeux !

— Courtise ?

L'accusation, brutale, la surprenait. Violette en avait le souffle coupé, comme si une bourrasque venait de la frapper en plein visage.

— Parfaitement. Et je constate avec déplaisir que tu l'as vivement encouragé, en te tortillant comme une gamine effrontée, et en lui parlant à l'oreille comme si vous étiez dans une alcôve. Nous sommes dans un lieu public, je te le rappelle, et tu es toujours ma femme, que je sache.

— C'est que... nous avons passé de longues heures ensemble, et il est bien naturel qu'une amitié se soit développée entre nous. Pourquoi ne pourrais-je pas devenir amie avec M. Massari ?

Gilbert la crucifia d'un regard dur.

— Dois-je vraiment t'en donner les raisons, Violette ?

L'ironie de son mari acheva de l'exaspérer.

— Et moi, rétorqua-t-elle la tête haute, dois-je continuellement me justifier, et t'expliquer sans cesse que tu n'as aucune raison d'être jaloux ?

— Je préférerais en être sûr, tu peux me croire.

Gilbert tourna abruptement les talons et s'éloigna, la laissant seule au milieu de la pièce. Il était parti sans s'excuser ! C'était si inconvenant, et si étonnant de la part d'un homme aussi soucieux du qu'en-dira-t-on, que Violette ne put s'empêcher de penser que Gilbert cherchait à la punir en agissant ainsi. De toute évidence, il voulait lui faire peur en l'abandonnant au milieu d'une foule d'étrangers.

Il allait bien vite mesurer son erreur, se dit Violette. Elle s'intéressa à la société qui tourbillonnait devant elle dans un grand froufrou de soies et de satins multicolores. La musique, brusquement s'interrompit. Violette posa les yeux sur Alain. Il tourna la tête vers elle et la regarda, comme obéissant à un ordre muet. La voyant seule, il vint vers elle.

L'orchestre reprenait déjà : une valse de Strauss. Alain s'arrêta devant Violette. Elle lui tendit la main. Il était très inconvenant de sa part de tendre ainsi la main à un homme qui ne l'avait pas encore invitée à danser, mais elle s'en moquait à présent. La flamme qui s'alluma dans les yeux d'Alain la réchauffa comme une caresse. Il semblait l'applaudir intérieurement de sa bravoure. Elle sourit lentement, tendrement, et ils avancèrent vers la piste de danse sans avoir échangé un mot.

Alain la dirigea d'une main légère. Ils tournèrent ainsi longtemps, ses jupes virevoltant autour d'elle tandis qu'Alain lui enserrait la taille. La musique semblait les porter, les enchaîner l'un à l'autre au gré de sa mélodie. Alain dansait comme il peignait, avec précision, avec grâce, et avec un instinct très sûr.

La soirée lui avait paru fraîche jusqu'alors, mais ses joues rosissaient à présent d'avoir trop valsé, et de sentir flamber en elle un désir qu'elle tenta de dissimuler en baissant les yeux. Son esprit tournoyait en même temps que son corps, et la musique coulait dans ses veines ; son cœur débordait d'amour et de joie.

La danse prit fin. Violette et Alain restèrent immobiles à reprendre leur souffle. Elle ouvrit l'éventail attaché à son poignet par un fil de soie, et s'éventa gracieusement en contemplant les autres danseurs. Elle voulait éviter de regarder Alain, par crainte qu'il ne lût dans ses yeux ce désir qui la submergeait.

Elle remarqua un aide de camp qui s'approchait de l'empereur d'un pas rigide. Il écouta les instructions de son chef, puis il tourna les talons et avança dans leur direction. Il était presque à leur hauteur, quand Violette comprit qu'il désirait s'adresser à Alain.

— Monsieur le Comte, dit-il en s'inclinant très bas. Sa

Majesté Impériale me charge de vous transmettre ses salutations, et vous demande de vous joindre à elle, ainsi que Madame.

Cela ne ressemblait pas à une invitation : c'était un ordre. Pouvait-on négliger l'ordre d'un empereur? L'aide de camp recula d'un pas pour les laisser passer. Alain tendit le bras à Violette, et ils s'avancèrent.

Violette se pencha à l'oreille d'Alain.

— « Comte », a-t-il dit?

— Un titre honorifique que l'État de Venise a accordé à mon père il y a très longtemps, répondit Alain d'un ton impatienté. Je ne l'utilise jamais.

Violette regarda plus attentivement son visage crispé.

— Y a-t-il quelque chose qui ne va pas? demanda-t-elle.

— Je n'aime pas cela.

— Quoi?

— Cette « invitation » de l'empereur.

— Pourquoi?

— Louis Napoléon se moque bien de me parler, je vous assure. Écoutez-moi bien, Violette. Quoi qu'il arrive, ne le laissez pas vous entraîner hors de la salle de bal.

— Comment? Mais que se passe-t-il?

Il était trop tard pour s'expliquer, car ils étaient déjà devant l'empereur. Alain s'inclina respectueusement. L'empereur tendit la main à Violette, paume vers le haut. Elle y déposa ses doigts, bien qu'elle ne sût pas exactement si la bienséance n'exigeait pas plutôt d'embrasser la bague de l'empereur, ou de lui marquer son allégeance de quelque autre façon.

Louis Napoléon porta la main de Violette à ses lèvres.

— Charmante, dit-il. Vraiment charmante. Nous sommes enchanté.

— Merci, Votre Majesté, répondit Violette après une très légère hésitation.

Alain étouffa un juron qu'elle fut la seule à entendre.

Le Nous de majesté employé par Napoléon était d'un effet plutôt comique en ces circonstances, d'autant plus que l'empereur ne jouissait de son titre que depuis très peu de temps. Cependant, il émanait de lui une grandeur certaine. Venait-elle de son uniforme et de ses nombreuses décorations, du pouvoir dont il était investi, ou encore de sa noblesse innée? Quoi qu'il en soit, l'empereur impressionnait.

Troublée par cette rencontre inattendue, Violette s'aperçut avec surprise que l'empereur l'invitait à danser et que, bien malgré elle, elle acceptait. L'instant d'après, elle était sur la piste, s'efforçant de suivre le pas et les mouvements de Louis Napoléon.

Il la tenait si serrée contre lui que ses médailles et autres décorations de toutes sortes menaçaient à chaque instant de déchirer le tissu de sa robe. Elle le regarda en face pour échanger avec lui quelques commentaires sur la qualité du bal, ce qui lui permit de s'écarter un peu.

Ils échangèrent encore quelques mots, puis ce fut tout. Violette cherchait un sujet de conversation, quand elle perçut un brouhaha provenant de l'entrée. Un homme d'apparence imposante, et même carrément beau dans sa tenue de soirée, venait d'arriver. À en juger par la chaleur de l'accueil que lui fit la comtesse, et par le nombre des convives qui se précipitèrent à sa rencontre, le nouveau venu jouissait d'une popularité certaine.

— Le voilà! s'exclama l'empereur à voix basse.

— Qui est-ce? demanda Violette.

— Morny, bien sûr. Vous ne le connaissez pas? Nous vous le présenterons plus tard. Il nous en sera très reconnaissant...

Naturellement, Violette avait déjà entendu parler du Duc de Morny. Son nom apparaissait de temps à autre dans les journaux, et Gilbert affirmait l'avoir croisé dans la rue. Le fils illégitime de la reine Hortense de Hollande et de son amant, le Comte de Flahaut, selon la rumeur, se trouvait donc être le demi-frère de l'empereur. C'était un homme d'un charme singulier. De trois ans plus jeune que Louis Napoléon, il passait pour un bon vivant et un fin connaisseur en matière de femmes, bien qu'il eût épousé une fille naturelle du Tsar Alexandre Ier de Russie. Il avait beaucoup contribué à l'accession de son demi-frère au trône impérial de France, et il occupait actuellement une place d'importance au gouvernement.

— Mon mari et moi serions honorés de lui être présentés, renchérit Violette.

— Alors, nous lui présenterons aussi votre mari, puisque vous y tenez. Mais votre finesse, et cette discrétion recherchée en nous parlant de votre mari, nous rappellent un détail que nous avions oublié. Vous êtes sans doute la « dame aux fleurs » ?

— Pardon, Votre Majesté ?

— Massari a fréquenté toutes les serres et tous les marchés aux fleurs de Paris pour trouver certains bourgeons, certains pétales qu'il désirait absolument. Il exigeait des fleurs parfaites, et d'une certaine espèce, dont il ne souffrait pas qu'on voulût la remplacer par une autre. Tout le monde savait qu'il y avait une dame dans son cœur. Cependant, Massari ne voulait pas en parler. Les rumeurs les plus folles ont couru à votre sujet.

Violette baissa les yeux et fixa le galon qui ornait l'uniforme de l'empereur.

— Rien n'indique que je sois cette fameuse dame aux fleurs dont vous parlez, Votre Majesté.

— Tout le prouve, au contraire. Ne voyez-vous pas les yeux que Massari pose sur vous ? Nous devrions du reste nous montrer prudent : il pourrait bien attenter à notre vie, si nous vous regardons avec trop d'insistance.

— Je ne pense pas que M. Massari commettrait un tel crime, Votre Majesté.

— C'est pourtant un homme de fort caractère, et qui peut se révéler impulsif, à l'occasion.

— Vous le connaissez donc si bien ?

— L'Europe n'est qu'un village, à certains égards. De Rome à Londres et de Vienne à Marseille, tout le monde se connaît. Dans certaines sociétés, bien entendu. Et tout le monde bavarde. Massari a beaucoup d'amis. Cependant, il entretient un tel mystère autour de sa propre personne que les rumeurs l'entourent en permanence.

— Du mystère?

— Vous ignorez ses antécédents? Lui et Morny ont beaucoup en commun : vous seriez surprise. Accompagnez-nous dans cette petite pièce, nous nous y entretiendrons plus à notre aise.

Tout en valsant, l'empereur l'entraîna hors de la piste de danse. Avant que Violette ait compris ce qui se passait, il la tenait déjà par le bras et l'attirait vers une petite salle. Violette songeait tant à ce que l'empereur lui avait confié d'Alain, qu'elle en oubliait toute prudence. Elle ne se rappela son conseil que lorsqu'ils se trouvèrent dans une petite salle, très à l'écart. Violette s'arrêta net.

— Non, dit-elle précipitamment. Je ne devrais pas quitter la salle de bal. Mon mari sera furieux.

— Votre mari vous délaisse depuis un certain temps déjà, répondit l'empereur.

— Eh bien, justement. Il doit me chercher, à cet instant même. Il faut que j'y aille.

— Et gâcher une si belle occasion de croiser le fer avec nous? Allons, ne soyez pas timide.

Il était plus fort qu'elle ne l'aurait imaginé, et plus audacieux. Enroulant son bras autour de sa taille, il l'attira à lui et referma la porte d'un coup de pied. Il la serra plus encore contre lui, et chercha à l'embrasser.

Se détournant d'un mouvement sec, elle le repoussa des deux mains.

— Non! Votre Majesté! Je vous en prie!

La réaction brusque de Violette avait presque éloigné l'empereur. Mais, une fois revenu de sa surprise, il éclata de rire et redoubla d'efforts. Lui plaquant la main sur la nuque, il glissa ses doigts dans ses cheveux pour l'obliger à lever le visage vers lui. Elle réussit cependant à détourner la tête une fois de plus, et l'empereur ne put l'embrasser que sur le coin de la bouche.

Brusquement, la porte s'ouvrit à la volée, et une bouffée de chaleur et de musique s'engouffra dans la pièce. Alain entra, et referma la porte derrière lui.

— Votre Majesté, dit-il d'une voix calme. Vous me pardonnerez, j'en suis sûr, cette intrusion.

Violette repoussa l'empereur avec un sanglot de soulagement. Stupéfait par l'entrée d'Alain, Louis Napoléon avait relâché son étreinte. Il se tourna d'un bloc vers l'intrus.

— Sortez d'ici! gronda-t-il d'un ton furieux.

Alain s'approcha de Violette à pas lents.

— Pas sans Madame, répondit-il.

— Nous ne tolérerons pas une telle insolence! s'écria Louis Napoléon.

— Je crains que vous n'ayez pas le choix, Votre Majesté, rétorqua Alain en tendant le bras à Violette. Nous vous souhaitons une excellente fin de soirée, Votre Majesté.

L'empereur ouvrit la bouche comme pour réitérer son ordre, ou appeler ses gardes. Brusquement, contre toute attente, il sourit.

— Très bien, dit-il avec un haussement d'épaules d'une négligence étudiée. Cueillez la petite fleur vous-même, Massari. Mais vous en subirez les conséquences.

— Je n'en doute pas, répondit Alain d'une voix grave, les yeux toujours rivés sur ceux de Violette.

Ils tournèrent les talons et sortirent de la petite salle.

Revenus dans la salle de bal, Violette se mit à parler en phrases décousues.

— Je vous suis tellement reconnaissante. Je n'aurais jamais pensé... Je sais, vous me l'aviez bien dit, mais je n'aurais jamais cru...

— L'empereur est un imbécile.

Alain avait répliqué d'une voix si haineuse que Violette en frissonna. Elle ignorait s'il était possible de provoquer l'empereur en duel. Elle n'avait entendu cette sauvagerie dans la voix d'un homme qu'une seule fois, à la Nouvelle-Orléans,

171

mais les suites avaient été désastreuses. Elle porta la main à son front.

— Je voudrais partir, dit-elle. Voudriez-vous m'aider à trouver Gilbert? Je ne sais pas où il a pu être tout ce temps. Dans la salle de cartes, peut-être?

— En effet. Mais vous, comment allez-vous?

— J'ai un peu mal à la tête, voilà tout. Je ne vais pas tomber évanouie, je vous le promets.

— Oh! Mais vous le pouvez... tant que je suis là pour vous rattraper, répondit Alain en souriant. Cependant, il est très impoli de quitter le bal avant l'empereur. Vous devrez vous éclipser par une porte dérobée, et sans saluer notre hôtesse.

— Je ne savais pas. Je ferais peut-être mieux d'attendre, alors.

Violette n'avait visiblement aucune envie de rester, et ce n'était pas seulement son mal de tête qui la faisait fuir. Ces dernières heures avaient été si éprouvantes! D'abord, il y avait eu cette altercation avec Gilbert, et cet épisode pénible avec l'empereur. À présent, tous les invités devaient les regarder, Alain et elle, et les rumeurs auraient tôt fait de se propager comme une traînée de poudre. Violette ne connaissait personne dans l'assistance, ni amis ni parents de Gilbert. Tous les invités lui étaient inconnus et, en dépit de la langue commune, tous lui étaient étrangers. Quand elle vivait en Louisiane, elle s'était toujours considérée comme française : elle se rendait compte, à présent, qu'elle était différente, plutôt une Américaine aux lointaines origines françaises.

— Ne vous inquiétez pas, dit Alain après un silence. Je saluerai notre hôtesse pour vous. Allons chercher votre mari.

Ils découvrirent Gilbert dans la salle de cartes, quelques piles de pièces d'or devant lui. Il leva à peine les yeux quand Violette s'approcha, et ne l'écouta que d'une oreille distraite. Il gagnait, ce n'était pas le moment de partir! En outre, il était impossible qu'elle n'appréciât pas le bal.

Violette observa le visage crispé de son mari, et pensa

qu'il devait être ravi d'avoir trouvé un bon prétexte pour se montrer odieux avec elle. Mais jamais elle ne s'abaisserait à lui demander une seconde fois de partir ! Elle se retourna pour sortir.

Alain, qui se tenait juste derrière elle, ne fit pas un geste.

— Pardon, monsieur. M'autorisez-vous à raccompagner madame Fossier à votre place ?

Gilbert lui fit face, les sourcils froncés. Il tenait une pièce d'or, qu'il faisait lentement tourner entre ses doigts.

Un silence embarrassé s'abattit sur les joueurs de cartes, qui échangèrent d'abord des regards surpris, puis observèrent les deux hommes à la dérobée. Redressant lentement la tête, Alain soutint le regard ombrageux de Gilbert. Il le fixait d'un œil froid et implacable, métallique. Il parut soudain très imposant, et sa colère, qu'il maîtrisait pourtant parfaitement, devenait presque palpable.

Gilbert prit une inspiration sifflante, et cligna des yeux. Violette avança la main vers Alain pour le calmer.

— Avons-nous ta permission, Gilbert ? demanda-t-elle d'une voix étranglée.

Gilbert se passa la langue sur ses lèvres sèches.

— Comme tu voudras, répondit-il d'une voix rauque.

— Merci, répliqua Alain poliment.

Il tendit le bras à Violette, et tous deux sortirent de la salle de cartes.

Violette jeta un dernier regard à son mari. Il les considérait d'un air stupéfait. Visiblement, il avait lu dans les yeux d'Alain quelque chose de suffisamment puissant pour l'obliger à battre en retraite.

Violette tourna la tête pour examiner l'homme qui l'escortait. Il était parfaitement détendu à présent, et confiant. Elle songea au bonheur qu'elle aurait de quitter le bal avec lui, de monter dans sa voiture, et d'errer dans les rues sombres et désertes de Paris, seule avec lui. Cette pensée la fit frissonner de joie mais aussi de peur, et son cœur battit plus vite.

Alain estima qu'il n'aurait pas dû inviter Violette et Gilbert à ce bal. Il avait voulu offrir une soirée agréable à Violette, la voir étinceler parmi la société la plus brillante de Paris et aussi, il devait bien l'admettre, se donner une occasion de l'étreindre. Mais la soirée ne s'était pas tout à fait déroulée comme il l'avait prévu.

Il était très embarrassé à présent. Il y avait très longtemps qu'il n'avait pas ressenti l'envie de tuer un homme. Or, il avait voulu tuer Gilbert, un homme plus âgé que lui et moins expérimenté aux armes, un homme qu'il avait trompé maintes et maintes fois en pensées, à défaut de le tromper en actes. C'était ignoble. Il n'aurait jamais dû l'affronter, et ni sa colère ni l'amour qu'il portait à Violette ne l'excusaient. Il n'avait aucun droit de laisser libre cours à ses passions, car il pouvait alors précipiter Violette dans une vie infernale.

Mais c'était à l'empereur qu'il aurait surtout aimé cracher son mépris. À la seule idée que Louis Napoléon aurait pu abuser de la pureté de Violette dans un coin sombre, comme si elle était une fille de rien, Alain sentait son sang bouillir dans ses veines. Au risque certain de susciter un esclandre, il aurait dû le provoquer en duel. C'est tout ce que cette espèce de dindon mal dégrossi méritait. Et que lui importaient les esclandres, après tout ? Que lui importait la France même ? Il n'était que de passage dans ce pays, et ses intérêts, comme les menaces qui pesaient sur lui, résidaient ailleurs.

Gilbert avait eu la malchance d'affronter Alain au moment où sa colère atteignait son paroxysme : le mari de Violette avait dû choisir entre la mort et l'humiliation, rien de moins. Il ne pardonnerait pas de sitôt à Violette d'en avoir été la cause, et d'avoir assisté à sa retraite honteuse.

Que se serait-il passé si Gilbert avait osé lui tenir tête ? Par honneur, Alain aurait dû tirer en l'air lors du face-à-face, pour laisser le mari se venger de son impertinence. Ah, non ! Il l'aurait plutôt abattu de sang-froid, et pour le plus beau des motifs : que Violette soit veuve. En tout cas, il aurait essayé.

Il regarda Violette qui sortait de la salle de bal et

descendait un escalier étroit. Elle marchait comme une reine ou mieux, une impératrice : la tête haute et le dos bien droit, insensible aux murmures qui ondoyaient derrière elle. Elle était éclatante de fierté et de dignité. Elle possédait tout le courage qui faisait si cruellement défaut à son mari. Décidément, seul un fieffé imbécile pouvait traiter une telle femme comme une enfant impertinente que l'on gronde et réprimande, un fieffé imbécile complètement indigne d'elle.

Alain s'étonna de voir Violette risquer de tout perdre pour ne pas être séparée de lui. Il ne s'attendait pas à tant de hardiesse. Depuis plusieurs semaines, il l'observait se débattre dans l'écheveau de conventions auxquelles les femmes de sa condition devaient se soumettre. Et il la respectait d'autant plus qu'elle résistait à la tentation, alors même qu'il mettait constamment sa volonté à rude épreuve. Il n'aurait pas été autrement surpris si, ce soir même, elle avait choisi la sécurité en demeurant auprès de son mari humilié, ou si elle avait choisi de rester près de lui à cause de cette humiliation.

Mais c'est lui qu'elle avait choisi.

Rien n'aurait pu le rendre plus fier. Et rien ne pouvait le rendre plus humble.

Gilbert Fossier n'était décidément pas digne de cette femme. Et lui-même, l'était-il ?

10

Joletta ouvrit les yeux avec précaution. La douleur battait comme un tambour à ses tempes, et ses articulations lui semblaient disloquées comme celles d'un pantin. Elle se trouvait allongée sur le trottoir, entourée de visages étrangers qui la regardaient avec curiosité. Sa tête reposait sur quelque chose de doux : un manteau roulé en boule, sans doute. Rone lui apparut en effet en manches de chemise, agenouillé à sa gauche. Il lui tenait la main, et lui caressait doucement les doigts.

À sa droite se tenait un bel homme au teint mat, qui portait un blouson de cuir, une chemise de soie crème et des lunettes noires d'aviateur posées sur le sommet de sa tête, parmi les vagues sombres de ses cheveux. L'homme examinait Joletta d'un œil grave, qui s'éclaira lorsqu'il la vit reprendre conscience.

— Mes excuses, signorina, dit-il d'une voix basse. Je n'aurais pas dû vous pousser si fort, mais je n'ai pas eu le temps de mesurer, vous savez.

Italien, à coup sûr. Joletta le devina à son accent, à la matité de sa peau, et à l'originalité de sa mise vestimentaire. Toute la scène lui parut extrêmement étrange soudain, sans qu'elle sût d'abord pourquoi. Elle grimaça en comprenant que, comme Violette autrefois, elle venait d'échapper à un accident de la circulation, et que son sauveur était italien. Mais tout cela était ridicule. La douleur la faisait délirer, sans doute.

Joletta porta sa main droite à sa tête, et sentit sous ses doigts un liquide épais qui collait ses cheveux : du sang.

— Où est la voiture ? demanda-t-elle.

— Disparue, et depuis longtemps, répondit Rone. Mais elle ne vous a pas touchée.

— Le chauffeur aurait pu s'arrêter quand même, ajouta l'autre homme en fronçant les sourcils. Il a dû se rendre compte de ce qui s'était passé.

— Est-ce que vous l'avez vu ? demanda Joletta en grimaçant de douleur.

L'Italien sortit un mouchoir de sa poche, prit les doigts de Joletta, et en essuya doucement le sang.

— Non, je ne l'ai pas vu, malheureusement. Il y avait des gens qui couraient dans tous les sens, vous comprenez. Je n'ai vu que vous, et la voiture qui fonçait sur vous. Ah ! Signorina, croyez-moi, je ne vous aurais jamais traitée ainsi, moi !

— Je... Je vous remercie, balbutia Joletta, un peu surprise. Je m'en serais tirée sans encombre, s'il n'y avait eu ce poteau.

— En effet. Oh ! Mais je ne me suis même pas présenté : Caesar Zilanti, pour vous servir, signorina.

Rone posa sur l'homme un regard moqueur.

— Nous ferions peut-être mieux de laisser tomber les présentations pour le moment, dit-il. Il faut aller à l'hôpital sans plus tarder.

— Est-ce que je suis restée évanouie très longtemps ?

— Non, quelques minutes seulement. Mais cela ne prouve rien.

— Je ne veux pas aller à l'hôpital, je n'ai qu'une bosse insignifiante. Je...

— Vous souffrez peut-être d'une commotion cérébrale, répondit Rone d'une voix ferme. Il vaut mieux consulter un médecin, ne serait-ce que pour s'assurer que tout va bien.

— C'est vrai, signorina, renchérit Caesar Zilanti d'un ton doucement persuasif.

— Mais je ne veux pas passer toute la nuit dans une salle d'attente, reprit Joletta.

— Cela ne durera certainement pas si longtemps, lui assura gentiment l'Italien. Je me ferai un plaisir de vous accompagner. Ma voiture est garée juste à côté.

— Cela ne sera pas nécessaire, rétorqua sèchement Rone. Nous allons prendre un taxi.

— À cette heure-ci ? Vous voulez rire ! Laissez-moi vous conduire, je vous en prie. Je me sens tellement coupable de vous avoir jetée sur ce poteau !

Joletta perçut une tension entre Rone et Caesar Zilanti. Ils étaient presque trop polis l'un envers l'autre, et leurs sourires étaient trop affables. Elle se demanda si un conflit avait éclaté entre eux tandis qu'elle était évanouie, ou s'ils s'étaient disputés sur la façon dont l'Italien avait agi pour la sauver.

Mais ce n'était guère le moment de s'inquiéter de cela. Les voix des deux hommes résonnaient dans sa tête, et elle souffrait le martyre. Elle trouvait d'ailleurs parfaitement ridicule de rester allongée là, tandis que ces messieurs s'affrontaient au-dessus d'elle.

— C'est d'accord, dit-elle en se redressant péniblement, allons à l'hôpital. Mais dépêchons-nous, je n'ai pas envie d'y passer la nuit.

— *Benissimo* ! Dans ma voiture ?

— Oui, puisque c'est le moyen le plus rapide, répondit Joletta.

Rone grimaça, mais n'émit aucune objection.

La visite à l'hôpital ne dura pas aussi longtemps que Joletta l'avait craint. Le médecin qui l'ausculta était une jeune femme, ravie de mettre ses notions d'anglais à contribution. Joletta ne présentait qu'une légère commotion, dit-elle, presque invisible sur les radios. L'hospitalisation ne s'avérait donc pas nécessaire, à condition que la jeune fille fasse un peu attention à elle : pas de longues promenades, pas de sports violents, ni rien de la sorte. Les analgésiques ordinaires devraient suffire à calmer la douleur mais pour plus de sûreté, elle lui donna aussi quelques capsules d'un effet plus puissant. Elle conseilla également à Joletta de consulter un autre médecin si la douleur s'intensifiait, ou si elle éprouvait des étourdissements ou des troubles de la vue. Sinon, le meilleur remède était encore qu'elle profitât pleinement de ses vacances en France.

— Accepteriez-vous de manger avec moi tous les deux ? demanda Caesar Zilanti dès qu'ils furent sortis de l'hôpital. Cela me ferait tellement plaisir ! Il est encore un peu tôt, mais en attendant nous pourrions prendre un apéritif ?

— Je ne sais pas, répondit Joletta en lançant un regard furtif à Rone.

— En ce qui me concerne, c'est impossible, expliqua Rone. J'ai plusieurs coups de téléphone à passer. Désolé !

Pourtant, n'avait-il pas affirmé à Joletta avoir expédié ses problèmes professionnels pour pouvoir lui consacrer tout son temps ? Mais peut-être ces appels téléphoniques ne constituaient-ils qu'une excuse ? Quoi qu'il en soit, Joletta hésitait à accepter l'invitation de cet inconnu si Rone ne l'accompagnait pas. Elle se tourna vers Caesar Zilanti et lui adressa son plus beau sourire de regret.

— Je préférerais me coucher tôt, dit-elle. Mais je vous remercie de votre invitation, c'est très aimable à vous.

— Demain soir, peut-être, s'enquit l'Italien avec un regard suppliant.

— Non, malheureusement, c'est impossible. Nous partons au cours de l'après-midi pour Lucerne.

— Dommage, cela m'aurait fait tellement plaisir ! Me permettez-vous de vous raccompagner à votre hôtel ? Bien !

Son Alfa Roméo gris argent était garée tout près.

— Allez-vous en Italie, par hasard ? poursuivit Caesar Zilanti tandis qu'ils traversaient le parc de stationnement.

— Nous y demeurerons cinq jours, répondit Joletta.

L'Italien lui jeta un regard médusé, puis il hocha la tête en signe d'incrédulité, tout en lui ouvrant la portière de sa voiture.

— Cinq jours ! C'est bien trop court ! s'exclama-t-il. Il y a tant à voir en Italie ! J'aurais pu vous montrer plein d'endroits intéressants, si seulement j'y avais séjourné en même temps que vous !

Joletta aussi aurait aimé parcourir l'Italie avec un guide italien, qui aurait pu lui faire découvrir toutes sortes d'endroits inconnus, et la conseiller sur les monuments et musées à visiter.

— C'est bien dommage, convint-elle. Nous devrons nous débrouiller sans vous.

— Ah ! Oui, c'est bien dommage, renchérit Caesar Zilanti en montant à son tour dans la voiture.

Il démarra sans même vérifier si Rone se trouvait bien à bord. Il conduisait avec fougue et extravagance, et dans le mépris le plus complet des dangers de la circulation parisienne. Sa conduite automobile s'apparentait plus à la compétition de Formule 1 qu'aux sages déplacements des citadins ordinaires. Cependant, il ralentit légèrement en voyant Joletta s'accrocher au tableau de bord, après qu'il eut pris un virage à une vitesse plus que déraisonnable. Mais quelques instants plus tard, il s'engouffrait de nouveau à toute vitesse dans les rues de Paris, usant généreusement du klaxon pour exciter les chauffeurs trop indolents à son goût.

Joletta se prit à penser que Caesar Zilanti appartenait à cette catégorie d'hommes qualifiés de « dangereusement beaux ». Les yeux légèrement plissés, la bouche sensuelle et les cheveux fournis, Caesar Zilanti paraissait, de tout évidence, très conscient de son charme. Sûr de lui, il fixait Joletta d'un air plus que provocateur. « C'est ainsi qu'il doit regarder toutes les femmes », pensa-t-elle. Sa voiture et ses vêtements, à la fine pointe de la mode masculine, ajoutaient encore à son style flamboyant et à son charme. Ce n'était pas le genre d'homme qui attirait Joletta d'ordinaire. Cette fois, elle dut cependant s'avouer qu'elle aurait aimé mieux le connaître.

Il valait mieux s'en abstenir. Joletta avait-elle vraiment

besoin d'une complication supplémentaire dans sa vie ?

Quand ils furent de retour à l'hôtel, elle remercia chaleureusement l'Italien. Il la regarda si triste qu'elle faillit revenir sur sa décision, et accepter son invitation. Mais Rone l'avait déjà prise par le bras, et l'entraînait vers l'hôtel.

— Attendrie, hein ? demanda-t-il d'un ton moqueur tandis qu'ils gravissaient les marches.

— Peut-être, répondit Joletta en souriant. Je commence aussi à me rendre compte de la nécessité d'un garde du corps. Je n'ai jamais eu autant de malchance de ma vie. C'en est presque ridicule !

— Cet accident n'aurait pas dû arriver, déclara Rone. Si j'avais fait plus attention, cela ne se serait jamais produit.

Rone avait parlé d'une voix rageuse. Visiblement, c'était à lui-même qu'il en voulait le plus.

— Vous n'êtes quand même pas responsable de moi, répondit Joletta. Je plaisantais, quand je parlais de garde du corps.

— Et si vous m'engagiez ? demanda Rone en souriant.

— C'est une tâche ingrate, vous savez.

— J'adore les tâches ingrates.

— Alors, je vous engage ! répondit Joletta, tout sourire.

Elle préféra ignorer s'ils plaisantaient vraiment, ou si leur conversation apparemment banale n'était pas plus significative qu'il n'y paraissait. Elle préféra aussi ignorer si l'accident qui venait de se produire était vraiment si « accidentel » qu'il en avait l'air. Peu de gens en dehors de Rone savaient, en effet, où elle devait se trouver à cet instant précis, et parmi eux figurait surtout Rone. Décidément, beaucoup trop d'éléments restaient obscurs.

Le château de Versailles était majestueux, comme Joletta l'avait imaginé. Cependant, il émanait une profonde tristesse de ces pièces immenses et froides, de ces miroirs reflétant sans fin le vide, et des vestiges de ces vies brutalement interrompues.

Les fontaines qui décoraient les jardins alignés comme des défilés militaires paraissaient elles-mêmes désœuvrées, et semblaient attendre le retour des rires, des jeux et des fêtes, la renaissance d'une décadence enivrante qui ne reviendrait pourtant jamais. Quand le bus repartit en direction de Lucerne, Joletta n'eut pas un regard de regret pour les splendeurs qu'elle laissait derrière elle.

Bien que l'autoroute fût large et bien entretenue, le trajet lui parut très long. Après une matinée de répit, sa tête la faisait souffrir de nouveau. Elle prit plusieurs aspirines, s'appuya contre le dossier de son siège, et ferma les yeux.

Bientôt, ils traversèrent une myriade de petits villages rassemblés autour d'églises aux toits gris. Les haies d'aubépines étaient taillées avec soin, et les vignes portaient leurs grappes jusqu'à hauteur de genoux. Les champs jaunes de colza et les champs verts de seigle enveloppaient les villages comme une couverture chatoyante. Les panneaux indicateurs bleu et blanc et les péages automatiques entrevus par la fenêtre de l'autobus achevaient de donner à ce trajet une allure surréaliste. Joletta ne s'était pas imaginé ces éléments de décor prosaïques avant son départ, et ils avaient à ses yeux un air de profonde étrangeté.

Elle se réveilla brusquement au terme d'un court sommeil, et s'aperçut qu'elle avait dormi la tête appuyée sur l'épaule de Rone. Il dormait, lui aussi, et la fermeté de ses muscles fut agréable sur la joue de Joletta. Elle décida d'y rester.

Presque allongée et les yeux clos, elle repensa à la facilité avec laquelle Rone avait décidé de la suivre... et à la facilité avec laquelle elle avait accepté. Tout cela s'était produit si vite! Certes, il était flatteur que Rone désirât tant rester auprès d'elle. Cependant, sa présence troublait Joletta. Oui, Rone était un compagnon de voyage agréable, amusant et spirituel. Mais quelque chose dans son attitude la dérangeait. Il donnait l'impression d'être attiré vers elle; cependant, il limitait délibérément leurs contacts physiques aux gestes les plus courants du quotidien. Il lui lançait souvent des remarques à saveur amoureuse ; cependant, il se comportait nettement plus en frère qu'en amoureux.

Certes, Joletta n'aurait pas voulu le voir fou d'amour et déchiré de passion. Et elle appréciait de rencontrer enfin un homme qui ne se jetait pas sur elle dès le premier soir. Par ailleurs, il était vraiment délicieux de voyager avec un homme qui, sans explication, comprenait qu'une femme souffrant de commotion cérébrale apprécie être embrassée gentiment sur le front en guise de bonne nuit, à la porte de sa chambre.

Cependant, quand elle se rappelait la façon dont il l'avait embrassée dans ce parc de stationnement de la Nouvelle-Orléans, le doute s'emparait d'elle. Rone semblait se réfréner constamment, comme s'il craignait de l'offenser.

D'ailleurs, Joletta ne s'expliquait pas tout à fait non plus ses propres réactions à l'égard de Rone. Sa présence, l'attention et la protection qu'il lui prodiguait jour après jour, tout cela la ravissait. Pourtant, elle continuait de se tenir sur ses gardes. Il est vrai qu'elle se montrait souvent prudente avec les hommes, et qu'elle s'interrogeait longuement sur leurs motifs. Mais cette fois, c'était différent.

Joletta se remémora les soupçons qu'elle avait eus à son sujet après le cambriolage de sa chambre de Londres. Ils s'étaient vite évanouis, dès qu'elle avait su que sa cousine, et peut-être sa tante, se trouvait aussi en Europe. Elle se demanda cependant si Rone ne les avait pas devinés : il était si intuitif, tout était possible. Joletta n'avait pourtant pas le sentiment d'avoir manifesté une quelconque méfiance envers lui.

Elle renonça finalement à élucider la présence de Rone, et son rôle éventuel dans ses diverses mésaventures. Elle ne disposait pas de temps pour cela, de toute façon. Et il lui paraissait bien déplaisant, en définitive, de soupçonner sans cesse un compagnon de voyage si agréable. Certes, elle ne l'avait en rien sollicité : il avait lui-même proposé de l'accompagner. Par ailleurs, il ne lui avait pas demandé son avis, et elle aurait été bien en peine de l'empêcher de se joindre au groupe, quand bien même l'aurait-elle voulu. Il ne lui restait donc plus qu'à apprécier la présence de cet homme, son humour, et le sentiment de sécurité qu'il lui procurait. Elle se résignait à prendre les choses comme elles se présenteraient. Et si ce voyage ne devait se résumer qu'à un périple sans conséquences particulières, elle essayerait de ne pas être trop déçue.

Ils arrivèrent tard à Lucerne. La ville sommeillait dans une faible lumière, et on ne pouvait que deviner les montagnes à des lignes sombres qui surplombaient le lac éclairé par les étoiles. L'hôtel se trouvait dans une petite rue, à seulement quelques pâtés de maisons du lac. Petite et pittoresque, la chambre de Joletta était éclairée d'un plafonnier de style art nouveau, dont les bras se terminaient par des tulipes de verre en guise d'abat-jour. Aux murs, des scènes alpines en sépia confirmaient au voyageur distrait qu'il se trouvait bien en Suisse. Les lits jumeaux n'avaient ni draps ni couvertures, et toute leur literie se résumait à des oreillers et des duvets bien moelleux. Les grandes fenêtres, protégées par des stores, s'ouvraient sur l'air pur et frais des montagnes. Joletta s'endormit rapidement, ivre d'oxygène.

Quand elle se réveilla, la douleur lui rappela brutalement sa blessure. Cependant, elle se leva pleine d'entrain. Immédiatement après le petit déjeuner, elle prit avec Rone et le reste du groupe le petit train qui devait les emmener au sommet du Mont-Rigi. Le voyage à travers les prés fut vivifiant. Ils virent plusieurs de ces célèbres vaches suisses brunes qui paissaient près des chalets de bois, sur fond d'herbe verte, de fleurs alpines, de ciel bleu, de pics enneigés et de vallées profondes. Il faisait un temps magnifique, si clair qu'ils distinguèrent nettement, du sommet, les Alpes entières, le lac parsemé de bateaux, et la ville de Lucerne qui s'étalait très loin au-dessous d'eux. Profitant d'une belle journée et de la fin de semaine, de nombreuses familles suisses avaient aussi envahi les hauteurs du Mont-Rigi.

Les deltaplanes dansaient avec élégance dans le ciel, et Joletta ne pouvait regarder sans frémir ces gens qui s'élançaient avec fougue dans le vide, avec pour tout soutien la fragilité d'une aile de nylon et d'une armature d'aluminium. Elle se demandait comment on pouvait apprécier un tel sport. Rone la taquina, et la traita pour plaisanter de « petite peureuse ». Joletta remarqua cependant qu'il s'arrangeait toujours pour s'interposer entre elle et le précipice, au risque parfois de lui bloquer la vue.

Au retour, ils mangèrent de la charcuterie et des pommes de terre, tout en appréciant un spectacle folklorique. Pour dessert, ils eurent de la glace aux framboises. Joletta et Rone errèrent ensuite dans Lucerne. Ils regardèrent les vitrines qui exhibaient fièrement des montres Rolex et des couteaux suisses, ainsi que des cartes postales représentant des maisons aux façades joliment décorées. Ils contemplèrent le Lion de Lucerne, un monument dédié aux gardes suisses de Louis XVI tombés au champ d'honneur. Rone apprit à Joletta que Mark Twain considérait ce monument commémoratif comme le plus touchant d'Europe.

C'est à ce moment que Joletta s'aperçut qu'elle avait oublié son carnet de notes à l'hôtel. Elle dut s'avouer qu'elle se sentait plus libre ainsi, plus libre d'admirer les parterres de pensées, de tulipes et de marguerites, ainsi que les petits jardins plantés de lilas blancs, de spirées et de fleurs alpines, qui ornaient l'avant des maisons soigneusement tenues. Il y avait tant de fleurs et de plantes différentes qu'elles n'avaient pas dû être toutes répertoriées encore, pensa Joletta.

Quand elle arriva avec Rone à la passerelle couverte, le soleil commençait déjà à baisser, incendiant le ciel de rose et de bleu. Le petit pont traversait la rivière Reuss juste avant qu'elle ne se jette dans le lac. Il n'était que partiellement fermé sur les côtés, et comme il était très long, il semblait très étroit, vu de loin. De plus près, il apparaissait de construction massive, et les passerelles de la Nouvelle-Angleterre auraient semblé bien chétives en comparaison.

Joletta et Rone se tordirent le cou pour mieux voir les panneaux peints qui en décoraient les parois, et qui illustraient l'histoire de la ville depuis le Moyen-Âge. Ils n'entendaient que le bruit de leurs pas, répercutés par l'écho, et le clapotis clair de l'eau au-dessous d'eux.

— Regardez ! Des cygnes ! s'exclama Joletta tandis qu'ils se penchaient sur l'eau.

— Un couple.

Rone suivit du regard les oiseaux qui glissaient sur la rivière en se caressant avec leur cou. Le soleil couchant rosissait leurs plumes.

L'eau sentait un peu le poisson, les algues et la neige fondue. Rone et Joletta laissèrent à leur gauche le dôme vert d'une église et derrière eux, les sommets des montagnes. Plus loin, dans la ville, l'orchestre d'un restaurant jouait à tue-tête. Les lumières s'allumaient au fur et à mesure que le soir tombait, et les petits points scintillants des lampes se reflétaient sur la rivière en dansant.

La brise vespérale qui soufflait sur le cours d'eau était passablement fraîche. Joletta s'emmitoufla plus confortablement dans son gilet de coton crème. Elle regardait les lumières qui semblaient escorter la rivière, ainsi que l'agencement soigné des toits. Elle se demanda si Violette était venue à cet endroit précis, si elle avait vu ce paysage.

Violette ne cessait de la hanter depuis la veille. Joletta avait même rêvé d'elle quand elle s'était endormie dans le bus. Elle admirait de plus en plus son aïeule, qui avait su prendre les mesures appropriées pour obtenir ce qu'elle voulait. Violette n'avait pas craint d'affronter la peur, la culpabilité et les dangers, pour aller au bout de ses passions. Ce n'était guère le comportement ordinaire d'une femme si typique de l'époque victorienne. Mais Violette était-elle si victorienne, après tout ? Peut-être la Nouvelle-Orléans avait-elle été moins soumise aux préceptes puritains de cette époque que ne l'avait été, par exemple, le nord-est des États-Unis, où le puritanisme s'était vigoureusement enraciné.

Évoquant ses longues fiançailles avec Charles, Joletta se prit à penser qu'elle ne l'avait peut-être pas autant aimé qu'elle l'avait cru, qu'elle ne s'était peut-être pas autant engagée dans cette relation qu'elle l'avait d'abord pensé. Ainsi, jamais elle n'avait tenté de reconquérir Charles, et quand bien même l'aurait-elle souhaité, jamais elle n'aurait risqué de subir rejet et humiliation. Bien qu'elle ne se le fût jamais avoué jusqu'à ce jour, elle s'était même sentie vaguement soulagée de voir Charles sortir définitivement de sa vie.

Que ferait-elle à présent, si la situation se reproduisait? Joletta n'en savait rien. Elle aurait aimé connaître exactement ce qu'elle avait hérité de Violette, quelle part de sa fougue et de sa détermination son aïeule lui avait léguée par-delà les générations.

— Dites-moi, intervint brusquement Joletta brisant le silence établi entre elle et Rone, pensez-vous que l'histoire se répète?

— Vous voulez dire, est-ce que les gens répètent les erreurs commises par d'autres avant eux?

— Non, je pensais plutôt... enfin, pas exactement la réincarnation, mais... Croyez-vous qu'une génération puisse revivre les mêmes événements qu'une génération précédente?

Rone posa sur Joletta un regard surpris, fixant la rougeur que le soleil couchant allumait sur les joues de la jeune fille.

— Je ne suis pas sûr de bien comprendre votre question, dit-il. Pouvez-vous préciser?

— Non, cela ne fait rien, répondit Joletta avec un sourire un peu gêné. Je me demandais ça... comme ça. Cela n'a pas d'importance.

Rone continuait de l'observer. Brusquement, il fronça les sourcils.

— Il se passe toutes sortes de choses très étranges, dit-il après une pause. Et en ce qui concerne la réincarnation, une bonne partie de l'humanité y croit. Alors...

— Et vous, vous y croyez?

— J'attends des preuves.

— Vous risquez d'attendre longtemps.

Rone sourit légèrement.

— Comme pour toutes les convictions spirituelles.

Les deux cygnes s'approchèrent d'eux, se courtisant toujours de leurs longs cous graciles. Ils passèrent sous la passerelle et disparurent de l'autre côté. Joletta tourna la tête vers Rone. Il la regardait encore. Il se redressa lentement et se tourna vers elle. Elle se redressa à son tour, tous ses sens en alerte.

Il s'approcha d'elle doucement, refermant ses mains sur ses bras, avec sur le visage une expression d'intense volupté. Il la regardait toujours, et elle croisa son regard. Il se rapprocha encore et elle baissa les yeux, les fixant sur les lèvres douces et bien dessinées de Rone.

Le cœur de Joletta battait presque contre celui de Rone, à présent. Elle l'entendait frapper à grands coups à son oreille. L'odeur de cet homme, mêlée à celle de l'air frais, du tissu, de la peau et du bois de santal, tout cela l'étourdissait un peu. La chaleur qui irradiait du corps de Rone l'enveloppait tout entière, et semblait réduire sa volonté à néant. Il baissa la tête au moment où elle levait la sienne, déjà consentante.

Les lèvres de Rone étaient fermes et douces. Joletta glissa ses mains contre sa poitrine, sous le coupe-vent léger qu'il portait, puis elle remonta vers la nuque et les cheveux. Elle sentit sa propre bouche s'entrouvrir comme une invitation.

Sans se presser, tous deux jouirent de la douceur de ce baiser, et de leurs deux corps collés l'un contre l'autre. Ils le goûtèrent comme un doux prélude.

Joletta eut la sensation que sa peau s'enflammait malgré la fraîcheur du soir. Leurs langues se touchèrent délicatement. Joletta, presque gémissante, découvrit la douceur des dents de Rone contre sa langue. Les mains plaquées contre son dos, il l'attira plus près, comme pour l'inciter à déposer complètement les armes. Elle laissa descendre et errer sa main contre la poitrine de Rone, sous le coupe-vent, jusqu'à la ceinture. Le cuir en était soyeux et frais sur sa peau embrasée. Joletta en suivit la course jusqu'au milieu du dos, où un creux entre les muscles semblait l'inviter à y glisser les doigts. Elle les y glissa donc et pressa Rone plus fort contre elle.

Le cœur battant, Rone lui prit le visage dans ses mains et dessina du bout des doigts le contour de sa mâchoire, et la courbe délicate de son oreille. Puis il lui caressa le cou et l'épaule, et descendit lentement vers sa poitrine.

Joletta sentit le désir monter en elle comme un ouragan, sa peau frémir de plaisir, et le sang courir plus vite dans ses veines. Elle frissonna quand Rone lui passa la main sur le sein, en la crispant légèrement. Il l'attira encore à elle, et elle le serra plus fort. Elle perçut contre son corps celui de Rone arqué de désir.

Des pas approchèrent. Des murmures s'élevèrent non loin.

Joletta s'immobilisa, puis s'écarta lentement de Rone dont la poitrine se soulevait et s'abaissait en silence maintenant, tandis qu'il la laissait remettre une distance convenable entre eux. Il garda cependant son bras autour de sa taille, tandis que trois étudiants suisses passaient à côté d'eux sur la passerelle.

Les deux garçons et la jeune fille, dont les cheveux blonds descendaient à la taille, ne leur accordèrent même pas un regard.

Joletta ne put réprimer un sourire. Comme c'était « américain » de sa part de craindre qu'on la vît embrasser un homme dans la rue ! N'avaient-ils pas vu, depuis qu'ils étaient en Europe, nombre et nombre de couples s'embrasser de façon plus ou moins intime, depuis Hyde Park jusqu'au sommet du Mont-Rigi ?

Elle regarda Rone. Mais dans cette pénombre encore assombrie par le toit de la passerelle, elle ne put rien déchiffrer sur son visage. Il semblait soucieux, mais peut-être était-ce le soir tombant qui lui durcissait les traits. Rone éclata soudain de rire, et se retourna vers Joletta pour qu'ils poursuivent leur traversée. Ils se dirigèrent vers l'hôtel.

La plupart des chambres que le groupe occupait se trouvaient sur le même étage. Celle de Rone se situait près de l'escalier, à quelques portes seulement de celle de Joletta. Rone ne s'arrêta pas devant sa propre porte cependant, et il accompagna Joletta jusqu'à la sienne. Elle gardait les yeux baissés sur sa clef, qu'elle distinguait à peine dans la faible lumière que projetaient les appliques des années 1920.

Soudain, Rone lui saisit le poignet, la forçant à s'immobiliser. Elle leva la tête vers lui et le vit placer son index sur sa bouche pour lui commander le silence. D'un geste de la tête, il désigna la porte de sa chambre.

— Est-ce vous qui avez laissé cette lumière allumée? demanda-t-il.

— Non, je ne pense pas.

Rone lui prit la clef des mains et l'inséra dans la serrure. Joletta fit un pas vers l'avant mais, d'un geste, il lui indiqua de rester à l'écart.

La lumière dans la chambre s'éteignit.

Rone ouvrit brusquement la porte et recula d'un bond, par précaution. Puis il s'engouffra dans la pièce. Joletta entendit le bruit sourd d'un corps projeté contre un mur, puis le fracas d'une chaise qui tombe sur le plancher, et le martèlement de quelques coups de poing.

Elle se précipita dans la chambre, et s'arrêta net. Dans l'air frais des montagnes qui entrait par la fenêtre ouverte, elle sentit l'odeur mordante de la lime émanant d'un après-rasage qu'elle ne connaissait pas. Dans la faible lumière venant de la rue, elle vit deux ombres se battre.

Instinctivement, elle se précipita sur la lampe de chevet.

La lumière éclata dans la pièce. Un homme portant une cagoule de ski tourna la tête vers elle. Il poussa une sorte de grognement, puis il se dégagea violemment de Rone et sauta d'un bond vers la fenêtre. Il monta prestement sur le rebord, fléchit les genoux, et s'évanouit dans la nuit.

Rone courut vers la fenêtre et regarda en direction du fuyard. Joletta le rejoignit, et constata qu'une corde pendait le long du mur de l'hôtel. Attachée au toit, deux étages plus haut, elle descendait jusqu'au sol, deux étages plus bas.

— Disparu! fit Rone.

Sa voix était teintée de dégoût et de colère. Joletta

l'examina à la dérobée.

— Un cambrioleur, dit-elle en fixant de nouveau la corde. C'est incroyable.

Rone quitta la fenêtre et posa un regard circulaire sur la pièce en désordre.

— Un cambrioleur, vraiment? demanda-t-il.

Joletta se retourna à son tour. Tous les tiroirs étaient ouverts, le contenu de sa valise avait été renversé sur le sol, et la doublure arrachée. Le matelas et le sommier du lit avaient été éventrés, ainsi que la couette. Toute la pièce baignait dans un nuage de fin duvet qui dansait à la moindre brise.

— Mon Dieu! murmura Joletta.

D'instinct, elle referma son bras sur son gros sac à bandoulière, celui qui contenait le journal de Violette.

— Eh bien! répondit Rone en la regardant d'un œil grave. Vous parlez d'une malchance!

11

Effaré et confus, le directeur de l'hôtel constatait les dégâts dans la chambre de Joletta. Rien de semblable ne s'était jamais produit dans aucun des hôtels dont il avait eu la charge jusque-là. Des vols, oui. Mais un tel vandalisme, jamais. Cette débauche de violence ébranlait visiblement cet homme habituellement calme. La jeune femme qui occupait la chambre n'était pas suisse, naturellement. Et si elle s'était attiré les foudres d'une autre personne de son propre groupe?

L'attitude soupçonneuse du directeur ne fit qu'ajouter au trouble de Joletta. Au début, elle n'avait pas voulu signaler l'incident : elle avait vécu nombre de ces mésaventures depuis son arrivée en Europe! Et surtout, elle ne voulait pas mentionner le journal... Mais Rone avait insisté, soulignant qu'il faudrait bien expliquer la raison d'un tel saccage dans sa chambre.

Les policiers se montrèrent efficaces, et plutôt sympathiques. Ils rédigèrent un rapport exhaustif sur les dégâts, notèrent soigneusement la description que Joletta et Rone leur firent du cambrioleur, et repartirent en promettant une enquête approfondie. Il était bien peu probable cependant, qu'ils puissent rattraper le malfaiteur. Les victimes des cambriolages d'hôtel sont généralement choisies au hasard, ce qui rend bien difficile l'arrestation des voleurs.

Le directeur partit peu après la police. Il promit d'envoyer une femme de ménage remplacer la literie saccagée, et tout remettre en ordre. Il aurait aimé offrir à Joletta une autre chambre, assura-t-il, mais c'était impossible. La haute saison commençait de battre son plein, et l'hôtel était complet. Il ne restait pas le moindre cagibi libre. Ceci dit, il comprendrait très bien que Joletta préfère dormir ailleurs ; mais il ne pouvait lui assurer de trouver une chambre disponible dans un autre établissement à une heure aussi tardive.

Joletta répliqua qu'elle se contenterait très bien de celle-ci lorsqu'elle serait remise en ordre, et elle referma la porte sur le directeur, qui se confondait toujours en excuses sur le seuil. Son mal de tête avait ressurgi : elle avait dû répondre à tant de questions, et nier tant de fois qu'elle pût connaître le malfaiteur, ainsi que les raisons de ce vandalisme. Joletta n'aimait pas mentir. Il lui fallait quelques aspirines, et au plus vite.

— Vous ne pouvez pas demeurer ici, dit Rone en la regardant d'un air grave.

— Il le faut bien, répondit Joletta en s'efforçant de parler d'un ton léger. Vous avez entendu les propos du directeur?

— Il y a aussi des lits jumeaux dans ma chambre.

Joletta vit Rone s'emparer du grand sac à bandoulière déposé sur l'un des lits. Tout en lui respirait la volonté de rendre service.

— C'est très aimable à vous, dit Joletta, mais ce ne sera pas nécessaire.

— Je crois que c'est indispensable, au contraire. Avez-vous vu les dégâts? Les tentures et le matelas ont été lacérés au couteau. Qu'auriez-vous fait si vous aviez été seule ce soir? Et que feriez-vous si le cambrioleur revenait?

Joletta pressa ses poings contre ses tempes.

— Il ne reviendra pas, dit-elle en fermant les yeux.

— Qu'en savez-vous?

La tête lui tournait à présent, et ses idées s'embrouillaient. S'efforçant d'éviter le regard de Rone, elle tendit la main vers son sac pour y prendre ses médicaments.

Rone se leva de la petite table où il s'était appuyé, les bras croisés. Il se saisit du fourre-tout et en retira le flacon d'aspirines, qu'il agita devant elle.

— Est-ce cela que vous cherchez?

Joletta approuva de la tête, en silence. Rone se rendit à la salle de bains et lui rapporta un verre d'eau. Il attendit qu'elle ait bu quelques gorgées avant de poursuivre.

— Qu'est-ce qui vous fait penser qu'il ne reviendra pas?

Joletta le regarda, prit une autre gorgée et poussa un profond soupir.

— Je ne sais pas. Vous avez peut-être raison. Je n'en sais rien.

Joletta n'avait pas vraiment l'intention d'affirmer cela : c'est comme si les mots étaient sortis tout seuls de sa bouche. Elle fixa Rone, qui se taisait toujours. Elle s'était attendue à ce qu'il la questionne sur ses déclarations à la police. Elle s'était attendue à tout, sauf à ce silence délibéré et inquisiteur.

Elle soupira de nouveau.

— Le cambrioleur n'a pas découvert ce qu'il cherchait. Il doit bien se douter que je le porte sur moi.

— Exactement, rétorqua Rone. Alors, prenez vite vos affaires, et allons-y.

— Non, je vais fermer la porte et la fenêtre, et cela sera très bien ainsi. Je vous assure.

Joletta voulut hocher la tête pour ajouter du poids à ses mots, mais la douleur la paralysa.

Rone plongea ses yeux dans les siens.

— Vous ne devez pas avoir peur, vous savez. Je ne vous forcerai jamais.

Joletta sursauta légèrement, puis regarda le mur, le plancher, les lampes : n'importe quoi pourvu qu'elle ne fût pas obligée de croiser le regard de Rone. Sa voix l'avait saisie au ventre, et elle dut prendre une grande inspiration avant de répondre.

— Je ne vous soupçonnais pas non plus, dit-elle enfin.

— Alors, c'est réglé, conclut Rone.

Il se dirigea vers la salle de bains et entreprit de trier ses effets personnels.

— De quoi avez-vous besoin ? cria-t-il. Une brosse à dents ? une brosse à cheveux ? quoi d'autre ?

Joletta s'aperçut que l'insistance de Rone la soulageait. Elle aurait passé la nuit dans sa chambre s'il ne l'avait pas invitée mais elle n'aurait sans doute pas fermé l'œil. Par ailleurs, dormirait-elle mieux en allant chez Rone ? Elle le savait galant homme, et elle était à peu près convaincue qu'il n'avait eu aucune arrière-pensée en lui offrant l'hospitalité. Cependant, elle ne pouvait oublier le moment d'intimité qu'ils venaient de vivre sur la passerelle couverte. Tout de même, conclut-elle, il n'avait pu prévoir ce cambriolage !

Bien qu'aménagée dans le même style, la chambre de Rone était encore plus austère que celle de Joletta. Les deux lits jumeaux, adossés chacun contre un mur, formaient un angle droit. Rone désigna du doigt celui dans lequel il avait dormi la nuit précédente, et il déposa le sac de Joletta sur l'autre. Il se retourna ensuite vers elle, et un léger malaise s'établit entre eux. Joletta se demanda si Rone était aussi embarrassé qu'elle. Elle aurait aimé posséder une expérience plus vaste sur ce type de situations, et savoir exactement comment agir en de telles circonstances. Elle chercha quelque chose à dire pour alléger l'atmosphère, mais ne trouva rien de très spirituel ni de très amusant.

— La journée a été dure, dit finalement Rone. Vous pouvez passer à la salle de bains la première, si vous voulez.

Joletta lui jeta un coup d'œil et s'assit sur le lit, puis elle prit une profonde inspiration.

— Il y a une chose dont j'aimerais vous faire part, annonça-t-elle.

Elle s'arrêta, cherchant ses mots, et Rone s'installa dans l'un des fauteuils qui encadraient la fenêtre.

— Au sujet de votre cambrioleur ? demanda-t-il.

— Oui. Je pense que je vous dois des explications : je vous ai déjà attiré assez d'ennuis comme cela. Il a volé les

196

notes que j'avais prises depuis mon arrivée à Londres.

Elle expliqua rapidement ce qu'elle faisait, et pourquoi. Cependant, elle laissa quelques détails dans l'ombre, comme les soupçons que lui inspirait sa tante.

Rone l'écouta en silence, visiblement très attentif.

— C'est tout? dit-il après une longue pause et avec une nuance d'incrédulité.

— Comment cela?

— Êtes-vous sûre que c'est tout ce que ce type recherchait : les notes et le journal?

— Quoi d'autre?

— C'est à vous de me le dire. Pourquoi a-t-il éteint la lumière quand il vous a entendue arriver, et pourquoi vous attendait-il dans le noir, un couteau à la main?

Suffoquée par la surprise et par la crainte, Joletta resta muette.

— Apparemment, il vous croyait seule.

— En effet. Mais son intention n'était sûrement pas criminelle. Il a dû supposer que j'avais le journal sur moi.

— Comment cela? Je pensais que vous l'aviez laissé en sûreté à la Nouvelle-Orléans?

La voix de Rone était teintée à la fois de surprise, de mécontentement et d'amusement.

— Oui, répondit Joletta avec un sourire, mais j'ai emporté une photocopie.

Rone la regarda longuement, attentivement.

— Ainsi, je présume que vous allez continuer votre petite enquête, comme avant.

— Que voulez-vous que je fasse d'autre? Je peux facilement reconstituer mes notes, mais j'ignore même si cela en vaut la peine. Plus j'écris, plus j'ai l'impression que ces chiffres et ces détails ne signifient strictement rien.

— Êtes-vous sûre qu'il n'existe pas d'indication plus claire de la formule dans le journal?

— Oui, j'en suis sûre.

Rone leva les bras et les laissa retomber en signe

d'impuissance.

— Je ne voudrais pas vous décevoir, mais il me semble que vous vous illusionnez, et que ce voyage ne servira à rien du tout.

— Peut-être.

Joletta revit le regard de Mimi, et se rappela que sa grand-mère avait placé en elle toute sa confiance. Elle était son seul espoir pour retracer la formule.

— Ceci dit, poursuivit Rone, visiblement quelqu'un d'autre pense comme vous, et se montre prêt à tout pour mettre la main sur cette formule. Ce voleur à la tire, dans l'aéroport de Londres, et cette voiture folle, à Paris...

Joletta détourna la tête et fixa du regard la moquette de la chambre.

— J'essaye de ne pas y attacher trop d'importance, confessa-t-elle.

— Ce n'est pas comme cela que vous résoudrez le problème, rétorqua Rone d'un ton un peu sec.

— Non, mais je ne veux pas qu'ils parviennent à me faire peur au point de m'obliger à tout abandonner.

— Qui, « ils » ?

— Je ne sais pas, répondit-elle avec un haussement d'épaules.

Rone la regarda encore un long moment sans parler.

— Avez-vous songé à retourner chez vous et à tout laisser tomber ? demanda-t-il abruptement.

— Je ne peux pas.

— Pourquoi pas ? rétorqua Rone en essayant de maîtriser l'impatience qui grandissait en lui.

Joletta lui fit face brusquement.

— Je ne sais pas, répéta-t-elle d'une voix forte. Je ne sais pas : l'orgueil, l'entêtement, la curiosité peut-être. Ou le devoir. Appelez cela comme vous voudrez : quelle importance, de toute façon ?

Rone la fixa de ses yeux bleu sombre, comme s'il allait lui répondre sur le même ton et se jeter à corps perdu dans la dispute, puis lentement, il baissa la tête.

— D'accord, dit-il. Alors, j'aimerais vous aider.

— Vous vous êtes déjà beaucoup dévoué. D'ailleurs, c'est incroyable ! Vous avez toujours été présent au moment crucial.

— Je ne parle pas de cela. J'aimerais vous aider dans votre quête.

Joletta l'observa d'un air sceptique.

— Vous n'êtes pourtant pas du genre à prendre les illusions pour des réalités.

Rone sourit.

— Vous m'intéressez, et j'ai un grand faible pour les causes perdues. En outre, je n'ai rien de mieux à faire que de jouer les preux chevaliers, ces temps-ci.

— Ce n'est pas un jeu, Rone, répondit Joletta d'un ton plus grave.

— Je sais.

Son visage était ouvert et son regard clair. Il y avait quelque chose de si solide en lui, de si sûr, et en même temps, de si détendu. Joletta se jugea bien ridicule de rester sur ses gardes plus longtemps.

Elle sourit.

— Alors, puisque vous faites déjà partie du voyage de toute façon, pourquoi pas ?

Une ombre passa sur le visage de Rone, comme s'il allait dire quelque chose. Mais il se ravisa.

— Nous commencerons notre quête dès demain matin. Pour le moment, à la douche, et les dames d'abord.

Quand il entendit l'eau couler dans la salle de bains, Rone se leva lentement et se dirigea vers la fenêtre. Il écarta les lattes du store pour regarder à l'extérieur, et fixa d'un œil hagard les corniches qui ornaient la façade de l'immeuble d'en face. Son désir était exaucé. Pourquoi n'était-il pas plus heureux ?

Elle lui accordait une telle confiance. Vraiment ? Il la sentait pourtant encore un peu rétive. Cela le mettait mal à l'aise, du reste. Il se demanda ce qu'elle découvrait en le regardant de ses grands yeux noisette.

Il voulait tout connaître d'elle.

Et il ne voulait pas lui faire de mal. Quelques minutes auparavant, il avait été sur le point de s'expliquer, de tout avouer. Mais c'était trop risqué, et il avait préféré se taire.

Qu'allait-il décider à présent?

D'abord, il ne faudrait plus l'embrasser. Il devait rester dans son lit, de son côté, dans la chambre. Et il ne devait plus la regarder d'aussi près. Il ne l'approcherait que lorsque cela s'avérerait tout à fait indispensable, et il s'en éloignerait le plus vite possible. Et il fallait aussi ne plus rêvasser en contemplant les couples de cygnes.

Il avait commis une grosse erreur, ce soir, sur la passerelle. Il le savait depuis le début, d'ailleurs, mais il n'avait pu résister. Il était dangereux de se tenir trop près d'elle : voilà ce qu'il devait se dire et se répéter sans cesse.

Le cambrioleur l'avait surpris. Rone n'était pas préparé à une telle éventualité. Il aurait mieux valu amener Joletta au bout du couloir, et revenir seul à la chambre.

Ce voleur armé était un dingue, et constituait une réelle menace. On en entendrait parler en haut lieu.

D'ici là, il fallait payer les dégâts perpétrés dans l'autre pièce. Et cela lui revenait.

Ainsi, elle gardait le journal dans son sac à bandoulière. C'était bien ce qu'il imaginait. Il tourna la tête et examina le gros sac de cuir souple posé sur le lit. Il jeta un rapide coup d'œil à la porte de la salle de bains pour vérifier si elle était bien fermée, puis il s'approcha du sac. Il le fouilla, et y trouva enfin une liasse de feuilles retenues par un élastique.

Il souleva la première page avec précaution. L'écriture était surannée, presque illisible. Comment ces feuillets apparemment anodins pouvaient-ils soulever tant de tumulte et de violence? Peut-être l'inviterait-elle à lire le journal, plus tard. Et si elle ne le lui proposait pas, il devrait s'arranger pour, malgré tout, en prendre connaissance.

200

Le bruit de l'eau cessa. Rone remit le journal dans le grand sac, et alla s'allonger sur son lit, les deux mains nouées sous la nuque. Il était là, contemplant tranquillement le plafond, quand Joletta sortit de la salle de bains dans un nuage de vapeur.

Elle s'était brossé les cheveux, et ils retombaient en vagues mouillées et ondulées autour de son visage rose et frais, nettoyé de toute trace de maquillage. Les pieds nus, elle ne portait apparemment rien sous sa chemise de nuit de soie turquoise. La soie chatoyante épousa magnifiquement les contours arrondis de son corps tandis qu'elle se dirigeait vers la commode pour y ranger les vêtements dont elle venait de se débarrasser.

— La salle d'eau est libre ! s'exclama-t-elle en souriant.

Rone sursauta, et dut se faire violence pour revenir sur terre et dissimuler son trouble.

Quel plan ridicule ! Cela ne marcherait jamais. Cependant, le vin était tiré, et il faudrait le boire jusqu'à la lie.

Il se demanda s'il allait ou non prendre une douche. Peut-être devrait-il garder son vieux chandail imprégné de sueur et de poussière. Joletta était si propre, si désirable, si douce et si fraîche, jamais il n'oserait s'approcher d'elle avec son pull crasseux : tout lui semblait bon pour éloigner la tentation.

Non, il ne pouvait quand même pas dormir avec ce chandail, ce serait insupportable. Une grande douche bien froide le calmerait tout aussi bien.

Joletta était déjà endormie quand il termina ses ablutions. Ou du moins, si elle ne dormait pas, elle faisait très bien semblant : un bras replié au-dessus de la tête, les joues ombragées par les cils, et la poitrine qui s'élevait et s'abaissait régulièrement.

Rone avait oublié son pyjama dans la chambre. Resserrant sa serviette de toilette autour de ses reins, il s'agenouilla près de sa valise et entreprit d'en retirer un bien repassé, réservé pour les cas d'urgence.

Il se releva et s'approcha du lit de Joletta, comme

aimanté. Il s'agenouilla lentement près d'elle. La lumière de la salle de bains projetait un halo jaunâtre sur son visage. Elle avait l'air si fragile. Il grimaça en voyant les contusions et la petite coupure qui subsistait près de la racine des cheveux. Il avança la main pour lui caresser le visage, puis il retint son geste. La douceur de sa peau et les courbes douces de sa bouche semblaient irradier, soulevant des vagues de chaleur en Rone. Il se demanda comment elle réagirait s'il s'allongeait près d'elle et la réveillait d'un baiser.

Il se redressa. Lui qui avait pris de si bonnes résolutions, voilà qu'il rêvait déjà de succomber à la tentation.

Il se releva si brusquement que son genou craqua. Rone se raidit et resta immobile, craignant que Joletta ne s'éveille et le surprenne à son chevet.

Quelques instants passèrent. Rone tituba légèrement : il était si fatigué. Il lui semblait n'avoir pas vraiment dormi depuis des années. Et plusieurs années pouvaient s'écouler encore avant qu'il ne retrouve un profond sommeil.

Il retourna à la salle de bains et y enfila rapidement son pyjama. Il éteignit ensuite la lumière et revint à pas précautionneux vers son lit. Il se glissa sous le duvet et s'étira.

Il demeura immobile et silencieux un long moment dans le noir, tendant l'oreille. Il n'entendait plus respirer Joletta. Était-elle si tranquille, vraiment? Et si elle s'était éclipsée? Il leva la tête, et fixa le lit, les yeux grands ouverts dans le noir.

Elle était toujours là. Toujours endormie, et toujours aussi belle.

Le lendemain matin, naturellement, deux des veuves les plus commères du groupe les virent sortir ensemble de la chambre de Rone.

Certes, ils auraient pu facilement éviter cette déconvenue : au moment où les deux femmes les avaient surpris, ils avaient déjà pris leur petit déjeuner, et fait une petite promenade dans le quartier. Mais le groupe quittant l'hôtel le matin même, ils étaient aussi revenus dans la chambre de Joletta pour y prendre sa valise et ses autres affaires. Joletta avait voulu y aller seule, mais Rone avait insisté pour porter son sac de toile et sa grande valise de cuir noir.

Quelques sourires en coin s'allumèrent quand ils montèrent dans l'autobus. Rone ne les remarqua pas, ou les ignora. Joletta eut plus de mal à jouer l'indifférence. Cela la dérangeait de savoir que les gens comméraient dans son dos, et peut-être même l'imaginaient au lit avec Rone. Sans être prude, pour elle, certaines intimités relevaient strictement du domaine privé.

Quand ils s'assirent, Joletta crut distinguer qu'une ou deux vieilles dames regardaient Rone avec une certaine lueur d'admiration dans leurs yeux presque éteints. C'est vrai qu'il était beau ! Rasé de frais, les yeux encore un peu embrumés de sommeil et le sourire aimable, Rone resplendissait.

Avec ses épaules larges et ses longues jambes, les sièges de l'autobus étaient un peu trop étroits pour lui, et il empiéta pendant quelques secondes sur celui de Joletta. Mais il reprit bien vite sa place, et s'excusa avec tant de grâce que Joletta ne put s'empêcher d'en être amusée. Sentant son épaule contre la sienne, et consciente des regards qui pesaient sur eux, Joletta se surprit à rêver si Rone était un bon amant. Elle l'imaginait galant, courtois et respectueux, plein d'humour, sûrement, et certainement très imaginatif. Elle sourit.

— Que se passe-t-il? demanda Rone.

— Rien, répondit-elle en rougissant. Vous n'avez pas trop chaud? Non? Je me suis sûrement habillée trop chaudement, ce matin. Ou bien, le soleil qui frappe contre la vitre est trop fort.

Ils partaient pour l'Italie. Ils déjeuneraient à Lugano, un peu avant la frontière. L'autobus les déposa près d'un lac, et le guide leur indiqua quelques restaurants et cafés qui bordaient les rues. Rone et Joletta mangèrent des aubergines au parmesan et, pour fêter leur arrivée prochaine en Italie, ils burent du vin rouge de Toscane. Puis, ils déambulèrent dans la petite ville et finirent par entrer dans un parc public.

Blotti derrière un mur de pierre et une haie de conifères, le parc avait dû appartenir à des particuliers. D'ailleurs, il abritait un manoir en son centre. Il longeait les courbes du lac, et les oiseaux y chantaient avec tant de gaieté que les bruits de la rue ne leur parvenaient même plus. Planté d'arbres très anciens et de toutes sortes, il sentait bon les Alpes. Il se nichait au creux d'un paysage serein, où les montagnes ennuagées se détachaient sur un ciel bleu gris.

Le soleil était chaud, malgré l'ombre fraîche que projetaient les arbres. L'air était gorgé des parfums des parterres de fleurs. Sur le bleu impassible du lac, un bateau à moteur passa soudain à toute vitesse, semant derrière lui un panache d'écume blanche.

Joletta se promena parmi les rhododendrons et les azalées, s'arrêta pour prendre quelques photos des parterres de pensées et des fleurs grimpantes, et se demanda si Violette avait visité ce jardin, et s'y était reposée. Existait-il déjà cent ans plus tôt ? Il faudrait vérifier. Joletta avait sauté quelques passages du journal lors de sa première lecture, se promettant d'y revenir plus tard. Mais son accident, ses maux de tête et la présence constante de Rone à ses côtés l'en avait jusque-là empêchée.

Ils avaient encore une demi-heure, avant de rejoindre le groupe. Cependant, ils devraient se montrer ponctuels. Le guide avait bien averti tous les membres de revenir à l'heure prévue s'ils ne voulaient pas que l'autobus parte sans eux. Pour l'instant, Joletta et Rone avaient bien le temps. Ils prirent place sur un banc et admirèrent le lac, savourant la chaleur du soleil et la fraîcheur de la brise sur leurs visages. Joletta ouvrit son sac et en retira quelques pages du journal.

Violette et Alain s'y aimaient avec ardeur. Violette décrivait longuement les caresses enflammées et les murmures soyeux qu'ils s'échangeaient, ainsi que les roses innombrables qu'Alain lui offrait. Elle avait raturé certains mots, et laissé des tirets à plusieurs endroits, permettant à l'imagination de compléter son compte rendu. Ce mystère rendait la lecture parfois difficile, et souvent frustrante.

Joletta s'aperçut soudain que Rone lisait par-dessus son épaule. Elle pressa vivement les pages du journal contre sa poitrine, pour les soustraire à sa vue.

— Pourquoi faites-vous cela? demanda-t-il d'un ton surpris. J'arrivais justement au passage le plus croustillant.

Joletta avait agi par instinct, pour se protéger. Elle se reprochait à présent la puérilité de son geste. Elle se leva et remit les feuilles dans son sac.

— Je ne sais pas... dit-elle. Par habitude, sans doute.

— Si vous voulez mon aide, il faudra bien que vous me laissiez lire ce qui est écrit là-dedans.

— Je sais. Mais attendons d'avoir plus de temps devant nous.

Rone n'insista pas, ce dont elle lui fut reconnaissante. Ils reprirent leur marche et s'approchèrent d'un long parterre de pensées d'un violet profond, presque noir. Joletta s'arrêta quelques instants, et se plut à observer les pétales de velours qui dansaient dans la brise.

Elle cherchait un moyen d'apprivoiser graduellement Rone au style du journal.

— Connaissez-vous le langage des fleurs? demanda-t-elle.

— Un peu. Le myosotis, c'est : « ne m'oubliez pas », n'est-ce pas?

Joletta sourit en approuvant de la tête.

— Le langage des fleurs était très prisé à l'époque de la reine Victoria. Dans son récit, Violette l'emploie constamment pour parler de son amour. Les pensées signifient : « je pense à vous », naturellement.

— Croyez-vous que le langage des fleurs puisse avoir un rapport avec la formule que vous cherchez?

— J'y ai songé, mais je ne vois pas vraiment.

— Prenons le langage des roses, par exemple... dit Rone.

Il la regarda en souriant d'un air taquin. Joletta comprit qu'à l'instant où elle l'avait surpris, il lisait depuis un long moment déjà par-dessus son épaule.

— Les roses, c'est l'amour, répondit-elle. Et alors?

— Alors, rien, rétorqua-t-il.

Elle lui lança un œil moqueur. Cependant, Rone ne semblait pas attacher trop de sérieux au contenu du journal et cela, étrangement, la rassura. Il attendait, apparemment, qu'elle lui en parle de son propre gré.

Ils étaient revenus vers le lac, et ils en longeaient le bord. Plus loin, devant eux, s'élevaient de hauts buissons aux feuilles brillantes et foncées, et aux fleurs d'un corail vif.

— Est-ce que ce sont des azalées? demanda Rone.

— Peut-être.

— Allons voir.

Il accéléra le pas, et se dirigea vers le buisson. Joletta jeta un coup d'œil inquiet à sa montre. Il était temps de partir. Elle courut derrière Rone pour le rattraper.

En fait, c'était un rhododendron, derrière lequel se dissimulaient des parterres entiers de muguet, ainsi qu'un jardin de pierres qui comptait des milliers de petites fleurs roses et jaunes. Près du jardin de pierres, un tout petit garçon avançait d'un pas hésitant, et parlait tout seul en poussant un gros ballon bleu. L'enfant était blond clair et ses yeux d'un bleu très pâle dégageaient quelque chose d'inquiétant. Il trottinait vite, malgré sa maladresse. Il éclata de rire soudain, manifestant une joie presque insoutenable. Ses parents assis non loin, surveillaient un autre bébé dans une poussette, tout en dégustant des cornets de crème glacée.

L'enfant donna un coup de pied au ballon, qui s'envola vers le lac. Rone s'élança pour l'intercepter, et il l'envoya au petit garçon.

Celui-ci le lui renvoya à son tour, et une partie effrénée s'engagea. Rone se jetait sur le ballon comme s'il disputait un match de niveau mondial. Le petit garçon poussait des hurlements de joie, et Joletta riait comme elle n'avait pas ri depuis longtemps.

Ils manquèrent l'autobus. Ils avaient aperçu certains de leurs compagnons de voyage quelques minutes plus tôt, dans le parc. À présent, ils étaient tous partis, et l'autobus aussi.

Le guide avait bien dit et répété que les retards traduisaient un manque de respect envers les autres membres du groupe, et perturbant souvent les horaires, et compromettant les réservations. Il avait bien mentionné aussi que l'autobus n'attendrait pas les retardataires, ceux-ci ayant à se débrouiller tout seuls pour rejoindre le groupe à la prochaine étape. Il accordait toujours un délai de grâce de dix minutes environ, mais pas davantage.

Rone et Joletta avaient près d'une demi-heure de retard.

— Cela ne fait rien, dit Rone. Nous allons louer une voiture, et nous les rattraperons à Venise, ou même à Florence.

— Nos valises sont dans l'autobus, fit remarquer Joletta.

— Nous rachèterons ce dont nous avons besoin... et nous « voyagerons léger » !

Joletta lui lança un regard soupçonneux.

— Vous êtes très content que nous ayons manqué l'autobus, n'est-ce pas ? C'est ce que vous vouliez depuis le début, du reste : louer une voiture, et abandonner là le groupe, le guide, et le chauffeur !

— C'est vrai que la formule me paraît plus intéressante, convint Rone prudemment.

— Vous l'avez fait exprès, s'exclama Joletta d'une voix plus ferme.

Il la regarda longuement avant de répondre.

— Et même si c'est le cas ?

— Mais pourquoi ? Pourquoi faites-vous cela ?

— J'avais le sentiment que vous n'étiez pas très à votre aise, avec moi dans ce bus. Est-ce que je me trompe ?

— Ah, très bien ! Dites tout de suite que c'est pour me faire plaisir que nous avons manqué l'autobus !

— Pour me faire plaisir aussi...

L'entendant parler d'une voix si calme, Joletta sentit ses nerfs se crisper davantage, et sa colère s'enflammer.

— À l'aise ou mal à l'aise, rétorqua-t-elle, qui vous dit que j'avais envie de quitter le groupe ?

— Il est un peu tard pour le rejoindre aujourd'hui, de toute façon.

Rone se montrait décidément très calme, et très souriant. Et en effet, pourquoi ne sourirait-il pas? pensa-t-elle avec amertume. Il avait obtenu exactement ce qu'il voulait.

12

Le 16 juin 1854

Avant, je me considérais comme une femme vertueuse. Je sais maintenant qu'au cœur de toute femme vertueuse se niche une femme voluptueuse et passionnée. Je viens de me découvrir sensuelle et rusée. Comment aurait-il pu en être autrement ?

Quelle folie de penser que nous n'agissons toujours que selon nos désirs et nos intérêts. Je pensais que si je me donnais à Alain un jour, ce serait par amour. Je n'aurais jamais cru que la colère aussi pût m'y pousser.

Violette revit les deux hommes quand Alain lui tendit la main pour l'aider à monter dans le fiacre qui la ramènerait à son hôtel. Ils se tenaient dans l'ombre d'une porte cochère, à quelques maisons de chez la comtesse. L'un d'eux se tourna pour les regarder quand il les entendit. Il dit quelques mots à son comparse, et les désigna du doigt. Sans tarder, les deux hommes se dirigèrent vers un fiacre noir stationné plus loin. La voiture de Violette et d'Alain démarra ; celle des deux individus les suivit. Elle se fraya difficilement un chemin parmi les voitures des invités du bal, en attente de part et d'autre de la rue. Cependant, elle rejoignit Violette et Alain au coin de la rue, et se mit à les suivre à quelque distance.

— Avez-vous remarqué ? demanda Violette. Ces hommes nous suivent de nouveau.

Une ombre passa sur le visage d'Alain quand il se retourna pour regarder, par la fenêtre ovale qui s'ouvrait dans le fond de leur fiacre, la voiture qui les suivait.

— Pensez-vous... commença Violette. Pensez-vous que c'est Gilbert qui leur a dit de nous filer ? Sûrement pas, n'est-ce pas ? Il n'aurait guère eu le temps d'engager ces hommes. Mais alors, qui cela peut-il bien être ?

Alain ne répondit pas, mais il la fixa longuement dans la pénombre de la voiture. Puis il regarda de nouveau devant lui, et prit la main de Violette dans les siennes, la gardant très serrée entre ses doigts, comme s'il voulait qu'elle ne le quitte jamais. Son silence accentua encore l'inquiétude de Violette.

Elle sentit son cœur battre plus vite, et la sensation de l'étoffe du manteau d'Alain contre sa peau la fit presque crier. La chaleur semblait irradier de son corps par-delà les dentelles et la soie de sa robe. Un grondement résonnait au fond d'elle, s'accroissant à mesure que s'aggravait le mal de tête qui lui martelait les tempes. Elle en fut presque étourdie. Les pensées semblaient se bousculer dans son esprit, et elle ouvrit la main qu'Alain avait prise dans les siennes.

— Vous tremblez, dit-il.

— Un peu.

— Avez-vous froid ?

— Non, je n'ai pas froid. Est-ce que l'autre voiture nous suit toujours ?

Alain tourna la tête, jeta un coup d'œil rapide par la fenêtre, et hocha la tête en signe d'assentiment.

— Et si Gilbert nous avait fait surveiller depuis le début ? demanda Violette.

— C'est possible, convint Alain à voix basse, mais je préfère ne pas envisager cette éventualité.

— Moi non plus, répondit-elle. Cependant, il faut voir les choses en face. Qu'allons-nous faire ?

— Nous avons plusieurs possibilités, avança Alain avec

une trace de désespoir dans la voix. Je pourrais finir votre portrait au plus vite, et nous cesserions de nous voir. Vous redeviendriez une épouse dévouée, et vous ne sortiriez plus de votre chambre qu'escortée de votre mari. Ou je pourrais quitter Paris. Ou vous pourriez partir.

— Non, répondit-elle d'une voix ferme.

— De toute façon, si c'est votre mari qui a engagé ces deux hommes, que craignons-nous ? Ils peuvent bien rapporter tout ce qu'ils nous ont vus faire, nous n'avons rien à nous reprocher. N'est-ce pas ?

— À moins que nous puissions les perdre dans les ruelles, ajouta Violette.

— Pour quelle raison ? Qu'ils nous suivent si cela les amuse, ils verront bien que vous rentrez sagement à votre hôtel.

— À moins que je n'y rentre pas.

Un silence s'abattit entre eux. Les doigts d'Alain se refermèrent en une crispation sur les siens, puis relâchèrent leur étreinte quand il s'aperçut de son geste. Il la fixa d'un regard profond.

— Et où iriez-vous ? demanda-t-il lentement.

— Je ne sais pas, répondit-elle en baissant les yeux. Où pourrais-je me cacher pour être en sécurité ?

— Violette...

Ce simple mot était gorgé de passion.

— Je ne veux plus que Gilbert surveille mes moindres faits et gestes, qu'il sache toujours ce que je fais, où je suis, et avec qui.

Le silence retomba. Alain parla ensuite d'une voix franche et comme précipitée.

— Je vais sûrement m'attirer des milliers d'ennuis, dit-il, mais tant pis ! Moi non plus, je ne peux plus le supporter.

Alain se pencha pour donner un ordre bref au cocher, et leur voiture partit à vive allure dans les rues désertes. Violette lui saisit le bras et le serra très fort. Elle prit une profonde inspiration et sentit les baleines de son corset s'imprimer sur sa peau. Il lui passa le bras autour de la taille et elle appuya délicatement sa tête contre son épaule, en fermant les yeux.

Violette se demandait comment Alain réussirait à perdre leurs poursuivants. Les rues de la vieille ville étaient étroites, et laissaient bien peu de possibilités d'évasion. Cependant, Alain dirigeait le cocher avec précision dans l'entrelacs des rues. Ils débouchèrent enfin sur une avenue plus large, bordée d'arbres, aux limites de la ville. Elle était presque aussi encombrée de voitures que la rue de la comtesse de Fourier, et le fiacre eut quelque difficulté à s'y frayer un chemin. Visiblement, une soirée brillante battait son plein dans le grand château qui s'élevait parmi les platanes. Alain ordonna au conducteur de s'arrêter.

— Où sommes-nous ? demanda Violette.

— Chez les Pontalba. La belle-fille du baron donne également un bal ce soir, et elle a eu la gentillesse de m'y inviter.

Alain ouvrit la portière du fiacre et en descendit, puis il aida Violette à en descendre à son tour. Il demanda au cocher de continuer à rouler, et de s'arrêter un peu plus loin, comme si ses passagers avaient décidé d'aller à la fête. Tandis que le fiacre s'éloignait, Alain entraîna Violette parmi les autres équipages.

Elle entendit l'autre voiture, celle des deux hommes, qui approchait. Alain s'arrêta devant une voiture brune, au grand soulagement de Violette. Il ouvrit la portière et la fit monter, puis il appela l'homme en livrée qui, s'éloignant d'un groupe de conducteurs en train de discuter, avait sauté sur le siège avant, prêt à partir.

— Vous direz à votre maître que j'ai besoin de sa voiture, dit Alain. C'est une urgence. Il pourra prendre la mienne, à condition de me la ramener tôt demain matin.

— Ah ! Monsieur Massari ! s'exclama le conducteur à voix basse. J'aurais dû me douter que c'était vous. Monsieur sera très honoré de vous rendre service.

Alain inclina rapidement la tête et bondit dans la voiture en refermant la porte derrière lui.

— Elle appartient à un ami, expliqua-t-il à voix basse à Violette. Un homme qui comprend très bien certaines choses.

— Sans doute, s'il ne s'offusque pas que vous lui empruntiez sa voiture sans le lui demander.

— Il a emprunté la mienne à plusieurs reprises, et pour des motifs moins sérieux.

Ils se turent tous deux et se renfoncèrent dans le coin le plus sombre du fiacre : la voiture noire passa près d'eux. Ils virent les deux hommes surveiller la voiture d'Alain, que le conducteur allait stationner plus loin. Ils s'arrêtèrent quelques mètres derrière. Personne n'en descendit. Ainsi qu'Alain l'avait prévu, les deux hommes pensaient qu'il s'était rendu avec Violette au bal des Pontalba.

De longues minutes passèrent. Après une attente qui leur parut une éternité, le cocher d'Alain, qui s'était faufilé par l'arrière de la maison, surgit brusquement de l'ombre et sauta sur le siège. Quelques secondes plus tard, la voiture brune démarrait, emmenant Violette et Alain loin du bal des Pontalba. Quand elle dépassa celle des deux hommes, Alain lui tourna le dos résolument et prit Violette dans ses bras. Cette étreinte leur permettrait, expliqua-t-il à voix basse, de bloquer la vue des deux poursuivants tout en évitant d'éveiller leurs soupçons : ils croiraient avoir affaire à deux amoureux s'éclipsant de la fête pour se retrouver seuls.

Et n'était-ce pas précisément ce qu'ils étaient? pensa Violette en appuyant son front contre le cou d'Alain.

La rue où habitait Alain était vide quand leur voiture s'y engouffra. Ils descendirent à quelques maisons de chez lui, pour ne pas attirer l'attention. Ils marchèrent ensuite lentement jusqu'à sa porte, ce qui contrastait étrangement avec la frénésie et le fracas de ces dernières heures. En même temps, tout cela semblait parfaitement naturel à Violette : quoi de plus normal que de rentrer à la maison avec l'homme aimé?

La gouvernante leur ouvrit la porte, et ne put réprimer un sursaut quand elle aperçut Violette. Cependant, elle ne parla que du vin, du fromage et des noix qu'elle avait préparés dans le studio pour le retour de son maître. Comme Alain la remerciait, elle s'en alla vers la partie de la maison réservée aux domestiques, non sans jeter un dernier coup d'œil à Violette.

Violette et Alain gravirent les escaliers. Leurs pas étaient fermes, comme s'ils obéissaient à une décision prise d'un commun accord. Alain, la main sous le coude de Violette, la soutenait sans la presser.

Violette cessa de penser à ce qu'elle était en train de faire. Il était inévitable, somme toute, qu'ils se retrouvent un jour chez lui à une telle heure. Leurs rencontres précédentes n'avaient été en définitive qu'un long prélude.

Posée près de la cheminée, une seule bougie éclairait la pièce. Quand Alain eut refermé la porte derrière eux, ils se regardèrent longuement dans cette lumière irréelle. Violette sentit son cœur s'accélérer, battre comme un oiseau enfermé dans la cage de son corset. Ses yeux reflétaient son agitation, mais aussi sa résolution. Aussi déterminée qu'une novice face à l'autel, Violette attendait.

Alain s'éloigna d'elle pour aller ajouter d'autres bougies, plus fines, à celle qui brûlait déjà. Il les disposa dans le grand chandelier placé dans le coin de la pièce. Les flammes qui dansaient illuminaient son visage d'or, d'orange et de bleu, lui donnant l'allure d'une statue de bronze.

Violette se mit à douter. Elle fit un pas vers l'avant.

— N'approchez pas, dit Alain à voix basse, mais d'un ton sans appel.

— Que se passe-t-il?

Alain se dirigea vers le plateau qui portait des verres et une bouteille de vin. Il adressa un sourire un peu crispé à Violette, avant de verser le vin dans les verres. Il garda ses yeux rivés sur la bouteille tandis qu'il se remettait à lui parler.

— Un éclair de lucidité, ou de culpabilité. Je devrais être pendu pour vous avoir incitée à agir ainsi.

Le sang battit aux tempes de Violette.

— Si culpabilité il y a, dit-elle, je la partage entièrement.

— Non. Je vous ai séduite pour divers motifs : certains

sont purs, d'autres ne le sont pas. Mais surtout, je vous ai séduite à cause de l'immense désir que j'éprouve pour vous. J'aurais dû me maîtriser. Rien n'excuse ma conduite irresponsable.

— Quelle conduite irresponsable ?

Violette ne comprenait pas exactement ce qu'Alain voulait dire. Il lui semblait qu'il lui cachait quelque chose, ou qu'il essayait de lui communiquer un secret qu'elle n'entendait pas.

— Il faut redoubler de prudence quand le risque est aussi grand, dit-il.

— Qui court un risque ? Vous ou moi ?

— Vous, répondit-il avec une certaine dureté dans la voix. Vous seule, car voilà bien longtemps que j'ai accepté de courir le risque qui m'incombe.

— Alors, puis-je faire moins que d'accepter le mien ? demanda Violette avec un sourire.

— C'est impossible. C'est votre sécurité qui est en jeu.

Pensait-il que Gilbert lui ferait du mal s'il apprenait ce qui s'était passé ? Quelque chose lui disait que ce n'était pas cela qui inquiétait vraiment Alain. Cependant, Violette n'arrivait pas à déterminer la cause de son inquiétude. Après tout, quelle importance ?

— Comment pourrais-je songer à ma sécurité quand je suis ici, avec vous ? demanda-t-elle doucement. Comment m'en préoccuper et rester digne de... de ces roses que vous m'offrez ?

Elle porta la main à son corsage, et toucha du bout des doigts les pétales froids du bouton de rose qu'elle y avait attaché. Alain comprit tout de suite ce qu'elle insinuait et, mû par l'impulsion, il fit un pas vers elle.

— C'est moi qui ne suis pas digne de votre amour, Violette, dit-il d'une voix tremblante. Mais je vous aimerai toujours.

Comme elle tendait la main vers lui, le bouton de rose se détacha de l'échancrure de sa robe et glissa le long de ses jupes. Ses pétales s'éparpillèrent sur le tapis, comme des gouttes de sang.

Violette ne put réprimer un cri de douleur et de peur.

Le visage d'Alain se crispa, comme s'il tentait de se dominer. Mais, un instant plus tard, il était près d'elle.

Il la serrait dans ses bras en lui murmurant à l'oreille.

— Ce n'est pas grave, ma chérie. Je te ferai un chemin de roses, un lit, une maison de roses si tu veux. Tu auras des roses près de toi tous les jours.

— Et toutes les nuits? murmura-t-elle.

Il la porta jusqu'au divan.

— Et toutes les nuits, répondit-il.

Il la déposa parmi les draperies de soie qui recouvraient le divan, et qui représentaient des jardins persans. Il retira une à une les épingles qui retenaient ses cheveux. Les mèches ondulées tombèrent en silence sur ses épaules. Alain les répartit doucement autour de son visage, la regardant avec amour et émerveillement. Il lui prit alors la tête entre ses mains, et déposa un baiser sur ses lèvres.

Pour Violette, ce fut aussi doux qu'une bénédiction, et aussi flatteur qu'un hommage. Puis Alain se recula et s'allongea près d'elle. Du bout des doigts, elle dessina le contour de ses lèvres.

— Je voudrais, dit-elle avec un léger soupir, je voudrais toujours rester aussi pure pour toi.

— Et tu me laisserais seul dans l'obscurité de mon ignorance? Nous ne devons pas avoir peur, ni nous sentir coupables. Et ce n'est que par amour que nous pouvons nous donner l'un à l'autre.

Elle l'aima alors plus fort qu'elle ne l'avait jamais aimé, et elle désira s'offrir à lui comme jamais elle ne s'était offerte à un homme. Il le ressentit, et l'embrassa tendrement sur la tempe. Ils se tinrent très serrés l'un contre l'autre un long moment, attentifs aux seuls battements de leurs deux cœurs.

Alain relâcha Violette doucement, tout en continuant de couvrir de caresses son front, ses paupières et ses pommettes. Il chercha ses lèvres douces et y appuya les siennes.

Violette s'ouvrit à lui et toucha sa langue du bout de la sienne. Elle voulait le goûter, le connaître, le comprendre dans son corps et dans son esprit, et se perdre en lui. Son désir était si fort qu'elle craignit de choquer Alain s'il en mesurait la puissance. Mais il enflammait Violette comme le meilleur des vins, et elle referma ses mains sur les épaules d'Alain en un geste d'abandon.

Alain fit glisser ses mains dans le dos de Violette qu'il dénudait graduellement en détachant les minuscules boutons qui fermaient sa robe. Le contact des mains de son ami sur sa peau, sembla à Violette d'une intimité extrême. Elle promena ses doigts le long du col de sa veste, et entreprit de la déboutonner.

Il fit tomber une manche de sa robe, amenant à la lumière des bougies la colonne délicate de sa nuque. Il l'embrassa à la base du cou, savourant sa douce fragilité, et éprouvant de ses lèvres le sang qui battait sous la peau. Puis, doucement, il lui caressa le bras nu et la poitrine. Elle ne put réprimer un petit gémissement de plaisir. Enhardi, Alain déposa une gerbe de baisers brûlants sur la dentelle de ses dessous, et sur les courbes chaudes qui s'élevaient par-dessus son corset. Il approcha la bouche du sommet de son sein.

Noyée de désir, Violette enfonça ses doigts dans la chevelure ondulée d'Alain, et dut se faire violence pour ne pas l'attirer brutalement à elle. Il abaissa l'autre manche de sa robe, faisant jaillir la nuée des dentelles qui formaient ses dessous. Comme il s'écartait légèrement d'elle pour l'aider à retirer ses propres vêtements, elle poussa un petit cri de protestation. Elle admira la beauté de son corps viril et puissant. Elle voulait tout connaître de lui.

Elle dut venir à sa rescousse pour enlever son corset en le pressant contre sa taille tandis qu'il en détachait les agrafes. Le corset avait laissé des marques rouges sur la peau de Violette, et Alain les effaça par des caresses et des baisers. Ils étaient allongés nus l'un près de l'autre à présent, et Alain explorait de ses doigts la peau lisse du ventre de Violette, puis le triangle doux qui s'ouvrait entre ses jambes. Sa bouche descendit le long du ventre de Violette.

Elle serra les yeux très fort, cherchant à refermer ses cuisses pour l'éloigner, tant son plaisir était grand. Mais Alain gardait sa bouche contre les douceurs de son sexe, et il l'entraîna vers des sommets de plaisir qu'elle n'avait jamais gravis. Graduellement, elle s'offrit à lui, et son plaisir s'accroissait chaque fois. Désireuse de s'abandonner complètement, elle amena Alain en elle.

Il la pénétra avec douceur et passion, et ils restèrent immobiles un long moment.

Violette sentit l'incroyable fureur du désir jaillir de son être et la submerger. Elle en trembla, tandis qu'elle caressait le dos d'Alain. Sous sa peau, elle sentait la tension de l'homme qui retient son plaisir pour le faire durer. Elle ne put empêcher qu'un râle de plaisir et de détresse surgisse de sa gorge.

Il se redressa au-dessus d'elle, portant l'extase à son apogée, mais il se contint encore, pour la satisfaire plus longtemps. Elle s'agrippa à lui de ses mains et, l'attirant plus profondément en elle, elle fit éclater un ouragan de plaisir qui les submergea tous deux.

Plus tard, drapés dans des châles de soie frangée, ils regardèrent par la fenêtre et respirèrent l'air frais de la nuit en admirant le ciel qui dominait Paris. Ici et là, quelques lumières brillaient dans la nuit. Des colliers de lumières, or et argent comme des perles exotiques, longeaient les courbes de la Seine. D'autres réverbères, solitaires, semblaient veiller sur quelque secret. Paris miroitait doucement, et baignait dans une lueur gris bleu qui adoucissait les arêtes des bâtiments. C'était une sorte d'aube avant l'aube. Mais le soleil poindrait bientôt, trop tôt pour les deux amoureux.

— Voilà le souvenir que je veux garder de Paris, dit Alain d'une voix basse et douloureuse. Et voilà le souvenir que je veux garder de toi : belle et chaude, les cheveux dénoués.

— Non, s'il te plaît.

Violette se retourna vers lui, se blottit contre sa poitrine, et appuya ses doigts sur sa bouche pour le faire taire. Les mots qu'il prononçait annonçaient déjà leur séparation, et Violette ne voulait pas s'y résoudre.

Il lui saisit la main et l'embrassa, puis il la posa contre son cœur en respirant profondément comme s'il allait plonger dans une autre vie. Il relâcha sa main et lui caressa la taille avec fougue, comme pour tout retenir d'elle.

— Tu es tellement belle, si adorable, et si aimante... murmura-t-il. Je t'aime, je t'aime jusqu'au tréfonds de mon âme. Depuis que je t'ai vue, je n'ai cessé de t'aimer. Crois-moi, crois-moi, je t'en prie. Quelquefois, quand je te peignais et que je te regardais sur l'estrade, je devais me contenir pour détourner les yeux, me rappeler nos contraintes, et poursuivre mon travail. Si je ne m'étais pas maîtrisé, je me serais précipité vers toi et je t'aurais prise sur l'estrade.

Violette frotta doucement son front contre sa joue.

— J'ai souvent désiré que tu le fasses, répondit-elle à voix basse.

— Veux-tu ? demanda-t-il en la caressant de nouveau.

— Et toi, le veux-tu ?

Déjà le corps de Violette s'embrasait une nouvelle fois de désir.

— Si c'est ton désir, c'est aussi le mien, répondit Alain.

— Si c'est ton désir, c'est aussi le mien, répéta Violette d'une voix alanguie. Mon désir sera toujours le tien, maintenant, et toujours.

Murmurant son nom comme une incantation, Alain la porta jusqu'à l'estrade où elle avait si souvent posé pour lui.

Ils s'aimèrent avec passion et désespoir, comme deux fleuves trop longtemps contenus.

Cependant, l'aube finit par pointer dans le studio.

Alain aida Violette à se rhabiller, rattacha son corset, les agrafes et les boutons, et lissa ses jupes par-dessus la crinoline. Il prit sa propre brosse d'argent et lui brossa longuement les cheveux, tandis qu'elle se tenait debout dos à lui, en s'efforçant de respirer malgré la douleur qui lui serrait le cœur.

Soudain Alain suspendit son geste et retint les lourdes mèches de Violette dans sa main immobile.

— Partons ensemble, dit-il.

— Alain, murmura-t-elle.

Des larmes lui montèrent aux yeux, et son souffle s'étrangla.

— Le veux-tu, Violette? Si tel est mon désir...

Elle se retourna lentement vers lui.

— Je t'aime tellement, dit-elle d'une voix faible.

Il la regarda de ses yeux gris bleu assombris par le chagrin, et laissa lentement retomber les cheveux qu'il tenait encore.

— Tu m'aimes, dit-il d'une voix brisée, mais tu es mariée à un autre homme. Et mon désir n'est qu'un rêve irréalisable.

— Gilbert m'aime aussi, dit Violette le fuyant des yeux.

— Bien sûr. Comment pourrait-il en être autrement? Mais son amour est-il aussi grand que le mien?

Violette secoua lentement la tête en signe de dénégation.

— Mais nous nous sommes juré de passer notre vie ensemble.

— Pour le meilleur et pour le pire, et jusqu'à ce que la mort vous sépare, fit Alain d'une voix sinistre. Je pourrais toujours le provoquer en duel et te rendre veuve au champ d'honneur.

Violette releva brusquement la tête. Elle saisit les mains d'Alain et fixa sur lui un regard grave.

— Ne fais pas cela, dit-elle, ou plus jamais je ne pourrai te chérir. Et toi, continuerais-tu à m'adorer si je reniais les vœux sacrés que j'ai prononcés?

— Tu ne nous fais pas assez confiance, Violette.

— Peut-être, mais qu'est-ce que cela change?

Alain soupira et détourna la tête.

— Peut-être qu'avec un peu de chance, il sera rentré avant toi, et qu'il cessera de t'aimer.

Violette ne répondit rien.

En silence, le visage crispé, Alain la raccompagna jusqu'à

sa voiture. Il lui tint la main jusqu'à ce qu'ils fussent arrivés en vue de son hôtel. Il fit semblant de ne pas voir la voiture noire qui les suivait encore. Violette n'en souffla mot non plus. Quelle importance, à présent?

Alain voulut la raccompagner jusqu'à la porte de sa chambre, pour plus de sûreté, mais Violette refusa. Elle n'avait pas oublié qu'il avait envisagé le duel. Seule, elle pouvait calmer Gilbert. Mais si les deux hommes se retrouvaient face à face en ce petit matin, le pire était à craindre.

Elle le supplia de retourner chez lui, et il obéit. Elle le regarda s'éloigner en voiture, puis entra dans l'hôtel.

La porte du salon n'était pas fermée, et la chambre reposait dans le silence et l'immobilité. Violette resta un long moment l'oreille tendue pour déceler une présence, et son cœur palpita quand elle sentit une légère fumée de cigare flotter dans la pièce.

Le bout incandescent du cigare s'alluma près de la fenêtre ouverte sur la cour. L'aube dessinait confusément la silhouette de Gilbert tassée dans un fauteuil.

— Te voilà bien matinale, ma chère femme, dit-il d'une voix satisfaite.

— Oui, je... commença-t-elle.

— Épargne-moi tes mensonges, je te prie. De toute façon, ce n'est pas une mauvaise chose que tu sois éveillée. J'ai bien réfléchi ces dernières heures, et je considère qu'il est grand temps que nous partions pour la Suisse. Nous partirons aujourd'hui même, et le plus tôt sera le mieux.

13

Durant tout le trajet jusqu'en Suisse, Gilbert ne souffla mot de la nuit du bal, et ne permit pas que Violette en parlât. Chaque fois qu'elle tentait de le faire, il changeait de sujet de conversation, ou il se levait et partait sans rien dire. Visiblement, il préférait agir comme si de rien n'était. En public, il se montrait attentionné et soucieux du bien-être de Violette. En privé, il cherchait à la punir en lui infligeant une politesse d'une froideur extrême, des silences sans fin, et une surveillance constante.

À Genève, il acheta des tapis et s'offrit une montre à gousset en or, dont le boîtier était gravé d'une scène alpestre. Il fit également l'acquisition d'un immense coffre sculpté qui, dit-il, serait du meilleur effet dans la chambre de Violette, à la Nouvelle-Orléans. Puis il se procura une horloge à coucou, censée la ravir. Violette la trouva hideuse.

Ils louèrent un petit chalet situé juste à la sortie de Lucerne. Chaque jour, ils marchaient dans les étendues herbeuses des Alpes, toutes parsemées de fleurs aux couleurs vives. Ces promenades auraient dû n'être que de longues parenthèses de calme sur fond d'air pur et de ciel bleu, rythmées seulement par les cloches des vaches qui paissaient. Gilbert en décida autrement. Il fit de ces sorties de véritables courses

223

d'endurance, marchant toujours très en avant de Violette, et flagellant de sa canne, avec rage, les fleurs et brins d'herbe qui se trouvaient sur son chemin. Régulièrement, il se retournait vers Violette pour lui crier de ne pas traîner en route comme elle le faisait. Quand l'averse les surprenait, il refusait obstinément de chercher refuge, et continuait d'avancer à pas rapides et nerveux dans la boue, sans même vérifier si Violette suivait.

Le soir, ils prenaient au restaurant des repas sans grande saveur, que leurs conversations rares et ternes ne rehaussaient nullement. Ils rentraient ensuite à l'hôtel, et Violette lisait ou brodait, tandis que Gilbert feignait de lire le journal en la guettant constamment du coin de l'œil. Certains soirs, Violette supportait des heures durant, avec dignité, ces regards chargés de soupçons. Elle résistait car, pour rien au monde, elle n'aurait voulu faire preuve de faiblesse, et permettre à Gilbert de reprendre le dessus. D'autres soirs, elle se retirait tôt dans sa chambre, et s'allongeait, les yeux grands ouverts dans le noir, s'efforçant de ne pas penser, de ne rien ressentir, et de ne plus se rappeler.

De temps à autre, Gilbert ressortait en fin de soirée, et allait s'enfermer dans une taverne où il buvait beaucoup de bière et engloutissait quantité de saucisses très grasses. Alors, il chargeait Hermine de surveiller étroitement Violette, et ce n'est qu'à son retour qu'il autorisait la domestique à aller se coucher. Ainsi Violette se trouvait-elle constamment sous bonne garde. De ces veillées de beuverie, Gilbert revenait souvent triste et saoul, des traces de graisse aux coins de la bouche, et l'haleine empuantie d'ail. Violette l'évitait le plus possible, car il se montrait alors d'une grossièreté immonde : notamment, il la comparait trait par trait et courbe par courbe, et toujours en sa défaveur, aux femmes de mauvaise vie qu'il fréquentait dans les tavernes.

Il n'approchait plus son lit, et ne la touchait que lorsque cela se révélait absolument indispensable. Quand il la voyait partiellement dénudée, tout son être exprimait délibérément le dégoût. Violette se demandait, puisqu'elle semblait tant le répugner, pourquoi il la voulait toujours à sa suite, et pourquoi il l'épiait si étroitement dans chacun de ses gestes. Ce n'était que possessivité maladive de sa part, et volonté d'affirmer son ascendant sur elle : n'était-elle pas *sa* femme ?

Parfois, au comble du désespoir, elle doutait qu'elle pût tolérer encore longtemps la hargne silencieuse de son mari. Elle s'était d'abord sentie contrite et coupable de l'avoir trompé, ce qui aurait dû le satisfaire. Elle avait même été toute disposée à reconnaître ses torts. Mais à mesure que les semaines passaient et que la rancœur de Gilbert se faisait plus lourde, la contrition de Violette avait fait place au ressentiment. Elle se mit à mépriser son mari, qui cherchait visiblement, et par tous les moyens, à lui faire amèrement regretter son infidélité. Elle lui en voulut de s'appliquer à l'isoler et à l'humilier au point qu'elle se sentît indigne de tout. Gilbert persistait à la traiter comme une enfant que l'on cajole quand elle est gentille, et que l'on gronde au moindre écart. Mais Violette n'était plus une enfant. C'était une adulte responsable, ayant ses propres sentiments, ses propres besoins, et ses propres opinions. Et si Gilbert ne l'admettait pas, s'il s'obstinait à la traiter en enfant, il ne s'attirerait plus que son mépris, puis son indifférence. Comment Violette aurait-elle pu continuer de respecter un homme qui se conduisait avec elle de pareille façon ?

Ainsi, ils firent le tour des lacs, de Lucerne jusqu'à Lugano, en passant par Côme. C'est à Lugano qu'ils apprirent que le gouvernement anglais avait ordonné l'invasion de la Crimée, et que les chefs des troupes alliées allaient se rencontrer incessamment pour mettre au point une stratégie commune. C'est à Lugano aussi que leur parvint le portrait de Violette.

Gilbert l'avait envoyé chercher le matin de leur départ de Paris. Mais il n'avait pu arriver à temps, et Gilbert avait ordonné qu'il leur soit expédié plus tard. Cependant, ils s'étaient beaucoup déplacés depuis, et le portrait, renvoyé d'hôtel en hôtel, avait mis très longtemps à leur parvenir.

Gilbert n'ouvrit même pas la caisse plate qui le contenait, et il se contenta d'appuyer celle-ci contre l'un des murs de leur chambre d'hôtel à Lugano. Il la regardait de temps à autre d'un œil sinistre, mais jamais il ne s'en approchait. Le portrait qu'elle contenait semblait le fasciner autant qu'il lui répugnait. Violette ne put s'empêcher de penser que Gilbert, de la façon dont il agissait avec elle, ne voulait posséder la toile que parce qu'il l'avait commandée et payée. Cependant, il se montrait fermement décidé à la mépriser le plus possible.

Un jour, tandis qu'il était sorti, Violette fit demander un marteau et un ciseau à bois pour ouvrir elle-même la caisse.

Quand elle vit le portrait, elle crut voir le regard qu'Alain posait sur elle, et elle s'en sentit renouvelée.

Les couleurs étaient pures et somptueuses, et sa chair paraissait vibrer de vie. Les formes et la composition, d'une symétrie parfaite, rehaussaient sa grâce. Le drapé de ses jupes et le col de dentelle sur sa peau étaient d'une exactitude remarquable.

Les yeux qu'avait peints Alain semblaient la suivre partout : des yeux sensibles, ombragés d'une certaine tristesse, des yeux inquiets et cependant résolus, légèrement éclairés d'une joie délicate, et d'un désir encore naissant.

La toile ramenait Violette à son essence même et lui rappelait fidèlement les heures passées auprès d'Alain.

Une douleur la déchira soudain, incendiant chacune de ses veines comme un poison brûlant. Elle avait si longtemps tenté de la réprimer ! Maintenant, son chagrin ne pouvait plus être contenu. Violette en aurait hurlé.

Gilbert avait eu raison de ne pas vouloir regarder le portrait.

Cependant, elle ne le remettrait pas dans sa caisse.

Elle était encore là, le marteau et le ciseau à la main, examinant son propre visage sur la toile, quand elle entendit Gilbert rentrer. Elle ne fit pas un geste.

Il s'arrêta net au seuil de la pièce, puis avança d'un pas et referma la porte derrière lui.

— Alors ? grinça-t-il d'une voix alourdie par la plus vulgaire des ironies. Tu n'as pas pu t'empêcher d'admirer les barbouillages de ton chéri?

Violette lui jeta un regard bref par-dessus son épaule, puis elle alla porter les outils sur une table basse placée à proximité.

— En effet, répondit-elle sobrement.

— Tu ne nies même pas qu'il ait été ton amant? cria Gilbert.

Ses yeux se posèrent sur le portrait, et son visage se durcit en un masque effrayant. Violette avait perçu la douleur qui couvait dans sa voix hurlante, et elle se sentit assaillie d'un remords qu'elle aurait préféré ne pas éprouver. Elle inspira profondément et s'efforça de parler le plus calmement possible.

— Je ne pensais pas que tu en doutais, Gilbert, répondit-elle.

— Eh bien, si! J'en doutais encore, figure-toi! Quel imbécile je suis, n'est-ce pas? Mais je préférais croire que tu avais été plus inconséquente que dépravée.

— Vraiment? rétorqua Violette, impatientée. Dans ce cas, tu aurais pu t'épargner de nous faire espionner!

— Vous faire espionner? T'imagines-tu vraiment que j'aurais payé des espions pour qu'ils confirment mon humiliation?

— Non, mais pour qu'ils confirment tes soupçons! Je t'en crois parfaitement capable!

Gilbert avait les yeux exorbités, à présent, et il respirait pesamment.

— J'aurais plutôt engagé quelqu'un pour lui donner une bonne correction, à ton joli cœur!

— Pour le dissuader de me voir, peut-être? Je doute que tu y sois parvenu.

Gilbert avança d'un pas vers elle, et la regarda d'un air mauvais.

— Alors, je l'aurais fait tuer, siffla-t-il entre ses dents, et toi avec!

— Un double meurtre déguisé? répondit Violette d'une voix douce. Cela aurait été tellement plus facile pour toi que de le rencontrer en duel ! N'est-ce pas, Gilbert ?

— Il avait séduit ma femme et l'avait convaincue de me déshonorer. Fallait-il en plus que je lui fasse l'honneur d'un duel ? J'aurais pu l'abattre comme un chien, et aucun tribunal ne m'aurait condamné, surtout pas les tribunaux français ! Ce sont des crimes que les Européens comprennent parfaitement, et qu'ils pardonnent !

— Bien sûr, répondit Violette avec mépris. Quelle générosité, et quelle sagesse de leur part ! Laisser une femme sans défense supporter seule les injures de son mari, il y a vraiment de quoi être fier !

Gilbert s'approcha d'elle en serrant les poings.

— Je t'ai tout donné, gronda-t-il.

— Oui, tout ce que tu voulais que j'aie. Mais jamais tu ne t'es demandé si c'était ce que je désirais vraiment !

Gilbert la fixa d'un air interdit pendant quelques fractions de seconde. Soudain, le mépris reparut dans ses yeux.

— Tu es bien trop jeune pour savoir ce qu'il te faut. Tu n'as encore aucun goût ni aucune opinion qui vaillent la peine qu'on s'y arrête !

— Dis plutôt que tu as peur que mes goûts et mes opinions ne soient pas conformes aux tiens ! Et tu as bien raison d'avoir peur. Parce que ce que j'aime vraiment, et ce qui me fait vraiment plaisir, n'a rien à voir avec ce que tu aimerais m'imposer !

Gilbert la regarda d'un air méchant, et son visage s'empourpra de colère.

— Tu penses aimer ce minable ? Eh bien, tu ne l'auras pas, ma petite, et j'y veillerai *personnellement*. Tu peux l'oublier, ma chère, et oublier même qu'il a jamais existé !

D'un bond, il fut près de la table où elle avait déposé les outils. Il se saisit vivement du ciseau et se jeta sur le portrait. En un clin d'œil, il le lacéra, et il s'acharna tant dessus qu'il en cassa même le cadre. Quant à la toile, elle n'était plus qu'un amas de lambeaux indistincts.

Violette, paralysée par la surprise, l'observait sans

bouger. Soudain, elle se mit à hurler, et se précipita sur Gilbert pour arrêter le massacre.

— Non, cria-t-elle. Arrête! Arrête! Tu n'as pas le droit de faire cela! Tu n'as pas le droit!

D'un coup violent sur la mâchoire, il la repoussa au loin, puis il se releva et laissa tomber le ciseau sur le sol. Il s'avança vers Violette et lui empoigna le bras, tandis qu'il la tirait par les cheveux de l'autre main. Il la souleva de terre et la plaqua contre lui.

— Oh, si, ma chère, souffla-t-il. J'en ai parfaitement le droit!

Il la traîna vers le lit. Elle tenta de le chasser, mais la rage avait décuplé ses forces. Elle voulut lui griffer le visage, mais il lui attrapa le poignet avec une telle violence qu'elle sentit la douleur irradier dans tout son corps. Finalement, il la jeta sur le lit.

— Tu es ma femme, crachait-il d'un ton de triomphe.

Il l'immobilisa et releva violemment ses jupes.

Ce qui se passa ensuite fut humiliant, douloureux, et impardonnable.

Violette le subit avec rage, les larmes dévalant le long de ses joues, et les sanglots s'étouffant dans sa gorge. Elle cessa de bouger et de se battre, pour ne laisser à Gilbert qu'un corps inerte à posséder. Elle se replia tout au fond d'elle-même, là où il ne pourrait jamais l'atteindre. Là, elle était forte et elle n'oubliait rien. Là, elle était libre.

Les larmes de Violette continuèrent à couler bien après que Gilbert se fût retiré d'elle pour rouler sur le côté du lit. L'horloge à coucou égrena de longues minutes, déchirant l'après-midi de son tic-tac assourdissant dans ce silence de plomb.

— Ne pleure pas, dit Gilbert d'une voix basse et émue. Je ne voulais pas te faire de mal.

Violette resta murée dans le silence, immobile.

— J'aimerais bien te demander pardon. Mais tu es tellement arrogante!

Violette ne soufflait toujours mot.

— Je t'ai peut-être trop délaissée, poursuivit Gilbert. J'aurais sans doute dû t'emmener avec moi dans les boutiques, ou te demander ton avis sur les meubles. J'ai peut-être eu des torts, mais ce n'était tout de même pas une raison pour salir notre mariage et déshonorer mon nom !

— Ce n'était pas seulement cela, murmura Violette.

Il l'ignora.

— Cela ne se répétera pas, poursuivit-il d'une voix fatiguée qui couvrait une détermination de fer. Si tu avais un enfant, tu n'aurais pas de temps à perdre en fadaises. Ainsi, je t'en ferai un au plus vite, quoi qu'il nous en coûte.

Violette ferma les yeux et pressa son poing sur sa bouche pour étouffer le hurlement qu'elle sentait sourdre en elle.

Alain arriva le lendemain.

Violette marchait le long du lac, cherchant le repos de l'âme dans la beauté d'un petit jardin découvert près de la berge. Brusquement, il fut près d'elle, les mains jointes derrière le dos et le visage tourné vers le soleil, comme s'il avait toujours été là.

Le parfum des pensées qui flottait dans le vent sembla soudain plus doux à Violette, le ciel lui parut plus bleu et les nuages, d'un blanc plus pur. Elle essaya de sourire, et ses yeux se mouillèrent.

Il la regarda, surpris, et il s'arrêta net, au beau milieu du chemin.

— Cela a donc été si difficile ? demanda-t-il d'une voix creuse.

— Oui... Non, murmura Violette en essuyant du bout des doigts les larmes qui perlaient à ses paupières. Je suis tellement heureuse que tu sois là !

Alain enveloppa d'un coup d'œil sa robe de lin vieil or ornée d'une ganse vert forêt, qu'elle portait avec un chapeau de paille décoré d'une tresse de fleurs. Il s'attarda sur son visage, très pâle, et sur l'ecchymose ombrant sa mâchoire.

— J'aurais voulu venir plus tôt, dit-il d'une voix calme qui contrastait étrangement avec son regard bouleversé. Mais je ne savais pas où vous étiez. J'ai suivi le portrait à la trace pour vous retrouver, en soudoyant honteusement les transporteurs.

— J'aurais aimé t'envoyer un mot, mais nous sommes partis trop vite.

Violette joua de son ombrelle de soie crème pour cacher les marques de coups imprimées sur son visage.

— Je devine quel enfer tu as subi. Mais je craignais en quittant Paris trop rapidement, de manquer un message que tu aurais pu m'y adresser.

— Je n'ai plus le droit d'écrire, répondit Violette d'un ton désespéré. Sauf mon journal. Je n'ai plus le droit d'aller à la poste, ni d'y envoyer Hermine.

— C'est fini, maintenant, dit Alain en serrant sa main gantée dans la sienne.

— C'est la première fois que je sors seule, ajouta Violette en s'efforçant de sourire. Et c'est seulement parce que Gilbert devait aller voir une armoire vieille de quatre siècles, et que la fraîcheur des montagnes a réveillé les rhumatismes d'Hermine.

C'était aussi parce que Gilbert se sentait terriblement coupable de sa brutalité. Mais Violette n'en dit mot, ne voulant pas raconter cet épisode pénible à Alain.

— Je sais. Je t'ai observée de loin, en guettant le moment opportun pour te voir seul à seule. J'aurais bien dû me rendre directement à ton hôtel et t'y enlever.

Elle secoua la tête et resserra ses doigts autour de ceux d'Alain.

— Non, c'est mieux comme cela, dit-elle. Tu... tu n'aurais pas dû venir.

— Comment aurais-je pu ? répondit-il.

Il fit apparaître de derrière son dos une giroflée aux pétales jaune pâle et crème, et au parfum délicieux, encore toute humide de rosée. Il tourna la main gantée de Violette paume vers le haut, et y déposa la fleur.

Une giroflée... pensa-t-elle. Elle signifie la fidélité dans l'adversité.

Violette se lança dans les bras d'Alain et il la serra très fort contre lui. Ils restèrent ainsi un long moment et s'embrassèrent avec passion, tandis qu'Alain inclinait l'ombrelle pour les dissimuler aux regards des passants.

Ils découvrirent un banc situé face au lac, et ils s'y assirent les mains encore nouées, regardant avec émerveillement l'eau qui miroitait devant eux. Violette regretta sa propre sévérité à l'égard des amoureux qu'elle avait vus ainsi enlacés à Paris. Elle ignorait alors à quel point il pouvait leur être difficile de dénicher des endroits sûrs et tranquilles où ils pussent s'aimer en paix, et à quel point leur désir était impérieux.

Alain et Violette se regardèrent un long moment en silence, incapables de se rassasier l'un de l'autre. Finalement, Alain rompit le silence.

— Je suis venu te chercher, dit-il.

Violette n'avait pas osé espérer après ces quelques semaines qu'il pût la suivre. Cependant, elle savait que, si elle le revoyait, elle devrait prendre une décision grave. Il lui incombait de décider de sa destinée, en cet instant même, dans ce parc.

Était-elle prête à agir? Elle s'écarta doucement d'Alain et posa les yeux sur la ligne des montagnes qui se détachaient sur le ciel.

— Pour aller où? demanda-t-elle posément. À Paris?

— Non, répondit Alain. C'est la première ville où ton mari nous rechercherait.

— Il nous a menacés, tu sais.

— Je n'ai pas peur de ses menaces, mais je préférerais que tu n'aies à t'inquiéter de rien en ce qui le concerne. Je voudrais... Je veux, très fort, vivre avec toi en toute quiétude. À Venise, si tu le souhaites.

À Venise! Avec Alain!

Mais partir avec lui, cela signifiait quitter non seulement son mari, mais aussi sa famille, ses amis, les lieux où elle avait grandi, et même son pays. Si elle s'enfuyait avec cet homme qu'elle connaissait à peine, son avenir s'annonçait plus qu'incertain.

Elle secoua la tête doucement.

— Gilbert n'abandonnera pas la partie si facilement. Il est déterminé à... Il est très déterminé à me faire un enfant.

— Les enfants que tu auras, répondit Alain avec fougue, je voudrais qu'ils soient tous de moi.

Elle se retourna lentement vers lui. Son visage et ses yeux étaient sombres. Violette y lut cependant les preuves d'un amour très profond, et elle sentit son cœur se serrer. Le vent d'été agitait les vagues de ses cheveux et faisait voleter le bout de sa cravate de soie. Alain restait immobile, suspendu à ses lèvres.

Elle sourit.

— Quand partons-nous? demanda-t-elle enfin d'une voix heureuse.

Alain se leva brusquement et lui tendit la main pour l'aider à se lever. Il fixa sur elle ses yeux aussi bleus que le ciel au-dessus des montagnes.

— Maintenant! dit-il.

Alain loua une voiture qui les emmena jusqu'à Milan. Il demanda expressément les chevaux les plus robustes et les plus rapides. Le prix en était exorbitant, mais il n'émit aucune objection. Il y ajouta même un généreux pourboire, pour inciter le tenancier de l'auberge à oublier sa visite.

À Milan, ils prirent le train. Le trajet parut immensément long à Violette, et elle regarda d'un œil distrait les cascades qui riaient dans les montagnes, les paysages somptueux surgissant à chaque détour de la voie, et les villes fortifiées surplombant les vallées. Violette était très inquiète : que ferait Gilbert quand il s'apercevrait qu'elle était partie pour toujours? Sa réaction serait sûrement violente. Son orgueil, à défaut de tout autre sentiment, l'obligerait à se lancer sans tarder à sa poursuite.

Alain lui prit soudainement la main.

— Calme-toi, dit-il. Ton mari se doute peut-être que tu es avec moi, mais il n'en a aucune certitude. Et d'ici à ce qu'il l'apprenne, nous serons déjà loin.

— Je sais. Mais quand même...

— N'y pense plus. Pense plutôt à tout ce que nous allons pouvoir faire à Venise. Tu as tout laissé derrière toi : tes vêtements, tes bijoux, les objets auxquels tu tenais. Nous les remplacerons aussitôt que possible.

— Cela n'a pas grande importance, répondit-elle.

— Cela en a pour moi, dit-il d'un ton plus grave. Je ne veux pas que ton départ te prive de quoi que ce soit.

— Tu m'as déjà donné tellement plus que toutes ces babioles, répliqua-t-elle avec chaleur.

En effet, si Violette avait dû abandonner tous les objets de son quotidien pour suivre Alain, elle y avait gagné l'inestimable frisson d'un bonheur tout proche. Il le lui avait déjà offert à Paris, ce bonheur, et elle l'avait refusé, par devoir et conventions. Cette fois, elle le saisirait au vol.

Alain n'avait pas parlé de mariage. D'enfants, oui ! Mais il n'avait pas fait mention des formalités à remplir pour les rendre légitimes. Et cela ne serait jamais possible, puisqu'elle était liée à Gilbert. Quand bien même il n'y aurait eu aucun obstacle au remariage religieux, Gilbert n'accepterait jamais de lui rendre sa liberté, et de reconnaître ainsi la faillite de son couple aux yeux de ses amis, de son entourage, et des autorités louisianaises qui devraient procéder à la dissolution du mariage.

Violette et Alain étaient donc condamnés à vivre dans le péché. Mais ces mots, qui avaient longtemps signifié le déshonneur, le scandale et la déchéance avaient pour Violette, perdu tout pouvoir à présent. Elle se rendait compte qu'ils ne pouvaient plus la blesser. Seuls les gens le pouvaient encore.

Ils passèrent la nuit non loin de Milan, et firent l'amour à la lueur de la lune qui entrait à flot par la fenêtre. Puis, incapables de dormir, ils restèrent de longues heures éveillés dans les bras l'un de l'autre.

Le lendemain matin, ils reprirent le train et longèrent une nuée de maisons aux toits de tuile rouge, cernées de vignes dont les feuilles luisaient au soleil. Ils laissèrent aussi derrière eux d'innombrables villages aux murs de pierres égayés par les cris des poules, des enfants et des chèvres, et bordés de cimetières ombragés par des cyprès. Enfin, ils quittèrent les hauteurs pour traverser les plaines plus fertiles. L'air se chargea de l'odeur du charbon, de l'herbe verdoyante et des fermes. Le soleil était presque brûlant à travers la fenêtre, et la poussière qui s'échappait des rideaux de velours à la moindre secousse tournoyait dans l'air comme des paillettes d'or.

Alain était passé très aisément du français à l'allemand, puis au dialecte vénitien. Violette s'en était étonnée, admirative.

— C'est ainsi quand on n'est de nulle part, avait-il répondu avec un sourire. C'est peut-être à Venise que je me sens le plus attaché, car j'y ai encore de la parenté, du côté de ma mère.

— Allons-nous... Je veux dire, vas-tu leur rendre visite?

Aussi charmants pussent-ils être par ailleurs, Violette redoutait de rencontrer les parents et connaissances d'Alain.

— Seulement si tu le désires, répondit-il.

— Est-ce à cause de ton père que tu n'as pas de patrie?

Alain confirma d'un signe de tête crispé. Violette baissa les yeux.

— Était-il... une sorte de diplomate?

— Pourquoi diplomate? demanda Alain en posant sur elle un regard pénétrant.

— Mais... Parce que tu connais des gens partout, et que tu as vécu dans toutes sortes de villes.

Alain hocha la tête en souriant.

— Mon père a occupé un emploi très important pendant plusieurs années, dit-il, mais pas à titre de diplomate. De toute façon, il a démissionné bien avant ma naissance. Le seul statut social auquel je puisse prétendre, c'est à mes ancêtres que je le dois, parce qu'ils ont fait de bons mariages.

— Tu veux dire qu'ils étaient riches? demanda Violette.

Comme cela était étrange! Alain vivait comme si l'argent ne lui importait aucunement.

— En quelque sorte, répondit-il après une légère hésitation.

— Si cet argent te revient, j'en conclus que ton père est mort.

— Mes deux parents sont morts, du moins c'est ce qu'on m'a dit. Ma mère, qui était chanteuse d'opéra, est morte en Angleterre il y a quelques années. Mon père a entrepris une sorte de pèlerinage quelque temps après ma naissance, et il n'en est jamais revenu. Des rumeurs ont surgi ici et là il y a quelques années. Et puis, plus rien.

Il n'était pas rare, certes, que des hommes disparaissent en mer, ou se fassent voler et égorger au bord d'un chemin désert. Les voleurs les dépouillaient alors de tout ce qui aurait pu permettre de les identifier. Il arrivait aussi que des hommes disparaissent de leur propre gré, pour se soustraire à leurs responsabilités familiales, ou pour échapper à une situation devenue pour eux intolérable.

— Comme c'est triste, dit Violette.

— Non, répondit Alain. Cela fait si longtemps.

— Mais ta mère? Que faisait-elle en Angleterre?

— C'est là que mon père l'avait établie. Elle s'était entourée d'amis dans le milieu des arts, et elle ne quittait l'Angleterre qu'en de rares occasions, pour de courtes visites en Italie. Elle pensait que mon père reviendrait, un jour.

Violette frissonna. Ainsi, le père d'Alain avait arraché sa mère à son pays et à son milieu d'origine pour l'installer à l'étranger, puis il l'avait abandonnée. Or, elle-même quittait tout pour suivre Alain. L'abandonnerait-il à son tour?

— Ne me regarde pas comme cela, dit Alain en lui prenant la main. Je ne te quitterai jamais. Et je suis heureux que tu me poses toutes ces questions.

Violette rosit légèrement, mais elle soutint son regard.

— Je veux tout savoir de toi, répondit-elle d'une voix

douce.

— Tu sauras tout, dit-il. Tout ce que tu voudras savoir, tu le sauras.

Ils parlèrent ensuite des paysages qu'ils traversaient, et de la situation difficile que connaissait la péninsule italienne. Violette aimait entendre la voix profonde d'Alain, et trouvait intéressante l'analyse qu'il faisait de la situation en Italie. Cependant, elle ne pouvait s'empêcher de penser que c'était peut-être pour faire diversion qu'il se montrait soudain si loquace. Il affirmait vouloir tout lui confier de sa personne mais, visiblement, il n'y était pas encore prêt.

Le nord de la péninsule, expliquait Alain, avait été le terrain de bataille privilégié des Valois et des Bourbons français, et des Habsbourgs d'Autriche. Ils y avaient souvent réglé leurs différends par les armes. Les villes passaient ainsi d'une tutelle à l'autre, au gré des guerres. Mais depuis le Congrès de Vienne consécutif à la défaite de Napoléon Ier, la France avait été exclue de la région. Venise et la Lombardie étaient toujours sous domination autrichienne, et le reste de la péninsule se composait d'états de dimensions plus restreintes, comme le Royaume de Sardaigne, le Royaume des Deux-Siciles, les Duchés de Parme et de Modène, le Grand Duché de Toscane et, bien sûr, les possessions de la papauté.

Ces régions avaient chacune leurs parts de titres, anciens et nouveaux, titres dont les détenteurs se livraient des luttes incessantes dans le but d'accroître leurs pouvoirs et leurs privilèges. En outre, comme dans tout le reste de l'Europe depuis 1848, des rumeurs de révolution planaient constamment sur la péninsule italienne. Alain pensait qu'un jour, un homme réunirait toutes les régions de la péninsule en une république forte. Pour le moment, le roi des Deux-Siciles, qui dirigeait une faction puissante, semblait sur le point d'épouser la cause des alliés dans la guerre de Crimée. Il n'y avait décidément pas moyen d'échapper aux conséquences de ce conflit, pourtant si lointain.

Ils arrivèrent à la gare de Venise tard dans la soirée. Les

voyageurs sortirent des compartiments dans un grand fracas de portes qui claquent et de bagages bringuebalés. Ils devaient encore retirer leurs malles les plus imposantes, et veiller à leur chargement sur le bateau qui traverserait la ville et les emmènerait vers la lagune. Or, le temps pressait, car le dernier bateau devait bientôt partir. Violette et Alain n'avaient guère de bagages. Alain ne voyagerait qu'avec la petite valise emportée de Paris. Quant à Violette, elle ne portait que son ombrelle. Ils durent néanmoins se joindre à la foule des voyageurs encombrés de paquets, puisque c'était la seule façon d'accéder au quai d'embarquement.

Ils quittaient la gare au milieu d'une cohue indescriptible lorsque Violette fut brusquement poussée sur le côté. Elle trébucha, et faillit tomber en marchant sur le bas de ses jupes. Une échauffourée éclata derrière elle, tandis que des femmes criaient, et que les bébés éclataient en pleurs. Au milieu de la foule, deux hommes se battaient avec Alain.

Violette se sentit submergée par la peur. Puis une vague de rage lui monta des pieds jusqu'à la tête, glaciale et redoutable. Son ombrelle était solide, pouvant à la fois protéger du soleil et servir de bâton de marche. Son pommeau d'argent se prolongeait par une armature de fer terminée en pointe. Violette avança vers les deux hommes, et frappa l'un d'eux de son ombrelle.

Elle le toucha à la joue, et l'érafla si profondément que le sang jaillit, tandis que l'homme se tournait vers elle dans un grognement de stupeur et de douleur.

Alain profita de la stupeur générale pour lancer un vigoureux coup de poing dans le ventre du deuxième assaillant, puis il se dégagea d'un bond et saisit Violette par la taille pour la mettre à l'abri derrière lui, tandis qu'il lui arrachait l'ombrelle des mains.

Les deux hommes tentaient de se relever. Leurs visages étaient couverts de poussière, et portaient d'innombrables cicatrices, de ces stigmates que l'on voit chez ceux qui hantent les ports du monde entier. L'un était petit et râblé; l'autre plutôt grand, et bien bâti. Ils se rapprochèrent d'Alain en faisant siffler des jurons entre leurs dents.

Alain tenait toujours sa valise d'une main ferme, et l'ombrelle de Violette de l'autre. Un sourire félin se dessina sur ses lèvres tandis qu'il fixait les deux hommes de son regard d'acier. Brusquement, il attaqua.

Le premier individu poussa un hurlement, et laissa tomber sur le sol le couteau qu'il gardait dans la main. L'autre se jeta dessus, mais Alain lui donna un violent coup d'ombrelle avant qu'il ne pût l'atteindre. L'homme s'écroula en tenant son poignet ensanglanté de son autre main.

Alain fit quelques pas vers lui, prêt à attaquer de nouveau.

Les deux hommes reculèrent, et déguerpirent en se bousculant l'un l'autre.

Dans la foule, deux ou trois personnes applaudirent. Les autres se dispersèrent sans un regard pour Alain. Violette se précipita vers lui et saisit son bras avec force. Il grimaça de douleur.

— Tu es blessé! s'exclama-t-elle.

— C'est de ma faute, répondit-il. J'étais distrait quand ils ont attaqué, et je n'ai pu les déjouer.

— Montre-moi cette blessure.

Alain refusa d'un hochement de tête, et indiqua qu'ils feraient mieux d'embarquer au plus vite.

— Nous verrons cela à l'hôtel. Ce n'est qu'une égratignure, de toute façon.

— Est-ce de l'argent qu'ils voulaient? demanda Violette à voix basse tandis qu'ils reprenaient leur progression vers le quai d'embarquement. De l'argent... ou autre chose?

— C'est la grande question, répondit Alain. Mais s'ils sont envoyés par Gilbert, ils ont eu une chance invraisemblable de nous retrouver aussi vite.

Ils chercheraient à se loger dans un *palazzio* proche du Grand Canal, dit Alain. L'établissement était tenu par une veuve très âgée, la Signora da Allori, et comportait quatre étages en pierre jaune marquée de traces vertes, témoignant de la fluctuation des eaux dans le canal. Du côté du canal, le deuxième et le troisième étages de l'immeuble s'ouvraient en une galerie de type gothique, aux arches décorées de dentelle de pierre. Le tout donnait au *palazzio* une allure des plus romantique.

Alain laissa Violette dans la gondole qui les avait amenés, et partit à la recherche du majordome des lieux. Violette ne se demandait déjà plus comment il se faisait qu'il connaissait cet établissement, et s'il risquait ou non de s'y voir refuser l'hospitalité.

Il revint quelques minutes plus tard, et ils montèrent immédiatement dans une grande chambre carrée, dont les fenêtres donnaient sur l'une des galeries. Sur les ordres du majordome, deux jeunes hommes avaient hissé dans la chambre, avec force ahans et jurons, une baignoire de métal. Le maître d'hôtel s'appelait Savio, et il devait être âgé au plus d'une cinquantaine d'années. Son sourire aimable lui donnait une physionomie agréable, en dépit de son long nez, et de ses joues plus longues encore. Savio était escorté de la gouvernante, une femme apparemment plus âgée que lui, à la langue acérée, aux formes généreuses, et à la lèvre supérieure ombragée d'une fine moustache brune : c'était son épouse. Peu après la baignoire apparut l'eau pour la remplir, un peu fraîche au goût des voyageurs.

On avait déposé sur le lit aux rideaux de soie une chemise de nuit de fine batiste ornée d'une dentelle magnifique, visiblement faite à la main. Une robe de chambre à peine plus épaisse l'accompagnait. C'était la gouvernante qui les avait apportées. Cependant, quand Violette lui demanda d'où elles venaient, la vieille femme lança un signe de tête en direction d'Alain, et se retira en clignant des yeux.

Savio introduisit ensuite un médecin, dont le visage était grave, et les avis respectés. Il examina la blessure d'Alain et se contenta de la laver à l'eau savonneuse. Il la recouvrit d'une fine poudre blanche, et la pansa d'un linge propre. Puis il se pencha d'un air cérémonieux pour percevoir ses honoraires, sourit finement en bondissant vers Violette pour lui baiser la main, et sortit enfin. Alain fronça les sourcils d'un air soucieux.

Sur ses ordres, Savio leur apporta le souper, immédiatement après qu'ils eurent pris leur bain. Ils mangèrent des pâtes et de la salade verte, puis du rôti de porc avec des pommes de terre et du chou. C'était l'épouse de Savio qui avait tout préparé; les deux jeunes gens qui avaient monté la baignoire s'avérèrent être les fils du majordome; ils leur servirent le repas avec passablement de grâce.

Quand le repas fut terminé, Alain et Violette sortirent sur la galerie avec leurs verres de vin. Ils s'assirent pour respirer l'air du soir, et s'amusèrent à regarder passer les bateaux. Ils observèrent les différents types d'embarcations, et se divertirent fort à relever les cris et interjections que les gondoliers lançaient pour libérer la voie.

La lune se leva dans le ciel, déposant des rayons d'argent sur l'eau calme du canal. Elle alluma les arêtes des toits et leurs cheminées baroques, et découpa les bâtiments et leurs colonnes en autant de formes géométriques qu'on eût dites dessinées au fusain par un fou ou un excentrique. Plus loin, un ensemble répétait un concerto pour clarinette de Mozart, reprenant sans se lasser chacun des mouvements. La soirée parut se teinter de la mélancolie du concerto. Un gondolier qui glissait sur le Grand Canal roucoula une chanson d'amour, tandis que l'eau clapotait au pied de la galerie, et que les murs du *palazzio* répercutaient son chant.

Une autre gondole passa, éclairant faiblement l'eau de sa lanterne sourde. Violette se tourna vers Alain et lut, dans ses yeux assombris par le soir, son immense désir d'elle.

Elle tendit la main vers lui.

14

Joletta se plaisait à penser que la route sur laquelle ils circulaient ne devait pas beaucoup différer de celle qu'avaient empruntée Violette et Alain plus d'un siècle auparavant, en voiture à cheval et en train. Depuis ce temps, le tracé des routes avait peu changé dans cette partie du monde et souvent les voies ferrées suivaient très fidèlement les routes.

Rone avait loué le dernier véhicule disponible de l'agence : une petite voiture à transmission manuelle, très âgée et brinquebalante, qui semait derrière elle un épais nuage de fumée, et ignorait la climatisation. Joletta savait que les voitures européennes étaient rarement équipées d'un système de climatisation ; cependant, elle ne put s'empêcher de souligner que l'autobus du groupe, lui, était climatisé...

Pendant presque toute la matinée, Rone écouta sans mot dire ses récriminations : il l'observait silencieusement chaque fois qu'elle penchait la tête à la fenêtre pour se rafraîchir le visage, tout en retenant ses cheveux d'une main pour éviter que le vent ne les emmêle. Enfin, ils s'arrêtèrent à une pharmacie, et Rone s'y procura une écharpe de soie blanche, qui protégerait Joletta d'une insolation, et une paire d'immenses lunettes de soleil à montures également blanches. Joletta les prit et remercia Rone du bout des lèvres, excédée de n'avoir pas pensé elle-même à se munir d'accessoires aussi indispensables en Italie.

Elle noua l'écharpe sur sa tête, chaussa ses nouvelles lunettes, et se cala confortablement dans son siège, le coude nonchalamment appuyé sur le rebord de la fenêtre. Le vent lui fouettait le visage, et la route ondulait à perte de vue devant eux : Joletta se sentit soudain très européenne. Naturellement, elle se garda bien de dire à Rone à quel point elle était heureuse soudain de se trouver là.

Joletta n'avait jamais réussi à conduire les voitures à transmission manuelle. Ainsi, disait-elle, Rone devrait piloter tout le temps. Intérieurement, elle était ravie d'avoir trouvé un si bon prétexte pour ne pas prendre le volant.

Les Italiens se révélaient de véritables démons de l'asphalte, roulant à des vitesses dangereuses et incompatibles avec les normes les plus élémentaires de sécurité routière. N'importe quel véhicule pouvait soudainement se muer en une arme redoutable. Les automobilistes ne faisaient pas de quartier.

Les voitures se poursuivaient avec frénésie, dépassant souvent les cent quarante kilomètres à l'heure. Rone ne semblait pas s'en soucier. Les mains fermement posées sur le volant et tous les sens en alerte, il manœuvrait avec aisance dans cette cohue hystérique.

Comme elle ne conduisait pas, Joletta fut promue navigatrice. Elle eut moins de mal qu'elle ne l'avait d'abord craint à déchiffrer les panneaux indicateurs en italien, comprendre le système métrique, et à apprécier les distances en kilomètres. Le système autoroutier italien était certes bien différent de celui des États-Unis, mais la signalisation se révélait, à certains égards, plus claire. À la demande de Rone, Joletta lui fournissait des indications concises et justes.

Rone sifflait en conduisant. Joletta pensa qu'il devait s'agir de chansonnettes italiennes, puisqu'elle n'en connaissait aucune. Visiblement, Rone était satisfait d'avoir réussi à échapper au groupe du voyage organisé. Joletta aussi en était heureuse. Elle appréciait de voyager enfin à son propre rythme, de ralentir à loisir dans les villages pittoresques, et de s'arrêter de temps à autre pour prendre des photographies de fleurs ou de paysages. Elle aimait sentir le vent sur son visage : dans le bus climatisé et hermétiquement fermé, elle ne percevait ni la chaleur du vent, ni les parfums de l'air. Dans la voiture, avec Rone, elle appréciait donc de humer au passage l'odeur des vignes, celles de l'herbe fraîchement coupée et même celle, fugitive, des troupeaux de chèvres paisibles.

Elle se prit à souhaiter que ce voyage dure éternellement. Mais elle ne l'aurait avoué à Rone pour rien au monde... Joletta n'était pas d'humeur à se montrer aimable : elle en voulait au jeune homme de lui avoir forcé la main, et elle entendait bien le lui faire comprendre. Elle se pencha vers l'autoradio. Rone lui jeta un regard rapide, et cessa immédiatement de siffler.

Joletta chercha une émission intéressante, et fronça les sourcils en signe d'irritation. Elle aurait préféré que Rone continue à siffloter. C'était tellement plus agréable que le rock hurlant et les commentaires braillards de matchs sportifs ! Cependant, comme elle ne voulait pas fermer la radio aussi vite et laisser le silence planer lourdement sur eux, elle finit par choisir du rock et se renfonça dans son siège.

Les heures s'écoulaient, et Joletta trouvait de plus en plus ridicule son mutisme persistant. Les villages traversés étaient pleins d'histoire et de passions, et Rone était indubitablement en mesure de les apprécier. Somme toute, il était assez rare, pensa Joletta, de rencontrer un compagnon de voyage aussi cultivé et aussi ouvert que lui. Or, voilà qu'elle se privait de sa conversation par simple caprice ! Des feuilles nouvelles poussaient aux arbres, les ajoncs et les coquelicots semblaient plus gros et plus rutilants ici qu'en Angleterre et en France. Joletta désirait par-dessus tout partager sa joie de la découverte avec Rone. Elle se tourna à deux ou trois reprises vers lui pour parler, mais elle revint chaque fois à sa position initiale sans avoir dit un mot. Elle regardait défiler le paysage quand Rone brisa le silence.

— Vas-tu continuer ce petit jeu très longtemps ? demanda-t-il.

— Que veux-tu dire ? répliqua-t-elle du tac au tac.

— Le supplice du silence, expliqua Rone avec un léger sourire, vas-tu me l'infliger encore longtemps ?

Joletta n'avait pas envisagé la situation sous cet angle. Elle se rendit brusquement compte qu'elle infligeait en effet à Rone la torture que Gilbert avait fait subir à Violette au lendemain de son escapade. Or, Joletta n'aimait pas ressembler à Gilbert. Elle refusait de croire qu'elle portait en elle une part, si modeste fût-elle, de ses détestables méthodes.

— C'est de ta faute si je suis ici, répondit-elle. Tu ne m'as absolument pas demandé mon avis, et je ne suis pas tenue d'avoir l'air ravie, simplement pour te faire plaisir.

— Tu n'es pas tenue de bouder, non plus. Si tu n'es pas contente, tu n'as qu'à le dire, et voilà tout. Est-ce que tu t'imagines que je lis dans tes pensées ?

— Non, et j'en suis fort aise, répondit-elle d'une voix plus douce.

Rone la regarda en riant. Détendue, elle s'installa confortablement.

— Tu m'étonnes... dit Rone d'un ton songeur.

De nouveau sur la défensive, Joletta se redressa en toute hâte.

— En général, dit-elle, les gens civilisés ne recourent pas à des moyens malhonnêtes pour obliger les autres à agir à l'encontre de leurs désirs.

— Même si c'est pour leur bien ?

— Ce que tu considères comme mon bien n'est pas nécessairement ce que je considère, moi, comme mon bien, figure-toi. Et quoi qu'il en soit, il est inacceptable de forcer les gens, même si c'est pour leur bien.

— Je souligne pour ma défense que notre escapade en voiture ne durera qu'une après-midi, répondit Rone. Nous ne sommes pas partis pour la vie entière, tout de même. À moins d'imprévus, naturellement...

Joletta abaissa ses lunettes de soleil et fixa son regard sur Rone, qui continua tranquillement à conduire, le col de son polo ouvert et les cheveux ébouriffés par le vent. Ses lunettes noires lui donnaient, à lui aussi, un air très européen. « Très tentant », pensa Joletta.

— Comment ça, des imprévus ? demanda-t-elle d'une voix qu'elle voulait sévère.

— Je ne sais pas, moi, répondit Rone en souriant. Par exemple, il n'est pas complètement exclu, que tu finisses par préférer les balades en voiture aux expéditions commandos en autobus.

— J'ai eu peur : j'ai cru que tu allais parler d'enlèvement, rétorqua-t-elle.

Elle s'abstint de mentionner les autres « imprévus » qui lui venaient à l'esprit...

— Tu lis trop de romans policiers ! En tout cas, les choses sont claires maintenant. As-tu encore l'intention de bouder ?

Joletta ferma la radio alors qu'un commentateur répétait d'une voix hystérique les résultats d'un match quelconque, pour la dixième fois au moins en trente minutes. Elle n'était pas obstinée au point de s'infliger à elle-même un mutisme qui la torturait aussi.

— Eh bien, parlons ! s'exclama-t-elle. De quoi parlons-nous ?

Ils contournèrent Milan par l'autoroute, et aperçurent au passage de vieilles maisons aux murs de pierre, chauffées par le soleil, entourées de vergers en fleur et d'immenses potagers. Ils roulaient vite, si vite qu'ils rejoindraient certainement le groupe à Venise en début de soirée.

Ils envisagèrent de s'arrêter quelque part pour prendre un petit goûter.

Tandis qu'ils roulaient sur la voie de gauche, un camion de transport arriva derrière eux, et se mit à les serrer d'un peu trop près. Ils pensèrent tous deux que, comme partout ailleurs, les camionneurs italiens se croyaient les maîtres de la route.

Rone étouffa un juron, qui étonna Joletta et lui fit tourner la tête. Rone avait les yeux rivés sur le rétroviseur, et surveillait étroitement le camion en accélérant le plus possible.

Le choc leur fit l'effet d'un coup de poing sur la nuque. La voiture se mit à zigzaguer, dans un grincement de pneus. Rone réussit à grand-peine à la redresser. Joletta s'accrocha d'une main au tableau de bord, et s'agrippa de l'autre à sa ceinture de sécurité.

Le camion les tamponna encore à l'arrière. Cette fois, la voiture quitta la route, rebondit et dérapa plusieurs fois dans un grand nuage de gravier et de poussière. Une rangée de platanes se dressa soudain devant eux. Rone s'efforça de garder le contrôle du véhicule en se cramponnant au volant de toutes ses forces. La voiture heurta un arbre sur le côté, et s'immobilisa enfin.

Une pluie de feuilles s'abattit sur eux, tandis que le froissement du métal contre l'asphalte et contre l'écorce vibrait encore dans l'air. Une fumée s'éleva du capot. Rone coupa le contact en toute hâte.

— Sors ! hurla-t-il.

Il déboucla sa ceinture de sécurité et ouvrit sa portière d'un coup d'épaule. Abasourdie, Joletta vit du sang sur le visage de Rone. Les doigts tout tremblants, elle mit un certain temps pour détacher sa ceinture à son tour. Quand elle y parvint enfin, elle constata que sa portière était bloquée.

Rone la saisit par le bras gauche et la tira hors de la voiture, tandis qu'elle s'aidait de ses pieds et de son bras droit pour s'en extirper plus vite.

Elle s'abattit contre la poitrine de Rone. Il saisit sa main et se mit à courir à toutes jambes pour s'éloigner de la voiture.

Joletta sentit au passage l'odeur distincte du métal chauffé et des câbles qui brûlent.

Ils sautèrent par-dessus des rigoles asséchées et se sauvèrent le plus vite possible dans le champ qui bordait la route.

Enfin, ils entendirent distinctement derrière eux, un fort déclic, puis une formidable explosion.

La déflagration les plaqua au sol, les assommant presque par sa chaleur et son vacarme. Ils se couvrirent la tête de leurs bras, et s'aplatirent contre la terre.

Enfin, ils se relevèrent et, se protégeant le visage à deux mains pour ne pas être brûlés par le souffle torride, ils regardèrent la scène.

De hautes flammes s'élevaient de la carcasse de leur auto et léchaient les feuilles encore vertes du platane. Une épaisse colonne de fumée montait vers le ciel : leur voiture n'était plus qu'un brasier.

Le cœur battant à tout rompre, ils s'assirent et contemplèrent l'incendie, fascinés.

Quelques secondes plus tôt, ils étaient encore dans cette voiture !

Sur la route, des automobilistes ralentissaient au passage. Certains s'arrêtèrent même, et une dispute éclata, riche en exclamations et gesticulations de tous genres. Un homme descendit d'une voiture rouge et s'approcha de Rone et Joletta.

— Eh bien ! On peut dire que vous avez eu de la chance ! s'exclama-t-il.

C'était Caesar Zilanti.

Il tendit la main à Joletta pour l'aider à se relever. Elle la prit sans réfléchir, médusée.

— Mais comment avez-vous... commença-t-elle, tout à fait désarçonnée par l'arrivée impromptue de l'homme.

— Il nous suivait, répondit Rone en se levant à son tour. Cela faisait des kilomètres que je le surveillais dans le rétroviseur.

— En effet, convint Caesar Zilanti avec un sourire.

Il abaissa ses yeux sur Joletta.

— La signorina est tellement belle, ajouta-t-il. Je ne pouvais quand même pas la laisser partir comme ça !

Rone se redressa tout à fait, et fixa sur lui un regard sceptique.

— J'aimerais quand même savoir comment vous avez réussi à nous retrouver, dit-il.

— Les trajets touristiques sont très prévisibles, vous savez. À votre hôtel, à Paris, j'ai questionné votre chauffeur. Il m'a indiqué que votre guide s'arrêtait souvent dans un petit restaurant près du lac, à Lugano. Mon travail terminé à Paris, je suis allé au restaurant, mais la signorina n'était pas là... L'autobus est parti, sans vous. C'est alors que je me suis rendu au parc. Le reste a été facile.

— Puisque vous avez vu l'autobus démarrer sans nous, ajouta Rone, pourquoi ne pas avoir proposé de nous emmener à Venise?

Il avait parlé d'un ton calme, que démentait la colère qui embrasait ses yeux. Caesar sourit.

— Je ne pouvais connaître vos intentions! Peut-être que vous préfériez rester seul avec la signorina... Et d'ailleurs, qui vous le reprocherait?

Ses explications étaient plausibles, songea Joletta. Mais étaient-elles vraies? Cela restait à prouver. Rone semblait croire que Caesar les avait suivis de bien plus près qu'il ne voulait l'avouer. L'Italien savait-il quelque chose du vandalisme de Lucerne? Avait-il quelque rapport avec ce cambriolage, et avec l'accident dont ils venaient d'être victimes?

Joletta se sentit faible tout à coup, et ses mains se mirent à trembler. Elle pensa avec effroi qu'il lui faudrait encore affronter la police et remplir mille et un formulaires avant de pouvoir enfin dormir.

— Quoi qu'il en soit, dit-elle à Caesar, nous sommes heureux de vous voir ici. Puisque vous êtes italien, vous allez pouvoir nous aider, à présent, à trouver une solution.

— Il y en a deux, répondit Caesar : ou vous continuez simplement votre route avec moi, dans ma voiture...

Joletta haussa les sourcils et jeta un regard furtif à Rone, mais son visage ne trahissait rien de ses sentiments.

— Mais, dit Joletta, ne devons-nous pas faire une déclaration à la police, et avertir l'agence de location?

— Pourquoi? Vous êtes en Italie, ici, Signorina. Vous agissez comme bon vous semble... à condition que les carabiniers et les gens de l'agence ne vous rattrapent pas !

— Nous tenons quand même à rapporter l'accident, fit Rone d'un ton ferme.

— Comme vous voudrez, répondit l'Italien avec un sourire. Laissez-moi faire, dans ce cas. Je me charge de tout.

Rone ne répondit rien, mais lui lança un regard ouvertement moqueur.

Les carabiniers vénitiens se révélèrent courtois et galants, et très élégants dans leurs uniformes bleus impeccablement coupés. Ils se montrèrent aussi bien peu pressés de mener leur enquête. Ils se dirent désolés de ne pouvoir appréhender immédiatement le camionneur fautif : avec si peu d'indices, n'est-ce pas, c'était bien difficile. Ils déplorèrent aussi qu'un tel accident leur fût arrivé en Italie, et ils espérèrent que Rone et Joletta ne garderaient pas pour autant un trop mauvais souvenir de leur beau pays. Enfin, ils leur souhaitèrent une excellente fin de séjour. Comme ils étaient heureux que personne n'ait été sérieusement blessé ! Et le signor Adamson, sa coupure avait-elle cessé de saigner ? *Va bene.* Les deux visiteurs n'auraient par conséquent que les frais de remorquage à payer, ainsi que l'indemnité de l'agence de location. Ils étaient assurés, n'est-ce pas ? *Bene, bene.* Il ne leur restait donc que quelques douzaines de formulaires à remplir...

Il était très tard quand ils revinrent enfin au quai où Caesar avait garé sa voiture. Rone et Joletta reconnurent instantanément l'autobus du groupe, stationné à quelques mètres de là : on déchargeait justement leurs bagages, pour les empiler sur un bateau-bus qui les emporterait jusqu'à leur hôtel. Tandis qu'ils se dirigeaient vers l'hôtel, Joletta émit l'opinion qu'ils pourraient peut-être encore profiter de la promenade en gondole et du souper prévus dans le voyage.

— Non ! s'écria Caesar d'une voix forte, comme si on lui arrachait le cœur. Mangez avec moi, je vous en supplie. J'ai un cousin qui tient un excellent restaurant, très réputé. Ensuite, vous vous promènerez en gondole, si vous le voulez. Mais pas une de ces gondoles à touristes, avec leurs gondoliers de pacotille! Non, non ! Une vraie promenade en vraie gondole, dans la nuit, très romantique. Je vous assure...

Jusque-là, Caesar s'était montré un allié de poids : il avait plaidé leur cause auprès des carabiniers avec toute la fougue et la passion que leur situation délicate semblait exiger ; il avait gentiment transporté Rone et Joletta dans sa voiture ; et il les avait aimablement raccompagnés à leur hôtel en déclinant pour eux les propositions des innombrables guides et chauffeurs de bateaux-taxis qui guettaient le touriste naïf. Joletta lança un bref regard à Rone, et constata qu'il la regardait aussi.

Sa chemise portait quelques taches de sang séchées.

— Nous aurons sûrement besoin d'un peu plus de temps que les autres pour nous préparer à cette soirée, dit-elle.

— En effet, répondit Rone. De plus, je n'ai pas vraiment envie de dîner tôt avec le groupe.

— Dîner tôt ? s'exclama Caesar. Mais nous sommes en Italie, voyons. Ici, personne ne mange avant dix ou onze heures du soir !

Rone approuva d'un hochement de tête.

— Alors, c'est d'accord ! dit-il. Nous irons au restaurant de votre cousin. Mais à une condition : c'est moi qui vous invite.

Caesar protesta avec force gestes et vociférations, les suppliant d'accepter son hospitalité. Mais Rone ne céda pas sur ce point, et il fut convenu que Caesar passerait les prendre à leur hôtel, en bateau-taxi, quelques heures plus tard.

Les voyant se serrer la main, Joletta pensa que les deux hommes, à défaut de s'apprécier réellement, avaient résolu de se montrer courtois l'un envers l'autre. Cela n'expliquait pas, cependant, que Rone eût accepté de dîner avec Caesar... Joletta en conclut qu'il voulait peut-être simplement gagner du temps pour enquêter sur lui, et voir s'il était bien l'homme qu'il prétendait être.

Les clefs de leurs chambres étaient suspendues d'immenses porte-clefs de laiton en forme de cloches, destinés à leur rappeler qu'ils devaient les laisser à la réception en quittant l'hôtel. Joletta craignait que Rone n'insiste pour qu'elle partage sa chambre. Elle entreprit de l'en dissuader, tandis qu'ils gravissaient les marches de l'escalier.

— N'en dis pas plus, dit Rone très vite. Je sais que tu as été extrêmement embarrassée qu'on nous voie sortir ensemble de ma chambre, ce matin, et je ne veux en aucun cas que cela se reproduise.

— Très bien !

— Parfait !

Joletta lui adressa un sourire reconnaissant.

— Je ne m'attendais pas à te trouver si raisonnable, avoua-t-elle.

— Mais je suis un homme extrêmement raisonnable, ma chère.

Il lui prit la clef des mains, ouvrit la porte de sa chambre, et entra.

— Puisque tu ne veux pas qu'on nous voie sortir de ma chambre, dit-il, nous dormirons dans la tienne !

Joletta, stupéfaite, resta figée sur le seuil. Au bout de quelques secondes, elle entra et claqua la porte derrière elle avec véhémence.

— Quel culot ! s'exclama-t-elle.

— N'est-ce pas ? répondit-il.

Il alla à la fenêtre, et ouvrit grand les volets de bois. Des murs de pierre ocre apparurent, surmontés de toits de tuiles rouges hérissés d'antennes de télévision. Quelques mètres plus loin, le dôme d'une église et un petit clocher surplombaient le canal, qui clapotait au pied de l'hôtel. Rone se retourna vers Joletta.

— Je ne te laisserai certainement pas dormir seule après ce qui s'est passé, expliqua-t-il d'un ton plus sérieux. Même si tu avais une armée de gardes du corps pour te protéger...

Joletta soutint son regard un long moment, puis s'affaissa sur le lit, qui occupait presque toute la pièce.

— Tu parles de l'accident de cette après-midi ?

— Je croyais que nous avions laissé tomber la théorie de

l'accident depuis Lucerne... Tu as failli te faire tuer, Joletta.

— Toi aussi.

— Je sais.

Joletta tourna la tête vers lui. Rone la considérait avec sérieux et respect. Elle baissa les yeux de nouveau, et passa la main sur le couvre-lit bleu et or.

— C'est incroyable, dit-elle à voix basse, presque pour elle-même.

— Cela prouve que tu es honnête. Les gens honnêtes ont toujours beaucoup de peine à croire que d'autres peuvent être violents, cupides et sans scrupules.

Joletta prit une profonde inspiration. Elle avait certaines choses à confesser à Rone, des choses qu'elle lui avait tues jusqu'à présent, mais qu'elle se devait de lui révéler maintenant, puisqu'il semblait résolu à s'attacher à ses pas où qu'elle aille. Comment lui confier, cependant, que les gens les plus mal intentionnés à son égard étaient précisément des membres de sa propre famille? Elle-même avait du mal à s'en persuader.

Elle leva brusquement la main, tourna vivement la tête et mesura d'un coup d'œil le lit, le traversin et les deux oreillers placés dessus côte à côte. Puis elle regarda Rone.

— C'est un lit double, dit-elle.

— En effet, c'est un lit double, répéta-t-il d'une voix neutre.

L'air parut vibrer entre eux. Quelques longues secondes s'écoulèrent en silence, puis Joletta ferma les yeux. Elle se pencha et appuya ses coudes sur ses genoux en prenant sa tête dans ses mains : la migraine avait repris.

— Mon Dieu! murmura-t-elle. Combien de temps ce voyage va-t-il encore durer?

Caesar aimait sincèrement sa ville et son pays. Sa voix vibrait de fierté quand il leur désignait du doigt les bâtiments et les monuments dignes d'intérêt. Son regard rayonnait de bonheur, et il cherchait constamment des yeux quelque pierre ou quelque détail architectural à livrer à leur admiration.

Le bateau-taxi les emmena jusqu'à la place Saint-Marc, d'où ils marchèrent jusqu'au restaurant. Celui-ci était situé dans l'une de ces petites rues qui s'enchevêtrent autour de la célèbre place. La soirée était déjà bien avancée, et les touristes avaient déserté les lieux. Joletta, Caesar et Rone avaient presque toute la place Saint-Marc pour eux seuls, et ils se plaisaient à écouter le bruit de leurs pas se répercuter sur le pavé, contre les arches de pierre byzantines, et contre les centaines de colonnes qui luisaient doucement sous le clair de lune.

Caesar jeta un regard furtif à Joletta tandis qu'ils marchaient.

— *Bella, no ?* demanda-t-il à voix basse.

— *Si*, répondit-elle. *Bella, bella.*

Rone, qui se tenait de l'autre côté de Joletta, pointa du doigt un vol de pigeons par-dessus un clocher ; leurs ailes semblaient vibrer de la lumière de la lune. Joletta sourit et s'aperçut avec bonheur qu'elle reprenait goût à son voyage.

Ainsi, deux jeunes hommes très séduisants l'encadraient, et faisaient tout ce qu'ils pouvaient pour capter son attention. Elle s'en trouva grisée et flattée, bien qu'elle ne sût pas exactement ce qu'elle avait bien pu faire pour mériter pareil hommage. Jamais elle ne s'était imaginée en femme fatale, et elle n'avait nulle intention de monter Rone et Caesar l'un contre l'autre. À vrai dire, elle redoutait les tensions et conflits qui pourraient éclater entre eux. Cependant, elle aimait follement marcher la nuit dans Venise, si bien entourée.

Au restaurant, les serveurs entrèrent dans la danse. Ils adressaient à Joletta des sourires à faire rougir, et lui murmuraient en passant des compliments embrasés. Ils observaient avec une telle insistance chacun de ses gestes, qu'elle finit par se demander si ce n'était pas son attitude qui, sans qu'elle s'en rende compte, attisait leur galanterie. Tout cela commençait à devenir terriblement embarrassant.

Le serveur avait déjà retiré les assiettes à salade de Rone et de Caesar quand un homme blond, la trentaine avancée, s'approcha avec grâce de Joletta, et retira non seulement son assiette à salade, mais aussi sa grande assiette. Elle crut d'abord qu'il s'agissait d'une erreur, puisque ses deux amis avaient gardé leurs grandes assiettes. Le serveur apporta ensuite les pâtes : des fettuccine nappés d'une délicieuse sauce à la crème et aux fruits de mer. Étant la seule femme, Joletta pensa qu'elle serait servie la première. Non seulement il n'en fut rien, mais on ne servit pas Joletta.

Le serveur revint enfin et déposa devant elle un plat doré de forme carrée. Puis arrivèrent ses fettuccine, une part bien plus généreuse que celle des deux hommes. Enfin, le garçon lui apporta du parmesan fraîchement râpé, sans en proposer aux messieurs.

— C'est un hommage à votre grande beauté, dit Caesar, amusé de voir les joues de Joletta s'empourprer. Tout ce qu'on attend de vous, c'est un simple « merci ».

Joletta remercia poliment le serveur et trouva le tout extrêmement charmant. Outre la présence de Rone et de Caesar, l'attitude du personnel du restaurant lui donnait le sentiment d'être une femme vraiment exceptionnelle... ne fût-ce que pour une seule soirée. Quand elle sortit, Joletta sentit effectivement transformée sa façon de sourire et de marcher. Et surtout, elle éprouva un changement intérieur. Ignorant si cette douce euphorie allait durer, elle résolut d'en profiter le plus possible.

Toutes les vraies gondoles étaient noires, non seulement par obligation mais aussi par tradition, comme l'expliqua Caesar. Celle qu'il avait louée pour leur petite balade reluisait de la proue à l'arrière surélevé. Cinq personnes pouvaient s'y asseoir. Sur la coque, des hippocampes de laiton brillaient doucement. Joletta voulut se persuader qu'il s'agissait d'une gondole typique de Venise reflétant le mode de vie des Vénitiens.

Vêtu d'une chemise rayée de noir et de blanc, le gondolier avait fière allure. Il se montrait tout à la fois entreprenant et courtois. « Très italien », pensa Joletta. C'est lui qui l'avait aidée à monter à bord, tandis que Caesar et Rone se chamaillaient poliment pour déterminer la place de chacun. Quand ils virent Joletta à bord, ils se regardèrent, l'air interdit, et se précipitèrent à leur tour dans la gondole. Rone réussit à s'asseoir à côté de Joletta tandis que Caesar, non sans avoir réprimé un mouvement théâtral de désespoir, se résignait à occuper le siège devant elle. Mais il mit un point d'honneur à se retourner le plus souvent possible pour lui parler.

Le grand canal était assez bien éclairé, moins, cependant, que les rues de la plupart des grandes villes européennes. L'éclairage était juste assez tamisé pour entretenir l'atmosphère romantique qui planait sur la ville. Le vent soufflant de l'Adriatique était frais, mais suffisamment discret pour ne susciter que de légères vagues sur l'eau. Le clapotis régulier de l'eau agitée par la rame du gondolier était presque hypnotique. La lumière de la lune baignait les bâtiments et leur donnait une allure irréelle.

À mesure qu'ils avançaient sur le canal, Caesar pointait du doigt les maisons les plus célèbres de Venise, notamment celle de Casanova. Il leur montra aussi la maison de Marco Polo, et fit observer que l'eau arrivait bien au-delà des fondations, ce qui était le signe certain que la ville s'enfonçait lentement dans la lagune. Étendant le bras d'un large geste pour donner plus de poids à ses explications, Caesar laissa nonchalamment retomber sa main sur le genou de Joletta. Celle-ci, très absorbée par les bâtiments qui défilaient sous ses yeux, ne s'en aperçut pas.

Rone fut prompt à réagir : il referma très vite sa main sur celle de Caesar et la reposa près de lui, sur son siège. Son visage était souriant, mais ses yeux trahissaient une impatience certaine, et semblaient lancer un défi mystérieux à l'Italien. Caesar étouffa un juron. Puis le pont Rialto se profila devant eux, et il entreprit d'en faire l'historique et l'analyse architecturale.

Quelques minutes plus tard, ils obliquèrent dans un canal plus étroit. Ils y furent rejoints par une autre gondole, qui promenait un chanteur et un accordéoniste. À la demande de

Caesar, la gondole ralentit et le chanteur, un homme mince à la chevelure sombre, leur susurra de sa belle voix chaude « Santa Lucia », « O sole mio », « Torna a Surriento » et « Non ti scordar di me ». Sur les ponts, les passants qui se promenaient s'arrêtèrent pour l'écouter. Un homme, qui marchait sur le trottoir étroit au bord de l'eau, accompagna le chanteur pendant quelques minutes. Enfin, ils s'éloignèrent.

Les romances, la participation impromptue d'un parfait inconnu au concert improvisé, la musique sur l'eau, tout cela parut soudain terriblement caricatural à Joletta. Cependant, elle devait convenir que cela lui plaisait. Elle décida finalement d'accepter ce plaisir, et de profiter pleinement de tous ces beaux instants qui s'offraient à elle. Elle se cala plus profondément dans son siège de velours, s'appuyant mollement sur le coussin. Rone avait étendu son bras sur le dossier, derrière elle. Elle y appuya la tête avec volupté.

Elle se demanda soudain si c'était sur ce canal que donnait la chambre d'Alain et Violette. Après tout, il était fort probable que le *palazzio* aux galeries ornées de dentelle de pierre fût encore debout. Il était déjà là probablement depuis trois cents ans quand Alain et Violette y avaient dormi. Cent quarante ou cent cinquante ans de plus n'avaient pu le transformer en ruines. Venise avait certes beaucoup changé depuis le siècle dernier, mais à plusieurs égards, elle était restée tout à fait la même.

La gondole approchait d'une intersection. Le gondolier lança le cri traditionnel de mise en garde, puis il dirigea son long bateau dans le canal perpendiculaire. Celui-ci était tout à fait sombre, et bordé de murs sans ornement. Ils avancèrent dans une pénombre de plus en plus épaisse, jusqu'à ce que Rone et Joletta ne puissent plus distinguer Caesar, et que la proue de la gondole leur fût devenue complètement invisible.

— Parfait, dit Rone.

Il se tourna vers Joletta et lui prit le visage dans les mains pour l'attirer vers lui. Ses lèvres se posèrent doucement sur celles de Joletta.

La douceur du baiser et le romantisme du cadre transportèrent Joletta. Elle devait avoir été contaminée par les Européens, pensa-t-elle, car elle ne s'inquiéta même pas de la présence proche du gondolier et de Caesar dans le noir. Elle se tourna vers Rone et posa sa main sur sa poitrine ferme, où elle sentit son cœur battre à grands coups. Elle se pressa contre lui et accueillit avec bonheur l'impulsion qui les poussait l'un vers l'autre, comme elle avait accueilli la beauté du cadre et les chansons de l'autre gondole.

Rone resserra son étreinte. Il dessina le contour de ses lèvres du bout de sa langue, demandant et obtenant son consentement muet. Leurs langues se caressèrent avec délices, tandis que leurs bouches se pressaient plus fort encore l'une contre l'autre.

Joletta se blottit tout contre Rone, submergée par le désir qui la faisait vibrer. Une griserie soudaine s'éleva en elle, et la fit frissonner.

La lumière revint peu à peu sur le canal.

À regret, Rone s'écarta d'elle. Joletta n'avait rien sur les bras, et la nuit lui parut soudain plus fraîche. Elle ne voulait pas que Rone s'éloigne. Depuis combien de temps ne s'était-elle pas sentie si vivante, si désirable, et si heureuse ?

Tout cela n'était qu'une folie, certes, et elle le savait. À chacun de ses pas se dressaient des gens qu'elle ne connaissait pas, et visiblement très mal intentionnés à son égard.

Mais peut-être le danger contribuait-il à son ivresse, au lieu de la tempérer.

Ce qu'elle ressentait n'était peut-être aussi que la griserie de la liberté : la liberté d'être loin de chez elle et des gens qu'elle connaissait ; la liberté de se trouver seule, sans comptes à rendre à qui que ce soit.

Joletta méconnaissait les vraies raisons de son bonheur et de son ivresse, et entendait continuer à les ignorer. Elle voulait seulement jouir le plus possible de cette liberté nouvelle, et de cette douce griserie.

Le frisson intérieur qui la parcourait l'accompagna jusqu'à

la fin de leur promenade en gondole, et durait encore quand Caesar lui baisa la main pour lui souhaiter bonne nuit, à leur retour au quai. Il durait encore quand ils se dirigèrent vers leur hôtel, et gravirent les escaliers jusqu'à leur chambre ; il durait encore quand Rone en ouvrit la porte...

Joletta entra la première et, sans réfléchir, tendit la main vers l'interrupteur pour allumer. Rone lui saisit le poignet, et elle crut qu'il avait vu ou entendu quelque chose de louche dans la pièce.

Mais tout était parfaitement normal.

Rone referma la porte dans l'obscurité, attira Joletta vers lui, et l'étreignit.

Ses lèvres étaient chaudes et pressantes. Joletta se sentit soulevée de terre, et Rone la déposa sur le lit, dans le rayon de lune qui entrait par la fenêtre grande ouverte. Il s'assit ensuite près d'elle, et ses épaules, sa tête et sa chevelure se découpèrent dans la lumière argentée, tandis que son visage restait dans l'ombre. Un court instant, Joletta eut le sentiment d'avoir affaire à un inconnu, et elle en trembla.

Puis Rone s'allongea près d'elle, la rejoignant dans le rayon de lune. Elle retrouva avec bonheur son visage familier.

Nimbés de la lumière lunaire, ils se pressèrent l'un contre l'autre, bouches et hanches étroitement serrées.

Cette étreinte était inévitable, pensa Joletta. Elle en avait la certitude depuis qu'il l'avait embrassée dans la gondole. Ou depuis qu'il l'avait sortie de la voiture accidentée. Ou même depuis qu'il l'avait embrassée sur la passerelle de Lucerne, ou encore depuis qu'ils s'étaient retrouvés à Paris... Joletta avait le sentiment que, toute sa vie, elle avait attendu cet instant sans le savoir.

Le vin l'euphorisait encore, tandis que tout son corps s'alourdissait d'une douce langueur. Du bout des doigts, elle effleura le visage de Rone, la ligne ferme de sa mâchoire, et ses joues. Il prit le visage de Joletta dans ses mains et lui caressa les joues très délicatement. Pendant un long moment, leurs yeux se cherchèrent et se guettèrent dans l'obscurité, pleins de promesses.

Joletta resserra ses bras autour des épaules de Rone, et sentit sa poitrine ferme se presser contre la sienne, et son bassin s'appuyer contre ses hanches. Rone la désirait, son corps le trahissait. Joletta le perçut à travers le coton léger de sa jupe, et son cœur battit plus vite encore. L'odeur de Rone, celle du coton et du bois de santal, mêlée à son odeur d'homme et à celle de cette nuit vénitienne, tout l'incitait à l'abandon. Son propre Fleur de Thé vibrait dans l'air comme une voix féminine et, ensemble, tous ces parfums semblaient jouer une symphonie érotique.

Rone connaissait les femmes. La fermeté de sa main sur ses seins et son habileté à déboutonner son chemisier le prouvèrent. Mais Joletta non plus n'était pas une novice, même si sa relation avec son ex-fiancé avait été brouillonne et précipitée, et à bien des égards, décevante. C'était la première fois que Joletta ressentait vraiment cette urgence d'aimer et de s'abandonner au plaisir. Jamais elle n'avait éprouvé cet impérieux besoin, cette irrésistible envie d'assouvir très vite un désir flamboyant, mêlée à une volonté très ferme de prolonger l'attente pour augmenter la jouissance. Elle voulait faire partie de Rone et l'accueillir en elle pour qu'il fasse partie d'elle. Elle désirait tout savoir de lui.

Mais cela était-il possible? Était-il possible qu'une personne en connût jamais complètement une autre?

Ses réflexions s'envolèrent à la première brise fraîche qui s'engouffra par la fenêtre. Rone lui ôta son chemisier et fit courir sa bouche caressante le long de son cou, jusqu'à ses seins. Il détacha son soutien-gorge en l'embrassant avec fièvre. Joletta frissonna.

Une vague de chaleur parcourut sa peau, et son cœur cognait si fort qu'elle craignit que toute la ville l'entende. Elle aida son compagnon à lui enlever sa jupe, et quand la bouche de Rone descendit encore le long de son ventre, elle palpita de bonheur. Elle lui passa les mains dans les cheveux et voulut l'empêcher d'aller plus loin. Puis, étouffant un râle sourd au fond de sa gorge, elle s'abandonna.

Lentement, sûr de lui, Rone appuyait sa bouche contre le creux de son ventre, s'imprégnait de sa douce odeur, et goûtait du bout de la langue la chaleur de sa peau. Il remonta enfin et gravit de sa bouche les seins de Joletta, gorgés de désir. Joletta fut secouée par un spasme de plaisir quand les lèvres de Rone se refermèrent doucement sur la pointe de son sein.

Joletta ne savait pas que cela pût se passer ainsi, comme une vague de délices douce et impérieuse. Elle leva une main tremblante vers le visage de Rone, et caressa délicatement ses pommettes. Elle sentit le mouvement régulier de sa mâchoire tandis que, du bout de sa langue, il lui caressait toujours le mamelon. Elle éprouva un désir grandissant et irrépressible de se donner, ainsi qu'une sensation de plénitude parfaite, qui lui fit monter un sanglot à la gorge.

Rone dirigea sa bouche vers son autre sein, le caressant avec tout autant de douceur et de passion. Puis il pressa ses lèvres à l'endroit précis où le cœur de Joletta battait à tout rompre, presque à fleur de peau. Enfin, il remonta encore et chercha sa bouche, tandis que sa main descendait doucement vers le triangle soyeux qui s'ouvrait entre ses cuisses.

Le plaisir fit voler en éclats toutes les barrières qui résistaient encore en Joletta, et elle voulut livrer à Rone tous ses espaces secrets jalousement gardés jusque-là. Rone se montrait assuré, ferme et caressant, et il sut encore accroître le désir qu'elle avait de lui. Joletta gémit. Elle se serra contre lui, et s'abandonna à l'ivresse du plaisir, tout en craignant que les mains de Rone ne cessent leurs grisantes caresses. Soulevée par la volupté, elle ouvrit ses cuisses pour s'y livrer plus complètement encore.

Rone y dirigea sa main, puis sa bouche. Le cœur battant, Joletta succomba avec ravissement à ce nouvel assaut de douceur. Son plaisir s'accrut encore tandis qu'elle caressait les épaules de Rone, et qu'elle sentait sous ses doigts la fermeté de son corps, répondant si bien à sa propre douceur.

La bouche de Rone glissait doucement sur les creux et les

reliefs de son corps, allumant chaque fois un feu plus grand, qui abolissait le passé et le futur, et ne laissait aux deux amants que le besoin impérieux de s'aimer encore.

Puis, leurs deux corps tendus à l'extrême, Joletta accueillit Rone en elle, ses hanches ondulant au rythme de son désir.

Ils furent transportés de plaisir, dans leur chair et dans leur âme.

Ils firent durer la jouissance jusqu'à sa dernière limite, vibrant au rythme de la volupté. Joletta saisit les bras de Rone et se pressa plus fort contre lui, l'accueillant plus profondément en elle à chaque mouvement de son bassin. Le sang tambourinait à leurs tempes et semblait s'affoler un peu plus à chaque seconde. Ils atteignirent tous deux le sommet du plaisir, qui déferla sur eux comme une vague puissante.

Joletta sentit son cœur s'arrêter, puis reprendre avec la force et la joie d'un carillon un jour de fête. Elle étouffa un gémissement. Le plaisir parcourait toutes les veines de son corps, et incendiait chaque parcelle de sa peau, comme s'il ne devait jamais s'éteindre. Elle étreignit Rone plus fermement tandis qu'il ondulait une dernière fois, en murmurant son nom comme une incantation.

Ils retombèrent sur le lit, et l'air frais qui s'engouffrait par la fenêtre n'avait pas séché leurs corps que déjà, ils dormaient enlacés. Ils se réveillèrent à l'aube, toujours soudés comme un seul être.

Ils ouvrirent les yeux et se sourirent. Ce fut comme des retrouvailles.

15

Il n'aurait pas dû, se disait-il.

Debout sous le jet brûlant de la douche, Rone laissait s'effacer de sa peau l'odeur de bois de santal qui l'imprégnait toujours. Il aurait dû regretter les heures qu'il venait de vivre avec Joletta, mais il ne regrettait rien. Il voulait au contraire jouir de son bonheur à chaque seconde ; les regrets viendraient bien assez tôt.

Elle était différente de toutes les femmes qu'il avait connues jusque-là. Cela, il le savait pourtant depuis le début.

Elle s'était donnée à lui naturellement, comme une nymphe romaine, sans hésitation ni prétention, sans essayer de lui faire payer l'honneur dont elle le gratifiait.

Rone en était flatté.

Bien d'autres sentiments et impulsions se bousculaient en lui, mais il devait les maîtriser, s'il voulait laisser Joletta dormir quelques instants encore.

Comme elle était courageuse ! Et fière. Elle aurait pu se montrer hystérique, hier, après l'accident. Elle était restée calme, et ce n'était certes pas faute d'avoir imaginé ce qui aurait pu se produire. Elle avait bien pâli un peu, et ses yeux s'étaient agrandis quelques minutes, mais elle s'était bien gardée de lui faire porter le poids de sa peur.

Rone se rappela en souriant que, quelques minutes à peine avant l'accident, Joletta lui en voulait à mort de l'avoir enlevée au groupe. Elle avait eu bien raison de lui en vouloir, du reste. Mais Rone aurait préféré qu'elle l'insulte et se mette en colère contre lui, plutôt que de lui battre froid comme elle l'avait fait. Il se demanda si elle savait le pouvoir qu'elle avait exercé sur lui en cet instant. Consciemment ou non, elle lui avait infligé le plus affreux des supplices, en le condamnant au purgatoire du silence jusqu'à ce qu'il n'y puisse plus tenir.

À la réflexion, cela n'avait pas dû être délibéré de sa part. Du moins Rone l'espérait-il! Car si jamais Joletta découvrait à quel point elle pouvait le faire souffrir, il n'était peut-être pas au bout de ses peines.

Il était déjà venu à Venise à plusieurs reprises, mais jamais avec une femme qui regardait la ville avec tant de candeur et de joie, et qui se refusait avec tant de naturel à jouer les blasées. Joletta avait accueilli Venise dans ses yeux et s'en était laissée imprégner, rayonnante d'émerveillement comme la lagune sous le soleil. Tous ceux qui s'étaient approchés d'elle ce jour-là avaient été envoûtés, tous les hommes qu'ils avaient croisés, comme ce Zilanti, ainsi, naturellement, que Rone lui-même.

Il n'avait pas su résister. Le moment était trop beau, et Joletta trop magnifique sous le clair de lune vénitien.

Rone s'était découvert très jaloux. Caesar avait bien de la chance, en ce moment, de ne pas dormir pour toujours au fond du canal. Espèce de beau parleur, faiseur de phrases de...

« De la maîtrise de soi avant toute chose ! »

Rone avait grand besoin de réapprendre à se maîtriser. Il s'était cru capable de côtoyer Joletta à chaque seconde sans perdre son sang-froid ! Quel naïf ! Comment avait-il pu penser une chose pareille ?

Et maintenant ?

Maintenant, il allait jouer son rôle de Judas jusqu'au bout. Il emmènerait Joletta à la place Saint-Marc et attendrait. Il ne ferait semblant de rien et il aurait honte de sa traîtrise, comme jamais il n'avait eu honte de sa vie.

Il ferma le robinet et prit une serviette qu'il pressa longuement contre son visage. Il respira profondément deux, puis trois fois.

Il haïssait cette situation.

Il avait toujours su qu'il devrait jouer un double jeu. Il n'avait cependant pas deviné qu'il en souffrirait à ce point.

Le séjour du groupe en Italie devait durer une semaine encore. Aussi stupide et égoïste que cela paraisse, Rone voulait en profiter le plus possible.

Joletta ouvrit légèrement les yeux et regarda Rone sortir de la salle de bains. Elle ne put s'empêcher de sourire en le voyant avancer à pas précautionneux pour ne pas la réveiller. Elle dormait d'un sommeil léger en général, et il avait suffi que Rone se lève pour qu'elle se réveille. Cependant, elle ne voulait pas le lui dire : pourquoi l'aurait-elle embarrassé inutilement ?

Joletta n'avait jamais vraiment vécu avec un homme. Elle n'avait jamais vu, à son réveil, un homme marcher dans la lumière grise du petit matin, une serviette de toilette enroulée autour des hanches. Elle trouva le spectacle très agréable.

Des gouttes d'eau perlaient sur les épaules de Rone et sur son dos. Joletta les regarda briller et désira, non sans rosir un peu, les sécher de sa bouche.

Il s'était montré plus discret en Suisse, en s'habillant dans la salle de bains, pensa-t-elle. Le fait de se vêtir devant elle, ce matin, témoignait de l'intimité établie entre eux. Cela dérangea quelque peu Joletta, puis elle se dit qu'elle ferait mieux de s'y habituer tout de suite. Elle se doutait cependant qu'il ne devait pas toujours être facile de vivre dans l'intimité d'un homme.

Rone se mit à siffloter doucement, tout en enfilant une paire de *jeans*. Joletta le vit ensuite sortir une petite cafetière de sa valise. Il alla la remplir d'eau dans la salle de bains. Quelques secondes plus tard, une bonne odeur de café frais moulu venait chatouiller les narines de Joletta, tandis que l'eau bouillante chantait à ses oreilles.

Rone revint dans la chambre sans faire de bruit, et alla s'appuyer contre le chambranle de la fenêtre, les bras croisés sur sa poitrine nue, et les yeux fixés sur les toits. La lumière blafarde du matin lui donnait un air songeur, peut-être triste. Qu'est-ce qui pouvait tant le troubler? Des tracas professionnels? Des soucis la concernant?

Joletta fut sur le point de le lui demander, puis elle se ravisa, le connaissant trop peu pour l'interroger sur ses préoccupations professionnelles. Et si c'était à cause d'elle que Rone affichait un air sombre, elle n'en voulait rien savoir!

Elle s'étira et s'appuya sur un coude.

— Est-ce que c'est la bonne odeur du café que je sens? demanda-t-elle d'une voix enjouée.

Rone tourna la tête vers elle et lui sourit doucement.

— Oui, dit-il. J'espère que je ne l'ai pas fait trop fort pour toi.

— Aucun café n'est trop fort pour les gens de la Nouvelle-Orléans.

Rone la regarda quelques instants sans mot dire.

— Je suis désolé pour hier soir, dit-il enfin.

— Ce n'est pas très flatteur pour moi, répondit-elle d'un ton délibérément léger.

— Oh, non, dit Rone en souriant. Je veux dire que je regrette de ne pas t'avoir protégée. Je l'aurais fait si j'avais su, mais je n'avais pas prévu du tout ce qui s'est passé.

— Moi non plus, répondit Joletta d'une voix presque soulagée.

Elle venait de comprendre qu'il parlait de protection physique : elle-même, d'ailleurs, n'avait pensé ni aux risques de grossesse, ni aux autres.

— Alors, nous n'y avons pensé ni l'un ni l'autre, conclut Rone avec un sourire dans la voix. Mais il n'est peut-être pas trop tard pour trouver une pharmacie?

Le ton interrogateur de sa voix montrait qu'il ne tenait rien pour acquis en ce qui la concernait. Elle comprit que Rone la laissait décider de la suite à donner à leur première nuit d'amour. Elle tint à lui rendre la politesse.

— En effet, il n'est peut-être pas trop tard, dit-elle. Penses-tu que nous en aurons le temps ?

— Oh, nous trouverons bien une minute ou deux pour acheter tout ce qu'il nous faut.

Joletta éclata de rire. Deux secondes plus tard, Rone se jetait sur le lit et s'amusait à rebondir sur les ressorts du sommier. Puis il roula sur Joletta et s'appuya sur ses deux coudes pour mieux la regarder. Ses yeux pétillaient d'exaltation. Elle soutint son regard un long moment, puis elle posa sa main sur sa nuque et abaissa doucement son visage vers elle pour l'embrasser.

Les pigeons affluaient sur la place Saint-Marc, formant des nuées autour des vendeurs de graines. Le soleil allumait des reflets roses et verts sur leurs plumes. Ils s'envolaient à grand bruit au passage des groupes de touristes ou d'écoliers italiens, qui traversaient la place à pas pressés pour se rendre au Palais des Doges ou à la basilique. Comme les cloches de bronze sonnaient l'heure, les pigeons s'élevèrent dans le ciel comme des nuages d'anges.

Joletta observait l'activité sur la place Saint-Marc tandis qu'elle dégustait un cappuccino à une terrasse avec Rone. Elle pensa que les pigeons de Venise avaient les mêmes petites pattes rouges et les mêmes dispositions amoureuses que leurs confrères de la place Jackson, à la Nouvelle-Orléans. Cette constatation l'amusa.

Cependant, il n'y eut pas que les pigeons pour lui rappeler la Nouvelle-Orléans. Une jeune femme, grande et blonde, traversa soudain la place et se dirigea droit vers elle, se frayant un passage entre les groupes de touristes et les vendeurs de cartes postales et d'écharpes : Nathalie.

Joletta sentit une bouffée de colère lui monter au visage. Certes, elle ne s'étonnait pas que Nathalie l'eût retracée. Cependant, elle trouvait sa cousine bien téméraire d'oser l'affronter ainsi, sans vergogne, après tout ce qu'elle avait fait.

Elle envisagea d'abord de se lever et de partir, ou de refuser d'adresser la parole à Nathalie. Mais à quoi cela l'avancerait-il? Il faudrait bien s'expliquer un jour ou l'autre, et le plus tôt serait le mieux.

Vêtue d'une robe haute couture dans des tons vifs de rose et de jaune, Nathalie adressa un salut de la main à Joletta. Les douzaines de bracelets d'or et d'émail qu'elle portait aux deux poignets cliquetèrent vigoureusement, faisant fuir les pigeons en tourbillons désordonnés.

— Bonjour, ma chère cousine! s'exclama Nathalie en approchant. Je savais bien que tu viendrais sur la place Saint-Marc. Quiconque passe à Venise finit toujours par y atterrir.

Joletta lui lança un « bonjour » très froid, que Nathalie reçut sans s'émouvoir, ni s'étonner. Elle détailla Joletta des pieds à la tête.

— Tu es très en beauté, dit-elle. Venise te réussit bien.

Elle se tourna ensuite vers Rone, qui s'était levé galamment à son arrivée.

— Ou peut-être est-ce ton compagnon de voyage qui te rend si belle, poursuivit Nathalie. Aurais-tu la bonté de nous présenter?

Joletta les présenta, et Rone se contenta d'un bref signe de tête en guise de salut à Nathalie. Il avait le visage légèrement crispé, comme si la venue intempestive de la cousine de Joletta le contrariait. La conversation de Nathalie ne l'amena pas à se détendre.

— Je vois que ton goût s'améliore, poursuivait l'impitoyable cousine. Ainsi donc, les artistes barbus qui n'ont rien à dire et les professeurs pédants qui parlent trop, c'est du passé pour toi?

Joletta crut percevoir une certaine jalousie dans la voix de sa cousine. Le grand jour vénitien n'avantageait pas tellement Nathalie, trahissant les cernes que les nuits de fête et l'alcool avaient creusés sous ses yeux, et soulignant cruellement les rides que la contrariété dessinait entre ses sourcils.

Nathalie prit une chaise pour s'installer à leur table, sans pourtant y avoir été invitée. Rone se précipita pour la lui avancer, tandis qu'elle lui décochait un sourire enjôleur par-dessus son épaule.

— Rone... dit-elle d'une voix mutine. On dirait un nom de cow-boy. En êtes-vous un?

— Pas vraiment, répondit-il.

— Que voulez-vous dire? demanda Nathalie en claquant des doigts pour appeler le serveur. Dites-moi vite : je brûle de savoir.

— J'ai tous les instincts du cow-boy, mais je n'ai pas de cheval.

Nathalie prit un air malicieux.

— Et de quels instincts s'agit-il, exactement?

Rone la fixa d'un regard neutre, et se rassit calmement.

— Disons que j'aime voler au secours de la veuve et de l'orphelin, et que j'ai la détestable habitude de régler les différends à coups de poing dans la figure.

— Un homme d'action! s'exclama Nathalie en s'appuyant sur son coude. Comme c'est excitant!

Joletta lui jeta un regard assassin. La conversation entre Rone et Nathalie avait des intonations bizarres, fausses. Nathalie parlait d'un ton légèrement moqueur, et posait sur Rone des regards presque menaçants. Elle semblait constamment lui lancer de mystérieux défis.

Nathalie se plaisait en la compagnie des hommes, qu'elle préférait de loin à celle des femmes. Elle ne s'en cachait pas, d'ailleurs. Où qu'elle aille, elle s'efforçait toujours de captiver l'attention d'un homme. Elle pouvait même aller très loin dans ce sens, s'il le fallait.

La réaction de Rone, par contre, surprit beaucoup Joletta. Le visage toujours crispé, Rone se renfonça dans son siège, comme s'il voulait mettre une distance entre Nathalie et lui.

Et comme il n'avait rien répondu à sa dernière remarque, Nathalie lança un rapide coup d'œil à Joletta, avant de revenir très vite sur lui.

— Est-ce que vous venez de vous rencontrer, demanda-t-elle abruptement, ou est-ce que vous vous fréquentez depuis un certain temps ?

— Quelle importance ? rétorqua Joletta. À moins que tu ne craignes qu'il ne te gêne ?

Nathalie se tourna vers sa cousine en ouvrant de grands yeux ébahis.

— Pourquoi es-tu si agressive, Joletta ? Et de quoi parles-tu, exactement ?

— Tu sais très bien de quoi je parle. Et je m'étonne que tu aies le front de venir vers moi alors que tu as failli nous tuer hier !

— Vous tuer ? Moi ? Tu lis trop de romans policiers, ma chère.

Joletta soutint le regard de sa cousine jusqu'au bout.

— Tu ne l'as peut-être pas voulu, mais figure-toi que notre voiture a pris feu après que le camion nous a poussés dans le fossé !

— Non, mais, attends une minute... commença Nathalie en fronçant les sourcils.

— C'était une manœuvre basse et mesquine, et très proche de la tentative de meurtre, je te signale.

— Tu t'imagines vraiment que j'ai télécommandé cet accident ?

Joletta pensa que Nathalie décidément feignait très bien la surprise. Mais n'avait-elle pas toujours été dissimulatrice dans l'âme ?

— Je t'ai vue à Paris. Et je sais pertinemment que tu me suis partout où je vais.

Nathalie tourna la tête vers Rone, qui fixa sur elle un regard dépourvu de toute expression. Nathalie s'adressa derechef à sa cousine.

— Ainsi, tu penses... Mais c'est ridicule, voyons, nous sommes cousines ! Quant à te suivre... vraiment, c'est du délire, ma chère. Je suppose que tu as trouvé le journal, puisque tu étais dans les petits papiers de Mimi, et que tu

272

connaissais la maison sur le bout des doigts. Mais si tu y avais trouvé la formule, cela se saurait! J'imagine que « quelque chose » t'a incitée à venir ici. Mais après tant d'années, tu n'as pas une chance sur un million de découvrir ce que tu cherches!

— Alors, que fais-tu en Europe?

Nathalie étouffa un rire discret.

— J'ai ma vie, figure-toi. Je passais par là, et je voulais savoir ce que tu devenais.

Joletta n'en crut pas un mot, naturellement. Mais elle préféra n'en rien laisser paraître.

— Et tante Estelle et Timothy, sont-ils avec toi?

— Je n'ai aucune idée de l'endroit où mon frère peut bien être. Il a parlé de Cascais, ou Corfou, peut-être. Je ne sais plus. Pour lui, rien ne vaut une bonne plage, tu le sais aussi bien que moi. En ce qui concerne ma mère... La dernière fois que je l'ai vue, elle partait pour New York pour y rencontrer Lara Camors. Les Cosmétiques Camors ont d'immenses laboratoires, tu sais, qui leur servent à fabriquer leurs propres parfums... mais qui peuvent également leur servir à déterminer la composition des parfums des concurrents. Ma mère a emmené un échantillon de Jardin de Cour pour le faire analyser.

— Ça ne marchera pas, dit Joletta d'une voix blanche.

Nathalie eut un geste vague de la main.

— Ma mère semble convaincue du contraire. Or, elle finit toujours par obtenir ce qu'elle veut... D'une façon ou d'une autre, elle finit toujours par arriver à ses fins.

De cela, Joletta ne doutait pas un seul instant : sa tante était prête à tout pour assouvir sa cupidité.

— Tu ne nous as toujours pas dit où tu allais comme cela, dit-elle.

Nathalie se tourna vers le serveur qui approchait pour prendre sa commande.

— Eh bien... Je devais rencontrer une amie et passer quelque temps avec elle dans un centre de repos, pour me remettre de la saison hivernale, mais elle a eu un empêchement.

— Quel dommage! répondit Joletta d'un ton légèrement ironique.

— Vous ne verriez aucun inconvénient, dit Nathalie avec son plus beau sourire, à ce que je reste avec vous jusqu'à l'arrivée de mon amie, n'est-ce pas?

— Je ne pense pas que tu apprécies beaucoup notre compagnie, répondit Joletta. Nous faisons un voyage organisé.

Nathalie éclata de rire, et se tourna vers Rone.

— Un voyage organisé! s'exclama-t-elle. Avec guides, poulet rôti tous les soirs, et retraités en cheveux violets et chemises de polyester?

— La plupart des dames du groupe portent plutôt des chemisiers de soie, répondit Joletta d'une voie égale. Mais en gros, c'est cela, oui.

— Eh bien! Si vous vous y êtes faits, j'imagine que je le pourrai aussi, rétorqua Nathalie avec une moue méprisante.

— Pas question.

Rone avait parlé d'un ton sans appel. Joletta l'observa, interloquée. Rone posait sur Nathalie un regard d'une dureté surprenante de sa part. Le voyant manifester si clairement qu'il préférait rester seul avec elle, Joletta sentit une bouffée de plaisir lui rosir les joues.

— C'est à ma cousine que je m'adressais, fit Nathalie d'une voix haut perchée.

Rone lui décocha un sourire crispé.

— Je n'ai nullement l'intention de me montrer désagréable avec la famille de Joletta, dit-il. Mais nous préférons être seuls. Je suis sûr que vous comprendrez.

— Eh bien! s'exclama Nathalie en se retournant vers sa cousine. Comme c'est intéressant!

— Cela n'a rien d'étonnant, rétorqua Joletta.

Nathalie ne pouvait quand même pas deviner qu'ils venaient juste de se rencontrer...

— Pour certaines personnes, en effet, cela n'aurait rien d'étonnant, répliqua Nathalie. Mais j'ignorais que tu appréciais ce genre de petite amourette, Joletta.

— Quelle amourette? demanda Rone d'une voix dure.

Nathalie le considéra d'un air moqueur.

— Très protecteur... constata-t-elle. J'aime beaucoup cela. Mais, vraiment, cela fait des siècles que Joletta et moi n'avons pas parlé en tête à tête. Vous n'allez quand même pas m'empêcher de vous l'enlever quelques heures cette après-midi?

— Pas en tête à tête.

— Eh bien! dit Nathalie d'une voix creuse. Dans ce cas, vous viendrez avec nous, naturellement.

Rone se tourna vers Joletta et l'interrogea du regard.

— Nous avions l'intention de nous promener un peu en début d'après-midi, expliqua Joletta. Puis nous irons aux îles de Torcello et de Burano pour y visiter la cathédrale et le musée de la dentelle. Mais tu as sûrement déjà vu tout cela une bonne douzaine de fois, et...

— Jamais en aussi bonne compagnie, fit Nathalie d'une voix ferme.

Elle prit une gorgée du café que le serveur venait de poser devant elle. De toute évidence, elle tenait à rester avec eux, et elle avait certainement d'excellentes raisons de le vouloir. Joletta se demandait bien lesquelles. Puisque tante Estelle faisait analyser le Jardin de Cour, que leur importait que Joletta découvre ou non la formule? Peut-être Nathalie et Estelle désiraient-elles être les seules à la posséder?

Nathalie reporta toute son attention sur Rone. Voulait-elle seulement mieux le connaître, pour déterminer quel rôle il pouvait jouer dans la quête de Joletta? Somme toute, pensa Joletta, ce n'était pas une mauvaise chose que sa cousine et tous les autres sachent qu'elle ne voyageait plus seule, et n'était plus une cible isolée. Elle laissa donc Nathalie s'intéresser à Rone.

Nathalie avait visiblement résolu de se montrer charmante. Elle parla tout le temps que dura leur promenade dans les rues de Venise, émettant des commentaires drôles et acides sur tel touriste ou tel Vénitien qu'ils croisaient, rapportant des anecdotes de ses voyages précédents à Venise et dans le reste de l'Europe, des anecdotes délibérément parsemées de titres et de surnoms de gens qu'elle ne prenait même pas la peine de désigner par leurs véritables noms. C'est d'ailleurs surtout à Rone qu'elle parlait. Il répondait de façon laconique mais, de temps à autre, une certaine moue ou un certain sourire indiquait qu'il connaissait les célébrités évoquées.

Nathalie ne s'intéressait guère aux vitrines qui fascinaient Joletta. Le verre soufflé à la bouche et les admirables camées gravés, bleu-vert et gris, la laissaient froide. Elle ne manifestait aucun intérêt non plus pour les dentelles de pierre gothiques des façades, et elle n'aimait pas s'attarder sur les ponts pour s'y imprégner du paysage mystérieux des canaux. Comme il lui était difficile de converser avec Rone par-dessus le tapage strident de sa cousine, Joletta se sentit peu à peu exclue du trio.

Comme d'habitude ! Nathalie, avec ses grandes écoles privées, son luxe et ses amis très riches, finissait toujours par l'écarter des conversations. Joletta avait cru un moment que c'était délibéré de sa part. À présent, elle hésitait. Peut-être n'était-ce, de la part de Nathalie, que le signe d'une grande méconnaissance et d'un désintérêt total des sentiments des gens de son entourage.

Joletta entra dans une petite boutique pour y admirer des figurines de porcelaine. Elles étaient si fines et si romantiques qu'elle s'attarda dans le magasin plus longtemps que prévu. Une porcelaine, en particulier, l'émut au plus haut point : elle représentait des amoureux dans une gondole. Mais elle semblait trop fragile pour supporter le voyage, et son prix dépassait largement les limites budgétaires de Joletta. Celle-ci quitta la boutique à regret, avec un sourire aimable pour le vendeur qui l'avait si gentiment informée.

Quand elle sortit, Rone et Nathalie se tenaient sur le trottoir, un peu plus loin. Nathalie parlait par petites phrases hachées, et agitait un doigt menaçant devant le visage de Rone. Ce dernier baissait la tête, et sa physionomie exprimait toute la résignation du monde.

Surprise, Joletta fronça les sourcils, et marcha vers eux

d'un pas résolu.

Dès que Nathalie l'aperçut, toute trace de colère s'effaça de son visage comme par magie. Elle souffla encore quelques mots rapides à Rone, tout en adressant à sa cousine le plus charmant des sourires.

— Quelque chose ne va pas? demanda Joletta.

— Non, rien du tout, répondit Nathalie. Rone me disait que nous ferions mieux de former un groupe à nous trois, et de laisser tomber le voyage aux îles. Il préférerait se balader tranquillement sur la plage du Rialto ou même du Lido, puisqu'il fait si chaud. N'est-ce pas, Rone?

— C'est vrai? demanda Joletta.

Elle n'en croyait pas un traître mot, surtout pas après la dispute qui avait éclaté entre elle et Rone, au sujet, précisément, d'une certaine décision prise de façon autoritaire, sans la consulter, quelque temps auparavant. Joletta fixa sur Rone un regard surpris. Il eut une moue, et ses yeux s'assombrirent encore. Cependant, il ne dit rien pour se défendre.

Mais Joletta avait compris deux choses importantes dans l'heure qui venait de s'écouler. D'une part, elle refusait de passer une seconde de plus avec Nathalie : elle en avait plus qu'assez de marcher derrière sa cousine comme un vilain petit canard, et d'observer Nathalie monopoliser toute la conversation et l'attention de Rone. D'autre part, elle s'était aperçue qu'elle était en réalité plus possessive et plus jalouse qu'elle ne le pensait. Et elle ne voulait strictement rien entreprendre pour lutter contre ce penchant.

— Es-tu bien sûre, demanda-t-elle à Nathalie en la regardant droit dans les yeux, qu'il s'agit là d'une idée de Rone?

— Mais oui ! D'ailleurs, n'est-ce pas merveilleux ! Nous allons nous amuser comme des petits fous, tu vas voir !

Joletta secoua la tête sans quitter sa cousine du regard.

— Je n'en suis pas si sûre... Rone est un gentleman, et il a horreur de faire de la peine à une dame. Par ailleurs, il est en général d'une politesse extrême. Cependant, je pense que sa première impression était la bonne : lui et moi serons beaucoup mieux sans toi, Nathalie, je t'assure.

— Joletta, comme tu es méchante!

— Je suis navrée de te décevoir, mais tu n'auras aucun mal à t'amuser toute seule jusqu'à l'arrivée de tes amis. De toute façon, tu connais tellement de gens intéressants que tu vas certainement rencontrer un prince quelconque, qui se fera un plaisir de t'aider à passer le temps.

Cette dernière remarque était bien mesquine, Joletta s'en rendit compte en la disant. Mais la coupe était pleine, et il était grand temps que sa cousine sache exactement à quoi s'en tenir.

Nathalie fixa Joletta d'un air ahuri, puis fit brusquement face à Rone.

— Dites-lui, cria-t-elle d'une voix stridente. Montrez-lui que vous n'en avez rien à faire. Persuadez-la, vous savez si bien le faire! N'est-ce pas?

Le visage de Rone s'empourpra de colère. Nathalie le toisait de façon hautaine. Rone détourna la tête et regarda Joletta avec des yeux troubles.

— Tu sais que je préférerais ne pas suivre le groupe, dit-il d'une voix blanche.

Joletta s'étonna de ce que Nathalie pût influencer Rone à ce point, lui qui s'était toujours montré si sûr de lui, et si ferme dans ses convictions. Quelque chose n'allait décidément plus depuis l'apparition de sa cousine sur la place Saint-Marc. Joletta ne savait pas exactement quoi, mais elle sentait nettement qu'une cassure s'était produite.

— Toi non plus, tu n'aimes pas suivre le troupeau des touristes, n'est-ce pas, Joletta? demanda Nathalie d'une voix câline. N'est-ce pas? Je ne pense pas. Mais si tu veux, tu peux rejoindre le groupe seule. Rone et moi partirons de notre côté.

— Non, répondit Joletta. C'est d'accord, j'irai avec vous.

— Alors, c'est réglé! s'exclama Nathalie. Tout va pour le mieux!

Ils retournèrent à l'hôtel pour y prendre leurs maillots de bain, et aviser leur guide qu'ils ne participeraient pas à l'excursion prévue dans l'après-midi.

Caesar Zilanti les attendait à leur hôtel. Ils les accueillit à bras ouverts.

— Vous voici enfin ! s'exclama-t-il. Je savais que vous finiriez par revenir, sinon vous auriez manqué l'excursion dont vous m'aviez parlé hier !

Il prit la main de Joletta et la porta à ses lèvres avec empressement.

— Ah ! ma chère, ma chère, poursuivit-il. Comment va votre tête ? Bien, n'est-ce pas ? Je voulais vous voir avant votre départ. J'ai une idée qui pourrait bien vous intéresser. Surtout vous, ma chère.

— Laquelle ? demanda Joletta.

Elle perçut clairement que Rone fronçait les sourcils, et que Nathalie s'étonnait de la présence de Caesar. Cependant, elle préféra les ignorer tous deux.

— J'ai une cousine qui possède un *palazzo* historique ! Je lui ai parlé, et elle serait ravie de vous y recevoir pour vous le faire visiter.

Étourdie par les multiples sentiments contradictoires qui l'assaillaient depuis quelques heures, Joletta prit instantanément sa décision.

— Avec plaisir ! répondit-elle avec un magnifique sourire. Naturellement, je ne peux pas me prononcer pour Rone et ma cousine. Mais je crois qu'ils avaient d'autres plans pour cette après-midi.

Il fallut expliquer qui était Nathalie, et la présenter à Caesar. Nathalie adressa un sourire chaleureux à l'Italien, et laissa sa main dans la sienne quelques secondes de plus qu'il n'était nécessaire. Caesar accueillit son geste avec charme et élégance, mais il reporta immédiatement son attention sur Joletta.

— Alors, vous n'allez pas aux îles ? demanda-t-il. Mais si vous n'y allez pas aujourd'hui, vous n'en aurez plus le temps ! Ce serait vraiment dommage. C'est tellement beau !

— Il n'y a rien de bien extraordinaire à y voir, décréta Nathalie d'un ton sec.

— Venise ne se limite pas au Grand Canal et à la basilique Saint-Marc, rétorqua Caesar. La vraie personnalité de Venise, c'est dans ses îles qu'on la trouve, dans les fabriques de verre, et dans tous les autres bâtiments installés plus loin, pour prévenir les incendies. C'est là que les pêcheurs sont le plus heureux, et qu'ils peignent leurs maisons de couleurs vives pour qu'on les voie de la mer.

Joletta était déjà séduite. Elle souhaitait tout découvrir de l'Italie. Enfin, le plus possible.

— Faites ce que vous voulez, dit-elle à Rone et Nathalie. En ce qui me concerne, je vais aux îles.

Nathalie posa sur Caesar un regard sombre.

— Tu es sûre ? demanda-t-elle.

— Parfaitement sûre, répondit Joletta.

— Naturellement, nous ne pouvons pas t'en empêcher, constata sa cousine avec un haussement d'épaules.

— Dans ce cas, j'y vais avec toi, dit Rone. Par ailleurs, nous pouvons demander au guide d'ajouter une chambre au voyage.

— Ou même deux ! s'exclama joyeusement Caesar. Je serais ravi de vous servir de guide privé pendant votre séjour en Italie.

— Un instant, trancha Nathalie. Il n'est pas question que j'entre dans le troupeau d'un voyage organisé, est-ce que c'est clair ? Par ailleurs, vous m'avez promis le Lido, Rone.

Un silence s'abattit sur eux. Ce fut Caesar qui le rompit.

— Tout va bien alors, dit-il. J'accompagnerai Joletta à la place de Rone, et Rone pourra tenir la promesse faite à Nathalie !

Joletta vit Rone amorcer un geste, puis le retenir. Elle l'interrogea des yeux. Il soutint son regard quelques instants, puis il détourna la tête et fit semblant de s'intéresser à un bateau qui passait.

Joletta sentit un grand vide se creuser au fond de son ventre. Son visage s'assombrit, et ses yeux s'emplirent de doute. Elle se tourna vers Caesar.

— Vous devez avoir bien d'autres choses à faire que de me servir de guide, dit-elle.

— Même si j'étais l'homme le plus occupé du monde, répondit Caesar, j'annulerais tout pour être en votre compagnie!

Son sourire, sa galanterie et sa gentillesse firent l'effet d'un baume à Joletta, que les dernières heures avaient beaucoup éprouvée.

— C'est parfait, alors! dit-elle d'une voix joyeuse.

— En effet, confirma Nathalie, bien qu'elle n'eût pas l'air très satisfaite de la tournure que prenaient les événements.

Rone gardait le silence.

Joletta s'attendait à ce que l'après-midi se révélât longue et pénible, mais le temps fila à une vitesse folle. Elle et Caesar traversèrent la lagune sur un bateau-bus de bois et de laiton rutilant, admirablement entretenu. Les Vénitiens tirent beaucoup de fierté de leurs bateaux, expliqua Caesar, et ils les font reluire comme d'autres polissent leurs voitures ou leurs armes.

Des deux îles, ce fut Torcello que Joletta préféra, parce qu'elle était petite et chaleureuse, et qu'on y voyait souvent la terre à nu. Les jardins, l'air typiquement italien, étaient plantés d'artichauts vigoureux et de pois rampants. Ici et là, un chat se chauffait au soleil, assis au milieu d'un chemin, parmi les plantes.

Dans la cathédrale, Joletta et Caesar marchèrent sur des dalles où résonnaient les pas des fidèles depuis plus d'un millier d'années. Ils mangèrent ensuite sous une tonnelle qui avait peut-être abrité Hemingway lors de son séjour dans la région.

À Burano, Caesar insista pour offrir à Joletta un tableau de dentelle représentant un homme et une femme vêtus de costumes du dix-septième siècle avec, entre eux, un cœur percé d'une flèche. Ils évitèrent soigneusement les stands de souvenirs pour touristes, et se promenèrent entre les maisons peintes de couleur rose, safran, mandarine, bleu vif, ou encore rouge sang.

Caesar prit la main de Joletta et lui sourit avec admiration, tandis que le soleil faisait briller ses yeux noirs et ses cheveux couleur de jais, et dorait sa peau peu à peu. Joletta savait bien que ce geste ne signifiait strictement rien ; du moins s'efforça-t-elle de s'en convaincre. Cependant, cette virilité tranquille, et l'admiration que sa féminité suscitait en Caesar, tout cela la troublait profondément. C'était une telle arme, cette virilité paisible, si italienne, ou si latine ! Joletta se demanda si Caesar en avait conscience. Elle se demanda aussi pourquoi tant d'hommes, en particulier les Nord-Américains, ne la manifestaient jamais.

Elle éprouvait une certaine reconnaissance pour Caesar. Les compliments qu'il lui adressait avec naturel, ainsi que ses marques d'affection et ses regards alanguis, aidaient Joletta à se remettre de la défection de Rone. Par ailleurs, Caesar la divertissait du tourbillon d'émotions qui rugissait en elle depuis quelques jours, et qu'elle trouvait trop fougueux, trop rapide, et trop intense à son goût. Joletta avait besoin de temps pour laisser décanter les événements, pour réfléchir à ce qu'elle faisait, et pourquoi. Et qui sait ? pour changer de conduite.

Elle regarda Caesar et pensa à Violette et à Alain qui avait des ascendances italiennes. Si l'histoire se répétait, c'était certainement Caesar qui ressemblait le plus à Alain. Elle ne croyait pas vraiment à toutes ces choses : la réincarnation, les vies antérieures, le retour des âmes sur Terre. Cependant, elle se sentait plus proche de Violette depuis qu'elle était à Venise, bien plus proche d'elle qu'elle ne l'avait jamais été à la Nouvelle-Orléans.

Joletta commençait à comprendre les motifs qui avaient poussé son arrière-arrière-arrière-arrière-grand-mère à agir. Elle ne les comprenait même que trop bien.

Ils marchèrent jusqu'au bout d'une rue et arrivèrent au bord de l'eau. Sur l'herbe, un banc semblait les attendre. Caesar s'y dirigea d'un pas décidé, barrant le chemin à un autre couple qui avait aussi, visiblement, l'intention de s'y reposer. Il fit asseoir Joletta et se laissa tomber près d'elle, ignorant avec sa superbe habituelle la colère des deux autres, qui les regardaient d'un air furieux.

Ils restèrent assis un long moment sans parler, jouissant du soleil sur leurs peaux et du vent sur leurs visages, et admirant le spectacle de l'eau bleu-vert qui scintillait à quelques pas d'eux.

— Votre cousine, dit brusquement Caesar, elle ne vous ressemble pas tellement, n'est-ce pas?

— Physiquement, vous voulez dire?

— Eh bien... Elle est blonde, je trouve cela très joli. Mais je parlais plutôt de l'attitude. Elle est tellement... déterminée.

— Vous avez déjà perçu tout cela, alors que vous ne l'avez vue que quelques minutes? demanda Joletta d'un ton taquin.

— Les hommes remarquent tout de suite ce genre de choses, répondit Caesar en souriant.

— Est-ce que vous aimez les femmes déterminées?

— Quelquefois oui, quelquefois non. Mais je n'aime pas recevoir des ordres.

Jusqu'à tout récemment, Joletta croyait que Rone non plus ne le supportait pas. Pourtant, il avait obéi. Pourquoi? C'est ce que Joletta cherchait à découvrir depuis le début de l'après-midi. Cette interrogation lui revenait constamment à l'esprit, lancinante. La seule réponse plausible à ses yeux, était que Nathalie avait séduit Rone, et qu'il souhaitait passer l'après-midi avec elle.

— Trouvez-vous ma cousine plus attirante que moi? s'informa Joletta d'une voix songeuse.

— Quelle question! s'exclama Caesar en se tournant d'un bond vers elle. Pourquoi me demandez-vous cela?

Joletta haussa les épaules. Elle n'avait pas réfléchi avant de la poser, les mots étaient sortis tout seuls de sa bouche.

— Est-ce que c'est vraiment mon avis que vous voulez, demanda l'Italien, ou est-ce à cause de l'attitude de Rone?

Caesar était décidément bien plus perspicace que Joletta

ne l'aurait cru.

— Cela n'a pas d'importance, de toute façon, répondit-elle.

— Je crois au contraire que cela en a beaucoup pour vous, constata Caesar à voix basse. Vous êtes différentes, voilà tout. Sa beauté à elle saute aux yeux, comme une grande flamme. La vôtre est plus secrète, comme une chandelle douce. Il faut s'en approcher pour apprécier sa luminosité et son mystère. Vous êtes le genre de femme qu'on épouse pour demeurer auprès d'elle toute sa vie et se chauffer à sa flamme. Nathalie, est davantage le genre de femme qu'on prend comme maîtresse, et dont la flamme s'éteint très vite, tel un feu de paille.

Joletta fixa Caesar un long moment, puis un sourire s'alluma doucement dans ses yeux.

— Est-ce que les femmes se répartissent en deux catégories, pour vous ? demanda-t-elle. Les grandes flammes et les chandelles douces ?

— Non, répondit Caesar avec une étincelle d'humour dans les yeux. Il y a les mères, aussi.

Joletta et Caesar reprirent ensuite le bateau-bus, et de là ils sautèrent directement dans une gondole qui les amena chez la tante de Caesar.

Vue de l'extérieur, la maison n'avait rien de bien impressionnant. D'aspect plutôt massif, elle comportait cependant de belles galeries et des arches gothiques, un peu comme celles que Violette décrivait dans son journal. Mais Joletta avait découvert que les maisons de ce type n'étaient pas rares à Venise.

À l'intérieur, la décoration constituait un mélange hétéroclite de grands miroirs aux cadres dorés à la feuille, de lampes torchères modernes, toutes de noir et de chrome, de grands vases remplis de fleurs, et d'immenses peintures abstraites.

La tante de Caesar n'était pas non plus la vieille dame de lavande et de dentelle que Joletta avait imaginée. C'était au contraire une femme énergique, au charisme puissant, qui portait les cheveux tirés en chignon sur la nuque, des boucles d'oreilles de diamants et une robe de soie jaune pâle de haute couture.

Elle se disait ravie de recevoir une amie de son neveu. Elle ne se doutait pas qu'il avait si bon goût en matière de femmes... De plus, elle était enchantée de faire visiter sa maison à Joletta, car elle venait juste de la redécorer, après bien des années de négligence en ce domaine. Elle avait épousé la maison, pour ainsi dire, celle-ci appartenant à la famille de son mari depuis plusieurs générations. Cependant, elle et son époux n'y avaient emménagé que l'année précédente, à la mort de sa belle-mère. Plusieurs modifications avaient été effectuées et la tante de Caesar se fit un plaisir de les expliquer toutes, une par une.

Ils furent invités à dîner, et d'une manière si ferme que, même s'ils l'avaient voulu, ils n'auraient pu refuser. Le repas fut servi sur la galerie, tandis que le jour déclinait. Les plats et les vins se succédaient, et la conversation allait bon train.

Il était tard quand Joletta et Caesar revinrent au quai de l'hôtel. Caesar ne voulait pas partir : il insista pour qu'ils se promènent encore dans la nuit vénitienne. Puis, voyant que Joletta était fatiguée, il décida de la raccompagner jusqu'à sa chambre.

Elle s'arrêta dans le couloir, en face de sa porte. Elle remercia encore Caesar pour le tableau de dentelle, pour la magnifique après-midi qu'ils venaient de passer, et aussi pour la délicieuse soirée. Comme elle avançait sa main vers la poignée, il lui saisit le bras.

— Vous ne m'invitez pas à entrer ? demanda-t-il avec un sourire enjôleur.

— Non, je ne vous invite pas, répondit-elle d'une voix qu'elle choisit douce, mais ferme cependant.

— Je le savais, soupira-t-il. Cela me fait quand même plaisir de constater, une fois de plus, que vous êtes différente de toutes les autres : la plupart des femmes ont tellement besoin d'amour qu'elles se jettent sur le premier venu.

— La plupart des femmes, demanda Joletta, ou la plupart des Nord-Américaines?

— La plupart des Nord-Américaines, oui. Est-ce que cela vous étonne?

Joletta réfléchit quelques secondes.

— Les femmes qui viennent seules en Europe sont peut-être justement à la recherche de quelque chose, répondit-elle enfin.

— Ah! Joletta, soupira Caesar. Et vous, que recherchez-vous?

Elle le fixa et lut dans son regard une étrange interrogation. Il plongea ses yeux sombres dans les siens. Brusquement, il lâcha son bras et lui enlaça la taille, pressant ses lèvres contre les siennes. Elles étaient fermes et douces et, visiblement, c'était un homme d'expérience. Ses caresses promettaient des sommets de jouissance. Mais Joletta ne sentit pas son désir s'embraser, et elle n'éprouva nulle urgence de savoir si Caesar était aussi bon amant que cette étreinte le laissait supposer.

Pourquoi lui avait-elle permis de l'embrasser? Pour le remercier de sa gentillesse? Pour ne pas le heurter, après toute la courtoisie manifestée envers elle? Pour se consoler de la peine que Rone lui avait faite aujourd'hui? Pour tout cela, certainement, et plus encore. Mais Joletta refusait de se servir de Caesar.

Elle s'écarta doucement de lui, sans hâte, pour ne pas lui donner le sentiment qu'elle le rejetait.

La porte de sa chambre s'ouvrit à la volée. Vêtu seulement d'un *jean,* Rone les regardait, un magazine roulé dans la main.

— Désolé, fit-il d'un ton sec. J'ai cru que tu avais des problèmes avec ta clef.

— Non, tout va bien, répondit Joletta, un peu pâle et la voix cassante.

— Très bien. Mais tu ferais mieux de te dépêcher. J'ai commencé à faire couler ton bain.

Il referma la porte.

Joletta resta paralysée par la surprise. Comment avait-il pu manifester si clairement qu'un rapport intime s'était établi entre eux? Rone avait semblé prévenir Caesar, presque le menacer. En tout cas, il avait voulu lui indiquer sans ambiguïté que Joletta était prise, et qu'il ferait mieux de s'en désintéresser. Comment avait-il osé, après ce qui s'était passé entre Nathalie et lui cette après-midi! Quel culot!

Deux détails aussi avaient attiré l'attention de Joletta. D'une part, elle avait effectivement entendu l'eau couler dans la baignoire. D'autre part, ce qu'elle avait d'abord pris pour un magazine roulé dans la main de Rone n'était rien d'autre que les premières pages du journal de Violette.

16

Le 10 août 1854
J'avais très peur de dire à Alain ce que Gilbert avait fait
au portrait. Comme cela lui serait pénible, pensais-je, d'ap-
prendre avec quelle rage Gilbert s'était déchaîné sur la toile
qu'il avait peinte avec tant de soin. Que dirait-il ? Serais-je
contrainte de lui raconter aussi ce qui s'était passé ensuite ?
Cela avait été tellement humiliant à vivre. Ce serait plus humi-
liant encore à rapporter.

Nous étions à Venise depuis près d'un mois et demi quand
j'eus enfin le courage d'aborder le sujet. Ou plutôt, ce sont les
événements qui m'y ont conduite.

Alain était sorti depuis le matin. Il avait pris l'habitude
d'aller acheter chaque jour les ingrédients nécessaires pour que
la signora da Allori prépare les repas simples que Violette
commandait : des pigeonneaux et des alouettes, des calmars
dans leur encre, des aubergines à la tomate et au fromage.
Violette l'accompagnait parfois. Elle aimait se promener dans
les allées du marché, et humer les fruits et les légumes frais.
Chaque fois, elle achetait des fleurs coupées pour parfumer
leur chambre. Parfois aussi, ils allaient visiter un antiquaire, ou
se rendaient chez une couturière, chez un sommelier ou dans

un magasin de chaussures, prolongeant quelquefois leur escapade par un café et une pâtisserie à une terrasse. Ces sorties semblaient écourter les matinées, et alimentaient leurs conversations de l'après-midi.

Ce matin-là, Violette ne se sentait pas bien. Son indisposition n'était que légère. Cependant, elle préféra s'épargner le tourbillon des odeurs du marché. En outre, rien n'était plus déplaisant que de devoir supporter dignement une nausée dans un endroit public.

Alain revint, une toile roulée sous le bras. Il l'avait trouvée chez un brocanteur, dit-il. Elle était signée d'Antonio Canal, dit Canaletto. Sa peinture était tombée en défaveur, affirmait-on, parce qu'il s'était complu à peindre des dizaines de vues de Venise que les voyageurs du milieu du dix-huitième siècle prisaient beaucoup, surtout les Anglais. Mais Alain aimait Canaletto, la qualité de ses lumières, et la précision de ses perspectives. Il ne se lassait pas d'admirer la finesse de ses couleurs, et la fidélité presque photographique de son travail. Toutes ces qualités enchantaient Alain. Cependant, ce n'était pas pour celles-ci qu'il avait acheté la toile.

Violette le regarda avec attendrissement : on aurait dit un petit garçon cachant un secret. Elle sourit.

— Pourquoi l'as-tu achetée, alors ?

Il désigna du doigt le centre de la toile, représentant le Grand Canal au-delà du pont Rialto. Les teintes en étaient douces et cependant lumineuses, toutes de bleu-vert, d'or, de pêche, et de toutes sortes de bleus.

— Pour cela ! s'exclama joyeusement Alain.

Violette examina la toile un certain temps avant de comprendre.

Puis elle sourit : le tableau montrait la maison où ils vivaient. Ce n'était qu'une vue partielle, certes, car les hauts murs d'un *palazzio* cachaient en partie le bâtiment. Cependant, on distinguait nettement les galeries et les fenêtres du haut, donnant sur leur chambre. Les murs de la maison avaient encore la même couleur ocre qu'à l'époque où la toile avait été peinte, et l'eau bleue et brune clapotait toujours à ses pieds.

Violette fut troublée de voir la bâtisse où ils séjournaient ainsi peinte, et plus troublée encore de savoir que cette peinture avait plus de cent ans. Cela l'émouvait que cette œuvre eût si longtemps survécu à l'homme qui l'avait créée.

— Un jour, dit Alain, j'aimerais avoir une maison à nous pour y accrocher cette toile dans un coin retiré : elle saurait l'éclairer. J'y accrocherais aussi le portrait que j'ai fait de toi. Je le suspendrais au-dessus de la cheminée, pour qu'il veille sur notre foyer.

Violette le regarda, puis détourna les yeux.

— Ce n'est pas possible, murmura-t-elle, la voix étranglée.

— Pourquoi?

— Le portrait... Gilbert l'a lacéré. Il l'a regretté par la suite, mais le mal était fait.

— Et toi? Que t'a-t-il fait? Est-ce à ce moment-là qu'il t'a blessée?

Violette ne put répondre, tant sa gorge était nouée. Alain releva son menton pour l'obliger à le regarder en face, mais elle baissa les paupières.

Il n'insista pas. Il la prit dans ses bras et la serra contre lui. La colère faisait battre son cœur à grands coups.

— J'aurais dû le tuer, dit-il enfin.

La compréhension dont il faisait preuve à son égard, sa délicatesse, et même son indignation, tout cela mettait du baume sur les blessures encore vives de Violette.

— Il a regretté aussi de m'avoir fait mal, dit-elle d'une voix toujours faible.

Ils restèrent ainsi immobiles un long moment. Puis Alain soupira, comme si toute sa colère le quittait d'un coup.

— Je devrais peut-être avoir pitié de lui, au lieu de le haïr, dit-il. Moi aussi, je perdrais la tête si jamais tu aimais un autre homme.

Violette le regarda enfin.

— Je suis désolée, dit-elle.

— Pour le portrait? J'en peindrai un autre, plus beau. Ce qui me fait le plus mal, c'est que tu aies tant souffert par ma faute. Je suis aussi coupable que ton mari.

— Toi? demanda Violette d'une voix surprise. Tu ne m'as jamais donné que de la joie!

— Mais je t'ai pris plus que je ne t'ai donné.

— Tu ne m'as rien pris que je ne t'aie offert de mon propre gré.

— Je sais, répondit-il avec un sourire dans la voix. Vous êtes tellement dévergondée, ma chère!

— En effet, rétorqua-t-elle d'un ton sérieux. Assez parlé; allons au lit, à présent.

— Madame, vous me choquez!

— Impossible. Alors, venez-vous?

— Les chevaux de bronze de Saint-Marc lancés au grand galop ne m'en empêcheraient pas!

Ils reposaient nus dans le vent chaud qui venait de la mer et soufflait par les fentes des volets. Alain se leva, laissant Violette à demi endormie parmi les draps défaits. Il revint quelques secondes plus tard, et déposa entre les seins de son amante un objet froid et lourd.

Elle crut d'abord que c'était un collier. Mais il s'agissait d'une chaîne d'or, à laquelle était accroché une sorte de petit encensoir sculpté dans une immense améthyste, et serti d'or, de perles et de diamants.

Violette s'assit et prit le bijou dans sa main. Il était magnifique, d'une finesse extrême. Sur le côté de l'améthyste, un oiseau était gravé, qui semblait prêt à prendre son envol. Ses doigts tremblèrent tandis qu'elle élevait la pierre dans la lumière pour mieux l'admirer.

Elle regarda Alain.

— Qu'est-ce que c'est? demanda-t-elle d'une voix blanche.

— Regarde, répondit-il.

Alain fit tourner l'améthyste, qui s'ouvrit en deux.

Un parfum s'en éleva, si suave, si complexe et pourtant si simple, si raffiné et si naturel, qu'il envoûtait les sens. On aurait dit un soir d'été enfermé dans une pierre précieuse, une brise tropicale gorgée des parfums des collines où poussent les orangers et les amandiers, ou encore une nuée de bourgeons au clair de lune, frissonnant sous le souffle lointain de l'océan. On aurait dit un nuage de baisers posés sur un lit de roses. La violette et l'iris s'y mêlaient avec bonheur, rehaussés d'une pointe de romarin sauvage et de narcisse. Un soupir de vétiver s'y mariait aussi, soutenu par un souffle de vanille. Et il y avait plus encore. Chaque effluve était gorgé de senteurs si nombreuses et si harmonieuses qu'elles semblaient s'imprimer à jamais dans l'âme, comme la mélodie d'une chanson aimée.

— Le parfum de Cléopâtre, murmura Violette, éblouie.

— Celui de Joséphine aussi, et d'Eugénie.

— Mais comment...

— Te rappelles-tu le parfumeur de la rue de la Paix dont je t'ai parlé? C'est à lui que l'impératrice a confié le soin de fabriquer ce prodige. Il risquait gros en me le donnant, mais il m'est éternellement attaché pour certains services que je lui ai rendus dans le passé. En outre, c'est un grand romantique, et il me l'a offert sans hésitation quand il a su à quelle femme merveilleuse je le destinais.

Violette le regarda dans les yeux et elle crut se noyer dans l'océan d'amour qu'elle y vit briller. Elle se sentait purifiée par cette passion immense, qui lui prodiguait en même temps le courage, la force et la chaleur dont elle avait besoin pour vivre.

— J'espère qu'il possède bien les qualités qu'on lui prête, dit-elle. Je voudrais qu'il t'attache à moi pour toute la vie, et qu'il m'attache à toi jusqu'à la fin des temps.

— C'est mon rêve le plus cher.

Ils scellèrent leur promesse d'un baiser, puis d'une étreinte plus douce encore.

— Je ne sais comment te remercier de m'avoir offert ce parfum, dit Violette, tandis qu'ils reposaient de nouveau tous les deux, bras et jambes entremêlés.

— C'est déjà fait, répondit Alain en riant.

— Espèce de petit misérable! s'exclama Violette en riant à son tour.

Elle lui mordit doucement le cou, puis adoucit d'un baiser la peau rougie. Elle posa ensuite la main sur son bras, à l'endroit même où le couteau de l'agresseur de la gare avait laissé une cicatrice.

— Mais que se passera-t-il quand je n'en aurai plus? demanda-t-elle soudain.

— Nous en commanderons d'autre.

— N'est-il pas un peu extravagant de commander un parfum qui vient de si loin?

— Tu me sous-estimes, ma chère, soupira Alain. Si Napoléon a voulu offrir aussi la formule magique à Joséphine, crois-tu vraiment que je ferais moins pour toi?

— Tu as la formule?

— Oui, ma chère. Et tu pourras commander des litres de ce parfum merveilleux, si tu le veux. Des baignoires entières, si tu le désires!

— Je n'ai d'autre désir que toi, répondit-elle.

Alain s'appuya sur son coude, et se pencha vers elle.

— J'aimerais que cela dure toute la vie, dit-il en l'embrassant.

Les jours s'écoulaient ainsi, ensoleillés et insouciants. Violette et Alain mangeaient, dormaient et faisaient l'amour. Le soir, ils s'asseyaient sur la galerie qui surplombait le canal, et regardaient le couchant incendier la ville et céder peu à peu le pas à la nuit noire. De temps à autre, ils visitaient tailleurs et modistes pour renouveler leur garde-robe. Un jour, Alain rapporta une canne qui s'ouvrait en deux, dissimulant une épée. « Nous n'aurons peut-être pas toujours ta délicate ombrelle sous la main! » dit-il en riant.

Parfois ils louaient un bateau et partaient pique-niquer au Lido, ou dans l'une des îles avoisinantes. Ils pêchaient et trempaient le bout de leurs doigts dans l'eau. Ils revenaient enchantés et affamés, aussi turbulents que des enfants, et amoureux comme au premier jour.

Alain s'acheta des toiles, de la peinture et des pinceaux : il voulait capter la lumière et les couleurs délicates de Venise.

Tandis qu'il peignait, Violette brodait près de lui. De temps à autre, elle rendait visite à la signora da Allori, une femme à la langue acérée, et au grand cœur. Violette s'amusait beaucoup à la regarder crier par la fenêtre ses dernières instructions au majordome quand il partait faire les courses. Parfois Violette sortait elle aussi faire quelques emplettes, jouissant de la liberté de ne rendre de comptes à personne d'autre qu'à elle-même. Elle apprenait quelques mots des langues qu'elle entendait parler autour d'elle, liait peu à peu connaissance avec les boutiquiers ainsi qu'avec un jeune gondolier. Dès qu'il voyait Violette approcher, il avançait sa gondole à toute vitesse vers le quai, au risque de sa vie, et à grand renfort d'insultes pour éloigner les autres hommes.

Peu à peu, les objets qu'Alain et Violette achetaient remplirent leur chambre : des verres vénitiens d'une grande finesse, quelques petits meubles antiques, deux ou trois peintures, et diverses menues acquisitions. Ils finirent par louer tout l'étage supérieur de la maison da Allori. Ils s'y installèrent plus confortablement, et engagèrent une jeune fille pour s'acquitter du ménage. La jeune fille en question se révéla par la suite être la nièce de Savio, ce qui ne les étonna pas. Au fil des jours, leur campement de fortune initial se mit à ressembler de plus en plus à une véritable maison.

Par hasard, mais aussi par le biais d'amis communs, ils rencontrèrent d'autres expatriés qui avaient élu domicile dans la ville. C'étaient des Anglais pour la plupart. Ils acceptèrent quelques invitations à dîner, et donnèrent eux-mêmes des réceptions à l'intention de leurs nouveaux amis. Cependant, ils ne tenaient pas à élargir le cercle de leurs connaissances, préférant rester en tête-à-tête.

Violette était heureuse, si heureuse qu'elle avait parfois peine à contenir sa joie, et à s'interdire de la crier sur les quais et sur les toits. Certains jours lui paraissaient si beaux, si colorés, si riants et si purs, que les larmes emplissaient ses yeux.

D'autres fois, la crainte s'emparait d'elle et ne voulait pas lâcher prise. Violette regardait alors par la fenêtre pendant très longtemps, songeuse, ou restait allongée près d'Alain jusqu'à l'aurore en écoutant le souffle régulier de sa respiration.

Alain avait installé son studio de peinture dans une chambre à coucher inutilisée dont les fenêtres, très hautes, étaient exposées au nord. Souvent Violette le regardait peindre. Ce jour-là, elle admirait la lumière claire et bleutée qui jouait sur son épaule. Il était visiblement absorbé par son travail, une petite tache de peinture bleu azur sur le menton. Il avait l'air tellement absorbé par son art que Violette crut, l'espace d'un instant, qu'il avait oublié sa présence.

Elle fit un léger mouvement. Il tourna la tête vers elle.

— Lasse de broder ? demanda-t-il en regardant le coussin à demi terminé qu'elle tenait entre ses mains.

— Non, répondit-elle. Mais j'aime te regarder peindre. Tu es tellement concentré sur ce que tu fais.

Le plaisir, et la gêne peut-être, rosirent les joues d'Alain.

— Je ne voulais pas te négliger, dit-il.

— Je ne me sens pas négligée, confia-t-elle vivement. Mais quelquefois, j'aimerais avoir un travail, qui absorberait aussi bien mon temps que mes pensées.

— Veux-tu peindre ?

— Non, je ne pense pas en avoir le talent.

— Tes croquis sont très jolis : je les ai entr'aperçus dans ton journal.

Violette sourit. En effet, elle avait esquissé quelques croquis d'Alain tandis qu'il la peignait. Les dessins étaient passablement ressemblants, mais Violette leur reprochait de ne pas rendre compte de la riche personnalité de son bien-aimé.

— À quoi pensais-tu, alors ? demanda Alain.

— Je ne sais pas vraiment.

— La musique ? Nous pourrions acheter un piano. Ou tu pourrais écrire, puisque tu aimes tant tenir ton journal.

— J'aime beaucoup la musique, en effet, mais je préfère

l'écouter. Quant à tenir mon journal, c'est devenu une seconde nature. Je ne pense pourtant pas receler au fond de moi des trésors constitués de poèmes ou d'histoires inédites.

— Tu n'as pas confiance en toi, répondit Alain d'un ton grave. Alors, que vas-tu faire ?

— Je ne sais pas. Je crois que je vais tout simplement me jeter à corps perdu dans la broderie.

Alain lui lança un regard désapprobateur qui la fit rire.

— Je plaisantais, ajouta-t-elle. Je finirai bien par trouver une activité qui me plaise vraiment.

Alain déposa ses pinceaux et s'essuya les mains à un chiffon, puis il vint s'agenouiller près d'elle.

— Tu feras tout ce que tu voudras, ma chérie, dit-il. À condition que tu restes près de moi.

— Tant que tu voudras de moi, répondit-elle en essuyant la trace d'azur qu'il avait au menton.

— Ce ne sera plus très long alors, poursuivit Alain en lui embrassant la main. Seulement deux ou trois éternités…

Ces phrases, si douces à entendre, résumaient cependant tous leurs plans d'avenir.

Violette se demandait parfois combien de temps encore ils pourraient vivre ainsi. Chaque fois qu'elle tentait de s'en ouvrir à Alain, il répondait par une plaisanterie ou une caresse, ou il sortait lui acheter une dentelle ou un colifichet de plus. Elle finit par conclure qu'il ne voulait pas parler d'avenir, et elle se demanda s'il n'avait pas des projets secrets les concernant.

L'incident survenu à la gare le jour de leur arrivée ne s'était pas reproduit. S'ils avaient été suivis ou surveillés, ils ne s'en étaient pas rendu compte. Il est vrai qu'à Venise, le transport par bateau ne facilitait guère les poursuites.

Cependant, Violette estimait que la succession de leurs jours et de leurs nuits avait quelque chose d'irréel. Elle envisagea d'écrire à sa famille, ses deux sœurs et l'épouse du frère cadet de Gilbert, qu'elle connaissait et aimait depuis l'enfance, sans toutefois trouver les mots pour leur expliquer sa situation. Ils réclameraient des éclaircissements, pensa-t-elle, et lui demanderaient sans doute quand elle prévoyait revenir en Louisiane. Ils chercheraient à savoir ce qu'il advenait de Gilbert, et s'il comptait rentrer bientôt. Comme Violette ignorait les réponses à ces questions, elle préféra ne pas entamer la correspondance.

Puisqu'elle n'avait écrit à personne, n'avait confié à quiconque qu'elle avait quitté Gilbert, et n'avait raconté à aucun membre de sa famille ses péripéties depuis son départ, elle ne reçut aucune lettre. Elle vivait donc coupée du reste du monde, et de tous ceux qu'elle avait chéris jusque-là.

Alain se montrait aimant, et il la rassurait beaucoup. Cependant, elle ne pouvait s'empêcher de s'interroger sur ce qu'elle ferait si jamais il l'abandonnait. Elle ne possédait aucune ressource personnelle. Certes, elle pourrait toujours demander à sa famille de lui envoyer le nécessaire pour retourner en Louisiane, si les choses tournaient mal. Mais cela prendrait sûrement des semaines, peut-être des mois. De quoi vivrait-elle entre-temps ?

Pourrait-elle jamais retourner à la Nouvelle-Orléans ? Elle serait considérée comme une réprouvée, une femme dépravée ayant quitté son mari pour vivre une amourette avec un artiste. Violette savait bien que ce n'était pas pour une amourette qu'elle avait fui Gilbert, mais les ragots et les commérages iraient bon train à la Nouvelle-Orléans. On aurait vite fait de lui tailler une réputation d'épouse frivole, et de la mettre au ban de la société.

Violette avait peur. Sans comprendre d'où lui venait cette terreur tapie en elle, elle avait peur.

Elle n'éprouva donc aucune surprise lorsqu'un soir, très tard, des coups furieux furent frappés à leur porte.

Savio répondit, puis gravit les escaliers en toute hâte pour demander si le signor Massari voulait bien se donner la peine de recevoir deux messieurs qui l'attendaient. D'un air sombre, le majordome tendit à Alain la carte de visite que les mystérieux visiteurs lui avaient remise.

Alain fronça les sourcils à son tour. Puis il respira profondément et se redressa de toute sa stature.

— Dites-leur que je serai là dans un moment, dit-il.

— Que se passe-t-il? demanda Violette dès que Savio eut refermé la porte derrière lui.

Instinctivement, elle avait posé la main sur le bras d'Alain.

— Ne t'inquiète pas, répondit-il en mettant sa main sur la sienne. Cela n'a rien à voir avec Gilbert. Ce n'est qu'une affaire... que j'aurais dû régler depuis longtemps. J'ai été négligent.

Violette ne voulait pas le presser de questions, ne s'octroyant aucun droit de l'interroger sur la vie qu'il avait menée avant leur rencontre. Cependant, elle ne se résignait pas à le laisser s'éloigner d'elle, ne fût-ce qu'un instant. Son intuition lui soufflait qu'il n'en résulterait rien de bon.

— Faut-il absolument que tu y ailles? demanda-t-elle. Et si c'était un piège?

Alain l'attira à lui et lui prit le visage dans ses mains. Il l'embrassa.

— Je suis flatté que tu t'inquiètes pour moi, dit-il. Mais ce n'est pas un piège, crois-moi. Je serai de retour dans un instant.

L'entrevue avec les deux hommes dura plus longtemps qu'il ne l'avait prévu.

Violette n'écouta pas aux portes. Cependant, elle ne put s'empêcher d'entendre les éclats de voix. Les deux hommes étaient sur le quai et se tenaient presque sous la galerie. Alain les avait raccompagnés jusqu'à leur gondole.

L'un des deux visiteurs nocturnes, le plus âgé, brandissait son poing sous le nez d'Alain et semblait dans une colère noire. Il s'exprimait en français, mais avec un tel accent guttural qu'il était parfois difficile de le comprendre.

— Vous pourriez détenir plus de pouvoir que vous n'en avez jamais rêvé de toute votre vie! s'exclamait-il. Un jour, vous regretterez amèrement ce refus.

— Cela ne m'intéresse pas, répondit Alain d'une voix

implacable. Votre pays n'est pas le mien, et ne l'a jamais été.

— Effronté ! Nous aurions tout risqué pour vous, et nous en aurions encore tiré fierté ! Vous porterez longtemps le déshonneur d'avoir trahi notre confiance.

— Tant pis.

— Et votre pays aussi le portera. Vous auriez pu sauver des vies et tout changer. Tout !

— Ou rien, rétorqua Alain d'une voix soudainement lasse, comme s'il reprenait cette conversation pour la millième fois. Certaines situations ne changent jamais, ni en plusieurs décennies, ni même en plusieurs siècles. Mon père a essayé.

— Parlons-en, de votre père ! Il avait promis la justice, la liberté : où sont-elles ? Nous les appelons de nos vœux, et rien ne vient, jamais. N'oubliez jamais cela. Jamais !

— Je n'oublierai pas. Mais c'est tout ce que je peux faire pour vous.

Le vieil homme étouffa un juron de mépris. Puis il se retourna d'un bloc et monta dans la gondole, talonné par l'autre homme. Comme ils sortaient de l'ombre, Violette s'aperçut, presque avec soulagement, que ce n'étaient pas les deux agresseurs de la gare. Pour autant qu'elle pût les voir, il ne semblait pas non plus s'agir des deux individus qui les avaient suivis dans Paris.

C'étaient des hommes visiblement importants, qui se tenaient droits et fiers, presque à la manière militaire. Ils étaient bien vêtus, et portaient cravates de soie et demi-bottes de cuir fin. Cependant, ils avaient l'air embarrassés de leur mise, comme s'il leur manquait quelque chose. Une arme ?

Debout dans la gondole, le plus âgé des deux personnages s'adressa une dernière fois à Alain.

— Par deux fois, nous avons demandé. Et par deux fois, vous avez refusé. C'est votre droit. Mais d'autres viendront, soyez-en sûr.

— Je le sais, confirma Alain d'une voix dure. Je le sais aussi bien que vous.

— Alors, nous ne vous dérangerons plus. Et c'est la

dernière fois que je vois votre visage. Adieu.

Alain répondit par un geste mystérieux, qui ressemblait à un rituel. Tandis que la gondole s'éloignait, il rentra dans la maison.

Il demeura sombre tout le reste de la soirée, fixant longuement des points dans le vide. Quand Violette lui adressait la parole, il se tournait vers elle et la regardait d'un air indécis, parfois égaré.

Elle attendait qu'il se confie à elle. Elle voulait l'aider, et partager avec lui le trouble qui l'habitait. Mais Alain ne disait rien. Il n'avait rien dit en rentrant et ne dit rien tandis qu'ils lisaient près de la lampe à huile. Rien non plus quand ils se couchèrent. Violette pensa qu'il souhaitait lui épargner des soucis. Cependant, elle aurait préféré qu'il parlât, car elle se sentait soudain exclue de sa vie, étrangère à des problèmes qui, visiblement, l'agitaient beaucoup.

Elle se réveilla brusquement, dans la nuit noire. Seul un rectangle bleu tombant de la croisée éclairait faiblement leur chambre. Alain était debout dans l'embrasure de la fenêtre, nu, le bras appuyé contre le mur.

— Que se passe-t-il? murmura Violette.

Il tourna la tête et regarda par-dessus son épaule son corps pâle qui se détachait sur le lit à baldaquin.

— Pardonne-moi, dit-il d'une voix basse. Je n'aurais pas dû t'aimer. Il était égoïste de ma part de t'aimer et de t'enlever comme je l'ai fait.

— De quoi parles-tu? s'exclama Violette en se redressant vivement, et en s'agrippant aux draps de ses doigts soudainement transis de peur.

— Je t'ai trahie. J'ai détruit ta vie tranquille et sûre, et je n'ai rien à t'offrir en échange.

Ses mots avaient la lassitude des renonciations. Violette sentit sa gorge se serrer, et son cœur battre plus vite.

— Je n'ai besoin de rien d'autre que de ton amour.

— Moi, je sais qu'il te faut plus que cela. Pour toi, et pour l'enfant que tu portes.

301

Ses mots résonnèrent longuement dans le silence, comme vidés de tout sens.

— Tu savais? demanda finalement Violette.

— Certains événements s'annoncent d'eux-mêmes. La maturité que prend ton corps jour après jour me donne un plaisir que je n'aurais jamais imaginé. Cependant...

— Cependant?

— Je me demande si Gilbert croirait que cet enfant est de lui.

Violette sentit le désespoir la submerger comme une vague immense.

— C'est peut-être le sien, dit-elle.

— As-tu des raisons de croire qu'il en soit ainsi? demanda Alain d'une voix tendue par l'émotion.

— Qui sait? J'ai... J'ai éprouvé mon indisposition mensuelle après Paris, en Suisse. Mais pas depuis Lugano. Il n'est donc pas exclu que...

— Je vois.

Alain se retourna complètement vers elle, sans pourtant s'approcher du lit. Il s'appuya le dos au mur.

— C'est peut-être mieux ainsi, dit-il enfin d'une voix brisée.

— Non!

Le cri avait jailli du ventre de Violette, fulgurant comme la révolte. Alain se précipita vers elle et la serra dans ses bras en lui murmurant à l'oreille des mots d'amour et de réconfort. Elle se débattit et le repoussa, l'esprit encore enflammé d'horreur.

— Violette, je t'en prie, dit-il en lui prenant fermement les mains. Ce n'est pas non plus ce que je veux. Mais c'est ce qu'il y a de mieux pour toi, et pour l'enfant. Cet enfant est de moi, je le sais aussi sûrement que je sens mon cœur battre dans ma poitrine. Mais je dois penser aux dangers qui nous guettent. Personne ne doit savoir que tu portes un enfant de moi. Je ne pourrais plus vivre si j'apprenais qu'il t'est arrivé malheur par ma faute.

Violette se calma soudain.

— De quels dangers parles-tu? demanda-t-elle. Qui sont les deux hommes qui sont venus ce soir? Que voulaient-ils?

Une ombre passa sur le visage d'Alain.

— Je te le dirais si cela pouvait t'aider. Mais cela ne te sera d'aucune aide, je t'assure. Fais-moi confiance, je t'en supplie.

— Tu ne veux rien me dire?

— C'est mieux ainsi.

Violette serra les poings et son regard étincela dans la nuit.

— Mais Gilbert croira que cet enfant est le sien, et je devrai retourner avec lui, et...

— Oui, répondit Alain dans un souffle rauque.

— Comment? cria Violette. Comment pourrais-je retourner avec lui après ce qui s'est passé?

Alain l'attira à lui et la tint serrée contre sa poitrine, enfonçant son visage dans la chevelure qui retombait en vagues sur les épaules de Violette.

— Mon Dieu! murmura-t-il. Penses-tu que je te laisserais partir si j'avais l'ombre d'un choix? Mais je n'en ai aucun. Cela me déchire. Tu fais partie de moi, de mon corps et de mon âme. Cependant, j'aime encore mieux t'imaginer vivante dans ses bras que morte dans les miens.

— Même si j'y suis plus malheureuse que dans la mort?

Violette ferma les yeux pour mieux apprécier la force qui émanait du corps d'Alain, pour mieux respirer son odeur et mieux se réchauffer à sa peau.

— Il n'y a donc rien que je puisse dire ou faire? demanda-t-elle enfin.

— Non, pas si tu m'aimes.

— C'est injuste! dit-elle d'une voix rageuse.

— Il n'y a aucune justice en ce monde, murmura-t-il songeur. Violette, ma Violette, j'espérais que cette guerre de Crimée allait tout changer et me permettre de me libérer et de vivre heureux, enfin. J'avais tort. Il y a des gens plus déterminés que jamais à me refuser la douceur de l'anonymat, et qui me refusent tout droit au bonheur. J'ai eu tort de te faire entrer dans cet engrenage diabolique.

— Tu as eu raison, répondit Violette avec douceur. Tu m'as rendue plus heureuse que je ne l'avais jamais été.

À mesure que les mots et la chaleur d'Alain pénétraient en elle, elle sentait son cœur se calmer et retrouver une certaine sérénité.

— Moi aussi, dit Alain, j'ai été plus heureux avec toi que je n'avais jamais rêvé de l'être.

Ils restèrent enlacés quelques instants encore. Puis la voix de Violette s'éleva dans le silence.

— N'y a-t-il rien que nous puissions faire? N'y a-t-il aucun endroit au monde où nous puissions nous cacher?

— Se cacher sans cesse, vivre comme des malfaiteurs, est-ce cela que tu veux?

— Cela vaudrait mieux que de vivre séparée de toi, répondit-elle d'une voix basse mais ferme.

Une brise légère s'engouffra par la fenêtre et agita doucement ses cheveux épars. Alain déposa ses lèvres sur son épaule nue.

— Peut-être, dit-il finalement. Peut-être existe-t-il, en effet, un endroit où nous puissions vivre en paix.

17

— Gilbert est à Venise! annonça Alain en revenant du marché.

Violette était allongée sur une chaise longue dans le salon, et grignotait du pain sec que la signora da Allori lui avait recommandé contre les nausées matinales. Elle se releva d'un bond, puis ferma les yeux : les nausées l'assaillaient de nouveau.

— Est-ce que tu l'as vu? demanda-t-elle enfin.

— Non, ce sont des amis qui me l'ont dit. Je leur avais demandé de surveiller la frontière. On l'a vu entrer à l'hôtel Principessa.

— Tu l'as fait surveiller? demanda Violette d'une voix blanche.

Alain enleva ses gants et les jeta dans le chapeau qu'il avait déposé à l'entrée, sur une table basse.

— Ça m'a paru plus prudent, dit-il fermement.

— Et tout à fait normal, puisque lui-même nous avait fait suivre, ajouta Violette.

Comme Alain ne répondait rien, elle ajouta :

— Car il nous a bien fait suivre, n'est-ce pas?

— Que veux-tu dire? répliqua Alain d'une voix tendue.

Leur relation avait bien changé depuis la visite des deux

hommes. Alain et Violette avaient voulu continuer à vivre comme avant, mais l'intrusion des deux visiteurs nocturnes continuait de peser sur eux.

— Dis-moi, Alain... dit Violette lentement. Les deux hommes qui nous suivaient à Paris, étaient-ils vraiment à la solde de Gilbert, ou représentaient-ils ce... ce danger dont tu m'as parlé?

— Quelle importance?

Alain se détourna et retira son manteau, puis il détacha ses boutons de manchette et releva ses manches.

— C'est très important, et tu le sais aussi bien que moi, répondit Violette en haussant le ton.

Alain regarda droit devant lui pendant quelques instants, puis il reporta son regard sur Violette.

— En effet! dit-il. Car si ce n'est pas Gilbert qui nous a fait suivre, alors tu as eu tort de venir avec moi. Est-ce cela que tu veux dire?

Un long silence s'établit entre eux.

— Ce que je veux dire, reprit Violette, c'est que si ce n'est pas Gilbert qui nous a fait suivre, alors il n'est peut-être pas le monstre que j'avais cru. D'ailleurs, il avait certaines raisons de ne pas bien comprendre ce qui se passait quand nous étions à Paris.

— Très bien, dit Alain.

Il se dirigea vers la fenêtre. Le soleil était déjà haut dans le ciel et réchauffait les vitres. Alain, très pâle, se pencha par la fenêtre pour fermer les volets. La pièce fut envahie par la pénombre.

— Pourtant, poursuivit Violette, tu savais que les deux hommes n'étaient pas à la solde de Gilbert, mais tu me l'as laissé croire. Pourquoi?

— Pouvais-je tout t'expliquer, à ce moment-là?

— Non, en effet. Il t'était bien plus facile de me laisser dans l'ignorance, et d'en tirer avantage.

— Si tu veux dire que j'ai profité de la situation pour t'attirer dans mes bras, eh bien, oui! je le confesse.

Alain se retourna pour regarder Violette en face.

— Tu ne te rends donc pas compte que cela change tout? demanda-t-elle.

— Tout ce que je sais, répondit Alain, c'est que je t'aurais perdue si je t'avais tout révélé à ce moment-là. Gilbert t'aurait enlevée à moi. Je l'ai lu dans ses yeux le soir du bal. J'ai pensé que si je pouvais t'avoir près de moi une nuit, une seule, alors je pourrais facilement supporter toutes les nuits de solitude qui suivraient. C'était une erreur de ma part. Cela n'a pas été la seule, loin de là, mais c'est sans doute la plus grave que j'aie commise.

— Je suis déçue, murmura Violette.

— Vraiment? répliqua Alain avec un sourire étrange au coin des lèvres. Eh bien! Je suis flatté que tu m'aies tenu en si haute estime. À ma décharge cependant, je précise que j'ai effectivement pensé que les deux hommes de Paris et les agresseurs de la gare n'étaient pas à la solde de Gilbert; mais je ne pouvais pas en être sûr. Je n'en sais toujours rien, du reste, car c'était la première fois qu'on m'attaquait ainsi. C'est peut-être à cause de la guerre, mais peut-être pas.

Violette porta ses doigts à ses paupières, puis pressa ses mains contre ses tempes pour lutter contre le mal de tête qui surgissait.

— Ou peut-être que tu me mens encore, dit-elle.

— Ou peut-être... répliqua Alain d'une voix émue. Peut-être que tu cherches tout simplement un prétexte pour repartir avec Gilbert.

— Non! s'écria Violette.

— Tu vois, dit Alain en avançant vers elle. Le doute qui s'installe entre nous est insidieux. Il te blesse, et il me blesse aussi.

Violette approuva de la tête et se rallongea sur la chaise longue en soupirant.

— Je sais, dit-elle. Excuse-moi.

Alain s'agenouilla près d'elle. Il lui prit la main et la porta à ses lèvres, puis il la garda très serrée entre les siennes.

— Je ne veux pas que nous nous fassions du mal, dit-il. Peut-être qu'en cherchant à te protéger, je ne fais que détruire l'amour et la confiance que nous avions l'un en l'autre. Si tel est le cas, alors les sacrifices que tu as consentis pour me suivre, et l'amour que nous avons vécu perdent toute leur signification et toute leur importance.

Il s'interrompit, cherchant à lire une réponse sur le visage de Violette. Quelques gouttes de sueur qui n'avaient rien à voir avec la chaleur perlaient au front d'Alain. Sa main tremblait un peu.

— Je te laisse prendre ta décision, poursuivit-il. L'enfant que tu portes compte plus que moi, et son intérêt passe avant le mien. Maintenant, veux-tu entendre mon histoire et savoir qui je suis, ou préfères-tu ignorer mon passé?

Violette déposa son autre main sur celles d'Alain, et fixa sur lui un regard plein d'amour, de détermination et de crainte.

— Dis-moi tout, et vite, tant que j'ai encore le courage de t'entendre. Je veux tout savoir de toi, même si cela doit nous séparer. Comment pourrais-je comprendre mon enfant, si je ne sais pas qui est son père?

Alain inspira profondément et approuva de la tête. Sa voix s'éleva, tremblante.

— Tout a commencé près de deux ans avant ma naissance, en 1825. Peut-être les événements étaient-ils déjà enclenchés depuis bien plus tôt encore... Toujours est-il que c'est à ce moment-là que tout a véritablement débuté. Mon père, pendant un certain temps, ne fut heureux ni dans son mariage ni dans son travail. Sa femme était malade, et tous leurs enfants étaient morts à la naissance.

Alain poursuivit son récit, et sa voix s'affermissait au fur et à mesure qu'il racontait. Il présenta les faits sans embarras ni orgueil, et sans détours. L'histoire en elle-même était bien courte. Pourtant elle devait tout changer dans la vie de Violette.

Quand Alain se tut, elle resta assise immobile, le regard fixe. Elle restait abasourdie, comme si une bombe venait d'exploser à son oreille. Elle n'avait aucune raison de douter du récit d'Alain; cependant, elle ne voulait pas y croire.

Ce n'était certes pas une histoire qu'elle aurait pu rapporter dans son journal. Elle n'aurait même peut-être jamais la force de la coucher par écrit, ni de la raconter à qui que ce soit, ni même de la chuchoter à son enfant quand il serait grand.

Son cœur était lourd comme un coffre de plomb. Les rêves qu'elle avait échafaudés et les espoirs qu'elle avait nourris, plus ou moins consciemment, commençaient lentement à se dissoudre.

— Ne regarde pas dans le vide comme ça, dit Alain d'un ton un peu sec.

Elle reporta ses yeux sur lui. Ses lèvres tremblèrent un peu, puis lui sourirent, tandis qu'elle élevait la main vers le visage d'Alain pour y chasser les tourments. Du bout des doigts, elle dessina ses sourcils.

— Ne t'inquiète pas, dit-elle calmement. Tout va bien.

L'espace d'un instant, les traits d'Alain se détendirent.

— À quoi penses-tu? demanda-t-il. Je dois le savoir.

— Je pense que je t'aime, répondit-elle, et que je t'aimerai toujours.

Alain pencha la tête et déposa ses lèvres brûlantes sur les doigts de Violette, qu'il tenait toujours serrés entre les siens. Puis il releva la tête vers elle.

— Moi aussi, je t'aimerai toujours, dit-il. Plus fort que tout.

Violette pensa que cette promesse était sans doute la seule qu'Alain lui ferait jamais.

— Je pense maintenant, dit-elle après un temps, que nous devrions quitter Venise au plus tôt.

— Mais ton état...

— Est-ce pour cela que tu as tant tardé à prendre la décision de déménager? J'ai une santé de fer, tu sais. Mes nausées sont tout à fait normales, je t'assure, et il n'y a nullement lieu de s'en inquiéter.

— J'ai pensé que la campagne serait plus sûre, répondit

Alain. Mes ennemis doivent plutôt s'attendre à ce que j'aille de ville en ville. La signora da Allori a une sœur qui possède une villa dans la région de Florence. Savio nous y mènera avec toutes les précautions nécessaires. À moins que tu ne sois allergique aux déguisements et aux mystères... Je n'attends que ton accord pour partir.

— Si tu penses que c'est pour le mieux, je suis d'accord, répondit Violette. Mais je ne veux pas que tu mettes ta sécurité en péril pour préserver mon confort.

— Ne t'inquiète pas pour ça, dit-il en fixant sur elle ses yeux gris clairs. De toute façon, ta sécurité et ta survie dépendent étroitement de ma propre sécurité et de ma propre survie, du moins jusqu'à la naissance de notre enfant.

— Dans ce cas, je suis tout à fait rassurée, répondit Violette. Car je sais que tu feras tout pour me protéger et pour protéger notre enfant.

C'est à la campagne qu'Alain mit la dernière touche à la miniature de Violette qu'il avait entreprise à Venise. C'était le plus beau portrait qu'il ait jamais fait de sa vie, affirmait-il. Il puisait son inspiration dans le sourire de Violette, dans ce sourire mystérieux et lumineux qui vient aux lèvres des gens qui ont accès à une certaine connaissance.

Violette ne savait pas qu'elle pouvait avoir le visage qu'elle voyait sur la toile, si séduisant, et si serein. Elle accusa Alain de la flatter outrageusement pour embellir sa miniature, ce qu'il nia de toute son énergie. Le portrait était frappant de ressemblance, disait-il. Visiblement, la villa et la vie campagnarde réussissaient beaucoup à Violette.

Sur ce point, Alain avait raison.

La villa qu'ils habitaient était très vieille, et certaines tuiles manquaient au toit. Les murs de pierre ocre s'effritaient aux arêtes et il s'y creusait de larges fêlures. Cependant, par les fenêtres, on découvrait d'innombrables collines couvertes d'oliviers grisâtres, de vignes verdoyantes, et de pins parasols qui semblaient veiller aux quatre coins des plantations comme des sentinelles.

À l'intérieur, les plafonds étaient peints de nymphes qui jouaient à cache-cache dans les nuages, et les murs étaient couverts de tapisseries qui frissonnaient quand la brise s'engouffrait par les fenêtres. Cerné par un mur, un jardin s'ouvrait sur la cuisine et la salle à manger adjacente. Il offrait avec orgueil de magnifiques rosiers noueux, de vignes luxuriantes, et un silence de cloître.

La villa n'était pas pratique, certes. Pour cuisiner comme pour faire sa toilette, il fallait aller chercher l'eau à la fontaine, au centre du jardin. L'étable n'était qu'une ruine brinquebalante dont les mangeoires offraient le gîte aux canards et aux poulets. Le village le plus proche était à plusieurs kilomètres et se limitait à quelques maisons blotties autour d'une église. Malgré tout, Violette aimait la villa. Elle l'aimait pour son ancienneté et pour ses imperfections. Elle l'aimait aussi parce qu'elle avait le sentiment que ses murs avaient abrité au fil des siècles et des ans de nombreuses autres vies et de nombreuses autres amours.

Alain et Violette passaient le plus clair de leurs jours dans le jardin. Alain avait installé son chevalet sous la tonnelle de vigne. Le sol couvert de mosaïques y était à peu près plan, et la lumière y était bonne. Tous deux avaient fait installer une table et des chaises relativement confortables, et c'est sous la tonnelle également qu'ils prenaient la plupart de leurs repas.

Ils se sentaient merveilleusement en paix entre les vieux murs du jardin. Seuls le chant des oiseaux, le bourdonnement des abeilles et le clapotis de l'eau dans la fontaine perturbaient le silence. Les plantes s'agrippaient aux pierres branlantes, ou poussaient dans de grands pots. Un jeune homme appelé Giovanni, qui veillait à l'intendance de la maison, les taillait et les arrosait régulièrement. Avant lui, son père et son grand-père avaient tenu la maison et entretenu le jardin. Giovanni vaquait continuellement à ces occupations domestiques : il apportait l'eau de la fontaine à Maria, la gouvernante, qui était d'ailleurs sa mère ; il ramassait les œufs dans l'étable et cueillait des oignons dans le potager derrière la maison ; il débarrassait les rosiers de leurs feuilles jaunies et coupait l'herbe sous l'immense olivier qui poussait dans un coin du jardin. Quand Violette le regardait, Giovanni lui souriait et hochait la tête en guise de salut.

Grâce à l'aide de Giovanni, Violette répertoria la plupart des plantes du jardin et des alentours : des roses les plus anciennes au basilic et à l'origan, en passant par la sauge, l'échalote et la menthe, qui poussaient dans des bacs géométriques harmonieusement disposés.

Giovanni s'exprimait d'une voix douce, avec une politesse extrême. Il avait sensiblement le même âge que Violette. Ses cheveux étaient noirs bouclés, et ses yeux noisette étaient vifs. Il avait les épaules massives, musclées par le travail. En somme, Giovanni était un très beau jeune homme. Outre le jardin et la maison, il entretenait à temps perdu un carré de terre dont il vendait la récolte : ainsi chaque semaine, son cousin emportait ses fleurs et ses légumes à Florence, c'est-à-dire à trente ou quarante kilomètres de là. Au printemps, disait Giovanni, les roses du jardin devenaient énormes, et il recueillait alors les milliers de pétales qu'elles perdaient jour après jour. Ensuite, il en extrayait l'essence comme son père et son grand-père l'avaient fait avant lui. Il embouteillait l'essence de rose et la vendait au marché.

Violette voulut connaître le procédé d'extraction. Giovanni le lui expliqua en détail, en insistant même pour qu'elle vînt voir les instruments dont il se servait. Il était si heureux d'avoir enfin quelqu'un à qui parler de sa passion des huiles et des essences de parfum, qu'il en bégayait presque ; les explications se précipitaient dans sa bouche, tellement il craignait que Violette ne s'éloignât avant qu'il n'ait tout dit.

Violette se passionna pour le procédé de fabrication du parfum. Ainsi donc, il suffisait de presser quelques fleurs dans l'huile froide pour en extraire l'essence, et d'y ajouter un peu d'alcool ? Les résultats étaient prodigieux. Violette voulut essayer elle-même le procédé, avec des fleurs de jasmin écloses dans la nuit. Giovanni lui prêta ses instruments. Ce fut une véritable révélation. Violette était parvenue à emprisonner le parfum des fleurs, c'est-à-dire leur âme, et à leur donner une autre vie sous une autre forme, ce qui était comme une seconde floraison, en quelque sorte.

Un soir, alors qu'elle rentrait avec Giovanni de la cabane où il fabriquait ses parfums, Violette rit d'une plaisanterie qu'il venait de faire. Le regard de Giovanni se posa ensuite sur Alain, qui se tenait debout sous la tonnelle, négligemment accoté à l'un de ses montants.

Giovanni rougit un peu sous le regard fixe que lui rendit Alain. Il le salua, cependant, puis se tourna vers Violette et lui murmura un « bonsoir, *madonna* » pressé, avant de disparaître dans la maison.

Violette se dirigea alors vers Alain. Il lui tendit aussitôt les bras et elle s'y blottit. Puis elle attendit que le jeune jardinier fut bien entré dans la maison avant de parler.

— Cela ne te dérange pas que je passe du temps avec Giovanni, n'est-ce pas ? demanda-t-elle. Il aime tant me montrer ses fleurs et ses parfums, tu sais comme tout cela me passionne ! Il est toujours parfaitement courtois envers moi, je t'assure, et il ne me manquerait de respect pour rien au monde.

— Je devrais pourtant être jaloux, dit Alain en souriant à la jeune femme. Notre Giovanni est amoureux fou de toi.

— Oh ! non, protesta Violette. Je tiens de source sûre, en l'occurrence de sa mère, qu'il conte fleurette à presque toutes les filles du village. Il aurait même promis le mariage à une bonne douzaine d'entre elles !

— Il conte peut-être fleurette aux autres, mais toi, il te vénère... Il t'a appelée *madonna,* « Notre-Dame », te rends-tu compte ? C'est un très ancien titre de respect, que l'on réservait autrefois aux dames de très haute extraction. Aujourd'hui, on ne l'emploie pratiquement plus que pour s'adresser à la Vierge Marie. En l'utilisant, Giovanni ne pouvait te faire plus beau compliment, ni te manifester plus clairement la place enviable qu'il t'accordait dans son cœur.

— C'est impossible, voyons ! Quoi qu'il en soit, je n'ai

rien fait pour l'encourager, je puis te l'assurer.

— Ce n'était pas la peine. De toute façon, il te suffit d'être toi-même pour que tout le monde t'adore.

— Mais je ne suis quand même pas la Vierge Marie! riposta Violette, une trace de rire dans les yeux. La preuve, j'attends un enfant...

— Exactement, et tu fleuris comme une fleur magnifique, plus belle de jour en jour. Il est bien compréhensible que Giovanni t'adore, ma chère. Qui irait le lui reprocher? Moi-même, je te place plus haut que tout.

Alain n'était pas homme à dire des paroles en l'air. Ainsi, il devenait évident que ce n'était pas parce qu'il la voyait s'arrondir, et qu'il craignait qu'elle ne se désolât de perdre sa taille fine, qu'il la complimentait sur sa beauté. Et ce n'était pas non plus par flagornerie. C'était simplement parce qu'il tenait à saisir toutes les occasions qui se présentaient à lui pour réaffirmer ses sentiments envers elle. Violette appréciait ces marques d'amour, cependant, elles lui faisaient peur, car c'était comme si elles teintaient tout d'une touche d'éphémère. C'était comme si Alain craignait de voir surgir le moment où il ne pourrait plus dire à Violette à quel point il l'aimait.

Ils étaient heureux pourtant. Les jours passaient, ainsi que les nuits. Ils riaient, ils chantaient ensemble le soir, et se tenaient enlacés. Ils regardaient les doux crépuscules sur les collines, et les aubes plus douces encore. Ils mangeaient de délicieuses viandes rôties et des légumes frais, cuits à l'huile d'olive vierge, et assaisonnés d'herbes. Chaque jour, ils buvaient un vin différent. Ils faisaient souvent l'amour dans leur grand lit, portant chaque fois leur communion à son apogée.

Ce fut Giovanni qui finalement leur apporta la nouvelle qui fit voler leur bonheur en éclats.

Il la tenait de son cousin, celui qui allait régulièrement à Florence. Ce cousin allait parfois rendre visite à la fille de la cuisinière de la signora da Allori, sœur de la propriétaire de la villa où séjournaient Alain et Violette.

La signora da Allori était morte d'une attaque cardiaque après qu'un rôdeur se fût introduit chez elle en pleine nuit.

D'après Giovanni, la sœur de la défunte signora da Allori insistait sur le fait que la victime était morte de peur. En effet, celle-ci portait des contusions sur le corps, et elle avait le petit doigt cassé quand on l'avait retrouvée morte.

N'était-ce qu'une coïncidence? Ou la mort de la signora da Allori était-elle liée, d'une façon ou d'une autre, au séjour chez elle de Violette et Alain? Le rôdeur avait-il essayé de lui faire dire où se cachait le jeune couple?

— C'est ma faute, disait Alain. J'aurais dû le prévoir.

— Qui aurait pu dire qu'ils iraient si loin? répondait Violette avec quelque chose d'horrifié dans la voix.

— Ils ont peur. Le climat politique est tel qu'aucun pays d'Europe n'est vraiment à l'abri d'une révolution. Les hostilités peuvent éclater à n'importe quel moment en Crimée, et cela ferait un excellent prétexte pour tout le monde.

— Je ne vois pas ce que tu aurais pu faire de plus pour protéger la signora da Allori.

Alain hocha la tête d'un air soucieux.

— J'aurais dû au moins la prévenir. J'ai essayé de parler à Savio. Mais comment pouvais-je me faire convaincant alors que je ne pouvais rien révéler?

La signora da Allori et son majordome pensaient seulement cacher le jeune homme au mari de Violette, car c'est tout ce qu'Alain avait jugé bon de leur expliquer quand il avait demandé l'hospitalité à la vieille dame.

— Crois-tu qu'elle leur ait dit où nous étions? demanda Violette d'une voix craintive.

— Il semblerait que non. Savio a entendu les cris de la signora et il est arrivé aussitôt pour faire déguerpir l'agresseur. Malheureusement la signora était déjà mourante.

Violette et Alain s'étaient beaucoup attachés à la vieille dame pendant leur séjour chez elle. Malgré ses colères et les sermons qu'elle assenait régulièrement aux domestiques, c'était une femme généreuse, qui avait su à la fois se montrer d'agréable compagnie, tout en leur laissant toute l'intimité qu'ils désiraient. À partir du moment où ils surent que la signora était peut-être morte à cause d'eux, Violette et Alain sentirent une chape de culpabilité tomber brutalement sur leurs épaules.

Alain s'enferma dans le silence et cessa de peindre. Le parfum des fleurs s'évanouissait vite, car l'automne était proche, mais Violette avait perdu tout intérêt pour la fabrication des huiles et des essences de parfum. Ses nausées avaient fini par passer, et bien qu'elle ait recouvré l'appétit ; il lui semblait que plus rien n'avait de goût.

Certaines nuits, elle s'éveillait et trouvait Alain debout dans l'embrasure de la fenêtre, fixant du regard les collines ondulantes, bleutées sous la lumière des étoiles. D'autres matins, elle le trouvait allongé près d'elle, en train de la regarder d'un air tourmenté. Parfois, il la serrait si fort dans ses bras qu'elle avait peine à respirer, puis il enfouissait son visage dans les courbes soyeuses de son cou, ou entre les pâles sommets de ses seins. Souvent, il lui passait la main sur le ventre d'un geste tendre.

Il aimait la regarder laver ses longs cheveux, et il l'aidait à les démêler. Tandis que les mèches épaisses séchaient sur les épaules nues de la jeune femme, il les soulevait par poignées pour en respirer l'odeur. Puis il embrassait doucement la nuque de Violette.

Un soir, alors que tous deux avaient soupé et que Maria et Giovanni s'étaient déjà éclipsés, Violette et Alain s'assirent sous la tonnelle pour regarder la lune se lever par-dessus les murs du jardin. L'air chaud accompagné d'un léger souffle de bois brûlé sentait bon l'herbe fraîchement coupée et les raisins en train de mûrir.

Au-dessus d'eux, les feuilles de la vigne bruissaient dans la brise. Dans la lumière de la lune qui montait, elles projetaient des ombres fantastiques aux mouvements hypnotiques. Alain tenait la main de Violette dans les siennes, et caressait sa peau douce du bout des doigts. Soudain, sa voix s'éleva dans le soir, calme, réfléchie.

— Il y a quelque chose que je veux te dire depuis long-temps, déclara-t-il. Mais le moment n'était jamais opportun, ou alors, c'est moi qui... Mais peu importe. Écoute-moi bien, Violette. Si, pour une raison ou une autre, tu devais te retrouver seule, tu iras voir un avocat dont je vais te donner le nom et l'adresse. Il aura des fonds pour toi, et...

— De l'argent? s'exclama Violette d'une voix qui trahissait sa peur. Mais je ne veux pas...

— Je sais, ma chérie. Mais écoute-moi quand même. Fais-le pour moi, j'aurai l'esprit plus tranquille. Je t'en prie...

— Penses-tu...

Violette sentit sa voix s'étrangler dans sa gorge, et elle ne put rien dire de plus. Ses doigts se resserrèrent sur ceux d'Alain.

— Je ne sais pas. Mais il faut quand même que je le fasse, pour te protéger, et pour protéger notre enfant. Fais-moi con-fiance, je t'en supplie.

Il y avait tant de douleur dans sa voix, comment Violette aurait-elle pu refuser de l'écouter?

Elle fit comme il le lui demandait. Quand il fut certain qu'elle avait bien compris, ils se turent et la nuit les enveloppa, tandis que la lune planait au-dessus d'eux, énorme, étincelante, immobile.

Alain s'agenouilla aux pieds de Violette et déposa sa tête sur ses genoux. Elle lui passa les doigts dans les cheveux, lui caressa doucement le front, et enlaça ses épaules autant qu'elle le put. Ils restèrent ainsi un long moment.

— Viens avec moi, murmura-t-il soudain.

Ils étendirent la nappe sur le sol de mosaïque et s'y allon-gèrent dans le clair de lune. Puis lentement, Alain défit les épingles qui retenaient les cheveux de Violette. Il l'embrassa sur les paupières, sur le front et sur les oreilles, ainsi qu'à la pointe du menton. Avec douceur, il lui retira ses vêtements et se déshabilla ensuite. La vigne de la tonnelle projetait des ombres mouvantes sur leurs deux corps nus.

Alain caressa Violette et l'embrassa avec déférence; sa bouche était plus chaude à chaque baiser. Comme un joaillier caressant de l'or, il dessina le corps de Violette du bout des doigts pendant un long moment.

Le désir rugissait dans leurs veines et leurs corps ondulaient au même rythme, comme s'ils célébraient un rite de communion très ancien.

Alain pressa Violette plus fort contre lui, et elle le prit en elle avec douceur. Délicatement, ils gravirent ensemble les marches qui menaient à la jouissance, tandis qu'ils tentaient d'apaiser la tempête qu'ils sentaient se lever en eux, pour en retarder le déferlement. Tremblants, ils réussirent à s'aimer tout en réchauffant l'enfant blotti entre eux. Leur plaisir éclata comme une vague qui les submergea, faisant bouillonner leur sang et baignant leurs cœurs d'une douceur nouvelle.

Alain tint longuement Violette enlacée, lui chuchotant des mots d'amour. Quand la nuit se rafraîchit trop, ils prirent leurs vêtements et rentrèrent se coucher dans leur grand lit. Alain tint encore Violette serrée contre lui tandis qu'elle dormait. Les yeux fermés, il s'enivrait de l'odeur de son corps en écoutant son propre sang battre rageusement dans ses veines. Il ne dormit pas de la nuit.

Quand le soleil se leva, Violette était seule dans son grand lit.

Elle ne ressentit aucune peur, cependant. Elle pensa que son amant allait bientôt arriver avec du café frais, ainsi qu'il le faisait parfois, ou qu'il était sorti de bon matin pour se promener, regarder les lumières délicates qu'il aimait tant réinventer sur ses toiles. Elle attendait son retour d'une seconde à l'autre, persuadée de le retrouver plus tard au jardin ou à la table du petit déjeuner. Elle pensa aussi qu'il s'était peut-être rendu à l'étable pour y voir la portée de petits chats qui étaient nés quelques jours plus tôt. À moins qu'il ne soit allé à Florence pour y faire quelque course, ou pour lui rapporter un cadeau dont il voulait lui faire la surprise. Il avait dû lui laisser un message quelque part, se disait-elle, et le message avait sans doute glissé derrière quelque meuble, ou s'était envolé à la faveur du vent.

Elle guetta chacun des pas qui résonnèrent dans la maison ce matin-là, et s'arrêta au moindre murmure du vent dans les feuilles. Elle alla de la chambre au jardin une bonne douzaine de fois, et se rendit jusqu'à l'étable au moins à trois reprises. Elle interrogea Maria, qui ne savait rien, et elle dut se faire violence pour ne pas crier. Elle chercha Giovanni, mais il était parti porter des légumes chez son cousin pour qu'il aille les vendre au marché.

Giovanni revint tard dans l'après-midi. Violette était au jardin. Le garçon marchait d'un pas lourd, et son regard était trouble. Il portait à la main un grand bouquet de verdure, dont les fleurs étaient rares et mal assorties.

— Pardonnez-moi, *madonna,* dit-il. J'ai essayé de vous les apporter ce matin mais vous dormiez, et je n'ai pas voulu vous réveiller. Ce n'est qu'un maigre bouquet, mais on m'a dit de vous offrir seulement ces fleurs-là, et avec du feuillage, c'est tout.

Violette prit le bouquet d'une main tremblante. Il y avait là des soucis orange vif, enlacés de géraniums aux feuilles vert foncé. Le bleu pâle du myosotis était presque à demi enfoui dans des feuilles dentelées et menaçantes de pissenlits.

— Est-ce le *signor* Massari qui les envoie? demanda Violette d'une voix étranglée.

— Oui, *madonna.*

Elle ferma les yeux pour ne plus voir les fleurs qui commençaient déjà de flétrir.

— Je te remercie, Giovanni, dit-elle au bout d'un long silence. Ce sera tout.

— Il y a autre chose, *madonna.*

— Oui?

L'espoir renaissait déjà dans ses veines.

— Je vais être votre garde du corps.

— Mon garde du corps?

Tout était donc bien fini.

— Je vous défendrai au péril de ma vie. C'est un honneur que je n'espérais pas, *madonna*. J'en suis très flatté.

Que pouvait-elle dire à Giovanni, alors qu'il se tenait là, debout devant elle, immensément fier de devoir veiller sur elle, et très impatient d'avoir à la défendre? Comment pouvait-elle lui dire qu'elle ne voulait pas de sa présence à ses côtés, et qu'elle ne voulait près d'elle que l'homme qui, hier encore, la protégeait de tout? Elle s'obligea néanmoins à sourire.

— Je te remercie, Giovanni, dit-elle.

— Je vous en prie, *madonna*.

Il s'éloigna. Violette se sentait déracinée, comme si sa propre vie venait de lui être arrachée.

— Giovanni! s'écria-t-elle soudain.

Il fit prestement demi-tour et revint vers elle en courant.

— Vous n'avez qu'à appeler, *madonna* : j'arrive tout de suite, dit-il avec satisfaction.

Violette le regarda d'un air pensif.

— Quand le *signor* Massari t'a-t-il donné ses instructions?

— Hier soir, un peu avant la tombée de la nuit.

— Je te remercie, répondit Violette dans un souffle.

Giovanni repartit, non sans se retourner à plusieurs reprises pour considérer Violette d'un air surpris. Elle alla vers la tonnelle et s'y assit en déposant les fleurs sur ses genoux. Elle caressa délicatement les pétales du bout des doigts, tandis que des larmes commençaient à couler le long de ses joues.

Le myosotis pour l'amour vrai.

Le géranium pour la fidélité.

Les soucis pour le tourment.

Les pissenlits pour l'oracle.

Pour Violette, le message du bouquet était aussi clair que s'il avait été écrit sur du papier.

Alain était parti. Pour la laisser vivre en sécurité, peut-être. Ou pour une autre raison, que Violette pouvait connaître, mais qu'elle se refusait à admettre.

De même qu'elle comprenait, mais ne pouvait admettre, le dernier message qu'Alain lui ferait jamais parvenir.

Il l'aimait.

Il l'aimerait jusqu'à la mort et au-delà, et il n'en aimerait jamais aucune autre.

Il souffrait de la quitter.

Dieu seul savait s'il reviendrait un jour. Dieu seul le savait, et il restait obstinément muet.

18

Joletta reposa le journal de Violette et se rendit à la salle de bains. Penchée par-dessus le lavabo, elle se regarda de très près dans le miroir. Ses yeux, indiscutablement, étaient noisette, comme ceux de Violette. Comme ceux, aussi, de ses deux parents. Mimi avait les yeux gris. Nathalie les avait bleu-gris, mais peut-être plus gris que bleus. Quant à ceux de Timothy, ils étaient marron.

Gilbert Fossier avait les yeux marron, et Alain Massari les avait gris.

Tout cela ne voulait rien dire, en définitive, puisque Mimi avait épousé un lointain cousin Fossier, un descendant du frère cadet de Gilbert, dont Violette mentionnait l'épouse dans son journal. Tout le monde avait toujours cru que Mimi et son mari, que tous surnommaient Pop, étaient cousins éloignés.

Mimi devait savoir qu'il n'en était rien.

Mais le savait-elle vraiment? Violette elle-même ne savait pas exactement qui était le père de son enfant.

Joletta avait beaucoup de mal à s'imaginer ses aïeuls cachant des secrets, ou portant toute leur vie le poids de leurs égarements. Pendant tant d'années, ils n'avaient été pour elle que des noms, presque des personnages de légende.

Pour sa part, Joletta avait longtemps cru que le grand

voyage de Violette et Gilbert s'était limité à une succession de sites touristiques, une sorte de dernière grande frasque avant que la Guerre civile ne ramène tout le monde à des préoccupations plus triviales. Rien n'avait jamais semblé entacher le fameux « voyage en Europe » des époux Fossier : ni scandale, ni faux pas dont ils auraient pu rougir. Pour toute la famille, le seul événement marquant de ce voyage avait été que Violette en ait rapporté le célèbre parfum. Hormi cela, tout ce que Joletta savait, c'est que Gilbert et Violette étaient restés partis deux ans en Europe, et qu'ils en étaient revenus avec une petite fille.

Rone était parti. Il avait pris sa douche et il était sorti très tôt, au moins deux heures auparavant. Il s'était efforcé de ne pas faire de bruit, imaginant sans doute que Joletta dormait encore. Elle, de son côté, était restée allongée immobile, le dos tourné, jusqu'à ce qu'il soit sorti. Alors, elle avait tendu la main vers le journal pour vérifier qu'il était toujours là : tout était en ordre. Tandis qu'elle le feuilletait, le passage sur les premiers jours de la grossesse de Violette avait attiré son attention.

Joletta se demandait ce que Rone avait pu conclure de sa lecture. Elle-même commençait à peine à rassembler les pièces du casse-tête. Cependant, toute cette histoire restait passablement nébuleuse. Joletta s'interrogeait : Rone en savait-il plus qu'elle sur le voyage de Violette ?

Quoi qu'il en soit, il ne lirait pas les quelques pages qu'il n'avait pas encore lues. Désormais, Joletta veillerait à ce que le journal ne sorte plus de son grand sac à bandoulière, à moins qu'elle ne l'en retire elle-même. Rone devait avoir pris le journal la veille, dans la journée ; cela semblait la seule explication possible, puisqu'il l'avait lu dans la soirée d'hier. Cependant, à cause de tous les événements qui s'étaient déroulés dans la journée, Joletta ne s'en était pas rendu compte.

Une fois le journal soigneusement rangé dans son sac, Joletta alla prendre sa douche. Elle attacha ensuite ses cheveux avec une barrette en bois, et se maquilla légèrement. Aujourd'hui, elle n'avait aucune envie de faire le moindre effort sur le plan esthétique. De toute façon, la lumière éclatante de l'Italie et le naturel désarmant des Italiens rendaient parfaitement inutiles, et même ridicules les coiffures alambiquées comme les maquillages sophistiqués. Joletta prit un T-shirt blanc et une jupe de coton pervenche dans son sac, et les déposa sur le lit. Ses yeux s'égarèrent un instant sur l'oreiller, qui portait encore l'empreinte de la tête de Rone. Elle détourna très vite les yeux.

Le soir précédent, quand elle l'avait rejoint dans le grand lit, elle avait craint un moment qu'il ne se conduise envers elle comme avant. Heureusement, il s'était abstenu. Il semblait décidément deviner à merveille ses moindre sentiments et ses réticences. À moins qu'il ne se soit brusquement désintéressé d'elle après l'avoir vue si proche de Caesar. Quoi qu'il en soit, Rone était sagement resté de son côté du lit.

Tout en passant ses vêtements en revue, Joletta se remit à penser à Violette et Alain. Ils avaient été si ardents l'un envers l'autre, si passionnés. Restait à savoir quelle était la part de l'amour véritable dans cette passion, et quelle était celle de la simple attirance sexuelle?

Un seul fait était indéniable : ils avaient été heureux. Ils avaient accueilli leurs sentiments à cœur ouvert, sans chercher à analyser leurs relations comme on observerait un papillon sous un microscope. Jamais ils ne s'étaient demandé s'ils dépendaient l'un de l'autre, et jamais ils n'avaient tenté de lutter contre leur désir de se voir ou de se toucher toujours plus.

La passion qu'ils avaient vécue avait quelque chose de très pur, de très candide. Leur amour avait échappé aux dissections freudiennes et à la frénésie sexuelle qui encombraient les médias au siècle de Joletta. Leur relation était restée... sainte, pour ainsi dire. Elle avait gardé cette dimension spirituelle qui faisait si cruellement défaut à la plupart des relations que Joletta voyait autour d'elle naître, grandir, puis se dissoudre. Les relations des gens de son siècle étaient souvent essentiellement fondées, si ce n'était exclusivement, sur l'excitation sexuelle et sur le plaisir égoïste.

Joletta en était là de ses réflexions quand quelques coups discrets furent frappés à sa porte. Convaincue qu'il s'agissait de Rone ou de la femme de ménage, elle alla à la porte sans hésiter, et l'ouvrit toute grande.

— Bonjour !

Détendu, les mains dans les poches, un jeune homme souriait d'un air de profonde satisfaction.

— Timothy !

Surprise et ravie de retrouver un visage familier dans l'anonymat de son hôtel, Joletta ne put réprimer un cri de joie. Elle se jeta sur son cousin et le serra très fort dans ses bras.

— D'où viens-tu ? demanda-t-elle.

— De Corse. Je suis revenu hier soir.

Timothy aussi avait l'air heureux de la revoir. D'un geste vif de la tête, il chassa la mèche de cheveux blonds qui lui tombait toujours sur les yeux.

— Est-ce que tu as pris ton petit déjeuner ? reprit Timothy. Nathalie disait que je ne te trouverais jamais à ton hôtel, mais je lui ai parié vingt dollars que si. Et j'ai bien fait !

Ils descendirent ensemble à la salle à manger. Les croissants, le beurre et la confiture étaient déjà disposés sur les tables, ainsi que les cafetières et les pots de lait chaud. Ils se versèrent une tasse de café, tandis que Timothy expliquait à sa cousine qu'il avait fini par se lasser du soleil, de la voile et des vieilles pierres. Il avait alors décidé de rejoindre sa sœur et sa cousine pour savoir si elles avaient retrouvé trace du parfum car il s'était finalement résolu à manifester un peu d'intérêt pour l'affaire...

— As-tu trouvé quelque chose ? demanda-t-il en entamant son premier croissant.

Après la prétention de Nathalie et ses airs sophistiqués, la franchise de Timothy fit du bien à Joletta. Elle lui répondit sans détour. Timothy approuvait de la tête.

— C'est bien ce que je pensais, dit-il. C'était une cause perdue d'avance. Si j'étais toi, je n'y penserais plus et je m'arrangerais pour passer simplement de bonnes vacances en Europe.

— C'est ce que je fais ! répondit Joletta.

— Non, je veux dire des *vraies* vacances. Tout cela pour un parfum ! On aurait mieux fait de s'entendre tous ensemble pour prendre une formule au hasard dans les cahiers de Mimi, et pour la vendre à Lara Camors en lui faisant croire que c'était celle qu'elle cherchait. Elle n'y aurait vu que du feu !

— Lara Camors ? Je ne pense pas, répondit Joletta en souriant.

Timothy haussa les épaules.

— Je ne sais pas, dit-il. Mais on aurait toujours pu dire que le nouveau parfum ne ressemble pas à l'ancien parce qu'il manque un ingrédient ou une fleur quelconque... On peut toujours inventer quelque chose.

— Non, si je veux reprendre la boutique, tout cela est impensable. Il y a des femmes, à la Nouvelle-Orléans, qui portent le parfum de Violette depuis des dizaines d'années. Elles, elles sentiront la différence, cela ne fait aucun doute.

— Quelle histoire ! Il faudra pourtant bien faire quelque chose, non ? Cela ne peut pas continuer comme cela. Maman est en train de devenir folle, comme si elle allait faire faillite demain matin !

— Il faut avouer qu'elle a un certain talent pour le drame, convint Joletta avec un léger sourire.

— Tu peux le dire ! renchérit Timothy d'une voix sombre. Elle m'a menacé de me couper les vivres et de m'envoyer travailler ! Moi, travailler ! Tu te rends compte ? Mais je ne m'inquiète pas ! C'est toujours comme ça quand elle croit qu'elle va manquer d'argent !

— Te serait-il vraiment si pénible de te joindre à la masse laborieuse dont je fais partie, Timothy ? demanda Joletta en souriant de plus belle.

— Je ne sais pas. Le problème, c'est que je ne sais rien faire. Je n'ai jamais fait d'études sérieuses : maman n'arrivait pas à me choisir une carrière... Finalement, elle s'est dit que je ferais un play-boy très présentable...

— Ce ne serait pas elle, par hasard, qui t'aurait arraché à tes plages chéries pour venir prêter main-forte à ta sœur, et pour tenter de m'extorquer des révélations ?

Timothy rougit légèrement.

— Tu sais comme elle est. Tu ne sais peut-être pas à quel point, mais... Elle ne m'a pas vraiment dit de venir, bien sûr. Mais elle en a parlé, et reparlé, jusqu'à ce je comprenne tout seul, comme un grand.

Joletta reprit une gorgée de café.

— J'ai peine à croire qu'on puisse être si attaché à l'argent, dit-elle.

— C'est même pire que tu ne le penses. L'argent, le fric, le pèze, le flouze, *money, money* ! Il en faut toujours plus. Nous... je veux dire, ma mère et ses enfants, nous sommes épouvantablement dépensiers. Tu sais, c'est difficile de rester dans la course quand on est entouré de gens chez qui l'argent coule à flots !

Timothy se tut, songeur. Puis un sourire désabusé éclaira faiblement son visage.

— Pauvre Nathalie, reprit-il tristement. Il va même peut-être falloir qu'elle se remarie ! Elle ne voudra sûrement pas. Enfin, ça dépendra du mari en question. Elle avait trouvé un bon poisson ce matin.

— Ici ? À Venise ?

Timothy approuva de la tête en avalant une gorgée de café.

— Oui, confirma-t-il. Le PDG des Cosmétiques Camors, figure-toi, le fils de la femme qui dirige toute la boîte. Incroyable, non ? En ce moment même, elle prend son petit déjeuner avec lui au Cipriani. C'est là qu'elle est descendue.

— Vraiment ? demanda Joletta d'une voix blanche.

Le Cipriani n'était pas précisément ce qu'on pourrait appeler un hôtel minable ; c'était même plutôt outrageusement luxueux. Et puis, quelle coïncidence, n'est-ce pas, qu'un cadre imminemment supérieur de chez Camors se trouve justement à Venise en ce moment...

— C'est comme ça que j'ai su que tu serais seule, ajouta Timothy en posant sur elle un regard un peu contrit.

— Ah! Oui... fit Joletta distraitement.

Elle regarda d'un air songeur le pot de confitures qu'elle avait en face d'elle.

— Ma chère sœur est convaincue d'avoir trouvé la perle rare. Elle est excitée comme une puce depuis quelque temps. Il semblerait que le type en question ait eu un œil sur toi pendant un certain temps, mais c'est finalement elle qui lui a mis le grappin dessus.

— Un œil sur moi?

— C'est ce qu'elle a dit. À vrai dire, c'est tout à fait ton genre, je trouve : très sérieux, très bonnes manières, et tout et tout... Cadre supérieur, efficace, créatif. Il dirige sa propre agence de publicité et de promotion. C'est bien triste à dire, mais en amour comme à la guerre et comme en affaires, tous les coups sont permis.

Joletta déposa son croissant : elle n'avait plus d'appétit, tout à coup.

— Dis-moi, demanda-t-elle, ce fameux PDG, sais-tu comment il s'appelle, par hasard?

— Un nom à coucher dehors, répondit Timothy. Adamson, quatrième du nom, ou cinquième, ou septième, enfin. Tu vois le genre...

— Tu es sûr?

Quel besoin avait-elle de poser la question? Elle savait déjà que le doute n'était plus permis. Elle sentit la nausée monter en elle. Elle frissonna, et la chair de poule lui vint sur les bras.

— Ça ne va pas? demanda Timothy d'une voix attentionnée. Ne me dis pas que tu ne savais pas qui était Adamson?

— Mais pourquoi ne porte-t-il pas le même nom que sa mère? demanda Joletta d'une voix éteinte.

— C'est le fils de son deuxième mari, quelque chose comme ça. Sa mère a été mariée au moins dix millions de fois!

— Tu la connais ? Et lui, est-ce que tu l'as rencontré ?

— J'ai rencontré la mère quand j'ai accompagné Maman à New York, l'année dernière. Quant au fils, je l'ai vu ce matin pour la première fois. Il semblait un peu perdu, je dois dire.

— C'est incroyable, murmura Joletta, complètement abasourdie.

— Tu ne veux pas du dernier croissant ? Non ? On dit que sa mère a fondé l'entreprise et qu'elle l'a fait prospérer toute seule, mais avec l'argent de son père. Après le divorce, le père a gardé la majorité des parts et, quand il est mort, c'est Rone qui en a hérité. C'est comme cela qu'il a acquis un tel pouvoir dans l'entreprise. C'est lui qui prend les grandes décisions, maintenant.

— Telles que décider quels parfums acheter, et comment se procurer les formules ?

— Par exemple, confirma Timothy. Quand je pense que ce type a voyagé partout en Europe avec toi, sans te dire qui il était ! Tu te rends compte ? Il a pris l'autobus avec toi, alors qu'il aurait pu tout faire en Concorde ! Incroyable, hein ? Quelle histoire !

Joletta n'en pouvait plus. Il fallait qu'elle parte au plus vite pour réfléchir à tête reposée, et aussi pour calmer la douleur et la rage qui bouillonnaient en elle.

Elle se leva d'un bond et mit son sac à l'épaule.

— Il faut que j'y aille, dit-elle. Excuse-moi. Et puis, ne t'inquiète pas pour l'addition : c'est moi qui t'invite.

— Oh, non ! Je t'en prie...

— J'insiste. Est-ce que tu restes encore longtemps à Venise ?

— Ça dépendra.

— Où es-tu descendu ?

— Au Cipriani, avec Nathalie. Pour le moment. Nous retournerons sans doute dans un hôtel minable dès demain. Cela ne me dérange pas : c'est même souvent bien plus sympathique !

— Nous nous reverrons sûrement bientôt, alors.

Joletta s'éloigna, puis revint sur ses pas.

— Est-ce que tu as assez d'argent? demanda-t-elle.

Timothy eut une petite moue.

— Ça va. Il faut faire un peu attention, mais ça va. Ne t'inquiète pas pour moi.

Joletta lui sourit et s'éloigna rapidement. Elle ne voulait pas rester là trop longtemps, car elle craignait d'éclater en sanglots au beau milieu du restaurant. Quelle idiote elle avait été! Décidément elle ratait tout! Elle n'était même pas foutue de tomber amoureuse intelligemment!

Elle était si absorbée dans ses pensées, et tellement en colère contre elle-même, qu'elle faillit bousculer un serveur qui passait avec une cafetière pleine dans chaque main. Elle marmonna de vagues excuses et poursuivit son chemin.

Ridicule. Elle n'était pas amoureuse, de toute façon. C'était ridicule.

Joletta n'était certes pas de cette époque où les femmes donnaient leurs cœurs aux hommes avant de leur donner leurs corps. Ah, non! C'était une jeune femme moderne et intelligente : elle savait bien, elle, que les relations sexuelles étaient le meilleur antidote au stress, et qu'elles constituaient un loisir des plus divertissants pour les dimanches après-midi pluvieux, ainsi qu'une façon comme une autre d'apprendre à mieux connaître les gens... Elle n'avait pas besoin de dentelle, de parfum et de fleurs, elle. Ah! Qu'avait-elle à faire des sacrifices à n'en plus finir et des vœux susurrés? Ridicule.

Tout ce qu'elle voulait, c'était un homme normalement constitué, expérimenté, et qui sache à l'occasion aligner deux ou trois mots sans dire trop de bêtises.

Rien de plus. Cela suffisait amplement.

Avec un peu de stabilité aussi.

Et un peu de tendresse.

De l'humour, peut-être?

Oui, et de l'attention.

De l'honnêteté.

Et c'était tout. Qu'aurait-elle pu désirer de plus ?

Quel salaud !

Quel salaud, quel salaud, quel crétin, et quel imbécile !

Elle s'arrêta à la réception de l'hôtel pour laisser un message au guide : elle ne participerait pas à l'excursion du matin. C'était vraiment au-dessus de ses forces. Elle repartait déjà vers la sortie quand elle vit approcher une silhouette imposante.

Rone. Elle s'arrêta net, mais il était trop tard pour l'éviter.

— Bonjour ! dit-il.

Il entra dans l'hôtel en tenant la porte à une dame d'un certain âge, assez rondelette, qui portait fièrement un T-shirt arborant le drapeau des États-Unis. Rone avait parlé d'une voix assurée, et souriait à Joletta d'une façon qui insinuait clairement qu'une intimité s'était déjà instaurée entre eux.

Joletta le gratifia d'un regard glacial et passa son chemin sans s'arrêter. Elle sortit rapidement et se fondit dans la foule des Italiens qui partaient au travail, les yeux encore tout brouillés de sommeil. Elle se dirigea vers le quai le plus proche.

Des pas déterminés résonnèrent derrière elle. Rone lui attrapa le bras et la força à s'arrêter.

— Que se passe-t-il ? demanda-t-il d'une voix impérieuse.

Joletta se retourna d'un bond et posa sur lui un regard noir de colère.

— Rien du tout, répondit-elle. Je viens seulement d'apprendre que l'homme qui partage mon lit est un menteur et un escroc.

Rone eut un sursaut de surprise.

— De quoi parles-tu ?

— Tu sais très bien de quoi je parle ! Et j'espère que tu as trouvé toutes les informations dont tu avais besoin dans le journal de Violette, hier soir, parce que c'était la dernière fois que tu le voyais ! N'oublie surtout pas de transmettre tes précieux renseignements à ta chère mère !

Elle se dégagea et reprit son chemin d'un air décidé. Il la

rejoignit en deux enjambées et lui saisit de nouveau le bras pour l'arrêter.

— Une minute, dit-il. Tu te trompes.

Cette fois, c'en était trop. Joletta sentit la rage éclater en elle.

— Je ne me trompe pas du tout, bien au contraire! Tu n'aurais jamais cru que je finirais par comprendre, n'est-ce pas? Tu t'imaginais même que tu pourrais tranquillement te servir de moi jusqu'à ce que je te dise tout ce que je savais? C'est ça que tu voulais! Et Nathalie, dans tout ça? J'aurais dû me douter depuis hier, depuis que je t'ai vu la suivre comme un petit toutou!

— Ce n'est pas si simple. Je n'ai jamais pensé que...

Joletta se rendait fort bien compte que les passants leur jetaient des regards en coin. Plantés au beau milieu du trottoir, Joletta et Rone séparaient en deux bras le flot humain qui coulait dans les rues vénitiennes. Ce n'était pas vraiment le meilleur moyen pour passer inaperçus, mais Joletta n'en avait cure.

— Non, bien sûr, tu n'as jamais pensé que. Mais une fois que c'est parti, pourquoi s'arrêter en si bon chemin, n'est-ce pas? Quand j'y pense! Quand j'y pense, je n'ai qu'une envie : me jeter à l'eau, ou te tuer à coups de barre de fer!

— Joletta, je t'en prie, dit Rone d'une voix inquiète. Je t'en prie, tu te fais du mal.

— Moi? Espèce de salaud, mais c'est toi qui me fais du mal, oui! C'est toi qui me trompes depuis le début, toi qui mens, qui joues! J'aurais dû m'en douter, d'ailleurs. Dès que ton soi-disant accent du sud a disparu, j'aurais dû m'en douter. Espèce de New-Yorkais de mes fesses! Tu vas sortir de ma chambre, de ce voyage, et tu vas sortir de ma vie! Et que je ne te trouve plus jamais sur mon chemin! Tu m'entends? Jamais!

— Ça va être difficile, Joletta, dit Rone d'un ton froid.

Joletta le regarda d'un air ahuri.

— Qu'est-ce que tu veux dire?

— Je te suivrai partout. New-Yorkais ou pas, je suis

nettement aussi têtu que toi, ma petite enragée de Louisianaise. Et que tu le veuilles ou non, je te suivrai pas à pas, où que tu ailles, jusqu'à ce que cette histoire soit terminée, et bien terminée!

— Si tu t'imagines que je vais te laisser me suivre, tu te trompes, et de beaucoup.

— Tu n'as pas le choix.

Joletta leva un index menaçant devant le visage de Rone et l'abattit sur sa poitrine.

— Tu te trompes, mon cher. J'ai parfaitement le choix!

— C'est ce que nous verrons.

Joletta reprit son chemin. Cette fois, Rone ne fit rien pour l'en empêcher. Il marcha simplement près d'elle, à grands pas calmes. Elle lui lança un regard à faire peur, auquel il répondit par un sourire aimable et avec un regard déterminé.

Elle s'arrêta net.

— Va-t'en! Va-t'en, ou j'appelle la police et je raconte que tu cherches à m'agresser.

— Vas-y! Mais je peux te dire que si tu continues comme ça, c'est effectivement ce qui va se passer, parce que je vais être obligé de te flanquer une bonne paire de claques pour t'obliger à m'écouter.

— Et qu'as-tu à dire de si intéressant? De toute façon, comment veux-tu que je te croie? Va-t'en!

— Laisse-moi t'expliquer...

— M'expliquer quoi? Que tu passais par hasard, un beau soir, près d'une parfumerie de la Nouvelle-Orléans? Quelle rigolade! Tu m'avais suivie depuis le début! Vas-tu m'expliquer aussi par quelle coïncidence merveilleuse tu t'es retrouvé juste à côté de moi quand on m'a volé mon sac à l'aéroport de Londres? J'ai peut-être été un peu lente, mais j'ai tout compris, maintenant, sois-en bien sûr! Et tu peux aller au diable, avec tes explications de polichinelle!

Elle tourna les talons et continua à marcher. Elle respirait si fort à présent qu'elle avait l'impression d'avoir couru plusieurs kilomètres. Toujours obstinément opposée à l'idée de poser les yeux sur l'homme qui marchait à côté d'elle, elle ne le gratifia même pas d'un regard quand il se remit à parler.

— C'est vrai, dit-il. Je t'ai suivie jusqu'à la boutique de la Nouvelle-Orléans. Mais je ne voulais pas te faire peur. Si je me suis tant approché de toi, c'est tout simplement parce que je pensais que la boutique était plus éloignée. Plus tard, j'ai vu ce type qui te suivait, mais je ne savais pas ce qu'il te voulait. Alors, je me suis arrangé pour te dépasser et j'ai joué la grande scène du baiser pour le faire fuir. Ensuite, je me suis intéressé à toi de plus près, et j'ai appris que tu partais pour l'Europe. Je t'ai suivie. Si j'étais en même temps que toi à l'aéroport, c'est tout simplement parce que j'ai pris le même avion que toi. J'avais choisi le siège le plus éloigné possible du tien. Je n'avais pas l'intention de te suivre partout comme ça, mais une fois que j'ai fait ta connaissance, il m'a semblé plus facile de voyager avec toi pour mieux te surveiller.

— Et même de plus en plus facile, n'est-ce pas ? rétorqua Joletta d'un ton sec.

Rone prit une profonde respiration pour tenter de se calmer.

— Exactement, poursuivit-il d'une voix tendue. Mais si tu t'imagines que j'ai fait tout cela pour mettre la main sur le parfum de Violette, tu te trompes.

— Oh ! Mais... Ce n'est pas du tout ce que je pense, rassure-toi. Tu as fait « tout cela », comme tu dis si bien, uniquement pour Nathalie ! Elle s'est dit que ça faisait bien longtemps qu'un homme ne m'avait pas regardée, si bien qu'elle a pensé que je me jetterais comme une perdue sur le premier qui s'intéresserait un tant soit peu à moi. Et le pire dans tout ça, c'est qu'elle a eu raison ! J'espère au moins que « tout cela » n'a pas été trop pénible pour toi !

— À vrai dire... commença Rone.

Il se mordit brusquement les lèvres, puis marqua une pause, avant de continuer.

— Ce n'est pas tout à fait comme ça que les choses se sont passées, ajouta-t-il.

— Vraiment? ironisa Joletta, malgré la douleur qui la déchirait. Alors tu as fait « tout cela » pour mes beaux yeux, sans doute?

— Non, je l'ai fait parce que j'avais peur de ce qui pouvait t'arriver.

— Je t'en prie! dit-elle d'un ton las.

— Je sais que tout ça a l'air absurde. Moi-même, je me suis souvent dit que c'était ridicule. Mais ma mère est devenue comme folle depuis qu'elle a entendu parler de ce satané parfum! Elle est convaincue qu'il va inonder le monde entier et supplanter tous les autres. Elle a l'intention d'en faire le parfum le plus aimé et le plus vendu au monde et, naturellement, le plus cher. C'est un parfum qui est associé à une histoire, à une légende même! Il possède un charme et une majesté qu'on ne retrouve pas dans les mélanges de laboratoire. Ce qui m'a inquiété, cependant, c'est que je ne savais pas jusqu'où elle pouvait aller pour obtenir la formule.

— Tu n'avais qu'à lui poser la question!

Tout à coup, Joletta se demanda depuis quand elle avait recommencé à écouter Rone, et pour quelles raisons. Naturellement, cela ne voulait rien dire. Elle pouvait très bien l'écouter, et ne pas croire un mot de ce qu'il racontait....

— Tu t'imagines vraiment qu'on peut demander des comptes à Lara Camors? Une femme qui a fondé son entreprise dans un sous-sol miteux. À l'époque, c'était une fille du fin fond de l'Arkansas avec un accent à couper au couteau. Par la suite, elle s'est amourachée d'un vendeur qui l'a laissée tomber en plein New York. Je ne suis même pas sûr que ce soit lui, son premier mari, ou pas. Elle a bâti toute une multinationale à la force de ses poignets, en partant d'un sous-sol minable. Elle a beaucoup travaillé, elle a su faire quelques mariages avantageux qui ont bien arrangé ses affaires. Je peux te dire qu'elle n'a pas du tout apprécié de me voir utiliser les actions de mon père pour me faire une place dans l'entreprise.

— Tu es son fils, pourtant.

— Son fils! Elle nous a laissée tomber, mon père et moi,

quand j'avais trois ans !

Inconsciemment, Joletta ralentit le pas. Elle regarda Rone dans les yeux et sentit sa nuque et ses épaules se détendre un peu.

— Un beau jour, poursuivit Rone, je suis entré dans son bureau : elle était au téléphone et parlait du fameux parfum. Je l'ai entendue dire qu'il était trop tôt pour se réjouir, que ce n'était pas parce que Mimi Fossier était morte que tout était gagné. Il restait son autre petite-fille...

— En l'occurrence, moi.

— Oui. J'en avais assez entendu pour comprendre que ce n'était pas de Nathalie qu'elle parlait.

Joletta fit encore quelques pas avant de répondre.

— Ne t'imagine surtout pas que je crois nécessairement tout ce que tu me dis, annonça-t-elle en guise de préambule, mais si tu pensais que j'étais en danger, pourquoi ne m'as-tu rien dit ?

— Et t'avouer par la même occasion que je soupçonnais la grande Lara Camors d'espionnage industriel, si ce n'est plus ? Est-ce que tu m'aurais cru ? Qui m'aurait cru, du reste ? Même aujourd'hui, qui me croirait ? Je respecte ma mère, et nous avons appris à travailler ensemble au fil des ans. Au fait, je pensais tout simplement aller à la Nouvelle-Orléans, et observer un peu ce qui se passait, pour me faire une opinion par moi-même, mais ce n'est pas exactement comme ça que les choses se sont passées.

— Pourquoi m'as-tu menti ?

— Je ne t'ai pas menti. Je ne t'ai pas dit toute la vérité, c'est tout.

— Tu m'as fait croire que tu étais dans la publicité, ou quelque chose comme ça.

— Ça, c'est vrai : entre autres, je suis responsable de la promotion chez Camors. Par ailleurs, je ne t'ai pas dit qui j'étais, parce que j'avais peur que tu me repousses et que tu refuses de me parler.

Joletta sentait poindre quelque chose dans la voix de

Rone, une sensation qu'elle refusait de reconnaître pour ce qu'elle était vraiment.

— Bien sûr! s'exclama-t-elle d'une voix rageuse. Et maintenant, tu vas me dire que tu te fiches complètement du parfum, et que même jamais tu n'as eu l'intention d'en obtenir les droits d'exploitation pour ton entreprise!

Ils étaient arrivés au quai, à présent. Rone plongea ses mains dans ses poches et fixa du regard l'eau mouvante du canal. Un bateau de marchandises passa. Rone secoua la tête.

— Non, dit-il. Ce serait mentir.

— Alors, quoi?

— Je vais tout te dire, Joletta. En fait, j'aimerais savoir ce qu'on peut faire du parfum si jamais on en retrouve la formule. Au début, cette affaire ne m'intéressait pas le moins du monde. Je pensais même que la fameuse formule n'avait jamais existé ailleurs que dans ton imagination et celle de ta famille. Puis j'ai lu le journal de Violette, et maintenant je m'interroge.

Joletta voulait le croire, de toutes ses forces. Et c'était bien ça qui l'enrageait le plus.

— Si jamais je la retrouve, je la ferai exploiter dans la boutique, rétorqua-t-elle cependant d'un ton acerbe.

— Ce serait ridicule. Tu n'as ni les moyens ni l'organisation nécessaires pour exploiter à sa juste mesure une telle mine d'or.

— Comment ça? Ça fait plus de cent ans que la boutique produit et vend ce parfum!

— Bon, tu feras comme tu voudras, répondit Rone avec un haussement d'épaules. Cela dit, il y a des tas de gens qui veulent t'empêcher de trouver la formule. Parmi ces gens, les Cosmétiques Camors ne sont pas les derniers et c'est pour ça que, d'une certaine façon, je me sens responsable des menaces qui pèsent sur toi. Voilà pourquoi j'ai décidé de ne pas te lâcher d'une semelle, jusqu'à ce que cette sale affaire soit définitivement réglée.

— Et tu seras aux premières loges le jour où je trouverai la formule!

Rone posa sur Joletta un regard où brillait une colère froide.

— J'espère de tout cœur que tu vas finir par la trouver, ta fichue formule ! dit-il. Et si tu la trouves, je te promets que tu en feras ce que tu voudras, absolument ce que tu voudras. Même si je dois camper le restant de mes jours devant ta porte pour te protéger.

— Quelle perspective épouvantable ! s'exclama Joletta.

Rone la regarda d'un air déterminé. Visiblement, il était résolu à la suivre partout, qu'elle trouve ou non la formule. Il fit un pas vers elle.

— J'essaye seulement de t'aider, dit-il. Pourquoi ne me fais-tu pas confiance ?

Joletta aurait vraiment voulu pouvoir lui faire confiance, cela lui aurait tellement facilité la vie ! Mais elle était habitée par trop de doutes et elle avait eu trop mal... De plus, l'expérience ne lui avait-elle pas appris qu'elle avait une fâcheuse tendance à accorder sa confiance à des gens qui ne la méritaient pas ?

— Je ne peux plus te faire confiance, Rone, dit-elle simplement.

Rone se sentait anéanti. Tout cela était de sa faute. À plusieurs reprises, il avait essayé de tout révéler à Joletta, surtout depuis que Nathalie avait fait irruption sur la place Saint-Marc. Maintenant, Joletta avait toutes les raisons du monde de le haïr. Avec quel aplomb elle s'était dressée devant lui ! Il l'admirait encore plus pour cela ! Si seulement ce n'était pas contre lui qu'elle avait dû diriger sa magnifique fureur !

Rone aurait voulu reculer dans le temps, revenir au moment où il s'était trouvé derrière elle dans cette petite rue de la Nouvelle-Orléans. S'il avait su, il se serait tout simplement présenté à elle, et lui aurait exposé ses plans le plus calmement du monde. Mais comment aurait-elle réagi ? Lui aurait-elle dit d'aller au diable, ou l'aurait-elle invité à entrer dans sa vie ? Aurait-elle su lui faire suffisamment confiance pour le laisser lui venir en aide ?

Plus que tout au monde, il tenait à la confiance de Joletta. À présent il était trop tard pour y penser. Dorénavant, il devait tout mettre en œuvre pour empêcher Joletta de le faire jeter dans une prison italienne. Car, bien qu'il n'ait nullement l'intention de lui faire du mal, il était à peu près convaincu que Joletta n'approuverait pas sa façon de la protéger, et qu'elle essayerait de se débarrasser de lui à la première occasion.

Il se sentit devenir fou. Il devait faire quelque chose pour racheter sa conduite inqualifiable, et vite.

— Qu'avons-nous de prévu pour aujourd'hui ? demanda-t-il d'une voix neutre.

— Je n'ai rien prévu du tout, répondit Joletta d'un ton sec.

Rone ne s'attendait pas à ce qu'elle le regarde avec autant d'hostilité. Il fronça légèrement les sourcils.

— J'ai pensé au Canaletto qu'Alain avait acheté, dit-il. Tu sais, la toile qui représentait la maison où Violette et lui ont séjourné ? Elle nous aiderait peut-être à comprendre ce qui s'est passé...

— Personne ne sait ce qu'il est devenu, répondit Joletta.

— C'est vrai, mais rappelle-toi : Violette a dessiné un petit bout du canal et un coin de maison dans son journal, juste après le passage où elle parle de cette toile. C'est peut-être un détail du Canaletto ?

Joletta ne put réprimer un sursaut de surprise.

— Si c'est le cas, dit-elle, nous ne devrions avoir aucun mal à retrouver la peinture en question.

Rone sortit sa main droite de sa poche et se massa la nuque. Ainsi il ne s'était pas trompé : ce n'est qu'en l'aidant dans sa quête qu'il pourrait reconquérir la confiance de Joletta.

— Et si nous allions visiter un musée ou deux ? demanda-t-il de la voix la plus normale possible. Le Palazzo Pesaro, par exemple ?

Joletta lui lança un regard furtif, mais elle n'émit aucune objection. Rone pensa qu'il avait bien de la chance d'être tombé sur une femme aussi raisonnable et aussi sensée qu'elle.

Le reste du jour, ils déambulèrent longuement dans les corridors pavés de marbre, tournant la tête de droite et de gauche jusqu'à ce que leurs nuques leur fissent mal. Ils s'étonnèrent de ce que tant de merveilles fussent réunies dans de si petits espaces, et qu'elles soient si peu protégées. Certaines toiles et certaines sculptures étaient inaccessibles, certes, mais souvent, il suffisait de se pencher ou de tendre le bras pour toucher plusieurs autres. L'Italie était si riche en merveilleuses œuvres d'art de toutes sortes qu'elle se contentait de protéger les plus importantes, abandonnant les autres à tous les risques de vol, de vandalisme et de dégradation.

C'est Joletta qui découvrit la toile qui se rapprochait le plus du croquis de Violette. Ce n'était pas un Canaletto, cependant, mais un J. M. W. Turner. Joletta affirma que de toute façon, elle préférait Turner, car ses couleurs étaient plus éclatantes et ses visions plus étranges, comme s'il avait observé à travers un rideau de pluie. Les lignes de Canaletto étaient plus parfaites et ses couleurs plus claires, il est vrai, mais Joletta préférait Turner. Convaincu qu'elle ne cherchait qu'à le provoquer, Rone se garda prudemment d'entamer un débat sur les qualités comparées des deux peintres. Il voulait surtout éviter de lui montrer qu'il était sensible à sa colère, et que toutes ses remarques portaient.

Joletta se tenait devant le Turner, les mains croisées derrière le dos. Elle avait à la bouche une moue que Rone eût souhaité transformer en baiser, mais mieux valait s'abstenir pour le moment, pensa-t-il. Il essaya alors de se concentrer le plus possible sur ce que Joletta disait.

— Qu'est-ce que cela prouve ? demandait-elle. Ces palais se ressemblent tous, et les canaux sont tous pareils d'une extrémité à l'autre.

— C'est vrai, convint Rone.

— En outre, Violette a pu tout simplement dessiner n'importe quelle maison qu'elle voyait peut-être par sa fenêtre.

— Que faire alors ? demanda Rone avec circonspection.

— Je ne sais pas, mais je pense que nous perdons notre

temps avec cette toile.

Rone faillit sourire de bonheur en entendant ce « nous ».

— Devrions-nous quand même aller frapper à quelques portes ? demanda-t-il.

— Nous ferions mieux de demander à Caesar.

— Nous pouvons très bien nous tirer d'affaire sans lui.

Joletta lança à Rone un regard dubitatif.

— Et comment ? demanda-t-elle. Nous ne parlons même pas l'italien !

— Il y a beaucoup de choses que tu ne sais pas encore de moi, répondit Rone avec un sourire.

— Je commence à m'en rendre compte, figure-toi, rétorqua Joletta d'une voix acerbe.

« Attends de voir ce soir », pensait-il en se réjouissant intérieurement.

— Alors, demanda-t-il. On y va ?

19

Il se révéla plus difficile que prévu de retrouver la maison qui apparaissait sur la toile. L'artiste avait pris des libertés avec la perspective, et avait même supprimé un ou deux bâtiments qui sans doute ne lui plaisaient pas. Rone affirmait de plus que Turner avait resserré la courbure du canal ; ce à quoi Joletta rétorquait que c'était Rone qui voyait mal.

À la quatrième maison à laquelle ils s'adressèrent, une jeune femme vint leur ouvrir, un enfant sur la hanche. Les cheveux retenus par un bandeau, la jeune femme portait un T-shirt d'un rose extrêmement vif, et des chaussures de sport rayées vert et rose. Elle lança quelques mots rapides en italien à quelqu'un qui devait se trouver dans un recoin du long vestibule. Puis elle revint à ses visiteurs, et s'adressa à eux dans un anglais teinté d'italien, mais parfaitement correct sur le plan grammatical.

— Ce n'est pas un hôtel ni un musée ici, dit-elle. Allez-vous-en.

Elle s'apprêtait déjà à refermer la porte quand Rone l'arrêta d'un geste.

— Excusez-nous de vous déranger, dit-il, mais nous ne sommes pas des touristes. Nous cherchons la trace d'un homme et d'une femme américaine, qui auraient vécu dans cette maison il y a très longtemps.

— Je n'ai jamais entendu parler de cela, répondit l'Italienne.

Le petit garçon qu'elle portait à la hanche commençait à s'impatienter, et posait sur les visiteurs deux grands yeux noirs que barrait une mèche de cheveux châtain doré. On aurait dit un chérubin de Botticelli qui se serait animé tout à coup.

— Nous avons des raisons de penser, poursuivit Joletta, que la dame qui vivait ici serait morte à cause d'eux.

— Oh! Dans ce cas...

La jeune femme marqua une pause et fronça les sourcils.

— Attendez un moment, ajouta-t-elle.

Elle cria quelques mots par-dessus son épaule, et un vieil homme émergea de l'obscurité. Elle expliqua que c'était le grand-père de son mari et qu'il avait toujours vécu dans cette maison.

L'homme était voûté et maigre, portait un chandail de laine noire. Ses cheveux gris ondulaient; il accueillit Joletta et Rone d'un sourire quelque peu édenté. Néanmoins, il avait encore très bonne mémoire. La femme dont les visiteurs parlaient était son aïeule, dit-il. C'était une femme aux revenus modestes et qui, comme on le faisait au siècle dernier, recevait chez elle des pensionnaires alors que le tourisme de masse ne déferlait pas encore sur la ville. Elle était morte d'une attaque cardiaque. C'est du moins ce que les médecins avaient dit, mais sa famille n'en avait rien cru. Elle était morte en fait suite à une étrange tragédie; d'ailleurs, ses héritiers avaient reçu de l'argent par la suite, comme s'il s'agissait d'un dédommagement. Or, comme cet argent avait considérablement amélioré la situation matérielle de chacun, l'anecdote était restée dans la famille.

En effet, cette aïeule avait une sœur qui possédait une villa près de Florence. Mais cette villa avait été détruite pendant la Deuxième Guerre mondiale si bien qu'une autre résidence, plus moderne, avait été bâtie par la suite sur les lieux. Néanmoins, le jardin existait toujours. Les visiteurs pouvaient aller le visiter, s'ils le désiraient, proposa le vieux. Joletta et Rone s'empressèrent d'accepter.

C'était un succès sur toute la ligne ! Joletta avait peine à y croire. Ils avaient enfin réussi à trouver quelqu'un qui pût leur confirmer quelques-unes des informations du journal de Violette : c'était presque inespéré. Dès lors, d'un coup, le temps s'abolissait, le passé et le présent ne faisaient plus qu'un. Pourtant, les informations qu'ils avaient recueillies étaient encore bien minces ; ce qui témoignait, une fois de plus, de la difficulté de leur entreprise.

En quittant la maison du vieil homme, Joletta et Rone se dirigèrent vers le pont Rialto. Ils avaient convenu qu'ils mangeraient près du marché, même si l'après-midi était déjà bien avancée. Ils marchèrent en silence dans les rues de Venise, croisant sans presque les voir les marchands de fleurs et les boutiques de valises en cuir, d'écharpes de soie, d'éventails, de montres, ainsi que mille autres tentations destinées aux touristes. Sur le canal, le soleil était éblouissant, et les carrés de lumière qu'il allumait sur les façades brillaient comme des miroirs. En même temps, il soufflait sur l'eau une douce brise qui rafraîchissait l'air, et éloignait les gaz d'échappement des bateaux à moteur. Quelques rares passants erraient sur les trottoirs, car la plupart des Italiens se trouvaient à table à cette heure-là, ou faisaient la sieste. Joletta et Rone marchaient lentement, en silence. Maintenant qu'ils avaient atteint leur objectif de la journée, il n'y avait plus aucune urgence.

— J'ai l'impression que nous faisons fausse route, dit soudainement Joletta. Nous nous imaginons naïvement que quelqu'un va venir à notre rencontre et nous tendre une feuille de papier jaunie en disant : « Tenez, voici la formule que Violette a laissée pour vous. » C'est ridicule !

Rone lui lança un regard rapide.

— Je pensais que c'était plutôt une clef que tu cherchais, un code qui te permettrait de décrypter le journal.

— C'est vrai. Mais je me demande quand même si je ne me suis pas bercée d'illusions. Je n'ai pas une chance sur dix millions de retrouver la formule...

— Peut-être. Pourtant imagine ta joie si tu la retrouves ! Et si tu ne la trouves pas, tu auras au moins la satisfaction d'avoir essayé.

— Et je t'aurais fait perdre ton temps pour rien.

— Mais si ça ne me fait rien, à moi, qu'est-ce que ça peut faire ?

— Tu as raison, rétorqua Joletta. J'oubliais que tu voulais être aux premières loges si jamais je mettais la main sur la formule...

Rone s'arrêta net et la regarda bien en face.

— Et si je voulais tout simplement être avec toi de façon générale, Joletta ? questionna-t-il d'une voix ferme. Que tu la trouves ou non...

— Je t'en prie ! s'exclama Joletta. Épargne-moi...

— D'accord, je t'épargne. Mais c'est quand même vrai.

Joletta le regarda à la dérobée avant de répondre.

— J'ai l'intention d'abandonner mes recherches, dit-elle enfin. J'irai peut-être quand même voir le jardin, puisque le groupe va à Florence. Mais après, je resterai sagement avec les autres : deux jours en Toscane, trois jours à Rome, et retour à la maison.

— Parfait, répondit Rone.

Joletta lui lança un regard exaspéré.

— Comment cela, « parfait » ? s'écria-t-elle. Puisque je te dis que tu peux retourner chez toi, vas-y !

— Nous en avons déjà longuement discuté, Joletta : je reste avec toi.

— Est-ce que je t'y ai seulement autorisé ?

Rone fixait du regard les dalles du trottoir.

— Peut-être que cela m'amuse, de suivre quelqu'un qui ne veut pas de moi ? suggéra-t-il.

— Et si ce qui m'amusait, moi, c'était de profiter enfin du peu de voyage qu'il me reste ?

Rone resta silencieux quelques instants.

— Désolé, dit-il enfin. Je trouve que ce qui est le plus

important, c'est que tu rentres saine et sauve chez toi.

— Alors, tu as l'intention de me persécuter jusqu'au bout?

— Te persécuter? Ce n'était pas tout à fait mon intention, répondit Rone avec un sourire.

Le sous-entendu que Joletta perçut dans sa voix acheva de l'irriter. Elle posa sur Rone un regard pénétrant, mais dut s'avouer impuissante à déchiffrer l'expression de son visage.

— Écoute, commença-t-elle.

— Plus tard, si cela ne te fait rien. Pour l'instant, j'ai faim, et j'ai un coup de fil à passer. Trouvons un restaurant, et nous pourrons nous y disputer tout à notre aise.

Rone se remit à avancer. Joletta le regarda s'éloigner et songea sérieusement un instant à tourner les talons pour prendre la direction inverse. Qu'il la rattrape, s'il le pouvait! Néanmoins, elle finit par le suivre; plutôt que d'essayer de lui échapper, elle préférait encore lui dire franchement sa façon de penser.

Après le repas, ils revinrent à l'hôtel. Ils avaient quartier libre toute l'après-midi. Le groupe ne partirait pour Florence que le lendemain matin, mais Joletta voulait préparer ses bagages dès à présent et, si possible, dormir un peu.

La perspective de dormir avec Rone à ses côtés ne la réjouissait guère, mais que faire d'autre? Il était visiblement déterminé à la protéger, et elle n'arriverait pas à se débarrasser de lui si facilement. Elle se demanda cependant, avec une certaine anxiété, à quoi Rone pourrait bien s'occuper dans leur petite chambre tandis qu'elle, elle se reposerait dans le lit.

Ils avancèrent vers la réception pour demander leur clef. À leur approche, un homme et une femme qui étaient assis sur un sofa pas très loin, se levèrent d'un bond.

— Enfin! s'exclama Nathalie d'un ton exaspéré. Caesar et moi vous attendons depuis une éternité! Cela nous aura tout du moins permis de faire plus ample connaissance... Nous avions presque décidé de partir.

— Mais heureusement, nous avons persévéré, dit l'Italien

avec un sourire chaleureux. C'est un plaisir de vous retrouver enfin... Signorina Joletta, cette couleur bleu pâle vous va à ravir.

Nathalie lança un regard amusé et moqueur à Caesar, ce qui n'échappa guère à Joletta. Elle remarqua aussi qu'ils se tenaient très proches l'un de l'autre, leurs épaules se touchaient presque. Visiblement, Joletta les avait surpris en grande conversation. Elle lança alors un coup d'œil rapide à Rone. Celui-ci regardait Caesar et Nathalie d'un air prudent.

— Avions-nous rendez-vous? demanda Joletta.

— Non, non, répondit Caesar avec empressement. Je suis venu vous proposer un tour en bateau, en chemin j'ai rencontré votre cousine. Nous avons mangé ensemble. Nous ne nous sommes pas ennuyés, soyez-en sûre. En ce qui me concerne, je vous propose d'aller voir les villas au bord de la rivière Brenta... tous ensemble, bien sûr.

— Des villas?

— Elles ressemblent un peu aux châteaux de la Loire, vous voyez? Ce sont des résidences de campagne construites pour de vieux Vénitiens qui se sont enrichis en vendant des croisières et des tours de gondoles, et qui veulent jouer aux fermiers tout en échappant à la moiteur de la ville. Les touristes ne voient presque jamais ces villas... ce qui est bien dommage, car elles sont magnifiques.

— Il est toujours temps d'y aller, dit Nathalie. Ce n'est qu'à une vingtaine de kilomètres, et Caesar me dit qu'il y a une excellente *trattoria* à Mira. Nous pourrions manger là-bas ce soir...

— Non, merci, répondit Rone en prenant le bras de Joletta. Nous avions autre chose de prévu.

— Et quoi donc? demanda Joletta en se dégageant brusquement.

Les yeux de Nathalie roulaient de Rone, qui se mit à froncer les sourcils, à Joletta, que la colère faisait rougir de plus en plus.

— Il faudra pourtant bien que vous mangiez quelque part,

finit par articuler Nathalie d'une voix cassante.

— Mais pas en groupe, répondit Rone.

Joletta le regarda froidement. Une fois de plus, Rone essayait de lui imposer son point de vue ! Elle était furieuse, surtout après ce qui venait de se passer ! Décidément, Rone ne manquait pas de culot !

— Cette *trattoria* m'a l'air plutôt intéressante, dit-elle.

— Tu ne la connais même pas, rétorqua Rone.

— C'est la meilleure de la région, s'empressa de préciser Caesar. Je vous assure...

— Ne sois donc pas ridicule, Rone, dit Nathalie d'une voix dure. Il serait grand temps de toute façon que nous ayons une petite conversation, tous les deux. Je pense que... je pourrais très facilement te convaincre de nous accompagner.

Rone se raidit légèrement, puis il se tourna lentement vers Nathalie.

— Ça m'étonnerait, lui dit-il d'un ton sec. J'en doute vraiment, parce que maintenant Joletta sait qui je suis.

Nathalie sursauta légèrement. Elle regarda Joletta à la dérobée, et constata que Rone s'était discrètement placé de telle sorte que Joletta ne pût croiser le regard de Caesar. Elle pinça les lèvres.

— Vraiment ? demanda-t-elle.

— Vraiment, répondit Rone.

— Sait-elle aussi à quel point nous sommes bons amis ? ajouta Nathalie d'une voix douce.

Son ton était plein de sous-entendus. Joletta sentit monter en elle une vive douleur, elle s'obligea néanmoins à sourire.

— Non ! Rone ne m'a pas dit à quel point vous étiez « bons amis », mais cela n'était pas nécessaire... j'avais bien remarqué, figure-toi, que vous étiez devenus complices avec une rapidité tout à fait surprenante.

— En effet, répondit Nathalie. Rone prend toujours ses décisions remarquablement vite. C'est bien agréable.

— Sauf lorsqu'il se mêle de les prendre à ma place, rétorqua Joletta. En ce qui me concerne, cette balade me tente beaucoup.

Le visage de Caesar s'éclaira instantanément d'un sourire.

— Alors, on y va? demanda-t-il. Nous louerons un bateau et nous descendrons tranquillement la rivière... c'est bien la meilleure façon de voir les villas! Cela dit, il faudrait se décider à partir tout de suite si nous voulons profiter de la lumière du jour.

En fait, la promenade ne fut pas des plus agréables.

Caesar traitait Rone avec des airs supérieurs; Nathalie semblait s'ennuyer ferme en compagnie de Caesar; Joletta ne trouvait rien à dire ni à Nathalie ni à Rone; et Rone ne desserra pas les dents une seule fois.

Heureusement, les villas étaient magnifiques.

La plupart avaient été dessinées par Andrea Palladio, et toutes étaient dans le même style. La pureté de leurs lignes et l'harmonie de leurs proportions les apparentaient beaucoup plus à des palais qu'à de simples villas, tandis que leurs façades de plâtre crème et gris leur donnaient des allures aériennes. De plus, leurs frontons, leurs colonnes et leurs fenêtres en arche les distinguaient nettement du style vénitien tel qu'on le connaissait.

Caesar avait loué deux bateaux de deux places, dotés de rames qu'on utilisait debout, comme celles des gondoles. Joletta s'amusa beaucoup des manières de Caesar qui l'aidait galamment à monter dans le bateau; il s'était réservé une embarcation pour elle et lui, tandis que Rone suivait dans l'autre avec Nathalie.

Caesar insista pour que Joletta reste assise tandis qu'il ramerait, mais la jeune femme s'y opposa; elle avait un grand besoin de se dépenser physiquement, ne serait-ce que pour se libérer de sa colère. En outre, elle rappela qu'on voyait mieux debout, tout en s'avouant intérieurement qu'elle préférait empêcher que Caesar ne vienne s'asseoir à côté d'elle au risque de laisser leur embarcation dériver au gré du courant.

— Ah! Ces Américaines, soupira l'Italien en regardant Joletta ramer. Elles savent tout faire, et avec tant de grâce!

— J'ai vu des Italiennes en train de ramer aussi, souligna Joletta.

— Quelques-unes, convint Caesar en grimaçant. Mais, comme votre cousine, la plupart des Italiennes préfèrent laisser les hommes faire tout le travail.

Joletta s'était vite rendu compte que les propos de Caesar présentaient souvent plusieurs interprétations possibles, et elle se demanda furtivement si sa dernière remarque ne comportait pas, également, un sous-entendu salace. Elle regarda Caesar droit dans les yeux, mais lui se contenta de sourire avec aplomb.

— Ainsi, vous partez pour Florence demain? demanda-t-il soudain. Quel dommage de quitter Venise si vite! Je n'ai pas besoin de vous rappeler qu'en ce qui me concerne je reste à votre entière disposition, n'est-ce pas? Vous n'avez qu'un mot à dire, et je vous conduis jusqu'à Florence. Je vous ferai visiter la ville à ma façon...

— Rone n'apprécierait pas trop, je pense, répondit Joletta.

— Ce que Rone apprécie ou n'apprécie pas m'indiffère totalement, lança Caesar avec un haussement d'épaules. C'est vous seule qui comptez.

L'attitude de Caesar était décidément très rafraîchissante, même s'il exploitait sans retenue les tensions qui existaient entre elle et Rone, ce qui n'était guère élégant. Néanmoins, une idée commençait à germer dans l'esprit de Joletta.

— Il faudrait vous lever très tôt, dit-elle avec un sourire.

— Pour vous, je ferais n'importe quoi.

— Très, très tôt.

— À quelle heure? Dites-moi à quelle heure, et je serai debout, frais et dispos.

Joletta jeta un coup d'œil derrière elle et vit le bateau de Rone et Nathalie qui se rapprochait à vive allure. Rone ramait seul, de toutes ses forces. Joletta expliqua son plan à Caesar, en prenant soin de parler bas.

— Pensez-vous que ce soit possible? demanda-t-elle

quand elle eut terminé.

Caesar écarta largement les bras, au risque de faire chavirer la barque.

— Comment, vous en doutez ? demanda-t-il d'un ton théâtral.

Joletta le regarda en souriant.

— Je vais encore y penser un peu, et je vous dirai plus tard si tout est en ordre, répondit-elle.

— Pensez-y vite, fit Caesar. On s'épuise à espérer trop longtemps.

Par la suite, ils visitèrent tous quatre la Villa Pisani, qui avait appartenu successivement à un doge vénitien, à Napoléon Ier, et au beau-fils de l'empereur, Eugène de Beauharnais. Ils errèrent également dans une maison nommée *la malcontenta* et dont la légende disait qu'elle tenait son nom du fait qu'une épouse adultère y avait été recluse pour éviter un scandale. Lorsque le soir tomba, ils prirent le chemin de la *trattoria* Nalin.

Ainsi que Caesar l'avait promis, la nourriture était excellente : des *antipasto* aux œufs de calmar jusqu'aux crevettes et aux escalopes, en passant par le *risotto* et les *fettuccine* au crabe, tout était parfait. Pour accompagner le tout, ils burent un délicieux vin de la région, un Prosecco Conegliano dont l'âpreté les enchanta.

La conversation avec Rone et Nathalie se révélait difficile, si bien que Caesar et Joletta discutèrent et rirent. Caesar murmurait à Joletta sur un ton canaille des compliments qui la faisaient rougir, tout en remplissant son verre de vin à la première occasion, malgré les protestations vigoureuses de la jeune femme. Quand Rone fit remarquer qu'elle buvait beaucoup, Joletta cessa de protester, et se mit à encourager Caesar à remplir son verre.

C'est au dessert qu'elle prit la décision concernant son voyage à Florence. Rone suggérait un choix de dessert, Caesar en proposait un autre. Rone finit par commander pour Joletta une glace aux abricots et aux amandes : c'était précisément ce qu'elle s'apprêtait à choisir. Mais cette façon qu'avait Rone de décider pour elle l'exaspérait, une fois de plus, si bien qu'elle résolut d'y mettre un terme.

Dès qu'ils furent sortis du restaurant, elle s'entretint avec Caesar à voix basse. Il la fixait d'un regard fasciné.

Il était tard quand ils revinrent à Venise. Joletta et Rone partirent de leur côté, Nathalie et Caesar du leur. À l'hôtel, Joletta demanda sa clef à la réception tandis que Rone se tenait debout près d'elle, sans dire un mot. Elle lui lança un rapide coup d'œil, mais continua de se taire jusqu'à ce qu'ils fussent engagés dans l'escalier.

— Pourquoi n'as-tu pas pris la clef de ta propre chambre? demanda-t-elle en enfonçant sa clef dans la serrure.

— Impossible, répondit-il. Comme j'avais dit à la réception que je n'avais pas besoin de ma chambre, ils l'ont louée à quelqu'un d'autre.

— Tu as vérifié?

— Naturellement, qu'est-ce que tu crois? répondit Rone d'une voix égale.

À présent, Joletta ne savait plus quand Rone lui disait la vérité et quand il lui mentait, et cela la mettait terriblement mal à l'aise.

— Tu sais... commença-t-elle.

— Je sais, dit Rone. Je sais que tu ne veux pas que je dorme dans ta chambre, et que tu préférerais que je parte, mais je n'en ai aucune intention. De plus, je n'ai aucune envie de réveiller tout l'hôtel en poursuivant cette discussion sur le palier.

Il poussa la porte que Joletta avait ouverte avec sa clef, et il s'engouffra dans la chambre.

Dès lors, ou Joletta passait la nuit dans le couloir, ou elle devait se résoudre à le suivre dans la chambre : elle le suivit donc et la porte se referma derrière elle.

Elle remarqua l'odeur avant même d'allumer la lumière. Épicée, fraîche, une vague de parfum émanait de la nuit. Puis Joletta alluma.

Des centaines de petits œillets étaient tassés dans une multitude de vases répartis dans toute la pièce. Rose pêche et rouge sang, rayés et blancs, les œillets emplissaient la nuit de leur doux parfum.

— Qu'est-ce que... commença Joletta en fronçant les sourcils.

— Des œillets. Je les ai vus au marché du Rialto, et je les ai fait livrer.

— C'est cela, le coup de fil?

— Oui, répondit Rone d'une voix presque embarrassée. Si l'on en croit le journal de Violette, les œillets signifient « amour en danger », ou quelque chose du genre...

— « Mon pauvre cœur », confirma Joletta.

— Exactement.

Joletta se sentait ridicule, mais elle était émue. Le geste de Rone était généreux, et prouvait que le jeune homme la devinait mieux qu'elle ne l'imaginait à partir de son comportement. Tout cela était désarmant.

— Quel est le but de cette nouvelle manœuvre? demanda-t-elle alors d'une voix calme.

— C'est seulement pour te dire que je regrette ce qui est arrivé, et pour te dire aussi que je ne voulais pas te faire de mal. Je voudrais qu'on reparte à zéro.

— Ce qui te permettrait de lire le journal jusqu'au bout?

Rone sursauta et dut prendre une profonde inspiration avant de répondre.

— Je me fiche éperdument du journal, dit-il.

— Tant mieux, répondit Joletta sobrement, mais son visage n'exprimait qu'une ferme détermination.

Elle se dirigea vers une chaise et y déposa son sac à bandoulière.

— Je t'aime, Joletta, dit Rone à voix basse.

— Arrête! s'écria-t-elle.

Un silence s'établit entre eux.

— Arrête, reprit-elle d'une voix plus douce.

— Je sais que tu n'as aucune raison de me croire, dit

Rone, mais il fallait quand même que je te le dise.

— Comme il est intéressant que tu t'en aperçoives justement maintenant, dit Joletta d'une voix calme.

— Cela fait très longtemps que je le sais, répondit Rone. Depuis Bath, au moins, et même peut-être depuis la première fois que je t'ai vue, à la Nouvelle-Orléans. Quoi qu'il en soit je ne pouvais pas te l'avouer tant que je ne t'avais pas dit qui j'étais. Cela aurait été malhonnête de ma part.

— Il est bien regrettable que ta délicatesse soudaine ne t'ait pas empêché d'entrer dans mon lit.

— Je n'ai aucun regret à ce sujet, répondit Rone. J'ai pris le bonheur au moment où il passait.

Joletta voulait le croire de toutes ses forces ; et c'est précisément ce qui la mettait au désespoir. Cependant, elle ne pouvait plus lui faire confiance. Rone l'avait utilisée et si elle n'y prenait garde, il continuerait de le faire. Elle était bien déterminée à ne plus se laisser manipuler.

Elle songea que Rone devait penser qu'elle finirait bien par trouver la formule, et qu'ainsi il serait aux premières loges ce jour-là. Alors, il la lui volerait et partirait au plus vite. Ainsi aurait-il ce qu'il voulait. Ensuite, pourquoi resterait-il auprès d'elle ? Si elle ne trouvait pas la formule avant la fin de son voyage, chacun repartirait chez soi. Ils ne se verraient plus. Dans un cas comme dans l'autre, elle allait perdre Rone très bientôt. Elle ne pouvait pas s'y résoudre. Et c'était cela qui lui faisait mal, au moins autant que les mensonges de Rone.

On l'avait toujours abandonnée. Sa mère, son père, son fiancé. Même Mimi. Cette fois, elle ne permettrait plus qu'on l'abandonne. Il était temps que ce soit elle qui prenne la décision de partir.

Elle se dirigea vers la table de chevet couverte d'œillets et se pencha vers eux pour se laisser imprégner de leur parfum. Elle les effleura du nez, des paupières, des joues, de la bouche. Sous l'emprise du vin et du parfum des fleurs, Joletta se dit que Rone méritait un cadeau d'adieu, un vrai souvenir

355

d'elle avant leur rupture.

— Joletta, dit Rone d'une voix légèrement suppliante.

Elle avait besoin de temps pour réfléchir, pour s'assurer qu'elle prenait bien la bonne décision. Était-ce de la compassion? Un désir déplacé? Un sacrifice? Quelle était la cause de la pulsion qu'elle sentait ainsi grandir en elle? Il y avait bien autre chose que du simple désir ou de la simple compassion dans cette pulsion irrépressible, mais Joletta n'en voulait rien savoir.

Elle voulait passer une dernière nuit avec Rone, se réchauffer une dernière fois dans ses bras, et s'y sentir en sécurité. Peut-être avait-elle besoin de cela pour le quitter vraiment. Qui pouvait savoir?

Et même si Rone pensait qu'il avait gagné, en la sentant succomber dans ses bras, que lui importait, après tout, puisqu'elle savait très exactement qu'elle allait le quitter, et pourquoi.

Lui-même le saurait, et très bientôt.

— Il faudra laisser les bagages à l'extérieur, ce soir, dit-elle. Les porteurs vont les prendre cette nuit pour les mettre dans l'autobus. Je vais passer à la salle de bains la première, si cela ne te dérange pas.

Rone la fixa quelques secondes, puis détourna les yeux avec un soupir à peine audible.

— Non, vas-y, dit-il.

Elle sourit légèrement en le regardant du coin de l'œil.

Elle prit rapidement sa douche, puis Rone passa à la salle de bains à son tour, tandis qu'elle préparait sa valise et la déposait à la porte. Elle entassa dans son grand sac à bandoulière tout ce dont elle aurait besoin le lendemain et vérifia une dernière fois que le journal s'y trouvait bien.

Nue sous sa chemise de nuit de coton blanc brodé, elle se pencha à nouveau vers les œillets pour s'enivrer de leur parfum. Ils sentaient merveilleusement bon. Elle prit une fleur entre ses doigts, la retira du vase, et éteignit la lumière de la chambre en se glissant sous les draps.

Quand Rone sortit de la salle de bains, quelques minutes plus tard, elle tourna la tête vers lui. Sa silhouette puissante et élancée se détachait en ombre chinoise contre l'embrasure éclairée de la salle de bains. Il éteignit et vint se coucher à son tour. Joletta le laissa s'installer dans le lit.

Elle sentait son cœur battre à tout rompre dans sa poitrine, tandis que des vagues de chaleur déferlaient en elle. Joletta découvrait qu'il était tout à fait terrifiant de faire les premiers pas, mais aussi que c'était redoutablement excitant.

Appuyée sur son coude, elle sortit l'œillet de sous les draps et en caressa délicatement la bouche de Rone.

Il sursauta et écarta la fleur d'un geste vif, comme s'il s'agissait d'un insecte.

— Qu'est-ce que tu fais? demanda-t-il en la voyant penchée sur lui.

— Chut, répondit-elle.

Elle redéposa la fleur sur la bouche de Rone, dessinant le contour de ses lèvres du bout des pétales, puis elle fit descendre l'œillet sur son cou et sur sa poitrine, qu'elle caressa ainsi longuement.

Il se tourna vers elle dans l'obscurité.

— Joletta? demanda-t-il.

Toujours silencieuse, elle déposa la fleur sur sa poitrine, et approcha sa bouche de sa peau. Du bout de la langue, elle dessina le contour des mamelons de Rone, l'un après l'autre.

Alors, toujours en silence, il l'enveloppa de ses deux bras et l'attira à lui en suivant de ses mains les courbes de son corps à travers le coton de la chemise de nuit.

Joletta continuait d'explorer le corps de Rone du bout de la langue et des lèvres, elle sentait leurs deux cœurs battre plus fort à chaque instant.

Elle chercha ensuite la douceur de sa bouche. Ses lèvres se posèrent sur celles de Rone tandis qu'elle lissait ses dents du bout de la langue. Doucement, la langue de Rone caressa aussi celle de Joletta.

Il l'attira encore plus près de lui, jusqu'à presser leurs

deux corps l'un contre l'autre. Il lui caressa la taille et fit courir ses doigts sur les rondeurs délicieuses de ses hanches, en plaquant le coton de sa chemise de nuit contre sa peau. Puis, lentement, il lui ôta son vêtement.

Joletta releva son genou pour l'inciter à toucher les parties les plus intimes de son corps. Sa peau s'enflammait sous les doigts de Rone, et elle ne put réprimer un gémissement de plaisir quand il se mit à caresser la partie la plus sensible de son anatomie. Envahie de désir, elle caressa les coins de la bouche de Rone du bout de la langue, déposant sur lui une pluie de baisers. Elle lui mordilla le lobe de l'oreille puis, submergée par le plaisir, elle enfouit son visage dans son cou.

Alors, Rone lui caressa la poitrine, provoquant en elle une nouvelle vague de désir.

Ils prenaient tout leur temps. Joletta fit descendre sa main sur l'épaule ronde et musclée de Rone, et écarta l'œillet qui gisait toujours sur sa poitrine. Ses doigts tremblaient quand ils descendirent plus encore le long de son corps, écartant les draps qui le recouvraient, et se glissant sous l'élastique du pantalon de pyjama. Cherchant à donner du plaisir à Rone, Joletta en éprouva elle-même plus encore.

Quand leurs corps atteignirent la limite de leur désir, Rone attira Joletta au-dessus de lui. Elle pressa longuement ses seins contre sa poitrine et son ventre contre le sien, tandis que leurs deux cœurs battaient l'un contre l'autre à tout rompre. Enfin, elle prit Rone à l'intérieur d'elle ce qui fit encore augmenter leur désir. Rone se mouvait au rythme de Joletta. Il lui laissait le soin de déterminer la cadence de leur plaisir, et retenait sa propre jouissance pour la contenter plus longtemps.

Leurs respirations s'accélérèrent, et leurs peaux se couvrirent de sueur. Le parfum de leurs corps et de leurs chevelures se mêlait voluptueusement à celui des œillets, et leur faisait tourner la tête comme un véritable aphrodisiaque. Joletta se sentait légère et cependant immensément puissante, pleine de grâce et de force, femme de la tête jusqu'aux pieds.

Enfin, son esprit même lui sembla marquer un temps d'arrêt, et la jouissance éclata en elle comme une tempête.

À cet instant, Rone la retourna doucement sur le lit, parmi les draps défaits, et la couvrit de son corps puissant. Il pénétra plus profondément encore, semblait-il, dans ce corps consentant.

La jouissance déferla de nouveau sur Joletta. Ils s'y abandonnèrent tous deux avec passion.

Plus tard, blottie au creux des bras de Rone et les yeux grands ouverts dans le noir, Joletta se rappela que cette nuit d'amour devait être leur dernière. Elle l'avait complètement oublié tandis qu'elle s'abandonnait à l'extase.

Elle pensait rester là aussi longtemps qu'elle le pourrait, aussi longtemps que Rone la garderait dans ses bras. Elle était prête, en ce moment, à recevoir tous les gestes d'amour que Rone daignerait avoir envers elle, même s'ils n'étaient que mensonges. Qu'importait leur sincérité, d'ailleurs, puisqu'ils étaient aussi bons que des vrais?

Non. Non, elle ne pouvait pas l'accepter. Elle avait pris une décision et, aussi pénible que ce soit, elle devait s'y tenir. Elle ne pouvait pas laisser tante Estelle, Nathalie et Rone l'emporter sur elle. Ce serait renoncer à une chose qu'elle venait tout juste de découvrir, et à laquelle elle tenait maintenant plus que tout : l'estime d'elle-même.

Joletta devait donc partir.

Le lendemain, elle se réveilla tôt. La lumière grisâtre qui filtrait par les volets se teintait à peine d'un soupçon. Les cloches des églises n'avaient pas encore commencé à carillonner. Quand elle se coula hors du lit, la main de Rone glissa sur son corps, puis retomba sur les draps. Si elle l'avait réveillé, il avait en tout cas la discrétion de n'en rien montrer.

Les cloches se mirent enfin à sonner tandis que Joletta finissait de s'habiller. Elle se brossa les cheveux et les attacha avec une barrette, puis elle retourna dans la chambre et rangea sa brosse dans son sac à bandoulière, qu'elle mit à son épaule.

Rone était allongé dans le lit défait, les mains nouées derrière la nuque. Il lui sourit, puis ses yeux s'arrêtèrent sur son sac.

— Où vas-tu de si bon matin ? demanda-t-il.

— Je vais chercher des « accessoires féminins »... tu vois ce que je veux dire. Je serai de retour dans une minute.

— Les magasins sont fermés à cette heure-ci.

Rone avait les cheveux emmêlés, et les yeux encore tout gonflés de sommeil. La barbe commençait à percer sous sa peau. Jamais il ne lui avait paru aussi beau.

— La réceptionniste pourra certainement me dire où trouver ce dont j'ai besoin, dit-elle d'une voix un peu étranglée. Je reviens tout de suite.

Elle se dirigea vers la porte sans l'embrasser ni lui dire au revoir.

Elle était forte, très forte même : c'était le moment de le montrer.

Elle sortit et referma la porte derrière elle.

Arrivée près des escaliers, elle sentit les larmes inonder ses joues, et tout s'embrouilla devant ses yeux.

20

Caesar faisait rugir son Alfa Romeo sur la route de Florence avec toute la fougue que ses ancêtres, jadis, avaient dû mettre à faire galoper leurs chevaux sur les voies romaines. Joletta vérifia une fois de plus que sa ceinture de sécurité était bien attachée, puis elle s'agrippa à son siège de ses deux mains pour éviter d'aller donner de la tête dans le tableau de bord, plus souvent qu'il n'était vraiment nécessaire.

Les mouvements désordonnés de son corps sur le siège de la voiture devaient amuser Caesar, pensait-elle, et sans doute ne conduisait-il comme un dément que pour mieux lui montrer son parfait contrôle du véhicule. Elle n'appréciait guère sa façon de faire, mais elle préféra n'en rien dire. Caesar était si gentil ! Et puis, de toute façon, Joletta ne se sentait nulle envie d'entamer une dispute avec lui.

Elle se demandait même s'il était bien prudent de lui parler en un tel moment : cela ne risquait-il pas de le divertir dangereusement ? À moins que la conversation ne l'incite à ralentir pour mieux entendre ce qu'elle avait à dire ? Elle décida finalement de parler, mais surtout pour chasser les pensées maussades qui l'assaillaient depuis leur départ. Oui, mais que dire ? Sans doute était-il encore préférable de passer par les inévitables questions qui surgissent d'habitude entre deux personnes

361

qui font connaissance et que pour une raison ou pour une autre, Caesar et elle n'avaient pas encore formulées.

— En général, j'habite à Venise, répondit Caesar à la première question. Mais je vis aussi à Rome et à Capri, de temps à autre, à Paris souvent, et même à Nice.

— Mais où vous sentez-vous vraiment chez vous dans tout ça ?

— Ah ! Dans un village situé à une trentaine de kilomètres de Venise. Ma mère et mon père y vivent encore.

— Vous n'avez donc ni maison ni appartement à vous ?

— Non. Pour quoi faire ?

Joletta posa sur Caesar un regard éberlué.

— Vous m'aviez pourtant dit que vous étiez vénitien. Où logez-vous quand vous êtes à Venise, si vous n'avez ni maison ni appartement ?

— Je dis que je suis vénitien parce que c'est plus simple : tout le monde connaît Venise. La dernière fois que j'y suis allé, j'ai logé à l'hôtel Cipriani.

Précisément l'hôtel où Nathalie était descendue ! Joletta sentit une vague appréhension monter en elle, mais elle la repoussa très vite.

— Et que faites-vous dans la vie, à part voyager ?

— Toutes sortes de choses… Du commerce. J'ai aussi été serveur sur un bateau de croisières. C'était très dur, et les semaines étaient longues, mais je gagnais beaucoup d'argent. Et puis, cela m'a permis d'apprendre quelques mots d'anglais, de français, d'allemand, et même de japonais ! J'ai rencontré toutes sortes de dames très sympathiques, des femmes riches, des veuves, des divorcées qui voyageaient seules.

Joletta cru deviner un certain sous-entendu dans les paroles de Caesar. Cependant, comme elle ne pouvait pas en être sûre, elle se contenta de fixer de grands yeux étonnés sur son compagnon de voyage. Une fois de plus, elle remarqua sa mise soignée. En effet, vêtu notamment d'une chemise de soie crème, Caesar arborait une montre Rolex à un poignet, et à l'autre un lourd bracelet en or. Visiblement, il prenait grand soin de sa personne.

— Vous pensiez que je suis riche uniquement parce que je conduis une Alfa Romeo ? demanda-t-il soudain. Ce n'est pas le cas ! Je ne suis pas riche mais... cela viendra.

— Avez-vous l'intention de le devenir ?

— Je voudrais bien, oui, et je fais tout ce qu'il faut pour cela.

Caesar glissa un regard charmeur en direction de Joletta.

— Mais ce n'est pas tous les jours que j'ai la chance de faire ce que j'aime le plus au monde en compagnie d'une femme aussi belle que vous, ajouta-t-il.

Tout cela était certes bien agréable à entendre. Joletta, cependant, n'en crut pas un mot.

— Voulez-vous dire... avança-t-elle d'un ton prudent. Voulez-vous dire que vous vous enrichissez... en vous rendant utile auprès des femmes riches ?

— Joletta ! Vous m'insultez ! Bien sûr que non. J'investis, je fais des affaires, voilà tout ! Je ne suis pas un gigolo, enfin !

— Ah non ?

— Je suis moi-même, et je reste toujours fidèle à moi-même.

— Mais ce que vous faites pour gagner votre vie, cela vous impose quand même d'être... d'être gentil avec les gens, non ?

Caesar posa sur elle un regard franc.

— Il faut toujours être gentil avec les femmes, dit-il, car toutes les femmes sont belles et désirables.

— Vraiment ? demanda Joletta d'une voix blanche.

Tous ces compliments, ces flatteries, ces attentions : de la comédie ! Elle aurait dû s'en douter.

— Mais je ne mens jamais, Joletta. Je vous le jure. Surtout à vous, je ne mens jamais.

Joletta sourit légèrement, mais son regard resta songeur. Elle et lui s'étaient rencontrés à Paris, et Caesar avait aussitôt décidé de la suivre en Italie. Il l'avait même conduite à Venise après leur accident. Était-ce vraiment pour ses beaux yeux à

363

elle qu'il avait entrepris tout cela, ou avait-il d'autres motifs, plus obscurs ? Comment savoir ?

Rouge et or, les Apennins s'élevaient devant eux ; des montagnes adoucies qui les accompagnaient de chaque côté de la route, avec leurs oliviers grisâtres, leurs fleurs sauvages, et leurs herbes parfumées de toutes sortes. Au fur et à mesure qu'ils approchaient de Florence, Caesar et Joletta passèrent devant d'innombrables fermes, des vergers et des vignobles. Ils virent également beaucoup de pépinières qui, en plus des arbres et des plantes habituelles, vendaient aussi des colonnes et d'immenses vases de pierre qui, patinés par le soleil et la pluie, avaient des allures d'objets autrefois sculptés pour des jardins romains.

Ils s'arrêtèrent pour prendre un café en grignotant une pâtisserie. Une Fiat grise aux vitres teintées entra sur le terrain de stationnement du casse-croûte peu après eux, et alla précipitamment se garer derrière le restaurant, hors de la vue des clients. Or, cela faisait déjà plusieurs kilomètres que Joletta surveillait cette voiture dans le rétroviseur. Ainsi tout en attendant à sa table que Caesar apporte les pâtisseries et les cafés, elle observait les occupants de la Fiat qui entraient dans le restaurant par la porte arrière. Bizarrement, tous les autres clients, eux, entraient par la porte avant...

Elle en parla à Caesar dès qu'il fut de retour. Insouciant, il lui répondit d'un haussement d'épaules.

— Peut-être qu'ils ont seulement besoin de se dégourdir les jambes, dit-il. Ou alors, ils ont un bébé, et ils sont allés aux toilettes pour le changer. Voulez-vous que j'aille voir ?

— Non, ce n'est pas la peine, répondit Joletta. Vous avez probablement raison.

Caesar appuya son coude sur la table et la regarda d'un air faussement grave.

— Êtes-vous une espionne ? demanda-t-il enfin d'une voix amusée. Si vous êtes suivie, je peux m'arranger pour semer cette Fiat, vous savez. Avec ma voiture, ce sera du gâteau.

— Non, je vous remercie, répondit précipitamment

Joletta. Tout va bien, je vous assure.

— Alors, pas de poursuite! En ce qui vous concerne, je plaisantais, rassurez-vous. Votre cousine m'a dit que vous cherchiez une formule, ou quelque chose comme cela. J'imagine que c'est pour cela que vous allez à Florence? Quoi qu'il en soit, vous auriez pu y aller en autobus, donc, si vous avez décidé d'y aller avec moi, c'est certainement parce que vous ne vouliez pas rester à votre hôtel, n'est-ce pas?

Comme Joletta ne répondait pas, Caesar prit le parti de pousser son raisonnement plus avant.

— Est-ce que je suis indiscret? demanda-t-il. Pourtant, il faudra bien à un moment ou à un autre que vous me disiez où vous allez, si vous voulez que je vous y conduise...

En effet, Joletta ne pouvait pas cacher plus longtemps à Caesar le but de son périple. Pourtant, était-il vraiment sage de tout lui dire? La veille encore, elle n'aurait pas hésité, mais depuis, les événements lui avaient clairement montré qu'elle devait parfois se méfier des gens dont elle se sentait pourtant proche...

En fait, la curiosité la rongeait et elle tenait vraiment à voir ce jardin dont parlait Violette dans son journal. Elle se demandait, par exemple, s'il était isolé, ou si la maison qui le bordait était occupée toute l'année. Elle avait été si nerveuse d'apprendre qu'il existait encore, qu'elle n'avait même pas pensé à interroger sur ce point le vieil homme qui les avait renseignés à Venise.

Quoi qu'il en soit, il était trop tard pour reculer. Joletta ne se voyait vraiment pas attendre paisiblement à son hôtel que le reste du groupe arrive à son tour. Elle ne pouvait quand même pas laisser passer l'occasion d'aller voir le jardin! Décidément, elle commençait à aimer l'aventure, et à prendre goût au risque! N'était-ce pas précisément ce qui lui avait fait défaut jusque-là? Si sa vie avait été terne et ennuyeuse jusqu'alors, n'était-ce pas précisément parce qu'elle avait toujours préféré la tranquillité à l'audace?

Elle fouilla soudainement dans son grand sac à bandoulière, et en retira la carte que le vieil homme de Venise lui avait dessinée rapidement. Elle l'étala sur la table, et entreprit d'expliquer à Caesar où elle voulait aller, et pourquoi.

Quand ils reprirent la route, la Fiat grise les suivait toujours. À une certaine distance, il est vrai, mais elle était toujours là, réglant sa vitesse sur la leur, doublant quand ils doublaient, et ralentissant quand ils ralentissaient.

Près de Florence, des travaux sur la route ainsi qu'un accident causaient un embouteillage. Comme les autres automobilistes, Caesar et Joletta furent réduits à avancer à pas de tortue, prisonniers des autres voitures qui auparavant roulaient sur quatre voies, et qui devaient s'efforcer maintenant de s'aligner sur une seule. Des vendeurs de journaux, de rasoirs, de boissons fraîches et de bonbons à la menthe allaient proposer leurs marchandises d'une voiture à l'autre, apparemment indifférents aux rugissements des moteurs et aux klaxons qui éclataient autour d'eux. Impatienté, Caesar marmonnait entre ses dents et allongeait le cou pour voir si le trafic se régularisait enfin. Si un automobiliste semblait manifester l'intention de se glisser entre lui et la voiture qui le précédait, il abattait rageusement son poing sur le klaxon pour dissuader l'impudent.

Soudain, à plusieurs voitures de distance devant eux, un conducteur trop nerveux heurta le pare-chocs de la voiture immobilisée devant lui. D'un bond, les deux automobilistes jaillirent de leurs véhicules respectifs et se mirent à s'insulter copieusement en agitant les bras avec des airs menaçants. Puis, le flot des voitures avança de quelques centimètres, et les deux conducteurs reprirent aussitôt le volant, non sans avoir fait claquer vigoureusement leurs portières.

Aussi divertissant que fût le spectacle de cet embouteillage, son principal avantage était qu'il coinçait finalement la Fiat à plusieurs voitures derrière eux, ce qui l'empêchait définitivement de se rapprocher. Dès que la circulation redevint fluide, Caesar redémarra en trombe. De son côté, la Fiat grise avait disparu.

Du temps de Violette, le jardin était sans doute loin de

Florence, mais la ville l'avait rejoint au fil des décennies, assimilant au passage le village d'autrefois. La signora Perrino, propriétaire de la coquette villa moderne qui bordait maintenant le jardin, avait été prévenue de leur arrivée. Elle vint aimablement à leur rencontre. Le visage doux et les cheveux sombres bien coupés, elle était habillée confortablement de lin violet foncé. Elle leur fit les honneurs de sa maison et leur offrit comme repas un rôti de porc avec salade aux croûtons, arrosé d'un pichet de *chianti*.

Il est vrai qu'il était déjà presque midi. Joletta n'avait pas vu le temps passer depuis leur départ de Venise. Si elle avait su, elle aurait attendu un peu avant de se rendre chez la signora Perrino, car en arrivant à l'heure du repas, elle craignait d'avoir l'air de s'imposer et, par ailleurs, elle ne tenait pas plus que ça à devoir soutenir une conversation avec une personne qu'elle connaissait à peine. Cependant, comme ils ne purent décliner l'invitation de la signora Perrino, Joletta se promit de lui envoyer par la suite des fleurs et un mot de remerciement, selon la coutume italienne.

Le repas leur fut servi dans le jardin entouré de murs. Dans la villa, de grandes portes vitrées coulissantes s'ouvraient sur le jardin, auquel on accédait par quelques marches de pierre. L'aspect rustique du lieu avait été préservé avec goût. Tous trois mangèrent sur une ancienne table de bois disposée sur un sol de mosaïque, abrité sous une tonnelle de vigne. C'était à cet endroit, de toute évidence, qu'Alain et Violette s'étaient aimés. Joletta était ravie.

De sa place, elle voyait les massifs de roses, les bacs à herbes et la fontaine centrale. Tandis que Caesar distrayait leur hôtesse en débitant toutes sortes de plaisanteries, Joletta respirait le parfum des boutons de rose et des herbes ensoleillées, tout en écoutant le clapotis de l'eau dans la fontaine et le bourdonnement affairé des abeilles.

Elle imaginait sans peine ce que le jardin avait dû être à l'époque de Violette. Ici, elle se sentait l'âme en paix. Un peu plus et elle aurait cru entendre les voix de Violette et d'Alain, et elle aurait cru les voir à l'ombre de l'olivier, là où une barrière menait autrefois aux vignobles et à l'étable. Giovanni l'avait si souvent franchie, cette barrière, lors de ses allées et venues lorsqu'il s'occupait avec tant de soin de ses fleurs et de ses parfums.

La barrière d'autrefois avait disparu et dans le mur seule une arche de pierre en rappelait l'existence.

Joletta hocha la tête en souriant. Jamais elle n'aurait cru qu'elle avait tant d'imagination !

En observant soigneusement le jardin, elle se rendit compte tout à coup que Violette avait recréé ce même jardin à la Nouvelle-Orléans. Ainsi, de retour dans son pays, son aïeule vivait en des lieux qui évoquaient l'amour vécu en Italie et qui lui rappelaient chaque jour l'homme qu'elle avait tant aimé...

— Je suis ravie de vous accueillir chez-moi, dit soudain la signora Perrino. Vous savez, la tragédie qui s'est déroulée dans ces murs m'a toujours fascinée. Certains de mes aïeuls travaillaient ici à l'époque, et je me suis souvent demandé ce qu'il était advenu de la dame américaine. Je me demandais même si ses descendants savaient qu'elle avait vécu en ces lieux. Mais il y a autre chose que...

Une sonnette retentit dans la villa. La signora Perrino s'interrompit en fronçant les sourcils. Elle n'attendait pourtant aucune visite, dit-elle. À ce moment, une jeune fille vêtue de noir sortit de la maison et vint lui glisser quelques mots à l'oreille. Elle s'excusa auprès de ses invités, et se dirigea prestement vers la villa.

Caesar prit une autre gorgée de vin et regarda Joletta. Les feuilles de la vigne projetaient des ombres fantasmagoriques sur la peau de la jeune femme. Caesar déposa son verre sur la table et prit alors sa main.

— À quoi pensiez-vous quand la signora Perrino vous parlait ? demanda-t-il. Vous aviez l'air tellement mystérieuse... et tellement douce.

— Je pensais à mon arrière-grand-mère, répondit Joletta.

C'était vrai, mais ce n'était pas toute la vérité...

— Ce devait être une femme formidable. Elle était amoureuse d'un Italien, n'est-ce pas?

Caesar fixait sur Joletta un regard pénétrant. Il tenait toujours la main de la jeune femme dans la sienne et il leva la paume de cette main jusqu'à sa bouche, y déposant un baiser voluptueux tout en la caressant légèrement du bout de la langue. Une vague de plaisir s'éveilla en Joletta.

— Eh bien! Eh bien! s'exclama à ce moment la voix suraiguë de Nathalie sur le seuil arrière de la villa. Caesar, je ne pensais pas t'avoir dit de faire tant de charme à ma cousine?

Caesar releva la tête en rosissant un peu et foudroya Nathalie d'un regard assassin.

Aussitôt, Joletta dégagea prestement sa main.

— Voici donc l'heureuse mère qui changeait son bébé dans les toilettes du casse-croûte! insista-t-elle d'une voix calme.

Nathalie éclata de rire.

— C'est Caesar qui a inventé cela? s'exclama-t-elle. J'avais tellement peur que tu nous voies, ma chère : c'est que... Rone tenait à ce que nous vous suivions de près! Je ne dirai plus jamais rien contre les Italiens au volant. Si tu avais vu Rone! Un vrai fou! Surtout quand nous sommes tombés dans cet embouteillage...

Même chez la signora Perrino, Nathalie n'était pas venue seule. En effet, la silhouette de Rone se détachait déjà dans l'embrasure de la porte de la villa, mais Joletta, bien qu'elle l'ait très nettement aperçu, se refusait obstinément à le regarder.

De son côté, la signora Perrino se tenait prudemment derrière les deux nouveaux arrivés, visiblement perplexe. Pourquoi son jardin attirait-il donc tout à coup autant de visiteurs? se demandait-elle.

— Dommage que Rone n'ait pas pensé à copier la carte, constata Joletta d'une voix égale. Vous seriez arrivés plus tôt.

D'un geste de la tête, Nathalie chassa les mèches de cheveux qui retombaient sur son visage.

— Il y a pensé, ne t'inquiète pas, mais il n'en a pas eu le temps. Enfin, c'est ce qu'il m'a dit... Heureusement, il a une excellente mémoire visuelle !

Joletta posa son regard sur Rone, qui la fixait d'un air absent. Si les événements l'intéressaient, il n'en montrait absolument aucun signe.

Ainsi donc, ils s'étaient tous ligués contre elle, songea Joletta, et aucun d'eux ne partageait ses préoccupations ni sa passion. Tous ne voulaient obtenir d'elle qu'une chose bien précise, sans s'inquiéter le moins du monde de ce qu'elle-même souhaitait. Intérieurement, Joletta était effondrée. Elle se rendait compte que la situation exigeait qu'elle prenne des mesures draconiennes, aussi douloureuses puissent-elles être.

— Au moins, tes complices te sont fidèles, dit-elle à Nathalie.

— Si l'on veut. Mais tout se serait tellement mieux passé si tu avais collaboré avec nous, au lieu de te braquer comme tu l'as fait. Vraiment, je ne sais pas pourquoi tu te montres si désagréable, ma chère ! De toute façon, en ce qui concerne mes complices, comme tu dis, tous deux m'ont également bien déçue. Rone, par exemple, ne m'aurait jamais suivie s'il n'avait pas tant voulu savoir où tu étais partie, et surtout, avec qui...

— Chantage, donc. Chantage, vol, cambriolage, menaces...

— Vol ? Cambriolage ? De quoi parles-tu ?

Joletta posa sur sa cousine un regard d'une extrême froideur.

— Si c'est le jeu que tu veux jouer, dit-elle, parfait, nous le jouerons à deux. Ma chère cousine, je suis navrée de te décevoir à mon tour, mais il n'y a rien qui puisse t'intéresser, ici.

— Rien ?

Nathalie était visiblement si déçue qu'elle en devenait presque comique. Joletta désigna le jardin d'un geste ample.

— Tu as mes notes en mains. Que vois-tu ici qui puisse t'intéresser ?

Nathalie fit un pas en avant et regarda Joletta d'un air

méfiant.

— Tu délires, ma chère! Je n'ai jamais eu tes notes en mains, et je ne sais même pas de quoi tu parles.

— Je t'en prie, s'exclama Joletta en se levant de table. Qui a fait mettre ma chambre à sac, si ce n'est tante Estelle et toi?

— Mais je n'en sais rien! Je n'ai fait que te suivre, c'est tout. Et cela n'a pas été facile, tu peux me croire! Mais c'était le seul moyen de savoir si tu allais ou non trouver la formule.

Joletta hésitait. Devait-elle ou non croire sa cousine? D'un côté, Nathalie semblait sincère, mais de l'autre ne l'avait-elle pas toujours semblé, même quand elle mentait effrontément?

Si Nathalie disait vrai, cela signifiait-il que tante Estelle avait tout manigancé dans l'ombre, et qu'elle avait lancé sa fille sur une fausse piste pour l'écarter de son chemin? Elle en était bien capable, il est vrai. Cependant, en avait-elle les moyens? De plus, connaissait-elle les gens dont on a besoin pour entreprendre ce genre de projet? Enfin, n'avait-elle pas caché ses intentions à ses enfants tout simplement pour les protéger? Tante Estelle s'était toujours conduite comme une mère poule envers eux, et elle s'était toujours refusée à admettre que, comme tout le monde, Timothy et Nathalie avaient leurs défauts et qu'ils commettaient parfois des erreurs.

En revanche, si c'était Rone qui avait tout tramé et qui avait engagé quelqu'un pour cambrioler sa chambre... Dans ce cas, il se serait arrangé pour se trouver avec elle au moment du délit, ce qui le mettait à l'abri de tout soupçon. Était-ce possible?

Ou encore était-ce la mère de Rone? Cette femme de l'ombre, cette célèbre Lara Camors? Était-elle véritablement la femme d'affaires rusée et sans scrupules que son fils décrivait? À moins que Rone n'ait menti, une fois de plus, pour faire peser les soupçons sur sa mère et se mettre lui-même à l'abri...

Quelle importance, à présent? Joletta en avait fini avec

cette course folle. « C'est ici, dans ce jardin, que mes recherches s'arrêtent », pensa-t-elle. Puis elle ajouta à voix haute :

— Nous avons déjà largement abusé de l'hospitalité de la signora Perrino. Nous ferions mieux de partir.

— Je te raccompagne à l'hôtel, dit Rone.

— Elle est venue avec moi, s'exclama Caesar précipitamment, elle repart avec moi !

Rone lui lança un regard glacial.

— Toi, tu ramènes Nathalie à Venise, dit-il.

— À Venise ? s'écria Nathalie. Mais je ne veux pas aller à Venise, moi ! Joletta, il est grand temps que nous parlions de choses sérieuses, et...

— Un autre jour, fit Rone.

Nathalie s'approcha de lui d'un air menaçant.

— Écoute-moi bien, Rone Adamson. Je commence à en avoir plus qu'assez de tes manières autoritaires...

Mais Rone ne l'écoutait même pas.

— Tu viens ? demanda-t-il à Joletta.

De Rone ou de Caesar, Joletta ne savait plus tout à coup lequel des deux elle méprisait le moins.

— J'arrive, fit-elle en s'avançant vers Rone.

Ses yeux croisèrent ceux de Caesar. Celui-ci sourit d'un air fataliste et haussa les épaules en signe d'impuissance.

Joletta remercia la signora Perrino pour le repas qu'elle leur avait offert et s'excusa de devoir la quitter si vite. Elle promit de lui écrire si jamais elle découvrait ce qui s'était véritablement passé chez la signora da Allori.

Avant de partir, elle jeta un dernier coup d'œil au jardin. Le soleil brillait encore et l'ombre des feuilles de la vigne dansait sur la mosaïque de la tonnelle. Les abeilles virevoltaient parmi les fleurs et les feuilles du vieil olivier étincelaient comme l'argent. Une herbe fine, d'un beau vert sombre, ondulait sous la brise printanière comme si des pieds de fées la foulaient. Une seule rose, mais énorme, et parfaite, se balançait dans le vent ; ses pétales tombaient comme des gouttes de sang sur le sol.

Joletta se détourna brusquement et sortit.

Quand ils retrouvèrent la rue, son premier étonnement fut de constater que Rone conduisait une Volvo ocre.

Il avait dû louer la Fiat grise à Venise et l'échanger dès son arrivée à Florence contre cette Volvo ocre.

À moins que la Fiat grise ne les ait jamais suivis et que ce ne soit qu'un hasard si elle avait emprunté la même route qu'eux. Cela n'aurait rien d'étonnant, du reste, car ils avaient pris la route la plus rapide de Venise à Florence, et la distance entre les deux villes était suffisamment courte pour que deux voitures puissent se suivre à la même vitesse pendant tout le trajet, sans même le faire exprès. De toute façon, la Fiat grise n'avait-elle pas disparu à la fin de l'embouteillage?

Rone ne dit pas un mot tant qu'ils ne furent arrivés devant l'hôtel, mais, dès qu'ils furent stationnés, il se retourna brusquement vers Joletta.

— Dis-moi, demanda-t-il, l'œillet que tu as laissé sur l'oreiller en partant, est-ce que cela voulait dire quelque chose, ou n'était-ce qu'un hasard... une plaisanterie?

Joletta s'attendait à tout, sauf à cela. Elle chercha précipitamment une réponse qui saurait ne pas trop aviver la douleur qui la torturait déjà. La vérité n'était peut-être pas toujours simple à dire...

— Je ne sais pas, répondit-elle finalement, le regard rivé devant elle. Je ne suis pas Violette, moi. Je suis une femme moderne qui aime la simplicité. C'est bien beau, les symboles, mais je préfère parler et agir clairement.

— Ce qui veut dire? demanda Rone après un temps.

— Ce qui ne veut rien dire du tout! rétorqua-t-elle en haussant le ton. Tout ce que je veux maintenant, c'est oublier cette sale histoire, finir mon voyage le mieux possible, rentrer chez moi, et continuer à vivre comme avant.

— Tu rêves, répondit Rone calmement. Même si je te laissais aller, tu ne pourrais pas continuer à vivre comme avant.

— Et pourquoi pas? J'abandonne tout! Je ne veux même plus entendre parler de ce fichu parfum!

— Ah, non ?

— Non !

— C'est ce que nous verrons, répondit Rone. En passant, sache que j'ai toujours l'intention de veiller sur toi, mais plus d'aussi près cette fois. Je vais prendre une chambre à côté de la tienne.

Joletta se tourna vers lui et le regarda droit dans les yeux.

— Je ne veux pas que tu prennes une chambre à côté de la mienne.

— Je n'ai pas dit juste à côté, mais je prends une chambre voisine quand même.

— Si cela t'amuse ! répondit-elle.

Quelle sorte de pacte était-elle encore en train de conclure avec lui ? Elle sortit de la voiture, prit sa clef à la réception, et monta dans sa chambre ; à peine quelques minutes plus tard, elle en ressortait. Elle n'avait guère de plans précis en tête ; elle voulait seulement échapper à la surveillance de Rone et se disait, confusément, qu'il ne s'attendait probablement pas à ce qu'elle ressorte aussi vite. Ainsi, elle espérait enfin avoir quelques instants de tranquillité.

Elle prit plaisir à marcher en solitaire dans les rues de la vieille ville, à visiter la cathédrale et les parcs, à grimper d'interminables escaliers pour observer l'horizon et à admirer enfin le David de Michel-Ange.

Elle s'acheta une veste en cuir admirablement fin et doux, de ceux que les Siciliens et les Italiens de Capri portent à longueur d'hiver. Ce serait parfait pour le climat de la Nouvelle-Orléans, pensa-t-elle. Joletta s'acheta aussi une paire de boucles d'oreilles en or, ainsi que quelques objets de cuir qu'elle rapporterait à ses amis, en guise de souvenirs.

Un peu de marche au grand air, de la solitude, quelques cadeaux pour elle et pour les gens qu'elle chérissait... c'était tout ce dont elle avait besoin pour le moment. Cependant, au bout d'un moment, il fallut bien songer à retourner à son hôtel.

Alors qu'elle allait arriver à destination, elle aperçut sa tante Estelle à une terrasse proche de l'hôtel. Au premier abord, elle la reconnut à peine, car sa tante portait des bermudas vert printemps, une veste ornée d'une passementerie, des sandales italiennes et un chapeau extravagant qu'une immense écharpe fixait sur sa tête. Trois autres personnes l'accompagnaient. Le premier, Timothy, se leva d'un bond en apercevant Joletta; il l'invita à les rejoindre d'un grand signe de la main. Assise à côté de son frère, Nathalie arborait une mine soucieuse. Près d'elle, une femme d'un certain âge souriait. Elle avait les cheveux blancs bien coiffés, et son maquillage était soigné. Elle portait un tailleur gris perle très élégant. De ses yeux bleu vif, elle regardait avec attention Joletta qui approchait d'un pas hésitant.

— Ma chère Joletta! s'exclama Estelle. Voici une dame que j'aimerais beaucoup te présenter.

Elle se tourna cérémonieusement vers la dame aux cheveux blancs assise près d'elle.

— Lara, poursuivit-elle, je vous présente ma nièce, dont je vous ai si souvent parlé. Joletta, je te présente Lara Camors.

C'était la mère de Rone! La grande Lara Camors, celle qui faisait la pluie et le beau temps dans le monde des cosmétiques!

La vieille dame sourit élégamment à Joletta.

— Ainsi, c'est vous, dit-elle. J'aurais dû m'en douter.

Joletta la regarda d'un air surpris.

— Rone m'a parlé de vous, naturellement, ajouta Lara Camors. Mais vous ressemblez étonnamment à sa grand-mère, la mère de son père... C'est elle qui l'a élevé. C'était une femme élégante, intelligente et douce.

— Merci de la comparaison, répondit Joletta, un peu abasourdie. Enfin, en espérant que c'est un compliment....

Déjà, Estelle gigotait sur sa chaise pour attirer l'attention de Joletta. Elle l'invita à s'asseoir et commanda pour sa nièce, ainsi que pour elle-même, un verre de vin.

— Nathalie m'a dit que vous n'aviez guère eu l'occasion de vous parler toutes les deux, déclara-t-elle de sa voix haut perchée. Eh bien! Il est grand temps de remédier à cela!

— Si madame Camors et vous-même avez fait tout ce chemin uniquement pour me parler, vous vous êtes donné beaucoup de mal pour rien, ma tante.

— Nathalie m'a dit que tu n'avais rien trouvé concernant le parfum. Naturellement, je n'en crois pas un mot... tu ne serais pas venue ici, et tu n'aurais pas visité ce jardin, si tu n'avais pas ta petite idée derrière la tête...

— N'as-tu jamais pensé, ma tante, que ma vie ne se limitait peut-être pas à une formule de parfum ?

De surprise, Timothy faillit renverser son verre de bière. Il essuya discrètement les quelques gouttes qui avaient éclaboussé sa main.

— Sois raisonnable, Joletta, dit-il. Tu sais très bien que nous sommes dans le brouillard total parce que tu es la seule à avoir le journal.

— Bien sûr, qu'elle le sait, déclara brusquement Lara Camors, cependant elle n'apprécie pas de vous voir tous ligués contre elle et je la comprends très bien.

Joletta ne sut pas exactement comment prendre cette déclaration si surprenante et si perspicace. Elle regarda la mère de Rone, un sourire dans les yeux.

Les mains de la vieille dame, qui reposaient délicatement sur le pied de son verre de vin, semblaient douces et admirablement entretenues et ses ongles arrondis étaient laqués de beige rosé. Lara Camors avait la peau fine, parcourue de rides délicates autour des yeux. Quant à son regard, il semblait compréhensif et compatissant, mais également très pénétrant.

— Votre tante s'inquiétait, poursuivit Lara Camors, parce qu'elle a entendu dire que vous aviez eu toutes sortes de problèmes : bagages volés, cambriolages, etc. Moi aussi, je me suis inquiétée, du reste.

— Ne vous inquiétez pas, rétorqua Joletta en posant sur Lara Camors un regard plus ferme ; votre fils a très bien veillé sur moi...

— C'est ce que Nathalie nous a dit, répondit Lara Camors, toujours souriante. J'espère que vous vous êtes bien entendus Rone et vous... Je sais qu'il peut être terriblement ennuyeux quelquefois...

— Nous ne nous sommes pas trop mal entendus, merci.

La mère de Rone accueillit cette réponse laconique d'un gracieux battement de ses faux cils.

— Cependant, poursuivit Lara Camors, aussi pénible que Rone puisse être parfois, je dois reconnaître qu'il a souvent raison. Ainsi, quand cette histoire de parfum a commencé, a-t-il été le seul à demander à ce que toutes les parties collaborent ensemble. Il m'a d'ailleurs appelée à plusieurs reprises depuis qu'il est en Europe et il a même fini par me convaincre qu'il n'était pas dans mon intérêt de négocier avec un tel membre de la famille plutôt qu'avec un autre. C'est précisément la raison de ma visite; je suis donc venue ici pour voir si nous pouvons nous entendre, tous ensemble.

Joletta vit tante Estelle et Nathalie échanger un long regard interloqué. Visiblement, elles ne s'attendaient pas à une telle volte-face de la part de Lara Camors. Timothy, les sourcils légèrement froncés, lança un regard furtif à sa mère.

— À quoi bon, puisque nous n'avons pas la formule? demanda Joletta.

— J'ai beaucoup de mal à croire que la formule d'un parfum fabriqué depuis plus de cent ans dans une petite boutique de la Nouvelle-Orléans ait pu se perdre ainsi, répondit Lara Camors d'un ton avisé. C'est tout à fait impossible. Quand on sait comment les entreprises sont gérées à l'heure actuelle, il est proprement impossible que la formule ait pu se perdre.

— Vous oubliez que Mimi n'était pas une gestionnaire... comme les autres, rétorqua tante Estelle d'un ton acide. Par ailleurs, arrêtez-moi si je me trompe, Lara, mais voulez-vous dire que vous ne produirez pas le parfum sans l'accord de Joletta, même si vos laboratoires en ont établi la formule avec exactitude?

— Mes services juridiques sont catégoriques, répondit Lara Camors. Je dois absolument obtenir l'assentiment de tous les héritiers de Mimi Fossier pour produire le parfum et pour en exploiter légalement la formule... si nous la retrouvons, naturellement. Ainsi, vous ne vous trompez pas, Estelle... Je ne peux effectivement pas déclencher la production tant que Joletta s'y opposera. De toute façon, que pourrais-je faire sans la formule originale et sans la légende qui est rattachée au Jardin de Cour ? Vous savez comme moi que ce parfum est riche d'une histoire extraordinaire ; ce n'est pas un parfum comme les autres. Des parfums comme les autres, nous en avons des centaines dans nos tiroirs, au point que nous ne savons même plus qu'en faire !

— Si je retrouve la formule, déclara Joletta d'une voix assurée, je ferai produire le parfum dans la boutique de la Nouvelle-Orléans.

— Mais, pourquoi ? s'exclama Lara Camors.

— Par orgueil, et pour maintenir la tradition.

— Vraiment ! répliqua Lara Camors avec un léger sourire.

— Tu ne te rends donc pas compte que des millions de dollars sont en jeu ! s'exclama Nathalie d'une voix exaspérée.

— Si, je m'en rends très bien compte.

— Si tu t'obstines à garder ce journal pour toi seule, poursuivit Nathalie, je te tuerai, Joletta !

Un silence s'établit entre eux. Puis, brusquement, Nathalie se tourna tout entière vers la mère de Rone.

— Qui plus est, ajouta-t-elle avec un petit rire inquiétant, ce ne serait peut-être pas une si mauvaise idée, car si Joletta disparaît, c'est Maman qui héritera du journal, n'est-ce pas ? Cela nous simplifierait franchement la vie !

Pendant quelques instants, Lara Camors fixa la cousine de Joletta d'un regard ébahi avant de comprendre que, probablement, celle-ci plaisantait. Cependant, cette plaisanterie de Nathalie ne fit pas rire Lara Camors. Ni même qui que ce soit d'autre.

21

J'attends.

J'ai attendu toute la fin de l'automne, durant les ven-danges et les récoltes, et durant tous ces jours fades et gris où la terre elle-même semble épuisée, et paraît aspirer au repos. Je n'arrive pas à croire qu'Alain est peut-être parti pour tou-jours, et qu'il ne me reviendra peut-être pas.

Cet automne, des hommes sont morts en Crimée, en des lieux qui ne sont pour l'Europe que des noms sur des cartes. L'Angleterre, la France, la Prusse et l'Autriche se sont alliées et jetées dans la bataille pour essayer de museler les ambitions du tsar Nicolas Ier. Je plains ces pauvres soldats qui, de part et d'autre de la ligne de front, meurent loin de chez eux et de ceux qu'ils aiment. En fait, je n'arrive pas à les plaindre vrai-ment; je n'ai de pitié que pour moi-même. Pourtant, je tiens à garder foi en mon amour, et je méprise les faibles.

Il arrivait que Violette soit en colère contre Alain. Pour-quoi l'avait-il laissée seule parmi des étrangers? À quoi avait-il donc pensé? Ne savait-il pas quelles peurs et quels tourments une telle situation pouvait susciter chez une femme dans son état?

Il lui avait pourtant dit et répété qu'il ne la quitterait

jamais. Pourtant Alain était parti. Alain l'avait quittée.

Chaque jour, elle se disait qu'il reviendrait bientôt. Mais, chaque jour, le soleil se couchait et la nuit retombait sur la villa sans qu'Alain ne soit revenu.

Violette se disait qu'il avait sûrement d'excellentes raisons pour être parti ainsi, qu'il avait dû aller rencontrer quelqu'un pour mettre un terme à la surveillance dont ils étaient l'objet, ou qu'il était allé venger la signora da Allori, en punissant ceux qui lui avaient fait si peur qu'elle en était morte.

À bien y songer, il était pourtant d'une imprudence extrême de laisser Violette ainsi seule, alors que la vieille dame qui les avait accueillis, Alain et elle, avait été si cruellement punie de sa générosité à leur égard. Que ferait-elle si ces hommes surgissaient un jour à la villa? S'ils exigeaient qu'elle leur révèle où Alain était parti, alors qu'elle n'en savait rien?

De jour en jour sa grossesse l'alourdissait. Violette ne se reconnaissait plus, ni dans les miroirs, ni en elle-même. Elle qui était si agile autrefois, voilà qu'elle ne pouvait se mouvoir qu'avec mille précautions. De plus, elle se sentait si vulnérable! Pourtant ce n'était pas pour elle-même qu'elle avait peur, mais pour l'enfant qu'elle portait. Si jamais il lui arrivait quelque chose à elle, l'enfant y survivrait-il? C'était surtout pour cet enfant qu'elle devait prendre soin d'elle-même et éviter le moindre risque.

Elle n'était pas complètement seule, bien sûr. Giovanni était là.

Il était toujours à son côté. Quand elle était au jardin, il taillait les arbres, ramassait les feuilles, et nettoyait le sol de mosaïque. Souvent, il lui apportait un bouquet pour orner la table de son petit déjeuner ou de son déjeuner. Si jamais sa broderie lui glissait des doigts, il se jetait aussitôt à ses pieds pour la ramasser. Quand elle marchait dans les allées autour de la maison, il ne manquait jamais de lui offrir son bras.

Depuis la nuit où Alain était parti, Giovanni dormait dans la maison. Il rentrait chaque soir, dès le coucher du soleil, et ne repartait que le lendemain à l'aube. Il installait une paillasse devant la porte de la chambre de Violette, et y dormait toutes les nuits. Violette se demandait d'ailleurs à quel moment il pouvait bien dormir, car chaque fois qu'elle se levait la nuit, elle le trouvait éveillé, lui demandant aussitôt si elle avait besoin de quelque chose. Par ailleurs, quels que fussent ses efforts pour se lever la première, Giovanni était toujours debout avant elle. Pour agrémenter ses longues soirées d'automne, il n'hésitait pas à rester avec elle au salon. Par-dessus tout, il aimait qu'elle lise pour lui à voix haute. Giovanni avait reçu du prêtre du village une instruction rudimentaire, mais ses longues et pénibles journées de travail lui laissaient bien peu de temps pour la lecture et l'étude, si bien qu'il aimait entendre Violette lui lire dans le journal ce qui se passait ailleurs dans le monde. Et surtout, il aimait les traductions italiennes des contes de Walter Scott, ou se côtoyaient galants messieurs et élégantes dames. Un jour, Violette le surprit à grimacer parce qu'elle avait mal prononcé un mot. De ce jour, il lui donna des leçons d'italien.

C'était Giovanni aussi qui lui servait les repas que sa mère préparait pour elle. Jamais il n'aurait laissé Violette manger à la cuisine, et il insistait pour servir et desservir tous les plats, de la cuisine à la salle à manger, tout en respectant scrupuleusement l'étiquette en vigueur dans les meilleures maisons. Souvent, il lui racontait ses activités de la journée ou la vie du village, et elle riait. Il insistait toujours pour qu'elle mange davantage et reprenne un peu de ceci ou de cela, comme si la nourriture pouvait remplacer l'amour qui avait déserté sa vie.

Au début, toutes ces attentions gênaient Violette.

— Il ne faut pas que tu négliges ton travail pour moi, Giovanni, lui avait-elle dit. Ni ton travail, ni ta famille.

— Non, *madonna,* avait-il répondu avec un regard tendre. Mais je dois rester près de vous, quoi qu'il arrive.

— Cela ne signifie pas que tu doives être constamment à mes côtés.

Le sourire de Giovanni s'était brusquement éteint.

— Cela vous dérange, *madonna,* que je sois toujours à vos côtés?

— Non, bien sûr que non. Mais tu as ta vie aussi, et...

— Ma vie, elle est toute à vous, *madonna.*

Puis il avait changé de sujet de conversation avec tant d'habileté et de façon si radicale que Violette n'avait pas osé aborder à nouveau la question. Elle se demandait cependant si c'était Alain qui avait insisté pour que Giovanni la surveillât de si près, ou si c'était le jeune homme qui faisait du zèle. Puis elle finit par conclure qu'il y avait sans doute un peu des deux.

— N'as-tu pas quelqu'un dans ta vie? lui demanda-t-elle un autre jour.

— Non, *madonna,* répondit-il. S'il y avait quelqu'un dans ma vie, je ne serais pas ici.

Cette réponse avait laissé Violette songeuse.

— Ne penses-tu pas que tu devrais te trouver une fiancée, maintenant, et t'établir quelque part?

Giovanni l'avait regardée avec des yeux qui brillaient un peu, puis il avait hoché la tête.

— Ce n'est pas difficile de se trouver une fiancée, *madonna,* avait-il répondu. Mais trouver une femme vraiment merveilleuse, c'est beaucoup plus rare.

La dévotion que Giovanni lui manifestait rassurait Violette, qui voyait avec une certaine inquiétude son tour de taille augmenter au fil des jours. Mais, tout en appréciant ces marques d'attachement, elle avait parfois quelque remords à laisser Giovanni l'adorer ainsi sans rien lui offrir en retour. Cependant, la présence admirative du jeune homme adoucissait quelque peu le désespoir qui la prenait parfois, et l'aidait à affronter le défilé monotone des jours.

Puis vinrent les pluies qui annonçaient l'hiver.

L'ocre et la rouille des collines toscanes virèrent au gris, et semblèrent refléter à l'infini la grisaille qui hantait Violette depuis le départ d'Alain. Un matin, alors qu'elle se tenait dans la chambre qu'elle réservait à son enfant, Violette regarda par la fenêtre le petit chemin qui longeait les murs du jardin et qui menait au potager et à l'étable. La pluie avait cessé, mais l'eau dégouttait encore des toits, et le vent faisait tomber des arbres les dernières perles de pluie qui s'y étaient agglutinées. En bas, Giovanni sortait de l'étable en poussant une brouette remplie de foin, qu'il alla disposer au pied des rosiers pour les protéger du froid. Elle lui fit un signe de la main, auquel il répondit d'un hochement de tête. Puis il poussa la barrière du jardin et disparut.

La mère de Giovanni rangeait la chambre.

— C'est un bon garçon, mon Giovanni, dit-elle, et le travail ne lui fait pas peur. Mais il a la tête pleine de sottises.

— En tout cas, je ne sais pas ce que j'aurais fait sans lui ces dernières semaines, constata Violette.

Maria tapota soudain l'oreiller de plumes avec plus de violence que nécessaire.

— Oui, confirma-t-elle, mais méfiez-vous. Mon Giovanni sait avec sa tête que c'est le signor Massari que vous aimez, mais il ne le sait peut-être pas dans son cœur.

— Maria ! s'exclama Violette en se tournant vers la vieille femme. Regardez-moi, je vous en prie. Trouvez-vous vraiment que mon corps, en cet état, puisse inspirer du désir à un homme ?

— Vous n'êtes pas devenue laide parce que vous êtes enceinte, rétorqua Maria. De plus, vous êtes seule et vous avez besoin de protection. Giovanni le voit bien, il n'est pas aveugle.

— Je ne fais pourtant rien pour l'encourager, murmura Violette.

— Si ! En restant ici sans votre homme, vous l'encouragez, madame.

— Pourtant, je préférerais moi aussi ne pas rester seule ici, croyez-le bien, s'exclama Violette. Mais où voulez-vous que j'aille ?

Elle marqua une courte pause avant de poursuivre.

— Maria, ajouta-t-elle, que vais-je devenir si Alain ne revient pas ?

— Je ne sais pas. Avec de l'argent... Vous avez de quoi vivre, n'est-ce pas?

— Oh, oui! répondit Violette. Mais pour quoi faire? Je n'ai plus de raison de vivre.

— Ne dites pas cela! s'écria Maria en posant fermement ses mains sur ses hanches. Vous avez le *bambino,* oui, et c'est plus précieux que tout. Il ne faut plus penser à toutes ces choses tristes, madame, sinon votre bébé va le savoir, et ça le poursuivra toute sa vie. Il faut être heureuse quand on attend un enfant; comme ça, l'enfant est heureux toute sa vie.

— C'est facile à dire, Maria. Mais supposez... supposez qu'Alain ne revienne pas parce qu'il est blessé? Ou pire, peut-être? Supposez qu'il soit mort depuis plusieurs semaines, et que personne ne me l'ait annoncé parce que personne ne sait que je suis ici?

— Ce n'est pas la peine de se tourmenter avant que les malheurs n'arrivent, rétorqua Maria. Ça fait perdre le courage, et ça n'apporte rien de bon.

— Il faut bien que j'y pense, pourtant. Il faut que je décide quoi faire si jamais le pire advenait.

— Vous ne ferez rien tant que l'enfant ne sera pas né, de toute façon. C'est plus sage. Le signor était si fier d'être papa! S'il est vivant, je suis sûre qu'il reviendra pour l'accouchement.

— Mais s'il ne revient pas, Maria, qu'est-ce que je vais devenir? Et où irai-je demander de l'aide?

— Vous n'irez nulle part : c'est moi qui viendrai à vous. Vous n'aurez qu'à m'envoyer Giovanni. C'est pour cela qu'il est ici. Et vous n'avez pas à vous inquiéter : j'ai eu moi-même six enfants, et j'ai aidé toutes les femmes de la région à accoucher. Tout ira bien, allez.

L'automne avançait inexorablement. De la lointaine Crimée, on apprit que les alliés avaient remporté la bataille d'Alma. Mais les nouvelles qui arrivèrent par la suite révélèrent que cette fameuse bataille n'avait été qu'un énorme gâchis, immensément coûteux.

À la mi-octobre, les alliés entreprirent d'attaquer Sébastopol, un port russe important sur la Mer Noire. Mais la réserve de munitions des Français explosa inopinément, et l'assaut final dut être reporté. Cela laissa aux Russes le temps de renforcer leurs défenses, et les alliés installèrent leurs campements autour de la ville en prévoyant un siège de longue durée.

Par la suite, les Russes contre-attaquèrent en s'en prenant au principal dépôt d'approvisionnement des alliés, à Balaklava. Puis, les ordres du haut commandement anglais ayant mal été transmis, le Lord Cardigan et sa brigade légère menèrent une charge suicidaire contre les Russes. Ce fut un véritable carnage que tempérèrent uniquement le courage des soldats et celui de la cavalerie française qui leur porta secours.

Quelque dix jours plus tard, dans la pluie et le brouillard du petit matin, les Russes attaquèrent à nouveau les forces franco-anglaises qui assiégeaient Sébastopol. Quand la retraite fut enfin sonnée, treize mille hommes gisaient morts sur le champ de bataille.

Peu après, les bateaux d'approvisionnement britanniques, qui apportaient aux troupes non seulement des armes et des munitions, mais également de la nourriture, des médicaments et des uniformes pour l'hiver, essuyèrent une terrible tempête et s'abîmèrent en Mer Noire. L'armée alliée prit alors ses quartiers d'hiver, décidant d'attendre le printemps pour reprendre les hostilités.

Tandis que les états-majors se gargarisaient des victoires coûteuses qu'ils avaient remportées au début des combats, le correspondant de guerre du journal *London Times* jeta un pavé dans la mare en décrivant dans le détail l'horreur qui régnait dans les hôpitaux militaires britanniques, aux prises avec les conditions les plus difficiles et le dénuement le plus complet. Une femme du nom de Nightingale, accompagnée de trente-huit autres infirmières et d'une commission du Secrétariat à la guerre, fut envoyée au front pour améliorer le sort des soldats. Madame Nightingale arriva en Crimée juste à temps pour accueillir et soigner les blessés des batailles de l'automne.

Émue par son courage et par sa détermination à secourir les blessés, la presse en fit bientôt une héroïne.

Ainsi passait le temps, apportant chaque jour son lot de bonnes et de mauvaises nouvelles. La saison automnale avançait, et bientôt ce fut l'hiver. De son côté, la villa s'imprégnait de la fumée des feux de cheminée, du parfum des herbes mises à sécher et de l'odeur de l'ail bienfaisant qui pendait en tresses aux poutres de la cuisine. À cela s'ajoutait le riche arôme des bouillons à la viande et des pâtes que Maria concoctait sur l'immense poêle de fonte. Elle enseigna le tricot à Violette. Ensemble, elles firent des petites couvertures et des chaussons que Violette brodait ensuite de fleurs délicates. Elle et Giovanni fabriquaient également des parfums.

Un jour, par hasard, le regard de Giovanni tomba sur la formule qui traînait sur la chaise longue de Violette, au salon. Sur le dos du papier, Violette avait dessiné le modèle de la couverture pour bébé qu'elle était en train de confectionner. Giovanni s'était saisi de la formule et l'avait lue à voix haute.

— Est-ce que c'est le parfum que vous portez? avait-il demandé.

— Non, c'est un parfum que j'ai porté, mais je n'en ai plus. Il ne m'en reste que quelques gouttes, et je les conserve précieusement.

Giovanni comprit tout de suite.

— Pour le retour du signor Massari, dit-il. Mais nous pourrions en faire d'autre.

— Vraiment?

— De l'huile de rose, j'en ai. La plupart des autres composants, nous les trouverons chez l'apothicaire de Florence. Il faudra peut-être en faire venir un ou deux de Rome, mais cela ne prendra guère de temps.

— Es-tu sûr? demanda Violette, visiblement ébahie.

— Mais oui! répondit Giovanni avec un sourire heureux.

— Penses-tu que je pourrais faire le mélange moi-même?

Soudainement, Violette ne désirait plus que fabriquer le parfum qu'Alain lui avait offert.

— Je vous montrerai comment faire, répondit doctement Giovanni. Avec plaisir, *madonna*.

Une nuit, tandis que Maria dormait, Violette et Giovanni rassemblèrent les essences, les huiles et l'alcool qui entraient dans la composition du précieux parfum. Ils les emportèrent dans la chambre de Violette, aussi loin que possible des odeurs de la cuisine et des herbes aromatiques mises à sécher. Ils tirèrent une petite table près du feu et y installèrent tout ce dont ils avaient besoin, notamment un verre à mélanger muni d'un bec verseur, et une pipette de verre qui leur servirait à mesurer avec exactitude les huiles, et à les verser goutte à goutte dans le verre.

Giovanni expliqua le procédé à Violette avec sérieux, et même avec fierté. Il fit lui-même le premier mélange, tandis que Violette lisait à voix haute le nom des ingrédients et leurs quantités. Giovanni mélangeait doucement les essences, puis il saisit le poignet de Violette.

Instinctivement, elle voulut se dégager.

Giovanni sourit sans desserrer son étreinte et, de son pouce, il frotta doucement les veines bleutées du poignet de Violette.

— Il faut essayer le parfum sur votre peau, dit-il. Parce que c'est votre peau qu'il va parfumer.

Violette cessa de résister et laissa Giovanni déposer quelques gouttes du mélange sur son poignet. Ils attendirent un peu, puis ils respirèrent le parfum qui émanait de la peau de Violette.

Giovanni fronça les sourcils d'un air soucieux.

— Ce n'est pas le même, dit-il.

— En es-tu bien sûr?

Violette respira encore, les yeux clos.

— Tu as raison, dit-elle enfin. Ce n'est pas le même. Comment cela se fait-il?

— Un peu trop de ceci, pas assez de cela. Je pensais avoir fait bien attention, mais j'ai dû me tromper.

Violette porta de nouveau son poignet à ses narines.

Brusquement, elle sourit.

— Je pense que nous avons mis trop de narcisse, dit-elle.

— Vous croyez ?

Giovanni, à son tour, se pencha sur sa peau.

— Ah ! *Madonna,* s'exclama-t-il. Vous avez un nez magnifique !

Violette rit. Le compliment, le plus étrange sans doute qu'on lui ait jamais fait, la ravissait au plus haut point.

— Tu trouves ? demanda-t-elle en riant toujours.

— J'en suis sûr. Vite, on recommence. Mais, cette fois, c'est vous qui mélangez.

Le mélange de Violette se révéla parfait. Elle le sut avant même de l'avoir déposé sur son poignet, car les émanations qui montaient du verre à mélanger lui avaient déjà rempli la tête du bouquet tant recherché. Le narcisse et la rose, la fleur d'oranger, le musc exotique, et tous les autres composants se répandaient en harmonie. Leurs parfums se mêlaient admirablement pour n'en former qu'un seul, plus riche, plus beau et, comment dire… ? plus amoureux.

Giovanni attrapa le poignet de Violette dès qu'elle y eut déposé le nouveau mélange et il le respira avec ardeur. Une soudaine volupté envahit son visage.

— Oui, murmura-t-il. Oui, c'est bien cela.

Il fit un pas vers Violette et la prit dans ses bras, spontanément. Il était tellement heureux d'avoir contribué à recréer le parfum, et tellement heureux de voir la *madonna* sourire. Son geste n'avait rien de suspect. S'il l'avait été, du reste, Violette n'aurait eu aucun mal à repousser Giovanni.

Cependant elle exultait, elle aussi, et elle s'appuyait avec joie sur la force vive qui émanait de Giovanni. Elle acceptait de bonne grâce le soutien et le réconfort qu'il lui offrait sans arrière-pensée. Elle savourait le repos et la sérénité qu'il y avait à se retrouver dans ces bras puissants d'homme. Soudain, elle sentit les lèvres de Giovanni se poser doucement sur les cheveux qui ondulaient à ses tempes. L'enfant qu'elle portait bougea vivement en signe de protestation.

Violette se dégagea des bras de Giovanni sans hâte, mais avec fermeté. Il était gentil et il faisait tout pour lui être agréable, cependant, il ne fallait pas qu'elle l'encourage, ni même qu'elle lui laisse la moindre espérance. Certes, elle avait beaucoup d'affection pour lui peut-être même qu'en d'autres circonstances... mais les circonstances étant ce qu'elles étaient, c'était à Alain que Violette réservait tout son amour.

Néanmoins, lorsqu'elle s'écarta de Giovanni, elle comprit qu'elle ne pouvait plus se contenter d'attendre.

Les lettres de crédit qui avaient été déposées à son nom auprès d'un banquier florentin semblaient illimitées. Violette en obtint une forte somme qui servit à payer les frais du voyage pour deux.

Elle avait longuement hésité à demander à Giovanni de l'accompagner et, finalement, elle y avait renoncé. C'était une chose que de le laisser dormir sous le même toit qu'elle dans un village où il était connu de tous, avec sa mère qui vivait juste de l'autre côté du jardin ; mais c'en était une autre que de loger avec lui dans les mêmes pensions et les mêmes hôtels. Certes, ils pouvaient toujours choisir de s'installer dans des chambres distantes de plusieurs portes, mais... Ce n'était pas le qu'en-dira-t-on que craignait le plus Violette, car le peu de réputation qui devait lui rester dans une certaine société ne méritait pas son attention. Elle craignait plutôt de donner de faux espoirs à Giovanni et de décevoir ainsi sa jeune flamme.

Cependant, elle ne pouvait pas entreprendre le voyage seule. Si ses calculs étaient justes, elle n'en était pas tout à fait à son sixième mois de grossesse, et elle se trouvait déjà fort imposante. Il n'aurait pas été sage, par exemple, qu'elle s'aventurât à transporter de lourds bagages.

Pourtant, elle n'eut pas à décider si Giovanni l'accompagnerait ou non. Dès qu'il sut qu'elle partait, il résolut de lui-même de la suivre. Il désirait tant partir avec elle et il le manifestait avec tant d'ardeur, que Violette ne se sentit pas le cœur de le lui refuser.

Ils partirent d'abord pour Venise, où ils allèrent à la maison de la signora da Allori. La maison était vide et fermée sans doute pour très longtemps, car les heurtoirs avaient été retirés des portes. Violette et Giovanni demandèrent dans tous les hôtels et dans toutes les pensions si on n'y avait pas vu Alain. Personne n'avait eu de nouvelles, en tout cas, son nom ne figurait sur aucun registre.

Puis Violette et Giovanni se rendirent à sa maison de Paris. Elle aussi était fermée et silencieuse. Les amis n'avaient pas de nouvelles non plus depuis l'été et se demandaient même ce qu'il advenait d'Alain. Tous étaient impatients de le revoir.

Tous, également, regardèrent Violette avec curiosité, mais personne n'osa lui demander pourquoi elle cherchait Alain avec tant d'insistance et pourquoi elle était escortée de ce bel Italien qui posait sur chacun des regards d'une jalousie à faire frémir.

Violette pensa alors qu'Alain serait peut-être à Londres. Il y allait parfois, et c'était même là-bas qu'ils s'étaient rencontrés. Cependant, elle n'avait aucune idée de l'endroit où il avait pu loger quand il s'y trouvait. Elle ne savait même pas s'il y possédait un pied-à-terre ou s'il séjournait à l'hôtel. De plus, elle ne voyait pas vraiment quelles raisons auraient pu l'inciter à franchir la Manche. En Italie, comme en France, personne ne semblait l'avoir vu, si bien qu'il sembla soudainement bien douteux qu'elle pût le retrouver en Angleterre.

Désemparée, elle décida de tourner ses recherches vers Gilbert. Elle se demanda s'il était encore en Europe, s'il s'en tenait toujours à son calendrier de voyage initial, et s'il avait dit à sa famille de la Nouvelle-Orléans qu'elle l'avait quitté. Elle se demanda aussi s'il avait essayé de la retrouver, et même s'il essayait encore. Enfin, elle se demanda surtout s'il avait vu Alain, ou s'il avait eu, volontairement ou non, de ses nouvelles.

C'était cela en fait qui l'inquiétait. Elle se rappelait constamment les paroles qu'Alain lui avait dites, quand il l'avait enjointe de rejoindre son mari si jamais il venait à disparaître.

Ainsi, une semaine après être rentrée à la villa, et dès qu'elle se fut remise de son périple, Violette écrivit une série de lettres qu'elle envoya aux diverses adresses où Gilbert devait séjourner dans la première année de son voyage en Europe. Elle ne savait absolument pas s'il se donnerait la peine de répondre, mais, pensait-elle, elle se devait d'essayer. Toutefois, elle ne donna pas directement son adresse dans ses lettres à Gilbert, lui demandant d'écrire au bureau de poste de Florence. Si jamais ils devaient se revoir, elle préférait que ce soit elle qui choisisse l'heure et le lieu.

Finalement, la réponse de Gilbert lui parvint de Rome où il passait l'hiver. Il la priait de l'y rejoindre aussitôt pour discuter des sujets qu'elle abordait dans sa lettre.

Irait-elle à Rome ? Resterait-elle à la villa ?

Le voyage s'annonçait éprouvant. De plus, si Violette pensait s'être soustraite à la culpabilité qui accompagne souvent l'adultère, elle découvrait tout à coup qu'il n'en était rien. En fait, elle redoutait de revoir cet homme auquel elle avait juré fidélité et qu'elle avait pourtant trompé. Cependant, comme le souvenir des mauvais traitements que lui avait infligés Gilbert s'était estompé, elle ne craignait plus sa colère. Par ailleurs, elle ne le croyait plus responsable de l'agression dont Alain avait été victime à la gare.

Elle se demandait pourquoi elle lui avait écrit, en définitive, si ce n'était pour avoir des nouvelles d'Alain, pour savoir s'il lui avait parlé d'elle ? Il fallait donc qu'elle aille à Rome.

Elle commença par reporter son départ après Noël. Puis elle attrapa froid et dut rester à la villa. Enfin, elle et Giovanni se mirent en route vers la mi-janvier.

À Rome, Gilbert vivait dans une pension terne près du Forum. Les couloirs sentaient le chat de gouttière, mais la vue des fenêtres sur le Colisée rachetaient un peu l'ensemble. Ce ne fut pas Gilbert lui-même qui leur ouvrit la porte, mais une jeune femme à l'air mutin qui portait une jupe, sans jupon dessous. Quand Gilbert et ses invités furent installés et qu'elle leur eut servi une tasse de thé à peine tiède, la jeune femme sortit en lançant à Gilbert un « au revoir » un peu trop familier pour une domestique. Puis ils l'entendirent dévaler les escaliers.

Giovanni lança un regard furtif à Violette et lui adressa un petit signe de tête qui témoignait distinctement de ce qu'il pensait du goût de Gilbert en matière de femmes. Violette se demanda si c'était parce qu'il attendait la visite de son ancienne épouse que Gilbert s'était fait accompagner par cette jeune femme, pour lui montrer qu'il pouvait aussi se laisser aller à la folie de l'adultère, ou pour essayer de la rendre jalouse. Si tel était le cas, son stratagème avait raté. Violette ne ressentit pour son mari qu'une certaine pitié à le voir user de telles méthodes pour entretenir sa fierté virile. Néanmoins, elle était heureuse qu'il eût trouvé une consolation dans les bras de cette jeune femme.

Il semblait avoir maigri. Son visage s'était quelque peu émacié et on aurait dit qu'il avait pris dix ans. Ses mains tremblaient constamment, ce qu'expliquaient probablement toutes ces bouteilles d'alcool vides qui traînaient ici et là dans la pièce.

Gilbert jeta un regard froid à Giovanni quand Violette le lui présenta, puis il ne lui accorda plus la moindre attention.

— Alors ? demanda-t-il soudain en posant son regard sur le ventre arrondi de Violette. Je vois que tu es en pleine santé ?

— Oui, et toi aussi, répondit poliment Violette.

Elle calma Giovanni d'un regard, car le ton légèrement ironique de Gilbert l'avait déjà exaspéré et il était visiblement prêt à lui sauter à la gorge.

— Puisque tu te décides à me donner signe de vie après si longtemps, poursuivit Gilbert d'un ton tout aussi désagréable, j'imagine que tu dois avoir un motif d'une importance extrême, n'est-ce pas ?

— Je voulais des nouvelles d'Alain, répondit-elle.

— Pourquoi t'en donnerais-je ?

Violette sentit son cœur sursauter de joie : son espoir renaissait.

— Tu en as donc ? s'exclama-t-elle.

— As-tu jamais pensé à ce que j'avais pu ressentir après ton départ, Violette ? demanda Gilbert d'une voix grinçante. As-tu jamais pensé que je m'inquiétais peut-être pour toi, que je pouvais même craindre que tu n'aies été enlevée par quelque malfaiteur ? T'aurait-il donc tant coûté de m'envoyer un petit mot pour me dire que tu étais en vie, pour me rassurer sur ta santé ?

Visiblement, avant de lui donner les nouvelles qu'elle demandait, Gilbert avait donc l'intention de lui faire payer l'inquiétude et l'embarras qu'elle lui avait causés...

— Je suis désolée de t'avoir fait de la peine, répondit-elle. J'ai moi-même beaucoup souffert.

— Vraiment ? Tu m'en vois navré !

De toute évidence, Gilbert n'avait digéré ni sa peine ni sa honte et la douleur de Violette passait bien après la sienne. L'espace d'un instant, Violette mesura de nouveau toute la vacuité du couple qu'ils avaient formé. Si Gilbert l'avait aimée un jour, ce n'était qu'une illusion d'amour. Il avait aimé une certaine image qu'il se faisait d'elle, mais non la femme qu'elle était réellement. Il l'aimait comme une possession, comme un prolongement de lui-même, mais pas comme une personne à part entière.

— As-tu eu des nouvelles de la famille ? demanda-t-elle.

— Quelques lignes seulement, qui demandaient essentiellement pourquoi tu n'écrivais pas, ni moi non plus. J'ai prétexté les perturbations provoquées par la guerre et les retards du courrier. J'ai dit aussi que rien de bien important ne s'était produit depuis mon départ et que mes efforts relatifs au but de mon voyage n'avaient encore pas abouti.

Rien de bien important ne s'était produit depuis son départ !

Pour Violette ce silence et cette indifférence déguisée valaient mieux que de se faire traîner dans la boue auprès de ses proches. La jeune femme aurait même peut-être dû en éprouver quelque reconnaissance envers Gilbert. Elle l'aurait sans doute fait, du reste, si elle n'avait pas été convaincue qu'en dissimulant le départ de sa femme, c'était avant tout sa propre humiliation que Gilbert cherchait à cacher.

— As-tu l'intention de retourner à la Nouvelle-Orléans plus tôt que prévu ? demanda-t-elle.

— Parce que tu es partie ? Pas du tout ! Je ne vois pas pourquoi. De toute façon, il me manque encore quelques meubles.

— Tant mieux... Je n'aurais pas voulu que mon départ affecte tes plans de quelque manière que ce soit.

Violette marqua une pause et tritura ses gants qu'elle avait déposés sur ses genoux.

— Maintenant, si tu le veux bien, Gilbert, dit-elle enfin, j'aimerais que tu répondes aux questions que je te posais dans ma lettre. As-tu revu Alain depuis Paris ? T'a-t-il parlé de moi ? T'a-t-il dit quoi que ce soit concernant... concernant son éventuel départ ? Dis-le-moi, je t'en prie.

Gilbert la fixa d'un air ébahi pendant quelques instants.

— Il t'a quittée ! souffla-t-il enfin d'un ton de profonde satisfaction.

— Non, répondit-elle précipitamment. Il a seulement dû s'absenter quelque temps.

Il lui devenait infiniment pénible, soudain, de devoir s'abaisser à demander à Gilbert les informations dont elle avait besoin. Elle sentit la rage bouillonner dans ses veines, reléguant au second plan toutes ses autres préoccupations.

— Mais pourquoi ? poursuivit Gilbert. Voilà la question. Pourquoi donc a-t-il quitté une femme enceinte de son bâtard ?

Giovanni bondit sur ses pieds avant même que Violette ait pu l'en empêcher. Il attrapa Gilbert par sa cravate et l'attira rudement à lui.

— Vous allez présenter des excuses à la *madonna,* dit-il d'un ton sans appel. Et tout de suite !

Gilbert regarda Giovanni avec des yeux exorbités et son visage prit une teinte rouge brique alarmante. Le sang lui battait aux tempes comme s'il allait éclater. De toute évidence, il étouffait.

— Giovanni, je t'en prie ! dit Violette.

Elle se leva avec difficulté.

— Je t'en prie, reprit-elle. Laisse-le, fais-le pour moi.

Mais Giovanni ne fit pas un geste.

— Je reconnais que je me suis un peu emporté, fit Gilbert d'une voix agonisante. Je n'aurais pas dû dire cela.

Loin de le relâcher, Giovanni le secoua vigoureusement à plusieurs reprises. Gilbert regarda Violette d'un air effaré, puis Giovanni, puis de nouveau Violette.

— Et en ce qui concerne Massari, articula-t-il péniblement, je ne l'ai pas revu.

Giovanni le laissa retomber. Gilbert s'aplatit dans son fauteuil en respirant à grand-peine. Giovanni recula d'un pas et tendit le bras à Violette.

— Je pense que nous n'avons plus rien à faire ici, *madonna,* dit-il d'un ton désolé.

— En effet, murmura-t-elle. Nous ferions mieux de retourner à la maison.

22

Ce jour de mars avait été venteux, mais lumineux. L'air était doux et l'herbe semblait pousser à vue d'œil. Les arbres fruitiers étaient couverts de fleurs blanches et roses qui annonçaient joyeusement le printemps.

Cependant, la villa était fraîche, car les murs de pierre retenaient encore le froid de l'hiver. Dans l'après-midi, alors que le soleil avait bien réchauffé le jardin, Violette y avait emporté son journal. Giovanni lui avait apporté un repose-pieds, ainsi qu'un châle pour la protéger de la brise fraîche qui pouvait souffler à travers les branches du vieil olivier.

— Êtes-vous à l'aise? demanda-t-il en la regardant d'un air inquiet, les deux mains dans le dos.

— Oui, je suis très à l'aise, répondit Violette en souriant.

Giovanni sourit aussi, mais son visage reprit bientôt une expression soucieuse.

— Il faut que je vous dise... Ce n'est sûrement rien d'inquiétant. Mais on m'a dit qu'on avait vu un étranger rôder autour de la villa, hier soir.

Violette s'était rendu compte, au fil des mois, que les villageois étaient très solidaires les uns des autres. Tout le monde se connaissait dans le village et rien d'inhabituel ne passait inaperçu. Si Giovanni disait que le rôdeur était un étranger, c'était indubitablement parce que c'en était un.

— Que faisait-il? demanda-t-elle.

— Rien, il rôdait. Les hommes lui ont demandé s'il cherchait quelque chose et il s'est sauvé aussitôt.

Violette éprouva une soudaine reconnaissance envers les villageois qui venaient peut-être de la tirer d'un mauvais pas.

— Est-ce qu'on l'a revu aujourd'hui?

— Non, répondit Giovanni. On ne m'a rien dit. Mais il ne faut pas vous inquiéter. Je reste là, dans le potager, juste derrière le mur. J'ai des haricots à planter. Appelez s'il y a quoi que ce soit. Vous n'avez qu'à appeler et je serai là tout de suite.

Violette lui sourit. L'attention sans doute excessive que Giovanni lui manifestait l'amusait, en même temps qu'elle la rassurait.

— Je sais, Giovanni. Tu accours toujours quand j'appelle.

— Toujours, répondit-il avec un sourire.

Mais son regard restait grave.

Quand il fut parti, Violette décrivit dans son journal les douleurs et les malaises que son état lui causait. Elle était maintenant enceinte de huit mois, et elle avait hâte d'accoucher.

Elle raconta également dans son journal que, contre toute attente, le tsar Nicolas Ier, était mort d'un refroidissement. Elle spéculait sur les conséquences possibles qu'aurait cette mort soudaine sur la guerre de Crimée. Le dirigeant russe s'était révélé un autocrate aux décisions sans appel. Après la mort mystérieuse de son frère aîné, Alexandre, de nombreuses tentatives de coups d'état avaient été entreprises contre lui. Toutes avaient été désamorcées, et noyées dans le sang. Maintenant que le tsar n'était plus de ce monde pour donner à la poursuite des hostilités une tournure personnelle guidée par l'orgueil, les diplomates russes allaient peut-être enfin trouver un prétexte pour conclure la paix. Il n'était pas exclu que les négociations commencent prochainement.

Certes, la fin d'une guerre est toujours une bonne nouvelle; cependant, Violette ne voyait pas en quoi la paix pouvait améliorer sa situation personnelle. Elle continuerait de vivre comme elle le faisait depuis plusieurs mois et continuerait d'être, pour tous les gens du village, la dame excentrique qui fabriquait des parfums. La seule différence, c'est qu'elle aurait bientôt un enfant.

Violette toucha du bout des doigts le pendentif qu'Alain lui avait offert. Le parfum qui en émanait la calma instantanément et lui rendit le sourire. De nouveau, il faisait partie d'elle, entrait en elle par tous les pores de sa peau, jusqu'à sembler émaner d'elle comme de son âme. Violette porta le bijou à ses narines pour sentir plus fort encore l'odeur bienfaisante du merveilleux parfum.

Elle aurait dû s'inquiéter de ce qu'il adviendrait d'elle et de son enfant si jamais Alain ne revenait pas, mais Violette ne s'en souciait guère. Elle se trouvait maintenant dans cet état de grande sérénité que connaissent toutes les femmes enceintes à l'approche de leur terme. Pour l'heure, Violette ne pouvait rien faire qui pût changer le cours des choses et elle n'avait pas assez d'énergie pour se tourmenter l'esprit.

L'après-midi s'éteignait dans un splendide couchant de rose et d'or qui faisait ressembler les murs du jardin aux toiles de Titien et de Michel-Ange. Les ombres s'allongeaient sur l'herbe jeune, et l'eau clapotait doucement dans la fontaine. Maria sortit de la maison et vint y remplir un seau. En retournant à la villa, elle sourit à Violette.

Sur une colline toute proche, la cloche d'une chèvre tinta, puis les cloches de l'église du village sonnèrent à leur tour, comme pour lui répondre.

À présent, le soir était presque tombé, et Violette voyait à peine les feuilles de son journal. Il était temps de rentrer.

Elle voulut cependant s'attarder encore un peu. Le crépuscule était si beau ! Elle était fatiguée et alanguie et ne se sentait pas la force de se lever. Elle attendrait donc que Giovanni revienne et qu'il lui offre son bras pour rentrer.

Justement, elle entendait ses pas qui venaient de la barrière. Elle resta tranquillement assise, goûtant les derniers instants de la journée.

Giovanni vint vers elle, tomba à ses pieds, et déposa ses mains sur ses genoux.

— Pardonne-moi, dit-il.

Cette voix... C'était celle d'Alain.

— Parle-moi, dit-il alors, ou je vais mourir de t'avoir trop espérée.

Violette baissa la tête vers lui et ses yeux s'emplirent de larmes. Ses mains tremblaient quand elle toucha son visage et ses cheveux.

— Alain, murmura-t-elle. Où étais-tu? Où étais-tu, pendant tout ce temps?

— J'essayais de protéger nos vies, dit-il. Mais je me suis rendu compte que ma vie ne valait pas la peine d'être vécue sans toi. Je savais que ton terme approchait, c'est pour cela que je suis revenu. Je ne pouvais pas rester loin de toi plus longtemps.

Maria avait donc eu raison. Violette aurait dû la croire, au lieu de se tourmenter comme elle l'avait fait. Mais qu'importait, à présent, puisque Alain était là?

— Aide-moi à me lever, dit-elle en lui tendant la main.

Alain déposa son chapeau et sa canne sur la table et lui prit la taille.

Aussitôt elle fut dans ses bras, serrée tout contre lui. Il la berça doucement, ainsi que l'enfant qu'elle portait. Violette posa sa tête contre sa poitrine et sentit la joie monter en elle comme un hymne. Elle soupira de bonheur, puis releva la tête.

Alain déposa ses lèvres sur les siennes avec délicatesse, comme s'il craignait de la froisser. Puis soudain, il l'embrassa avec passion et la serra encore plus fort contre lui, jusqu'à ce qu'elle se dégage doucement en protestant qu'il allait l'étouffer.

Il murmura des excuses maladroites et enfouit son visage dans ses cheveux en la pressant de plus belle contre lui.

C'est alors qu'ils sortirent de l'ombre. Ils étaient quatre qui étaient passés par la barrière; quatre hommes armés d'épées et de couteaux qui lançaient des éclairs d'argent dans l'obscurité. Leurs visages étaient masqués et ne laissaient voir que deux cercles pâles à la place des yeux. Des chapeaux à larges bords ajoutaient à leur air menaçant.

Violette les aperçut par-dessus l'épaule d'Alain et poussa un cri d'horreur.

Alain se retourna d'un bon et chercha sa canne. La lame d'acier qu'elle renfermait jaillit et fendit l'air. D'un bond, Alain se plaça entre Violette et les hommes qui avançaient.

— Cours à la maison, lui souffla-t-il par-dessus son épaule.

Mais ils étaient déjà tout près. L'un des hommes se détacha du groupe et tenta de surprendre Alain par le côté. Alain fit un bond en arrière pour les garder tous les quatre à portée de lame.

Violette voulut reculer pour lui laisser le champ libre. Nul coup d'épée ne pouvait être plus douloureux que la peur qui la déchirait, cependant, il ne fallait pas qu'elle gêne Alain dans ses mouvements ni qu'elle l'empêche de se défendre contre ses assaillants.

Mais comment pouvait-il résister face à quatre hommes armés? Il y avait sûrement un moyen de l'aider. Lequel? Violette avait si peur que, à peine formées dans son esprit, ses pensées tourbillonnaient follement et s'embrouillaient. Derrière elle, dans la villa, elle entendit Maria crier. Elle tourna rapidement la tête et l'aperçut qui portait ses mains à sa bouche.

Ce fut Alain qui lança l'offensive. Très vite, il attaqua trois de ses agresseurs à la fois, feintant, s'approchant d'eux, puis se coulant prestement hors de leur portée. Ce faisant, il empêchait aussi le quatrième de s'approcher de Violette. Alain avait le visage contracté par l'effort et l'attention, et la pénombre lui durcissait les traits.

Les épées s'entrechoquaient violemment dans le silence du soir. Les quatre assaillants avançaient et reculaient tour à tour, se pressaient les uns contre les autres sous les coups redoublés d'Alain. Ils juraient tout en maniant l'épée et se lançaient les uns aux autres des ordres brefs. De temps à autre, l'un d'eux hurlait quand la lame d'Alain lui entaillait les chairs. Du sang apparut sur les manches et sur les mains. Leurs respirations s'alourdissaient au fur et à mesure que le combat faisait rage.

Alain se battait avec éclat et fougue. Comme il avait étudié auprès des meilleurs maîtres d'armes de Rome et de Paris, il maniait l'épée à la perfection. Habiles également, ses assaillants étaient cependant moins précis dans leurs mouvements et dans leurs déplacements, moins astucieux aussi dans leurs stratégies. Tout à coup, l'un des hommes masqués poussa un râle et s'effondra sur un genou, le corps transpercé par l'épée d'Alain.

Mais alors qu'Alain retirait sa lame du corps de son agresseur, le quatrième homme bondit vers Violette. Aussitôt les deux autres se rapprochèrent d'Alain et une lutte à mort s'engagea.

Violette essaya de se sauver, à pas précipités et pesants, en contournant la table du jardin du mieux qu'elle le pouvait, pour chercher refuge dans la maison. Malheureusement son poursuivant se jeta par-dessus la table et l'agrippa par le corsage. Violette recula alors d'un bond et la main de l'homme se referma sur le petit flacon de parfum qu'elle portait autour du cou.

L'homme tira sur la chaîne. Le ventre de Violette vint heurter violemment le rebord de la table et elle ne put réprimer un gémissement de douleur. Elle se sentit défaillir et dut s'accrocher au rebord de la table pour ne pas tomber. L'homme, qui la tenait toujours par son pendentif, leva son épée au-dessus d'elle.

La rage éclata dans les veines de Violette, comme un éclair un soir d'orage. Sans même penser à ce qu'elle faisait, elle souleva la table de terre et la projeta contre l'homme.

La chaîne qu'elle portait au cou se rompit. L'agresseur se recula d'un bond, mais trop tard, la table s'abattit sur sa jambe. L'homme étouffa un juron et Violette, enfin libre, tomba presque à la renverse.

Son agresseur s'était déjà relevé et marchait à nouveau vers elle, le visage tordu par la haine.

Alain, qui surveillait la scène du coin de l'œil tout en maintenant les deux autres à bonne distance, poussa un cri pour prévenir Violette.

C'est alors qu'ils entendirent un rugissement de rage qui provenait de la barrière. Au même moment, Giovanni accourut du fond du jardin et se jeta sur l'agresseur de Violette. Il tenait à la main une redoutable faucille, à la lame aussi tranchante qu'un rasoir, mais le manche de son arme improvisée était trop court pour que Giovanni pût venir à bout d'une épée.

Néanmoins, son irruption avait surpris l'assaillant. L'homme se retourna d'un bond et Giovanni profita de sa surprise pour l'attaquer. Il fondit sur l'homme en faisant tournoyer sa faucille devant lui, comme une arme rituelle très ancienne. Les lames de la faucille et de l'épée s'entrechoquèrent et les deux hommes roulèrent sur le sol. L'homme masqué lâcha son épée, que Giovanni repoussa au loin. Heureux hasard, l'arme vint glisser jusqu'aux pieds de Violette.

Elle se pencha prestement pour s'en saisir, mais poussa un gémissement de douleur en se relevant. Au même moment, elle vit l'homme glisser la main sous son manteau et en retirer un poignard acéré.

Elle cria pour alerter Giovanni. Celui-ci saisit alors vivement la main de son assaillant et les deux hommes roulèrent de nouveau sur le sol, férocement enlacés.

L'épée à la main, Violette se précipita vers eux. Elle tâchait de les distinguer dans l'obscurité, mais les deux hommes s'agitaient tant qu'elle ne pouvait frapper sans risquer de toucher Giovanni.

Ils se relevèrent et la faucille brilla dans la main de Giovanni; l'autre tenait toujours fermement son poignard.

Alors, comme s'ils obéissaient à un signal secret, entendu d'eux seuls, les deux hommes sautèrent brusquement l'un sur l'autre en hurlant. Le bruit sourd d'un violent coup de poing claqua, puis Violette vit Giovanni lever la faucille au-dessus de sa tête et l'abattre sur celle de son agresseur.

L'homme tomba en arrière, le cou à demi sectionné.

Giovanni resta immobile quelques instants, les yeux fixés sur l'homme foudroyé à ses pieds. Ensuite, il posa sur Violette un regard plein de remords et de douleur.

— Pardonne-moi, *madonna,* dit-il d'une voix douce. Ma belle *madonna...* J'aurais voulu venir plus tôt, mais je n'avais pas d'arme, et...

Il tomba alors à ses genoux, tenant à deux mains le manche du poignard que l'autre lui avait enfoncé dans la poitrine pendant la bataille.

Violette étouffa un cri. Elle était au bord de la nausée.

— Cours à la maison, Violette, cria Alain derrière elle. Vite !

Les épées claquaient toujours et leurs lames s'entrechoquaient en étincelant dans le noir. Les deux hommes qu'Alain tenait à distance avançaient et reculaient sans cesse sur l'herbe, contournant à chaque fois le corps de leur complice. Ils grimpèrent dans les bacs d'herbes aromatiques et une forte odeur de basilic, de menthe et d'échalote s'éleva dans la nuit tandis qu'ils piétinaient les plantes.

Paralysée par l'horreur et par la peur, Violette restait figée près de la tonnelle. En se battant toujours, Alain et ses deux assaillants s'interposèrent entre elle et Giovanni qui gisait sur le sol. Violette se sentait incapable de lui venir en aide. Elle ne pouvait que rester là, l'épée à la main, en attendant l'occasion de se rendre utile.

Alain lui lança un regard rapide et redoubla d'efforts pour venir à bout des deux hommes. Grâce à une série de coups habiles, il réussit à obliger le plus grand des deux à reculer. Alain semblait être partout à la fois. Enfin, il parvint à tromper son adversaire et à le toucher. L'homme hurla, tandis qu'Alain retirait la lame de son corps, et qu'il se retournait pour faire face au quatrième attaquant.

Mais celui-ci avait profité de ce qu'Alain repoussait son complice pour abandonner son épée et glisser sa main sous son manteau. D'un geste, il en avait retiré un pistolet à un coup, il visa Alain, et tira.

Le coup de feu claqua et laissa dans l'air une légère fumée gris-bleu. Sous le choc, Alain fut projeté en arrière comme une marionnette, puis il s'effondra tout en portant la main à la tache rouge sang qui grandissait sur sa veste. Il tomba sur le sol, ses cheveux se mêlèrent aux lames trempées de sang des épées.

L'homme qui avait tiré jeta son arme à feu avec un air de triomphe, ramassa son épée sur le sol, puis marcha vers Violette.

Mais à ce moment, Maria et trois voisins armés de râteaux et de fourches jaillirent de la cuisine et s'avancèrent vers lui. L'homme regarda ses camarades morts d'un air éperdu, puis ses yeux tombèrent sur le journal de Violette qui gisait dans l'herbe, les pages tout ensanglantées. Il se jeta alors sur le journal et le prit. Puis il regarda une dernière fois Violette et s'enfuit à toutes jambes par-dessus la barrière.

Violette posa les yeux sur le jardin autour d'elle comme si elle le voyait pour la première fois. Tout semblait si calme à présent. Les feuilles de l'olivier s'agitaient doucement dans le vent. Le parfum des herbes et des fleurs se mêlait à celui du sang répandu sur la mosaïque. Le vent sur le visage de Violette lui fit soudain l'effet d'un coup de fouet. Il lui sembla que si jamais quelqu'un la touchait, même doucement, elle s'effondrerait.

À ce moment, Maria accourut en gémissant et s'agenouilla près de Giovanni. Violette la rejoignit aussitôt. Giovanni ouvrit faiblement les yeux et lui sourit. Violette retira le poignard qui était toujours planté dans sa poitrine. Puis les voisins emportèrent le jeune homme dans la maison.

Une vieille dame s'approcha précautionneusement de Violette pour l'inviter à rentrer à son tour.

Mais celle-ci était en état de choc.

Elle s'obligea à marcher vers Alain dont la chemise était toute rouge de sang. Elle s'agenouilla du mieux qu'elle put près de lui, lui prit la main, et porta ses doigts inertes à sa joue. Elle ferma les yeux et se berça quelques instants dans l'herbe. Soudain, les larmes jaillirent de ses yeux et coulèrent sur les doigts d'Alain, qu'elle tenait encore contre sa joue.

Alors, Alain ouvrit faiblement les yeux et la regarda avec tout l'amour du monde comme s'il voulait graver cette image dans sa mémoire.

Son visage se crispa de douleur, puis il tenta de murmurer quelques mots. Violette se pencha vers lui pour entendre.

— Partis? demanda-t-il faiblement.

La gorge trop serrée pour articuler quoi que ce fût, Violette approuva de la tête.

— Ma faute, poursuivit Alain. M'ont suivi. Aurais dû faire plus attention.

Sa main se refroidissait dans celle de Violette.

— Non, murmura-t-elle. S'il te plaît, non.

Le regard d'Alain commençait à vaciller et il dut fournir un effort surhumain pour garder les yeux sur le visage de Violette.

— Je voulais... t'apporter des fleurs, souffla-t-il. Pas le temps.

— Cela ne fait rien, murmura Violette.

— Myosotis... dit encore Alain d'une voix agonisante. Ne m'oublie pas.

Sa voix s'éteignit et ses yeux se fermèrent. Violette poussa un hurlement qui lui déchira la gorge. Elle ne pouvait plus s'arrêter de hurler. La douleur surgissait du tréfonds d'elle et la submergeait comme une grande vague, la repoussant aux confins de sa raison.

Violette se débattait et repoussait les mains qui s'accrochaient à elle pour la relever et pour l'arracher au corps d'Alain qui gisait sur l'herbe. Elle entendit des voix qu'elle ne reconnut pas et sentit son propre sang couler comme d'une blessure.

Puis vinrent les ténèbres. Elle s'y engouffra avec soulagement, tant sa douleur était grande.

— Votre fille, madame ! Comme elle est belle !

Violette tourna la tête vers Maria et sourit en voyant le petit bébé qu'elle tenait contre elle, bien emmailloté dans une couverture de tricot blanc. Le petit visage de l'enfant était détendu. Elle dormait. Sa petite bouche rosée avait encore quelques gouttes de lait aux commissures des lèvres. Ses paupières étaient ourlées de petits cils très fins et délicatement recourbés. Ses sourcils étaient joliment arqués et des cheveux châtain clair frisottaient sur son crâne rosé.

C'est vrai qu'elle était belle, belle comme un rayon de soleil.

— *Bella Giovanna,* dit encore Maria. Je suis tellement fière que vous l'ayez appelée Giovanna. Elle a l'air très italienne, vous savez.

Violette ferma les yeux en sentant la douleur se raviver en elle. Mais comme elle avait appris à la maîtriser, elle savait maintenant qu'elle finirait par s'estomper, puis disparaître.

— Oui, répondit-elle d'une voix basse.

Elle tourna la tête vers son journal. C'était un nouveau cahier à la couverture de velours bordeaux gaufré et aux coins de laiton. Un neveu de Maria l'avait rapporté de Florence. Violette avait passé plusieurs heures, les jours derniers, à y écrire à nouveau ce qu'elle avait noté dans l'ancien et tout ce qui s'était passé depuis. Elle avait revécu ces heures terribles à mesure qu'elle les consignait dans son journal. C'était pour elle le seul moyen d'exorciser l'horreur et d'échapper au présent tout aussi incertain.

Elle avait aussi résolu de récrire tout ce qu'elle avait vécu depuis un an. Elle ne laisserait certainement pas un malfaiteur la dépouiller d'un an de sa vie en lui volant son journal intime. Sans doute avait-il craint qu'elle y eût inscrit quelque détail important des jours passés avec Alain et était-ce pour cela qu'il s'en était emparé. Elle se devait de récrire cette année écoulée. Elle le devait pour elle-même, mais aussi pour Alain et pour leur fille.

Maria se racla discrètement la gorge avant de prendre à

nouveau la parole.

— Je ne vous ai rien dit des funérailles, fit-elle. Il y a eu une messe solennelle très émouvante. Le prêtre a dit de belles choses, des vraies paroles de réconfort. Il y avait beaucoup d'amis qui pleuraient et aussi beaucoup de fleurs.

Violette essaya de lutter contre les larmes qu'elle sentait monter à ses yeux. Très vite, tandis qu'elle en était encore capable, elle demanda :

— Et l'enterrement?

— Nous l'avons enterré sur la colline près de l'église, parmi les miens. La pierre tombale est très belle : elle est gravée de boutons de rose et de brins de romarin. Il y a aussi un ange sculpté.

Violette avait la gorge trop serrée pour parler.

Les deux femmes restèrent silencieuses de longues minutes. Une légère brise printanière entrait par la fenêtre grande ouverte et agitait doucement les rideaux du lit. Une douce brume montait des collines lointaines; l'ocre, la rouille et le gris qui les composaient étincelaient sous le soleil.

Maria renifla un peu avant de parler à nouveau.

— Le docteur a dit que vous pouviez marcher un peu, aujourd'hui.

— Vraiment?

La veille, Violette s'était assise sur une chaise qu'on avait amenée près de la fenêtre, mais elle n'avait pas pu en faire plus. L'accouchement avait été difficile et elle avait perdu beaucoup de sang. À ce qu'avait dit Maria, on avait même craint pour sa vie. Violette ne se rappelait rien du tout. On avait craint aussi pour la vie du bébé, mais Giovanna était venue au monde en criant, enragée de devoir quitter si vite son cocon tout chaud. Elle était un peu pâle au début, mais elle avait rapidement pris des couleurs. Tout comme n'importe quel enfant né à terme, elle avait tété dès qu'on lui avait présenté le sein. Depuis trois semaines maintenant, Giovanna dormait, se réveillait, tétait, et se rendormait de façon naturelle.

— Vous devez essayer, dit Maria. Il a attendu tout ce

temps, avec beaucoup d'impatience. Il faut qu'il vous voie aujourd'hui, sinon c'est lui qui va se lever. Et il ne le peut pas, pas avant une semaine au moins. C'est le docteur qui l'a dit.

— Oui, cela pourrait le tuer, répondit Violette d'une voix blanche.

La tristesse envahit son visage et ses yeux semblèrent s'éteindre comme des chandelles qui se meurent. Maria lui prit la main, mais elle aussi avait les yeux pleins de larmes.

— Les hommes sont des sots, dit-elle. Mais que peut-on y faire? Il faut les aimer comme ils sont. Allez, je vais coucher la petite et je vous aiderai à vous lever.

Maria l'aida à marcher jusqu'au seuil de la chambre. Violette sentait peu à peu ses forces revenir dans ses jambes et dans son dos. Elle porta la main à son ventre et constata avec surprise qu'il était redevenu plat. Pour la première fois depuis une éternité, lui sembla-t-il, elle se demanda de quoi elle pouvait bien avoir l'air. Maria l'avait coiffée et avait laissé ses cheveux pendre dans son dos comme de longs rideaux châtain doré. Mais Violette ne s'était pas encore vue dans un miroir. Elle se demanda si elle avait le teint pâle ou cireux, ou si, au contraire, l'effort lui rosissait les joues.

Cela n'avait aucune importance, en définitive. Cependant, le fait qu'elle se préoccupe de son apparence était plutôt bon signe. Elle reprenait goût à la vie et les forces lui revenaient.

Maria ouvrit la porte de la chambre et invita Violette à entrer.

Elle avança prudemment, enveloppée des plis de sa chemise de nuit et de sa robe de chambre en batiste et en dentelle. L'homme qui gisait dans le lit était assoupi. Mais quand elle arriva, ses cils battirent rapidement, puis il ouvrit les yeux et la regarda.

Un sourire monta immédiatement à ses lèvres et éclaira son regard. Il toucha du bout des doigts la chaise qui se trouvait près de son lit, puis il tendit la main vers elle pour l'inviter à s'asseoir.

— Viens, dit-il d'une voix douce. Viens t'asseoir près de

moi.

Violette sentit son cœur se serrer dans sa poitrine. Les larmes se pressaient de nouveau sous ses paupières. Mais il ne fallait pas qu'elle pleure : elle avait déjà tant pleuré.

Elle s'assit près de l'homme, ainsi qu'il le lui demandait. Elle déposa sa main dans les siennes et sentit ses doigts se resserrer sur les siens.

— Je voudrais tant, dit l'homme, que tu puisses t'allonger près de moi. Ainsi, je pourrais te prendre dans mes bras et te réconforter.

— Oui, murmura-t-elle, la voix étranglée.

— Mais c'est impossible, reprit l'homme. Alors, parle-moi. Dis-moi comment tu vas, et parle-moi de Giovanna. Je l'ai vue. Elle est belle comme sa mère. Si petite, et déjà si belle ! Je veux entendre ta voix, pour être bien sûr que tu es là, près de moi. J'ai eu tellement peur de te perdre...

Violette posa ses doigts sur ses lèvres pour le faire taire. Elle sentit qu'il souriait, puis qu'il l'embrassait.

— Dis-moi ce qui va se passer, maintenant.

Violette prit une courte respiration pour dénouer sa gorge.

— Il vaudrait mieux que nous partions, tous les deux. En Égypte, peut-être. Si tu veux...

— Il faut que ce soit loin, pour que tu sois bien en sécurité.

— Et toi aussi.

L'homme sourit doucement.

— Moi, cela ne compte pas. Tant que je suis près de toi, je suis heureux.

— Là-bas tu pourras refaire tes forces et te faire dorer au soleil.

— Oui. Et ensuite ?

— Ensuite, je ne sais pas.

L'homme ne répondit rien, se contentant de caresser le bout des doigts de Violette. Quelques minutes s'écoulèrent ainsi. Soudain, il serra la main de la jeune femme autour de la sienne, puis la relâcha pour ne pas lui faire mal.

— Dis mon nom, murmura-t-il. Je veux t'entendre dire mon nom.

— Je... Je ne peux pas, souffla Violette tandis que les larmes ruisselaient sur ses joues.

— Je t'en prie. Dis-le.

Comment aurait-elle pu refuser? Cependant, elle voulut encore retarder cet instant.

— S'il te plaît... *madonna*, demanda-t-elle.

— Ah! Si tu veux. « S'il te plaît, *madonna* ».

Les lèvres de Violette tremblèrent.

— Très bien, dit-elle. Très bien, mon amour, très bien...

— Giovanni, dit-il d'une voix douce.

— Giovanni, répéta-t-elle.

Violette s'agenouilla près du lit et appuya son visage contre l'épaule de Giovanni, celle qui n'était pas bandée. Elle se cacha le visage dans ses cheveux alors que les larmes baignaient ses joues.

Le 24 avril 1855

J'ai reçu la visite de Gilbert, aujourd'hui. Il est venu m'offrir ses condoléances. Il est arrivé en disant qu'il se trouvait à Florence quand il avait appris qu'Alain était mort. Je lui ai demandé depuis quand il était à Florence. « Deux jours », a-t-il répondu, mais je ne sais pas si je dois le croire.

À mon grand étonnement, Gilbert a proposé que nous retournions à la Nouvelle-Orléans ensemble. D'ici notre départ, il s'occupera d'acheter les quelques meubles qui lui manquent. Pendant ce temps, je ferai ce que bon me semblera. Nous partirons le jour où nous avions programmé notre retour, à l'origine. Ainsi, tout se passera comme prévu. Dans un an, nous repartirons chez nous. D'ici là, je peux faire ce que bon me semblera.

C'est bien ainsi. J'ai déjà envisagé toutes les possibilités.

Quand nous serons de retour à la Nouvelle-Orléans, Gilbert reconnaîtra mon enfant et il ne reviendra jamais sur le sujet. Il m'offrira la maison du Vieux Carré et m'y rendra visite de temps à autre, mais seulement dans la journée. En échange, je ferai comme si tout allait pour le mieux entre nous.

Comme je suis devenue dure et cynique ! J'ai accepté le pacte que Gilbert me proposait. Pourquoi pas d'ailleurs ? Tout sera tellement plus facile ainsi.

Gilbert a l'air de s'être assagi.

Pauvre homme ! Il s'imagine qu'un jour, tout redeviendra comme avant.

Moi, je sais qu'il n'en sera jamais ainsi. Jamais.

23

Joletta était assise, les photocopies du journal de Violette sur les genoux. Elle essuya furtivement quelques larmes qui perlaient à ses paupières. Elle avait déjà lu la fin du périple de Violette, mais c'était la première fois qu'elle la lisait en Italie, sur les lieux mêmes de la tragédie. D'une certaine façon, la proximité des lieux rendait la triste histoire de Violette plus poignante encore.

C'était essentiellement le destin de Violette qui émouvait Joletta, mais c'étaient aussi ses propres déboires. Elle repensa à toutes les déchirures qu'elle avait vécues au fil des ans ; la dernière en date étant cette rupture avec un homme qui, toutes proportions gardées, rappelait beaucoup cet Alain Massari que Violette avait tant aimé.

Elle ne devait plus y penser.

La dernière annotation dans le journal de Violette était bien mystérieuse et elle troublait encore Joletta, autant qu'elle l'avait troublée à la première lecture. Ces mots ressemblaient si peu à Violette. Joletta ne comprenait pas qu'elle eût accepté si aisément de retourner avec Gilbert, après tout ce qui s'était passé... Incroyable ! Pourtant, c'était bien ainsi que les choses s'étaient déroulées : l'histoire de l'arrière-arrière-arrière-arrière-grand-mère de Joletta était bien connue dans sa famille,

413

et elle confirmait en tous points le journal de Violette.

Avait-elle accepté la réconciliation avec Gilbert pour pouvoir retrouver sa famille et ses amis sans avoir à leur expliquer leur précédente rupture? Ou l'avait-elle fait pour la petite Giovanna qui venait de naître, pour qu'elle puisse porter un nom sans tache et grandir entourée d'une famille unie? Était-ce pour sa sécurité et celle de son enfant qu'elle avait accepté ou plutôt pour fuir la désolation qu'elle avait connue en Europe?.

Que s'était-il passé en Égypte, durant cette année que Violette n'avait pas consignée dans son journal? Pourquoi n'était-elle pas restée en Italie comme elle avait semblé en avoir d'abord eu l'intention? Par ailleurs, pourquoi Gilbert lui avait-il demandé de retourner avec lui? L'aimait-il encore ou ne cherchait-il qu'à sauvegarder son honneur et sa réputation? Avait-il voulu se moquer d'elle ou vérifier la solidité de son attachement à l'Italie en lui imposant de choisir entre son nouveau mode de vie et l'ancien? Et si Violette n'avait accepté ce pacte que pour se venger de lui? Pour l'obliger à donner son nom à l'enfant d'un homme qu'il avait peut-être fait assassiner?

Les questions continuaient d'affluer dans l'esprit de Joletta. Pourquoi Violette avait-elle brusquement cessé d'écrire son journal? Comment avait-elle pu supporter de retourner avec Gilbert, même à certaines conditions bien précises?

Sans compter Giovanni! Qu'était-il advenu de lui? Joletta s'en doutait bien un peu, mais elle n'avait nulle certitude.

De plus, compte tenu de tout le temps écoulé depuis, il serait bien difficile de découvrir quoi que ce soit maintenant... C'était comme si les fils qui reliaient le passé au présent s'étaient brisés, interrompant le cours de l'histoire. Il restait tant de silences et de secrets à éclaircir, mais c'était la vie qui était ainsi faite. La vie elle-même était pleine de fils coupés qui pendaient et voletaient au gré du vent, jamais rattachés, jamais réintégrés au tissu de l'histoire.

Cependant, Joletta commençait à se faire une idée assez précise de ce qui s'était réellement passé. Le journal qu'elle avait eu entre les mains, qu'elle avait photocopié et caché en lieu sûr à la Nouvelle-Orléans, n'était pas celui que Violette avait écrit jour après jour, depuis le début de son voyage. Le vrai journal original avait disparu, puisque l'homme masqué l'avait emporté. Ainsi, dans la version récrite que Joletta avait eue entre les mains, tous les faits, les dates, les lieux et les événements avaient pu être modifiés, enjolivés ou retranchés au gré des besoins de Violette, des caprices de sa mémoire, et de ses objectifs.

Pourtant, Joletta n'avait aucun motif de soupçonner son aïeule d'avoir travesti les faits. Après tout, c'était pour elle seule qu'elle tenait son journal ; elle n'avait donc aucune raison de chercher à impressionner un éventuel lecteur pas plus que de dissimuler quoi que ce soit. D'ailleurs, si elle avait voulu effacer à jamais son aventure, il lui aurait suffi de détruire son journal...

Il restait quelques détails que Joletta voulait éclaircir. En Italie d'abord, puis à la Nouvelle-Orléans.

Quelques coups frappés à sa porte vinrent interrompre le cours de ses pensées. Avant même d'aller répondre, elle savait qui était là. D'ailleurs, plus ou moins consciemment, elle attendait cette visite depuis son retour à l'hôtel.

C'était bien Rone. Il la regarda des pieds à la tête et, comme si son inspection parut le satisfaire, il sourit.

— Alors, tu te crois très maligne, n'est-ce pas ? demanda-t-il.

— Pardon ?

— Tu sais très bien de quoi je parle.

Rone se glissa dans la pièce et regarda autour de lui avec circonspection.

— C'est à se demander si tu ne le fais pas exprès, ajouta-t-il.

Joletta rentra dans la chambre et claqua la porte derrière elle.

— Je ne t'ai jamais demandé de veiller sur moi comme une mère poule, dit-elle. Je suis une grande fille et j'ai parfaitement le droit de quitter ma chambre d'hôtel quand je veux !

Toujours le dos tourné, Rone examinait les lits jumeaux.

— En tout cas, tu ne diras pas que tu ne l'as pas cherché, dit-il d'un ton ferme.

— Pardon ?

— Tu m'as très bien compris ; je reviens m'installer dans ta chambre dès ce soir.

Joletta avança d'un bond vers lui et le regarda en face d'un air déterminé.

— Essaye un peu, pour voir, et je te jure que j'appelle la police pour te sortir d'ici !

— Je dirai que ce n'est qu'une querelle d'amoureux... pendant que toi tu essayeras d'expliquer aux policiers pourquoi tu voulais à Venise ce que tu ne veux plus à Florence !

— J'ai bien le droit de changer d'avis, non ? Les Italiennes aussi doivent bien changer d'avis de temps à autre, non ?

Rone prit un air songeur.

— Dans ce cas, je leur dirai que tu veux à tout prix m'épouser et que tu refuses de me laisser entrer dans ta chambre pour m'obliger à dire « oui » plus vite.

— C'est ridicule !

— C'est ce qu'on verra.

Joletta le regarda : il avait l'air extrêmement résolu à prendre tous les moyens nécessaires pour parvenir à ses fins. Elle respira profondément pour se calmer un peu.

— Dans ce cas, je leur dirai que tu es un artiste raté qui séduit les femmes pour leur voler leur argent... et le reste.

La remarque avait porté. Rone accusa le coup.

— C'est ce que tu penses de moi ? demanda-t-il.

— Qu'en penses-tu ?

Joletta le regarda droit dans les yeux et poursuivit sans lui laisser le temps de répondre.

— Ceci étant dit, tu n'as pas besoin d'en faire autant pour réussir à terminer la lecture du journal de Violette. Il te suffirait de rester tranquillement dans ta chambre, et j'irais moi-même te le porter pour que tu finisses de le lire. J'ai bien dit : « pour que tu finisses de le lire », pas pour que tu le gardes indéfiniment. De toute façon, pour ce que tu en retireras...

— Tu ferais ça ? demanda Rone d'une voix soudainement adoucie.

Joletta se contenta de hocher la tête en signe d'assentiment. Puis, elle se détourna.

— Alain est mort, annonça-t-elle d'un ton posé.

— Quoi !

Rone avait crié comme si Alain venait de mourir à l'instant même, dans cette chambre, et qu'il était le meilleur ami de Rone depuis toujours.

Joletta hocha de nouveau la tête et alla s'asseoir paisiblement sur l'un des lits. Elle avait donc deviné juste : la nouvelle de la mort d'Alain déconcertait Rone. C'était bien ce qu'elle prévoyait. D'ailleurs, c'était uniquement pour le vérifier qu'elle lui avait annoncé cet événement si tranquillement.

— Eh bien ! reprit Rone.

Il alla s'asseoir pesamment sur l'autre lit.

— C'était prévisible. On ne parle jamais de lui à la Nouvelle-Orléans. Bien sûr, Violette aurait pu rompre avec lui avant de rentrer, mais cela paraissait bien improbable. Par ailleurs, il était bien improbable aussi que ce soit lui qui ait décidé de la quitter.

Joletta jeta vers Rone un regard à la dérobée, mais le jeune homme avait toujours les yeux fixés sur ses mains. Une idée vague commença de germer dans l'esprit de Joletta.

— Te rappelles-tu ce que tu m'as dit, à Londres, quand je t'ai demandé si tu connaissais le langage des fleurs ? demanda-t-elle.

— Non. Une banalité, je suppose.

— Tu as parlé du myosotis et tu m'as dit qu'il signifiait : « Ne m'oublie pas ».

— Et alors ? Ce n'est pas exact ?

— Si, mais tout le monde ne le sait pas, répliqua Joletta.

— Et alors ? Où veux-tu en venir ? demanda Rone d'un ton soupçonneux.

— Nulle part.

Joletta se dit qu'elle était décidément tout à fait ridicule. Des amoureux qui se réincarnent pour s'aimer encore, et quoi encore! C'était de la fiction, des histoires à dormir debout, des bêtises qui n'aidaient en rien à comprendre le présent. « Sornettes et calembredaines », comme disait Mimi dans ses pires moments.

— Qui a tué Alain? demanda Rone.

Joletta le regarda d'un air surpris.

— Comment sais-tu qu'il a été tué?

— Ça m'étonnerait qu'il soit mort d'une maladie! De plus, on l'avait agressé à la gare, alors j'imagine que...

— Les mêmes. Ceux de la gare, apparemment. Mais ce n'est pas sûr. Violette ne le dit pas, d'ailleurs, elle ne le savait probablement pas elle-même. En ce qui me concerne, je pense que Gilbert était dans les parages à ce moment-là, car quelqu'un avait justement vu un étranger rôder autour de la villa. Gilbert aurait bien été capable d'engager des tueurs. Il n'était pas toujours très subtil...

— Ce pauvre Gilbert ne connaissait rien aux femmes. C'est en partie de sa faute s'il a été si malheureux, mais il est vrai qu'il n'a pas toujours eu la vie facile.

— Tu le défends? s'exclama Joletta d'un ton ébahi.

— Non, je dis simplement que ce sont parfois les hommes les plus discrets et les plus réservés qui sont les plus jaloux. Par ailleurs, à l'époque, les maris réagissaient très vivement à l'adultère de leurs épouses et la société passait volontiers l'éponge quand ils se vengeaient discrètement sur leurs amants.

— C'est ce que Gilbert prétendait, en tout cas.

— Je te parie qu'il n'a pas du tout su s'y prendre pour inciter Violette à revenir vers lui.

— Elle est bel et bien revenue, pourtant.

— Si l'on veut... dit Rone d'un ton pensif.

— Comment cela?

— Si l'on veut, parce qu'ils ne vivaient plus ensemble quand ils sont rentrés.

— Comment le sais-tu?

— C'est la mère de Nathalie qui l'a dit, quand elle nous a expliqué comment Violette en était venue à fabriquer des parfums, répondit Rone d'une voix égale. De toute façon, Gilbert a été bien puni car ce doit être horrible d'aimer une femme et de ne plus pouvoir l'approcher à cause d'une erreur qu'on a commise.

Il était donc là, le parallèle entre Rone et Gilbert. Maintenant, c'était à Joletta de décider si elle voulait comprendre le message ou si elle préférait considérer le tout comme une coïncidence sans signification. Rone n'avait plus le droit de l'approcher parce qu'il avait commis une erreur qu'elle ne lui pardonnait pas...

Mais était-ce vraiment ce que Rone avait voulu dire? N'était-ce pas plutôt elle qui se faisait des idées? Décidément, il était grand temps qu'elle refrène son imagination et qu'elle apprenne à s'en tenir aux faits.

— Est-ce que tu as pitié de Gilbert? demanda-t-elle.

— Un peu. Pas toi? Pas même un tout petit peu? D'accord, c'était un type prude, et même un peu balourd, très victorien, en somme, mais il est parti pour l'Europe avec une jolie jeune femme à son bras et des rêves de famille et de maison plein la tête, pour en revenir les mains vides. Or, un an plus tard, alors qu'il se colle un pistolet sur la tempe et qu'il essaye d'en finir avec la vie, il rate même son suicide, et il se retrouve infirme à vie...

— J'ai toujours cru que c'était un accident.

— C'est ce que tout le monde a dit. Selon Estelle, la légende familiale affirme qu'il nettoyait le pistolet et que le coup est parti par erreur. En réalité, comme il fallait étouffer l'affaire, on a inventé n'importe quoi.

— Il a continué à vivre des années après ça, rappela Joletta.

Elle se prit à songer aux morts et aux tragédies que peut déclencher un mot malheureux ou un geste de colère.

— Demain, j'irai voir si je peux retrouver la tombe d'Alain, dit-elle brusquement.

— Tu sais où elle est? demanda Rone.

— Près d'une église qui serait proche de la villa, mais je ne sais pas exactement où. Je pourrais toujours demander à la signora Perrino.

— Ou nous pourrions y aller en voiture et chercher par nous-mêmes, proposa Rone d'une voix hésitante. J'ai toujours ma voiture de location, si tu veux.

Joletta ne pouvait pas accepter. Rone n'était-il pas passé dans le camp ennemi? Quoi qu'il en fût, il ne lui laissa même pas le temps de répondre.

— As-tu dîné? demanda-t-il.

— Non, pas encore. J'ai commencé à lire le journal et je n'ai pas vu le temps passer.

Rone hocha la tête en signe de désapprobation.

— Il faut manger, madame, dit-il. Vous voulez dîner tard? Pas de problèmes! Nous sommes en Italie, *bella signorina*! On peut manger tout ce qu'on veut, à l'heure qu'on veut... En ce qui me concerne, j'ai l'estomac dans les talons.

— Est-ce à cause de moi que tu n'as pas dîné?

— Oui, madame. Ton chevalier servant était de service, si j'ose dire, et n'osait risquer de te laisser seule sans surveillance. N'as-tu pas pitié de moi?

— Non. Je suis en colère et je me sens un peu dépassée par les événements. Mais de la pitié pour toi, non! Pas du tout!

— Est-ce que tu dînes quand même avec moi?

Joletta savait qu'elle avait tort de se laisser convaincre par ce sourire charmeur. Cependant, elle ne put résister.

Tandis qu'elle se brossait les cheveux et se remettait un peu de rouge à lèvres, elle se demanda comment faire pour empêcher Rone de passer toute la nuit dans sa chambre. Elle n'allait quand même pas lui faire une scène! De toute façon, cela n'aurait aucun effet. Elle ne voulait pourtant à aucun prix dormir dans la même chambre que lui. Enfin! Elle trouverait bien un moyen de se débarrasser de lui avant le soir...

Or, l'occasion s'en présenta bien avant la fin du jour.

Le restaurant qu'ils avaient choisi, minuscule, n'était qu'à quelques pâtés de maisons de l'hôtel. On y servait des plats d'Italie du Nord avec un accent français. La nourriture était un peu lourde, mais le service se révéla raffiné.

Malgré l'heure tardive, ou plutôt en raison de cette heure tardive, le restaurant était plein. Quelques-uns des clients étaient visiblement des touristes, mais la plupart étaient des gens du cru. Dès l'abord, Rone et Joletta comprirent que le serveur considérerait comme une insulte personnelle qu'ils se contentent de moins de cinq plats. Ils commandèrent donc de la soupe, de la salade, des pâtes, du gigot d'agneau accompagné de petites carottes et d'aubergines, ainsi que de la crème caramel, le tout arrosé d'un bon vin et couronné d'une liqueur d'amande. Ils ne s'étonnèrent plus, après cela, de voir les Italiens aller et venir à pied, car il fallait bien qu'ils bougent un peu, s'ils voulaient assimiler toute cette nourriture !

Ils sortaient juste du restaurant quand ils virent Nathalie et Timothy venir à leur rencontre.

— Le réceptionniste nous a dit qu'il vous avait conseillé ce restaurant, expliqua Nathalie. Je ne savais pas que vous mangiez à l'heure italienne ?

— Encore une semaine de ce régime, répondit Rone, et nous serons plus italiens que les vrais Italiens !

— Vous n'avez rien à craindre. Vous êtes tous les deux si minces ! En revanche, moi, je dois constamment surveiller ma ligne... Enfin ! Mais dis-moi, Joletta, qu'est-ce que tu as bien pu raconter à Caesar ? Il m'a appelée, et il était complètement retourné. Je n'ai d'ailleurs pas compris grand-chose à ce qu'il disait.

— Je n'ai rien dit qui ait pu le contrarier, répondit Joletta.

— Sûrement que si ! Il parlait de repartir chez lui, dans un petit village près de Venise, d'un nom imprononçable. Il disait qu'il voulait se retrouver, ou je ne sais quoi, qu'il n'aimait pas l'image que tu avais de lui, ni l'image qu'il a de lui-même maintenant, à cause de toi. Enfin, ce qu'il a dit ressemblait à peu près à cela.

— Ah oui ? dit Joletta.

— Tu dois bien savoir de quoi il s'agit! Caesar est un homme tellement merveilleux! Vraiment, je regrette de lui avoir demandé d'être gentil avec toi.

— Et moi donc ! répondit calmement Joletta.

Nathalie lui lança un regard contrit.

— Excuse-moi, je n'aurais pas dû dire cela. Mais quelle importance, à présent? Je trouvais que c'était une bonne idée qu'il reste auprès de toi pour te surveiller...

— Vraiment, Nathalie! s'exclama Timothy, visiblement ébahi.

Joletta sentit qu'elle commençait à perdre patience.

— C'était une manœuvre très sournoise de ta part, dit-elle le plus normalement possible. As-tu pensé, seulement, que Caesar regrettait peut-être d'avoir joué ce rôle et qu'il avait peut-être du remords?

— Caesar? s'exclama Nathalie. Non, rassure-toi. Ce ne sont pas les remords qui l'étouffent!

— Je crois que tu le sous-estimes, répondit Joletta sérieusement.

— Pas toi? s'exclama Nathalie avec un rire clair. Vraiment, de quoi te plains-tu, Joletta? Cela ne t'a pas fait de mal de rencontrer Caesar, n'est-ce pas? Je suis même prête à parier qu'au contraire son style de séduction à l'italienne t'a fait beaucoup de bien.

— Je devrais probablement t'en remercier? demanda Joletta d'une voix qu'elle voulait naturelle.

En aucun cas, elle ne voulait laisser paraître l'embarras, la douleur et la colère qu'elle sentait bouillonner en elle.

Nathalie rougit légèrement.

— De toute façon, c'est plutôt moi qui suis à plaindre, dit-elle d'une voix cassante. J'étais très bien partie avec Caesar; or, il m'a complètement oubliée dès l'instant où je l'ai envoyé te rencontrer à Paris! Il est tombé amoureux de toi, je pense. Il a dû s'imaginer qu'il t'avait sauvé la vie lors de cet accident... bien providentiel, ma foi! J'imagine qu'il s'est trouvé galant homme, et que cela l'a ému...

— Désolée, fit Joletta. Je n'avais nullement l'intention de te voler ton amoureux.

— Aucune importance! répliqua Nathalie avec mauvaise humeur. Tout cela est peut-être bien de ma faute, après tout. Mais comment pouvais-je deviner que Rone avait eu la même idée?

— Je te remercie, Nathalie, dit Rone d'une voix ferme, mais je suis bien assez grand pour me confesser tout seul.

— Oui, répondit Timothy. Nous avons dit assez de bêtises pour aujourd'hui, je pense. Joletta va finir par nous rayer de la liste des membres de sa famille si cela continue et elle aura bien raison.

— Merci, mon cher frère, fit Nathalie d'une voix grinçante. Je savais que je pouvais compter sur toi!

Timothy tourna vers Joletta un visage candide.

— Je suis désolé de ce qui t'arrive, Joletta, dit-il. Je suis navré aussi que tu n'aies rien trouvé. Nathalie m'a dit que tu avais suivi le journal à la lettre et que cela n'avait rien donné. Ne t'inquiète pas, va. Nous finirons bien par nous entendre et par trouver une solution, tous ensemble. La famille, c'est fait pour ça, non? En tout cas, si tu as besoin de quoi que ce soit, fais-moi signe. D'accord?

— J'aurais peut-être bien besoin de votre aide dès maintenant, répondit Joletta d'un ton songeur.

— Génial! s'exclama Timothy, tandis que de son côté, Nathalie la regardait d'un air dubitatif.

— Vous logez au même hôtel que nous, n'est-ce pas? demanda Joletta. Avez-vous des lits jumeaux dans votre chambre?

— Non, attends une minute, s'écria Rone.

— En effet, confirma Nathalie. Est-ce qu'il y a quelque chose qui ne va pas dans ta chambre?

— La chambre va très bien. C'est le système de sécurité qui ne va pas.

— Comment cela ?

— Ce que Joletta veut dire, expliqua Rone d'un ton exaspéré, c'est qu'elle en a assez de me voir la surveiller jour et nuit.

— Jour et nuit ! s'exclama Nathalie. Tu veux dire... dans la même chambre ? N'est-ce pas un peu... Je veux dire...

— Rone pensait que j'étais en danger, expliqua Joletta.

— Tu étais effectivement en danger, dit Rone.

— Mais il n'est rien arrivé de fâcheux depuis Venise.

— C'est-à-dire justement depuis que je veille sur toi, jour et nuit.

— Joletta ! s'exclama Nathalie. Je ne savais pas que tu étais si habile avec les hommes !

— Je ne suis pas « habile avec les hommes », comme tu dis. Cette surveillance n'a rien à voir avec moi, mais plutôt tout à voir avec le journal !

— Plus maintenant cependant, dit Rone d'une voix douce.

Timothy leva la main d'un geste impérieux, tel le policier qui arrête seul le flot rugissant des voitures.

— Cela suffit, dit-il. Nathalie ira dormir avec toi, Joletta. N'est-ce pas, Nathalie ?

— Tu oublies que l'hôtel est complet, et que je partage ma chambre avec Maman !

— C'est vrai.

Timothy se tourna vers Joletta et la fixa d'un œil désolé. Brusquement, son visage s'éclaira.

— Mais moi, je pourrais aller dormir dans ta chambre, si tu veux, dit-il.

— Ce ne sera pas nécessaire, dit Rone d'un ton brusque.

— Une minute, fit Nathalie. Si Joletta ne veut pas que tu dormes dans sa chambre, elle en a bien le droit, et...

— Quelle délicatesse, Nathalie ! fit Rone. Dommage qu'elle soit si tardive...

— Comment cela ? demanda Timothy.

— Joletta a failli se faire tuer, expliqua Rone. Où étiez-vous à ce moment-là ? Avec moi, au moins, elle est en sécu-

rité. Je veux dire... Je ne lui ferai aucun mal, quant au reste..
Je l'ai protégée efficacement jusqu'à présent et j'ai bien
l'intention de continuer, et ce n'est certainement pas vous qui
m'en empêcherez.

Timothy regarda Rone d'un air sévère, puis il détourna
rapidement le regard et fixa le bout de ses pieds d'un air gêné.
Nathalie ne dit rien, elle non plus, se contentant de fixer Rone
de ses yeux gris-bleu, étonnés.

Rone posa la main sur le bras de Joletta pour l'inviter à
reprendre leur route. Comme il était inutile de rester plantés
sur ce trottoir, et aussi un peu par réflexe, parce que les
pensées se bousculaient de nouveau dans sa tête, elle se mit
alors à le suivre jusqu'à ce que, brusquement, elle se rendît
compte de ce qu'elle faisait. Elle s'arrêta net.

— Je ne veux pas que tu dormes dans ma chambre, dit-
elle.

Rone s'immobilisa. Il se passa la main dans les cheveux
et regarda le ciel obscur d'un air désespéré.

— Pourquoi ? demanda-t-il enfin. Explique-moi. De quoi
as-tu peur ? Tu préfères risquer de voir revenir les cinglés qui
ont mis ta chambre à sac à Lucerne et qui t'ont poussée dans
le fossé près de Bologne ? Je ne suis quand même pas un monstre pour que tu les préfères à moi !

— Tu es autoritaire, manipulateur...

— Ce ne sont que des défauts de ma personnalité, pas des
motifs suffisants pour que tu risques ta peau.

Joletta fixa du regard les chaussures de cuir fin qui
s'alignaient dans la vitrine derrière Rone. Sa vue s'embrouilla.

— Bon, dit-elle d'une voix étranglée. Que veux-tu que je
te dise ? Que je te fuis comme la peste parce que j'ai peur de
tomber amoureuse de toi... si ce n'est pas déjà fait ? Très bien!
Je te le dis, puisque ça te fait tant plaisir. Mais je n'aime pas
qu'on joue avec mes sentiments, surtout pas pour m'extorquer
des informations. Je n'aime pas tomber amoureuse si c'est pour
me rendre compte tout de suite après que l'homme que j'aime
m'utilise, et qu'il se sert de moi pour parvenir à d'autres fins.

Je n'aime pas tomber amoureuse et me réveiller le lendemain toute seule dans un lit vide. Tu veux me protéger? Très bien. Mais moi aussi, je me protège. Et je me protège de toi, si tu veux savoir.

— Joletta, dit Rone en avançant la main vers elle.

— Ne me touche pas! s'écria-t-elle. Ne me touche pas, ne me dis plus rien de gentil et ne m'envoie plus jamais de fleurs! Ne me fais plus jamais l'amour, non plus! Je n'ai pas besoin de toi! Je ne veux pas de toi! Tout ce que je veux, c'est finir mon voyage et rentrer chez-moi, le plus loin possible de toi.

Les yeux bleus de Rone s'étaient brusquement assombris.

— Je ne voulais pas te faire de mal, dit-il.

— C'est toujours ce qu'on dit dans ces cas-là, rétorqua-t-elle.

Une voiture passa dans la rue, la radio à fond. Ni Rone ni Joletta ne la remarquèrent. L'air entre eux semblait vibrer comme du cristal fin.

— Dans ces conditions, tu n'as pas besoin d'attendre la fin de ton voyage pour te débarrasser de moi, dit Rone à voix basse.

Joletta tourna la tête vers lui. Il lui parut un peu pâle dans la pénombre, mais son visage restait impénétrable.

— Vraiment? demanda-t-elle.

— C'est toi qui décides, confirma-t-il d'un ton ferme, même si sa voix trahissait en même temps réticence et tristesse. Pourtant il fallait bien qu'ils se quittent.

Joletta recula d'un pas et Rone ne fit pas un geste.

Elle recula d'un autre pas et il mit ses mains dans ses poches.

— Alors, bonsoir, dit-elle.

Il ne répondit rien.

Joletta n'avait plus qu'à se retourner et à partir. Elle se retourna et marcha vers l'hôtel d'un bon pas. Alors, la douleur ressurgit au fond d'elle, plus aiguë, plus déchirante encore qu'auparavant. Elle aurait dû se sentir mieux pourtant. Elle venait enfin de se débarrasser de lui : n'était-ce pas précisément ce qu'elle avait tant souhaité ?

De son côté, Rone la regardait s'éloigner la tête haute et le dos bien droit. Il aimait sa grâce et sa dignité qui faisaient son élégance. Il aimait même la façon dont elle l'avait repoussé. Il aimait tout d'elle.

Il aurait voulu n'avoir jamais entendu parler du parfum, mieux encore, il aurait voulu que sa mère n'en ait jamais entendu parler. Un instant, il avait cru que c'était une bonne affaire et qu'ils feraient fortune, mais tout cela lui était indifférent à présent. Il souhaitait même que personne ne retrouvât jamais la formule. Toutes les bonnes choses n'ont-elles pas une fin à un moment ou un autre, y compris sa relation avec Joletta ?

Il était temps qu'il parte, qu'il fasse autre chose, qu'il pense à quelqu'un d'autre.

Elle n'avait pas besoin de lui. Ne le lui avait-elle pas clairement dit ? Elle ne voulait pas de lui. Elle était solide comme une forteresse, inaccessible. Il ne pouvait plus ni dire ni faire quoi que ce soit pour la convaincre qu'il l'aimait, qu'il avait besoin d'elle, qu'il ne pouvait pas vivre sans elle. Il sentit la peine enfoncer ses crocs dans son ventre, et son cœur lui parut soudain très lourd.

Bonsoir.

C'était le baiser d'adieu sans baiser. Quelle misère !

Au moins, il lui restait l'œillet.

24

Le cimetière était entouré de murs de pierres ocre et traversé de longues allées de cyprès vert foncé. Sur la colline, les pierres tombales étaient alignées face à la vallée. Les hirondelles volaient dans le ciel et les sauterelles chantaient dans l'herbe mouvante.

Joletta et la signora Perrino se tenaient debout devant une pierre tombale blanchie par le soleil et polie par les années et par le vent au point que les fleurs gravées dans la pierre étaient presque effacées et que l'ange avait pratiquement disparu avec le temps. Joletta se pencha sur la tombe et, d'une main précautionneuse, dessina le contour des roses gravées dans la pierre, des roses en tous points semblables à celles du jardin de la villa. Joletta suivit aussi du doigt le contour du nom et des dates inscrits dans la pierre :

ALAIN ALEXANDRE MASSARI
17 DÉCEMBRE 1827 – 9 MARS 1855

Violette n'avait jamais mentionné son deuxième prénom; cela n'avait sans doute aucune importance pour elle.

— Il était très jeune, constata la signora Perrino.

— Oui, confirma Joletta. Elle aussi était très jeune à

l'époque.

— C'est vrai. Vous savez, nous fleurissons toujours sa tombe lorsque nous venons nous recueillir sur celles de nos parents disparus.

— Vraiment? s'exclama Joletta. Comme c'est gentil à vous !

— J'allais vous le dire, l'autre jour, mais votre cousine est arrivée et je n'en ai pas eu le temps. Je n'ai jamais entendu parler de la formule que vous cherchez. Cela dit, l'histoire de cet homme et de cette femme américaine compte beaucoup pour notre famille et nous nous la transmettons de génération en génération depuis qu'elle existe. Moi-même, je l'ai souvent racontée à mes enfants.

— Vous m'étonnez !

— Vous devez savoir qu'avant l'arrivée de ce couple, mes aïeuls étaient des paysans qui travaillaient pour les Franchetti, les propriétaires de la villa. Or, après cette triste aventure, notre famille est devenue, non pas très riche, mais disons... plus à l'aise financièrement. Nous en sommes venus à racheter la maison et les terres aux alentours. Elles nous appartiennent toujours. Mon père a fait construire la maison actuelle et c'est moi qui en ai hérité à sa mort, car je n'ai pas de frère. Mon mari trouvait qu'elle faisait une dot très convenable, et c'est moi qui ai insisté pour que nous nous établissions ici. Quand je partirai pour l'autre monde, ce seront mes fils qui, à leur tour, hériteront de la maison et des terres.

— Cet enrichissement soudain de votre famille... J'imagine qu'il est dû à un homme qui s'appelait Giovanni et qui est parti vivre en Amérique, n'est-ce pas?

— En partie, oui. Nous avons reçu de l'argent en remerciement d'un service important que ma famille avait rendu à la jeune femme américaine. Nous avions oublié son nom, après toutes ces années, et je suis heureuse que vous soyez venue nous le remettre en mémoire. Je suis tellement contente de vous avoir rencontrée !

— Moi aussi, répondit Joletta avec un sourire. J'ai lu

deux ou trois choses sur Giovanni et sa mère, Maria, et je suis ravie d'apprendre que leurs descendants ont eu une vie plus agréable que leurs ancêtres.

La signora Perrino regarda Joletta longuement avant d'approuver d'un signe de tête.

— Et puis, il y a autre chose, dit-elle enfin.

Elle ouvrit son sac à main et en sortit quelque chose qui étincela sous le soleil, un pendentif et une chaîne.

— Ceci vous appartient, je pense, dit-elle. Les femmes de ma famille l'ont caché de génération en génération. Je sais qu'il appartenait à la jeune femme américaine, mais je ne sais pas comment il est tombé entre nos mains. Toute cette histoire a toujours été tellement mystérieuse... Je me demande même s'il ne s'agissait pas d'un vol ou de quelque chose comme ça... À moins que mon arrière-grand-mère, Maria, qui tenait la maison à l'époque, l'ait gardé pour le mettre à l'abri et que, pour une raison ou une autre, elle ne l'ait jamais rendu. En tout cas, voilà, je vous le remets, maintenant.

Joletta prit le lourd pendentif dans sa main. La chaîne en était brisée. Ainsi personne ne l'avait porté depuis le soir où l'agresseur masqué l'avait arraché au cou de Violette. Maria l'avait-elle ramassé ce soir-là, pour l'oublier ensuite au fond d'un tiroir, ou était-ce Violette qui le lui avait donné ? À présent, il n'était plus possible de le savoir.

Le pendentif un peu terni par le temps, était une merveille. De petites peluches du tissu dans lequel on avait dû le conserver s'y accrochaient encore ; mais le bijou correspondait exactement à la description du journal. Les diamants jetaient leurs feux sur la peau de Joletta. Elle cligna des yeux et admira l'énorme pierre ; sur le côté du bijou, l'oiseau gravé semblait toujours disposé à prendre son envol.

Joletta tourna le bijou entre ses doigts et ses facettes reflétèrent à leur tour la lumière. L'oiseau apparut en relief.

Il lui sembla alors tout à coup qu'elle avait toujours connu cette parure, et pourtant...

Mais oui ! Elle le connaissait !

Des fragments de ses cours d'histoire lui revinrent soudain en mémoire, des bribes, des parcelles. D'un coup, Joletta comprit pourquoi Violette n'avait pas pu révéler l'identité d'Alain dans son journal. Elle comprit aussi pourquoi il était mort.

Des larmes commencèrent à perler à ses paupières. Subitement, elle se sentait pleine de compassion pour Violette et pour l'homme qu'elle avait aimé. Le destin, inéluctable, les avait écrasés comme des papillons.

— Est-ce que tout va bien? demanda la signora Perrino d'une voix inquiète.

— Oui, je vous remercie, répondit Joletta.

Elle réussit à sourire, mais elle ne put regarder la signora Perrino dans les yeux. Elle aurait voulu raconter toute l'histoire, révéler à une oreille attentive le terrible secret qu'elle venait de découvrir; mais pas à n'importe qui. Elle aurait voulu le dire à quelqu'un qui aimait Violette et Alain comme elle les aimait, quelqu'un qui savait déjà leur histoire. C'est à Rone en fait qu'elle aurait voulu se confier; elle aurait voulu voir comment il réagirait, savoir ce qu'il penserait de tout cela.

Le flacon qui constituait le pendentif contenait encore quelques gouttes d'un liquide ambré.

Du bout de ses doigts tremblants, Joletta essaya de l'ouvrir; mais le bouchon était collé, soudé par le temps et par le parfum qui avait séché. Elle redoubla d'efforts, bien qu'elle craignît d'endommager le bijou, mais son désir était trop impérieux : il fallait qu'elle sente ce qui pouvait subsister du précieux parfum.

Enfin le bouchon se décolla.

Joletta porta le flacon à ses narines et le respira délicatement.

De la rose, d'abord. De la fleur d'oranger aussi. Du musc, de l'ambre, du narcisse, de l'orchidée vanillée et de la violette.

Doux, chaleureux, évanescent, familier, et pourtant si nouveau, le parfum déployait ses ailes dans l'âme de Joletta.

Sa fraîcheur était étonnante, car le parfum aurait dû se volatiliser, se flétrir au fil des ans ; mais non, il était resté magnifique. Violette n'avait sans doute utilisé dans sa confection que des essences très pures et parfaitement naturelles, voilà pourquoi la senteur était restée si puissante, ce qui n'était pas le cas avec les essences synthétiques utilisées par les parfumeurs d'aujourd'hui. Pour l'heure, Joletta s'enivrait de ce parfum précieux et toujours profond. Le fait qu'il soit resté enfermé, à l'abri de l'air et de la lumière, avait sans doute largement contribué à préserver son arôme.

Toutefois, le parfum contenu dans le flacon d'améthyste avait beau être profond, riche, évocateur... ce n'était pas le Jardin de Cour.

Joletta le respira de nouveau. Rien à faire : ce n'était pas le parfum que Rone et elle avaient tant cherché.

Rose, fleur d'oranger, musc, ambre, narcisse, orchidée vanillée, violette.

Ni vétiver, ni jasmin, ni lilas.

Joletta sourit. Comme ils avaient tous été naïfs !

Tout s'éclairait à présent. Le secret de la formule, comme tout le reste.

Elle l'avait eue sous les yeux, la formule, et elle ne s'en était même pas rendu compte. Espérant un miracle impossible et sans tenir compte de tout ce qu'elle savait sur l'évolution des parfums, Joletta n'avait même pas reconnu la formule qu'elle avait pourtant juste sous les yeux !

Alors, elle comprit également autre chose.

Soudain, un rire monta en elle comme un chant tandis qu'en même temps des larmes jaillissaient de ses yeux.

— Tout va bien ? demanda encore la signora Perrino d'une voix inquiète.

— Oui, je vous assure, répondit Joletta. C'est seulement que... je pensais à quelque chose.

Elle regarda de nouveau le pendentif qu'elle avait dans la main, puis elle le tendit à la signora Perrino.

— Je vous remercie de m'avoir montré ce bijou, dit-elle.

Mais il ne m'appartient pas. Je pense que mon aïeule l'a donné à Maria pour la remercier d'un grand service qu'elle avait dû lui rendre.

— Vous croyez ? demanda la signora Perrino en reprenant le pendentif.

— J'en suis sûre, répondit Joletta. Absolument sûre.

La soirée était déjà bien avancée quand Joletta arriva à la boutique, à la Nouvelle-Orléans. En dépit de l'heure tardive, la parfumerie était encore ouverte, et nombre de clients s'y pressaient avant la fermeture. La caissière encaissait le prix du parfum que deux femmes, visiblement des touristes, venaient de choisir. La boutique était claire et chaleureuse. Quand Joletta poussa la porte, une bonne douzaine d'odeurs différentes vinrent l'accueillir. Toutes émanaient de la salle de fabrication située à l'arrière du magasin.

Joletta aurait voulu venir plus tôt, mais ses vols avaient pris du retard à New York et à Atlanta et elle était si fatiguée, lorsqu'elle était enfin arrivée, qu'elle s'était effondrée sur son lit et qu'elle avait dormi toute la nuit et une bonne partie de la journée. Quand elle s'était finalement levée, elle n'avait eu que le temps de grignoter un peu, de défaire sa valise et d'enfiler des vêtements propres ; puis elle était allée à la bibliothèque de l'université pour y faire quelques recherches sur la guerre de Crimée et sur l'histoire de la Russie.

Joletta traversa rapidement la boutique et la salle de fabrication tout en saluant brièvement les employées au passage. Elle alla directement vers le jardin situé derrière la boutique. Tout avait changé et, pourtant, tout était resté pareil ; cependant Joletta voyait tout d'un œil différent, à présent.

Il lui semblait que cela faisait une éternité qu'elle était partie et qu'elle avait percé les secrets de Violette. Elle était tenaillée par l'impatience de vérifier si elle avait deviné juste.

Elle était si sûre d'elle et si excitée à l'idée d'avoir enfin trouvé qu'elle avait avancé la date de son retour. Après avoir pris congé de la signora Perrino, elle s'était rendue directement à l'hôtel pour y prendre sa valise. Elle avait chargé le réceptionniste de dire à son guide qu'elle était repartie, puis elle avait filé vers l'aéroport.

Elle avait voulu laisser un message à Rone pour lui expliquer, en deux mots, ce qu'elle avait découvert ; mais le réceptionniste lui avait appris que Rone était également reparti depuis le matin et qu'il n'avait laissé aucune adresse où on pût le rejoindre. Il avait simplement mentionné qu'il retournait chez lui.

Chez lui ? À New York, donc.

Joletta avait été surprise de l'apprendre ; elle ne lui avait pourtant pas dit qu'elle souhaitait qu'il parte. En outre, il aurait quand même pu lui dire au revoir... Il avait probablement fini par se rendre compte qu'elle n'avait pas besoin de lui...

Elle aurait dû être ravie de tout cela ; cependant elle était triste et même un peu déprimée.

Joletta arriva enfin au jardin. À ses yeux, un changement subtil s'y était opéré, il avait maintenant l'air vaguement italien. En effet, les galeries à colonnades, la fontaine et la tonnelle couverte de vigne lui rappelaient la villa des environs de Florence ; et même le petit olivier, qui survivait dans un coin, si ce n'est que l'humidité était telle qu'il ne produirait certainement jamais d'olives. Joletta gravit rapidement les marches qui menaient au premier étage. Elle déposa son sac dans le salon et entra dans la chambre de Mimi.

Elle savait très exactement ce qu'elle cherchait. Elle se rendit directement au coffre à souvenirs et l'ouvrit à deux battants ; puis elle tira le tiroir supérieur gauche et tout au fond elle trouva enfin ce qu'elle y avait toujours vu : des négatifs sur verre et quelques photographies délavées.

Elle s'en saisit, alla s'asseoir sur le lit et défit le ruban ivoire qui retenait ensemble les photographies. Avec une grande délicatesse, elle les passa toutes en revue, jusqu'à ce qu'elle retrouve ce qu'elle cherchait.

D'après les vêtements, la photographie devait dater de la fin des années 1870 ou du début des années 1880. C'était une vue d'ensemble de la parfumerie, prise de face ; Violette Fossier et une assistante de la boutique prenaient la pose, un peu raides, leurs cheveux relevés de façon artistique, les corsages boutonnés jusqu'au dernier bouton, et les jupes longues serrées à la taille. À côté de Violette se trouvait un homme, derrière lequel on pouvait lire l'enseigne de la pharmacie qui jouxtait la boutique en ces années-là. En effet, la pharmacie n'avait fermé qu'à la mort de son propriétaire, à l'aube de la première Guerre mondiale, c'est-à-dire quelques mois avant la disparition de Violette. Sur l'enseigne se détachaient en petites lettres un nom : GIOVANNI REDAELLI, et un titre : PROPRIÉTAIRE.

L'homme ne regardait pas directement l'appareil photo, comme s'il hésitait à se laisser enfermer dans la boîte noire. Bien bâti, il avait la beauté de son temps et portait fièrement favoris et fine moustache. Il portait un costume sombre et tenait une canne dans sa main gantée. Un chapeau aux larges bords ombrageait ses yeux. Détourné de l'objectif, il regardait Violette et malgré l'ombre sur son visage, malgré le grain approximatif de la photographie et le temps qui avait jauni l'image, on voyait nettement que l'homme posait sur Violette un regard qui frôlait l'adoration.

Violette, elle, regardait l'appareil d'un œil clair, un léger sourire aux lèvres. Elle avait vieilli depuis la miniature peinte par Alain, mais elle était encore très belle et elle avait gardé toute la sérénité et la dignité qu'elle avait sur la petite toile. Bien qu'elle fût en train de fixer l'objectif, elle était visiblement consciente de la présence de l'homme à son côté et elle semblait savoir quel regard d'adoration il posait sur elle. Une fois prise la photographie, on avait l'impression qu'elle se tournerait aussitôt vers l'homme pour lui parler, ou qu'elle poserait sa main sur son bras, et qu'ils partiraient ensemble dans les rues de la Nouvelle-Orléans.

Joletta souriait.

La photographie à la main, elle retourna à la petite armoire de Mimi et en retira le lourd journal de velours aux coins de laiton qu'elle y avait caché depuis son départ. Elle emporta le tout vers l'immense porte-fenêtre qui donnait sur la galerie et sur le jardin. Elle ouvrit la fenêtre pour faire entrer la lumière à flots, puis elle tourna une à une les pages du journal, jusqu'à ce qu'elle trouvât le croquis qu'elle cherchait : un petit dessin à l'encre qui représentait le buste d'un homme.

Joletta rapprocha la photographie et le croquis : c'était bien le même homme.

Elle soupira et se laissa tomber sur un fauteuil, le journal et la photographie sur les genoux. Elle posa les yeux sur le jardin; au fond d'elle-même, une tension dont elle n'avait jamais perçu la présence jusqu'alors commença lentement à se relâcher.

Joletta resta longtemps assise, là, sans voir le temps passer. Quand elle sortit de sa rêverie, le soir était déjà tombé et la boutique en bas était vide et silencieuse. Le vent qui soufflait du Lac Pontchartrain agitait doucement les feuilles de l'olivier dont l'odeur montait par bouffées jusqu'à la galerie.

Le regard de Joletta se posa sur la barrière qui fermait un des murs du jardin. Cette barrière avait toujours existé et donnait sur la cour de la maison d'à côté. Aujourd'hui cette maison voisine était le pied-à-terre d'un avocat; autrefois, c'était celle du pharmacien.

Combien de gens, au temps de Violette, connaissaient l'existence de cette barrière? Combien avaient pu commérer au sujet de cette femme dont le mari avait essayé de se suicider et qui était resté invalide? Cette femme qui était dans les meilleurs termes avec le bel italien qui tenait la pharmacie toute proche...

Pour devenir pharmacien, à l'époque, il suffisait de connaître un peu la préparation des pilules, des élixirs et des rince-bouche, de disposer du capital nécessaire pour acheter les produits et d'avoir un minimum d'intégrité pour ne pas trop frelater les mélanges. L'homme de la photographie avait l'air assez à l'aise financièrement. Il était sans doute respecté dans la ville et les femmes devaient se perdre en conjectures sur ses origines et sur sa vie ; mais nulle rumeur de scandale n'était parvenue jusqu'aux oreilles des descendants de Violette, ce qui témoignait de la grande discrétion du beau pharmacien et, peut-être aussi, de sa dévotion.

Comme cela doit être étrange d'être aimée ainsi ! se dit Joletta. D'être aimée par un homme qui aurait tout risqué et tout sacrifié pour rester auprès de la femme qu'il aime...

Toutefois, Joletta préférait ne pas trop y penser et elle se leva prestement pour retourner au salon. Elle déposa la photographie sur la table de chevet et descendit le journal dans la salle de fabrication du rez-de-chaussée.

Comme la boutique était fermée, tout était calme.

Joletta ouvrit le journal sur la longue table qui occupait tout le centre de la pièce. Elle prit un verre à mesurer et des pipettes sur une étagère, puis elle se saisit de quelques cahiers de comptabilité sous le plateau de la table et les posa sur le journal pour le garder ouvert à la bonne page ; un croquis enjolivait la date écrite tout en haut.

Le code que Violette avait inventé était véritablement simple... à condition bien sûr d'en connaître la clef ; il suffisait en fait de regarder les croquis tout en considérant les dates. La plupart des croquis de Violette occupaient toute une page, à moins qu'ils n'aient été griffonnés dans la marge ; ceux-là devaient être écartés, car il ne fallait prendre en considération que les croquis dessinés à côté de la date — inscrite en haut de la page — comme des enluminures. Les fleurs et les petits animaux du croquis désignaient l'essence et, dans la date, les chiffres du jour et du mois indiquaient la proportion de cette essence dans le mélange final.

Joletta étudia le journal quelques instants, puis elle se rendit aux étagères pour y prendre quelques bouteilles brunes qui renfermaient les précieuses essences.

Quand toutes les bouteilles dont elle avait besoin furent disposées devant elle, dans l'ordre où le journal les mentionnait, Joletta se saisit d'une pipette et entreprit de mélanger les composantes.

Peu à peu, les senteurs des différentes essences se mirent à flotter autour d'elle ; mais elle était si absorbée dans sa tâche qu'elle sentait à peine les parfums de chacune. En revanche, Joletta sentait nettement le mélange qui se formait dans le verre et cela lui confirmait véritablement qu'elle était sur la bonne voie.

Elle travailla avec méthode et exactitude, ajoutant à chaque étape le nombre exact de gouttes nécessaires. Ainsi que Mimi le lui avait enseigné, elle traita les huiles avec respect, et même avec amour, et elle évita scrupuleusement de les jeter sauvagement dans le verre à mélange ou de les agiter avec brutalité.

Elle se rendait compte peu à peu que c'était là qu'elle était le plus heureuse, dans cette salle des préparations déserte, à regarder les gouttelettes vert pâle, jaune clair et rouge orangé se mêler les unes aux autres tout en fusionnant leurs parfums. C'était la première fois qu'elle préparait un parfum seule ; jusqu'alors, ou Mimi se chargeait elle-même du mélange, ou elle surveillait étroitement Joletta penchée au-dessus du verre. Maintenant qu'elle était seule, Joletta sentait enfin que le mélange naissait d'elle, comme une émanation de son talent et de son âme.

Elle aimait le contact du verre, des fioles et des pipettes ; elle aimait sentir la douceur de leurs surfaces et leur poids dans sa main. Elle aimait aussi les expériences olfactives auxquelles ces instruments lui permettaient d'accéder. Elle appréciait la créativité qu'elle pouvait exprimer grâce à eux ; mais surtout, Joletta aimait la nouveauté de sa tâche et jubilait en songeant que depuis plus de cent ans, personne n'avait humé le parfum qu'elle mélangeait. Elle se donnait l'impression d'être une sorte de sorcière qui concoctait une imitation mystique de la vie, substance mystérieuse qui n'avait besoin que d'un corps chaud pour se déployer aussitôt et embaumer l'air ambiant pendant plusieurs heures.

Joletta venait enfin de trouver un sens à sa vie. Elle fabriquerait des parfums.

Elle créerait des fragrances nouvelles, uniques au monde, comme Mimi l'avait fait, comme Violette aussi, et toutes les femmes de la famille Fossier avant elle. Elle avait les parfums dans le sang, et surtout, dans l'âme.

Enfin, Joletta ajouta un ultime ingrédient au mélange. Elle y incorpora doucement l'alcool qui rendrait les huiles plus volatiles encore et leur donnerait des ailes pour mieux subjuguer les odorats. Elle attendit un moment, puis elle disposa d'un peu du mélange sur un papier blanc et propre. Elle attendit encore et porta enfin le papier parfumé à ses narines.

Elle avait réussi! Elle avait recréé le parfum de Violette à la perfection, le parfum du pendentif!

Toutefois, ce n'était pas le Jardin de Cour. C'était proche, très proche même, mais ce n'était pas le Jardin de Cour.

Il ne pouvait pas s'agir du Jardin de Cour, d'ailleurs.

Pour mieux s'en assurer, Joletta déposa quelques gouttes du parfum sur son poignet qu'elle éleva à ses narines. Non, décidément, ce parfum-ci était bien différent.

Tout à coup, elle entendit des pas résonner sur le sol de pierre. Elle se tourna d'un bond, si brusquement qu'elle heurta le verre à mélanger dont le contenu se renversa sur la table, éclaboussant tout aux alentours et projetant des myriades de gouttelettes dorées dans l'air.

Le parfum éclata, intense. La concentration du parfum était si puissante et la quantité répandue était telle que l'odeur en devint presque suffocante; puis des voix s'élevèrent dans le silence et la pénombre.

— Je pensais que tu n'avais pas trouvé la formule? s'exclama Nathalie de sa voix stridente. J'aurais bien dû me douter que tu mentais!

— Ne dis pas de bêtises, répliqua Joletta.

Elle referma le journal d'un coup sec. À présent, ses pages étaient imprégnées de parfum, et l'odeur n'en partirait sans doute jamais.

— Qu'est-ce que c'est que ça, si ce n'est pas le parfum que nous cherchions? demanda Timothy, qui s'était faufilé dans la pièce derrière sa sœur.

Tante Estelle, pour sa part, se tenait encore dans l'embrasure de la porte.

— Ce n'est pas le parfum que nous cherchions, reprit Joletta en serrant le journal contre elle. D'ailleurs, vous ne poseriez même pas la question si vous aviez un tant soit peu de nez et d'inclination pour la parfumerie.

— Je t'interdis de nous parler sur ce ton ! s'écria tante Estelle avec colère. Et dis-moi immédiatement ce que tu fabriquais ici !

Joletta eut soudain la tentation de leur dire, à tous, et en termes extrêmement crus, qu'ils pouvaient bien aller se faire voir avec leurs questions, leurs soupçons et leurs accusations ridicules ; mais ses relations avec sa famille s'étaient considérablement envenimées ces derniers temps et ce n'était vraiment pas le moment de jeter encore plus d'huile sur le feu.

— Je vous dis et je vous répète que le parfum que vous sentez dans cette pièce n'est pas le Jardin de Cour. Par conséquent, ce n'est pas le célèbre parfum dont nous entendons parler depuis des années dans cette maison. J'ai reconstitué ce mélange à partir du journal et je pense qu'il s'agit d'une version antérieure au Jardin de Cour, mais ce n'est pas le Jardin de Cour actuel. Et pour tout dire, je crois que Violette a elle-même adapté la formule à ses propres goûts, ou en fonction d'autres raisons... qui ne regardaient qu'elle.

— C'est ridicule ! s'écria tante Estelle. Ma mère et ma grand-mère m'ont dit cent fois qu'elles utilisaient la formule de Violette !

— Elles utilisaient peut-être la formule de Violette, mais elles l'ont modifiée en fonction de leurs propres goûts ou, peut-être, tout simplement, en fonction de l'évolution du marché des huiles à parfum. Ainsi, il n'y a pas de vétiver dans la formule de Violette. Or, vous savez tous aussi bien que moi que Mimi s'en servait beaucoup dans son mélange, car c'est une essence que les gens de la Nouvelle-Orléans affectionnent tout particulièrement.

Tante Estelle lança un coup d'œil rapide à ses enfants, puis elle reporta son regard dépité et ahuri sur sa nièce.

— De plus, poursuivit Joletta, je doute que le parfum que Violette a découvert en Europe, c'est-à-dire le parfum de l'impératrice Eugénie, ait été exactement le même que celui de Joséphine. À mon avis, toutes les femmes qui ont porté ce parfum y ont ajouté leur propre essence favorite. C'est d'autant plus plausible qu'elles l'ont porté durant de très nombreuses années. Par exemple, Joséphine aimait beaucoup la violette et le mélange que je viens de composer en comporte justement une proportion assez importante. En revanche, Cléopâtre n'avait probablement pas d'huile de violette à sa disposition, car le climat égyptien ne doit pas être très propice à la culture de la violette ; ainsi Cléopâtre elle-même a dû ajouter son essence favorite au mélange des prêtresses de la Lune. De leur côté, les prêtresses ne devaient utiliser qu'un mélange fort simple, essentiellement boisé, car, en outre, les Égyptiens aimaient les parfums qui...

Tante Estelle interrompit Joletta d'un geste sec de sa main chargée de lourdes bagues.

— Cela suffit, dit-elle. J'ai moi-même grandi dans les parfums et je comprends tout cela mieux que toi.

— Tu doutes de ce que je dis ? demanda Joletta, soupçonneuse.

— Pas du tout, répondit tante Estelle. C'est au contraire très plausible.

L'approbation de tante Estelle avait quelque chose d'éminemment louche, mais déjà, Nathalie reprenait la parole.

— Alors, tu crois qu'on ne pourra jamais refaire le Jardin de Cour ?

— Je ne sais pas. Pour Lara Camors, en tout cas, cela ne nous servirait à rien du tout. Le Jardin de Cour actuel ne rappelle que de très, très loin le parfum de Cléopâtre et des prêtresses de la Lune ; si bien que Lara Camors aurait beaucoup de mal à se servir de la légende pour promouvoir son produit.

— Tu mens ! s'exclama soudain Nathalie en abattant son

poing sur la table. Tu mens ! Ce n'est pas possible ! Il y a trop d'argent en jeu pour échouer si près du but !

— Je ne mens pas, répondit calmement Joletta. C'est comme ça ! Et personne ne peut modifier le cours de l'histoire.

— Sauf toi ! répliqua tante Estelle d'un ton acide. Avec la formule de Violette, tu peux toujours fabriquer quelque chose qui ressemblerait de si près au Jardin de Cour que tout le monde s'y tromperait !

Joletta hocha la tête d'un air songeur.

— Je pourrais en effet, répondit-elle. Tout le monde ne s'y tromperait pas, mais le nouveau mélange serait quand même très proche du Jardin de Cour de Mimi.

— Et ainsi, tu gagnes sur tous les fronts.

Joletta préféra garder le silence. Elle se tourna tranquillement vers le rouleau d'essuie-tout et entreprit de nettoyer la table du parfum qui l'avait éclaboussée.

— De toute façon, dit soudain Timothy, cela ne change rien du tout.

— Ne dis pas de bêtises, répliqua sa mère. Cela change tout, au contraire !

— Pourquoi ? demanda Timothy. Nous sommes les seuls à savoir que le nouveau parfum n'est pas tout à fait le même...

Nathalie dévisagea Timothy, puis sa mère. Tante Estelle regardait son fils attentivement, les sourcils froncés. À son tour, Nathalie reporta son regard sur Joletta, puis haussa les épaules.

— Cela ne marchera jamais, dit-elle. Joletta sait que ce n'est pas le même parfum et elle s'empressera d'aller le crier sur tous les toits. Même si elle ne voulait pas la formule, elle le crierait sur tous les toits ; or, elle veut la formule ; elle n'aura aucune réticence à appeler Lara Camors pour tout lui raconter.

— Et Lara Camors est peut-être une femme d'argent, enchaîna tante Estelle, mais jamais elle ne se risquerait à faire de la publicité mensongère. Elle tient trop à préserver la réputation de son entreprise !

— À moins que nous n'empêchions Joletta de parler, dit Nathalie d'une voix sombre.

— Et comment? s'exclama Timothy d'un ton ironique. En l'envoyant nager dans le Mississippi avec des bottes en ciment, peut-être? Cela ferait d'une pierre, deux coups! Nous n'aurions ni à partager le magot avec elle, ni à la supplier d'autoriser la mise en production du parfum. Tu es un vrai génie, Nathalie!

— Très drôle, Timothy! fit sa mère d'un ton tranchant. Tu ferais mieux de penser à une solution intelligente, si tu en es capable, au lieu de railler bêtement.

— En bien, reprit Timothy, offrons-lui l'un de ces bons vieux pots-de-vin qui font encore merveille de nos jours. Voyons voir... Qu'avons-nous que Joletta puisse véritablement désirer?

— Rien! répondit Joletta d'un ton sec. Je ne veux ni pot-de-vin ni rien du tout! Je ne veux rien avoir à faire avec les Cosmétiques Lara Camors, point final.

Les yeux de Nathalie étincelèrent d'un éclair de cupidité.

— Tu veux dire que tu nous donnerais la formule sans rien demander en échange et sans dire que ce n'est pas le même parfum?

— Non, ce n'est pas ce que je veux dire, précisa Joletta.

Elle jeta calmement l'essuie-tout à la poubelle, puis elle se tourna de nouveau vers ses trois visiteurs.

— Pensez-vous à ce qui se passerait si quelqu'un s'apercevait de la supercherie une fois que le parfum serait en magasin? reprit-elle. Ce serait la fin des Parfums Royal Fossier et la fin de la boutique, sans parler de la réputation de la famille à la Nouvelle-Orléans.

— De grâce, Joletta! s'exclama Nathalie. On croirait entendre Mimi ou Violette! Qu'est-ce que cela peut nous faire, la boutique, la réputation et tout le tralala, tant que nous avons l'argent en poche?

— Joletta n'est pas autant attachée à l'argent que toi, souligna doucement Timothy. Par contre, elle hésiterait sûrement à faire passer sa famille pour une joyeuse bande d'imbéciles..

— Enfin une remarque intelligente, Timothy! déclara tante Estelle en regardant sa nièce avec attention. Mais pouvons-nous faire confiance à Joletta?

— Jamais de la vie! s'exclama Nathalie. Joletta ferait n'importe quoi pour garder la formule, y compris nous faire tous passer pour des escrocs ou des crétins; mais j'ai une meilleure idée...

— Ah! s'écria Timothy d'un ton moqueur. Voilà enfin l'idée que nous attendions tous!

Nathalie lui jeta un regard glacial avant de poursuivre.

— Écoute, Joletta, dit-elle. Tu dis que la formule n'est pas celle du Jardin de Cour. Très bien. Dans ce cas, accepterais-tu de refaire le Jardin de Cour à partir de la formule définie par l'analyse chimique?

— Peut-être, répondit prudemment Joletta en s'appuyant au comptoir derrière elle.

— Parfait. Alors, c'est très simple. Nous prenons l'ancienne formule, celle qui est dans le journal, et nous disons que c'était celle du Jardin de Cour avant que Mimi n'ajoute le vétiver et tout le reste. Ainsi, nous aurons deux parfums pour le prix d'un! Un parfum pour toi et la boutique, et un pour nous.

N'était-ce pas exactement le pot-de-vin que Timothy avait suggéré? Nathalie et tante Estelle étaient tellement naïves dans leur cupidité! C'en était presque désarmant. À moins qu'elles ne révèlent leur bassesse sans vergogne uniquement parce que tout cela restait en famille?

— Et tu t'imagines que Lara Camors va accepter? demanda Joletta. Et Rone, tu crois qu'il va accepter?

— Bien sûr! Surtout si c'est toi qui le leur proposes! Si tu y tiens, nous pourrons même admettre que la formule a changé depuis Cléopâtre. De toute façon, à quoi cela sert-il d'aller chercher une reine égyptienne pour vendre un parfum français? En revanche, nous pouvons toujours garder Eugénie et Joséphine. Ce sera bien assez, n'est-ce pas? Ainsi, en définitive, nous ne mentirons pas, car rien dans le journal n'indique que Violette a changé la formule d'Eugénie et de Joséphine.

— Je ne sais pas, répondit Joletta. Violette ne dit pas qu'elle a changé la formule, mais elle ne dit pas non plus qu'elle ne l'a pas changée...

— Cependant, les probabilités sont suffisamment fortes pour qu'on puisse l'affirmer, n'est-ce pas ? demanda Nathalie d'un ton légèrement impatienté à présent.

— Je ne pense pas que je puisse faire une chose pareille, dit finalement Joletta avec un hochement de tête. Pas à Lara Camors, en tout cas. Et pas à Rone.

25

Joletta referma la porte derrière sa tante et ses cousins, et poussa un soupir de soulagement. Ils auraient pu tout aussi bien sortir tout seuls puisqu'ils étaient entrés sans y avoir été invités... mais Joletta avait pris un certain plaisir à les escorter jusqu'à la rue et à refermer sur eux la porte de la boutique.

Elle était épuisée. Cette dispute, ces tensions, ces arguments mille et mille fois répétés... Il lui semblait que la discussion avait duré des heures.

Pourtant, elle n'était pas au bout de ses peines et elle le savait. Sa tante et ses cousins ne lâcheraient pas prise de sitôt, ils reviendraient à la charge pour essayer de la convaincre ; ou alors, ils lui proposeraient d'autres arrangements et tenteraient de l'avoir à l'usure. Mais elle ne céderait pas.

Elle avait essayé de se montrer raisonnable et équitable envers eux, mais elle avait appris récemment à reconnaître ses limites, à déterminer ce qui était acceptable pour elle et ce qui ne l'était pas. Or, une chose était sûre : jamais elle n'escroquerait personne, ni les clientes de la boutique, ni Lara Camors. Elle essayerait toute seule de retrouver la formule du Jardin de Cour en mélangeant et mélangeant à nouveau sans se lasser les essences et les huiles. Et si elle n'y parvenait pas, eh bien ! tant pis ! Au moins, elle aurait essayé. Des milliers de parfums avaient dû se perdre ainsi au fil des siècles, tout comme des milliers de vies avaient été broyées, rompues comme les fils d'une superbe broderie. C'était bien dommage, certes, mais la terre ne s'arrêterait pas de tourner pour autant ; et les gens continueraient de vivre, d'aimer, de chercher.

C'est ce que Violette avait fait et c'est ce qu'elle-même ferait.

Joletta retourna dans la salle de fabrication pour finir de nettoyer les dégâts. Il était grand temps qu'elle rentre se coucher.

Elle avait laissé son sac à bandoulière et les clefs de sa voiture au premier étage. Elle sortit dans le jardin pour aller les chercher et s'arrêta quelques instants dehors afin de respirer l'air frais. Depuis le début de la soirée, elle baignait dans une atmosphère lourdement parfumée qui lui collait aux cheveux et à la peau. Imbibé de parfum, le journal qu'elle serrait toujours contre elle n'arrangeait rien. L'air du dehors lui fit du bien.

Il faisait juste assez chaud et humide, l'air était doux comme de la soie. Une brise légère agitait les feuilles de l'olivier et celles de la vigne qui courait sur la tonnelle, ce qui produisait un fin murmure. Clapotant à peine, l'eau coulait paisiblement dans la fontaine. Sous une arche, des pigeons roucoulaient en sourdine comme s'ils se chantaient des berceuses pour s'endormir.

L'espace d'un instant, Joletta se retrouva transportée sur la place Saint-Marc de Venise avec les pigeons qui tournoyaient au-dessus des bâtiments. Elle traversait fièrement la place, Rone d'un côté d'elle et Caesar, de l'autre.

« *Bella, bella* », murmura-t-elle en souriant un peu tristement.

Ce jardin était plein de tant d'autres souvenirs. Comme cet escalier, c'était là que Mimi avait fait cette chute affreuse qui lui avait coûté la vie. Joletta se rappela aussi la tragédie survenue dans la demeure de la signora da Allori, à Florence, plus d'un siècle auparavant.

Sortant brusquement de sa rêverie, elle tourna la tête et

fit quelques pas en direction de l'escalier qui menait au premier étage.

C'est alors qu'elle vit une ombre bouger près de l'olivier.

— Qui est là ? demanda-t-elle d'une voix forte.

Pas de réponse. Quelques secondes passèrent. Joletta commença à penser que ce n'était qu'un chat ou un pigeon qui avait déguerpi quand elle s'était mise à marcher ; mais subitement, un homme sortit de l'obscurité.

— C'est moi, dit Timothy.

Joletta poussa un profond soupir de soulagement.

— Qu'est-ce que tu fais ici ? demanda-t-elle d'une voix encore étranglée par l'appréhension. Je pensais que vous étiez partis.

— Ma mère est partie avec Nathalie, confirma Timothy, mais je suis revenu. Il faut que je te parle, Joletta. Je veux que tu me donnes le journal.

— Nous en avons longuement parlé déjà, répondit Joletta. Je pensais que c'était réglé, au moins pour ce soir...

Timothy fit un pas vers elle.

— Rien n'est réglé, répliqua-t-il. J'ai besoin de ce journal, il faut que je le donne à Lara Camors, parce qu'elle ne signera aucun contrat tant qu'elle n'aura pas le journal en main, or cette fois, je ne repartirai pas d'ici sans l'emporter.

La voix de Timothy avait quelque chose de froid et d'impersonnel qui fit frissonner Joletta ; cependant, elle resta ferme.

— Mais pourquoi, Timothy ? demanda-t-elle. Je pensais que cette affaire ne t'intéressait pas le moins du monde.

— Pour l'argent, ma chère. *Money, money,* comme toujours. Deux millions de dollars, pour être tout à fait exact. Et puis, il y a ma chère mère. Elle serait furieuse si elle n'obtenait pas cette formule, or elle compte sur moi pour l'aider à se l'approprier. Je ne peux quand même pas la décevoir...

— Timothy, je suis navrée, mais je ne peux pas te donner ce journal.

— Je sais que tu ne me le donneras pas, répondit Timothy d'une voix calme et douce. C'est pourquoi je suis revenu pour te tuer. Cela me fait de la peine, mais c'est le seul moyen. Tu es trop têtue, Joletta.

Timothy fit un pas vers elle et elle sauta de côté pour se réfugier derrière la table du jardin. Une légère odeur de lime vint lui frôler les narines : l'après-rasage de Timothy. Dans la salle de fabrication, l'odeur du parfum qui s'était répandue était si forte que Joletta n'avait rien senti d'autre ; mais maintenant, dans l'air frais du dehors, elle sentait distinctement cette odeur de lime. Or, ce n'était pas la première fois qu'elle la sentait...

— C'est toi qui as cambriolé ma chambre en Suisse, dit-elle d'une voix étranglée. Et c'est toi qui as mis la chambre de Mimi à sac avant mon départ.

— Pour ce que j'en ai retiré ! À grimper les murs et à fouiller partout... Je n'ai trouvé que ce carnet de notes ridicule qui ne veut strictement rien dire sans le journal !

Tout en parlant, Timothy avait contourné la table pour se rapprocher de Joletta.

— C'est toi qui nous as poussés dans le fossé, Rone et moi, poursuivit Joletta en reculant de nouveau derrière la table.

— J'étais comme fou. C'est moi aussi qui ai failli te renverser à Paris, mais ce crétin d'Italien s'est interposé. Sans compter ce bon vieux Rone ! Il ne faut pas se mettre en travers de mon chemin, Joletta. C'est ce que Mimi n'a pas compris. La pauvre ! Il a suffi que je la pousse du haut des escaliers pour qu'elle se casse en deux.

Sa propre grand-mère, tuée comme la signora da Allori ! Joletta eut un frisson d'horreur. Mimi avait dû essayer de tout lui raconter sur son lit de mort, mais elle ne l'avait pas compris.

— Est-ce que tante Estelle est au courant ? demanda Joletta.

Timothy eut une hésitation.

— Elle ! Cela fait des années qu'elle ne sait plus ni ce que je fais de ma vie ni où je vais. Nathalie non plus, du reste, même si elle est convaincue du contraire.

— Si tu me tues, elles pourraient bien faire le rapprochement...

— Qu'est-ce que tu veux que ça leur fasse? Le journal, Joletta, c'est la seule chose qui compte. Elles se demanderont peut-être comment il est arrivé entre mes mains, mais qu'importe! Tu vas me le donner, Joletta, tu vas gentiment me le donner.

Il plongea sa main dans la poche de son *jean* et en retira un long objet noir qu'il tendit devant lui. Un bruit métallique claqua dans le silence et une lame jaillit en étincelant.

À ce moment, des pas précipités se firent entendre du côté de la barrière et une voix s'éleva dans l'obscurité.

— Lâche ce couteau immédiatement.

Timothy se retourna d'un bond en étouffant un juron.

— D'où viens-tu? demanda-t-il. Comment es-tu entré?

— Tu avais laissé la barrière ouverte, imbécile, répondit Rone en avançant.

Joletta le regardait d'un air interdit. Il était là! Malgré tout ce qu'elle avait pu lui dire, il était revenu! Il était là, comme il le lui avait promis! Ne lui avait-il pas juré qu'il la protégerait malgré tout?

— Je vais te tuer aussi, Rone, grinça Timothy.

— Vas-y, répondit Rone en avançant vers lui. Qu'est-ce que tu veux que ça me fasse?

— Non! s'écria Joletta. Arrête!

Elle eut tout à coup l'impression de sortir d'un long sommeil sans rêve pour s'éveiller dans une réalité cauchemardesque. Elle sentit sa poitrine se serrer et la tête lui tourner.

Rone était venu la protéger juste au moment où elle avait le plus besoin de lui. Il était prêt à risquer sa vie pour elle. À cause du parfum de Violette. Elle ne pouvait pas le laisser faire! Il fallait à tout prix qu'elle l'empêche de se faire tuer?

Elle tendit le journal vers lui.

— C'est ça qu'il veut, dit-elle. Emporte-le, emporte-le chez Camors. Il contient la formule de l'ancien parfum, la preuve que la légende dit vrai, tout ce que tu voulais.

— Non ! s'écria Timothy en s'interposant entre elle et Rone.

Il tendit la main vers le journal, mais Joletta s'était déjà reculée.

— Si Rone a le journal et la formule, tante Estelle sera contente, tout le monde sera content, et tu n'auras plus qu'à rentrer bien sagement chez toi, expliqua Joletta.

Timothy fit tourner son couteau dans sa main à plusieurs reprises.

— À moins que je ne vous tue tous les deux et que j'aille porter le journal moi-même à ma mère et à Lara Camors.

D'un coup, il sauta sur Rone.

Mais celui-ci était déjà prêt à l'attaque. Les deux hommes s'empoignèrent avec un cri. Rone arrêta le coup de poing de Timothy, puis il étouffa un juron alors même qu'une tache de sang grandissait sur sa manche. Les deux hommes se mirent à se battre avec plus de violence tandis que Rone retenait toujours prisonnière la main de Timothy qui tenait le couteau. De sa main libre, Timothy essayait de le frapper au visage.

Tout à coup, Rone décocha un violent coup de poing à la mâchoire de son adversaire. Timothy recula sous l'effet du choc, mais il reprit vite ses esprits et se redressa d'un mouvement sec. Les deux hommes se faisaient face, à présent, se mesuraient du regard, déjà prêts à une deuxième offensive.

Rone porta la main à son bras, sa veste était trempée de sang. Timothy ricana, puis il sauta sur lui, brandissant son couteau.

Rone esquiva le couteau, il empoigna Timothy et la bataille corps à corps reprit.

Joletta ne supportait pas de les voir se battre ainsi ; cependant, elle restait paralysée par la peur et sa gorge était si serrée qu'elle ne pouvait même pas crier. Ses mains tremblaient.

Il fallait pourtant bien qu'elle fasse quelque chose. Elle se sentait devenir folle. D'un geste soudain, elle fit un pas vers les deux hommes et de toutes ses forces jeta le journal à la tête de Timothy.

Mais son cousin esquiva le journal qui alla s'écraser plus loin. L'attaque de Joletta l'avait néanmoins distrait et Rone en profita pour se dégager. Timothy essaya de libérer sa main emprisonnée par la poigne de Rone et qui tenait toujours le couteau. Rone esquiva son attaque et les deux hommes roulèrent par terre, dans l'herbe et sur les pierres, chacun d'eux s'efforçant de garder la lame du couteau à distance.

Soudain, un cri éclata dans la pénombre, puis un profond soupir, puis plus rien.

Joletta sentit son cœur s'arrêter ; enfin, elle vit Rone qui se relevait. Elle se précipita vers lui et il la prit dans ses bras en la serrant très fort.

Ils restèrent ainsi quelques instants ; mais Joletta sentit alors dans son dos couler le sang du bras de Rone.

— Ton bras, dit-elle.

— Ce n'est pas grave ; mais je crois que ton cousin a besoin d'aide.

Joletta posa sur lui un regard inquiet.

— Appelle une ambulance, dit-il simplement. Je vais voir où il en est. Cela dit, je pense que ça ira.

Les ambulanciers qui arrivèrent quelques minutes plus tard ne semblèrent pourtant pas partager son optimisme. Cependant, ils ne déclenchèrent aucune mesure d'urgence particulière et ils ne précisèrent pas non plus que la police devrait attendre avant d'interroger Timothy.

Le ciel pâlissait déjà quand les déclarations à la police furent enfin terminées. Tante Estelle avait crié pendant tout l'interrogatoire, hurlant que tout le monde était responsable de cette violence. Tout le monde, bien sûr, sauf elle-même et son fils chéri. Elle prétendait engager le meilleur avocat du monde pour défendre Timothy. Pour elle, il n'avait jamais voulu faire de mal à Joletta, jamais il n'avait poussé Mimi dans les escaliers ; tout cela était ridicule. Elle ferait éclater la vérité au grand jour et, s'il le fallait, elle et son avocat invoqueraient la démence temporaire. Cependant, ils avaient besoin d'argent pour plaider la cause de Timothy, si bien que, rappela-t-elle, Joletta ferait bien d'y penser à deux fois avant de leur refuser la formule, car elle pourrait bien causer de gros ennuis à son cousin en s'obstinant ainsi à garder le parfum pour elle seule.

Enfin, Rone et Joletta purent s'engager tous deux sur le belvédère qui surplombe le Mississippi, juste en face de la place Jackson. La brume qui planait au-dessus de l'eau jaunâtre reflétait les premiers rayons de soleil de la journée. Sur l'eau, un bateau avançait doucement en semant une traînée d'écume blanche dans son sillage.

À quelques pâtés de maison de la parfumerie se trouvait le Café du Monde dont émanait une bonne odeur de café et de beignets tout frais. Joletta et Rone y prirent leur petit déjeuner, puis Joletta proposa une petite promenade le long du fleuve.

Rone marchait près d'elle, les poings serrés dans ses poches et les sourcils légèrement froncés. Il ne l'avait plus touchée depuis leur étreinte dans le jardin, après la bagarre. Joletta pensa que cette distance était délibérée. Il avait rempli efficacement son rôle de chevalier servant, il avait soigneusement répondu aux questions de la police et s'était montré extrêmement compréhensif et patient envers Joletta. Cependant, il ne lui avait encore rien dit de très personnel et il n'avait même pas mentionné le fameux parfum.

Or, Joletta avait beaucoup à dire sur cette affaire. Elle attendait toutefois le moment opportun pour le faire. Enfin, ils se retrouvèrent seuls au bord du fleuve, accoudés à la balustrade en regardant l'eau.

Joletta parla d'abord de la combinaison qui permettait de coder la formule du parfum.

— Je pense que Violette a modifié la formule, précisa-t-elle, mais je ne sais pas exactement pourquoi. Peut-être a-t-elle eu peur de se faire assassiner et a-t-elle voulu laisser une trace de la véritable identité d'Alain, sans pour autant l'indiquer de façon flagrante. Peut-être avait-elle, comme beaucoup de gens à son époque, le goût des messages secrets et des langages symboliques, comme celui des fleurs. Peut-être encore n'a-t-elle fait tout cela que pour se rassurer, je ne sais pas. Ce dont je suis sûre, par contre, c'est qu'elle a modifié certains détails quand elle a récrit son journal.

— Récrit?

— Oui.

Joletta raconta à Rone ce qu'avait été la vie de Violette et d'Alain à partir du moment où il avait cessé de lire les photocopies du journal. Elle lui raconta aussi ce qu'elle n'avait pas eu le temps de dire à sa tante et à ses cousins la veille au soir, c'est-à-dire sa visite à la signora Perrino et les nombreux changements que Violette avait dû apporter à la formule.

— Elle a dessiné beaucoup de fleurs et je me suis longtemps demandé si ces croquis avaient une quelconque signification; mais il semblait y en avoir trop pour cela. Ces croquis de fleurs, tu t'en souviens, ressemblaient à des dessins tracés comme par désœuvrement ou pour accompagner une réflexion, simplement pour passer le temps. Ce n'est que lorsque la signora Perrino m'a montré le pendentif que j'ai compris. Il y avait un motif gravé dans l'améthyste : un aigle à deux têtes, toutes ailes déployées. C'était l'emblème de la famille royale de Russie.

— Ce n'est pas un phénix?

— Non, répondit Joletta. Le phénix, c'était une fausse piste, ou presque. L'aigle à deux têtes aux ailes déployées est l'emblème des Romanov. Dès que je l'ai vu sur l'améthyste, je me suis rappelé que des petits dessins de la même taille, ou à peu près, étaient tracés à côté de certaines des dates du journal. Ce qui m'a embrouillée, c'est qu'ils ne représentaient pas tous des fleurs. Il y avait une rose, une fleur d'oranger, un cerf musqué...

— Une mouche prise dans l'ambre? proposa Rone.

— Tu vois où je veux en venir? confirma Joletta. R comme rose, O comme oranger, M comme musc. Il y avait aussi un narcisse, une orchidée vanillée et une violette des bois.

— ROMANOV, conclut Rone.

Joletta confirma d'un hochement de tête.

— Je pense qu'Alain était le fils d'Alexandre Ier de Russie. Les quelques détails que nous connaissons de son père concordent tous. Il a rencontré Napoléon Bonaparte à Tilsit en 1807, quelques années après la campagne d'Égypte ; c'est là que Napoléon lui aurait offert la formule du parfum.

— Mais tout le monde devait être au courant, alors ? demanda Rone.

— En effet, beaucoup de gens connaissaient la véritable identité d'Alain. C'était un secret de polichinelle dans toutes les cours d'Europe. Cela expliquerait d'ailleurs les liens officieux, mais très étroits, qu'Alain entretenait avec Louis Napoléon et avec la meilleure société parisienne, ainsi que l'accueil chaleureux qu'on lui faisait un peu partout. Et puis, rappelle-toi : Napoléon III avait dit à Violette qu'Alain et le Duc de Morny avaient un point commun important. Au début, j'ai pensé que c'était parce qu'ils étaient tous deux des enfants illégitimes. Mais ce n'est pas cela : c'est que l'épouse du Duc de Morny était une fille illégitime du tsar Alexandre Ier. Ainsi, elle était la demi-sœur d'Alain. Alain était en quelque sorte le beau-frère de Morny, ce qui l'apparentait, par alliance, à Napoléon III.

— Alors, tu penses qu'Alain était un enfant légitime ?

— Sans doute, sinon il n'aurait pas représenté un tel danger pour tant de gens.

— Mais, s'il était le fils légitime d'Alexandre, pourquoi n'a-t-il pas régné sur la Russie au lieu de cet imbécile qui a déclenché la guerre de Crimée ?

— Je ne pense pas qu'il pouvait être reconnu comme l'héritier du trône. Vois-tu, l'Histoire dit qu'Alexandre Ier est mort en 1825, c'est-à-dire deux ans avant la naissance d'Alain. Ainsi, officiellement, Alexandre n'a pas eu d'enfants légitimes et, à sa mort, c'est naturellement son frère Nicolas qui devait devenir tsar.

Rone fixa Joletta quelques instants. Il retira ses mains de ses poches et se dirigea vers un banc tout proche, en invitant d'un signe de tête Joletta à le suivre. Joletta s'assit la première, puis Rone. Il allongea son bras sur le dossier du banc, derrière elle, et leva la main comme pour la poser sur son épaule ; mais, se ravisant brusquement, il serra plutôt son poing très fort. Joletta respirait à peine. Rone se contenta de regarder au loin, puis il rouvrit lentement son poing et se détendit un peu.

— Ainsi, dit-il d'une voix redevenue calme, tout le monde a dit qu'Alexandre Ier était mort, mais en fait il ne l'était pas ?

Au comble du trouble, Joletta dut prendre sur elle-même pour rassembler ses idées.

— Oui, fit-elle au bout de quelques instants. La mort d'Alexandre Ier est l'un des grands mystères de l'Histoire. On sait seulement qu'il n'aimait plus régner et qu'il avait menacé à plusieurs reprises d'abdiquer. De plus, il était malheureux en mariage, car sa femme était malade et elle ne pouvait pas lui donner d'enfants. Enfin, la mort d'une fille illégitime avait profondément affecté Alexandre Ier. D'ailleurs, plusieurs témoins l'ont entendu dire qu'il donnerait tout pour être libéré du fardeau de sa charge et de sa vie. L'Histoire dit qu'il serait mort dans une petite ville près de la mer d'Azov ; cependant, comme le temps était mauvais, son corps n'a pas pu être ramené à Saint-Pétersbourg avant deux mois pour y être décemment enterré. À ce moment-là, il était presque impossible d'identifier les restes avec certitude.

— En effet, dit Rone d'une voix sombre.

— Pour aggraver le tout, son épouse, la tsarine malade, est morte du choc émotif et des rigueurs du voyage d'Azov à Saint-Pétersbourg. Donc, il ne restait aucun témoin important de la mort d'Alexandre ; c'est pourquoi, dès que sa mort a été annoncée, la rumeur a couru qu'il n'était pas vraiment mort, que c'était un simple soldat qui était enterré à sa place ; un soldat mort accidentellement et qui avait à peu près la même stature que le tsar. Quant à Alexandre, on prétendait qu'il aurait fui sur le bateau de plaisance du Comte de Cathcart, un Anglais, ancien ambassadeur en Russie. Rumeur que la famille Cathcart n'a jamais démentie d'ailleurs. Pour ajouter à la confusion, les Cathcart n'ont jamais voulu rendre publics leurs documents familiaux qui auraient pu renseigner sur ce point. Par ailleurs, le gouvernement russe pour sa part, a toujours refusé de faire exhumer le corps pour le soumettre à des examens sérieux d'identification.

— Ainsi, après son départ, suggéra Rone, Alexandre serait allé s'installer en Italie où il aurait épousé une chanteuse d'opéra qui aurait donné naissance à Alain. N'est-ce pas?

— Oui, mais je ne sais pas s'il la connaissait ou non avant de quitter la Russie.

— Ainsi, Alexandre, comme le mythique phénix, renaquit de ses cendres...

— On le dirait bien... L'insigne qu'Alain portait, le phénix couronné des lauriers de la victoire, était peut-être le nouvel emblème des Romanov.

— Mais qu'est-il advenu d'Alexandre par la suite? Si je me souviens bien, Alain disait que son père s'était subitement lassé du quotidien, un an après sa naissance, et qu'il était parti...

— Je crois plutôt qu'il n'a pas pu résister à l'envie de revoir la grande Russie. On raconte l'existence d'un ermite fameux, qui aurait vécu en ces temps-là et qui passait pour être le sosie d'Alexandre. Des courtisans de Saint-Pétersbourg lui auraient même rendu visite régulièrement pour lui demander conseil, ils auraient également été jusqu'à porter son deuil quand il est mort finalement, en 1864.

— Donc, cet ermite était encore vivant quand son frère, le tsar Nicolas Ier, est mort, en 1855, indiqua Rone.

— Oui, et il aurait pu témoigner de la légitimité d'Alain si celui-ci avait bénéficié d'appuis suffisants pour monter sur le trône. Si Alexandre avait été populaire en son temps, Nicolas, lui, ne l'avait jamais été. Nicolas avait dû consacrer le plus clair de son règne à étouffer des révolutions semblables à celles qui agitaient l'Europe entière à cette époque et semblables à celle, par exemple, qui a porté Napoléon III au pouvoir. En fait, Nicolas était très attentif aux signes avant-coureurs de rébellion, et il n'hésitait pas à écraser toute velléité de révolte dans le sang. Sans doute aurait-il vu d'un très mauvais œil l'arrivée d'un usurpateur susceptible de lui ravir le pouvoir. Naturellement, la faction qui le soutenait préférait, elle aussi, que ce soit son fils qui lui succède, c'est-à-dire Alexandre II.

Rone fixait l'eau d'un air songeur.

— Ainsi, dit-il, Nicolas n'aurait jamais reconnu Alain comme le fils légitime d'Alexandre, mais il savait qu'Alain existait, si bien qu'il aurait pu engager des hommes pour le supprimer. Les visiteurs nocturnes de Venise étaient certainement de ceux qui voulaient le voir monter sur le trône. Et Alain a refusé parce qu'il ne voulait pas régner, sans doute, mais surtout aussi parce qu'il se savait étroitement surveillé.

— Puis la guerre de Crimée a exacerbé les passions, enchaîna Joletta. Quelque temps auparavant, à Venise, il semblerait, en effet, que des tueurs aient été lancés aux trousses d'Alain pour le supprimer avant qu'il ne cause problème. Ainsi, Alain a appris qu'il était traqué, et la visite des deux hommes qui l'incitaient à fomenter un coup d'état pour reprendre le trône de Russie n'a fait qu'aviver ses craintes. Du coup, il est parti avec Violette pour la campagne, puis, plus tard, quand la signora da Allori est morte, il a eu peur pour Violette et pour l'enfant et il a disparu. Quoi qu'il en soit, ses motifs restent obscurs. Voulait-il alors établir un contact avec Nicolas pour lui assurer qu'il renonçait à toute prétention au trône ou voulait-il se rendre et proposer au tsar de l'emprisonner en échange de la paix et de la sécurité pour Violette et son enfant? Ça, Violette elle-même ne l'a probablement jamais su, si bien qu'on ne peut rien affirmer.

— Mais de toute façon, l'enfant n'aurait pas été légitime, observa Rone.

— C'est vrai, et cela reste une énigme pour moi. Toutefois, l'enfant n'était pas encore né quand Nicolas Ier est mort et Gilbert pouvait mourir subitement tandis que le trône de Russie était vacant. Dans ces conditions, Alain aurait pu épouser Violette et l'enfant aurait été légitime. Enfin, quoi qu'il en soit, Alain est tombé sous les coups des tueurs, dans le jardin, et c'est pourquoi le dernier assaillant n'a pas vraiment cherché à tuer Violette avant de se sauver, car Alain mort, Violette ne pouvait plus l'épouser, si bien qu'elle et l'enfant cessaient de représenter une menace.

— Ainsi, Alain est revenu pour les protéger, elle et le bébé, constata Rone d'une voix songeuse. Et en mourant, il leur a garanti la vie sauve.

— Eh bien, pas tout à fait.

Les mots de Joletta restèrent en suspension dans l'air quelques instants. Ce qu'elle allait dire lui paraissait tellement incroyable, tellement invraisemblable. C'était pourtant la seule réponse plausible, la seule qui concordât exactement avec les faits.

Rone posa sur elle un regard interrogateur.

— Pas tout à fait, reprit-il à voix basse. C'est Giovanni qui est mort, n'est-ce pas?

Joletta essaya, sans succès, de sourire en guise d'approbation.

— Quelle redondance de l'Histoire! s'exclama-t-elle. C'est exactement ce qui était arrivé au père d'Alain... comme si l'Histoire s'amusait à jouer des tours. Giovanni et Alain avaient à peu près le même âge, la même stature. Ils sont morts pour la même cause et pour la même femme. Maria a dû envelopper son fils mort dans le linceul; sinon, pourquoi Violette lui aurait-elle remis le pendentif? Pourquoi se serait-elle montrée si généreuse envers sa famille, si ce n'était pour remercier Maria d'avoir accepté que Giovanni soit enterré sous le nom d'Alain?

— Ce qui a permis à Alain de prendre l'identité de Giovanni.

— Exactement. Ensuite, Alain est allé s'établir à la Nouvelle-Orléans comme pharmacien et il a vécu près de Violette jusqu'à la fin de ses jours. Ils n'ont jamais pu se marier cependant, et c'est en quelque sorte Gilbert qui a eu le dernier mot, car Violette aurait pu l'obliger à divorcer s'il avait été en pleine possession de ses moyens, mais voilà, pouvait-elle abandonner un mari invalide qui avait essayé de se suicider?

— De toute façon, souligna Rone, il valait peut-être mieux qu'ils ne se marient pas. Ainsi, si jamais l'identité d'Alain avait été découverte, Violette et l'enfant seraient restés à l'abri de toute façon.

— C'est juste, confirma Joletta.

Rone prit une profonde inspiration avant de poursuivre.

— Crois-tu vraiment que c'est ce qui s'est passé?

— J'ai tout vérifié, répondit Joletta. Les dates concordent. De plus, j'ai retrouvé une photo de Giovanni à la Nouvelle-Orléans. La photo n'est pas très bonne, mais ce Giovanni-là ressemble très fort aux croquis d'Alain que Violette a dessinés dans son journal.

— Cependant, reprit Rone, les agents du tsar auraient fort bien pu retrouver Alain à la Nouvelle-Orléans, par l'intermédiaire de Violette. Ils devaient bien avoir une fiche sur elle, à ce moment-là... Il est vrai cependant qu'ils n'avaient aucune raison de poursuivre Violette s'ils croyaient qu'Alain était effectivement mort.

— Pas plus qu'ils n'avaient de raison de vouloir retrouver une enfant qui était reconnue publiquement comme la fille de Gilbert Fossier.

Rone regarda de nouveau Joletta d'un air songeur. Puis, brusquement, il sourit.

— Ainsi, dit-il, tu serais l'arrière-arrière-arrière, et encore arrière-petite-fille du tsar Alexandre Ier de Russie?

— On dirait, répondit Joletta. Pour ce que ça change, de toute façon. Il y a des tas de gens qui ont une ascendance plus ou moins prestigieuse. Chaque fois qu'un président est élu, il se trouve toujours un généalogiste ou un journaliste pour lui trouver une goutte de sang royal dans les veines...

— Quoi qu'il en soit, si tu n'es pas l'arrière-arrière-arrière-etc. petite-fille du tsar et si l'histoire de Violette et d'Alain est en réalité tout à fait différente, personne n'en saura jamais rien.

— En effet, confirma Joletta d'une voix douce.

Rone se tut quelques instants sans pourtant quitter Joletta du regard.

— Je suis parti de Florence avant toi, dit-il tout à coup. Pas beaucoup avant toi, d'ailleurs, mais quand même. J'avais à faire à New York. Je voulais récupérer ceci, avant que quelqu'un d'autre ne mette la main dessus.

Il sortit de sa poche une feuille de papier pliée en quatre et deux petites bouteilles : l'une d'elles provenait des ateliers des Parfums Royal Fossier, l'autre était taillée dans un magnifique cristal et surmontée d'un bouchon d'argent. Rone prit la main de Joletta et y déposa la feuille et les deux flacons. Puis il lui lâcha brusquement la main, de crainte qu'elle ne lui remette ce qu'il venait d'y déposer, de peur aussi, peut-être, de prolonger indûment le contact de leurs deux peaux.

Joletta baissa les yeux sur la feuille pliée et sur les deux flacons. Lentement, elle déplia la feuille.

C'était le rapport d'analyse d'un parfum qui indiquait la part exacte de chacun des ingrédients. À côté des chiffres alignés, un diagramme en couleurs indiquait la proportion en pourcentage de chacune des essences du mélange.

C'était la formule du Jardin de Cour...

— Le rapport d'analyse que tante Estelle a demandé, constata Joletta.

— Oui, fit Rone. Il est à toi, maintenant, et je veillerai personnellement à ce que les Cosmétiques Camors n'en fassent pas d'autre. La petite bouteille que tu tiens en mains recèle l'échantillon du Jardin de Cour qu'Estelle avait apporté à New York. Tu en feras ce que tu voudras.

Ainsi, Joletta lui avait bien fourni l'information qu'il avait tant cherchée et, en retour, il venait de lui apporter ce dont elle avait besoin. Chacun d'eux avait suffisamment fait confiance à l'autre pour lui livrer tout ce qu'il savait. Ç'aurait été drôle, en quelque sorte, si ce n'était que Joletta n'avait pas le cœur à rire.

— Tu n'es pas obligé de faire cela, tu sais, dit-elle d'une

462

voix blanche.

Elle savait, en effet, qu'un tel présent signifiait qu'elle ne reverrait plus jamais Rone.

— J'y tiens, répondit Rone. C'est la formule que tu voulais et je trouve que tu l'as bien méritée.

— Mais tu la voulais toi aussi.

— Que m'importe la formule, si je dois te perdre pour la garder?

Joletta sentit les larmes lui monter aux yeux et dut prendre une profonde inspiration pour conserver une apparence sereine.

— Penses-tu que... demanda-t-elle. Penses-tu que nous puissions exploiter la formule conjointement? Tu prendrais l'ancienne formule et je garderais la formule de Mimi pour la boutique.

— Tu as failli mourir pour cette formule. Tu mérites bien de la garder pour toi toute seule, de les garder toutes les deux.

Rone avait parlé d'une voix franche et sans détours. Comment Joletta pourrait-elle jamais se montrer aussi généreuse que lui?

— Toi aussi, tu as failli mourir pour cette formule, dit-elle. J'ai eu tellement peur que Timothy ne te tue! J'avais imaginé qu'il ne te tuerait pas si tu avais le journal entre les mains, mais je n'ai fait qu'aggraver les choses en te le lançant. J'ai été prise de panique. J'avais tellement peur !

Rone la regardait toujours. Le vent qui soufflait sur le fleuve emmêlait un peu leurs cheveux, et effleurait leurs visages de caresses tièdes.

— Pourquoi, Joletta? demanda finalement Rone. Pourquoi avais-tu si peur?

Joletta posa ses yeux sur les siens, le cœur battant à grands coups à cause de tout l'amour qu'elle ressentait pour lui. Elle ouvrit la bouche, mais aucun son n'en voulut sortir. Elle l'avait quitté sur ce trottoir de Florence et il l'avait laissée partir en lui assurant qu'il la laisserait tranquille ; c'était donc à elle qu'il incombait, maintenant, si elle le voulait, de lui demander de rester. Néanmoins, sa gorge semblait incapable d'émettre aucun son. Le risque était trop grand : que ferait-elle si elle lui demandait de rester et qu'il décidait de partir? La déchirure serait trop douloureuse et elle ne s'en remettrait peut-être jamais.

Lentement, Rone sourit.

— Tu ne peux toujours pas me faire confiance? demanda-t-il d'une voix douce. Même maintenant?

— Si, je le peux, mais... C'est simplement que...

Elle ne put continuer, car sa gorge, étranglée, emprisonnait les mots dans sa poitrine.

— Ces mots me suffisent, répondit Rone d'une voix émue. Ouvre l'autre bouteille, Joletta.

Elle obéit, machinalement, les doigts gourds. Le bouchon d'argent était serré très fort, et le contenu de la bouteille faillit se renverser tout à fait quand elle réussit enfin à l'ouvrir. Quelques gouttes éclaboussèrent ses doigts.

Le parfum était riche et doux, éthéré, mais passionné. Il était à la fois extravagant et sage, rare, simple, et précieux. Elle n'eut même pas besoin de porter sa main à ses narines pour le reconnaître et pour l'aimer.

— C'est en l'honneur de Violette et d'Alain, dit Rone d'une voix profonde. Le langage des fleurs... J'ai pensé que c'était le meilleur moyen de te dire... Je ne remplirai pas toute une chambre de roses rouges, tu sais, mais comme tu aimes les roses, j'ai pensé que... de toutes les femmes, tu étais la mieux placée pour savoir ce que signifie l'essence d'un millier de roses de Bulgarie.

Les roses de Bulgarie! Les plus belles, les plus chères, et les plus appréciées du monde en parfumerie. Et toutes étaient rouges!

Les roses rouges, pour l'amour.

Le parfum des roses de Bulgarie monta plus fort aux narines de Joletta et se déploya dans son cœur comme un printemps, impérieux, irrésistible. De là, il délogea toutes les peurs et tous les doutes qui s'y étaient incrustés trop longtemps.

Joletta sourit et la confiance resplendit sur son visage.

— Tyrone Kingsley Stuart Adamson, quatrième du nom, dit-elle, je t'aime.

Rone la prit dans ses bras et la serra très fort contre lui. Il lui caressa longuement le dos, comme s'il craignait qu'elle ne s'envolât de nouveau, comme s'il voulait surtout lui montrer que plus jamais il ne laisserait la vie les séparer.

— Je t'adore, murmura-t-il à son oreille. J'ai failli devenir fou à chercher un moyen de te le dire et de regagner ta confiance. Je t'aime depuis le moment où je t'ai embrassée, la première fois, dans cette rue sombre de la Nouvelle-Orléans et je t'aime toujours depuis ce moment-là. Chaque jour que j'ai passé à te suivre en Europe, je t'aimais davantage. Et tu sais quoi ? Je veux t'aimer encore plus, tous les jours, et te suivre partout où tu iras, jusqu'à ce que tu n'en puisses plus et que tu acceptes enfin de m'épouser !

— T'épouser ? demanda Joletta, le visage toujours enfoui dans sa poitrine. Ça m'étonnerait !

Rone l'écarta de lui et la regarda un long moment sans rien dire.

— Ça t'étonnerait ?

— Crois-tu vraiment que je puisse me lasser de te voir m'aimer chaque jour davantage et de te voir me suivre partout où j'irai ?

— C'est ce que nous verrons, répondit Rone en souriant d'un air tendre.

— Oui. C'est ce que nous verrons.